《20世纪中国古典文学学科通志》编委会

袁世硕　　傅璇琮　　徐公持　　胡　明　　栾　栋
郭英德　　吴承学　　王兆鹏　　刘敬圻　　张安祖
杨　华　　张丽丽　　杜桂萍　　胡元翎　　吴光正

U0641379

内容简介

　　本书由百题构成，属学科史专题记述性质。百题大凡有四种类型：百年学科重要事件，重要思潮，代表性学者，代表性著作。本书宗旨是对20世纪中国古典文学学科的史实做初步清理、认定和记述。写法力求翔实，"不虚美，不隐恶"，用证据说话，让读者在对原始材料的了解与比较中自行判断并得出结论。

国家社科基金
重点项目（04AZW003）

20世纪

中国古典文学学科通志

第1卷

顾问　傅璇琮　徐公持
特聘编写指导　徐公持
主编　刘敬圻
副主编　张安祖

前　言

　　在漫长的中国历史上，20 世纪占有一个极其重要的位置。在此不太长的历史时期内，中国实现了由在民族生存危机中挣扎向建设现代文明社会的转换。中国古典文学学科在 20 世纪之中发生的变化，是整个国家民族变化发展的一个小小侧面，也是大局面、大趋势的一种映照。在短短百年中，古典文学学科基本完成了从古典式向现代性的过渡，取得了体质上的根本转变。在进步的过程中，也兴起过不少波澜，发生过许多曲折，甚至也有一时的倒退。在这个波澜壮阔而又曲折坎坷的过程中，产生了许多意义重大的事件，磨砺出一批杰出成果和学术经典，涌现了一些优秀学者和学术大师。这是一株千年古树结出的果实，更是时代新潮中萌发出的新芽。它不能不令我们深感惊奇、振奋和自豪，值得后来人花大力气去发掘它、了解它、研究它。

　　百年学科有待深入认识和总结，以利于今后学科的健康再造，也利于中国学术文化的成长发展。不少学者从 20 世纪 90 年代开始，就已经从各个角度着手研究百年学科，推出不少有价值的成果。有些百年学科中的问题，已经得到广泛关注，甚至成为不少学者研究的重大兴趣点。《20 世纪中国古典文学学科通志》（以下简称《通志》）经多年酝酿筹备，于 2004 年获准列入国家社科基金重点项目。自兹以降，在项目参加者共同努力下，迭经六年光阴，终于基本完成。

一、《通志》的性质和特点

《通志》的对象是 20 世纪中国古典文学学科。我们所要阐释的主要内容是：学科所经历的重大事件，所发生的重大趋势，所出现的代表性学者，以及所产生的代表性著作。事件、趋势、学者、著作，是《通志》对象中的四大类内容和义项，它们决定了《通志》具有学术史的基本性质。

不过，具有了上述四大类内容，并不等于就是学术史。《通志》的性质，不能以一般意义上的学术史著作的体制来衡量，因为它具有一些特别的编写目标和考量。《通志》所重点关注的，是 20 世纪中国古典文学学科史上的基本事实。我们所要做的工作，主要是清理和认定学科史的事实，而不是去论证和总结学科史的发展规律。目的只是要通过我们的工作，使相关"史实"呈现更加清晰的面貌。而有关百年学科史发展的内在因果和规律问题，不是《通志》所要解决的直接课题。我们并不刻意回避关于本质和规律的总结，但那是更加艰巨的目标，有待于广大同好长期深入多方面研究，方能有望得到较为满意的解决。我们之所以作出这样的抉择，主要理由有二：一是百年学科研究的现状与基础甚是薄弱。20 世纪刚过去不久，本学科在百年中所走过的道路空前曲折、空前坎坷，相关史料空前繁富、空前复杂，而相应的学科史研究工作起步较晚。近年来虽有部分学者投入研究，也取得了可喜的成绩，但对 20 世纪学科基础资料的清理和史实的认定，还留下许多空间。我们对百年中的有些时期（如"五四"时期、50 年代、60 年代、八九十年代）的学科情况了解稍多，而对另一些历史时期的学科状况，就不甚清楚，甚至很不清楚。即使在了解稍多的时段内，我们已有的史实清理工作也做得远不是那么全面完善。例如"五四"时期，学界对于那些与"新文化运动"关系密切的学科现象比较关注，而一些被认为观念或方法比较"陈旧"的、以及远离新潮文化的本学科成果，就少有人关注,事实上我们对那一时段学科状况的已有认知尚存在着片面性。在其他时期,由于观念上的以及思维方式上的偏颇,更存在不少被忽略的学科"盲点"。总体上看,以上所说四大方面的百年学科基本史实,远没有得到较为系统的整理。基本"史实"尚不够清晰,欲作更进一步的系统性研究和理论性阐述,谈何容易?鉴于此,我们觉得应当把史实的辨认,真相的恢复,面貌的廓清,脉络的梳理,作为当下亟待要做的事情。这虽然是基础性的工作,却涉及学科史研究的发展前景,不能不予充分的重视。二是我们从自身条件出发所作出的工作重心选择。做好资料清理和史实认定工作,努力记述百年学术真相,主要靠的是求实的态度和扎实的功夫。我们编写者在学科史领域的原本学养和能力有限,尤其是对百年学科的理论性、全局性把握尚不成熟。我们都是近年才先后开始关注学科百年问题,所以对于我们而言,这是一个难度很大的全新课题。还要考虑到这是一部集体著作。在如此条件下面对这样的工作,切忌不顾实际、好高骛远。与其一入手就企图去做高度理论性概括,不如脚踏实地先做力所能及的史实整理工作,更加有效。从这一角度言,《通志》实际上选取了一种既符合学科现状需要的、又切合编写者能力实际的难易适度的工作目标和工作方式。要之,我们对建设学科史大厦充满期待,但我们愿意先从清理地基的工作做起。

二、《通志》的体裁和写法

出于以上考量,《通志》的框架设计中不设以大统小的章节,而是采取百题的结构法。每个专题只是针对一个或一方面的具体问题而设,每个专题不外乎清理和认定事件、趋势、学者、著作等相关史实,每题都有相对独立性和自足性。专题之间的逻辑关系不是线状的统领关系,而是块状结构,所以相对简单。专题大体上以时代先后排列,体现一种时序上的关联照应,集合百题所述,能够基本覆盖百年学科史的各个领域。所以,全书是众多专题性篇章的有序集合体。

与内容重心相对应，《通志》在写法上也有自己的独特选择。由于以"真相记述"为主，所以我们强调，撰写《通志》篇章，主要让读者知道相关问题的基本事实，包括历史上对此问题曾经有过哪些重要的评论。我们不提倡执笔者对于所记述的问题发挥太多的一己之见，我们要求少作标新立异之举，宁愿克制或者牺牲一些学术个性，也要向"翔实"靠近，尽量做到通过对基本事实和论点的切实记述和介绍，让读者自己得出对某个问题的结论。我们还要强调本书应当具备一定的工具性质，工具的个性色彩必定是比较淡薄的，但它或许更能够赋予一部学术著作以比较长久的生命力。

三、《通志》的风格

性质和写法决定风格面貌。《通志》的主旨既然是"认定和记述史实"，在风格上的要求则可以归纳为"翔实"二字。所谓"翔实"，包含两层意思。第一，真实、确实、切实。我们所说"认定和记述史实"中就包含了求真、求实的态度和过程。"认定"要以认真精细的辨别工作为前提，是对相关材料作全面仔细鉴别之后所作出的科学认定。有些史实扑朔迷离，错综复杂，一时不能"认定"，不妨暂时不定，存疑可也。存疑处理，是"不定之定"，也符合翔实的要求。第二，"翔实"还包含详尽之意。所谓"认定和记述史实"，是一个展示必要史料的过程，即将史实的相关材料和依据，展示给读者，让读者通过阅读史料，来认同我们的"认定"。这样的"认定"，便可能增强说服力。"用材料来说话"，也应当是《通志》的重要特点，可传达《通志》的基本风格。

中国古典文学学科在短短百年中，取得了巨大进步和超越。深入透彻全面地总结百年学科的经验，提炼百年学科的文化史、思想史含义，是一项长期的工作，可能要经过几代人的不懈努力，才能真正进入一种佳境，取得意义重大的全局性突破。我们面临的是一项真正的"世纪工程"。我们今天做的,是为今后学者的深入开拓作先期试探和铺路工作。我们清醒地认识到,由于诸多主客观因素的制约,这项工作一定存在欠缺和遗憾,只是希望不至于离设定的目标太远。

"通志"二字,其义也大哉! 刘熙《释名》:"通,洞也,无所不贯洞也。""志者,记载也,记录也。"《汉书》有"天文"、"地理"、"艺文"等"志";陈寿更有《三国志》;郑樵还有《通志》一书,篇幅浩荡,内容繁富,为古代重要史学典籍之一。郑樵曰:"志者,宪章之所系,非老于典故者不能为也。"(《通志·总序》)我们斗胆借用其书名,并非做到了"无所不贯洞",亦无"老于典故"之自诩,只是景仰前贤,勖自嘉勉,努力来做百年学科"宪章之所系"的工作,希望能为学界提供有价值的参考文字。

徐公持　刘敬圻

凡　例

一、本书由百题构成，每题皆为学术记述之体，故称"志"。由是本书中文章，皆属学科史专题记述性质，而非论文。

二、本书百题，按专题对象区分，大凡有四种类型，即：百年学科重要事件，百年学科重要趋势，百年学科代表性研究家，百年学科代表性著作（学科经典）。

三、本书所有专题写法，要求翔实、稳妥。"翔实"指记述相关情况时，持实事求是精神，"不虚美，不隐恶"，多引用原始材料，多"用证据说话"。"稳妥"指在观点问题上取客观和宽容的态度，编写者尽量少出面议论是非；即有是非，亦应让读者在对多种材料的了解和对多种说法的比较中自行作出判断。在具体写作中，特别重视对史实的梳理和介绍，注重对原材料的发掘和展示，尽量使读者接触较多的原始材料，体察学术史上不同时期的本来状态，领会学术史的当时氛围。在叙述某文学现象的影响等内容时，也力求多引用当时或后来公开发表的一些评论文章。对于发生在学术史上的争论和分歧，要介绍各方的论点，说清其来龙去脉，尽量保持"不介入"态度。但可以引述当时或以后的评论文字，来对该现象作"有控制"表态。

四、不同类型的专题又有不同要求。第一、第二种类型专题，要求介绍与对象相关的来龙去脉、存在状况、主要特点、在学科史上影响。第三种类型专题，要求重点叙述研究家的重要学术活动和贡献，在学术界的影响，兼写其简要生平。第四种类型专题,要求重点叙述该著作以及与该著作相关的背景情况(包括学科背景和本人情况)、基本内容、主要创见、学术史上的地位和影响以及版本变化等。

五、本书每一篇专题文章,皆分为若干小节;每节不设序号,但设小标题,以使文章纲领显豁、醒目易读。

六、本书引文,尽量引用原始材料,并细心核实无误;凡有引文,皆注明出处。

七、出处注文所包含义项,特作统一规定:凡引用书籍,注明著者、书名、页码、何地何出版社、出版年份;凡引用论文,注明作者、篇名、刊载何地何杂志、该杂志期数。

八、为便于阅读,本书注释,统一为页下注。

九、本书每篇章皆有"参考文献",给有兴趣深入了解该专题的读者,提供进一步阅读的文献信息。所收文献,包括与该专题相关的专门著作及重要文章,一般每篇"参考文献"在二十项左右,以免过于头绪繁杂不得要领。

十、本书受篇幅限制,一般每题二万字到二万五千字,视内容轻重大小,最少有一万字左右,最多不超过三万字。

十一、本书中各专题文章,因执笔者不同,自有不同的文字风格;但无论何种文风,皆力求做到学术上的谨严,表述上的通畅。

十二、本书正文中纪年,一律使用公元,不用"光绪"、"民国"等,个别行文或引文中需要出现相关字样,则标注公元纪年,以为对照。

目 录

世纪初近代古典文学研究的开辟之功

19世纪末至20世纪二三十年代,即戊戌变法(1898年)前后至五四运动(1919年)前后,是文学史及文学批评史上一个独特时期。西方文化思想的输入、国内社会的变革以及文学自身的发展,都使文学批评面临着新境遇,肩负起新使命。事实上,这一时期的古典文学研究也的确发挥了除旧布新、继往开来的承传作用,开辟之功不可埋没。

文学观念根本转变的起点

在中国传统文学观念中,将文章看做"经国之大业",将"立言"看做人生之不朽盛事,说文以载道、劝善惩恶,可以说看到并且重视文学的社会价值,但封建社会的本质决定这种价值在更大程度上是为封建统治服务的。而这种观念的打破,必须以国民意识的觉醒为前提。这只有到了近代,当西方资产阶级思想输入中国、当中国知识分子面对内忧外患苦苦寻求出路时,才有了实现的可能。因此在回顾文学观念变化时,也一并梳理一下对西方思想的接受情况。

一、西学的引进与接受

中国近代文学家与思想家一个共同特征是对西方思想的接受,虽然程度不同,角度不一,但以西方思想武装自己来唤醒民众救亡图存却殊途同归。他们或翻译西方思想文化著作,或撰文著书介绍西方文化思想,为"睁眼看世界"的国人打开一个窗口。

1842 年,魏源受林则徐之托,以《四洲志》、《康輶纪行》为基础编成《海国图志》,提出"师夷长技以制夷"的口号。但是,魏源对师法西方只是局限于坚船利炮等军事科技方面,对西方社会制度思想观念等的接受与宣传则有待于后来之人。

1848 年,徐继畬编著《瀛环志略》十卷,全面、系统地介绍了世界近八十个国家和地区的地理位置、历史沿革、经济文化和风土人情,各卷篇首还附有粗略的地图。1890 年,梁启超进京赴试,落第而归,取道上海,便买下了这部著作。它打开了梁启超的眼界,使他知道世界上除中国以外,还有五大洲的诸多国家,每个国家又都有自己独特的社会文明。后来梁启超在时务学堂任总教习时曾将《瀛环志略》和《万国史记》一起推荐给学生,促其了解世界历史与世界形势。

1898 年,严复译赫胥黎的《天演论》。此书用达尔文的生物进化论来解释社会发展规律,其"物竞天择,适者生存"的观念使国人树立了竞争意识,也为变法图强推进社会进步找到了理论根据。

除翻译以外,严复还著文介绍卢梭的《民约论》(今译《社会契约论》),并运用其"社会契约论"、"天赋人权论"、"人民主权论"等批评中国旧的伦理道德,宣传自由和平等等全新的伦理观念。1898 年,上海同文书局刊印了《民约论》,改名为《民约通义》。《民约论》作为卢梭的代表作,曾经在理论上指导过欧美近代资产阶级革命,此时,中国知识分子亦由它而受到巨大震动。

戊戌变法前后,康有为、梁启超对西方思想的推介也起到了重要作用。

康有为非常重视西学,在万木草堂,他曾要求学生广泛阅读各类西学著作,甚至说:"若将制造局书全购尤佳,学至此,则圣道王制,中外古今,天文地理皆已通矣。"他本人的著作虽然更多地从儒家传统经典中寻求积极意义,但也借鉴吸收了某些西方观点。这从他的《大同书》可见一斑。梁启超在《清代学术概论》中说:

> 其自身所创作,则《大同书》也。初,有为既从学于朱次琦毕业,退而独居西樵山者两年,专为深沉之思,穷极天人之故,欲自创一学派,而归于经世之用。有为以《春秋》"三世"之义说《礼运》,谓"升平世"为"小康","太平世"为"大同"。①

梁启超将《大同书》的内容类比为民治主义、联合主义、儿童公育主义、老病保险主义,实与西方人文思想有相通之处。

梁启超在康有为影响下,亦致力于西学的研习与宣传。1895年6月,协助康有为创办《万国公报》;8月,成立强学会(又称译书局、强学书局或强学局),将《万国公报》改名为《中外纪闻》,作为强学会会刊,梁启超与汪大燮同为主笔。强学会开局后,先以翻译各国日报为主,如伦敦《泰晤士报》、《代谟斯报》,日出一张,拟待西书购到,即译书,但强学会不久被封禁。

1896年7月,黄遵宪与汪康年在上海创办《时务报》,梁启超为主笔。梁启超在《三十自述》中说:"余任撰述之役,报馆生涯自兹始。著《变法通议》、《西学书目表》等书。"

1897年秋冬间,梁启超与友人在上海集股创办大同译书局,并制定如下宗旨:"以东文为主,而辅以西文;以政学为先,而次以艺学,至旧译希见之本,邦人新著之书,其有精言,悉在采纳。或编为丛刻,以便购读;或分卷单行,以广流传。"

戊戌年(1898年)十一月十一日,《清议报》在日本横滨创

---

① 梁启超:《清代学术概论》,第72页,天津:天津古籍出版社,2004年。

刊，至辛丑年（1901 年）十一月，共出 100 期。梁启超在此发表的介绍西方资产阶级新思想的文章先后有《霍布士学案》、《斯片挪莎学案》、《卢梭学案》等。

此外，梁启超介绍西方哲学家的文章还有：《近世文明初祖二大家之学说》，介绍培根与笛卡儿；《近世第一大哲康德之学说》，是我国第一篇系统介绍康德哲学思想的文章；《论希腊古代学术》，则介绍了古希腊罗马哲学的主要流派。

1902 年，《新民丛报》在日本横滨创刊，每月 1 日、15 日发行。梁启超在该报章程（《新民丛报》第一号）中说：

> 本报取《大学》新民之义，以为欲维新吾国，当先维新吾民。中国所以不振，由于国民公德缺乏，智慧不开，故本报专对此病而药治之，务采合中西道德以为德育之方针，广罗政学理论，以为智育之原本。

> 本报以教育为主脑，以政论为附从。但今日世界所趋重在国家主义教育，故于政治亦不得不详。惟所论务在养吾人国家思想，故于目前政府一二事之得失，不暇沾沾词费也……

梁启超为该报主笔，甚至日写五千言。第一年见报的文章有《新民说》、《新民议》两篇。《新民说》里有《论新民为中国今日第一急务》、《释新民之义》、《就优胜劣败之理以证新民之结果而论及取法之所宜》、《论公德》、《论国家思想》、《论进取冒险》、《论权利思想》、《论自由》、《论自治》、《论进步》、《论合群》、《论生利分利》、《论毅力》等十余章。

另外，早期的王国维也十分重视西学的价值，并为西方哲学思想的输入做了大量工作。他在 1898 年 3 月 1 日致许同兰的信中说：

> 蒋伯斧先生说：西人已与日本立约，二年后日本不准再译西书。然日本通西文者多，不译西书也无妨。此事恐未

必确,若禁中国译西书,则生命已绝,将万世为奴矣。①

1902 年,26 岁的王国维离海宁经上海去日本留学。在藤田丰八的介绍下入东京物理学校学习。

> 留东京四五月而病作,遂以是夏归国。自是而后,遂为独学之时代。体素羸弱,性复忧郁,人生之问题,日往复于胸臆,自是始决计从事于哲学。②

此后王国维先后翻译日本文学博士桑木严翼著《哲学概论》、日本文学博士元良勇次郎著《心理学》,二书均作为《哲学丛书》初集由《教育世界》杂志出版。又译《哲学小辞典》,刊《教育丛书》二集。

1903 年,王国维已遍读西方社会学、心理学、伦理学、哲学等方面著作。他在《自序一》中说:

> 次岁春,始读翻尔彭之《社会学》及文之《名学》,海甫定《心理学》之半,而所购哲学之书亦至。于是暂辍心理学,而读巴尔善之《哲学概论》、文特尔彭之《哲学史》……

1903 年 11 月,王国维译英国西额惟克著《西洋伦理学史要》,刊入《教育世界》杂志第五十九号至六十一号。此外,撰《哲学辨惑》,收入《教育丛书》三集。

1904 年,王国维研读的是叔本华与康德。7 月,写成《叔本华之哲学及教育学说》;11 月,写成《叔本华与尼采》。

1905 年 3 月,撰《论近年之学术界》,论及西洋思想输入中国时所受阻力,以及与中国思想"相化"等问题。9 月,将几年来刊于《教育世界》的 12 篇文章并所作古今体诗 50 首,重加刊行,名为《静庵文集》。

---

① 《王国维全集·书信》,第 2 页,北京:中华书局,1984 年。
② 王国维:《自序一》,见傅杰编校《王国维论学集》,第 408 页,北京:中国社会科学出版社,1997 年。

在梁启超等诸多学者、思想家的努力下，西方主要思想观念与哲学流派基本于 20 世纪初在中国得到了初步系统的介绍。

二、文学价值观的重新树立

在对西方社会的了解与认识中，在介绍与宣传西方资产阶级思想的过程中，近代启蒙思想家们发现了中国社会的诸多问题，其中最重要的莫过于"旧"。思想、教育、军事都以"旧"为特征，梁启超等认为这就是中国的根本问题，因而以"新"为中心，树立了新的伦理观念并进而树立了新的文学观念。文学观念的"新"有两个角度：其一是从创作方面而言，诗界革命、文界革命、小说界革命及戏曲改良运动都属此类；其二是从文学批评方面而言，文学，特别是小说戏曲的社会价值、审美价值都被进一步发现和强调。

1. 小说戏曲社会功能的发现

小说与戏曲在古代都属文学之余，难登大雅之堂，其社会价值也往往被忽视，甚至被歪曲。这种情况到近代则发生了改变。

1897 年 10 月，夏曾佑与严复、王修植等在天津创办了《国闻报》，11 月 10 日至 12 月 13 日期间连载了《本馆附印说部缘起》。文中说：

> 夫说部之兴，其入人之深，行世之远，几几出于经史上。而天下之人心风俗，遂不免为说部之所持。《三国演义》者，志兵谋也，而世之言兵者有取焉。《水浒传》者，志盗也，而崔蒲狐父之豪，往往标之以为宗旨。《西厢记》、临川"四梦"，言情也，则更为专一之士、怀春之女所涵泳寻绎。夫古人之为小说，或有精微之旨寄于言外，而深隐难求，浅学之人，沦胥若此，盖天下不胜其说部之毒，而其益难言矣。

> 本馆同志，知其若此，且闻欧、美、东瀛，其开化之时，往往得小说之助。是以不惮辛勤，广为采辑，附纸分送。或译诸大瀛之外，或扶其孤本之微。文章事实，万有不同，不能

预拟。而本原之地，宗旨所存，则在乎使民开化。自以为亦愚公之一畚，精卫之一石也。①

1898 年，《清议报》创刊。梁启超翻译的日本著名小说《佳人奇遇》在第一期发表，小说的序言即《译印政治小说序》。序中说：

> 凡人之情，莫不惮庄严而喜谐谑……故六经不能教，当以小说教之；正史不能入，当以小说入之；语录不能谕，当以小说谕之；律例不能治，当以小说治之。②

1902 年 11 月 14 日，梁启超在日本横滨创办《新小说》，共出 24 号，1905 年停刊。《新小说》不仅发表小说，也发表文学评论，较为重要的有梁启超的《论文学上小说的位置》、《论写情小说与新社会之关系》、《论小说与群治之关系》等。梁启超在《论小说与群治之关系》中说："故今日欲改良群治，必自小说界革命始；欲新民，必自新小说始。"③又在发表于《新小说》的《〈新中国未来记〉绪言》里说：

> 余欲著此书，五年于兹矣，顾卒不能成一字，况年来身兼数役，日无寸暇，更安能以余力及此？顾确信此类之书，于中国前途，大有裨助，夙夜志此不衰……④

在《三十自述》中则说："惟于今春为《新民丛报》，冬间复创刊《新小说》，述其所学所怀抱者，以质于当世达人志士，冀以为中国国民遒铎之一助。"可见改良社会是梁启超倡导小说的最终目的，而这种倡导也在当时的社会上得到了广泛的呼应。

1906 年 7 月，月刊《新世界小说社报》在上海创刊，由警僧编辑，共出 9 期，1907 年初停刊。《新世界小说社报发刊辞》说：

> 凡世界所有之事，小说中无不备有之，即世界所无之

①②③ 舒芜：《近代文论选》，第 200 页，第 155 页，第 161 页，北京：人民文学出版社，1999 年。

④ 陈平原、夏晓虹：《二十世纪中国小说理论资料》第 1 卷，第 37 页，北京：北京大学出版社，1989 年。

事，小说中亦无不包有之。忽而大千世界，忽而须弥世界，忽而文明世界，忽而黑暗世界，忽而强权不制世界，忽而公理大明世界，种种世界，无不可由小说造，种种世界，无不可以小说毁。过去之世界，以小说挽留之；现在之世界，以小说发表之；未来之世界，以小说唤起之……有新世界乃有新小说，有新小说乃有新世界，传播文明之利器在是，企图教育之普及在是，此小说世界之所以作也。①

发表在《新世界小说社报》第四期上的《论小说之教育》也说：

> 有专门之教育，有普通之教育，而总之皆于愚民无与也……欲使其人不入学堂而如入学堂，使其人所居之地虽无学堂而有学堂，舍小说其莫由矣。②

1907年4月，《著作林》创刊于杭州，倡办及主编为钱塘陈栩。《著作林》第十四期刊有陶佑曾的《论文学之势力及其关系》。文章说：

> 有物焉，蟠据于光荣之大陆，其有无不关于生命，其盈绌不足为富贵，听之而无声，嗅之而无气，人之视之，究不若对于名誉、思想、金钱、主义之恳切也；然而地球中之先觉者，莫不服从之，崇拜之，震慑之，欢迎之，珍为第二之灵魂，实为无形之躯壳；举凡政治也，法律也，经济也，军事也，国际也，实业也，过去之历史也，现在之大势也，未来之问题也，莫不藉之以传播，以鼓吹，以淘汰，以支配，以改革，以变迁，斤斤然而希望其进化；用之而不敝，取之而不竭，贤不肖之所得，各随其才，仁智之所见，各随其分；用之于善，则足以正俗扶风，造于百年之幸福，而涵养性质，培植人格，增益知识，孕育舆论，尤其小焉者也；用之于不善，实足以灭国绝

---

①② 舒芜：《近代文论选》，第261页，第262页，北京：人民文学出版社，1999年。

种，伏亿万里之病根，而荡佚意志，锢蔽见闻，淆混是非，销沉道德，又其微焉者也。咄！此何物……吾同胞志之，其最高尚最尊乐最特别之名词，曰文学。

然当此时期，倘思撼醒沉酣，革新积飞，使教化日隆，人权日保，公德日厚，团体日坚，则除恃文学为群治之萌芽，诚未闻别有善良之方法。

俯视千春，横眺六极，无文学不足以立国，无文学不足以新民，此吾敢断言者也。①

又在发表于《游戏世界》第三期的《论小说之势力及其影响》中说：

举凡宙合之事理，有为人群所未悉者，庄言以示之，不如微言以告之；微言以告之，不如婉言以明之；婉言以明之，不如妙譬以喻之；妙譬以喻之，不如幻境以悦之：而自来小说大家，皆具此能力者也。尽彼小说之义务，振彼小说之精神，必使芸芸之人，群脅含有一种黏液小说之大原质，乃得以膺小说界无形之幸福，于文学黑暗之时代，放一线之光明。可爱哉，孰如小说！可畏哉，孰如小说！学术固赖以进步，社会亦赖以文明，个人固赖以卫生，国家亦赖以发达。②

正因为小说戏曲具有上述作用，学者们纷纷发表文章，赞颂小说的崇高价值，小说戏曲的地位也骤然升高。

梁启超在《译印政治小说序》中说：

今中国识字人寡，深通文学之人尤寡，然则小说学之在中国，殆可增七略而为八，蔚四部而为五者矣……彼美、英、德、法、奥、意、日本各国政界之日进，则政治小说为功最高焉。③

---

①②③ 舒芜：《近代文论选》，第 246～249 页，第 246～253 页，第 155～156，北京：人民文学出版社，1999 年。

1903 年 9 月 6 日《新小说》第七号刊载楚卿的《论文学上小说之位置》，也称"小说为文学之最上乘"，等等。

2. 小说戏曲美学价值的发现

在一批学者致力于强调文学社会功能的同时，也有一批评论家对文学的审美价值给予充分关注，使这一时期的古典文学研究更全面客观而不至失于偏颇。

首先，小说的虚实观发生变化，学者们注意到小说与历史的区别，从而使小说的纯文学特征彰显出来。

如严复、夏曾佑的《国闻报馆附印说部缘起》中说：

> 抑又闻之：有人身所作之史，有人心所构之史，而今日人心之营构，即为他日人身之所作。则小说者，又为正史之根矣。若因其虚而薄之，则古之号为经史者，岂尽实哉！①

1900 年农历二月，中华印务总局出版《中东大战演义》四卷三十三回铅印本。作者自序说：

> 从来创说者，事贵出乎实，不宜尽出于虚。然实之中虚，亦不可无者也。苟事事皆实，则必出于平庸，无以动诙谐者一时之听；苟事事皆虚，则必过于诞妄，无以服稽古者之心。是以余之创说也，虚实而兼用焉。

又说：

> 然事既有闻于前，凡有一点能为中国掩羞者，无论事之是否出于虚，犹欲刊载留存于后，此我国臣民之常情也。故事有时虽出于虚，亦不容不载，余之创是说，实无谬妄之言。惟有闻一件记一件，得一说载一说，虚则作实之，实则作虚之；虚虚实实，任教稽古者、诙谐者互相执博，余亦不问也。②

---

① 舒芜：《近代文论选》，第 200 页，北京：人民文学出版社，1999 年。

② 陈大康：《中国近代小说编年》，第 80 页，上海，华东师范大学出版社，2002 年。

1906 年 11 月 1 日，《月月小说》月刊创刊，群学社发行，汪维甫主办，第一至第八号为吴沃尧主编，翌年 5 月起停刊 4 个月，9 月复刊，改由许伏民主编，吴沃尧仍任总撰述员。在《月月小说》第一年第一号上，有吴沃尧的两篇文章：《〈月月小说〉序》和《历史小说总序》。他在《历史小说总序》中说：

> 吾于是发大誓愿，编撰历史小说，使今日读小说者，明日读正史，如见故人；昨日读正史而不得入者，今日读小说而如身亲其境。小说附正史以驰乎？正史藉小说为先导乎？请俟后人定论之。①

王国维也在《红楼梦评论》中说：

> 自我朝考证之学盛行，而读小说者，亦以考证之眼读之。于是评《红楼梦》者，纷然索此书中之主人公为谁，此又甚不可解者也。夫美术之所写者，非个人之性质，而人类全体之性质也。惟美术之特质，贵具体而不贵抽象。于是举人类全体之性质，置诸个人名字之下。譬诸"副墨之子"，"洛诵之孙"，亦随吾人之所好名之而已。善于观物者，能就个人之事实，而发现人类全体之性质；今对人类之全体，而必规规焉求个人以实之，人之知力相越，岂不远哉！故《红楼梦》之主人公，谓之贾宝玉可，谓之"子虚""乌有"先生可，即谓之纳兰容若可，谓之曹雪芹，亦无不可也。②

这样，小说作为纯文学艺术的特质被确定下来，小说的美学研究也同时展开。

较早地并且有系统地进行此类研究的也是王国维。他在对西方美学和哲学思想的研习过程中，发现了美学之于人生的意

---

① 舒芜：《近代文论选》，第 217 页，北京：人民文学出版社，1999 年。
② 王国维：《红楼梦评论》，见舒芜等编《近代文论选》，第 761～762 页，北京：人民文学出版社，1999 年。

义,也发现了文学对人生的美学意义以及文学本身所具有的美学特质。这些在他的如下文论中都有反映:《叔本华之哲学及其教育学说》、《红楼梦评论》、《文学小言》、《屈子文学之精神》、《论哲学家及美术家之天职》。

如他借叔本华理论阐发美的含义与性质,说:

> 唯美之为物,不与吾人之利害相关系;而吾人观美时,亦不知有一己之利害。何则? 美之对象,非特别之物,而此物之种类形式;又观之之我,非特别之我,而纯粹无欲之我也。
>
> 故美之知识,实念之知识也。而美之中,又有优美与壮美之别。今有一物,令人忘利害之关系,而玩之而不厌者,谓之曰优美之感情。若其物直接不利于吾人之意志,而意志为之破裂,唯由知识冥想其理念者,谓之曰壮美之感情。然此二者之感吾人也,因人而不同;其知力弥高,其感之也弥深。独天才者,由其知力之伟大,而全离意志之关系,故其观物也,视他人为深,而其创作之也,与自然为一。故美者,实可谓天才之特殊物也。若夫终身局于利害之桎梏中,而不知美之为何物者,则滔滔皆是。且美之对吾人也,仅一时之救济,而非永远之救济,此其伦理学之拒绝意志之说,所以不得已也。①

而美对人生有何意义? 王国维认为,生活的本质就是欲望,而欲望永无满足,所以苦痛生焉。美的价值就在于助人摆脱这种苦痛。

> 有兹一物焉,使吾人超然于利害之外,而忘物与我之关系。此时也,吾人之心无希望,无恐怖,非复欲之我,而但知之我也。

---

① 王国维:《叔本华之哲学及其教育学说》,见舒芜等编《近代文论选》,第741~742页,北京:人民文学出版社,1999年。

然物之能使吾人超然于利害之外者，必其物之于吾人，无利害之关系而后可；易言以明之，必其物非实物而后可。然则，非美术何足以当之乎？

　　吾人且持此标准，以观我国之美术，而美术中以诗歌戏曲小说为其顶点，以其目的在描写人生故。吾人于是得一绝大著作曰《红楼梦》。

　　美术之务，在描写人生之苦痛与其解脱之道，而使吾侪冯生之徒，于此桎梏之世界中，离此生活之欲之争斗，而得其暂时之平和，此一切美术之目的也。①

《月月小说》第一年（1907年）第九号上发表了王钟麒《论小说与改良社会之关系》。此文虽然也承认小说对改良社会所具有的作用，但是在论述古典小说时却与梁启超有不同的论断：

　　吾尝谓《水浒传》，则社会主义之小说也；《金瓶梅》，则极端厌世观之小说也；《红楼梦》，则社会小说也，种族小说也，哀情小说也。著诸书者，其人皆深极哀苦，有不可告人之隐，乃以委曲譬喻出之。读者不知古人用心之所在，而以诲淫与盗目诸书，此不善读小说之过也。②

陶佑曾在《论小说之势力及其影响》（《游戏世界》第十期，1907年）中说："小说小说，诚文学界之中占最上乘者也。其感人也易，其入人也深，其化人也神，其及人也广。"

1904年10月，黄人与徐念慈等人在上海创办小说林书社，出版原创小说与翻译小说。1907年2月，在小说林书社的基础上，又创办《小说林》月刊，刊登原创小说与翻译小说，发表小说评论、诗、词、曲等。

---

① 王国维：《红楼梦评论》，见舒芜等编《近代文论选》，第745～751页，北京：人民文学出版社，1999年。

② 陈平原、夏晓虹：《二十世纪中国小说理论资料》第1卷，第263页，北京：北京大学出版社，1989年。

《小说林》月刊创刊号上发表了徐念慈的《小说林缘起》。文中称小说为"殆合理想美学、感情美学而居其上"的文学体裁。借西方美学学说将小说特征归纳为四点：其一，使圆满而合于理性之自然；其二，对于实体之形象而起；其三，形象性；其四，理想化。除此，在《小说林》第九、十册上，徐念慈还发表了《余之小说观》，对小说的各种性质特征进行论述，其八个标题如下：小说与人生；著作小说与翻译小说；小说之形式；小说之题名；小说之趋向；文言小说与白话小说；小说之定价；小说今后之改良。在第一标题中说：

> 小说者，文学中之以娱乐的，促社会之发展，深性情之刺戟者也。昔冬烘头脑，恒以鸩毒霉、菌视小说，而不许读书子弟一尝其鼎，是不免失之过严；近今译籍稗贩，所谓风俗改良，国民进化，咸惟小说是赖，又不免誉之失当。余为平心论之，则小说固不足生社会，而惟有社会始成小说者也。社会之前途无他，一为势力之发展，一为欲望之膨胀。小说者，适用此二者之目的，以人生之起居动作，离合悲欢，铺张其形式，而其精神湛结处，决不能越乎此二者之范。故谓小说与人生，不能沟而分之。①

1907—1908 年，在《小说林·文苑》的第一、二、三、四、六、八、九期有《小说小话》专栏，连载了黄人编撰的随笔式小说研究文章，内容以评论明清历史小说为主，每一段落论述一种观点，或述小说理论，或对古典小说加以批评，或以古典小说与西方小说比较。共著录 87 部明清历史小说，其中现存明代小说 20 部，清代小说 26 部，疑佚小说 6 部，已佚小说 35 部。

黄人的《小说小话》等小说专论对小说研究的开创意义贡献

---

① 舒芜：《近代文论选》，第 504～505 页，北京：人民文学出版社，1999年。

很多。

其一，纠正梁启超所倡导的小说界革命厚今薄古的批评倾向。黄人在《小说林》发刊词①中说："虽然，有一蔽焉：则以昔之视小说也太轻，而今之视小说又太重。"

其二，从美学角度出发，研究中国古典小说。他说：

> 然吾不问小说之效力，果足改顽固脑机而灵之，祛腐败空气而新之否也；亦不问作小说者之本心，果专为大群致公益，而非为小己谋私利，其小说之内容，果一一与标置者相雠否也；更不问评小说读小说者，果公认此小说为换骨丹，为益智粽，为金牛之宪章，为所罗门之符咒否也；请一考小说之实质。小说者，文学之倾于美的方面之一种也。②

其三，则是在小说目录学上的开创意义。

> 黄人于 1907 年所作之《小说小话》实开小说目录学之先河，他遍览群书，博闻强记，胪列了明清章回小说数十种……即沿时代之先后，编撰了中国小说史学史上第一份"讲史"类通俗小说书目……在中国小说史学史上，首次展现了"历史小说"丰硕多彩的阵容，实际上也奠定了明清小说讲史部目录的基础。③

1910 年 8 月，《小说月报》创刊于上海，商务印书馆总发行，早期由无锡王蕴章、武进恽树珏等先后主编。管达如的《说小说》连载于《小说月报》第三卷（1912 年）第五、第七至第十一号，分为六章：小说之意义，小说之分类，小说之势力及其风行于社会理由，小说在文学上的位置，论翻译小说及其与中国小说的比

---

① 舒芜：《近代文论选》，第 498 页，北京：人民文学出版社，1999 年。
② 陈平原、夏晓虹：《二十世纪中国小说理论资料》第 1 卷，第 233～234 页，北京：北京大学出版社，1989 年。
③ 胡从经：《中国小说史学史长编》，第 120～121 页，上海：上海文艺出版社，1998 年。

较,中国旧小说缺点及今日改良方针。

在对小说意义的论述中,管达如把小说的本质归结为对客观世界的反映和人类精神世界的描绘,同时看到了这种描绘具有美学意义。他说:"文学者,美术之一种也;小说者,又文学之一种也。人莫不有爱美之性质,故莫不爱小说,斯言是矣。"不仅如此,《说小说》还详细论述了小说美学特征的独到之处。他说:"小说者,通俗的而非文言的也","事实的而非空言的也","理想的而非事实的也","抽象的而非具体的也","复杂的而非简单者也"。

在"小说之分类"一章中,《说小说》对中国古代小说所涉甚多。从文学角度将小说分为文言体、白话体、韵文体;从体制角度将小说分为笔记体、章回体;从性质上将小说分为武力的(亦名英雄的)、写情的、神怪的、社会的、历史的、科学的、侦探的、冒险的、军事的。这为后来的小说分类打下了基础。

在"小说之势力及其风行于社会理由"一章中,认为"小说者,社会心理之反映也","小说之作用,又有一焉,曰坚人之自信力",并以《水浒传》、《红楼梦》为例进行论述。①

将《说小说》对古典小说的研究再向前推进一步的是吕思勉的《小说丛话》。吕思勉(1884—1957),字诚之,江苏武进人,著名历史学家。早年在苏州东吴大学任教,辛亥革命后曾在中华书局、商务印书馆任编辑。《小说丛话》是一篇三万六千余字的长文,连载于《中华小说界》第一年第三至第八期(1914年),是运用西方美学观点研究中国古典小说的一篇力作。《小说丛话》运用西方美学的观点来分析小说的性质,对典型化原则的论述更为深入完备,将小说的创作过程分为四个阶段:模仿、选择、想化和创造。除此,《小说丛话》还在小说分类的过程中,对小说理

---

① 黄霖、韩同文:《中国历代小说论著选》下,第 335～352 页,南昌:江西人民出版社,1985 年。

论中的诸多问题进行了开创性的分析论述,如人物与结构、实与虚、情与知、美与善等。①

黄人的《小说小话》中也有典型性原则的论述,如第一则:

> 小说之描写人物,当如镜中取影,妍媸好丑令观者自知。最忌挽入作者论断……故小说虽小道,亦不容著一我之见,如《水浒》之写侠,《金瓶梅》之写淫,《红楼梦》之写艳,《儒林外史》之写社会中种种人物,并不下一前提语,而其人之性质、身份,若优若劣,虽妇孺亦能辨之,真如对镜者之无遁形也……

这一则论述,一方面指出小说创作的一个原则,即"无我",一方面也发现了小说对典型人物的刻画功能。第五则说:

> 古来无真正完全之人格,小说虽属理想,亦自有分际,若过求完善,便属拙笔。《水浒》之宋江、《石头记》之贾宝玉,人格虽不纯,自能生观者崇拜之心……②

另外,在一些小说的序言中,也有对典型化原则不同程度的论述。如忧患余生《官场现形记序》(1903年世界繁华报馆版)中说:

> 世间变幻之态,无有过于中国官场者。而口呐呐不能道,笔蕾蕾若钝椎,胸际秽恶,腕底牢骚,尝苦一部《廿四史》不知从何处说起。今日读南亭之《官场现形记》,不觉喜曰:是不啻吾意中所出……③

除此,在近代古典文学研究中还形成了新的悲剧观。

早在19世纪,就有论者看到了古典文学的悲剧价值。如梁

---

① 黄霖、韩同文:《中国历代小说论著选》下,第353～404页,南昌:江西人民出版社,1985年。

② 陈平原、夏晓虹:《二十世纪中国小说理论资料》第1卷,第238～239页,北京:北京大学出版社,1989年。

③ 舒芜:《近代文论选》,第209页,北京:人民文学出版社,1999年。

廷楠(1796—1861)的《曲话》将"意境"说初具规模地引进戏曲批评领域,强调曲文的意境、韵味,在评《桃花扇》及《南桃花扇》时,对中国戏曲小说以大团圆结局的俗套提出了批评:

> 《桃花扇》以《余韵》折作结,曲终人杳,江上峰青,留有余不尽之意于烟波缥缈间,脱尽团圆俗套。及顾天石改作《南桃花扇》,使生旦当场团圆,虽其排场可快一时之耳目,然较之原作,孰劣孰优,识者自能辨之。①

这是从审美角度看到的悲剧价值。

到19世纪末20世纪初,这种观念得到了发展。梁启超在《论小说与群治之关系》中说:"其最受欢迎者,则必其可惊可愕可悲可感,读之而生出无量噩梦,抹出无量眼泪者也。"《新世界小说社报》第四期(1906年)之《论小说之教育》中也说:"近者京师他演杭州旅营蕙兴女士以身殉学之事,观者至哭失声。是则欲移动吾民之劣根性,莫如演各爱国、爱同胞悲壮苍凉之剧。"②这是从社会功能的角度认识悲剧价值。

刘鹗在《老残游记自序》(1906年)中将"哭泣"看做人类一种灵性,将哭泣看成文学一种本质。他说:

> 《离骚》为屈大夫之哭泣,《庄子》为蒙叟之哭泣,《史记》为太史公之哭泣,《草堂诗集》为杜工部之哭泣;李后主以词哭,八大山人以画哭;王实甫寄哭泣于《西厢》,曹雪芹寄哭泣于《红楼梦》……吾人生今之时,有身世之感情,有家国之感情,有社会之感情,有种教之感情。其感情愈深,其哭泣愈痛:此鸿都百炼生所以有《老残游记》之作也。

与此相类,在《红楼梦评论》(1904年)中王国维亦认为人生

---

① 隗芾、吴毓华:《古典戏曲美学资料集》,第393页,北京:文化艺术出版社,1992年。

② 舒芜:《近代文论选》,第262页,北京:人民文学出版社,1999年。

本质即为苦痛,而好的文学作品则是摆脱痛苦的一种途径。《红楼梦评论》正是这样一部作品,揭示了人生的深刻悲剧,又提供了真正的解脱之道。王国维说:

> 吾国人之精神,世间的也,乐天的也。故代表其精神之戏曲小说,无往而不著此乐天之色彩:始于悲者终于欢,始于离者终于合,始于困者终于亨;非是而欲厌阅者之心,难矣。

> 《红楼梦》,哲学的也,宇宙的也,文学的也。此《红楼梦》之所以大背于吾国人之精神,而其价值亦即存乎此。

> 《红楼梦》一书,与一切喜剧相反,彻头彻尾之悲剧也。[①]

在词话著作中,王国维也常引用尼采之言,如"一切文学,余爱以血书者"[②]。

在成于1912年的《宋元戏曲史》中,王国维也说到元杂剧的悲剧性质:

> 明以后,传奇无非喜剧,而元则有悲剧在其中。就其存者言之:如《汉宫秋》、《梧桐雨》、《西蜀梦》、《火烧介子推》、《张千替杀妻》等,初无所谓先离后合,始困终亨之事也。其最有悲剧之性质者,则如关汉卿之《窦娥冤》,纪君祥之《赵氏孤儿》。剧中虽有恶人交构其间,而其蹈汤赴火者,仍出于其主人翁之意志,即列于世界大悲剧中,亦无愧色也。[③]

1907年王钟麒的《中国历代小说史论》发表在《月月小说》

---

① 王国维:《红楼梦评论》,见舒芜等编《近代文论选》,第752～753页,北京:人民文学出版社,1999年。

② 袁英光、刘寅生:《王国维年谱长编》,第66页,天津:天津人民出版社,1996年。

③ 王国维:《宋元戏曲史》,第121页,上海:华东师范大学出版社,1995年。

第一卷第十一号上,署名天僇生。文中说:

> 吾谓吾国之作小说者,皆贤人君子,穷而在下,有所不能言、不敢言,而又不忍不言者,则姑婉笃诡谲以言之。即其言以求其意之所在,然后知古先哲人之所以作小说者,盖有三因:一曰:愤政治之压制……二曰痛社会之混浊……三曰哀婚姻之不自由。①

《新民丛报》第十七期发表了蒋智由的《中国之演剧界》。文中论及《水浒》等部分中国古代戏曲,对悲剧的价值十分称赏。他说:"悲剧者,能鼓励人之精神,高尚人之性质,而能使人学为伟大之人物者也";而喜剧却是"舞洋洋,笙铿铿,荡人魂魄而助其淫思"。因此,蒋智由认为:

> 剧界佳作,皆为悲剧,无喜剧者。夫剧界多悲剧,故能为社会造福,社会所以有庆剧也;剧界多喜剧,故能为社会种孽,社会所以有惨剧也。嗟呼!使演剧而果无益于人心,则某窃欲从墨子非乐之议。不然,而欲保存剧界,必以有益人心为主,而欲有益人心,必以有悲剧为主。国剧刷新,非今日剧界所当从事哉!②

古典文学研究的新方法与新著述

一、以西方思想研究中国古典文学的《红楼梦评论》

　　戊戌变法前后,随着西方文化思想、美学理论和小说观念的输入,中国的文学理论也有了新气象,在古典小说领域,王国维

---

　　① 陈平原、夏晓虹:《二十世纪中国小说理论资料》第 1 卷,第 265～266 页,北京:北京大学出版社,1989 年。
　　② 徐中玉:《中国近代文学大系·文学理论集 2》,第 573 页,上海,上海书店出版社,1995 年。

的《红楼梦评论》为首开风气之作。

19 世纪末期,中国古典小说的批评还是以评点为主要形式。红学也还处于以评点派和索隐派为代表的旧红学阶段。"评点这种文学批评形式自由活泼,亲切平易,便于提示要点,有助于读者欣赏,缺点是零碎、散漫,缺乏理论性和系统性"①;而索隐派与文学精神相违背的指导思想决定了它不能在文学批评这条路上走得更远。

1904 年 7 月,王国维撰《红楼梦评论》,分四期连载于《教育世界》杂志。《教育世界》由罗振玉 1901 年在上海创办,是中国近代第一本专门讨论教育问题的专门性杂志。1904 年,《教育世界》第 69 期始王国维任主编,对杂志进行了一系列改革,提出了刊物发行的新宗旨、稿件录用的新标准,使杂志显示出勃勃生机与时代气息。杂志的内容分论说、学理、教授、训练、学制、传记、小说、中外学事等,几乎每期都有王国维的论著或译著,王国维也由此在学术界崭露头角。②

《红楼梦评论》的写作动机源于王国维对西方哲学——主要是康德、叔本华思想的研读。他在《静安文集》自序中说:

> 余之研究哲学,始于辛壬之间。癸卯春,始读汗德之《纯理批评》,苦其不可解,读几半而辍。嗣读叔本华之书,而大好之。自癸卯之夏,以至甲辰之冬,皆与叔本华之书为伴侣之时代也。其所尤惬心者,则在叔本华之《知识论》,汗德之说得因之以上窥。然于其人生哲学观,其观察之精锐,与议论之犀利,亦未尝不心怡神释也。后渐觉其有矛盾之处。去夏所作《红楼梦评论》,其立论虽全在叔氏之立脚地,

---

① 韩进廉:《红学史稿》,第 137 页,石家庄:河北教育出版社,1989 年。
② 钱剑平:《一代学人王国维》"第 3 章",上海:上海人民出版社,2002年。

然于第四章内已提出绝大之疑问。旋悟叔氏之说,半出于其主观的气质,而无关于客观的知识。此意于《叔本华及尼采》一文中始畅发之。今岁之春,复返而读汗德之书。嗣今以后,将以数年之力,研究汗德。他日稍有所进,取前说而读之,亦一快也。

《红楼梦评论》分为五章:人生及美术之概观;《红楼梦》之精神;《红楼梦》之美学上之价值;《红楼梦》之伦理学上之价值;余论。

《红楼梦评论》的发表比蔡元培的《石头记索隐》早13年,比胡适《红楼梦考证》早17年,比俞平伯《红楼梦辩》早19年。文章的开创意义表现于两个方面。其一是文体形式的创新。

> 他根据叔本华悲观主义哲学和美的本源的认识,引入对美术(文艺)的本质的论证;由"美术"的本质的认识,引入对《红楼梦》价值的探讨。在推论中,大前提(叔本华的哲学、美学观)的错误且不提,仅就其严密的形式逻辑、严整的论文格局而言,比之在他之前和同代的评点派随感式的零星评点、直观式的朴素把握,索隐派猜谜式的主观求证、腾空式的隔雾观花,不仅是另辟蹊径,而且在红学史上树起一座具有划时代意义的不朽丰碑。①

其二,则是研究方法上的创新,即从哲学、美学的角度来分析和欣赏文学作品。

> 他的这种研究,不仅以其鲜艳的理论色彩和思辨色彩光耀人间,而且引导人们从哲学、美学、伦理学,乃至其它学科的新鲜角度来研究《红楼梦》……②

> 在当时的传统观念中,小说不仅被视为小道末流全无

---

① ② 韩进廉:《红学史稿》,第230页,石家庄:河北教育出版社,1989年。

学术上研讨之价值，而且在中国文学批评史中，也一向没有人曾经以如此严肃而正确的眼光，从任何哲学或美学观点来探讨过一篇文学作品。所以我们可以说这种睿智过人的眼光乃是《红楼梦评论》一文的第一点长处……①

同时，人们也看到《红楼梦评论》在文学乃至整个中国学术研究中所体现出的开创意义。叶嘉莹在其《王国维及其文学评论》中说：

> 因为静安先生在文学批评方面真正值得重视的成就，实在并不仅在于其任何一篇作品的个别价值而已，而更重要的乃是在于他能够把西方新观念融入中国旧传统，为中国旧文学开拓了一条前无古人的新的批评途径。②

> 从中国文学批评的历史来看，则在静安先生此文之前，在中国一向从没有任何一个人曾使用这种理论和方法从事过任何一部文学著作的批评，所以静安先生此文在中国文学批评史上实在乃是一部开山创始之作。③

陈寅恪也在《王静安先生遗书》序中说：

> 然详绎遗书，其学术内容及治学方法，殆可举三目以概括之者：一曰取地下之实物与纸上遗文互相释证，凡属于考古学及上古史之作，如《殷卜辞中所见先公先王考》及《鬼方昆夷猃狁考》等是也；二曰取异族之故书与吾国之旧籍互相补正，凡属于辽金元史事及边疆地理之作，如《萌古考》及《元朝秘史之主因亦儿坚考》等是也；三曰取外来之观念与固有之材料互相参证，凡属于文艺批评及小说戏曲之作，如《红楼梦评论》及《宋元戏曲考》、《唐宋大曲考》等是也。此三类之著作，其学术性质固有异同，所用方法亦不尽符会，

---

① ② ③ 叶嘉莹：《王国维及其文学评论》，第133页，第95页，第131页，石家庄：河北教育出版社，2000年。

要皆足以转移一时之风气,而示来者以轨则。吾国他日文史考据之学,范围纵广,途径纵多,恐亦无以远出三类之外,此先生之书所以为吾国近代学术界最重要之产物也。①

当然,《红楼梦评论》也存在着一些问题,作为"第一篇完全引用西方哲学及文学之理论而写成的中国文学批评专著",作为"完全以西方哲理来解释中国文学的一种大胆的尝试","其论点仍有许多值得检讨之处",其尝试"有着不少因牵强附会而造成的错误和失败,但这种失败既是尝试新理论所必经的过程",因而都不影响《红楼梦评论》在中国有着千年以上之传统的文学批评史中,成为"一项别开天地的创举"。"静安先生乃是中国第一位引用西方理论来批评中国固有文学的人物,因此在中国近代文学批评史上,他自然应该占有一席重要的地位。"②

二、文学史的写作

1. 黄人《中国文学史》与刘师培《中国中古文学史》

近代时期的古典文学史写作分为两大类别。其一是传统文学史,如张维屏的《国朝诗人征略》(作于 1830 年、1842 年)、刘熙载的《艺概》(作于 1873 年)、平步青的《国朝文椒题辞》;另一种则是受西方治史方法和编史体例影响而产生的新型文学史,如林传甲的《中国文学史》、黄人的《中国文学史》、刘师培的《中国中古文学史》等。

1903 年,上海中西书局翻译出版了日本学者笹川种郎于1898 年出版的《支那历朝文学史》。正是在这部书的启发下,林传甲于 1904 年写出了中国第一部以"文学史"命名的文学史著作。林传甲(1877—1921),福建闽县人。1904 年到京师大学堂

---

① 《王静安先生遗书·序》第 1 册,第 1 页,上海:上海书店,1983 年。
② 叶嘉莹:《王国维及其文学评论》,第 131 页,石家庄:河北教育出版社,2000 年。

主国文席,因而作《中国文学史》。全书分为十六篇,第一至第六篇可视作总论,第七至第十四篇为主体,阐述中国散文的发展变迁,末两篇阐述骈文及其与散文的关系。这部文学史"实则是一部中国古代散文史"[1],对小说、戏曲等文学体裁颇有微辞,观念保守。

如果说林传甲这部文学史的开辟之功在于其体例结构,那么,近代时期真正在内容与观念上有开辟之功的文学史著作当属黄人的《中国文学史》。

黄人(1866—1913),江苏常熟人。1900年,东吴大学堂成立。1901年,黄人受聘为东吴大学国学教习。1904年,东吴大学校长孙乐文因学校没有国学课本,请黄人编撰。黄人随编随课,逐日写印,这样以五年左右时间写成三十册的《中国文学史》,主要在校内以讲义或教材形式流通,后由国学扶轮社以铅字油光纸印行。

这部文学史虽然内容上因当时教学需要而"援引太繁",但是在很多方面都具有开创价值:在文学观念上,他指出人生有三大目的,曰真,曰善,曰美……文学则属于美之一部分,然三者皆互有关系,应将真善美作为文学的批评标准。在编史方法上,前四编三册他接受了梁启超《中国史叙论》等观点,把整个中国历史分为上世、中世、近世三大时期,而文学有胚胎期、全盛期、华离期、暧昧期、反动期等不同发展阶段,在此分期下对中国文学史进行总论。在后二十六册中,则综合运用了传统的时序体、传记体、题词体、选录体的编史方法叙述了自上古至明末的文学发展史。一般说来,每节开头先予以总论,然后列出作家传记,并附以代表作品。对于重点作家作品的思想内容和艺术特点加以

---

[1] 黄霖:《中国文学批评通史·近代卷》,第784页,上海:上海古籍出版社,1996年。

分析,对于一般作家作品只将个别的略作题评。

值得注意的是,在编撰《中国文学史》时,黄人已将中国古典小说纳入《中国文学史》的书写范围,与诗、词、歌、赋等韵文相提并论。《中国文学史》论述的古典小说,有古小说《山海经》、《穆天子》、魏晋南北朝小说、唐小说、明人章回小说等,唯有宋元小说不曾著录论述,又因为《中国文学史》并未编撰清代文学,因此也缺少清代小说部分。

20世纪90年代,"黄人的《中国文学史》有了'首部中国文学史'的美誉;然而,随着新材料不断被发现与学术研究的进步,窦警凡取代了黄人,成为中国人自著文学史的第一人……就时间而言,黄人编撰的《中国文学史》确非'首部',但是黄人却率先将戏曲、小说等向来为传统文人视为'不登大雅之堂'的通俗文学写入《中国文学史》当中,体现了其卓越的学识与见解。而于黄人前后编撰《中国文学史》的窦警凡、林传甲等人,仍以传统的诗词歌赋作为文学史的书写对象,学术史的观念远远不及黄人"①。

刘师培(1884—1919),字申叔,江苏仪征人。从曾祖起三世以经术闻名,他秉承家学,撰述颇丰。其文学史研究方面的专著有:《文章原始》、《文章学史序》、《中国中古文学史》、《论近世文学之变迁》等等。

1917年秋,刘师培应蔡元培之聘,任北京大学文科教授,兼任文科研究所国文门指导教师。1917—1918学年担任的课程有:中国文学、中国古代文学史,所指导的研究科目为"文"、"文学史"。在此期间,编有《中国中古文学史讲义》,1919年由北京大学出版部刊行,名为《中国中古文学史》。

----

① 龚敏:《黄人及其小说小话之研究》,第234页,济南:齐鲁书社,2006年。

《中国中古文学史》的研究对象是魏晋南北朝文学,全书分为五课:概论;文学辨体;论汉魏之际文学变迁;魏晋文学之变迁;宋齐梁陈文学概略。而在此之前,人们对魏晋南北朝的文学与思想并没有充分发现。刘师培则通过对当时社会政治、学术思想等方面史料的广泛研究,梳理了南北朝文学的文体文风、演变流派。其编著体例是先列举史实,杂以己说,再选录相关文章,其资料的丰富详尽令人瞩目。刘师培撰有《搜集文章志材料方法》,对此有所说明。

2. 王国维的几种戏曲史专著

1907 年 9 月,王国维撰《三十自序》,刊登于《教育世界》第 148 号,又撰《自序二》,刊登于《教育世界》第 153 号。文中叙述了他由治哲学而治文学以及填词和研究戏曲的经过。他说:

> 因填词之成功而有志于戏曲,此亦近日之奢愿也……余所以有志于戏曲者又自有故。吾中国文学之最不振者莫若戏曲,元之杂剧,明之传奇,存于今日者,尚以百数,其中之文字虽有佳者,然其理想及结构,虽欲不谓至幼稚至拙劣不可得也。国朝之作者虽略有进步,然比诸西洋之名剧,相去尚不能以道里计,此余所以自忘其不敏而独有志乎是也。

1908 年 9 月,王国维草《曲录》初稿成,编为二卷。其序中说:

> 余作《词录》竟,因思古人所作戏曲何虑万本,而传世者寥寥,正史《艺文志》与《四库全书提要》,于戏曲一门既未著录,海内藏书家亦罕有搜罗者,其传世总集除臧懋循之《元曲选》、毛晋之《六十种曲》外,若古名家杂剧等,今日皆不可睹。余亦仅寄伶人之手,且颇遭改窜以就其唇吻。今昆曲且废,则此区区之寄于伶人之手者,恐亦不可问矣!……余乃参考诸书,并各种曲谱及藏书家目录,共得二千二百二十本,视黄氏之目增逾一倍。又就曲家姓名,可考者考之,可

补者补之，粗为排比，成书一卷。

1909年7月修订完毕，定为六卷。修订版的《曲录》序中，王国维说：

> 国维雅好声诗，粗谙流别，痛往籍之日丧，惧来者之无证，是用博稽故简，撰为总目，存佚未见，未敢颂言，时代姓名，粗具条理，为书六卷，为目三千有奇，非徒为考镜之资，亦欲作搜讨之助，补三朝之志所不敢言，成一家之书以俟异日……

由此可见王国维编《曲录》之初衷。

1909年1—3月，王国维著《戏曲考源》，认为戏曲的起源应在宋代。此书后与《曲录》都收入《晨风阁丛书》。

1909年11—12月，写成《宋大曲考》、《曲调源流表》及《录曲余谈》。后二者刊登于《国粹学报》。其后撰《宋元戏曲史》，所用材料大半取之前此所撰诸书。

1910年，王国维又写成《录鬼簿校注》二卷。

1911年1月，写成《古剧脚色考》一卷，1912年9月修改完毕。

1911年武昌起义爆发后，王国维随罗振玉东渡日本，在日本旅居五年之久，《宋元戏曲史》正是在此间问世。

1912年12月，王国维整理历年研究所得的宋元戏曲诸材料，着手编撰《宋元戏曲史》。至1913年2月写就。关于此书写作动机，王国维在《宋元戏曲史·自序》中说：

> 独元人之曲，为时既近，托体稍卑，故两朝志史与《四库》集部，均不著于录；后世儒硕，皆鄙弃不复道。而为此学者，大率不学之徒；即有一二学子，以余力及此，亦未有能观其会通，窥其奥窔者。遂使一代文献，郁埋沈晦者且数百年，愚甚惑焉。

正好此时商务印书馆看好王国维的戏曲研究，邀请他写一部《宋元戏曲史》。主客观因素的结合,使王国维决定对中国戏曲"究其渊源,明其变化之迹",理出其发展演化的脉络。

为写此书,除先前已完成的几部著作,王国维还作了大量的准备工作。1912年7月20日致缪荃孙信中说:

> 《元刊杂剧三十种》已见过,系黄荛圃藏书,各本有大都新刊、古杭新刊字样,行款、字之大小亦不一,系杂凑而成者。唯确系元刊,非明初刊本也。其中《元曲选》所有者十三处,字句亦不同,无者十七种,可谓海内外秘笈。而此十七种中甚有可贵之品,如关汉卿之《拜月亭》、杨梓之《霍光鬼谏》(见《乐郊私语》)等在内。唯刻手不佳,其式样略如今之七字唱本。此为到东以来第一眼福也。①

1912年12月26日至铃木虎雄信中说:

> 前闻大学藏书中有明人《尧山堂外纪》一书,近因起草宋元人戏曲史,颇思参考其中金元人传一部分,能为设法代借一阅否? 又郑樵《通志·金石略》中石鼓释文一本,亦欲奉借一观。②

1913年1月5日致缪荃孙信中说:

> 近为商务印书馆作《宋元戏曲史》,将近脱稿,共分十六章……但四五年中研究所得,手所疏记心所储藏者,借此得编成一书,否则茌苒不能刻期告成。惟其中材料皆一手搜集,说解亦皆自己所发明。将来仍拟改易书名,编定卷数,另行自刻也。

书成之后,1913年3月由上海《东方杂志》九卷十期连载发表。1915年,商务印书馆开始出单行本。十六章题目依次为:上古至五代之戏剧,宋之滑稽戏,宋之小说杂戏,宋之乐曲,宋官

---

① ②《王国维全集·书信》,第28、33页,第33页,北京:中华书局,1984年。

本杂剧段数,金院本名目,古剧之结构,元杂剧之渊源,元剧之时地,元剧之存亡,元剧之结构,元剧之文章,元院本,南戏之渊源及时代,元南戏之文章,余论。

在"上古至五代之戏剧"中,论述了戏剧起源及其早期形态,如先秦之巫优,汉魏南北朝之俳优、角抵戏,唐五代之滑稽戏。他说:

> 是则灵之为职,或偃蹇以象神,或婆娑以乐神,盖后世戏剧之萌芽,已有存焉者矣。

> 巫以乐神,而优以乐人;巫以歌舞为主,而优以调谑为主;巫以女为之,而优以男为之……后世戏剧,当自巫、优二者出;而此二者,固未可以后世戏剧视之也。

> 古之俳优,但以歌舞及戏谑为事。自汉以后,则间演故事;而合歌舞以演一事者,实始于北齐。顾其事至简,与其谓之戏,不若谓之舞之为当也。然后世戏剧之源,实自此始。

> 唐五代戏剧,或以歌舞为主,而失其自由;或演一事,而不能被以歌舞。其视南宋、金、元之戏剧,尚未可同日而语也。①

"宋之滑稽戏"、"宋之小说杂戏"、"宋之乐曲"则梳理了宋代戏曲的发展轨迹。"宋官本杂剧段数"则以《武林旧事》所载官本杂剧二百八十本,论述两宋戏曲的大致体裁。

> 就此二百八十本精密考之,则其用大曲者一百有三,用法曲者四,用诸宫调者二,用普通词调者三十有五。

> 则南宋杂剧,殆多以歌曲演之,与第二章所载滑稽戏迥

---

① 王国维:《宋元戏曲史》,第3~16页,上海:华东师范大学出版社,1995年。

20世纪中国古典文学学科通志

异。

可知宋代戏剧，实综合种种之杂戏；而其戏曲亦综合种种之乐曲。[1]

"金院本名目"由几个视角介绍陶宗仪《辍耕录》所著院本名目。作者认为院本为倡伎演唱之本，而《辍耕录》所存六百九十种院本名目，应为金人所作。先对"和曲院本"、"上皇院本"等各类名目统计考辨，如：

日"题目院本"者二十本。按题目，即唐以来合生之别名。高承《事物纪原》（卷九）《合生》条言：《唐书·武平一传》平一上书：比来妖伎胡人于御座之前，"或言妃主情貌，或列王公名质，咏歌舞蹈，名曰合生，始自王公，稍及闾巷"，则合生之原，起于唐中宗时也，今人亦谓之唱题目云云。此云题目，即唱题目之略也。[2]

又将其所著曲名分类统计为大曲、法曲、词曲调，并逐类列出，如：

为法曲者七：

《月明法曲》、《郓王法曲》、《烧香法曲》、《送香法曲》（以上和曲院本）《闹夹棒法曲》、《望瀛法曲》、《分拐法曲》（以上诸杂院爨）。[3]

又指出"此院本名目中，不但有简易之剧，且有说唱杂戏在其间"，"此种戏剧，实综合当时所有之游戏技艺，尚非纯粹之戏剧也"。[4]

"古剧之结构"一章研究宋金以前的戏剧演出体制及角色分担。但作者说：

唐代仅有歌舞剧及滑稽剧，至宋金二代而始有纯粹演

---

①②③④ 王国维：《宋元戏曲史》，第58～67页，第69页，第70页，第72页，上海：华东师范大学出版社，1995年。

故事之剧;故虽谓真正之戏剧,起于宋代,无不可也。然宋金演剧之结构,虽略如上,而其本则无一存。故当日已有代言体之戏曲否,已不可知。而论真正之戏曲,不能不从元杂剧始也。①

"元杂剧之渊源"论述元杂剧对宋金杂剧的继承与超越。

元杂剧之视前代戏曲之进步,约而言之,则有二焉。宋杂剧中用大曲者几半。大曲之为物,遍数虽多,然通前后为一曲,其次序不容颠倒,而字句不容增减,格律至严,故其运用亦颇不便。其用诸宫调者,则不拘于一曲。凡同在一宫调中之曲,皆可用之。顾一宫调中,虽或有联至十余曲进,然大抵用二三曲而止。称宫换韵,转变至多,故于雄肆之处,稍有欠焉。元杂剧则不然,每剧皆用四折,每折易一宫调,每调中之曲,必在十曲以上;其视大曲为自由,而较诸宫调为雄肆……此乐曲上之进步也。其二则由叙事体而变为代言体也。宋人大曲,就其存者观之,皆为叙事体。金之诸宫调,虽有代言之处,而其大体只可谓之叙事。独元杂剧于科白中叙事,而曲文全为代言……此二者之进步,一属形式,一属材质,二者兼备,而后我中国之真戏曲出焉。②

"元剧之时地"将元代杂剧分为三期:蒙古时代,一统时代,至正时代。

一、蒙古时代:此自太宗取中原以后,至至元一统之初。《录鬼簿》卷上所录之作者五十七人,大都在此期中……二、一统时代:则自至元后至顺后至元间,《录鬼簿》所谓"已亡名公才人,与余相知或不相知者"是也……三、至正时代:《录鬼簿》所谓'方今才人'是也。此三期,以

---

① ② 王国维:《宋元戏曲史》,第77~78页,上海:华东师范大学出版社,1995年。

第一期之作者为最盛,其著作存者亦多,元剧之杰作大抵出于此期中。至第二期,则除宫天挺、郑光祖、乔吉三家外,殆无足观;而其剧存者亦罕。第三期则存者更罕,仅有秦简夫、萧德祥、朱凯、王晔五剧,其去蒙古时代之剧远矣。①

"元剧之存亡"则综作者之所见对元杂剧进行著录,对以往存目多有补充。

"元剧之结构"、"元剧之文章"分别论述元杂剧的戏剧体制与文学风格,如:

> 然元剧最佳之处,不在其思想结构,而在其文章。其文章之妙,亦一言以蔽之,曰:有意境而已矣。何以谓之有意境?曰:写情则沁人心脾,写景则在人耳目,述事则如其口出是也。古诗词之佳者,无不如是。元曲亦然。明以后其思想结构,尽有胜于前人者,唯意境则为元人所独擅。②

> 古代文学之形容事物也,率用古语,其用俗语者绝无。又所用之字数亦不甚多。独元曲以许用衬字故,故辄以许多俗语或以自然之声音以形容之。此自古文学上所未有也。③

> 由是观之,则元剧实于新文体中自由使用新言语,在我国文学中,于《楚辞》、《内典》而外,得此而三。然其源远在宋金二代,不过至元而大成。其写景抒情叙事之美,所负于此者,实不少也。④

最后两章则考论宋元南戏的形成与发展。余论部分对全书进行总结。

王国维对此书自视甚高,他在序中说:

> 壬子岁暮,旅居多暇,乃以三月之力,写为此书,凡诸材

---

①②③④ 王国维:《宋元戏曲史》,第 79～80 页,第 92 页,第 124 页,第 126 页,上海:华东师范大学出版社,1995 年。

料,皆余所搜集,其所说明,亦大抵余之所创获也。世之为此学者自余始,其所贡于此学者,亦以此书为多。非吾辈才力过于古人,实以古人未尝为此学故也。

作为王国维戏曲研究的集大成之作,《宋元戏曲史》的开辟意义主要表现在以下方面:其一,在历史上第一次清楚而细致地理出了中国戏曲发展演化的脉络,指出"北剧南戏,皆至元而大成,其发达,亦至元代而止",为中国戏曲史的研究,开了先河;其二,首次考定"诸宫调"与"赚词"两个不同的概念,首次区分了"戏曲"与"戏剧"两个概念的不同内涵;其三,"以他超乎常人的审美触角,多年探索艺术规律的功力,评赏了元杂剧的文学成就,指出'自然'的风格、独特的'意境'以及'悲剧'的精神是元代戏曲的特征所在和成就所在"。①

这部中国戏曲史开山之作一经问世,便受到国内外学界一致的推崇,在学术研究方面产生了巨大的影响。吴其昌说王国维"专治宋元戏曲史料,则虽不敢云后无来者,而前人确未有为此业者,所以能立为一家言者,真是绝无依傍,全由一人孤军力战而成"②。

1923 年,梁启超亦在其《中国近三百年学术史》中说:"曲学将来能成为专门之学,则静安当成不祧之祖矣。"③1927 年,王国维去世,梁启超为《国学论丛》纪念王国维的专刊写序,论及《宋元戏曲史》时又说:"若创治《宋元戏曲史》,搜述《曲录》,使乐剧成为专门之学。斯二者实空前绝后,后人虽有补苴附益,度终无以度越其范围。"

---

① 钱剑平:《一代学人王国维》,第 247～251 页,上海:上海人民出版社,2002 年。

② 吴其昌:《王观堂先生学述》,见《国学论丛》第 1 卷第 3 期。

③ 梁启超:《中国近三百年学术史》,第 115 页,北京:东方出版社,1996 年。

王国维对中国古代戏曲的研究,不仅在国内具有开辟之功,在国外也颇具影响。日本学者青木正儿在其《中国近世戏曲史·叙》中说:

> 中国戏曲之有史,还创始于近年海宁王静安先生的名著《宋元戏曲史》……他的这几种大著,以及他研究曲学的精神,不独唤起了本国学人注意曲学,而且在东瀛也惹起了不少学者来研究中国戏曲。

（黑龙江大学　董晓玲）

世纪初近代小说研究之发轫

　　世纪初关于小说创作与理论的研究不见专集，只散见于报章杂志或个人著作中，约有近百篇之多。有作家作品论，有发展史的述评和考证，更多的则是批评和创作理论。形式，有随笔、丛话、诗、专论与论赞，还有调查表、集目、序言与后记、书评、传记、史论、发刊辞等，从中我们能约略理出这一时期小说研究的发展轨迹。

概说："小说界革命"风潮涌动

　　自 1897 年始，连横与友人在台创立"南社"，以上海为中心亦出现一批兼刊文艺的小报，鼓吹维新的学会和报刊纷纷出现。蔡元培、章炳麟在上海组织"中国教育会"，蔡元培编《文变》，梁启超创《新小说》①于横滨，中国最早妇女杂志《女学报》也创刊。1898 年戊戌政变爆发后，严复《天演论》也木刻出版。最早的改良派论者开始阐明小说的政治职能与社会教育作用。接着，伴随这股 20 世纪资产阶级民主革命浪潮的涌起，小说批评被赋予了启蒙色彩，如严复、夏曾佑《说部缘起》刊于《国闻报》，又叫

　　①《新小说》是当时唯一的文学报："本报宗旨，专在借小说家言，以发起国民政治思想，激励其爱国精神。"

《〈国闻报〉附印说部缘起》,邱炜萲的《客云庐小说话》①,梁启超《译印政治小说序》(1898)、《论小说与群治之关系》(1902),继起者还有陶佑曾《论小说之势力及其影响》(1907)、《新世界小说社报发刊辞》(1906)、《论小说之教育》(《新世界小说社报》第四期),吴沃尧《〈月月小说〉序》(1906),王无生《论小说与改良社会之关系》(1907)等。他们或倡言"欲救中国,当以改良社会为起点;欲改良社会,当以新著小说为前驱"②;或认为欲"扩张政法","提倡教育",振兴实业,组织军事,改良风俗,无不唯赖小说来"诱掖"③;有的则认为小说乃普及教育传播文明的利器;也有的希冀"以小说之趣味,之感情,为德育之一助"。甚至夸大说"有新世界乃有新小说,有新小说乃有新世界"、"小说势力之伟大,几几乎能造成世界矣"④。梁启超的"小说界革命"的号召在当时影响巨大,他强调"小说为文学之最上乘也"⑤。实质上都是想以此启蒙民众,强化政治意识,在学术上属于今文经学传统的复兴,具有浓郁的小说研究功利主义色彩。

严复、夏曾佑《〈国闻报〉附印说部缘起》极言"小说五易传与经史之五不传",强调"夫说部之兴,其入人之深,行世之远,几几

---

① 邱炜萲:《客云庐小说话》,第 1 卷自《菽园赘谈》1897 年辑出,第 2 卷自《五百石洞天挥麈》1899 年辑出,第 3 卷自《挥麈拾遗》1901 年辑出,第 4 卷《新小说品》原载《新小说丛》第 1 期,第 5 卷《客云庐小说话》载《新小说丛》第 2、3 期。

② 王无生:《论小说与改良社会之关系》,见阿英《晚清文学丛钞·小说戏曲研究卷》,第 37~38 页,北京:中华书局,1960 年。

③ 陶佑曾:《论小说之势力及其影响》,见阿英《晚清文学丛钞·小说戏曲研究卷》,第 41 页,北京:中华书局,1960 年。

④ 无名氏(陶佑曾):《新世界小说社报发刊辞》,《新世界小说社报》,1906 年第 1 期。

⑤ 梁启超:《论小说与群治之关系》,见阿英《晚清文学丛钞·小说戏曲研究卷》,第 15 页,北京:中华书局,1960 年。

出于经史上。而天下之人心风俗,遂不免为说部之所持"①。"有人身所作之史,有人心所构之史,而今日人心之营构,即为他日人身之所作,则小说者又为正史之根矣。若因其虚而薄之,则古之号为经史者,岂尽实哉?岂尽实哉?"②

梁启超《译印政治小说序》进而大倡政治小说,认为:"政治小说之体,自泰西人始也。""在昔欧洲各国变革之始,其魁儒硕学,仁人志士,往往以其身之经历,及胸中所怀政治之议论,一寄之于小说。于是彼中辍学之子,黉塾之暇,手之口之,下而兵丁、而市侩、而农氓、而工匠、而车夫马卒、而妇女、而童孺,靡不手之口之。往往每一书出而全国之议论为之一变。彼美、英、德、法、奥、意、日本各国政界之日进,则政治小说为功最高焉。英名士某君曰:小说为国民之魂。岂不然哉!"③"欲新一国之民,不可不先新一国之小说。故欲新道德,必新小说;欲新宗教,必新小说;欲新政治,必新小说;欲新风俗,必新小说;欲新学艺,必新小说;乃至欲新人心,欲新人格,必新小说。"④虽然字里行间洋溢着一种狂热,甚至一种唯心主义精神,但在当时却产生了巨大的影响,鼓动起学术界的精英们开始真正地关注小说,并予小说这一文体以充分的重视和价值的承认。黄霖等曾评价说:"梁启超的《论小说与群治之关系》是戊戌变法失败后资产阶级维新派关于小说理论的纲领性文章……梁启超正是从以上的理论出发,极大地肯定了小说的文学地位,梁启超的论述和分析,在我国的小说理论批评史上,有着重要贡献。"⑤"众所周知,中国的文学

①②③ 阿英:《晚清文学丛钞·小说戏曲研究卷》,第12页,第13页,第13、14页,北京:中华书局,1960年。

④ 梁启超:《论小说与群治之关系》,横滨:《新小说》第1卷第1期,1902年。

⑤ 黄霖、韩同文:《中国历代小说论著选》下册,第50、51页,南昌:江西人民出版社,2000年。

传统是文以载道，中国文学的批评传统也是评以载道，从这一点上说，梁启超启蒙的作用不大；但梁启超的贡献在于，他第一个把文学与六经并列，第一个把小说列为一切文学之首，这无疑是空前的。"①

在梁启超的影响下，又出现了一批改良主义小说言论，如《本馆编印绣像小说缘起》(1903)能严肃正视现实，从爱国立场来倡导小说，认为"欧美化民，多由小说；榑桑崛起，推波助澜。其从事于此者，率皆名公巨卿，魁儒硕彦。察天下之大势，洞人类之颐理，潜推往古，豫揣将来。然后抒一己之见，著而为书，以醒齐民之耳目。或对人群之积弊而下砭，或为国家之危险而立鉴。揆其立意，无一非裨国利民。"②《新世界小说社报发刊辞》提出了中国数千年来只有"君史"而无"民史"这一事实，并指出其症结乃在于"专制时代，凡事莫不以君主为重心"之故，从而提出对有些"借渔樵之话"来反映历史真实的小说应予重视，"可作民史读"。③立意均是本着改良主义倾向出发，在小说理论建设初期能如此立论，是可取的。

再有革命派刊物的主张也带着鲜明的倾向性。1902 年创刊之《游学译编》在其《发刊叙论》中表明所以要倡导小说，乃着眼于小说"近于语言而能唤起国民精神"，能促使"国民的进步"，可说基本上是立意与封建正统对立、鼓吹自由平等，有一定的进步意义。

《小说丛话》"借古证今"来指导小说创作，指出"有暴君酷吏之专制，而《水浒》现焉；有男女婚姻之不自由，而《红楼》出焉"。论《水浒》，认为此书是"独立自强而倡民主民权之萌芽"，说施耐

① 何郁：《梁启超〈论小说与群治之关系〉与王国维〈红楼梦评论〉之比较批评》，青岛：《东方论坛》，2000 年第 2 期。
②③ 阿英：《晚清文学丛钞·小说戏曲研究卷》，第 144 页，第 164 页，北京：中华书局，1960 年。

庵之作此，实有二种主义，一为"民主民权"，另一则是"因外族阑入中原，痛切陆沉之祸"，作此以"鼓吹武德，提振侠风，以为排外之起点"。

以上其实已超越了梁启超一派的改良主义观点。

随着资产阶级改良思潮在小说界的慢慢沉潜，随着西方文艺思想的渐次引进，所谓"三界革命"中过分强调小说的社会作用而忽视了社会现实对小说创作的规定性，很快得到了一批理论家的纠正。如《月月小说序》就比较清醒地指出："今夫汗牛充栋之新著新译之小说，其能体关系群治之意者，吾不敢谓必无，然而怪诞支离之著作，诘曲聱牙之译本，吾盖数见不鲜矣。凡如是者，他人读之，不知谓之何，以吾观之，殊未足以动吾之感情也。于所谓群治之关系，杳乎其不相涉也。然而彼且嚣嚣然自鸣曰：吾将改良社会也。吾将佐群治之进化也。随声附和而自忘其真，抑何可笑也。"[①]黄人也对改良主义者视小说"一若国家之法典，宗教之圣经，学校之课本，家庭社会之标准方式"[②]的观点表示异议，指出那是言之太重，是脱离了小说实质的过分夸张。

由此"写实主义"的声音渐渐高扬。这时也恰是西方写实主义思潮正兴盛之时。狄平子指出："《红楼梦》之佳处，在处处描摹，恰肖其人。"[③]黄人认为小说中的人物描写应该像照镜子一样，"妍媸好丑令观者自知。最忌搀入作者论断，或如戏剧中一脚色出场，横加一段定场白，预言某某若何之善，某某若何之劣，而其人之实事，未必尽肖其言"。他认为："如《水浒》之写侠，《金瓶梅》之写淫，《红楼梦》之写艳，《儒林外史》之写社会中种种人物，并不下一前提语，而其人之性质、身份、若优若劣，虽妇孺亦

①③ 阿英：《晚清文学丛钞·小说戏曲研究卷》，第 152～153 页，第 320 页，北京：中华书局，1960 年。

② 黄人：《小说林发刊辞》，见郭绍虞《中国近代文论选》，第 499 页，北京：人民文学出版社，1959 年。

能辨之，真如对镜者之无遁形也。"①这实际上既论及了小说的写实，又谈及创作中的反映论、模仿论。此后从清算古小说余毒为出发点也出现了一批此类见解。如《小说林缘起》，倡导写科学小说以求"本科学之理想，超越自然而促其进化"②；如《新世界小说社报发刊辞》，认为可"以小说而力破其神鬼之迷"，"贯输以文明之幸福"③；如时萌（徐念慈）《余之小说观》，以为小说以严肃的匡世求知态度"专写军事、冒险、科学、立志"④者为贵，等等。总之他们积极要求小说摆脱迷信、色情和滑稽，从消闲解闷的圈子中跳出来，转为描写社会生活，从这来看，有一定的启蒙意义。王无生提出创作小说是为"愤政治之压制"、"痛社会之混浊"、"哀婚姻之不自由"而作，强调写小说应该"择事实之能适合于社会之情状者为之，不可不择体裁之能适宜于国民之脑性者为之"。⑤ 又指出小说创作者"宜选择事实之于国事有关者，而译之著之。凡一切淫冶佻巧之言黜弗庸，一切支离怪诞之言黜弗庸，一切徒耗目力、无关宏旨之言黜弗庸"⑥。

此外还有一些倾向于民主派的论者，如《新世界小说社报》未署名的《中国小说大家施耐庵传》，推崇施耐庵以宋江百八人

① 黄摩西：《小说小话》，上海：《小说林》，1907年第1期；阿英：《晚清文学丛钞·小说戏曲研究卷》，第351、352页，北京：中华书局，1960年。

② 徐念慈：《小说林缘起》，见郭绍虞《中国近代文论选》，第502页，北京：人民文学出版社，1959年。

③ 阿英：《晚清文学丛钞·小说戏曲研究卷》，第163页，北京：中华书局，1960年。

④ 郭绍虞：《中国近代文论选》，第508页，北京：人民文学出版社，1959年。

⑤ 王无生：《中国历代小说史论》，见郭绍虞《中国近代文论选》，第227～229页，北京：人民文学出版社，1959年。

⑥ 王无生：《论小说与改良社会之关系》，见郭绍虞《中国近代文论选》，第224页，北京：人民文学出版社，1959年。

之传记戟刺异族虐政和抨击理学遗毒,发扬了否定夫为妻纲的女权思想和对抗民族压迫的尚侠思想,尤其称扬施耐庵那鼓吹民族革命、反对封建皇帝压迫的民权思想是使中国人明晓了民约之义,并由此出发,主张小说要反映"家国之悲,种族之惨",强调小说作者的实践应以"察社会之程度、国民之心理"为前提。①

徐念慈认为小说乃社会的产物,"有社会始成小说",所以小说既应反映"社会势力之发展",又应能动地发挥"促社会之发展,深性情之刺戟"的作用。在论述新小说的客观效能上,他认为"其纪事陈义",不"合于今理想,则新之",又认为它能从"时势的推移"中明晓现实生活"外界之变动,内容之代谢",从而断言"小说与人生,不能沟而分之"。②

这种写实主义思潮到五四新文化运动期间,已成为主流。

当然,随着理性的渐渐介入,真正的学术性的参与和观照渐渐加强。首先,对小说体式方面进行了一些思考。如关于小说分类,已带有文体研究性质。严复、夏曾佑认为小说创作的本质是写出"公性情",无非是"英雄"和"男女"。③ 梁启超又补充:"吾以为人类于重英雄,爱男女之外,尚有一附属性焉,曰畏鬼神。以此在者,可以赅尽中国之小说矣。"④王钟麒又分为"记事体"、"杂记体"和"章回弹词体"三种。⑤ 亦有人将小说分为文言

---

① 郭绍虞:《中国近代文论选》,第 280～282 页,北京:人民文学出版社,1959 年。

② 徐念慈:《余之小说观》,见郭绍虞《中国近代文论选》,第 504～505页,北京:人民文学出版社,1959 年。

③ 严复、夏曾佑:《〈国闻报〉附印说部缘起》,见阿英《晚清文学丛钞·小说戏曲研究卷》,第 2 页,北京:中华书局,1960 年。

④ 梁启超:《小说丛话》,见阿英《晚清文学丛钞·小说戏曲研究卷》,第 310 页,北京:中华书局,1960 年。

⑤ 王无生:《中国历代小说史论》,上海:《月月小说》,1907 年第 1 卷第11 期。

20世纪中国古典文学学科通志

体、白话体、韵文体。当时把戏曲与讲唱艺术归在小说名下。可见,那时的"小说"概念接近叙事文学。成之《小说丛话》①从文学上把小说分为散文体和韵文体。从小说的叙述事实之繁简把小说分为"复杂小说"和"单独小说"两类。胡寄尘《中国小说考源》②从形式上将中国小说分为三类:"记载体、演义体、诗歌体。"其次,对小说具体结构形态等艺术形式进行了思考。曼殊说:"中国小说,欲选其贯彻始终,绝无懈笔者,殆不可多得。然有时全部结构虽不甚佳,而书中之一部分,真能迈前哲而法后世者,当亦不可诬也。"③遂举《儿女英雄传》之前八回,认为"非神笔其能若是乎?"后来又有张行提出中国小说的三种结构形态:一是"包括广博",如《三国志演义》、《东周列国志》;二是"布置精妙",如《水浒传》;三是"结束离奇",认为只有"新译小说间或有之"。他认为结构与题材有关,说:"有大题目然后可做大文章。"如《三国演义》、《东周列国志》。"但无大题目而做大文章",即做大结构的文章,如《水浒传》、《红楼梦》、《西游记》,《西游记》题材荒唐,不足言,"《红楼》尤平平叙去,毫无波浪,而愈阅愈不能相舍,愈阅愈见其精细,真非他作所能比拟也"④。张行还探讨了中国古代小说的形式问题,诸如小说笔法、小说结构、小说材料、小说艺术效应等问题。小说笔法即修辞法,认为小说创作在修辞上有三大要求:"一宜简,二宜雅,三宜显。"作家可以运用四种笔法达到这些境界:一是衬笔。二是补笔,"欲叙一事,头绪纷繁,叙之既嫌杂沓,略之又不显豁,于是利用补笔先叙其一二,其

---

① 成之:《小说丛话》,上海:《中华小说界》,1914 年第 3～8 期。

② 胡寄尘:《中国小说考源》,上海:《小说世界》,1923 年第 1 卷第 11 期。

③ 阿英:《晚清文学丛钞·小说戏曲研究卷》,第 318 页,北京:中华书局,1960 年。

④ 何藻辑:《古今文艺丛书》第 2 集,上海:广益书局,1914 年。

他则于空闲时补之,读者终篇,自能于此事本末终始了了于胸"。三是反笔,近似于衬托、对比的写法。四是缩笔,指所使用的语言具有高度的信息量。①

　　1915 年,陈独秀创办《新青年》杂志,发起了 20 世纪影响最为深远的"文学革命运动"。于是,陈独秀、胡适、钱玄同、周作人、鲁迅、刘半农、沈尹默等主将,以文学革命为旗帜,向旧文学、旧意识形态发起了猛烈轰击。陈独秀《文学革命论》②、《〈新青年〉罪恶之答辩书》③都属重磅炸弹。这次与晚清时期倡导的"三界革命"很相似,但是两者相比,这一次来势更猛烈,前者只是一种改良,而这次纯是革命。"文学革命运动"对小说批评的影响在于:它确立了一种新的价值体系,反对"孔教、礼法、贞节、旧伦理、旧政治",成为此后很多关于中国古典小说批评的价值依据;它通过对中国古典小说的批评,"开始逐步建立唯物主义的文学批评模式,从社会的经济因素出发去分析文学现象和文学发展。这种模式在 20 世纪的 50 年代至 70 年代达到了它的成熟状态。此后,人们在分析中国古代小说的时候,就不是停留在忠奸善恶的道德评判上,而是着眼于社会的经济关系,立足于唯物主义立场,对于小说史的发展规律的理解,也不是停留在'一代有一代之文学'的简单的进化论上,而是从经济基础与上层建筑、意识形态的关系描述文学的性质与地位,运用阶级分析方法去揭示古代社会的性质和古代小说的主流"④。

---

① 黄霖、韩同文:《中国历代小说论著选》(下),第 333 页,南昌:江西人民出版社,2000 年。

② 陈独秀:《文学革命论》,《新青年》,1917 年第 2 卷第 6 期。

③ 陈独秀:《〈新青年〉罪恶之答辩书》,《新青年》,1919 年第 6 卷第 1 期。

④ 黄霖:《20 世纪中国古代文学研究史·小说卷》,第 14 页,上海:东方出版中心,2006 年。

小说美学研究的开创

随着《月月小说》、《小说林》等小说期刊如雨后春笋般涌现，小说在社会上的影响越来越大。如《小说林》创刊于 1907 年 2 月，终刊于 1934 年 9 月，共刊行 12 期，黄摩西主编。主要作家有东亚病夫（曾朴）、包天笑、吴梅、陈鸿璧、黄摩西等。创刊号载有黄摩西《发刊辞》，东海觉我的《小说林缘起》。两文说明当时中国文艺界对于小说的认识，较之前十年夏穗卿、康有为、梁启超辈，有了较深刻的理解。摩西《发刊辞》指出中国人民对小说的看法，已经有了很大的变化，"昔之视小说也太轻，而今之视小说又太重也"。"昔之于小说也，博弈视之，俳优视之，甚且鸩毒视之。""言不齿于缙绅，名不列于四部；私衷酷好，而阅必背人；下笔误徵，则群加嗤鄙。""今也反是，出一小说，必自尸国民进化之功；评一小说，必大倡谣俗改良之旨。吷声四应，学步载途。""虽稗贩短章，苇茢恶札，靡不上之佳谥，弁以美词。一若国家之法典，宗教之圣经，学校之课本，国家社会之标准方式，无一不赐于小说者。其然，岂其然乎？"①东海觉我则更清楚地借黑格尔的理论指出："所谓小说者，殆合理想美学、感情美学而居其最上乘者乎？"②这样的理解，比之过去时代，是大大地迈进了一步。最早将西方美学引入小说研究的是王国维的《红楼梦评论》③，这是文学界西学东渐风潮的一个结果。

---

① 黄摩西：《小说林发刊辞》，1907 年，见阿英《晚清文学丛钞·小说戏曲研究卷》，第 159 页，北京：中华书局，1960 年。

② 东海觉我：《小说林缘起》，见阿英《晚清文学丛钞·小说戏曲研究卷》，第 157 页，北京：中华书局，1960 年。

③ 王国维：《红楼梦评论》，《教育丛书》，上海：教育世界社，1904 年。

王国维的《红楼梦评论》是中国小说批评史上的一个创举，主要探讨了两个问题：小说的起源问题、小说艺术形式与喜剧问题。这两个问题都有启蒙的意义和价值。该文以《红楼梦》为切入点，将康德、叔本华的理论实践化，开创了规范的学术阐释范式。首先表现在它的体系性上。他能"从存在论的高度探讨存在的意义，揭示人的悲剧性存在，然后揭示这种存在论在美学层面上的展开，最后落实在伦理学层面的道德实践上。这个存在论的批评核心，使得王国维的小说评论超越了一般的对于中国古典小说的文艺学和文艺美学研究，而直探文学批评的本体论核心"①。其次，对旧文学的研究法最早地提出了批评。在《红楼梦评论·余论》中，王国维谈道："夫美术之所写者非个人之性质，而人类全体之性质也。惟美术之特质贵具体而不贵抽象，于是举人类全体之性质置诸个人之名字之下。"②他提出要从美学的角度读《红楼梦》，一反当时以政治功利的眼光看待文学的风气，开创了纯文学研究的先河。后世对其评价不一，大约有以下几种：有的认为《红楼梦评论》"违反了《红楼梦》这部作品的客观实际和宣传了消极虚无的人生观，并保留了过去红学家在《红楼梦》研究中的一些唯心主义观念，在文学批评和红学研究上都起消极的作用"③。"他对《红楼梦》悲剧的论断多有牵强之处。"④"王国维的文学精神是反功利的、悲剧主义的，这使他与当时占

---

① 黄霖：《20世纪中国古代文学研究史·小说卷》，第9页，上海：东方出版中心，2006年。

② 阿英：《晚清文学丛钞·小说戏曲研究卷》，第121、122页，北京：中华书局，1960年。

③ 黄霖、韩同文：《中国历代小说论著选》下册，第179页，南昌：江西人民出版社，2000年。

④ 任访秋：《中国近代文学史》，第493页，开封：河南大学出版社，1988年。

主导地位的'新小说'的思想大相径庭,而且与现代文学精神也格格不入。"①评价为"长短互见"者也有之。《王国维文艺批评著作批评》②中说:"这不是一篇多么好的批评文章,因为在主张上是不完全的,对《红楼梦》的鉴赏是错误的。然而就文艺批评史的眼光看,却不失为一篇重要的作品,原故是,他终究在中国超出于前人。"叶嘉莹认为:"其主要之成就乃在于静安先生所开拓出的一条有理论基础及组织系统的批评途径,而其缺点则在于过分倚赖西方已有的成就,竟想要把中国的古典小说《红楼梦》完全纳入叔本华的哲学及美学模式中,而未能就《红楼梦》本身真正的意义与价值来建立起自己的批评体系,其成功与失败之处,当然都是值得我们作为借鉴的。"完全肯定者也有之。有论者认为:"王国维是第一个系统地运用西方哲学思想研究中国文学的学者,也是中国近代美学的开创者……王国维文艺观的核心,是强调文学的独立价值,反对以功利的目的来约制和衡量它。""这是对以政教为中心的载道文学的尖锐抨击。总之,在争取个性解放的历史背景下,要求文学彻底摆脱工具性的附属地位,在'人'的意义上确立文学的价值观,这是必然的、不断增进的趋势。而王国维的贡献,是通过引入西方学说把这种要求高度理论化了。"③

关于《红楼梦评论》的作用与影响,有的学者指出:"王国维的纯文学主张,虽然不能成为文学的主流,但它却弥补了为政治而文学者的缺失,使文学得以维持其艺术性,也使新文学在诞生时有一个比较健康的环境。从这些角度来观察,王国维对中国

<hr />

① 王旭川、马国辉:《中国近代小说思想》,第60~61页,上海:华东师范大学出版社,1997年。

② 李长之:《王国维文艺批评著作批评》,《文学季刊》创刊号,1934年11月。

③ 章培恒、骆玉明:《中国文学史》下册,第646页,上海:复旦大学出版社,1996年。

文学走向世界以及对新文学的出现，都有不容低估的贡献和影响。"①何郁评价为："王国维第一次建立了自己的小说批评系统。从王国维开始，中国文学的小说批评发生了话语方式的变化，这种变化比起梁启超启蒙意义更大，是一种根本性的变化。王国维几乎完全摈弃了以往的批评话语，而采用了一种更具独立评判价值的美学的文学的话语批评方式。在这种批评话语方式里，不仅所有的批评话语打上了鲜明的个人色彩，而且它是非功利的超功利的，它是纯粹的美学的文学的批评。它已经很接近现代主义的文学批评观了。如果说近现代文学批评革命的话，那么，王国维的第一篇文学批评文字——《红楼梦评论》，则是文学批评和小说批评的第一篇革命宣言。也正是从这个意义上我们说，王国维较之梁启超启蒙的意义更大。"②

同样深受西学东渐风潮影响，还有一些学人也能够从小说美学方面对《红楼梦》加以阐释。如侠人在对《红楼梦》的评析中得出结论，认为：《红楼梦》"可谓之政治小说，可谓之伦理小说，可谓之社会小说，可谓之哲学小说、道德小说"③。显示出作者视角的多元，与今天学界所公认的"《红楼梦》主题的多义性"暗合，可以说是较早地摆脱红学评点派的绳索而走向新理论评论的一种尝试。他认为中国古代小说在审美上有一种神力，叫做"迷"。"读之使人化身入其中，悲愉喜乐，则书中人之悲愉喜乐也，云为动作，则书中人之云为动作也，而此力之大小，于卷帙之繁简，实重有关系焉。"④他也谈及《红楼梦》的悲剧美："今读《红

---

① 蒋英豪：《王国维与世界文学》，上海：《复旦学报》，1997年第2期。

② 何郁：《梁启超〈论小说与群治之关系〉与王国维〈红楼梦评论〉之比较批评》，青岛：《东方论坛》，2000年第2期。

③ 黄霖、韩同文：《中国历代小说论著选》下册，第60页，南昌：江西人民出版社，2000年。

④ 阿英：《晚清文学丛钞·小说戏曲研究卷》，第329页，北京：中华书局，1960年。

楼梦》十二曲中，凡写一人，必具一人之苦处，梦寐者以为褒某人，贬某人，不知自著者大智、大慧、大慈、大悲之眼观之，直无一人而不可怜，无一事而不可叹，悲天悯人而已，何褒贬之有焉?"①

从王国维到这一时期人们对小说美学的关注与阐释，黄霖等学人曾就此有精辟的总结："由对小说的艺术效应的美学描述，到对创作主体的审美理想的关注；由强调古代小说对古代社会生活的模仿，到强调古代审美理想对古代小说家的美学创造的影响，美学维度的研究正在走向深入。"②

小说史的初步建构

20世纪初，在西方文学史观的浸淫下，一时间编写中国文学史蔚然成风。西方学者先我们一步编写出了几部中国文学史，如俄国瓦西里耶夫《中国文学史纲要》(1880)、英国翟理斯《中国文学史》(1901)、德国葛鲁贝《中国文学史》(1902)，其中也涉及中国古代小说的内容。最早的中国小说史著作，可能还属笹川临川1897年出版的《中国小说戏曲小史》③，书中树起史的框架。第一编为"中国小说戏曲的发展"，对元代以前的小说戏曲发展有一个概要的介绍，后在元、明、清各编的第一章概述中对每一朝代的小说戏曲发展也都有一个概要的介绍。可以说这是第一次对中国小说戏曲做史的梳理，突破了封建士大夫的正

① 阿英：《晚清文学丛钞·小说戏曲研究卷》，第326页，北京：中华书局，1960年。

② 黄霖：《20世纪中国古代文学研究史·小说卷》，第11页，上海：东方出版中心，2006年。

③ 笹川临川，本名种郎，东京人。该书共191页，东京东华堂明治三十年(1897年)六月七日印刷，十日发行。

统观念,开始重视小说戏曲,并能给予积极的评价。狩野直喜的《中国小说史》,是他于大正五年(1916 年)在京都大学讲授《中国小说史》(直到 1992 年才出版)时的讲稿,在当时产生过很大的影响。首列《总论》一篇,对小说的价值地位特性等一些根本性的问题进行了探讨。他从检讨历代的书志入手,说明了小说在中国古代长期不受重视,对小说的文学价值没有足够的认识,认为元代以来的通俗小说的基本特点有二:一是能很好地表现各色人等的性格与性情;二是运用口语。另外,从小说的内容上考察,他指出中国的小说与其他文学作品一样强调其道德教育作用,所以一般都标榜"劝善惩恶"。以此出发,就常常描写那种极端的阴暗面,以及男女之情、盗贼、恶人和种种有害于风俗和社会秩序的事,因此往往被目为文体鄙俗、迷惑读者、有害于社会。他在第二章叙述"小说的起源"时,又有所补充。他进一步将小说分为"口语体小说"与"雅文体小说"两种,并注意到小说有"叙事叙景"、虚构"想象"和描写"社会实情"等特点。在此基础上,他考察了"小说"之名的起源,勾勒了从先秦到魏晋南北朝,再到唐宋的发展轨迹,认为:宋元以前的小说,由于与神仙老庄之学关系密切,故多神仙怪谈;唐代小说虽多想象和注重娱乐性,但多用雅言,只是在读书人中流传;宋元以后,注重口语化,故事也趋向复杂化,逐渐为下层百姓所欢迎。应该说,狩野对于小说特性与史的认识比笹川进了一步。盐谷温的《中国小说史略》(1919 年)与狩野不同的是他将先秦神话与两汉六朝小说的时间顺序梳理得更为清楚,作品所涉及范围更广,也更具代表性。盐谷温一方面将先秦诸子中的神话传说到汉魏六朝的异闻琐语等都写进了他的小说史,另一方面又根据西方的小说观,明确地表示真正符合近代意义的小说,是直到宋代才兴起的"浑词小说"。他之所以认为这类小说是真正意义上的小说,主要是基于这两点认识:一、用"俗语体";二、"很有趣"。他的一些评论文字与金圣叹《读第五才子书法》等有着千丝万缕的关系，但同时也鲜明地显示出已经脱胎换骨的风貌，其着眼点并不在于一般的文字优美、情节曲折、人物性格、虚实关系等等，而是从一个个人物的活泼泼的性格中观照人类的普遍性情和人性美，并注意张扬它们的世界性意义，因而，这种小说观念已经标志着东西方学术交融之后从传统走向了现代。他的《中国小说史略》显然对鲁迅的《中国小说史略》产生了直接的影响。① 总之，这些日本学者并没有完全依据中国传统的小说观和治学方法，而是折中了当时东西方不同的小说史观和方法论来进行工作的。

中国学者黄人1904年开始写作《中国文学史》，列"明人章回小说"一节，只是没有完整论述。这可算做是中国小说史的撰写开端，中国学人小说史观念渐次形成。陆绍明在《月月小说发刊辞》上论及中国小说史问题：将中国古代小说以载体的不同而分成五个时代，即"口耳小说之时代"、"竹简小说之时代"、"布帛小说之时代"、"誊写小说之时代"、"梨枣小说之时代"，有一定创意。② 王钟麒在《月月小说》上发表《中国历代小说史论》一文，第一次明确提出"中国历代小说史"的概念。"举四千年之书史，发其扃读之……而独大凑其心思智慧以读小说；既编而为史，复从而论之。"③

鲁迅1920年在北京大学讲授中国小说史，1923—1924年北京大学新潮社出版了《中国小说史略》上下二册。郑振铎说："鲁迅的《中国小说史略》乃是这时期最大的收获之一，奠定了中

---

① 参见黄霖：《20世纪中国古代文学研究史·小说卷》，第70～73页，上海：东方出版中心，2006年。

② 陆绍明：《月月小说发刊辞》，见阿英《晚清文学丛钞·小说戏曲研究卷》，第145页，北京：中华书局，1960年。

③ 天僇生：《中国历代小说史论》，《月月小说》，1907年第1卷第11期。

国小说研究的基础。"①这本书深受盐谷温的《中国小说史略》的影响,鲁迅曾说过:"盐谷氏的书,确是我的参考书之一。"②鲁迅自称治小说史,每一部分"我都有我独立的准备"。将《古小说钩沉》、《唐宋传奇集》、《小说旧闻钞》三书与《中国小说史略》相对照,不难发现鲁迅著述态度之严谨。鲁迅对于自家著作颇为自得,《中国小说史略》的《序言》开头就是:"中国之小说自来无史。""例如小说史罢,好几种出在我的那一本之后,而凌乱错误,更不行了。这种情形,即使我大胆阔步,小觑此辈,然而也使我不复专于一业,一事无成。"③鲁迅《中国小说史略》的贡献在于:第一次完成了对中国古代小说的全部分类;以时间为顺序,将中国古代小说贯串起来;将史学眼光与艺术的评价相结合,时段的发展与类别的划分相统一,纵横交错,自成体系;史料考据与文学感悟相融合,虚与实融合,史与论相融合。

此前还有张静庐的《中国小说史大纲》,泰东图书局 1920 年 6 月出版,凡 5 卷,1921 年 3 月再版,改为 10 章。当时张静庐才二十刚出头。他于自序中言道:准备做一个失败的人,希望用他的"失败"来勾起一班小说家与考据家"做极详细的小说史来"。④ 故王无为在该书的《序》中说他"实开吾国小说史之先河"。但由于太年轻,张著有很多失当之论。此外还有庐隐《中国小说史略》⑤,胡从经在其《中国小说史学史长编》中曾欣赏其作为女性作家的敏锐感受,但照搬盐谷温的观点处很明显。

① 郑振铎:《〈中国新文学大系·文学论争集〉导言》,第 17 页,上海:上海文艺出版社,1981 年。

② 鲁迅:《不是信》,《鲁迅全集·华盖集续编》,第 229 页,北京:人民文学出版社,1996 年。

③《鲁迅全集》第 11 卷,第 315 页,北京:人民文学出版社,1996 年。

④ 张静庐:《中国小说史大纲·自序》,第 15～17 页,上海:泰东图书局,1921 年。

⑤ 庐隐:《中国小说史略》,北京:《晨报》副刊《文学旬刊》,3 至 11 号。

沿着鲁迅通史体小说史专著之路走的有:徐敬修编写的《说部常识》①。日本宫原民平的《支那小说戏曲史概说》②,其借鉴鲁迅之处甚多。范烟桥1927年出版《中国小说史》,在史的观念方面有较大的进步。其自述体例为"以时代为纲,以著作为目,而以作者经纬之",致力于"探索其源流沿革,察其变化递嬗之迹象,以著其绩",开始将中国古代的小说分为"混合时期"、"独立时期"、"演进时期"、"全盛时期"四个阶段来阐述,所有论及的小说都出目,使读者一览无余。全书共17万言,与《说部常识》一样,打通古今,在材料方面超过了所有前著,特别在近现代方面搜罗特勤。该书对小说理论批评也加以关注,虽较简略,但在整个世纪的小说史著中比较少见。1925年4月,刘永济在《学衡》杂志上发表《说部流别》一文,估计于此后不久,即扩而成《小说概论讲义》一书,万余言,用文言写就。③

小说作为文学加以研究的初步尝试

自王国维后,小说应作为一种文学视之的态度开始形成,小说回归文学本体的研究也开始起步,世纪初的学人们开始尝试采用多种研究方法。其中受西学东渐风的影响而产生的研究视角与方法有下面一些。

比较方法的运用。侠人最早于1904年就在《小说丛话》中用中西小说比较的视角,对双方评分短长,从分类、卷帙繁简、起局结尾等小说元素进行观照。东海觉我于1907年《小说林缘

---

① 徐敬修:《说部常识》,上海:大东书局,1925年。

② 宫原民平:《支那小说戏曲史概说》,东京:共立社,大正十四年十二月五日。

③ 黄霖:《20世纪中国古代文学研究史·小说卷》,第76～77页,上海:东方出版中心,2006年。

起》中批判当时只崇尚外国小说,而贬中国小说,甚至贬《红楼梦》的现象。他说:"西国小说,多述一人一事;中国小说,多述数人数事:论者谓为文野之别,余独谓不然。事迹繁,格局变,人物则忠奸贤愚并列,事迹则巧拙奇正杂陈,其首尾联络,映带起伏,非有大手笔,大结构,雄于文者,不能为此,盖深明乎具象理想之道,能使人一读再读即十读百读亦不厌也。"①也有人谈起在结构模式上的中西差异:"读中国小说,如游西式花园,一入门,则园中全景,尽在目前矣。读外国小说,如游中国名园,非遍历其境,不能领略个中况味也。盖以中国小说,往往开宗明义,先定宗旨,或叙明主人翁来历,使阅者不必遍读其书,已能料其事迹之半。而外国小说,则往往一个闷葫芦,曲曲折折,直须阅至末页,方能打破也。"②金松岑的《论写情小说与新社会之关系》通过评价西洋小说对中国读者带来的影响来估价小说与革命现实之关系。金松岑表示崇拜"十五小豪杰",希冀国人能效学小说中人物的"冒险独立"、"建立新共和制"之奋斗精神;又表示崇拜"东欧女豪杰"、"无名之英雄",因为她们能"使吾国民而皆如苏菲亚、亚晏德之奔走党事,次安、绛灵之运动革命",掀起"汉族之光复"的激情;读《黑奴吁天录》而为其被压迫的遭遇而悲愤,说从中看到"吾国民未来之小影,恐不为哲尔治、意赛而为汤姆也",指出中国人也会如黑奴之起来挣脱镣铐击碎奴隶的命运的。③ 这些观点皆超越改良主义小说批评的范畴了。

典型论的初现。《〈国闻报〉附印说部缘起》中即有颇似后来西方成熟的典型论论点,如:"谓英雄必传于世,则古来之英雄何

---

① 黄霖、韩同文:《中国历代小说论著选》下册,第 292~293 页,南昌:江西人民出版社,2000 年。

② 梁启超等《小说丛话》中有解脱者引徐子敬吾之语,上海:《新小说》,第 7 号,1903 年。

③ 金松岑:《论写情小说与新社会之关系》,见郭绍虞《中国近代文论选》,第 523 页,北京:人民文学出版社,1959 年。

限;谓男女之事之艳异者必传于世,则古来缠绵悱恻之事亦何限。茫茫大宙,有人以来,二百万年,其事夥矣,其人多矣,而何以惟曹、刘、崔、张等之独传,而且传之若是其博而大也?"①这就触及了典型人物形象的产生问题。在回答此问题时虽然还不能明确地从典型概括高度来作出结论,然而也作了类似的回答,认为主要是因为作者在描绘这些人物事迹时或"稍有事实,略作依违",使"人同此心",故"书行自远","或则依托姓名,附会事实,凿空而出,称心而言,更能曲合乎人心者也"。梁启超在《论小说与群治之关系》一文中也初步看到了小说的典型概括能力,认为小说的能力之一是:"人之恒情,于其所怀抱之想像,所经阅之境界,往往有行之不知,习矣不察者,无论为哀、为乐、为怨、为怒、为恋、为骇、为忧、为惭,常若知其然而不知其所以然。欲摹写其情状,而心不能自喻,口不能自宣,笔不能自传。有人焉,和盘托出,彻底而发露之,则拍案叫绝曰:'善哉善哉! 如是如是!'所谓:'夫子言之,于我心有戚戚焉。'"②徐念慈对这一环的理解更明朗一点。他认为"小说之于日用琐事,亘数年者,未曾按日而书之",而必须"于艺术上除去无用分子,发挥其本性"。这是强调小说不应平铺直叙生活,必须经过艺术的陶冶,滤去无关宏旨的细枝末节,而突出反映生活的主要矛盾以豁现其本质。他依据黑格尔美学原理来解释小说特征时说:"事物现个性者愈愈丰富,理想之发现亦愈愈圆满。"③

　　小说文献研究的启动。从世纪初到 1917 年是小说文献学的酝酿期。作品整理刊印方面,1915 年缪荃孙将其"避难沪上"

---

　　① 严复、夏曾佑:《〈国闻报〉附印说部缘起》,见阿英《晚清文学丛钞·小说戏曲研究卷》,第 10 页,北京:中华书局,1960 年。

　　② 梁启超:《论小说与群治之关系》,见阿英《晚清文学丛钞·小说戏曲研究卷》,第 15 页,北京:中华书局,1960 年。

　　③ 徐念慈:《小说林缘起》,见郭绍虞《中国近代文论选》,第 501 页,北京:人民文学出版社,1959 年。

时所发现的《京本通俗小说》编入《烟画东堂小品》中刊印（后来不少研究者指出这是一部伪书）。1916年，罗振玉、王国维将从日本三浦将军处发现的《大唐三藏法师取经诗话》小字本影印出版。第二年，他们又将日本德富苏峰所藏另一版本《大唐三藏法师取经诗话》编入《吉石丛书》再次印刷。1917年，著名藏书家董康将《新编五代史平话》、《剪灯新话》、《剪灯余话》、《醉醒石》等四种小说收入其《诵芬室丛刊》中，加以出版。小说戏曲资料的搜求整理方面，钱静方、蒋瑞藻堪称先驱。钱静方有《小说丛考》，蒋瑞藻有《小说考证》、《小说考证拾遗》和《小说枝谈》。从钱静方、蒋瑞藻起，研究者都十分重视小说本事的收集、考证与研究，不过他们关注的是小说素材的原型，以及所谓"虚实"问题。如《济公全传》中的济公，民间误指为南宋的僧人李修缘，钱静方《小说丛考》指出济公实即志公。

传统学术方法亦用于小说研究中。这不是走老路，而是用研究诗文的传统学术方法来研究小说，从而使小说研究真正进入学问之门，不仅地位提高了，而且更加科学规范了。这是伴随着五四运动，胡适等人提出的"整理国故"口号而诞生的。毛子水《国故和科学精神》①一文从理论上阐释文献研究的必要性，认为："研究国故并不是要抱残守缺，而是要用科学的精神对国故进行整理。"胡适《论国故学——答毛子水》一信（1919年8月），更加明确"发明一个字的古义，与发现一颗恒星，都是一大功绩"。又在《新思潮的意义》中正式提出"整理国故"的口号，指出"新思潮的意义对于旧有文化的态度，在消极的一方面是反对盲从，是反对调和；在积极一方面，是用科学方法来做整理的工夫"②。整理国故运动对古典小说研究影响很大。首先，更多的

① 毛子水：《国故和科学精神》，北京：《新潮》，1919年第1卷第5期。
② 胡适：《新思潮的意义》，《胡适文存》第1集卷2，上海：亚东图书馆，1921年。

研究者加入到古典小说研究行列中。另外,古典小说开始了文献研究,即校读、标点、考证。胡适提出"历史的考据",即从一种文学故事的历史演变过程以及各种演变的背景进行具体地勾勒,从而显示一种故事演变史的轮廓。

传统小说理论的再出新。从晚清至 20 世纪初,小说理论可以作为中国古典文学理论与现代新文学理论的纽带。邱炜萲《菽园赘谈·金圣叹批小说说》(1897 年)从钟伯敬、李卓吾谈到金圣叹。觚庵《觚庵漫笔》(1907 年)谈及毛氏批评。解弢《小说话》(1919 年)谈及《儒林外史》评语。尤其关于金圣叹的研究,在 20 世纪初这些小说史论著中尤其显著。

一批反清论者从政治上彻底否定金圣叹,并一笔抹杀其小说评点,如燕南尚生《新评水浒传》、黄人《小说小话》及《小说林发刊辞》中都加以否定。新鲜的是,否定者是从新时代的新标准出发,认为金是维护封建专制统治的"民贼"。历史正是开了个大玩笑,原本被封建统治者当做"倡乱"的"邪鬼"而必欲"诛"之而后快的金圣叹,现在又反过来,被说成是维护封建专制统治而成为历史的罪人了。①

对金圣叹作了认真研究的是史学家孟森。他的《金圣叹考》②梳理出了金圣叹生前身后的许多原始材料,澄清了一些事实,第一次将金圣叹的评点与八股评点联系起来,从而给胡适以极大的启发。胡适在 1920 年《水浒传考证》中加以发挥,遂对以后金圣叹研究产生了深远的影响。他说:

> 金圣叹用了当时"选家"评文的眼光来逐句批评《水浒》,遂把一部《水浒》凌迟碎砍,成了一部"十七世纪眉批夹

---

① 黄霖:《20 世纪中国古代文学研究史·小说卷》,第 101 页,上海:东方出版中心,2006 年。

② 孟森:《金圣叹考》,上海:《小说月报》,1916 年 1 月第 7 卷第 4 号。

注的白话文范"！例如圣叹最得意的批评是指出景阳冈一段连写十八次"哨棒"，紫石街一段连写十四次"帘子"和三十八次"笑"。圣叹说这是"草蛇灰线法"！这种机械的文评正是八股选家的流毒，读了不但没有益处，并且养成一种八股式的文学观念，是很有害的。

胡适进一步说：

> 金圣叹的《水浒》评，不但有八股选家气，还有理学先生气……把《春秋》的"微言大义"用到《水浒》上去，故有许多极迂腐的议论。

胡适此论比之前人指责来得更切实。而且，胡适在批评金圣叹评点所存问题时，并没有一笔抹杀，而是实事求是地高度评价了他在中国小说批评史上的地位：

> 金圣叹是十七世纪的一个大怪杰。他能在那个时代大胆宣言，说《水浒》与《史记》、《国策》有同等的文学价值，说施耐庵、董解元与庄周、屈原、司马迁、杜甫在文学史上占有同等的位置，说："天下之文章无有出《水浒》之右者，天下之格物君子无有出施耐庵先生右者！"这是何等眼光！何等胆气！……又如他对他的儿子说："汝今年始十岁，便以此书相授者，非过有所宠爱，或者教汝之道当如是也……人生十岁，耳目渐吐，如日在东，光明发挥。如此书，吾即欲禁汝不见，亦岂可得？今知不可相禁，而反出其旧所批释，脱然授之于手也。"这种见解，在今日还要吓倒许多老先生与少先生，何况三百年前呢？

胡适的评价是中肯的。他从小说理论与小说评点发展史的角度来评价金圣叹，开启了现代科学意义上的研究金圣叹的风气。

同时，东瀛学者也关注金圣叹研究。幸田露伴陆续撰写了关于金圣叹的研究文章，如1918年《水浒传的批评家》，1926年《支那小说》，1927年《金圣叹》等。辛岛骁亦有《金圣叹的生平及其文艺批评》①等。

语言、结构、人物刻画、细节描写等创作方法的细部探究。这一时期对小说创作方法的研讨，散见于各家篇章，虽显得零散，但确有较多论者注重对小说之语言、结构、人物刻画与细节描写诸专题的认真探究。

关于小说语言，强调应求平易通俗，接近口语。相关文章有：《官场现形记叙》(忧患余生)、《〈国闻报〉附印说部缘起》(严复、夏曾佑)、《论文学上小说之位置》(狄平子)、《孝女耐儿传序》(林纾)等。这些文章均反对"钩章棘语"、"诘屈聱牙"，从小说功能着眼倡导言文一致，"诚以文之作用，非以为玩器，以为菽粟也"。从促进通俗文学繁荣的角度上立论，认为"俗语文体之流行，实文学进步之最大关键"，因而主张"剥去铅华，专以俗语提倡一世"②。林纾提出了注意小说语言风格的生动性和多样性问题。

关于小说结构的研究，当推徐念慈与林纾。前者以为中国小说不若西洋小说之"多述一人一事"，而是"多述数人数事"，因此主张应根据其"事迹繁，格局变，人物则忠奸贤愚并列，事迹则巧拙奇正杂陈"的特点，在处理结构布局上要着重"首尾连络，映带起伏"，才能使事物的个性表现得愈加丰富鲜明。③ 林纾也特别推举《红楼梦》的"制局精严"、"用笔缜密"④，由此出发，他在

① 〔日〕辛岛骁：《金圣叹的生平及其文艺批评》，《京城帝国大学法文学会第二部论纂》第1辑，收入《朝鲜支那文化研究》，东京刀江书院，1927年。

② 狄平子：《论文学上小说之位置》，见黄霖、韩同文《中国历代小说论著选》下册，第119页，南昌：江西人民出版社，2000年。

③ 东海觉我：《小说林缘起》，见黄霖、韩同文《中国历代小说论著选》下册，第292、293页，南昌：江西人民出版社，2000年。

④ 林纾：《孝女耐儿传序》，见黄霖、韩同文《中国历代小说论著选》下册，第244页，南昌：江西人民出版社，2000年。

《块肉余生述》前编序中提出：一方面要在结构布局上注意"骨力气势"的整体安排，另一方面又要避免因"纵笔至于灏瀚"而"往往遗落其细事繁节"，而主张必要做到"伏脉至细，一语必寓微旨，一事必种远因。手写是间，而全局应有之人，逐处涌现，随地关合；虽偶尔一见，观者几复忘怀，而闲闲着笔间，已近拾即是，读之令人斗然记忆。循编逐节以索，又一一有是人之行踪，得是事之来源"。

关于小说人物性格的研究，有的就刻画人物的目的及刻画人物的技巧加以评述。忧患余生为《官场现形记》所作序言中，称赞李伯元卓越的艺术手腕，雕塑官吏丑恶形象"如颊上之添毫，纤悉毕露，如地狱之变相，丑态百出"；同时他提出为"若辈绘影绘声"，乃是为了"定一不磨之铁案，不但今日读之，奉为千秋公论，即若辈当日读之，亦色然神惊，而私心沮丧也"。① 徐念慈认为要突出人物之特征（《小说林缘起》）；俞樾认为描写人物必定要有声有色，才有生命，盛赞"柳麻子说武松打店，初到店内无人，蓦地一吼"等"闲中着色，精神百倍"。②

关于细节描写。充分注意到细节描写是构成小说的一个重要组成部分，如《〈国闻报〉附印说部缘起》，论者强调了小说描写的细致性与形象性，把它称为"繁法的语言"，认为其特征就是跟叙事、说理的"以一语而括数事"相对立，必须"衍一事为数十语，或至百语、千语，微细纤末，罗列秩然，读其书者，一望之顷，即恍然若亲见之事然"③。有的研究者更进一步举例论证小说描写

---

① 忧患余生：《官场现形记序》，见黄霖、韩同文《中国历代小说论著选》下册，第102页，南昌：江西人民出版社，2000年。

② 俞樾：《七侠五义序》，见黄霖、韩同文《中国历代小说论著选》上册，第639页，南昌：江西人民出版社，2000年。

③ 严复、夏曾佑：《〈国闻报〉附印说部缘起》，见阿英《晚清文学丛钞·小说戏曲研究卷》，第11页，北京：中华书局，1960年。

的特色及其应达到的深度,如《小说原理》中有这样的论述:"如《水浒》武大郎一传,叙西门庆、潘金莲等事,初非有奇事新理,不过就寻常日用琐屑叙来,与人人胸中之情理相印合,故自来言文章者推为绝作。若以武大人唐书、宋史列传中叙之,只有'妻潘通于西门庆,同谋杀大'二句耳。"由此论者更进一层提出,小说描写必达到"使听其空谈而如见实事焉"。① 有的论者还将上述说法,更进一步作了阐发,指出小说中的描写所以有异于叙述或说理,是因为它同样阐明事理的一义,绝不流于平直的表述,而可以淋漓尽致地"纵说之,横说之,推波而助澜之"。同时也提出"形""神"结合之问题。《论文学上小说之位置》还提出,小说的细节描写,不是无意义无目的地玩弄笔墨,而是为了"觉世"。俞樾整理《七侠五义》时,盛赞其"笔意酣恣,描写既细入毫芒,点染又曲中筋节"。夏曾佑《小说原理》认为小说细节描写是否生动,与体验生活深入与否,有着极其密切的关系。他又提出"以大段议论羼入叙事之中,最为讨厌。读正史记者,无不知之矣。若以此习加之小说,尤为不宜"②。这很能纠正晚清小说界时弊。

除此之外,神话研究的启动与民俗学视角的引入也成为世纪初中国古代小说研究的新课题。神话研究起源于西方文化人类学。这种研究思潮把神话视为历史,而不是宗教或无稽之谈,神话记录着民族的起源与文化的诞生。这一时期也有研究者对此加以尝试,如茜海《古帝感生之神话》③、沈雁冰《中国神话研究》④、鲁迅《中国小说史略》之《神话与传说》篇,初步解释了中国神话少的原因在于黄河生存环境之恶劣及儒家文化价值取向,还在于中国文化的"神鬼不别"的现象,原始信仰没能蜕尽,

①② 夏曾佑:《小说原理》,见黄霖、韩同文《中国历代小说论著选》下册,第110页,第112页,南昌:江西人民出版社,2000年。
③ 茜海:《古帝感生之神话》,上海:《进步杂志》,1913年第3卷第6期。
④ 沈雁冰:《中国神话研究》,上海:《小说月报》,1925年第16卷第1期。

神话由此僵死。民俗学视角的引入是受西学东渐风的影响,赵景深《西游记民俗文学的价值》①做了成功尝试。

古典名著的专题研究

一、《三国演义》的研究

20世纪前十年《三国演义》研究开始尝试运用西方的美学理论,开始从古典形态向现代形态转型。如夏曾佑《小说原理》、张冥飞《古今小说评林》、箸超《古今小说评林》等,对《三国演义》都有新见。多数评论者好从风俗改良、教育意义、社会效果等角度来评价,如黄人《小说小话》、吴趼人《两晋演义序》等。五四运动以后,逐渐摆脱以评点为主体的感悟式批评而进入现代研究时期。如胡适与钱玄同书信往来,关于《三国演义》意见不同,但最后他们各自吸取了对方的意见。1923年,谢无量于上海商务印书馆出版《平民文学的两大文豪》,该书运用美国实用主义哲学理论,着重从社会思想角度考论了罗贯中的思想和《三国演义》的文学价值。

二、《水浒传》的研究

20世纪初,由于西学东渐和社会改良思潮的深刻影响,《水浒传》研究也出现了新气象。关于《水浒传》的主题,认为《水浒传》乃"诲盗"、"志盗"之书者有,如严复、夏曾佑《〈国闻报〉附印说部缘起》,梁启超《译印政治小说序》、《论小说与群治之关系》等,他们重视小说的教化效应,认为小说"宗旨所存,则在乎使民开化"②。认为此乃一部表现"民主、民权之萌芽"之小说者有,

---

① 赵景深:《西游记民俗文学的价值》,天津:《觉悟》,1923年7月。

② 严复、夏曾佑:《〈国闻报〉附印说部缘起》,见黄霖、韩同文《中国历代小说论著选》下,第5页,南昌:江西人民出版社,2000年。

如定一《小说丛话》、眷秋《小说杂评》，认为："吾观《水浒》诸豪，尚不拘于世俗，而独倡民主、民权之萌芽，使后世倡其说者，可援《水浒》以为证，岂不谓之智乎？吾特悲世之不明斯义，污为大逆不道。"①认为此乃一部"鼓吹武德，提振侠风"之小说者有，如燕南尚生《水浒传或问》、卧虎浪士《女娲石序》等。认为此乃一部反对"暴君酷吏之专制"的"良小说"者有，如侠人《小说丛话》，吴沃尧《说小说》甚至认为此乃一部宣扬"社会主义"的小说。王钟麒《论小说与改良社会之关系》、《中国三大家小说论赞》，黄人《小说小话》，燕南尚生《新评水浒传叙》、《水浒传命名释义》中也有类似提法，认为这是一部"发明公理，主张宪政"的小说。其实他们的小说理论批评乃资产阶级维新运动的一个组成部分。

三、《金瓶梅》的研究

这一时期一直围绕《金瓶梅》的价值与历史地位展开讨论。一批经受新思想洗礼的学者对《金瓶梅》评价较高。

天僇生《中国历代小说史论》认为《金瓶梅》是一部写下等社会的小说，是为"痛社会之混浊"②而作。有相类看法的还有黄世仲的《改良剧本与改良小说关系于社会之重轻》③、狄平子《小说新语》④等。

陈独秀、钱玄同，特别是鲁迅都肯定其价值。鲁迅在《中国小说史略》、《明清小说两大主潮》、《论讽刺》、《反对"含泪"的批

① 定一等：《小说丛话》，见黄霖、韩同文《中国历代小说论著选》下册，第 68 页，南昌：江西人民出版社，2000 年。

② 天僇生：《中国历代小说史论》，《月月小说》，第 1 卷第 11 号，见黄霖、韩同文《中国历代小说论著选》下册，第 314 页，南昌：江西人民出版社，2000 年。

③ 黄世仲：《改良剧本与改良小说关系于社会之重轻》，上海：《中外小说林》，第 2 年第 2 期，1908 年。

④ 狄平子：《小说新语》，上海：《小说时报》，1911 年第 9 期。

评家》等论著中，从四个方面肯定《金瓶梅》在小说发展史上的地位与价值：第一，站在小说发展史的高度，以小说史家的小说分类的眼光确定《金瓶梅》是一部世情书。第二，其构思特点是"著此一家，骂尽诸色"，具写实特色。第三，就艺术而言，是同时代说部中最好的。第四，并非淫书，分析了写床笫行为文字产生的时代必然性。

1908年，王钟麒撰《中国三大小说家论赞》①，该文强调在茫茫宇宙中，"其思想有能高出社会水平线以外者，厥惟小说家"，对小说家的功绩给予高度的评价。在论述《金瓶梅》的思想意义时，作者否定了"淫书"说，认为它是一部揭露社会黑暗世相的现实主义之作，作者"遭际浊世，把弥天之怨，不得不能而为厌世主义，又从而摹绘之，使并世者之恶德，不能少自讳匿者"。这一观点对现代研究者有着一定的影响。

郑振铎《文学大纲》1927年出版，承认《金瓶梅》善写家庭善写女性，是"彻头彻尾"的一部"近代期的产品"。他所说的近代，就其描写方法来说是写实主义的，"在始终未尽超脱过古旧的中世纪传奇式的许多小说中，《金瓶梅》实是一部可诧异的伟大的写实小说"②。后来他又进一步为之定位："她不是一部传奇，实是一部名不愧实的最合于现代意义的小说。""惟《金瓶梅》则是赤裸裸的绝对的人情描写；不夸张，也不过度的形容。像她这样的纯然以不动感情的客观描写，来写中等社会的男与女的日常生活的，在我们的小说界中，也许仅有这一部而已。"③

----

① 王钟麒：《中国三大小说家论赞》，上海：《月月小说》，1908年第2卷第2期。

② 郑振铎：《中国小说的第二期》，《文学大纲》，上海：商务印书馆，1927年。

③ 郑振铎：《插图本中国文学史》，第1068页，上海：上海人民出版社，2005年。

沈雁冰《中国文学内的性欲描写》①，从中国文学性欲描写的历史发展出发，论述《金瓶梅》"直接描写日常人生"，于"以历史人物为中心，托附史乘"的古小说，"方开了一条新路"，并对"性欲小说"的特点及在明代兴盛的时代原因作了论述，认为有"它的社会背景"。这些观点曾对今人的研究产生较大影响。

四、《儒林外史》的研究

五四新文化运动中，《儒林外史》被胡适、钱玄同推之为"吾国第一流小说"。

1920年4月在上海亚东图书馆出版的《儒林外史》卷首，载有胡适《吴敬梓传》、陈独秀《新序》、钱玄同《新序》。这三篇专论标志着用新的小说观念研究吴敬梓及其《儒林外史》的开始，进入了一个用实证主义、社会学、进化论、美学等多元化方法研究的开拓性阶段。其后鲁迅的《中国小说史略》与《中国小说的历史的变迁》中有关《儒林外史》的论述，也对此后数十年的《儒林外史》研究产生着巨大的影响。在当时研究者已经认识到《儒林外史》艺术上的总体特点为：平淡、真实、含蓄、深刻，在结构上属一种"创体"。

五、《红楼梦》的研究

相比来说，这一时期的《红楼梦》研究仍然比其他几部古典名著要热。一方面研究者的视角开始多元，并具渐强的理论色彩；另一方面索引派、考据派在这一时期发挥了巨大作用。

1902年《新小说》中《小说丛话》栏目陆续发表平子、曼殊、侠人等小说论。其中侠人的部分可谓是一篇《红楼梦》专论，其结论是：《红楼梦》"可谓之政治小说，可谓之伦理小说，可谓之社会小说，可谓之哲学小说、道德小说"②。可以说这很早地显示

---

① 沈雁冰：《中国文学内的性欲描写》，上海：《小说月报》，第17卷号外。
② 黄霖、韩同文：《中国历代小说论著选》下册，第60页，南昌：江西人民出版社，2000年。

出作者开阔的理论视角,是红学由评点派走向新理论评论派的一种过渡。

关于王国维《红楼梦评论》,叶嘉莹女士《论王国维〈红楼梦评论〉之得失》一文曾对该文进行了精到的评价:"该文全以哲学与美学为批评之理论基础,仅以此一着眼点而言,则姑不论其所依据者为任何一家的哲学或美学,在七十年前的晚清时代,能够具有如此的眼光识见,便已经大有其过人之处了。""所以我们可以说这种睿智过人的眼光,乃是《红楼梦评论》一文的第一点长处。""此文于第一章先立定了哲学与美学的两重理论基础。然后于第二章进而配合前面的理论基础来说明《红楼梦》一书的精神哲理之所在。再以第三、四章对此书之美学与伦理学的价值,分别予以理论上的评价。更于最后一章辨明旧红学的诬妄,指出新红学之研究的正确途径,是一篇极有层次及组织的论著,这在中国文学批评史上也是前无古人的,所以批评体系的建立,乃是本文的第二点长处。""指出的辨妄求真的考证精神,使一般的红学家们能脱离了旧日猜谜式的附会之说,而为后日胡适及俞平伯诸人的研究指出了一条明确的途径,这是本文的第三点长处。"[①]

以后相继问世的成之(吕思勉)《小说丛话》[②],陈蜕庵《列石头记与子部说》、《梦雨楼石头记总评》、《忆梦楼石头记泛论》[③],佩之《红楼梦新评》[④]等,比王国维更巧妙地化用西方的理论,并具有自己的体验与创建。特别是佩之,可以说是最早用西方写实派理论来阐释《红楼梦》,用"写实派文艺"的三个要点"注重实

---

① 叶嘉莹:《王国维及其文学批评》,第179~180页,广州:广东人民出版社,1982年。

② 成之:《小说丛话》,上海:《中华小说界》,1914年第3~8期。

③ 陈范撰、柳弃疾等辑:《陈蜕庵先生文集》,民国3年铅印本。

④ 佩之:《红楼梦新评》,上海:《小说月报》,1920年第11卷第6~7号。

际,不重修饰,趋向自然"来考察,认为《红楼梦》"虽也有缺点,却是一部极好的写实派小说,别的小说都赶他不上。在近代文学中确有价值"。季新(汪精卫)《红楼梦新评》①用政治社会学理论,从中国社会组织的特征及家庭是社会的缩影两个角度着眼,探讨形成中国社会家庭之弊的根源及其解决之方。《红楼梦新评》在红学史上第一次指出《红楼梦》是"中国之家庭小说",首次从家庭角度论《红楼梦》,用自由、平等、人权的观念探讨爱情、婚姻、礼仪与家庭、社会制度间的关系。

吴宓《红楼梦新谈》②、陈独秀《红楼梦新序》③等则以文本分析为主,其可贵在于处处以文学的眼光来审视《红楼梦》,更贴近于文学本体。

> 什么诲淫不诲淫,固然不是文学的批评法;拿什么理想,什么主义,什么哲学思想来批评《石头记》,也失了批评文学作品底旨趣;至于考证《石头记》是指何代何人的事迹,这也是把《石头记》当作叙述故事的历史,不是把他当作善写人情的小说。④

这一时期一个重要的《红楼梦》研究成果是胡适的《红楼梦考证》,它的出现标志着新红学的创立。它标举"研究方法"、"考证方法",以一种自觉鲜明的方法创新意识与严谨的学术研究态度来研究《红楼梦》,它所带来的巨大的实实在在的研究成果,影响了八十多年的红学研究乃至整个中国的学术研究的道路。它确立了一个新的研究范围、目标:

> 其实做红学的考证,尽可以不用那些附会的法子。我们只须根据可靠的版本与可靠的材料,考定这书的著者究

---

① 季新:《红楼梦新评》,上海:《小说海》,1915年第1、2号。

② 吴宓:《红楼梦新谈》,上海:《民心周报》,1920年3~4月第1卷第17、18期连载。

③④ 陈独秀:《红楼梦新序》,上海:上海亚东图书馆,1921年5月。

竟是谁，著者的事迹家世，著者的时代，这书曾有何种不同的本子，这些本子的来历如何。这些问题乃是《红楼梦》考证的正当范围。①

他将《红楼梦考证》中推行的方法概括为三句话：科学精神、科学态度、科学方法。胡适所发掘的文献有：程甲本、程乙本、甲戌本、敦诚《四松堂集》付刻底本、袁枚《随园诗话》、俞樾《小浮梅闲话》、吴修《昭代名人尺牍小传》、李斗《扬州画舫录》、韩荌《有怀堂集》、章学诚《丙辰札记》、李桓《国朝耆献类征》中的《杨鹏年传》、曹寅《栋亭诗钞》、杨钟羲《雪桥诗话》，还有《上元江宁县志》、《八旗人诗钞》、《江南通志》等。其中大部分是胡适自己的发现，也有顾颉刚、俞平伯等的帮助。

（黑龙江大学　胡元翎）

---

① 胡适：《红楼梦考证》，《胡适文存》，第424页，合肥：黄山书社，1996年。

世纪初中国文学史的滥觞

20 世纪初,中国文学史开始进入国人自己撰写的时代,其出现早且著者,当推林传甲和黄人二位的《中国文学史》,有论者将二人称为"南黄北林"①。另外,像窦警凡《历朝文学史》、谢无量《中国大文学史》等,也是早期影响较大的文学史著作。这些文学史著作分别呈现出各自不同的时代特色与学术理念。

林传甲的《中国文学史》

清末,京师大学堂设立。光绪三十年(1904 年)五月,林传甲②受聘为京师大学堂国文教习,他为教学之需而撰写的"京师大学堂国文讲义",以《中国文学史》为题出版。

目前,学术界多认为国人自己撰写的第一部《中国文学史》为林著,如郑振铎《插图本中国文学史·绪论》云:"中国人自著之中国文学史,最早的一部,似为出版于光绪三十年(1904)的林传甲所著的一部。"又胡怀琛《中国文学史略·序》也说:"编文学

---

① 高玉树:《中国文学史初创期的"南黄北林"论》,淮阴:《淮阴师范学院学报》,2001 年第 1 期。

② 林传甲(1877—1921),字归云,福建闽县人。光绪二十八年举人。曾先后在湖北、湖南创办中小学校。1904 年,经严复推荐而受聘为京师大学堂教习。1905 年拣选广西知县,同年赴黑龙江就职。除《中国文学史》外,尚有《筹笔轩读书日记》、《黑龙江乡土志》等著作。

者,始于闽侯林传甲氏。"林传甲《中国文学史》的出现有着特定的政治文化背景——京师大学堂的建制及其有关章程的颁布。1903 年,清政府颁布《奏定京师大学堂章程》,在"文学科大学"中专门设立了"中国文学门",主要课程包括"文学研究法"、"《说文》学"、"音韵学"、"历代文章流别"、"古人论文要言"、"周秦至今文章名家"、"四库集部提要"、"西国文学史"等十六种。① 而且,《章程》提醒教员,"历代文章源流"这门课程的讲授要以日本人撰写的《中国文学史》为参照。于是,林传甲的国文讲义便在这种背景下应时而生。对此,林传甲本人在《中国文学史》一开篇就自述道:"传甲斯编,将仿日本笹川种郎《中国文学史》之意以成年书焉。"②如此,我们便不难认识到他对笹川种郎《支那历朝文学史》的仿效。由此也可获知,"文学史"这一专门术语及其作为一门学科的观念是从国外引进的。除林传甲《中国文学史》声明借鉴日本笹川种郎《支那历朝文学史》外,由国人自己撰写的早期文学史,如 1915 年曾毅《中国文学史》、1918 年谢无量《中国大文学史》、1925 年汪剑余《中国文学史》、1926 年顾实《中国文学史》等都借鉴了日本人著作。可见,"中国文学史"学科的创设,"从一开始自官方起就带着日本样本的烙印。从最早的林传甲,直到 40 年代的各版中国文学史作者,几乎都自觉、不自觉或直接、间接地受其影响。朱自清 1949 年总结这段历史说过:'早期的中国文学史大概不免直接间接的以日本人的著作为样本,后来,是自行编纂了,可是还不免早期的影响。'"③然而,林传甲对笹川种郎《中国文学史》的借鉴并不算成功,他只是将笹川种郎的"文学史"改造成了"一部中国古代散文史,未有专章论

---

① 《京师大学堂档案选编》,第 166 页,北京:北京大学出版社,2001 年。

② 林传甲《中国文学史》,见陈平原《早期北大文学史讲义三种》,第 29 页,北京:北京大学出版社,2005 年。

③ 孙景尧《沟通——访美讲学论中西比较文学》,第 126～138 页,南宁:广西人民出版社,1991 年。

及其他文体"①。

　　作为林传甲在京师大学堂优级师范馆"国文讲义"的这部《中国文学史》,是作者有意识地"适应《奏定大学堂章程》的产物"②。它共包括十六篇,每篇十八章,计二百八十八章。以此与《奏定大学堂章程》比照,可以发现这十六篇的名目,与"研究文学之要义"之前十六款"完全吻合"③。《奏定大学堂章程》之"研究文学之要义"共四十一则,其前十六则分别是:"一、古文籀文、小篆、八分、草书、隶书、北朝书、唐以后正书之变迁。二、古今音韵之变迁。三、古今名义训诂之变迁。四、古以治化为文,今以词章为文,关于世运之升降。五、修辞立其诚、辞达而已二语为文章之本。六、古经言有物、言有序、言有章三语为作文之法。七、群经文体。八、周秦传记、杂史文体。九、周秦诸子文体。十、史、汉、三国四史文体。十一、诸史文体。十二、汉魏文体。十三、南北朝至隋文体。十四、唐宋至今文体。十五、骈散古合今分之渐。十六、骈文又分汉魏、六朝、唐、宋四体之别。"可见,林传甲《中国文学史》目录内容基本沿用此十六则。对于为什么只选取这十六则讲授,林传甲有自己的解释:"大学堂讲义,原系四十一款,兹已撰定十六款。其余二十五款,所举纲要,已略见于各篇,故不再赘。"它"不折不扣地执行了《章程》中有关文学研究的规定"④。1902 年《京师大学堂编书处章程》规定:"文章课本,溯自秦汉以降,文学繁兴,系其大

---

① 黄霖:《中国文学批评通史·近代卷》,第 784 页,上海:上海古籍出版社,1996 年。

② 陈平原:《早期北大文学史讲义三种·序》,第 3 页,北京:北京大学出版社,2005 年。

③ 陈平原:《早期北大文学史讲义三种》,第 28 页,北京:北京大学出版社,2005 年。

④ 戴燕:《文学史的权力》,第 7 页,北京:北京大学出版社,2002 年。

世纪初中国文学史的滥觞

第一卷

071

端,可分两派:一以理胜,一以词胜。凡奏议论说之属,关于政治学术者,皆理胜者也。凡词赋记述诸家,争较于文章派别者,皆词胜者也。"林传甲就以此来梳理古今文章的发展脉络。对于这种写作策略,林传甲在《中国文学史》开篇有着明确交代:"查大学堂章程,中国文学专门科目,所列文学众义,大端毕备,即取以为讲义目次,又采诸科关系文学者为子目。"①这十六篇分别是:一、古文籀文小篆八分草书隶书北朝书唐以后书。二、古今音韵之变迁。三、古今名义训诂之变迁。四、古以治化为文今以辞章为文关于世运之升降。五、修辞立诚、辞达而已二语为文章之本。六、古经言有物、言有序、言有章为作文之法。七、群经文体。八、周秦传记杂史文体。九、周秦诸子文体。十、史汉三国四史文体。十一、诸史文体。十二、汉魏文体。十三、南北朝至隋文体。十四、唐至今文体。十五、骈散古合今分之渐。十六、骈文又分汉魏六朝唐宋四体之别。概而言之,第一篇至第六篇,分别论及文字、音韵、训诂之变迁,文学与世运之升降及"文章之本"和"作文之法",具有"总论性质";第七至第十四篇,是全书的中心,它按照时间顺序依次论述从"群经文体"到"唐宋至今文体"的散文发展史;最后两篇则主要论述了骈文的发展情况。②

这部由中国人自己撰写的首部文学史面世后,许多人都给以评价,"然而各人对林著的评价都差不多,基本上是负面的"③。像胡怀琛《中国文学史概要》、胡云翼《新著中国文学史》、张长弓《中国文学史新编》、容肇祖《中国文学史大纲》等,对林著评价都不高。其中最有代表性的当属郑振铎《我的一个要

①② 林传甲:《中国文学史》,见陈平原《早期北大文学史讲义三种》,第29页,第1~27页,北京:北京大学出版社,2005年。

③ 陈国球:《文学史书写形态与文化政治》,第46页,北京:北京大学出版社,2004年。

求》一文:"名目虽是'中国文学史',内容却不知是什么东西!有人说,他都是钞《四库全书》上的话,其实,他是最奇怪——连文学史是什么体裁,他也不曾懂得呢!"①即使现在,有的专家也认为林传甲的《中国文学史》只不过是"新瓶装旧酒",与正史中的《文苑传》没多大差别,②说它作为"文学史","外观上看是现代的、西洋的,在骨子里却是传统的、中国的"③。

就编写体例而言,这十六篇是"每篇自据首尾,用纪事本末之体也,每章必列题目,用通鉴纲目之体也"④。林传甲在讲义中又申明:"宋之袁枢,因通鉴以复古史之体,且合西人历史公例。"⑤看来他并不乏撰史的意识,他在讲义中还说"为史以时代为次"⑥,但从实际看,林传甲所谓的"每篇自据首尾"、"每章必列题目",其实很少有一条"历时"主线贯穿其中,他所说的"自居首尾",也只是文章结构的首尾,而非先后经过的首尾。⑦ 而且,总的看来,全书"总论部分所占比重过大,也冲淡了全书'史'的性质"⑧。同时,因作者基本依照《奏定大学堂章程》的"研究文学之要义"所规定的内容依次按经、史、子、集四体论述,这也造成该书的"历时"意识非常薄弱,给人"史"的感觉不强。⑨

---

① 郑振铎:《郑振铎古典文学论文集》,第36~37页,上海:上海古籍出版社,1984年。

② 董乃斌:《中国古典文学学术史研究》,第21页,乌鲁木齐:新疆人民出版社,1997年。

③ 魏崇新、王同坤:《观念的演进:20世纪中国文学史观》,第40页,北京:西苑出版社,2000年。

④⑤⑥ 林传甲:《中国文学史》,见陈平原《早期北大文学史讲义三种》,第5~28页,第136页,第171页,北京:北京大学出版社,2005年。

⑦⑨ 陈国球:《文学史书写形态与文化政治》,第57页,第56页,北京:北京大学出版社,2004年。

⑧ 黄霖:《中国文学批评通史·近代卷》,第783页,上海:上海古籍出版社,1996年。

受传统"杂文学"观念的影响，林著"与传统学术的关系很大"①。如他对于《四库全书总目》之类的目录书依赖就非常大，"他叙述'籀文音义之变迁，经史子集之文体，汉魏唐宋之家法'，从结论到文字，几乎都没有脱离《四库全书总目提要》，有些地方，如《集韵》、《匡谬正俗》的介绍，简直就是原文照抄"②，甚至"章节设置、内容布局尽依《四库全书》"③。对林传甲而言，头脑中占主导位置的还是传统的文章学、修辞学和尊经观念，以及表达这些观念的语言词汇。④"杂文学"观念的表征之一就是文学的外延失之于宽泛。仅从目录看，林著所论述的内容就极为庞杂，与今天的文学史相去甚远。对此，胡怀琛评道："举凡字学、哲学、史学等，无不纳之文学史中，名曰'文学史'，实不啻'中国学术史'也。取材富而分界不清，在前辈以文字概括中国一切学术，盖其观念如是，无怪其然。今人治学，多用科学方法，方法不同，观念自异，对于前人之作，辄觉其划界分类不精审。"⑤同时，胡怀琛还在《中国文学史概要》中说林传甲等人的文学史"界线不太清楚，把所谓经史子集一起放在文学史里来讲"⑥，也对其过于宽泛的杂文学观予以批评。所谓"文学"，对于林传甲而言，只能是宽泛的"人文学"⑦。本身所秉持的"杂文学"观念及《京师大学堂章程》的制约，使林传甲《中国文学史》对文学史的描述

<hr />

① 戴燕:《文学史的权力》，第 172 页，北京:北京大学出版社，2002 年。

②④ 董乃斌:《中国文学史学史》，第 29～30 页，第 39 页，石家庄:河北人民出版社，2003 年。

③ 宋文涛:《二十世纪的中国文学史研究》，南京:《江海学刊》，2001 年第 4 期。

⑤ 胡怀琛:《中国文学史略·序》，第 1 页，上海:上海梁溪图书馆，1926 年。

⑥ 胡怀琛:《中国文学史概要》，第 11 页，北京:商务印书馆，1930 年。

⑦ 陈国球:《文学史书写形态与文化政治》，第 51 页，北京:北京大学出版社，2002 年。

不免产生偏颇。①

第一、二、三篇，所讲文字、音韵、训诂内容，以今天的专业知识划分，应属于语言学的研究范畴。林传甲之所以如此安排，是因为他所秉持的文学观念是传统的"杂文学"观念，他认为文学就是"文章与学术的合称"②。按照这种传统观点，文字乃是文学的最基本要素，研究文学自然就得从文字开始。如清代的学者就十分注重打好自己的小学功底，生活于清末的林传甲自然与我们今天的现代文学观念有着比较大的距离，不只他本人，当时的人们都把小学看成是文学研究入门的必由之路，所以文学史课程首先要帮大家摸索的就是这个门径。③

第四篇类似于今天的一个"粗略的文学史纲"，讲的是从上古到明清时期的文章。传统文学观念使林传甲的文学史体现了"务实致用"精神，他极力去迎合当时的时务。④ 他说："今日撰中国历史者，蹊径各别，虽周秦古事，亦注意今日政策焉，然后知修史之才与读史之法，皆归于致用而已。"⑤他还尊崇汉统，激发爱国热情：在论及六朝和五代文学时，显示了他身上所具有的晚清以来而兴起的狭隘的民族主义情绪，是维新派面对汹涌而来的异族文化所表现出的对本民族传统文化命运的忧虑；在论述

---

① 戴燕：《文学史的权力》，第173～178页，北京：北京大学出版社，2002年。

② 赵利民：《论中国文学观念的新旧杂糅特征》，济南：《山东大学学报》，1999年第2期。

③ 戴燕：《文学史的权力》，第172～173页，北京：北京大学出版社，2002年。清代不少经学家强调小学对于经学研究的意义。戴震说："训诂明则古经明，古经明而我心同然之义理，乃因之明。"阮元也说："圣人之道譬若宫墙，文字训诂，其门径也。门径苟误，跬步皆歧，安能升堂入室乎？"

④ 陈国球：《文学史的思考》，上海：《文艺理论研究》，1997年第4期。

⑤ 林传甲：《中国文学史》，见陈平原《早期北大文学史讲义三种》，第158页，北京：北京大学出版社，2005年。

唐宋迄今文学复古思想时，又显示了他求新变异的思想，他认为时运变化，文化应变通求合，这也是其"致用"精神的体现。① 他重视"词章之学"，也是出于致用目的。林传甲认为文学史要研究的是传统词章学，其目的也无非是告诉人们在讲究文章的社会教化作用及其政治功能的时候，不能偏废词章，所以他才论述了古之"治化之文"与今之"词章之文"的分合，并认为是这种分合促成了各个时代截然不同的文风。② 显然，他把具有很强政治功能及有益教化的"治化之文"看得很重，因为他没有摆脱文以载道的功利性传统文学观念。

第五、六篇，实际讲的是文法与修辞之学，主要是告诉人们如何作文，在今天看来是属于"写作学的研究范畴"。如今的文学研究已建立起自己的学科理论体系，与实用写作已是界限分明。但在林传甲生活的时代，"是把学习的过程，当作认知与实践同时进行的过程"，他继承了中国"知行合一"的传统观念，自然就在讲授历代文章时总结了许多可资借鉴的作文经验。③

自第七篇起，依次讲经、子、史、集。在传统文学观念中，文学本有文章和学术两层意思，林传甲很自然地把今天看来分别隶属于经学、哲学、史学的经、子、史三类，纳入了文学史的论述范畴。而将"经"放到首位，则又是林传甲牢固的宗经观念的反映。

最能显示林传甲传统文学观念的是，其书虽名为《中国文学史》，可它却把最具代表性的文学样式戏曲、小说排斥在"文学史"论述范围之外。有学者指出，究其原因有二：这首先是林传甲"严守《奏定大学堂章程》的必然结果"。早在《筹议京师大学

----

① 周兴陆：《窦、林、黄三部早期中国文学史比较》，沈阳：《社会科学辑刊》，2003 年第 5 期。

②③ 戴燕：《文学史的权力》，第 174 页，第 175 页，北京：北京大学出版社，2002 年。

堂章程》的《总纲》中，其"功课书"就写道："其言中学者，荟萃经、子、史之精要，及与时务相关者编成之。"①这里根本没有提到集部。可见，一开始京师大学堂章程就没给"集部之学"一个重要位置。② 况且，林传甲的"国文讲义"还必须经由提调呈送总监督核准后才可讲授。当时大学堂章程是严禁学生随意阅读小说的，《奏定大学堂章程》中的《奏定各学堂管理通则》有《学堂禁令章第九》一则，它曾明确规定："各学堂学生，不准私自购阅稗官小说、谬报逆书。凡非学科内应用之参考书，均不准携带入堂。"③当时的学生瞿士勋"携《野叟曝言》一书，于自习室谈笑纵览，既经监学查出，犹自谓考社会之现象，为取学之方"，结果他受到通报批评："似此饰词文过，应照章斥退；姑念初次犯规，从宽记大过一次，并将班长撤去。"④其实，即使林传甲不"照章办事"，他也会将戏曲、小说排除在《中国文学史》之外，因为他本人有着极为浓厚的正统文学观念，在他看来"文章与学术都应列入文学的范畴"⑤。在该书的第十六章"元人文体为词曲说部所紊"就明显地表现出对戏曲和小说的极度蔑视：

> 元之文格日卑，不足比隆唐宋者，更有故焉，讲学者即通用语录文体，而民间无学不识者，更演为说部文体，变乱陈寿《三国志》，几与正史相淆。依托元稹《会真记》，遂成淫

---

① 汤志钧、陈祖恩：《中国近代教育史资料汇编·戊戌时期教育》，第126页，上海：上海教育出版社，1993年。

② 陈国球：《文学史书写形态与文化政治》，第8页，北京：北京大学出版社，2004年。

③ 璩鑫圭、唐良炎：《中国近代教育史资料汇编》，第482页，上海：上海教育出版社，1991年。

④《大学堂总监督为学生瞿士勋购阅稗官小说记大过示惩事告示》，《京师大学堂档案选编》，第252页，北京：北京大学出版社，2001年。

⑤ 董乃斌：《论草创期的〈中国文学史〉》，长春：《社会科学战线》，1997年第5期。

衰之词。日本笹川氏撰《中国文学史》，以中国曾经禁毁之淫书，悉数录之。不知杂剧、院本、传奇之作，不足以比于古之《虞初》。若载于风俗史犹可，笹川载于《中国文学史》，彼也自乱其例耳。况其胪列小说、戏曲，滥及明之汤若士、近世之金圣叹，可见其识见污下，与中国下等社会无异。而近日无识文人，乃新译小说以诲淫盗，有王者起，必将戮其人而火其书乎！不究科学，而究科学小说，果能裨益名智乎？是犹卖椟而还珠耳，吾不敢以风气所趋，随声附和矣。①

他不但自己视小说、戏曲为诲淫诲盗之作，而且，他虽自言其《中国文学史》乃仿照笹川种郎《中国文学史》之意以成书，但他言谈中对笹川《中国文学史》详细论述戏曲、小说文体的做法极尽攻击谩骂之能事，可见林传甲的文学观念与笹川种郎相比却是"后退了一大步"②。笹川种郎《中国文学史》对中国的诗词、文、戏曲、小说都予以论述，特别是对《水浒传》、《西游记》、《金瓶梅》、《西厢记》、《琵琶记》、《桃花扇》等都给以高度评价，对林传甲所鄙视的金圣叹、汤显祖等作家、批评家更是给以专门论述。所以，有论者认为内容庞杂、广涉文史各门类却把戏曲小说排除在外的林传甲《中国文学史》，根本算不上文学史，是盛名之下，其实难副。不过，我们应明白，林传甲这种鄙视通俗文学的态度，"确是身在建制的知识分子的正常表现"，尤其在京师大学堂那样的环境下，他并没有太多选择的余地。"由是，我们固然不会欣赏林传甲的守旧，但也不必过于深责"。③

---

① 林传甲：《中国文学史》，见陈平原《早期北大文学史讲义三种》，第210页，北京：北京大学出版社，2005年。

② 魏崇新、王同坤：《观念的演进：20世纪中国文学史观》，第40页，北京：西苑出版社，2000年。

③ 陈国球：《文学史书写形态与文化政治》，第52～53页，北京：北京大学出版社，2004年。

而且，林传甲在他的文学史中对诗歌这种与小说、戏曲同样最富文学特征的文体照样也略而不论。他遵循了"详经世之文而略于词赋"①的叙述原则，虽然他并非不知诗歌应该进入"文学史"，尤其在中国这样一个富于诗骚传统的国家。他不是不知道"各国'文学史'皆录诗人名作"，可他却说"讲义限于体裁，此篇惟举其著者，述之以见诗文分合之渐"②。其实他所谓的"讲义限于体裁"之由只是表面化的解释，真正的原因是《奏定京师大学堂章程》并没有把诗歌作为讲授重点。在当时经世致用的教育原则指导下，文比诗显得更加重要，其时的中小学堂就明确规定"学堂之内万不宜作诗"③，林传甲显然认同并在其文学史中贯彻了这项规定。就是第十一到第十六篇这部分"最符合文学史特征的内容，从其编排体例上看仍有可议之处，如他把文学体裁和风格混杂在一起，还把作品的评论和编辑混为一谈，又在同一层面上去探讨一个时代的文学和一个人的创作，更把公文、奏议等视为文学作品，这些都给人以逻辑混乱之嫌"④。这也是他传统的"杂文学"观在《中国文学史》中的必然反映。不能否认，林传甲的文学观念是自古相传的"杂文学"观，他把文章和学术都列入了文学的范畴，他讲的许多内容都属于非文学的东西；更有甚者，他还把本属文学范畴的戏曲、小说、诗歌排除在文学史论述范围之外。林传甲在第十六篇"李杜二诗人之骈律"中，解释了其文学史为何不论述诗歌的原因——"讲义限于体裁"。其实，第十六篇论述的重点并非是李杜二人的诗歌，而是他们的骈文，至于论及杜甫的律诗、古诗，也只有寥寥数语而已。除此

①② 林传甲：《中国文学史》，见陈平原《早期北大文学史讲义三种》，第 171 页，第 232 页，北京：北京大学出版社，2005 年。

③ 璩鑫圭、唐良炎：《中国近代教育史资料汇编》，第 300 页，上海：上海教育出版社，1991 年。

④ 戴燕：《文学史的权力》，第 177 页，北京：北京大学出版社，2002 年。

之外，就只有在第九篇"周秦诸子文体"中的第十五章"屈子离骚经文体之奇奥"，算是谈到诗歌。有学者已经指出："无论从目次上看还是从具体内容来看，它又是从子部的角度来论述的，且非常简单；而且在文学史意识及编撰体例方面，他的《中国文学史》也与近代西方逐渐成形的文学史体制有很大距离；林传甲所理解的西方人的文学史，就等于我们过去所讲的文章学，他脑子里充斥的是词章之学和尊经思想，他代官方炮制这样一部文学史，比起他所效仿的日本汉学家，却又向传统学术后退了一大步。从他写作速度之快及不曾有疑难提出来看，他对如何写作文学史还没有认真地思考过。"①

但是，林传甲《中国文学史》的出现也自有其"学术史意义"②。首先，随着林传甲"国文讲义"在京师大学堂的讲授，以及作为中国第一部文学史的出版刊行，"文学史"作为一门"必修课程、一种著述体例以及一种知识体系"，便在中国学术界"落地生根"；此举不仅改变了中国人沿袭已久的传习"文学"的基本方式，而且还影响到日后的"文学革新进程"③。

其次，某些部分也体现了林传甲较强的"文学史意识"④。上文已述，从总体上看林传甲《中国文学史》"史"的意识不强，真正的文学发展脉络淹没在这种混沌不分的百科全书式的罗列中。⑤ 但从第十二篇到第十四篇，他按照朝代顺序从汉魏文体

---

① 戴燕：《怎样写中国文学史——本世纪初文学史学的一个回顾》，《文学遗产》，1997年第1期。

②③ 陈平原《早期北大文学史讲义三种·序》，第1页，第1页，北京：北京大学出版社，2005年。

④ 陈国球：《文学史书写形态与文化政治》，第8页，北京：北京大学出版社，2004年。

⑤ 杜治国：《文学观念的变革与纯文学史的兴起》，曲阜：《齐鲁学刊》，2002年第2期。

一直论述到唐宋文体,其历时性较强,也体现了他对文体流变的关注,符合文学史写作模式,是他文学史意识的体现。如第十四篇第九章"宋人起五代之衰,柳开、王禹偁、穆修诸家文体"一开始写道:"宋初承五代之敝,文体多演偶俪。杨亿、钱惟演、刘筠之流,又从而张之。"①第十六篇的"总论四体之区别",也非常明显地体现了作者着眼于文学发展的历时性、变化性的文学史意识。② 他说:

> 文章难以断代论也。虽风会所趋,一代有一代之体制,然日新月异,不能以数百年而统为一体也。惟揣摩风气者,动曰某某规摹汉魏,某某步趋六朝,某某诵习唐骈文,某某取法宋四六。然以文体细研之,则汉之两京各异,至于魏而风格尽变矣;六朝之晋宋与齐梁各异,至于陈隋而音节又变矣;而唐四杰之体,至盛唐晚唐而大变,至后南唐而尽变矣;宋初杨、刘之体,至欧、苏、晁、王而大变,至南宋陆游而尽变矣。③

再次,林传甲的《中国文学史》还有"许多可取之处"④。例如,虽说"林传甲对文学史的理解,真正是一种片面的误解,它所接受的只是表面的、形式上的那一点点东西",但"有些地方,他的叙述与今天的文学史也有不谋而合之处,比如第四篇,他说'治化之文'和'词章之文'是'从汉代以后开始分化的,曹植还有南朝的一些文士,都走了词章一路,而到唐代,则又是治化与词章并举'。这个看法,跟后来文学史家津津乐道的魏晋为文学的

---

① ③ 林传甲:《中国文学史》,见陈平原《早期北大文学史讲义三种》,第203页,第225页,北京:北京大学出版社,2005年。

② 陈国球:《文学史书写形态与文化政治》,第58页,北京:北京大学出版社,2004年。

④ 戴燕:《文学史的权力》,第174页,北京:北京大学出版社,2002年。

自觉时代的结论,就极其相似"。① 再如,他虽然心中装着《奏定京师大学堂章程》中"研究文学之要义"的有关规定,但细考其书,我们发觉林传甲并不像大家所想象的那样循规蹈矩。就其文学定义来看,他的观念虽没有脱离传统的词章之学,但其书的规划方式却带有现代意义:既有论述文学本体的"周秦至今文章名家",又有从历时角度来探讨文学流变的"历代文章流别",还有从读者接受角度着眼的"古人论文要言",更有体现多学科交融贯通的"音韵学"、"说文学"、"四库集部提要"等与音韵、文字、目录学相关的内容。② 而且,林传甲还对《奏定大学堂章程》中"文学家于周秦诸子当论其文,非宗其学术也"进行了反驳。其《中国文学史》第九篇"周秦诸子文体"结尾云:"'文学家于周秦诸子当论其文,非宗其学术也',此张南皮之说也。窃以为学周秦诸子,必取合于儒者学之,不合儒者置之,则儒家之言已备,何必劳于诸子? 所以习诸子者,正以补助儒家所不及也。吾读诸子之文,必辨其学术,不问其合于儒家不合儒家,惟求其可以致用者读之。果能相业如管仲,将略如孙吴,胜于俗儒自命为文人矣。"③他还专门安排"孙吴文学"一节,研究了三国时期地域文学的互动,反而比今天的文学史更为周到而合理,今天的文学史大都没有论及吴、蜀文学。④ 同时,他非常细致地分析了各家散文的特点,其中还不乏独到见解。如"周秦诸子文体"一篇,他就对各家散文的特点作了较为详细的归纳,"虽所论对象稍嫌芜杂,有牵强附会之处,但就其努力发现各家文体的特点而言,精

----

①④ 戴燕:《文学史的权力》,第 175 页,第 178 页,北京:北京大学出版社,2002 年。

② 陈国球:《文学史书写形态与文化政治》,第 54 页,北京:北京大学出版社,2004 年。

③ 林传甲:《中国文学史》,见陈平原《早期北大文学史讲义三种》,第 218 页,北京:北京大学出版社,2005 年。

神可嘉"。还有，他认为"风格所趋，一代有一代之体制"，详细地探讨了骈散古合今分的发展演变过程。① 最后还应该肯定的是，他论述经、史、子时紧紧把握"文体"这一角度，也符合文学史写作的原则。②

虽然林著存在这样那样的问题，但有学者也客观指出我们应当客观地评价林传甲的《中国文学史》，对其中的许多缺陷更应从"时代的、政治文化的角度"去考察。③ 除了作者本人的传统文学观念根深蒂固外，我们似乎更应想到"决策者制定的章程制约着中国学者的论述策略"④，其整个写作过程也非常仓促，按江绍铨的话说是"不阅四月"，"忽忽百日间出中国空前之巨作"。⑤ 大学堂章程的规定，使林传甲这部应急之作在写作之初就带有明显的针对性和局限性。所以，面对臆想中可能出现的对这部《中国文学史》的非议，江绍铨在这部书的序中为该书进行了辩解："林子所为非专家书，而教科书，故将诏之后进，颁之学官，以备海内言教育者讨论焉。"⑥ 所以，它不外是一本"贯彻教学纲要的教科书"，我们不应把它误以为是"个人独立的撰述"。⑦ 而且，"因为是讲义性质，所以与用心致志的著述不同；

① 黄霖：《中国文学批评通史·近代卷》，第784～785页，上海：上海古籍出版社，1996年。

② 周兴陆：《20世纪中国古代文学研究史·总论卷》，第146页，上海：东方出版中心，2006年。

③ 宋文涛：《二十世纪的中国文学史研究》，南京：《江海学刊》，2001年第4期。

④ 陈平原：《文学史的形成与建构》，第5页，南宁：广西教育出版社，1999年。

⑤⑥ 江绍铨：《中国文学史序》，见陈平原《早期北大文学史讲义三种》，第3页，第3页，北京：北京大学出版社，2005年。

⑦ 夏晓虹：《作为教科书的文学史——读林传甲〈中国文学史〉》，见陈国球《文学史》第2辑，第168页，北京：北京大学出版社，2000年。

为了在短时间内编就，匆忙急赶之中难免有疏漏驳杂之处，而且很可能会随手摭拾一些可用的材料、可借用的观念。我们以为‘中国文学史’之题，只是摭拾的观念之一；林传甲的主要目标是编‘国文讲义’多于撰写‘中国文学史’”。"这本著作根本承担不了‘文学史’的任务"，它是一部"错体"的"中国文学史"。① 要之，它只是特定历史阶段、依照特定要求为特定教学任务而匆忙完成的一本讲义而已。

黄人的《中国文学史》

黄人（1866—1913），字慕庵，号摩西，江苏常熟人，南社著名文人。1900 年，美国传教士孙乐文在苏州创办了东吴大学，黄人受聘为东吴大学文学教授，于是便有了他为教学之需而编写的《中国文学史》。② 据和黄人同时受聘为文学教授的金鹤冲在《黄慕庵家传》中说："从文字之肇始，以至于极盛时代、华离时代、暧昧时代，无所不详。草创十万言，欲有所修饰，未就而卒。"③ 钱仲联《梦苕庵诗话》也提到黄人撰写《中国文学史》时的情况："文学史一书，当时逐日转纂，用为校中讲义，往往午后需用，而午前尚未编就，则口衔烟筒，起腹稿，口授金丈（金鹤冲），代为笔录。录就后，略一过目，无误漏，则缮写员持去付印矣。"④ 可见，黄人的文学史与林传甲《中国文学史》一样，也是因

---

① 陈国球：《文学史书写形态与文化政治》，第 59～60 页，北京：北京大学出版社，2004 年。

② 该书始撰于 1904 年，1909 年左右由国学扶轮社以铅字油光纸印行。

③ 江庆柏：《黄人集》，第 365 页，上海：上海文化出版社，2001 年。

④ 钱仲联：《梦苕庵诗话》，转引自王永健《"苏州奇人"黄摩西评传》，第 208 页，苏州：苏州大学出版社，2000 年。

教学需要而编撰成书。

　　就内容而言,全书二十九册。前三册共分四编,分别为"总论"、"略论"、"文学之种类"、"分论",比较集中地反映了黄人的文学观。"黄氏对于国故学、纯文学之见与主张,均见于兹。中多非常异义可怪之论,如主张白话文学、改革文字,提高小说在文学史上之地位等等,在当时实为独创之见,亦全书之精华也。"①"总论"主要论述文学的目的和文学史的特点及其效用;"略论"则论述中国文学的发展历程,和各自不同历史时期所呈现出来的特点;"文学之种类"则对各种文体予以论述;"分论"重在论述文学的含义、起源和各种文体的特征;最后是历代作家作品选,其中包括对某些作家、作品的考订及评点。后二十六册为作家评点和作品辑录,时间起讫为先秦至明末。总的看来,黄人《中国文学史》的写作思路可以概括为:总论—作家传记—作品选。② 根据陈玉堂《中国文学史书目提要》对黄人文学史的介绍,其内容如下:第一册分两编。第一编为总论:文学之目的,历史文学与文学史,文学史之效用。第二编为略论:文学之起源,文学之种类,文学全盛期,文学华离期,暧昧期,第二暧昧期,文学之反动力。第二册衔接前编为第三编,曰文学之种类,分四章。第一章:命、令、制、诏、敕、策、书、谕,附谕告、玺书、敕文。第二章:诗。第三章:诗余。第四章:词余。第三册为第四编,即分论:略论文学之起源和定义。第四册不分编,书口为上世文学史。第五册书口为中国文学史,不分编。第六册同上。第四、五、六三册统为上世,主要叙述文学之胚胎及全盛期等情况。第七至第十册书口均为中国文学史,统为中世,主要叙述三国至南北朝时期。第十一至第二十二册书口同上,亦为中世,陈朝、隋

　　① 陈旭轮:《关于黄摩西》,北京:《文史》,1934 年第 1 期。
　　② 魏崇新、王同坤:《观念的演进:20 世纪中国文学史观》,第 51 页,北京:西苑出版社,2000 年。

代、唐代骈文、唐代散文、唐诗、闺秀诗、两宋诗、南宋文学家代表、辽诗。第二十三至第二十九册书口也同上，系近世，分作文学暧昧期、明前期、明次期诗录附诗余、明之新文学、明人制艺。此外，另有一册《中世文学史》，也不分编目，主要叙述文学华离期，似为增补中世期而印。据说共印有四册，另三册未见。

在编写体例上，黄人的《中国文学史》有着自己的"独到之处"①。黄人是第一个把中西比较方法运用于文学史写作的中国学者。在继承中国传统著史体例的基础上，他又借鉴了西方新的编史方法，创立了一种中西合璧的著史方式："既综合运用传统的史学、文学中的时序体、纪传体、题辞体、选录体等方式，又体现了叙述的分析性或主题性。从而使史的叙述与作家作品的评论融为一体，这比林传甲单一的夹叙夹议的叙述风格更符合文学史写作的要求。"②他将中国历史划分为上世、中世和近世三个时期，他又将中国文学的发展划分为几个阶段，即全盛期（自先秦至两汉）、华离期（自两晋六朝至金元）、暧昧期（明代）、第二暧昧期（清代），并据此来展开论述。具体而言，则是"每一时期，有一通论，论列文学升降演变之迹，每一时期各附名家代表作品数十篇"③。

和林传甲相比，黄人有他自己的"文学史意识"④。他把叙述视为文学史的主要任务，认为"文学之分类，有模范的，有叙述的，前者为文谱、文论等，而文学史则属于叙述"⑤；他认识到文学史乃是"考文学之源流、种类、正变、沿革者"；更认识到传统

①　王永健：《"苏州奇人"黄摩西评传》，第208页，苏州：苏州大学出版社，2000年。
②④　魏崇新、王同坤：《观念的演进：20世纪中国文学史观》，第43～52页，第53页，北京：西苑出版社，2000年。
③　陈旭轮：《关于黄摩西》，《文史》，1934年第1期。
⑤　黄人：《中国文学史》，见江庆柏编《黄人集》，第324页，上海：上海文化出版社，2001年。

《文苑传》、目录、选本、批评"拘一隅而失全局,皆因乎无正当之文学史以破其固见"的弊端。① 正是源于以上这些对文学史的基本认识,他的文学史编写才有了明确的目的和任务,才有了明晰的叙述体例和内容。他认为文学史的效用就是通过"数既往"而"知将来","求远因"以"明近果","就既往之因,求其分合沿革之果,俾国民有所称述,学者有所遵守"。②

　　黄人这部《中国文学史》自始至终都跳动着时代的脉搏,具有鲜明的"中国作风和中国气派,又激荡着时代精神"③。它的出现,"标志着我国近现代新型文学史著作的逐步兴起,是中国文学史上的一部里程碑式作品"④。黄人思想进步,他撰写《中国文学史》时,正值"封建专制王朝濒临崩溃,资产阶级革命兴起的时候,他本人又是一个关心国家命运,具有革命思想和资产阶级改良意识的进步文人,于是他将自己反抗封建专制,倡导自由民主的资产阶级革命思想贯穿于文学史中,并以此为中心构建起自己的文学史观,使他的《中国文学史》在某种程度上成为一部宣扬资产阶级民主自由思想的文学史"⑤。可以说,黄人既是一个热爱祖国文学遗产的学者,又是作为一个资产阶级革命者来编写《中国文学史》的。其《中国文学史》不仅是一部学术著作,也是宣扬民主革命、激发爱国精神的教科书,是"精神上之文学史,而非形式上之文学史"⑥。概而言之,其撰写《中国文学史》的目的有四:煞住盲目崇洋的不良风气;激发人们的爱国热

---

①②⑥ 黄人:《中国文学史》,见江庆柏编《黄人集》,第324～325页,第325页,第326页,上海:上海文化出版社,2001年。

③ 王永健:《先驱者的启示——纪念黄人〈中国文学史〉撰著百周年》,闽江:《闽江学院学报》,2005年第2期。

④ 黄霖:《中国文学批评通史·近代卷》,第796页,上海:上海古籍出版社,1996年。

⑤ 魏崇新、王同坤:《观念的演进:20世纪中国文学史观》,第45页,北京:西苑出版社,2000年。

情;宣扬资产阶级自由民主思想;为了"障翳抉择光明生,糟粕漉精华出"①。这一切都打上了他生活的那个时代的思想文化烙印。他感愤于当时国家的危急形势,他说:"所幸吾国之文学,精微浩瀚,外人骤难窥其底蕴,故不至如矿产、路权遽加剥夺。""保存文学,实无异保存一切国粹,而文学史之能动人爱国保种之感情,亦无异于国史焉。"②显然他希望自己的文学史与"国史"一样,肩负起激发民族自豪感的重任,所以他在论及文学史之效用时说:"文学史者,不仅为文学家之参考而已也。"③其文学史肩负着特别的重任:"示之以文学史,俾后生小子知吾家故物,不止青毡,庶不至有田舍翁之诮,而奋起其继述之志,且知其虽优而不可深恃。"黄人还认为:"夫国而有语言文字,此其国必不劣,而国亦有待之而立者,故夷灭之恐不及也……我国民之优点,其足以招入宫之嫉而必不能免当门之锄者,尚不止文学,而文学则势处于至危者。"④这是他看重文学史之功用的原因。可见,这部文学史是作者怀着激发民众爱国情感,抵制当时颇为流行的崇洋思想而作,实乃"有为而作"⑤。鲜明的时代进步思想和个性色彩是这部文学史最引人注目之处。

黄人认为"文学为言语思想自由之代表",所以,他对中国文学史的论述贯穿着一条主线,即"中国文学从一开始就肩负与专制政治相抗争的使命",他认为中国文学发展史就是与专制政权不断抗争的过程。⑥ 他把文学的发展史与政治思想史联系在一

---

① 黄霖:《中国文学史学史上的里程碑——略论黄人的〈中国文学史〉》,上海:《复旦学报》,1990 年第 6 期。

②③④ 黄人:《中国文学史》,见江庆柏编《黄人集》,第 326～327 页,第 325 页,第 327 页,上海:上海文化出版社,2001 年。

⑤ 董乃斌:《中国古典文学学术史研究》,第 22 页,乌鲁木齐:新疆人民出版社,1997 年。

⑥ 戴燕:《文学史的权力》,第 194～195 页,北京:北京大学出版社,2002 年。

起,"文学史之多离合状态,与各科学略同,文学史之与兴衰治乱因缘,亦与各种历史略同"①。例如,在论及先秦时期政权与文学的关系时,他说:"周秦之交,则文学得极大自由","文界冲决周公、孔子以来种种专制之范围,人人有独立之资格、自由之精神,咸欲挟其语言思想扫除异己,而于文学上独辟一新世界,而势均力敌,遂亦成为连横合纵之大战国"。②秦汉之际,中央集权封建专制国家得到进一步加强,"秦汉二雄主出,而文学始全入于专制范围内,历劫而不能自拔"③。此时汉武帝"罢黜百家,独尊儒术",乃中国文学一劫,"是不啻取多士天生自由之脑,分别置狱,更加以逻守,而终身不能脱出也"④。特别是明代,"专制政体,至明已达极点,文界之受其影响尤烈,故三百年中从铅椠者,嗫嚅婴咛,生气索然"⑤。至于清代,异族统治更为严酷,"遂演成此第二期天愁地惨泣鬼惊神之一种现象"⑥。他把清代文字狱视为文学发展的"第二暧昧期",反映了他反对封建专制思想束缚的近代精神风貌。说到底,"社会运动的革故鼎新,新旧思想的交锋互进,都需要学术界的响应和支持,学术本身也需要融入社会变革的大潮中,接受社会的检验,发挥现实作用"⑦。黄人的这部《中国文学史》正好体现了这一规律。

黄人的文学观是"在中国传统美学与西方美学思想融合"的基础上形成的,这在他从世界文学的角度来建构《中国文学史》的叙述意识上得以充分显示。⑧ 在与西方文学的对比中,他使

①②③④⑤⑥ 黄人:《中国文学史》,见江庆柏编《黄人集》,第331页,第337页,第336页,第338页,第342页,第349页,上海:上海文化出版社,2001年。

⑦ 周兴陆:《20世纪中国古代文学研究史·总论卷》,第49页,上海:东方出版中心,2006年。

⑧ 魏崇新、王同坤:《观念的演进:20世纪中国文学史观》,第45页,北京:西苑出版社,2000年。

"中国文学的寓意得到新的解释,价值得到重审,文学史的叙事也有了新的布置"①。他经常将同一历史时期的中西作品相提并论,比如,他认为从社会文化背景而言,魏晋时期恰"如法国大革命后,人持乐天哲学为宗旨"。就小说而言,"合院本、小说之长,当不令和美儿、索士比亚专美于前也"。② 他还把托尔斯泰与墨子比较,认为"墨子之真际,与今世俄国伟人托尔斯泰最相肖","统观其历史,亦一墨也"。他还拿卢骚《民约论》的理想来观照中国古代文学,无非是想说明中国文学并不逊色于西方文学。③ 在对比了中西文学发展的历史后,他无比自豪地说:"故以文学之谱牒言,独我国可谓万世一系,瓜瓞相承。"不难理解,黄人把中国文学纳入以西方为主流的世界文学体系,意在突显中国文学的世界价值,而潜藏在其文学史书写背后的是作者自尊自强的心态,④更是对盲目崇洋的不良倾向的批判:"则有文学史,而厌家鸡爱野鹜之风,或少息乎?"⑤应该说,他的世界性比较视野,使其《中国文学史》开创了中国比较文学研究的新局面。⑥

与林传甲的传统载道文学观不同,黄人基本抓住了"文学的审美本质属性"⑦。他认为"文学之本质为思想感情之记录","以娱读者为目的","以发挥不朽之美为职分"。⑧在这种新颖的富于现代意识的文艺观点指导下,他认为"美为构成文学的最要

①④ 戴燕:《文学史的权力》,第192~193页,第192~193页,北京:北京大学出版社,2002年。

②③⑤⑧ 黄人:《中国文学史》,见江庆柏编《黄人集》,第342页,第336页,第326页,第353~354页,上海:上海文化出版社,2001年。

⑥ 孙景尧:《首部〈中国文学史〉中的比较研究》,上海:《复旦学报》,1990年第6期。

⑦ 邓绍基:《回顾百年文学史研究的一点想法》,北京:《文学遗产》,1997年第3期。

素，文学而不美，犹无灵魂之肉体，盖真为智所司，善为意所司，而美则属于感情，故文学之实体可谓之感情云"。他认识到文学乃是真善美的有机统一，并成为他构建其文学史观的批评标准。

> 人生有三大目的：曰真、曰善、曰美……而文学则属于美之一部分。然三者皆互有关系，故求真之学，有叙述的，既有模范的，有实质的，亦有形式的……语云："文质相宜。"又云："修辞立其诚。"则知远乎真者，其文学必颣。又云："文以载道。""立言必有关乎风教。"则知反乎善者，其文学亦衰。且文学之范围力量，尤较大于他学。他学不能代表文学，而文学则可以代表一切学……故从文学之狭义观之，不过与图画、雕刻、音乐等；自广义观之，则实为代表文明之要具，达审美之目的，而并以达求诚明善之目的者也。①

受进化论思想的影响，黄人认为文学是随着时间的推移而发展变化的，不只是简单的量变，而是"全新的质变"②，即"夫世运无不变，则文学也不能不随之而变"。他认为中国文学的发展是在曲折中前进的。

> 文治之进化，非直线形，而为不规则之螺旋形。盖一线之进行，遇有阻力，或退而下移，或折而旁出，或仍循原轨。故历史之所演，有似前往者，有似后却者，又中止者，又循环者。及细审之，其范围必扩大一层，其为进化一也。以吾国文界言之，其理尤明确。文学至秦汉后，似有中道而画、一蹶不振之势。其实止者自止，行者自行，退者自退，进者自进。其止也，正所以行也；其退也，正其所以进也。③

他认识到中国文学的发展是在不断与封建专制的冲突中"曲折

---

①③黄人：《中国文学史》，见江庆柏编《黄人集》，第 323 页，第 340 页，上海：上海文化出版社，2001 年。

②高玉树：《中国文学史初创期的"南黄北林"论》，淮阴：《淮阴师范学院学报》，2001 年第 1 期。

地向前推进的",这比较切合于中国文学的发展实际。① 他还注意文学发展基本规律的总结,其"思想起点如此之高,编写文学史的自觉性显然有了合理的基础"②。他在论及文学史概念时说:

> 文学史者,不仅为文学家之参政而已也,凡欲谋世界文明之进步者,不数既往,不能知将来;不求远因,不能明近果,历史之应用,其目的不外乎此。故它国之文学史亦不过就既往之因,求其分合沿革之果,俾国民有所称述,学者有所遵守。③

与林传甲形成鲜明对比的是,黄人以进化论的观点,对新兴的戏曲、小说等通俗文体在中国文学史上的地位"给以充分肯定"④,对以往文学史书写中对戏曲、小说"往往摈不与列"的偏见予以纠正。而且,更为难能可贵的是,黄人"其提倡文学改革论,白话文学论,尚在胡氏之先"⑤。正是在这样较为先进的文学观念指导下,虽然他在文学史中还没有对戏曲、小说给以详尽论述,但他却对它们的文学史意义给予极高评价。如他对传奇戏曲做出了超乎时人的、非常积极的评价:"若夫传心情于弦管,穷态度于氍毹,使死的文学变为活的文学,无形的文学变为有形的文学,则传奇之特色焉。或谓元曲元气淋漓,尚含天籁;节短韵长,不烦敷佐。明之传奇,喜玩春华,杂陈宾白,不免多买胭

---

① 魏崇新、王同坤:《观念的演进:20 世纪中国文学史观》,第 47 页,北京:西苑出版社,2000 年。

② 敏泽:《中国文学思想史》,第 660~661 页,长沙:湖南教育出版社,2004 年。

③ 黄人:《中国文学史》,见江庆柏编《黄人集》,第 325 页,上海:上海文化出版社,2001 年。

④ 周兴陆:《窦、林、黄三部早期中国文学史比较》,沈阳:《社会科学辑刊》,2003 年第 5 期。

⑤ 陈旭轮:《关于黄摩西》,北京:《文史》,1934 年第 1 期。

脂、横添枝叶之诮。崇此桃彼，得无失当乎！不知化质为文，由疏入密，惟其异之，是以胜之。"①他认为元人杂剧及《琵琶记》这类南曲戏文是"文界之异军苍头"，足为元"一代文学之代表"，与王国维《宋元戏曲史》所谓元曲乃"一代之文学"，元杂剧为"一代之绝作"，前后映辉。② 而且他在"明人章回小说"一节中还特别指出了小说的社会认识价值：

> 有明一代，多官样文章，胡卢依样，繁重而疏漏，正与宋史同病。私家记载，间有遗轶可补，而又处于个人恩怨及道路传闻。若夫社会风俗之变迁，人情之浇漓，舆论之向背，反多见于通俗小说。且言禁方严，独小说之寓言十九，手挥目送，可自由抒写，而内容宏富，动辄百万言，庄谐互引，细大不捐，非特可以刍荛补简册，又可为普通教育科本之资料。虽或托神怪，或堕猥亵，而以意逆志，可为人事之犀鉴。盖胜朝有种种积习，为治乱存亡之原动力者，史多讳而不言，可于小说中仿佛得之。

可见，黄人能破除传统观念，在其文学史中给戏曲和小说以重要的位置。他说戏曲、小说，"实文学之本色"，可以"穷社会之状态"③。这无疑是颇具胆识的，其"先进的文学观"在当时更是难能可贵的。④ 其后的文学史都能把戏曲、小说纳入研究范围，不能不说是黄人的开创之功。⑤ 所以，有人就此称赞黄人《中国文

---

① ③ 黄人：《中国文学史》，见江庆柏编《黄人集》，第 345 页，第 328 页，上海：上海文化出版社，2001 年。

② 王永健：《20 世纪中国古代戏曲研究的拓荒者》，南京：《东南大学学报》，2000 年第 1 期。

④ 黄霖：《谈谈 1900 年前后的三部中国文学史著作》，南京：《古典文学知识》，2005 年第 1 期。

⑤ 魏崇新、王同坤：《观念的演进：20 世纪中国文学史观》，第 48 页，北京：西苑出版社，2000 年。

学史》道:"中多非常异义可怪之论……如提高小说在文学史上的地位等等,在当时实为独创之见,亦全书之精华也。"①其《中国文学史》基本上勾勒出古典小说的历史面貌。在论及先秦文学时,他提到了《山海经》、《穆天子传》等古小说。论魏晋南北朝小说,注意到秦汉方士及小乘佛教影响。在对魏晋南北朝小说的论述中,他分析志怪小说盛行的原因说:"秦汉方士余波,有种种异说散布于社会,好事者辄喜摭取而张之;又梵笑小乘,输入亦多陈神怪。方士自顾不及,则隐相剿袭,改头换面,另创一体。"称《拾遗记》为纯正小说。他把唐人小说分为艳情、神怪、奇侠三类,还注意到诗歌对小说的影响及其表现出的"写情派"特色,说作者多为"下第之士"及"失职侘傺者"。他认为明代小说反映了当时"社会风俗之变迁,人情之浇漓,舆论之向背",分其为历史、家庭、神怪、军事、时事、宫廷、社会等几类。无疑,这些对于揭示小说的艺术特色和思想内容都有启示意义,也对小说分类学、目录学具有特定的价值和贡献。其有关小说的论述可谓"成一家之言",尤为后人称道。②

当然,从今天的眼光审视,黄人的《中国文学史》也存在不足。首先他对文学的内涵把握仍失于宽泛。如他仍将文字、音韵、金石碑帖等也归入文学史研究范畴。他说:"质言之,则文学为主,而文字为役;文学为形,而文字为影;文学为灵魂,而文字为躯壳。离绝文字,固不能见文学;瞻徇文字,亦不足为文学。"③因此他的《中国文学史》被认为是"集中国文化之大成的

① 陈旭轮:《关于黄摩西》,北京:《文史》,1934 年第 1 期。
② 龚敏:《黄人〈中国文学史·明人章回小说〉考论》,巢湖:《巢湖学院学报》,2005 年第 4 期。
③ 黄人:《中国文学史》,见江庆柏编《黄人集》,第 332 页,上海:上海文化出版社,2001 年。

书"①,"顺序搜罗,内容尤极丰富"②,它"从语言、结绳、图书、音韵而有文字;从文字而有文学及金石学、韵学、小学、美术之类;从文字之肇始,以至极盛时代、华离时代、暧昧时代,无所不详"③,它"自佉仓造文,迄于当代,错综繁森,博关群言,诚学览之谭奥,摘翰之华苑"④。其实,这是传统文学观念在向现代文学观念转变的曲折过程中,所存在的不可避免的现象。其次,作品选部分在书中所占比重过于庞大。他在"每一时期,又各附名家代表作品数十篇,是以篇幅浩穰,有二十九册之多,不啻一部历代诗文选",以至当时就有人建议东吴大学为适合于教学而"将此书诗文词曲等作品除去,只抽印其绪论及各代通论",以做到"卷数即不至繁缛"。⑤ 而且它对作品的选择不够精严,分析也显得太简略,从而给人以缺乏深度的感觉。"在文学史体例上虽能融会中西,但还没有达到有机的统一,有松散之感等。"⑥再者,后二十六册虽是讲述中国文学发展史,但大体上是作家的生平介绍和作品罗列,所选作家作品也与其理论部分的阐释不甚相符。⑦ 所以,有人就他的文学史评价说:"黄君高才博学,曾任东吴大学堂教员,撰中国文学史作课本,议论奇伟,颇有独见。惜援引太繁,且至明而止,未为完简。"⑧

① 陈玉堂:《中国文学史书目提要》,第 1 页,合肥:黄山出版社,1986 年。

② 徐允修:《六吴大志》,见王永健《"苏州奇人"黄摩西评传》,第 211 页,苏州:苏州大学出版社,2000 年。

③④ 黄人:《中国文学史》,见江庆柏编《黄人集》,第 365 页,第 358 页,上海:上海文化出版社,2001 年。

⑤ 陈旭轮:《关于黄摩西》,北京:《文史》,1934 年第 1 期。

⑥ 魏崇新、王同坤:《观念的演进:20 世纪中国文学史观》,第 52 页,北京:西苑出版社,2000 年。

⑦ 戴燕:《文学史的权力》,第 198 页,北京:北京大学出版社,2002 年。

⑧ 王文濡:《谢无量〈中国大文学史〉》,第 2 页,北京:中华书局,1924 年。

　　和林传甲相比,黄人的文学史写作有着"充分的自由"①。他的《中国文学史》不像林传甲的文学史那样,有着京师大学堂那样浓重的官方背景,在东吴大学这所教会学校里,黄人可以按照自己对文学的理解来写作。而且,他较早地接触了西方的新文化和新思想,包括接受了来自西方的文学审美观,从而为我们呈现了一部富于个性化和时代特色的《中国文学史》。黄人也确实比他的前辈学者为我们提供了更多新鲜的东西,他的文学史是一部承上启下之作,在我国文学史上具有重要地位。② 无论从作者的论述方面,还是从所收史料而言,黄人的《中国文学史》都不失为一部巨著,其筚路蓝缕之功自不待言。和林传甲"务实致用的、褊狭的实用主义"文学观不同,黄人更注重从民族文化精神的视角来审视中国文学发展的历史。他说自己的文学史是"精神上之文学史,而非形式上之文学史,实际上之文学史,而非理想上之文学史"。他是以进化论的眼光来理解文学的精神创新,他以文学发展史来展现民族精神的历史,这是林传甲远远无法与其相比的。③ 而令人遗憾的是,因黄人《中国文学史》流传不广,其在中国文学史上的价值远未引起人们足够的重视。以今天的眼光审视,它虽然存在着这样那样的问题,但瑕不掩瑜,我们从中仍可以看出他接近现代文学观念的学术理念。

　　以林传甲和黄人《中国文学史》为代表的世纪初文学史,充分表现了在文学学科创设之初,人们对这门新兴学科的论述范围、内容和手段的认识。这两部文学史"多少有些介乎中西、古今之间的摇摆和含糊:既要照顾被模仿被汲取的西方学理,又要迁就传统的中国学术思维定势。同时,人们对这门学科功用及

---

①③ 周兴陆:《窦、林、黄三部早期中国文学史比较》,沈阳:《社会科学辑刊》,2003 年第 5 期。
　　② 黄霖:《中国文学批评通史·近代卷》,第 808 页,上海:上海古籍出版社,1996 年。

目的的企望,也介于中西、古今之间:既想通过它来传授当前实用的技能知识,又想利用它来增加人们的传统文化修养"①。

但是,林传甲和黄人毕竟是中国文学史的拓荒者、先驱者,他们撰写于 20 世纪初叶的两部《中国文学史》,"对后来者极富启示,筚路蓝缕,功不可没"②。而从它们在中国文学史发展历程上的地位看,"南黄"应该高于"北林";而从它们对中国文学史学史的影响来看,"北林"却高于"南黄"。③

其他文学史著作

有人认为窦警凡《历朝文学史》是第一部由国人自己撰写的中国文学史,"可能是作为南洋师范的课本"。窦警凡"政治上比较守旧,反对维新,但他面对着国家的衰微,也希望从历史中吸取教训,以达到'转弱为强,转衰为盛'的目的"。他编著《历朝文学史》就是"希望通过学习文学的历史来知'理'明'事',振兴国家"。④ 所以他自言:"知事本于理,理源于文,古今天下非一文之所维系哉!"据陈玉堂《中国文学史书目提要》,《历朝文学史》于 1897 年即光绪二十三年草成,1906 年即光绪三十二年铅印出版,约四万字。就其内容而言,主要包括"志文字原始第一"、"志经第二"、"叙史第三"、"叙子第四"、"叙集第五"五部分,更像

① 董乃斌:《中国文学史学史》,第 24 页,石家庄:河北人民出版社,2003 年。

② 王永健:《先驱者的启示——纪念黄人〈中国文学史〉撰著百周年》,闽江:《闽江学院学报》,2005 年第 2 期。

③ 高玉树:《中国文学史初创期的"南黄北林"论,淮阴:《淮阴师范学院学报》,2001 年第 1 期。

④ 黄霖:《谈谈 1900 年前后的三部中国文学史著作》,南京:《古典文学知识》,2005 年第 1 期。

一部国学史或文化史。"文字原始"分为"文字之所由"、"许慎《说文》"、"列朝《说文》之学者"、"音韵之学"。"志经"部分对《易》、《书》、《诗》、《礼》、《春秋》、《孝经》、《尔雅》等十三经予以论述。"叙史"部分则简要地介绍《史记》、《汉书》、《三国志》、《晋书》、《宋书》、《南齐书》、《梁书》、《陈书》、《魏书》、《周书》、《隋书》、《南史》、《旧唐书》、《旧五代史》、《宋史》、《辽史》、《元史》、《明史》、《明季北略》等。"叙子"部分简述墨家、法家、名家、道家、纵横家、农家、杂家、艺术门。"叙集"才算得上真正意义上的"中国文学史"。他论述了历代文、诗、词、曲的流变,对一些作家的创作风格予以论析,只是作者仍视小说为"小道",没有对其进行论述。《历朝文学史》显示了窦警凡明道宗经的文学观念,他提出"文章即经济"的观点,认为"集部以奏议为冠"、"集以奏疏及言政事者为大宗"的主张,这是其经世致用文学观的流露。对于词章吟咏则认为"似等于雕虫小技,非志士所宜为"。他概括集部内容云:"兹录集部,以奏议为冠,然强半已入史部。曰散文,曰诗词,若妃青俪白之工,揣摩应举之作,乃文学之蠹,儒林之害也,急荡涤而摧廓之。"他把"理与利放在首位,而不是所谓文学性",主要是从"集"的角度而不是从文学角度展开论述,但也指出"词章亦不可废矣"。① 总的说来,《历朝文学史》仍是泛文学观念的产物,经史子集无所不包,但"叙集"部分已粗具纯文学史体制,并在一定程度上摆脱了尚用的文学观。② 同时,《历朝文学史》"也有史的观念,他在描述经史子集各体文章时,也注意论述其源流变化",只是没有说明"为什么变化,与时代什么关

---

① 黄霖:《谈谈1900年前后的三部中国文学史著作》,南京:《古典文学知识》,2005年第1期。

② 周兴陆:《窦警凡〈历朝文学史〉——国人自著的第一部中国文学史》,南京:《古典文学知识》,2003年第6期。

系”，只归结于“运”而已。①

　　出版于1918年的谢无量《中国大文学史》“是五四运动前出版的分量最重、最有影响的文学史著作，同时，也是那个时代最有代表性的‘新瓶旧酒’式的文学史著作”②。作者明显接受西方文化思潮影响，并引用大量西方文学理论。谢无量指出：“文学之别有二。一属于知，一属于情。属于知者，其职在教；属于情者，其职在感。譬则舟焉，知如其舵，情为帆棹。知标其理悟，情通于和乐。斯其义矣。”作者将文学的内容分为“主于情与美”和“主于知与实用”两类，这“比中国文论的传统观念深入了一步”，同时作者也侧重于对“主于情与美”的文学的论述，说明“他的文学观确比前人较为明晰”。但就总体来看，作者在文学史这种新的形式下，“却依旧相当突出地反映了传统的文学观”。③如从论述范畴看，该书将表谱、簿录等列为“无句读文”，而在“有句读文”中又将诗词、赋、赞颂、哀诔、箴铭、占繇等并列，把小说置于学说、历史、公牍、典章、杂文等几大类之末。而且对于各种文类，“谢氏书只限于罗列，并未加以仔细辨析”④。再如对宋代的论述，他用大量篇幅去讲述“周张程朱之道学派文体”、“永嘉永康之功利派文体”，频繁引用《二程全书》和《朱子语录》，这反映了他对“文以载道”传统文学观的认同。就全书而言，“谢氏《大文学史》在宋以后，就讲得很简单了。辽金元明直到清朝的咸丰同治年间，文学现象那么复杂，作家作品那么丰富，可是这一大段文学史篇幅只占全书的六分之一，与文学史的实际是多么不相符。这与作者的学力所及有关，但与其重古轻今的指导思想恐怕也不无关系”⑤。

---

　　① 黄霖：《谈谈1900年前后的三部中国文学史著作》，南京：《古典文学知识》，2005年第1期。
　　②③④⑤董乃斌：《论草创期的〈中国文学史〉》，长春：《社会科学战线》，1997年第5期。

概言之，上述几部中国文学史具有某些共同的特征，"它们都持着广义的泛文学观，都不同程度地以诗文为中国文学的主流（有的更视为正统），也都不同程度地反映了传统的文学批评标准"。但是，"他们所编文学史的一些做法，不仅仅是因为当时时间匆忙、急于成书而造成的，也不能仅仅归因于他们尚未摆脱的传统文学观。有的实际上是文学史这种教育课程和论著样式本身所固有的难点，是任何时代文学史教学和编写中都会遇到的难题；有的被后来文学史著作所扬弃的做法，其实并不是他们的缺点，倒是他们的优长。他们对这些问题的处理，带有尝试和先行的性质，因此他们的实践，便有了方法论探讨的价值"。①

（黑龙江大学　陈才训）

---

① 董乃斌：《论草创期的〈中国文学史〉》，长春：《社会科学战线》，1997年第5期。

世纪初近代词曲研究之发轫

　　近代文学的年代划分大约有以下几种说法:戊戌维新说①,五四说,黄梁苏等前驱说②,19世纪末20世纪初说③。其实,这些都是戊戌维新说的一种发展。徐公持的《四个时期的划分及其特征——二十世纪中国古典文学研究的近代化进程论略》④一文,依据学科发展近代化的不同程度将古典文学研究第一时期更具体地划为1900年至1928年,认为是学科近代化的起步时期。这一时期"'文学'一语已非'文学子游子夏'之'文学'含义,而是指诗歌、小说、戏剧、散文等'美文',此是近代概念之'文学'。由此使研究对象准确化、集中化"⑤。那么在这近代文学观念觉醒之际,词曲学是如何开启这世纪初的先路的呢?我们说中国词曲研究至清后期则出现了停滞不前的局面,旧的艺术观与研究方法束缚了封建社会末期知识分子的思想,已经很难有所作为。词曲研究与整个思想文化领域一样,在期待着新的历史时期的到来。下面分别从词学研究与戏曲研究既具相对独立性又具关联性的这两大文体切入,透视世纪初近代意识对古老学科的渗透轨迹。

---

① 陈子展:《中国近代文学之变迁》,上海:中华书局,1929年。
② 70年代姚雪垠、茅盾认为以黄遵宪、梁启超、苏曼殊为近代之始。
③ 80年代钱理群、陈平原等提出。
④⑤《百年学科沉思录》,第2页,第6页,北京:人民文学出版社,1998年。

世纪初词学研究之发轫

一、词学研究概况

世纪初的概念界定,在词学研究方面比较特殊,因为自 18 世纪中叶至 20 世纪三四十年代近二百年间,词的创作没什么大的变化,但这期间对词的研究、对词籍的整理、对词家词派的探索以及对历代词论词评的重新评价等一系列工作,即通常所说的词学,却在学术观念、视角和研究手段上都发生了很大的变化,基本完成了由传统向近现代的转换。而这种转换并不是在某个时间点上全然质变,而是慢慢潜变,在传统中渐渐滋生近代元素,渐渐生长,即使在完成了近现代转型后也包含了诸多传统元素。当然,词学发展亦有其独特性。李瑞腾《晚清文学年表》①所列词曲学大事,即自 1894 年甲午战争爆发后陈廷焯《白雨斋词话》问世,1896 年王鹏运、况周颐、缪荃孙等成立的"咫村词社"开始记起,认为从此词学大进。故而本文的梳理且以 1900 年为时间标的,其前十年作为梳理的开始。因为要进行线型梳理,此前的传承脉络亦应理清,尤其是传统词学的辉煌期——常州派中所包含的近现代词学观的萌芽,或者说为近现代词学所做的准备亦应包含在梳理线索中。发展轨迹大致是这样的:

1."经世致用"——经学理念被引入词学的近代意义

清初至清中叶词坛以浙西词派、阳羡词派与纳兰性德为主流,其中浙西词派的影响力更大。他们崇尚姜夔、张炎,旨归于雅。朱彝尊在词的形式上主张"醇雅",发挥词独特的文体功能;

在内容上,主张"骚雅",以美人香草托兴寄意。特别是后一主张顾及到词的社会功能,与后来的常州词派的义旨相合,可以说晚清近代词学的近代观念的萌芽即在朱彝尊的"骚雅"说。但朱彝尊所倡导的这一义旨并未继续在浙西派中贯彻下去,后来厉鹗的唯美主张,令浙西词派成为只重形式不重内涵、远离生活、枯涩无灵的词派。这样就呼唤着常州词派的振兴。

伴随着以研究公羊学为主,讲究"微言大义"、经世致用的常州学派的崛起,因为从地域和人员方面皆有交叉,常州词派的形成及其宗旨与常州学派多有重合,虽然二者分属两种学科,但很奇妙地在此汇合了。特别是常州学派在思想意识、研究方法上对常州词派有很大影响。

以张惠言、周济、谭献为代表的常州派词论家创建的词学理论,使词学研究达到了一个前所未有的新高度。经学的融入使常州词学理论带上浓浓的经学色彩。由于常州词派产生于大清帝国开始转衰时期,政治的巨大阴影直接投射在词派之上,因此词派的一个鲜明特征就是涉世,就是实用,词派的核心理论,如词史论、比兴寄托论等,都是围绕词的政教作用而展开的。它们是社会政治间接的产物,因此其生命力与社会政治息息相关。同时康乾盛世已不再,嘉道以后的动荡社会背景也决定了这一时期的词学只能是一种肩负着社会责任的词学,一种重功利的词学。各种社会矛盾越来越激烈,迫使人们要认真思考,寻找一种于世有补的学术。社会环境的变化,学术思潮的变迁,直接对词学思想产生影响。

常州词派特别鲜明地以"寄托"为宗旨。张惠言指出:"传曰:意内而言外谓之词。其缘情造端,兴于微言,以相感动。极命风谣里巷男女哀乐,以道贤人君子幽约怨悱不能自言之情,低回要眇以喻其致。盖《诗》之比兴,变风之义,骚人之歌,则近之矣。然以其文小,其声哀,放者为之,或跌荡靡丽,杂以昌狂俳优。然要其至者,莫不恻隐盱愉,感物而发,触类条鬯,各有所归,非苟为雕琢曼辞而已。"①这种借美人香草去挖掘"微言大义"的方法颇合治经方法。谭献《箧中词》评语将词作与杜甫诗史并论,刘熙载《艺概》以道德批评为基础提出了"词之三品"说,谢章铤《赌棋山庄词话》要求"敢拈大题目,出大意义","则诗史之外,蔚为词史",陈廷焯提出"沉郁温厚"说,都更深化了常州派的"比兴寄托"理论,使得社会政治批评在词学研究中更加强了。

1894年,甲午战争爆发。与此同时,陈廷焯《白雨斋词话》八卷刊行。在这种特定的背景下,陈廷焯的词说更显其时代意义。《白雨斋词话》1891年有序云:"本诸风骚,正其情性。温厚以为体,沉郁以为用;引以千端,衷诸一是。"1894年汪懋琨序曰:"推本风骚,一归于温柔敦厚之旨。"他将沉郁界定为:"所谓沉郁者,意在笔先,神余言外。写怨夫思妇之怀,寓孽子孤臣之感。凡交情之冷淡,身世之飘零,皆可于一草一木发之。而发之又必若隐若见,欲露不露,反复缠绵,终不许一语道破。匪独体格之高,亦见性情之厚。"邱世友评曰:"亦峰倡沉郁说,旨在正本归源。晚清词坛之弊,亦峰据金应珪所列游词、淫词、鄙词之弊(见张惠言《词选》后序)衍为六失(《白雨斋词话》自序),虽说不无烦碎,也反映了晚清词学日变而为浇漓的事实。这是不能适应当时民族危难、政治危机、世变日剧的时代要求的。"②"以怨思为核心的寄托",应理解为"即在社会人生中,由于各种原因,民族的阶级的矛盾、新与旧的矛盾,政治的和伦理的等各种原因,产生哀怨愤激的心理意绪"③。陈廷焯提出的"兴"也有所指,即:"所谓兴者,意在笔先,神余言外,极虚极活,极沉极郁,若

<hr>

① 张惠言:《词选序》,见《词话丛编》,第1617页,北京:中华书局,1986年。

②③ 邱世友:《词论史论稿》,第308页,第313页,北京:人民文学出版社,2002年。

远若近,可喻不可喻,反复缠绵,都归忠厚。"①意思是说比兴不能"专指"、"比附",要通过比兴手法创造出具普遍性意义的抒情形象,完成抒情的典型化,达到"为一室之悲歌,下千年之血泪"那样感人至深的艺术效果。

这样的意义是:一方面,尊体观念的更进一步的确立,提高了词的地位,增强了词的社会价值,形成一种系统的意识明确的理论意义上的词学阐释。另一方面,开始形成词史意识,这一点正属于近代意义的学术研究理念范畴。虽然这时的词史概念还不太成熟完备。

常州词派中还有一些颇具现代意义的词学阐释。如谭献的一段话颇合现代文艺学意义上的接受理论。"又其为体,固不必与庄语也。而后侧出其言,旁通其情,触类以感,充类以尽。其且作者之用心未必然,而读者之用心何必不然。言思拟议之穷,而喜怒哀乐之相发,向之未有得于诗者,今遂有得于词。"②谭献这段话主要说明如果词采用了比兴手法,那么,作者、作品、读者三者之间容易产生不一致性。这一概念可以说将中国传统的以作者作品为主体的考证、鉴赏、阐释的行为惯性转向以读者为主体的接受再创造活动。

1896 年,朱祖谋加入常州词派,王鹏运、况周颐、缪荃孙等成立"咫村词社",弃诗专词,词学大进。王鹏运、况周颐等人推出"重拙大"说。王鹏运、况周颐都是广西临桂人,其词作词论又被称为"临桂派",然而其词学却渊源于常州词派,实为常州派之余绪。所谓"重拙大",其意是:"重者,沈著之谓。在气格,不在

① 陈廷焯著,杜维沫校点:《白雨斋词话》,第 158 页,北京:人民文学出版社,1959 年。

② 谭献:《复堂词录叙》,见《词话丛编》,第 3987～3988 页,北京:中华书局,1986 年。

字句。""填词先求凝重,凝重中有神韵,去成就不远矣。"①况周颐在评李肩吾《抛球乐》云:"其不失之尖纤者,以其尚近质拙也。"②"拙"即"质拙"、"质朴"之意,与纤细、雕饰相对立。"大"者,则指气象或意象。虽然概念内涵仍然模糊难解,但很显然,尽如夏敬观所说:所谓重、拙、大,乃"作诗之法"③。由此,词的诗化又被彰显。

词的"经世致用"观自然与文学改良主义的倡导者梁启超的观点暗合。梁启超于《饮冰室诗话》中提出:"盖欲改造国民之品质,则诗歌、音乐、精神教育之一要件,此稍有知者所能知也……宋之词,元之曲又其显而易见也。"④将文学作为救国改良的工具,同样他在词学上更看重词的社会政治功能。这种社会历史的批评方法,以后被胡适等人运用开来,并一直延续到20世纪70年代。总之,晚清经世致用思潮的高扬,一方面为词体争得了"独立"地位,使之广为时人研究,为20世纪词学研究突破传统那种僵化凝固状态准备了条件;另一方面,它又潜藏着使20世纪词学研究"模式"化的因子。社会历史批评方法在世纪初代表着"时代精神",体现了"经世致用"观念的新利用,诚然解决了不少问题,也更新了治词思维方式,但一经人们滥用,就像儒家诗学束缚传统词学研究一样,阻滞了词学研究的"现代化",造成了负面效应。

2. 词学的"以复古为解放",使得词学由附庸变为大国

"以复古为解放",客观上为20世纪词学研究的转型作了铺

---

① 况周颐著,王幼安校订:《蕙风词话》卷1,第4页、第7页,北京:人民文学出版社,1960年。

② 况周颐:《蕙风词话》卷2,见唐圭璋编《词话丛编》,第4449页,北京:中华书局,1986年。

③ 夏敬观:《蕙风词话诠评》,见唐圭璋编《词话丛编》,第4585页,北京:中华书局,1986年。

④ 梁启超:《饮冰室诗话》,第58页,北京:人民文学出版社,1963年。

垫。自张惠言、周济以后，常州派的词论家虽复多变少，但积少成多。综合各家词论观点，这一时期对词的复古思潮使词被当作国粹"古学"来复兴保存研究。研究词是为了学问，而不仅仅是为了填词（以前是这样）。这一时期对词社会功能的确认，对词的审美属性和鉴赏规律的探讨以及艺术规范的确立、作法技巧的总结等等，都是前所未有的。况周颐《蕙风词话》可谓集大成之作。这一时期词学家对几成绝学的词乐、词律、词韵等的探求益加深入详明。其中朱祖谋即是一个代表。1896 年，朱祖谋因结交词学家王鹏运而专攻词学，加入常州派。词学家唐圭璋说："近百年来，词人辈出，词集亦大量刊行，词学由附庸变为大国，盛极一时。有清三百年来，流行最广、数量最多之词集，不过明代毛晋汲古阁所刻《宋六十名家词》。直至今日，吾人所见之词集，除唐、五代及金、元以外，即两宋亦超过毛刻甚多，且精抄及影印之善本，层出不穷，尤前所未闻见。前辈笃好之专，用力之勤，钻研之深，搜集之富，校勘之精，为中外学者提供大量研究资料，奠定祖国词学复兴之基础，贡献巨大，功不可没；其间逝世最晚，影响最大之作家，端推朱祖谋氏，鲁殿灵光，举世景仰，良非无因。"①朱祖谋的贡献主要有以下几方面：1. 其手校的词集并作有校记的计有《尊前集》、《中州乐府》、《天下同文》等三十余种，他作的校勘，体现了词籍校勘的很高的学术水平；2. 笺注《梦窗词集小笺》，以江昱《山中白云词疏证》补笺五十余条；3. 词集的编年工作始于朱祖谋整理的《东坡乐府》。除了朱祖谋之外，晚清四大家亦在词律方面多有贡献。郑文焯《词源斠律》探讨词乐，又有《律吕古义》、《燕乐守谱考》、《五声二变说》、

---

① 唐圭璋：《朱祖谋治词经历及其影响》，见《词学论丛》，第 1019 页，上海：上海古籍出版社，1986 年。

《词韵订律》等(后四种遗失不传)。尽管他们这种"复古"没有真正给词体带来解放,而是将填词推向"学问化",但也为后人探索词与音乐的关系留下了宝贵资料与研究思路。同时使大量的词丛编、词总集、词集等得以刊行,如王鹏运《四印斋所刻词》,吴昌绶《景刊宋元明本词》,江标《宋元名家词》,朱祖谋《彊村丛书》,陶湘《续刊景宋元明本词》、《景汲古阁抄宋金词》,王国维《唐五代二十一家词辑》,温匋《长兴词存》等。这些都是当时"复古保学以保国"的体现和影响,从而为 20 世纪词学隆盛扫清了道路,也为其词学研究的展开打下了坚实的基础。

3."纯文学"概念的词学研究之路的开启

梁启超等经世致用派人士以为西方文学思想与中国传统文学思想差不多,对西方文学与文学理论不甚了解,根据中学臆测西学,用"以中化西"的方法对待西方文学观念。如梁启超的词学研究最初恪守常州派理论即可说明。而黄人、徐念慈、严复、王国维等真懂西方文学及其理论者才使人们开始有了和西方同一的"纯文学"概念。黄人以真善美三标准将文学与科学、哲学、教育学、政治学、伦理学、宗教学等区别开来,这是首次。其文学史中选录历代大量的词作,并标举词体纯文学,和此前窦警凡、林传甲等人所著中国文学史的"杂文学"观念不同。王国维开启了 20 世纪词学研究"现代化"的大门,完成了词学理论和词学批评的初步转型。他抨击常州派政治功利主义的"比兴寄托"说,从人生和人性角度重新估定词的价值,标举"境界"说,以审美的超功利眼光去评词,以进化的"词史观"为词体正身,无不是受西方文学观念的影响。其后,胡适等人掀起新文化运动,倡导文学革命。如胡适奉"归纳的理论"、"历史眼光"、"进化观念"为三副"起死回生之神丹"。① 他们以这种来自西方的学术思想和研究方法进行词学研究,将词学研究由传统迈向现代路上推进了一

① 胡适:《胡适日记》,第 167 页,北京:中华书局,1985 年。

大步。总之,晚清学习西方的文学思潮在 20 世纪词学研究的转型初期起着极其重要作用。它不仅使词体的真正价值显现出来,真正获得独立地位,也使人们的词学观念获得解放,由传统的注重词的创作方法转向针对词的学术研究,还使词学从此结束了传统词学研究的"僵化"状态,使批评的方法、视角、形式、体系等都发生了新变,揭开词学研究"现代化"的帷幕。

4. 新的词史观念在新的雅俗观建构中的形成

晚清通俗化文学思潮的出现,特别是王国维"通俗、自然、真实"三标准的提出和被响应即是明证。王氏从宋词中寻找宋元戏曲史的资料,探求由词到曲的演进因素。不但如此,他还激赏倡优之词,他说:"无视为淫词、鄙词者,以其真也。"①陈廷焯也强调"古之为词者,自抒其性情"②等等。总之,清末词论的主情说已有市场,对擅长艳情的词人词作开始有了公允的评价。沈祥龙《论词随笔》曰:"词之言情,贵得其真,劳人思妇,孝子忠臣,各有其情。古无无情之词,亦无假托其情之词,柳秦之妍婉,苏辛之豪放,皆自言其情者也。"③五四时期,胡适进一步发展这一观点,将"白话文学"、"平民文学"、"活文学"等观念同词论结合起来,编著了《词选》以及《国语文学史》,选录了大量的唐宋白话词。胡适认为词起源于民间俗词,应重新估价词体。胡适关于"白话词"的观点,推动了 20 世纪词学研究的急速转型。

真正现代意义上的词史的编著,直到西方文学观念、学术方式、批评形式传入并为人们吸纳融通后才得以出现,五四运动以前,只能称之为酝酿期。这一时期的词史,基本上是"包孕式"

---

① 王国维:《人间词话》,第 20 页,北京:中国人民大学出版社,2004年。

② 陈廷焯:《白雨斋词话》卷 8,见唐圭璋编《词话丛编》,第 3968 页,北京:中华书局,1986 年。

③ 沈祥龙:《论词随笔》,见唐圭璋编《词话丛编》,第 4053 页,北京:中华书局,1986 年。

的,即依附或包含在文学史著作中,未能成为独立的词学史。俄国人瓦西里耶夫 1880 年编著的《中国文学史纲要》,英人翟理斯 1897 年编著的《中国文学史》,日本人笹川种郎 1898 年所著的《中国文学史》,其中均述及词的发展史。日本人古城贞吉著有《中国五千年文学史》(1913),盐谷温有《中国文学概论》、《中国文学概论讲话》(1915),儿岛献吉郎亦有《中国文学概论》和《中国文学通论》(早于 1915)。受国外汉学家的影响,也为教学之需,窦警凡、林传甲、黄人等分别于光绪二十三年(1897)及光绪三十年(1904)自编或仿编了《中国文学史》,都约略提及词体。1914 年王梦曾所编《中国文学史》系民国初中学四年级国文科的教材,也是《共和国教科书》中的一种。曾毅《中国文学史》、谢无量《中国妇女文学史》首次将唐五代至明清的女词人纳入。这一时期词学专著还有:日本森槐南的《词曲概论》、森川竹磎的《词曲概论·补遗》等。

二、王国维、梁启超等人的词学研究

20 世纪初词学大家涌现出很多,特别值得大书的是王国维和梁启超。王国维是将近代西方理念融入词话的第一人,而梁启超是将社会历史的批评方法引入词学的第一人。

王国维 1905 年编订《静安文集》,1906 年刊行《人间词甲稿》,1907 年《人间词乙稿》完成,1908 年《人间词话》刊于《国粹学报》,1909 年校《南唐二主集》,辑《后村词》,1910 年写成《人间词话》。

《人间词话》将近代西方理念融入中国式诗话中。至于以何种西方理念融入了中国式的诗话中,亦有很多学者做了辨析。如王攸欣认为"王国维的'境界'可以定义为:叔本华理念在文学作品中的真切对应物"①。其中王国维的"造境"与"写境"分别对应西方的"理想派"与"写实派"。许文雨解释为:"案由创造之

---

① 王攸欣:《选择·接受与疏离》,第 92 页,北京:三联书店,1999 年。

想像,缔造文学之境界,谓之造境。温采斯德曰:'创造之想像者,本经验中之分子,为自然之选择而组合之,使成新构之谓也。'写实之境谓之写境。"①吴奔星认为这种对应在当时看来是很有新意的,他说:"在马克思主义文艺理论尚未介绍到来的我国近代文坛,这样的理解无疑是他的美学思想中的可贵的因素。"②黄维樑则认为王国维对造境与写境解释得并不明确,认为他的"写实派"与起源于 19 世纪中期的西方写实主义运动不太一样。③

　　"有我之境"、"无我之境"的提出亦是受叔本华思想的影响。较早认识到这一点的是缪钺。他说:"叔本华在其所著《意志与表象之世界》第三卷中论及艺术,颇多精言。叔氏之意,以为人之观物,如能内忘其生活之欲,而为一纯粹观察之主体,外忘物之一切关系,而领略其永恒,物我为一,如镜照形,是即致于艺术之境界,此种观察,非天才不能。《人间词话》曰:'自然中之物,互相关系,互相限制,然其写之于文学及美术中也,必遗其关系限制之处。'又曰:'无我之境,以物观物,故不知何者为我,何者为物。'皆与叔氏之说有通贯之处。"④以后还有佛雏、王文生、黄保真就王国维受叔本华的影响作了更具体更深入的探讨。⑤ 但

　　① 许文雨:《钟嵘诗品讲疏　人间词话讲疏》,第 170 页,成都:成都古籍出版社,1983 年。

　　② 吴奔星:《王国维的美学思想——"境界"论》,南京:《江海学刊》,1963 年第 3 期。

　　③ 黄维樑:《中国古典文论新探》,第 112 页,北京:北京大学出版社,1996 年。

　　④ 缪钺:《王静安与叔本华》,见《诗词散论》,上海:上海古籍出版社,1982 年。

　　⑤ 佛雏:《辨"有我之境"与"无我之境"》,上海:《文艺理论研究》,1980 年第 1 期;王文生:《王国维的文学思想初探》,上海:《古代文学理论研究丛刊》,1982 年第 7 辑;黄保真:《王国维"境界说"的内涵及层次》,大连:《辽宁师大学报》,1987 年第 1 期。

研究者也承认,虽然王国维受叔本华思想的影响,但其骨子里仍是儒家思想。佛雏说:"'以物观物'的'无我之境'说也仍然可以在我国传统中寻到它的线索","而要上溯到庄子。庄子描写那位梓庆削鐻,他的'器之所以凝神者'全在于'以天合天',其中后一个'天'是自然、物本身的纯粹形式;前一个'天'则是一位不但撤去一切'庆赏爵禄''非誉巧拙'之见,而且达到'辄然忘吾有四肢形体'的纯粹的人,即自然化了的人"。"'以天合天'其实就是'以物观物'的同义语"。① 蔡报文进一步认为:"王国维的卓绝之处就在于,虽然他的境界说多少受到一些西方美学的影响,但骨子底里依然是属于中国古典美学的范畴,它依然主要根源于人生观,而并非像西方美学那样主要与认识论相关联。而'有我之境'与'无我之境'更是直接地根源于决定中国艺术意境的深层文化心理——儒学的人生观和庄学的人生观,'有我之境'就是'儒学之意境','无我之境'就是'庄学之意境',它们之间的所谓差别实际上就是儒庄两种不同的人生观、审美观在艺术审美意境上的不同体现。"②

而就这种具新、旧融汇的文艺批评形式,其批评方法、批评见解亦自出机杼。俞平伯早在 1926 年为王国维《人间词话》作序时即总结其为:

> 作文艺批评,一在能体会,二在能超脱。必须身居局中,局中人知甘苦;又须身处局外,局外人有公论。此书论诗人之素养,以为"入乎其内,故能写之;出乎其外,故能观之"。吾于论文艺批评亦然。自来诗话虽多,能兼此二妙者

---

① 佛雏:《"境界"说辨源兼评其实质——王国维美学思想批判之二》,扬州:《扬州师院学报》,1964 年第 19 期。

② 蔡报文:《"有我之境"与"无我之境"——兼与叶朗先生商榷》,南昌:《争鸣》,1994 年第 2 期。

寥寥。此重刊《人间词话》之意义也。虽只薄薄的三十页，而此中所蓄几全是深辨甘苦惬心贵当之言，固非胸罗万卷者不能道。

自《人间词话》问世以来，研究界相继围绕几个问题展开了深入探讨，较为集中的就是"境界"说。关于"境界"这一概念的界定就有很多。

解放前一些学者从感觉上对"境界"作了初步判断，给后人以提示。一、认为"境界"乃主客观的统一。最初有李长之"境界即作品中的世界"，"是客观的存在之外再加上作者的主观，搅在一起，便变作一个混同的有真景物有真感情的世界"。① 许文雨认为："妙手造文，能使其纷沓之情思，为极自然之表现，望之不啻为真实之暴露，是即作者辛勤缔造之境界。若不符自然之理，妄有表现，此则幻想之果，难诣真境矣。故必真实始得谓之境界，必运思循乎自然之法则，始能造此境界。"② 二、认为"境界"与"意境"有一种关联。如刘任萍"境界之含义，实合'意'与'境'二者而成"③。三、认为标举"境界"有可怀疑之处。如唐圭璋认为"予谓境界固为词中紧要之事，然不可舍情韵而专倡此二字"。"五代北宋之词所以独绝者，并不专在境界上。而只是一二名句，亦不足包括境界，且不足以尽全词之美妙。上乘作品，往往情境交融，一版浑成，不能强分；即如《花间集》及二主之词，吾人岂能割裂单句，以为独绝在是耶？"④

五六十年代曾引发一场对王国维的批判，其中焦点即是针

---

① 李长之：《王国维文艺批评著作批判》，北平：《文学季刊》（创刊号），1934年1月。

② 许文雨：《钟嵘诗品讲疏　人间词话讲疏》，第169页，成都：成都古籍出版社，1983年。

③ 刘任萍：《境界论及其称谓来源》，《人间世》，1945年第17期。

④ 唐圭璋：《评人间词话》，成都：《斯文》卷1，1941年第21、22合刊。

对"境界"说的唯心主义倾向，以王达津、叶秀山、张文勋为代表。王达津《批判王国维文学批评的哲学根据》①、张文勋《从人间词话看王国维的美学思想实质》②、叶秀山《也谈王国维的"境界"说》③在当时很有影响。此外还有徐翰逢《〈人间词话〉"境界说"的唯心论实质》④，羊春秋、周乐群《试论王国维的唯心主义美学及其文艺批评》⑤等。同样，也有同一视角下的不同论断，认为"境界"说亦属唯物。比如陈咏认为，王国维的"境界"不是对现实的纯客观的描写，而是按照作者的理想，亦即按照作者的观点、感情来选择、安排的，这进一步说明文学艺术中的形象是客观事物在作者头脑中的主观反映。他还说"所谓有境界，也即是指能写出具体、鲜明的艺术形象"⑥。李泽厚认为"意境"与"境界"很像，只是"境界""稍偏于单纯客观意味"⑦。汤大民认为不管是唯心与唯物，都难以概括王国维"境界"说的全部复杂性，认为王国维的"境界"是主客观统一的形象体系，是诗人与生活、理想与现实、情与景、意与辞、明朗自然与含蓄凝练等或主或从、相辅相成或相对相成诸因素的和谐统一，它体现了文学的美学功能的特点。⑧ 佛雏的《人间词话》研究认为"境界"指的是，通过

---

① 天津：《南开大学学报》，1956年第2期。

② 广州：《学术研究》，1964年3期。

③ 北京：《光明日报》，1958年第2期。

④ 徐翰逢：《〈人间词话〉"境界说"的唯心论实质》，北京：《光明日报》1960年6月12日。

⑤ 羊春秋、周乐群：《试论王国维的唯心主义美学及其文艺批评——兼评方步瀛先生对王国维文艺批评的评价》，武汉：《华中师范大学学报》，1959年第1期。

⑥ 陈咏：《略谈"境界"说》，北京：《光明日报》，1957年12月22日。

⑦ 李泽厚：《"意境"杂谈》，北京：《光明日报》，1957年6月9日、16日。

⑧ 汤大民：《王国维"境界说"试探》，见《〈人间词话〉及评论汇编》，第245页，北京：书目文献出版社，1983年。

为外物所一刹兴起的抒情诗人的某种具体的典型感受,以此或主要凝为"外景"(造型形象)或主要凝为"心画"(表现形象),反映出生活的某一本质方面或某一侧面的一种单纯的、有机的、富于个性特征的艺术结构。①

　　1980 年以后,王国维关于"境界"说和其他美学思想的研讨,又有新的进展,剔除了政治话语,特别就"境界"所具有的复杂意蕴做了进一步探析。周祖谦剖析了王国维"境界说"的理论结构,认为它包含三个基本要素:1. 从形象本体的角度论述了艺术境界的结构及特征。2. 揭示了艺术境界在审美感受中的特点。3. 着眼于艺术境界的创造,论述了创作主体的主观条件及其把握生活的态度和方式对于创造境界的决定性意义。这三个部分及其相互关联,形成了王国维"境界"说的整体结构。②宋民就王国维"优美""壮美"说的渊源、发展和它的历史地位及价值进行了探索和评说,把王国维"优美""壮美"说的发展变化分为三个阶段,认为王国维的"优美""壮美"说是中国古典美学向近代美学过渡、发展的重要理论标志,它突出地体现了王国维作为中国古典美学的终结者和近代美学开创人的重要地位。③

　　滕咸惠将《人间词话》的创新意义概括为:1. 以境界说为中心构成一个比较完整的理论体系。2. 既继承了中国古代美学和文艺思想的优良传统,又吸取了西方美学和文艺思想的优良传统及某些观点。3. 不为传统词学理论所束缚,敢于创新,自

　　① 佛雏:《"境界"说辨源兼评其实质——王国维美学思想批判之二》,扬州:《扬州师院学报》,1964 年第 19 期。
　　② 周祖谦:《王国维"境界"说的理论结构及其意义》,石家庄:《河北师院学报》,1987 年第 1 期。
　　③ 宋民:《王国维的优美壮美说述评》,大连:《辽宁师范大学学报》,1987 年第 1 期。

成一家。4. 能够运用朴素的辩证方法进行论证,增加了理论深度。① 自此以后,关于王国维"境界"说的近代西方美学这一渊源已更为清楚。

王国维独标"境界",相比于前代诗学有什么突破意义? 有的学者认为,"对境界的突出,真正找到了中国形象诗学的理论基点","王国维自视境界是探本之说"。② 这一点,李长之曾从用语方面予以肯定:"我们看从前人所谓的兴趣、神韵,其中有一个相同的目的,便是要把文学作品中所感到的东西扼要地说出来。但是终于没弄清楚,有意无意之间,那用语带了形容的意味,兴趣啦,神韵啦,倒是有着形容那作品的成功而加上读者的鉴赏的色彩了。王国维却更常识的,更具体的,换上一个'境界',我们很可以知道,凡是不清楚而神秘的概念只是学术还在粗糙的征验,所以王国维的用语,可说一大进步。"③顾随、叶朗、叶嘉莹、袁行霈等通过与严羽、王士祯的比较来肯定其进步性,以顾随的一段话为代表:"王静安先生论词首拈境界,甚为具眼。神韵失之玄,性灵失之疏,境界者,兼包神韵与性灵,且又引而申之:充乎其类者也。"

常州词派对近代词学发展产生的最大影响是出现了梁启超。梁启超发展了常州词派的经世致用思想而着意强调词的社会政治功能,并将社会历史的批评方法引入词学。后来还有胡适,不遗余力地宣传、推广科学方法。"可以说二者都对清代乾嘉学派作了比较系统的研究,从他们那里总结出'符合科学精神的研究方法'(胡适《清代学者的研究方法》),其主要内容就是分

---

① 滕咸惠:《〈人间词话〉刍议》,济南:《文史哲》,1986 年第 1 期。

② 刘锋杰、章池:《人间词话百年解评》,合肥:黄山书社,第 62 页,2002 年。

③ 李长之:《王国维文艺批评著作批判》,北平:《文学季刊》(创刊号),1934 年 1 月。

析归纳的、重证据的方法。这些基本上皆属实证性和形式逻辑方法,其近代性质亦甚明显。"①并一直延续到 20 世纪 70 年代。

梁启超自 18 岁拜康有为为师(1890 年),在广州万木草堂读书,历经四年,全面接触了中国传统的学科,特别是系统地接受了康有为的今文经学思想,并接受当时传入的西学中的机械学、图谱学、化学、地质学等。这一阶段,奠定了其一生学术和事业的基础。1894 年中日战争失败后,梁启超追随康有为联合三千人"公车上书",力请变法。1896 年在上海,梁启超与黄遵宪等办《时务报》,即有《变法通义》、《西学书目表》发表于《时务报》。接着是变法失败、流亡、再斗争。这一连串的经历,使得梁启超笃信"当今之世,舍我其谁",怀有浓厚的以天下为己任的思想,其文学观已成为此思想体系中的一分子。1898 年,梁启超发表《译印政治小说序》(刊于《清议报》),1902 年发表《论小说与群治之关系》(刊于《新小说》),创《新小说》于横滨,1903 年与狄平子等人联合执笔的"小说丛话"开始刊载于《新小说》。虽然不是词学专论,但从中已充分表明其文学观。他的《论中国学术思想变迁之大势》尤显重要。他简明扼要地将中国几千年来的学术加以叙述、评估、研究,可以说是第一部中国学术史。十余年后,又写成《清代学术概论》。

同样是在这样的思想基础上形成了梁启超独有的词学观念,即重词的社会政治功能。他前期的词学观基本上体现在他的《饮冰室诗话》及一系列文章如《晚清两大诗钞题辞》等文章中,因为其"诗"的概念是广义的,其间自然包含对词的认识。1902 年,梁启超《饮冰室诗话》开始连载于《新民丛报》。

他标榜周邦彦、吴文英、王沂孙词,曾有"承寄前作,固稍进,

---

① 徐公持:《二十世纪中国古典文学研究近代化进程论略》,见《百年学科沉思录》,第 6 页,北京:人民文学出版社,1998 年。

但'率露'二字之病，尚宜力戒，多读梦窗、碧山，当有所入"①等语。

他肯定雄杰悲壮之词，认为这样的词能突破儒家"中和美"的束缚。如称时人梁朝杰《金缕曲》等词"以文字论之，知非冷肠人也"，称蒋万里《大江东去》、《望海潮》等词"气象壮阔，神思激扬，洵足起此道之衰"。② 可见，梁启超沿袭常州派又超越了常州派。

中国有广义的诗，狭义的诗，"三百篇"和后来的"古近体"便是。广义的诗，凡有韵的皆是，所以赋亦称"古诗之流"，词亦称"诗余"。讲到广义的诗，那么从前的赋咧、乐府咧、弹词咧，都应归纳入诗的范围。

凡讲格律的，诗有诗的格律，律赋有律赋的格律，词有词的格律。这都是从后起的专名产生出来，我们既知道赋呀、词呀都是诗，要做好诗，须把这些精神都容纳在里头，还有什么格律好讲的，只是独往独来将自己的性情和所感触的对象，用极淋漓极微妙的笔力写将出来，这才算真诗。③

梁启超又提出"诗词大革命"。"该年十一月（1902年），《新民丛报》刊出梁启超《释革》一文，与'诗界革命'的转向直接有关。"④他说：

诗之境界，被千余年来鹦鹉名士（予尝戏名词章家为鹦鹉名士，自觉过于尖刻）占尽矣。虽有佳章佳句，一读之，似

---

① 梁启超：《长亭怨慢·文卿远游》一阕后跋语，见《饮冰室全集·文集》卷45，第95页，北京：中华书局，1989年。

② 梁启超：《饮冰室诗话》，第110页，北京：人民文学出版社，1982年。

③ 梁启超：《饮冰室合集·文集》卷43，第71～72页，北京：中华书局，1989年。

④ 陈建华：《"革命"的现代性——中国革命的话语考论》，第209～211页，上海：上海古籍出版社，2000年。

在某集中曾相见者,是最可恨也,故今日不作诗矣,若作诗,必为诗界的哥伦布、玛赛郎然后可……欲为诗界之哥伦布,玛赛郎,不可不备三长:第一要新意境,第二要新语句,而又顺以古之风格入之,然后成其为诗……三者具备,则可以成为二十世纪支那之诗王矣。①

因而提出"四排斥"、"五应该"。四排斥即为:排斥压险韵、用僻字;排斥用古典作替代语;排斥滥用"美人芳草"、托兴深微;排斥篇幅限制。"五应该"为:四言、五言、七言、长短句应该随意选择;骚体、赋体、词体、曲体应该都拿来入诗;选词应该以最通行的为主,俚语、俚句不妨杂用,只要能调和;纯文言体、纯白话体只要词句显豁简练,音节谐适,应该都是好的;用韵应以现在口音谐协为主,不必拘泥于古韵,韵不能没有。两个条件是:不必一味用白话,语助词愈少愈好。他还指出:"往后新词家只要把个人叹老嗟卑和无聊的应酬交际之作一概删汰,专以天然之美和社会现实两方面着力,以新理想为主干,自然会有一种新境出现。"②这诸般提法对以后诗词创作的出路都具有指导作用。

梁启超将文学作为救国改良的工具,在词学上更看重词的社会政治功能。他说:"盖欲改造国民之品质,则诗歌、音乐、精神教育之一要件,此稍有知者所能知也……宋之词,元之曲又其显而易见也。"他提倡情感教育,在词学研究上运用了新的文学理论,指出"情感教育最大的利器就是艺术。""音乐、美术、文学这三件法宝把'情感秘密'的钥匙都掌握住了。"③认为艺术家

---

① 梁启超:《饮冰室合集·专集》卷22,附录2,第189页,北京:中华书局,1989年。

② 梁启超:《饮冰室合集·文集》卷43,第79页,北京:中华书局,1989年。

③ 梁启超:《饮冰室合集·文集》卷37,第72页,北京:中华书局,1989年。

"当修养自己的情感,极力往高洁纯挚的方面,向上提挈,向里体验,自己腔子里那一团优美的情感养足了,再用美妙的技术把他表现出来,这才不辱没了艺术的价值"①。他提出"韵文"这一概念,极力推举他认为堪称艺术的词集,如《清真集》、《醉翁琴趣》、《东坡乐府》、《后村词》、《屯田词》、《淮海词》、《樵歌》、《稼轩词》、《白石道人歌曲》、《碧山词》、《梦窗词》等,并申明:"本门所列书目专资学者课余讽诵,陶写情趣之用,既非为文学专说学法,尤非为治文学史者说法,故不曰文学类,而曰韵文类。"②可见"韵文"的提出首要是要有情感。他总结了诗赋词曲等韵文中七种不同的表情法:一、奔进的表情法;二、回荡的表情法;三、蕴藉的表情法;四、象征的表情法;五、浪漫派的表情法;六、写实派的表情法;七、新同化之西北民族的表情法。③可以说第一次将中国古代诗赋词曲表情理论系统地梳理归纳出来,发掘出诸种体式的审美价值,将文学回归于审美,颇具近代精神。

这一时期胡适的词学研究也很有特色。胡适真正进行词学研究是其留学美国时。据现存《胡适留学日记》④,仅 1915 年胡适就有《秦少游词有佳句》、《词乃诗之进化》、《评陈同甫词》、《山谷词用土音》、《读词须用逐调分读法》、《对语体诗词》等论词札记,在其新的文学理论指导下研究词体文学。还有 1922 年发表的《南宋的白话词》以及《词的起源》⑤、《词选·自序》⑥等文。

①③ 梁启超:《饮冰室合集·文集》卷 37,第 72 页,第 73～140 页,北京:中华书局,1989 年。

② 梁启超:《饮冰室合集·专集》卷 71,第 15 页,北京:中华书局,1989年。

④ 胡适:《胡适留学日记》,上海:上海商务印书馆,1947 年;亦见于吴奔星选编:《胡适诗话》,成都:四川文艺出版社,1991 年。

⑤ 胡适:《词的起源》,北京:《清华学报》,1925 年第 1 卷第 2 期。

⑥ 胡适:《词选·自序》,上海:《小说月报》,1926 年第 18 卷第 1 号。

特别是《词选》于 1926 年 9 月初版，1932 年第二版。与早他十多年的王国维《人间词话》相比，二书在批评方向上颇有些一致。正如任访秋所评：

> 的确！这两部书在近代中国文学批评史上占的地位太重要了，而两书的作者又都是近代中国学术界之中坚，故彼等之片言只字，亦莫不有极大之影响。

> 他们相同的地方，即批评的方向还算一致。即比较重内容而轻格律。这是新文学运动中一个新的趋向。但王先生在十年前即有此见解，竟能与十年后新文学之倡导者胡先生见解相同，即此一端，已不能不令我们钦佩他的识见之卓绝了。（吴文祺君称王先生为"文学革命的先驱者"，信哉斯言！）①

当然，胡适的词学研究只能属于哲学家、文艺学家、教育家、社会活动家兼而治词，虽有业余性质，但由于他的才气及超人的影响力，尤其是作为"五四"文学革命的主将身份去论词，的确具有一种令中国现代词学得以形成的推动作用。但应注意的是，胡适的词学思想在当时虽有很大的影响，但这种影响只影响于一般的社会文化层面，就词学界本身来说，影响相对较弱。因为其词学观侧重于宏观研究，注重词的社会属性。而传统词学比较注重词的微观研究，注重词本身艺术特性的研究，这样容易造成新的现实需要性与传统学科本身特有规律间的冲突。而其后，龙榆生、夏承焘与唐圭璋，被公认为现代词学三大家，则既吸取胡适词学观中的合理部分，又融进词的本体特征，从而为今后的词学研究开拓出了一条健康之路。

---

① 任访秋：《王国维人间词话与胡适词选》，北京：《中法大学月刊》，1935 年第 7 卷第 3 期。

世纪初戏曲研究之发轫

一、世纪初戏曲研究概况

世纪初,一些有出国留学经历的文人回到祖国,开始呼吁戏剧的改革,他们能从域外文化的崭新视角对我国的古剧作一观照。

自 1840 年鸦片战争以来,中华民族面临亡国的命运,中国人民的民族意识空前高涨。在戏曲批评方面,戏剧的改革被赋予了民族振兴的历史宏伟意义。1903 年,失名《观戏记》首次呼吁戏曲改革①,回顾日本盛演明治维新戏,他说:"为此戏者,其激发国民爱国之精神,乃如斯其速哉? 胜于千万演说台多矣!"②认为"欲善国政,莫如先善风俗;欲善风俗,莫如先善曲本。曲本者,匹夫匹妇耳目所感触易入之地,而心之所由生,即国之兴衰之根源也。""中国不欲振兴则已,欲振兴可不于演戏加之意乎? 加之意奈何? 一曰改班本,二曰改乐器。"③这一意识在戏剧批评界的直接影响是对戏剧这一文体的推崇。梁启超首先从文体上肯定戏曲之优。他认为:曲本之诗,所以优于他体之诗者,凡有四端:"唱歌与科白相间","可以淋漓尽致"。可各尽数十人之情。每诗自数折乃至数十折,"极自由之乐"。"曲本则稍解音律者可任意缀合诸调,别为新调。故吾尝以为中国韵文,其后乎今日者,进化之运,未知何如;其前乎今日者,则吾必以曲本为巨擘矣"④。同时,也影响到对《桃花扇》等历史剧的重视,

---

① 自《黄帝魂》1929 年录出,原载何种书报不详。后收入阿英:《晚清文学丛钞·小说戏曲研究卷》,第 67～72 页,北京:中华书局,1960 年。

②③ 阿英:《晚清文学丛钞·小说戏曲研究卷》,第 68 页,第 72 页,北京:中华书局,1960 年。

④ 梁启超:《小说丛话》,《晚清文学丛钞·小说戏曲研究卷》,第 312 页,北京:中华书局,1960 年。

以及对"悲剧"观念的引入。1903 年,梁启超在论及《桃花扇》的一篇文章里把这部戏曲视为"民族主义"文学,把《桃花扇》所表达的故国之思与民族主义联系起来,认为"《桃花扇》于种族之戚,不敢十分明言,盖生于专制政体下,不得不尔也。然书中固往往不能自制,一读之使人生故国之感"①。在这种意识的影响下,1904 年汪笑侬把《桃花扇》改编为京剧,梦和为之题诗一首——《题汪笑侬桃花扇京剧即以寄赠》②。《桃花扇》一度引起了相当大的关注,从而也直接影响到后来王国维的《宋元戏曲史》,开始从民族歧视的角度解释元杂剧繁荣的原因。同样在这篇文章里,梁启超涉及悲剧问题,虽然不如王国维地道,但开风气之先。他认为:"中国文学,大率最富于厌世思想,《桃花扇》亦其一也。而所言,犹亲切有味,切实动人,盖时代精神使然耳。"③第二年,伴随着《二十世纪大舞台》、《戏剧杂志》等戏剧刊物的创刊,柳亚子、陈佩忍、蒋观云等人相继呼应戏剧改革,发表文章表达自己的认识。柳亚子说:"今当捉碧眼紫髯儿,被以优孟衣冠,而谱其历史,则法兰西之革命,美利坚之独立,意大利、希腊恢复之光荣,印度、波兰灭亡之惨酷,尽印于国民之脑膜,必有欢然兴者。此皆戏剧改良所有事,而为此《二十世纪大舞台》发起之精神。"陈佩忍云:"惟兹梨园子弟,犹存汉官威仪,而其间所谱演之节目、之事迹,又无一非吾民族千数百年之确实历史,而又往往及于夷狄外患,以描写其征讨之苦,侵凌之暴,与夫家国覆亡之惨,人民流离之悲。其词俚,其情真,其晓譬而讽谕焉,亦滑稽流走,而无有所凝滞,举凡士庶工商,下逮妇孺不识字之

---

① 梁启超:《小说丛话》,《晚清文学丛钞·小说戏曲研究卷》,第 314 页,北京:中华书局,1960 年。

② 梦和:《题汪笑侬桃花扇京剧即以寄赠》,上海:《二十世纪大舞台》,1904 年第 1 期。

③ 梁启超:《小说丛话》,见阿英编《晚清文学丛钞·小说戏曲研究卷》,第 315 页,北京:中华书局,1960 年。

众，苟一窥睹乎其情状，接触乎其笑啼、哀乐，离合悲欢，则趑不情为之动，心为之移，悠然油然，以发其感慨悲愤之思，而不自知。"蒋观云则提倡悲剧，说"使剧界而果有陶成英雄之力，则必在悲剧。""曾见有一剧焉，能委曲百折，慷慨悱恻，写贞臣孝子仁人志士，困顿流离，泣风雨动鬼神之精诚者乎？无有也。而惟是桑间濮上之剧为一时王，是所以不能启发人广远之理想，奥深之性灵，而反以舞洋洋，笙锵锵，荡人魂魄而助其淫思也。其功过之影响于社会间者，岂其微哉！""夫剧界多悲剧，故能为社会造福，社会所以有庆剧也；剧界多喜剧，故能为社会种孽，社会所以有惨剧也。"①

　　自1905年，戏剧批评开始走向深入，原有的激情式呼吁已开始转入理性的思考。此时26岁的王国维开始活跃，编订《静安文集》②。三爱（陈独秀）《论戏曲》刊于《新小说》，箸夫《论开智普及之法首以改良戏本为先》（载《芝罘报》第七期），继续阐释戏曲改良，从而将戏曲改良提升至"惟戏曲改良，则可感动全社会，虽聋得见，虽盲可闻，诚改良社会之不二法门也"③。这一年

①　亚庐（柳亚子）：《二十世纪大舞台发刊辞》，上海：《二十世纪大舞台》，1904年第1期；陈佩忍（去病）：《论戏剧之有益》，上海：《二十世纪大舞台》，1904年第1期；蒋观云：《中国之演剧界》，上海：《新民丛报》，1904年第1期。皆收入阿英：《晚清文学丛钞·小说戏曲研究卷》，北京：中华书局，1960年。以上四段引文分别在该书的第176页，第65页，第50页，第51页。

②　1905年，王国维自己编订印行《静安文集》，将他陆续在《教育世界》杂志所发表的一部分杂文收入。《静安文集》中有：《叔本华之教育学说》、《叔本华与尼采》、《论哲学家与美术家之天职》、《教育偶感》、《论教育之宗旨》等文。在《静安文集续》有：《人间嗜好之研究》、《古雅之在美学上之位置》、《文学小言》、《屈子文学之精神》、《奏定经学科大学文学科大学章程表后》、《去毒篇》等文。

③　陈独秀：《论戏曲》，见《晚清文学丛钞·小说戏曲研究卷》，第55页，北京：中华书局，1960年。

最应予以注意的是渊实《中国诗乐之迁变与戏曲发展之关系》①一文。这篇文章学术性较强，打破了鼓动性、号召性的表述方式，属一种学理性的探讨，可以说是首次对由古乐府到杂剧传奇变迁进行史的思考。"欲知乐府诗余传奇杂剧之性质，宜先自上古至于今日上下四千余年间，于历史上研究音乐之变迁与兴亡，不然则无由知其真相。此本篇所欲论者，则在于中国音乐如何起灭，如何变迁，而其结果与大汉民族有如何影响之问题也。"②文中得出的结论是："要之杂剧传奇，自宋之诗余出，诗余自汉之乐府出。乐府、诗余乐也，曲也；传奇，亦乐也，曲也。纵其脚色，虽分生旦正副，是特由于技舞之动作以显之，然其所主者，在歌唱而已。如俳优者，自有识者视之，则计其色艺之巧妙，无仍取其歌喉之宛转，此所谓非以目取，乃以耳求者也。是则中国音乐之发达，固已夙矣。"③此文发表时附梁启超所撰《跋》文一篇。梁跋云："其中所言沿革变迁及其动机，皆深衷事实，推见本原，诚可称我国文学史上一杰构。"作者情况不确，"承著者寄稿，自云从东文译出，惟未言原著者为谁氏。以余读之，殆译者十之七八，而译者所自附意见，亦十之二三也"④。总之，这篇文章首开戏曲史研究的路数，为 1907 年开始陆续出现的王国维、姚华、刘师培的戏曲史研究开了先路。

1906 年戏曲界发生了一系列事件：王国维刊行《人间词甲稿》；吴梅《风洞山》传奇二十四出，由小说林社刊行；王国维发表《文学小言》；冬天时，春柳社剧团于东京成立，属新剧第一个演出团体。看得出，整个戏剧界，从创作到理论都在同步发展。其间王国维的《文学小言》一直未能引起足够的重视。"虽然今日

---

① 渊实：《中国诗乐之迁变与戏曲发展之关系》，上海：《新民丛报》，1905 年第 4 卷第 5 号。

②③④ 阿英：《晚清文学丛钞·小说戏曲研究卷》，第 73 页，第 88 页，第 89 页，北京：中华书局，1960 年。

从表面上看来只是属于启蒙时期的一些没有完整体系的琐杂概念而已,可是这些概念却无一不显示着他与西方思想接触以后,在另一种文化的光照中,要对中国传统文学之意义与价值重新加以衡定的觉醒。唯有透过这些杂文,我们才能真正看到静安先生在开拓新的批评途径中,他的一些重要观念之逐渐成长的过程。"①在《文学小言》中,他提出反功利的文学观,由此引申出他在文学理论方面标举"真",遂产生他"一代有一代之文学"的文学演进历史观,并从而充分重视元明以来戏曲小说等通俗文学。

1907年,王国维开始转攻戏曲,他的《戏曲考原》最先发表。同时,刘师培《原戏》亦发表。② 20世纪初,西方对艺术起源问题的关注意识开始传入中国。在戏曲研究领域,戏曲艺术起源问题成为戏曲研究者高度关注的问题。刘师培的《原戏》首先运用"原"体追溯戏曲之源头。中国传统学术有一种重要文体,它通过对文字进行音韵、训诂等方面的诠解去推究其原初的意义与语义的流变,如韩愈写有《原道》,严复写有《原强》。可以看出中国学术存在着一种"推原而求真"的思想,这种思想贯穿了中国传统学术史至少有两千多年。戏曲的"原"体追溯主要是指对当今还在使用但意义可能已经发生变化的"戏"、"剧"、"戏曲"、"戏剧"等概念进行溯源,它以回溯式的"逆入"姿态,勾勒这些概念的原初意义和历史演变轨迹。

1907—1913年间,王国维的曲学研究一枝独秀。从《戏曲考原》开始即一发不可收,陆续于1909年发表《优语录》、《新编录鬼簿校注》、《唐宋大曲考》,1910年发表《宋大曲考》、《录曲余

---

① 叶嘉莹:《王国维及其文学批评》,第128页,广州:广东人民出版社,1982年。

② 刘师培:《原戏》,上海:《国粹学报》,1907年第3卷第9期。

谈》,1911 年发表《古剧角色考》,最后在 1913 年完成了戏曲研究史上一个丰硕的成果《宋元戏曲考》。可以说这些著作,开启了本世纪中国戏曲研究的风气,为建立中国戏剧史学做出了开创性的贡献。当然,王国维之前对戏曲史进行研究的也有,如唐代的《教坊记》与《乐府杂录》,宋代苏轼《东坡志林》对"八蜡"的论述,明代胡元瑞对苏中郎、踏摇娘的论述,俞樾的《余莲村劝善杂剧序》,刘师培的《原戏》、姚华的《曲海一勺》①等。其中姚华《曲海一勺》分为五章:述旨、原乐、明诗、骈史上、骈史下。此书主旨在昌明曲学,较全面系统地论述曲的源流、艺术特点和现实价值等,试图将有关曲学知识系统化,强调"文章体制,与时因革"、"与谓古胜,宁谓今优",同时又主张以礼乐挽回颓风,定昆曲为国乐,称昆曲为"和平之表,文化之符,今乐之圣,古乐之裔也",认为"诗乐之会,歌舞之交,不观昆剧,无由悟也"。同是梳理了戏曲的源头。前面提到的刘师培的《原戏》与姚华的研究有诸多相似之处:"一、使用的方法,都是从对先秦典籍及古文字的辨释、训诂入手,具有强烈的乾嘉学派的治学特点;二、都认为中国戏曲起源于先秦的歌舞,这个歌舞是与诗合一的;三、都认为歌舞、戏与上古的祭祀仪式有关。不同之处在于:一、姚华采用流变考察角度,刘师培则立足于现今的戏曲概念,然后追溯这一概念的每一要素的最早源头,姚华是顺察式的,刘师培则是逆溯式的;二、由于用以考察问题的角度不同,姚华考察'戏'与'剧'的意义整个演变过程,在此基础上考察它们与现代戏剧概念的关系,刘师培则立足于现代戏曲的艺术构成因素;三、结果,姚华考证的是"戏剧"概念,而刘师培考证的是"戏曲"概念。刘师培此文并未对戏曲概念进行界定,但它所列出的戏曲要素基

---

① 姚华:《曲海一勺》、《菉漪室曲话》两篇论文刊于 1913 年出版的《庸言杂志》。近人任讷编《新曲苑》,上海:中华书局,1940 年,亦收此书。

本上就是后来王国维的戏曲概念得以形成的重要依据。"①

　　如果说王国维在戏曲史研究上引入了现代学术理念，那么，不少学者在戏曲学研究上也引入了这一理念，从而致力于中国戏曲学的建构。当时地方戏曲的蓬勃发展，对传统的戏曲理论提出了挑战。如何总结清代后期以来地方戏曲的发展史？如何从新的理论层面归纳中国戏曲的艺术形态？这是 20 世纪初的戏曲理论家、戏曲评论家所面临的迫切问题。这一时期，也是西学东渐的狂飙时代，系统思维、体系构架等，也是东渐的一项重要内容。当时的戏学也往往以宏大构架、大而全之、兼收并蓄等面貌出现。齐如山、冯叔鸾、宗天风、王梦生等在做着建构的努力。齐如山《说戏》②短短两三万字，却涉及戏学的众多方面。全篇分六部分：一词曲，二音乐，三戏园建筑，四前台布置，五脚色装束，六脚色。这种基本构架在他后来的绝大多数戏学论著中被继承并发展开来。1914 年冯叔鸾《啸虹轩剧谈》③分上下卷及附卷印行。卷上剧论，卷下剧评。"戏剧改良论"和"戏剧与社会之关系"之下，又特设四节："戏之基本观念"、"戏之界说"、"戏之三要素"和"戏之性质"，有体系建构之想法而惜未有体系建构之实绩。他们还试图解决戏曲本质论的根本问题。王梦生的《梨园佳话》④一书共分四章。总论，论中国戏曲的本质、源流、唱工、做工；第二章"诸剧精华"，论当时一批名剧在舞台表演上的精华所在；第三章"群伶概略"，为当时的著名戏曲演员立传；第四章"余论"，论及排场、情节、词句、字音、行头、切末、规矩、金鼓、管弦、前场、后台、教戏、科班、说戏、扮戏、反串、戏包

---

① 陈维昭：《"戏剧"考》，昆明：《云南大学学报》(社会科学版)，2004 年第 2 期。
② 齐如山：《说戏》，北京：京华印书局，1911 年。
③ 冯叔鸾：《啸虹轩剧谈》，上海：中华图书馆，1914 年。
④ 王梦生：《梨园佳话》，上海：商务印书馆，1915 年。

袄、戏提调、票友、女伶、新戏、改良方法等,对于戏曲艺术的方方面面,尤其是戏曲剧场艺术方面,可谓收揽殆尽。宗天风的《若梦庐剧谭》①包括剧论 12 则、列传 92 则、剧评 12 则、歌舞拾零 22 则,力求解答戏剧本质问题。②

其实 30 年代之前最早具有现代性剧场观念的是日本人辻武雄,写有《中国剧》一书,于 1920 年北京顺天时报社出版,后来修订版改名为《中国戏曲》,于 1925 年由同一出版社出版。但该书并不为当时中国的戏曲史家所称引。该书由绪论、剧史、戏剧、优伶、剧场、营业、开锣等七部分组成,介绍了中国戏曲的起源和演变。"戏剧"部分全面介绍了中国戏剧的剧场体制、组织,论及戏剧的种类、歌唱、音乐、脚色、装束、做派等。"优伶"部分介绍中国优伶的产地、出身、科班之组织及优伶之命名、阶级、报酬等。"剧场"部分主要是对清末民初北京、上海剧场的介绍。该书出版于王国维书之后,但无一字涉及王国维,他人所写的序或题词亦然。该书表现出科学的分类意识,在这种理解下,戏剧史述已经不仅仅是描述戏剧发展史,而且包括演剧史、舞台艺术史,以及与此相关的剧场体制研究,戏曲演员与戏班研究,戏曲作为一种娱乐消费现象的研究等,这与 20 世纪初西方崭新的戏剧观念密切相关。该书对以后的青木正儿、周贻白、徐慕云等的戏曲史著述的格局产生了影响。

戏曲校勘学方面,有姚华的《菉漪室曲话》。这是一部戏曲理论著作,凡四卷。卷一"卓徐余慧",就明卓人月辑、徐士俊评《古今词统》中涉及词、曲异同之处进行摘录考述,意在探究词曲变迁之迹。卷二至卷四均题"毛刻签目",系姚氏于读毛晋所刻

① 宗天风:《若梦庐剧谭》,上海:泰东图书馆,1915 年。

② 参见陈维昭著:《20 世纪中国古代文学研究史·戏曲卷》,第 267~268 页,上海:东方出版中心,2006 年。

《六十种曲》时，"颇有所考，因以闻见，按目签记"而成。其卷二论《双珠记》、《寻亲记》、《东郭记》、《金雀记》、《焚香记》、《荆钗记》与《浣纱记》七剧，卷三专论《琵琶记》，卷四专论《南西厢》。其特点在于采用乾嘉学派辑佚、校勘诸法以治曲，开近人校勘戏曲之先声。在搜集、整理诸剧资料方面，亦颇有所得。叶德均曾于《姚华的〈菉漪室曲话〉》①中评价道："他的著作中却有精密独到之处，如用治经史的校勘、辑佚的朴学方法来治戏曲，虽其成就不及近人，但首先运用这方法治戏曲的，当以姚氏为第一人。最足代表姚氏的学殖与治学方法的，是四卷《菉漪室曲话》。"像这样详细有系统的曲话，在前人词曲话一类著述中，是有独到的体例的。相比于同时或前后出现的曲话多为作曲度曲所用不同，此书则纯然是学人的论学之作。

　　1913年以后，戏曲美学方面亦有进一步的发展。经过梁启超特别是王国维的悲剧论的提出和阐扬，同样是在《菉漪室曲话》中，姚华在总结宋元明清几代喜剧创作经验的基础上，对于古代以来的滑稽、谐隐之说作了进一步的发挥。姚华认为，喜剧不仅是艺术的一种类型，而且是文学的一种类型，就是"滑稽文学"。他认为："文学之至，喻于上天，滑稽文学，且在天上。"就是说，文学的价值是很高的，而喜剧又是文学中最值得推崇的一种样式。其原因何在？姚华认为："滑稽一语，批抹皆非，科律千秋，指摘便倒。"就是说，喜剧特别是讽刺喜剧具有强大的威力。许多貌似神圣的事物，一经喜剧加以揭穿，其本质便会暴露无遗，变得十分荒唐可笑。而喜剧就是在广大观众的笑声之中，发挥着潜移默化的作用。正是从喜剧兼有文学、艺术双重性质的认识出发，姚华对喜剧的来源作了比前人更为广泛的考察。他

---

① 叶德均：《姚华的〈菉漪室曲话〉》，见《戏曲论丛》，上海：上海日新出版社，1947年。

认为中国的喜剧应当有艺术与文学两个源头,艺术的源头是古代的俳优,而文学的源头就是《庄子》。他说:"滑稽之源,出于蒙庄。"其根源当是《庄子》亦庄亦谐、寓庄于谐的艺术特色。姚华对于晚明的喜剧评价很高。这一时期涌现了不少喜剧名作,特别是讽刺喜剧。可以说姚华的喜剧论与王国维的悲剧论相互辉映,成为 20 世纪中国戏曲美学研究的良好开端。①

五四新文化运动对戏曲研究的影响更加深刻甚至"强横地"清算了传统戏曲的弊端。这一时期最引人注意的一场论争是陈独秀、胡适、钱玄同、刘半农等文学的激进派联合起来对阵传统学人张厚载,陆续发表了《我之文学改良观》(刘半农,《新青年》,第 3 卷第 3 号,1917 年 5 月)、《文学革命论》(陈独秀,《新青年》,第 2 卷第 6 号,1917 年 2 月)、《寄陈独秀》(钱玄同,《新青年》1917 年第 1 期)、《今之所谓"评剧家"》(钱玄同、刘半农《新青年》1918 年第 5 卷 2 期)、《新文学及中国旧戏》(张厚载,《新青年》1918 年第 4 卷第 6 期)、《我的中国旧戏观》(张厚载,《新青年》1918 年第 5 卷 4 期)等。周作人《论中国旧戏之应废》(《新青年》1918 年第 5 卷 5 期)、傅斯年《戏剧改良各面观》(《新青年》1918 年第 5 卷第 4 期)等文章也属这一潮流影响下而推出的。

二、王国维《宋元戏曲史》:近代学术精神的全方位融入

王国维在《宋元戏曲史》与《人间词话》中有许多重要的发现和创建性的意见。自这两部著作问世之后,研究界从未中断对它们的关注和评价。

王国维的戏曲研究论著开近代戏曲史研究的风气,对学术界影响甚大。其中《宋元戏曲史》是他在戏曲研究上带总结性的

① 赵山林:《二十世纪前期的中国戏曲研究》,上海:《戏剧艺术》,1998 年第 1 期。

重要著作。这部著作以宋元戏曲作为研究的对象,全面考察,寻根溯源,回答了中国戏剧艺术的特征、中国戏剧的起源和形成、中国戏曲文学的成就等一系列戏曲史研究中带根本性的问题。学界对这部书的基本评价是:

第一详论剧曲,使剧曲成为一专门之学者。傅斯年曾下过结论:

> 近年坊间刊刻各种文学史与文学评议之书,独王静安《宋元戏曲史》最有价值。何以有价值? 则答之曰:中国韵文,莫优于元剧、明曲,然论次之者,皆不学之徒,未能评其文,疏其迹也;王君此书前此别未有作者,当代亦莫之与京:所以托体者贵,因而其书贵也。①

梁启超亦评曰:"若创治《宋元戏曲史》,搜述《曲录》,使乐剧成为专门之学。斯二者实空前绝业,后人虽有补苴附益,度终无以度越其范围。"②到80年代,很多学者都肯定了这一点,如齐森华指出:"《宋元戏曲史》开创了戏曲这一新的学术领域,并为我国戏曲史科学奠定了坚实的基础。"③

第一创制剧曲文学史体制者。今人亦认同此说。傅晓航肯定王国维第一次揭开中国戏曲艺术的起源和形成问题,勾画出宋元戏曲历史发展的轮廓,为戏曲史科学积累了系统的资料,把戏曲艺术的历史提高到历史科学的范畴,在文学史上为元杂剧和南戏争得了应有的地位。④

第一部具有"现代"科学精神之剧曲研究著作。梁启超早就

---

① 傅斯年:《评宋元戏曲史》,北京:《新潮》,1919年第1卷第1号。
② 梁启超:《国学论丛王静安先生纪念专号序》,北京:《国学论丛》,1928年4月第1卷第3号。
③ 齐森华:《试论王国维在戏曲理论上的杰出贡献》,上海:《华东师范大学学报》,1983年第5期。
④ 傅晓航:《戏曲史科学的奠基人——读〈王国维戏曲论文集〉》,北京:《文艺研究》,1980年2期。

看到了这一点：

> 先生古貌古饰，望者辄疑为竺旧自封畛，顾其头脑乃纯然为现代的，对于现代文化原动力之科学精神，全部默契，无所抵拒。而每治一业，恒以极忠实极敬慎之态度行之，有丝毫不自信，则不以著诸竹帛；有一语为前人所尝道者，辄弃去，惧蹈剿说之嫌以自点污。盖其治学之道术所蕴蓄者如是，故以治任何颛门之业，无施不可，而每有所致力，未尝不深造而致其极也。①

今人陆炜亦认为，王国维的戏剧文学批评具备世界性的广阔视野，对中国文化的反思和美学理论的深度，至今未失其理论价值。② 这一点源于王国维那中西合璧的知识结构。《国学月报》编者们亦总结王国维的学术贡献道："论哲学，是最早介绍康德、叔本华和尼采学说的人；论文学，首先认识宋元戏曲的价值，开辟平民文学的风气；论文字学，发明殷商甲骨文字，建设中国文字新系统。论史学的功绩，尤其数不胜数——殷周史迹及制度，西北佚事及地理，前人所不知或未解的问题，他能够说个清楚；古器物，前人只知著录或拓搨，他能够作系统的研究，又拿来考证史事；古书篇，前人已经误解或伪造，他能够作精确的笺考，又藉以辨别史书……"③陈寅恪也很称赏其"取外来之观念与固有之材料互相参证"④。再比如关于喜剧理论。"在本世纪最初的十几年中，尽管王国维关于喜剧的论述失之零碎，而且常是散

---

① 梁启超：《国学论丛王静安先生纪念专号序》，北京：《国学论丛》，1928 年 4 月第 1 卷第 3 号。

② 陆炜：《中国戏曲成熟的标志——王国维"戏曲形成于元代"说补正》，重庆：《西南师范大学学报》，1986 年第 4 期。

③《国学月报"王静安先生纪念号"序》，北京：《国学月报"王静安先生纪念号"》，第 1 页，1927 年。

④ 陈寅恪：《王静安先生遗书·序》，第 1 页，上海：上海书店出版社，1983 年影印本。

见于有关其它问题的论著中间,尽管他对悲剧的崇尚不能不明显妨碍其对喜剧进一步的求索,但他对喜剧问题的译介和审视仍然代表了近代这一领域的最高成就,其影响不能不延及现代喜剧理论建设的全过程。"①

但同时我们也决不能说,王国维的戏曲观都是古人未尝言及的"创获"。有的学者发现王国维的《宋元戏曲史》受梁廷枏的影响颇大。基于此,黄霖总结道:"王国维之所以在中国近代西与中、新与旧的文艺理论交融、激变史上成为一个杰出的戏曲论者,不仅仅是由于运用了西方的一些哲学、美学观点和一般地忠实于乾嘉学派的治学作风,而且直接吸取了传统戏曲理论中的养料。他和其他伟大的学者一样,都没有脱离传统。"②张健也认为:"王氏在中国近现代思想史上的过渡地位","这一点使他成为中国近代史上最后一位伟大的学者,同时也给他的学术思想带来深刻的矛盾和困扰。在戊戌变法和辛亥革命之间的十多年里,对学新学的渴慕与追求,使他深受西方近代资产阶级思想的影响和濡染,因此,在他身上势必带有一定程度的反封建传统的色彩。没有这种色彩,他就不会对中国古典戏剧做出卓越有成效的梳理和再评价,他就不会对元代杂剧给予足以同唐诗宋词相比肩的地位。而在另一方面,他又不可避免地因袭着历史的重负,他自身的'体素羸弱',更加上近代中国民族资产阶级的羸弱,使他终不可能对传统思想发起勇猛的进击,于是他试图选择一条纯学术的道路,结果从注重纯粹美术的独立地位和价值的初衷出发,滑向对一切'讽时事'的否定。"③

王国维第一次提出了"真戏曲"的概念,对戏曲理论进行了

---

①③ 张健:《王国维的喜剧理论》,北京:《文学评论》,1992 年第 2 期。
② 黄霖:《王国维曲论与梁廷楠曲话》,上海:《学术月刊》,1990 年第 5 期。

新的突破和创造。叶长海对这一问题是这样看的："王国维实际上提出了'真正之戏剧'、'真正之戏曲'这两个概念，这是一个对把握中国戏剧的艺术特征最具关键性的问题。提出'戏剧'、'戏曲'是两个不同的概念。'真正之戏剧'的标准是'必合言语、动作、歌唱，以演一故事'；'而论真正之戏曲，不能不从元杂剧始也'。因为'独元杂剧于科白中叙事，而曲文全为代言'。即是说，'真正之戏曲'的要求是'代言体'而非'叙事体'，这样就把戏曲作品与其他文学作品如诗词、说唱文学等划出了界限。"① 林风认为，王国维的"真正之戏剧，起于宋代"这一假设，如今看来倒成了科学的预见，我国戏曲历史应当以宋元南戏为主要标志。② 至于"真正之戏曲"、"真正之戏剧"的概念界定，则存在着争议。八十年代，叶长海分析王国维所认为的"真正之戏剧"之特点就是"必合言语、动作、歌唱以演一故事"（王国维语），亦即唱、念、舞高度综合的表演艺术，其表演过程还必须有一个完整的情节结构。而"真正之戏曲"，必须是符合以歌舞演故事的"真戏剧"需要的剧本，而且，其体裁必须是"代言体"而非"叙事体"的。③ 此观点一出，即招致查全纲、冯健民之质疑，他们认为："王氏笔下'戏剧'和'戏曲'两个概念的区别乃在于'戏曲'被认为是完整、成熟的戏剧形式，而'戏剧'则被认为是'戏曲'的初级阶段、不成熟的戏剧形式。""'真正之戏剧'实即所谓'戏曲'。"④ 这种争议一直在继续，但不管怎样，正如夏写时所讲："中国戏剧

---

① 王国维著，叶长海导读：《宋元戏曲史》，第 10 页，上海：上海古籍出版社，1998 年。

② 林风：《"真正之戏剧，起于宋代"——〈宋元戏曲考〉初议》，见《王国维学术研究论集》第 2 辑，上海：华东师范大学出版社，1987 年。

③ 叶长海：《"戏曲"辨》，北京：《光明日报》，1983 年 8 月 30 日。

④ 查全纲、冯健民：《论王国维关于"戏剧"与"戏曲"二词的区分》，北京：《光明日报》，1983 年 11 月 1 日。

起源于何时、形成于何时,是文学艺术史、戏剧史、戏剧批评史无法回避的问题。早在唐、宋,学者们、戏曲爱好者们就开始热心地研究这一问题。然而研究戏曲的形成,必须为戏剧做出较科学的定义,这对于古人来说是困难的,因此他们的研究成果往往是站不住脚的。明清两代,研究愈来愈深入细致,王骥德、胡应麟、焦循诸家均不乏可取之见。但是,直到1912年王国维《宋元戏曲考》,才第一次认真注意戏剧的定义问题。""王国维以后,戏剧史的研究进入新的阶段。对于中国戏曲形成于何时,论者渐多,约而言之有下列几种论断:1. 中国戏曲形成于先秦。2. 中国戏剧的历史应从西汉的百戏中已有故事表演算起。其所经历的途程,仅次于古希腊的戏剧。3. 中国最早的戏曲,其产生期,今所知者,当在北宋中叶。4. 中国戏剧,一向被认为始自宋元时代。"①

王国维在具体的治学经验方面亦为后人提供了颇具近代色彩的启示。如"弘大处立脚,精微处著力"。"其所讨论之问题,虽洪纤繁简不一,然每对于一问题,搜集资料,殆无少遗失,其结论未或不餍心切理,骤视若新异,反复推较而卒莫之能易。学者徒歆其成绩之优异,而不知其所以能致此者,固别有大本大原在也。"②再如钩沉稽遗,考源疏证。傅斯年道:"即以元杂剧而论,流传今世者,不过臧刻百种,使臧晋叔未尝刻此,则今人竟不能知元剧为何物。持此以例其他,剧本散亡,剧故沉湮,渊源不可得考,事迹无从疏证者,多多矣。钩沉稽遗,亦大不易。王先生此书,取材不易,整理尤难。籀览一过,见其条贯秩然,能深寻曲

① 夏写时:《中国戏剧批评的产生和发展》,上海:《戏剧艺术》,1979年第2期。

② 梁启超:《国学论丛王静安先生纪念专号序》,北京:《国学论丛》,1928年4月第1卷第3号。

剧进步变迁之阶级，可以为难矣。"①确为的论。叶长海亦认为：
"王国维《宋元戏曲史》考定久已失传的乐曲体制。如对诸宫调
和赚词的重新概括，这是一项了不起的发现，使一种久已模糊于
史的艺术样式一下子清晰地呈现于今人面前，为今后的曲学研
究增加了重要的篇章。"②

用郭沫若的话来评价：王国维是新史学的开山。鲁迅是新
文艺的开山。

> 王国维的《宋元戏曲史》和鲁迅的《中国小说史略》，毫
> 无疑问，是中国文艺史研究上的双璧。不仅是拓荒的工作，
> 前无古人，而且是权威的成就，一直领导着百万的后学。③

从王国维的《宋元戏曲史》开始，戏曲史研究、戏曲起源问
题、形成问题（概念问题）、意境问题、悲剧问题等命题，后来成为
20 世纪戏曲研究的基本命题。

词曲研究体式：从古典形态向现代形态的过渡

关于研究体式，正如温儒敏所说："我国文学批评由古典形
态向现代形态过渡表现在王国维身上，并不是简单的新旧替换，
而是中西批评的汇通交融。传统批评的某些特点在他引进的西
方理论的刺激下发生作用，逐渐酝酿成一种新型的批评。"④其

---

① 傅斯年：《评宋元戏曲史》，北京：《新潮》，1919 年第 1 卷第 1 号。
② 王国维著、叶长海导读：《宋元戏曲史》，第 8 页，上海：上海古籍出
版社，1998 年。
③ 郭沫若：《鲁迅与王国维》，上海：《文艺复兴》，1946 年第 2 卷第 3
期。
④ 温儒敏：《王国维文学批评的现代性》，北京：《中国社会科学》，1992
年第 3 期。

词曲研究正表现出这种性质的过渡。王国维的《宋元戏曲史》以及《人间词话》的体式即可证明。

"中国传统的文学批评所依赖的不是一定的理论和标准,而是文人大致相同的阅读背景下所形成的彼此接近的思维习惯和审美趣味,以及由这些因素所影响形成的共同的欣赏力和判断力。""然而中国社会进入近代之后,日益开放通达的时势使人们越来越不可能再像古代文人那样具有共同诵读熏习的条件,传统的阅读批评'圈子'被打破,文学批评越来越要兼具文化信息传播的功能。光靠悟性的点拨不行了,理论化、明晰化、系统化就势必成为批评所要追求的目标。"①从这一意义上说,《宋元戏曲史》具有划时代性。我国的戏曲自来无史,戏曲因"托体稍卑",一向为"正史"所不录。尽管随着我国戏曲的日益成熟与发展,元明清三代也陆续涌现了一大批进步曲论家,他们从不同侧面对戏曲艺术作了不少有益的研究与探索,但正如王国维所指出的,大多"未有能观其会通"。我国戏曲发展史,绝少科学的、系统的论述。而《宋元戏曲史》"第一次为我们揭示了中国戏曲艺术的起源和形成,也清晰地勾勒出了我国戏曲发展的历史轮廓,从而在我国传统曲论的基础上开创了戏曲史这一新的学术领域"②。早在《宋元戏曲史》诞生之际,傅斯年就发现了此点。他认为:

> 研治中国文学,而不解外国文学,撰述中国文学史,而未读外国文学史,将永无得真之一日。以旧法著中国文学史,为文人列传可也,为类书可也,为杂抄可也,为辛文房

---

① 温儒敏:《王国维文学批评的现代性》,北京:《中国社会科学》,1992年第3期。

② 齐森华:《试论王国维在戏曲理论上的杰出贡献》,上海:《华东师范大学学报》,1983年第5期。

"唐才子传体"可也,或变黄、全二君"学案体"以为"文案体"可也,或竟成《世说新语》可也;欲为近代科学的文学史,不可也。文学史有其职司,更具特殊之体制;若不能尽此职司,而从此体制,必为无意义之作。今王君此作,固不可谓尽美无缺,然体裁总不差也。①

如仔细考察其章节设置亦会对此有深刻的认识。全书以宋元戏曲作为主要研究对象,全面考察,寻根溯源,回答了中国戏剧艺术的特征、中国戏剧的起源和形成、中国戏曲文学的成就等戏曲史研究中带根本性的问题。全书共分十六章。其主要内容如下:

第一章略论上古至五代的戏剧,认为中国戏剧的起源和形成是一个流动的过程。最初肇源于上古巫觋歌舞和春秋时代的古优笑谑。汉代有角抵百戏,其"总会仙倡"是"假面之戏","东海黄公"则已是"敷衍故事"。至北齐的《兰陵王入阵曲》和《踏摇娘》,其形式都是"有歌有舞以演一事",这就成为后世戏剧的直接始源。唐代的歌舞戏和滑稽戏都很发达,"参军戏"则是此二者的"关纽",而且有了"参军"和"苍鹘"两种脚色。

第二至第七章,着重阐述宋金戏剧的概貌。王国维认为,宋金戏剧的结构"实综合前此所有之滑稽戏及杂戏、小说为之",其乐曲始有南曲、北曲之分,此二者"亦皆综合宋代各种乐曲而为之者"。所谓"宋之滑稽戏",即指宋杂剧。王国维经过历史材料的排比后,得出结论说:"宋人杂剧,固纯以诙谐为主,与唐之滑稽剧无异,但其中脚色,较为著明,而布置亦复杂;然不能被以歌舞,其去真正戏剧尚远。"王国维还考证了宋官本杂剧段数和金院本的名目。又将宋金杂剧、院本统称为"古剧",以与后世杂剧

① 傅斯年:《评宋元戏曲史》,北京:《新潮》,1919 年第 1 卷第 1 号。

相区分。他作这样的概括:"唐代仅有歌舞剧及滑稽剧,至宋金二代而始有纯粹演故事之剧,故虽谓真正之戏剧起于宋代,无不可也。然宋金演剧之结构,虽略如上,而其本则无一存,故当日已有代言体之戏曲否,已不可知。而论真正之戏曲,不能不从元杂剧始也。"

第八至第十二章,分别叙述元杂剧的渊源、时代、存亡、结构与文章。王国维把元杂剧作为中国戏曲的最高成就进行研究,因而着墨最多最细。在王国维看来,元杂剧之视前代戏曲的进步,主要有两个方面。其一在于乐曲样式;其二则是"由叙事体而变为代言体"。他说:"此二者之进步,一属形式,一属材质,二者兼备,而后我国之真戏曲出焉。"书中将元杂剧创作分为三个时期,分析了元杂剧作家的成分构成及元代初期杂剧之所以发达的历史原因。王国维还从剧本出发,评价了元杂剧的文学成就,并对著名作家、作品作了评论。对于作品的评论,他有许多创新的独特的话语,从前人未曾有过的新的视角审视元杂剧,其见解常常令人耳目为之一新。

第十三至十五章,阐述元代的院本和南戏,着重在对南戏的考证。王国维认为:"元南戏之佳处,亦一言以蔽之,曰'自然'而已矣;申言之,则亦不过一言,曰'有意境'而已矣。故元代南北二戏,佳处略同;惟北剧悲壮沈雄,南戏清柔曲折,此外殆无区别。"南戏的文学成就,进一步加固了王国维对整个元代戏曲的认识。①

《人间词话》相比于《宋元戏曲史》,从体式上看似更传统些,但正如叶嘉莹所说:

---

① 王国维著,叶长海导读:《宋元戏曲史》,第 1 页,上海:上海古籍出版社,1998 年。

至于《人间词话》，则是他脱弃了西方理论之拘限以后的作品，他所致力的乃是运用自己的思想见解，尝试将某些西方思想中之重要概念融会到中国旧有的传统批评中来，所以《人间词话》从表面上看来，与中国相沿已久之诗话、词话一类作品之体式，虽然也并无显著之不同，然而事实上他却已曾为这种陈腐的体式注入了新观念的血液，而且在外表不具理论体系的形式下，也曾为中国诗词之评赏拟具了一套简单的理论雏型。这种新、旧双方的融会，遂使他这一部作品在新、旧两代的读者中都获得了普遍启蒙的重视。①

根据现在流传的搜辑最备的校订本来看，其中词话共有三卷一百四十二则之多，其所牵涉的内容极为广泛，记叙也相当琐杂。后二卷之删稿及附录，多出于后人之搜辑，并未曾经过系统整理。至于上卷所收的词话六十四则，则曾经过静安先生自己之编定，早在他生前便于《国粹学报》刊行发表。这一部分词话，从表面上看与其他词话之分条记叙虽也并无不同，然而我们只要一加留意，便不难发现这六十四则词话之编排次序，却是隐然有着一种系统化之安排。概略地说，我们可以将之简单分别为批评之理论与批评之实践两大部分。自第一则至第九则乃是静安先生对自己评词之准则的标示，其重点如下：

第一则提出境界一词为评词之基准。

第二则就境界之内容所取材料之不同，提出了"造境"与"写境"之说。

第三则就"我"与"物"间关系之不同，分别为"有我之境"与"无我之境"。

第四则提出"有我"与"无我"二种境界所产生之美感有"优美"与"宏壮"之不同，为第三则之补充。

---

① 叶嘉莹：《王国维及其文学批评》，第 185～186 页，石家庄：河北教育出版社，1997 年。

第五则论写作之材料可以或取之自然或出于虚构,又为第二则"造境"与"写境"之补充。

第六则论境界非但指景物而言,亦兼内心之感情而言,又为第一则境界一辞之补充。

第七则举词句为实例,以说明如何使作品中之境界得到鲜明之表现。

第八则论境界之不以大小分优劣。

第九则为境界之说的总结,以为境界之说较之前人之"兴趣"、"神韵"诸说为探其本。

这九则词话实在乃是《人间词话》主要的批评理论之部。至于散见于文中其他各卷的一些零星论见,则都可以看做是对于这一套基本理论的补充及发挥。

自第十则至五十二则,乃是按时代先后,自太白、温、韦、中主、后主、正中以下,以迄于清代之纳兰性德,分别对历代各名家作品所作的个别批评。此一部分乃是《人间词话》中主要的批评实践之部。

自五十三则以后,尚有数则词话分别论及历代文学体式之演进、诗中之隶事、诗人与外物之关系、诗中之游词等,则是静安先生于批评实践中所得的一些重要结论。最末二则且兼及于元代之二大曲家,可见其境界说亦可兼用于元曲,为其《人间词话》作了一个余意未尽的结尾。

从这种记叙次第来看,《人间词话》上卷虽无明白之理论体系,然其批评理论之部与其批评实践之部,透过各则词话的编排安置,却仍是颇有脉络及层次可寻的。①

本世纪初正是清朝末年,西学虽已东渐,但词学研究方法仍一如其旧,继续沿用词话的形式,蒋兆兰的《词说》、况周颐的《蕙

---

① 叶嘉莹:《王国维及其文学批评》,石家庄:河北教育出版社,1997年。

风词话》、王国维的《人间词话》、陈洵的《海绡翁说词》等著名词话就产生于这一时期。但辛亥革命前后开始出现了论文式的词学批评，到30年代此类论文大量涌现，词话式的批评形式基本上被取代。然而，这只是表面上的变化。方法的转变根本上是思维方式的转变。直观品鉴的思维方式并没有因论文形式的采用而立即消失，相反，它一直存活下来，因而采用新形式沿用旧思路的成果还是存在的。如刘毓盘的《词史》虽然采用现代词史的体例，但具体论述时只是引一二则词话，举一两首词而已，从中看不出多少作者的分析和论证。即使有些分析和论证，如吴梅的《词学通论》也以引述词话为主。另外也存在偏重品鉴而忽视批评之弊。80年代的鉴赏热固然有许多原因，但其中一个重要的因素就是人们的思维习惯所致。人们总是以为将词的妙处道出即万事大吉，不愿意作更多的推理和判断。即使是在论文当中也动辄加入许多赏析成分，词史的写作中的赏析成分也不能免。还有的学者仍采用评点、绝句等类似于词话的形式来论词，如俞平伯的《读词偶得》、夏承焘的《瞿髯论词绝句》及缪钺、叶嘉莹的《灵谿词说》都是这样。所以思维方式的转变需要一个长期的过程。世纪初的萌芽直至世纪末的今天我们才能很确切地说：终于转变成功了！

（黑龙江大学　胡元翎）

世纪初的文论研究：以章太炎为考察中心

世纪初的文论在现代文论史上具有承前启后的过渡特性，对于开创现代文论的整体性研究具有重要的意义。诚如罗宗强指出的那样："20 世纪初出现的一些批评大家（他们尽管出生于 19 世纪后期，但文学批评活动却在 20 世纪初）的批评活动，无论是文学观念还是学术研究的方法，都有力地推动了文学研究的现代化进程。像王国维、章太炎等人，既是重要的古代'文论家'，也在某种意义上可称为古代文论的'研究专家'。"①由于王国维和刘师培在本书中已经有专题论述，更由于章太炎著书讲学尤其是通过讲学培养了一批弟子从而影响了文论研究的历史进程，所以本题以章太炎为中心来考察世纪初的文论。

"国学"的历史与章太炎的足迹

章太炎的文论是在救国保种的国学视野中展开的，他的弟子们继承其思想也把文论研究当作国学研究的一个有机组成部分，所以我们要讨论世纪初的文论就必须对"国学"的历史有个清醒的认识。回到当时的历史语境，我们发现，"国学"、"国粹"、"国故"这三个概念的提出是 20 世纪初部分具有文化保守倾向的知识分子面对西方列强的步步入侵和国内"全盘西化"的态势而形成的一种应对策略。在他们看来,这是一种维护文化安全的需要,也是一种维护种族安全和国家安全的需要,但是,他们所取得的效果并不理想。在这个运动中,章太炎留下了一串深深的足迹。

为了应对"全盘西化",世纪初,一些官员和知识分子纷纷提出了保存"国粹"和保存"国学"的理念。1887年,中国驻日参赞黄遵宪发表《日本国志》,书中已经提到日本"国学"。① 1901年9月,梁启超在《中国史余论》中首次使用"国粹"一词;1902年秋,梁启超致信黄遵宪,建议创办《国学报》,"谓养成国民,当以保国粹为主义,取旧学磨洗而光大之"②。梁启超后来又在《论中国学术思想变迁之大势》中多次使用"国学"一词。同年,罗振玉考察日本教育,日本贵族议院议员伊泽修二指出:"东西国情不同……新知固当启迪,国粹务宜保存。此关于国家前途利害甚大,幸宜留意。"③罗振玉将之报告给清政府。1902年,黄节发表《国粹保存主义》一文。1903年,清政府颁布张百熙、荣庆、张之洞编写的《学务纲要》,一再强调:西国最重保存古学,外国学堂最重保存国粹。1904年,黄节发表《〈国学报〉叙》,倡导保存国粹以保国。1905年,江起鹏《国学讲义》出版,他在书中写道:"定教育之方针,为今我国民一大问题。识者谓莫妙于欧化主义与国粹主义相持并进,庶学于人而不至役于人,不失为我国

---

① 黄遵宪:《日本国志》卷33"学术志",上海:上海图书集成印书局,1898年。

② 转引自郑师渠:《晚清国粹派》,第2页,北京:北京师范大学出版社,1993年。

③ 参见琚鑫圭:《中国近代教育史资料汇编·学制演变》,第18页,上海:上海教育出版社,1991年。

民之教育。信是则研究国学，其亦学者所有事焉。"①

1903年，邓实等倡议成立国学保存会；1905年2月23日，国粹保存会正式成立，《国粹学报》创刊（1911年停刊）。保存国粹、保存国学作为一种思潮以运动的方式通过杂志渗透到中国社会各阶层。《国粹学报》主编为邓实、黄节，主要撰稿人为章太炎、刘师培、黄侃、陈去病、马叙伦等。发刊词指出：《国粹学报》"刊发报章，用存国学。月出一编，颜曰'国粹'"，以"爱国保种，存学救世"为目的。② 强调刊物"以发明国学、保存国粹为宗旨"。邓实等人认为："国学者何？一国所有之学也。有地而人生其上，因以成国焉。有其国者有其学，学也者，学其一国之学以为国用，而自治其一国也。""国学者，与有国而俱来，因乎地理，根之民性，而不可须臾离也。君子生是国，则通是学，知爱其国，无不知爱其学也。"③之所以要保存国粹，是因为世人"观欧风而心醉，以儒冠为可溺"，是以"摅怀旧之蓄念，发潜德之幽光"。④ "痛吾国之不国，痛吾学之不学。""不自主其国，而奴隶于人之国，谓之国奴；不自主其学，而奴隶于人之学，谓之学奴。"⑤因此要"扬祖国之耿光"，求"亚洲古学复兴"。⑥ 他们特意强调："国粹也者，助欧化而愈彰，非敌欧化以自防，实为爱国者须臾不可离也云尔。"⑦"国魂者，立国之本也……各国自有其国魂。我国之国魂不能与人苟同，亦必不能外吾国历史，若是则

① 江起鹏：《国学讲义》，第1页，上海新学会，1905年。

②《国粹学报略例》，上海：《国粹学报》，1905年2月第1期。

③ 邓实：《国学讲习记》，上海：《国粹学报》，1906年8月第19期。

④ 邓实：《国学保存会小集叙》，上海：《国粹学报》，1905年2月第1期。

⑤ 黄节：《国粹学报叙》，上海：《国粹学报》，1905年2月第1期。

⑥ 邓实：《古学复兴论》，上海：《国粹学报》，1905年10月第9期。

⑦ 许守微：《论国粹无阻于欧化》，上海：《国粹学报》，1905年8月第7期。

为国魂者,其黄帝乎? 近日尊崇黄帝之声达于极盛。以是为民族之初祖,揭民族主义而创导之,以唤醒同胞之迷梦,论诚莫与易矣。"①刘师培、陈去病还发起编辑乡土教材,培养爱乡心进而培养爱国心。他们身体力行,陈去病编辑有《湖北乡土历史教科书》,黄晦闻编辑有《广东乡土历史教科书》,刘师培编辑有《江苏乡土历史教科书》、《安徽乡土历史教科书》。

在国粹思潮的影响下,全国各地都出现了一些保存国粹、国学、古学的举措。一是国学学堂、学校的出现。1909 年,刘师培上书端方,在南京设立"两江存古学堂",培训国学教员,"正人心,息邪说"。他指出:"自外域之学输入中土,浅识之士,昧其实而震其名。既见彼学足以致富强,遂诮国学,笑为无用。端倪虽微,隐忧实巨。"两江"维国学一种,尚缺专门学校。查湖北、苏州创设存古学堂,均奉旨允准在案"。因此,南京设立两江存古学堂,"以膺国学教员之任,庶尊孔爱国之词,克以实践"。② 1910年,四川存古学堂成立,谢无量任监督并任教理学,曾学传任经学,杨赞襄任史学,吴之英任词章,罗时宪任声韵小学。其《开办简章》称:"开办存古学堂,所以保存国学,俾此后中等以上学堂教师不致缺乏,并可升入大学,或就通儒院。"③1912 年,四川都督尹昌衡改枢密院为四川国学院,将国学院的宗旨确定为:本院设立,以研究国学,发扬国粹,沟通古今,切于实用为宗旨。同年,四川存古学堂改为国学馆,附设四川国学院,国学馆后改为四川国学学校。二是学会的出现。1907 年,刘师培回国省亲,

---

① 许之衡:《读国粹学报感言》,上海:《国粹学报》,1905 年 7 月第 6 期。

② 刘师培上书端方,转引自万仕国:《刘师培年谱》,扬州:广陵书社,2003 年。

③ 何域凡:《存古学堂嬗变记》,见《四川文史资料选辑》第 33 辑,成都:四川人民出版社,1984 年。

与柳亚子等聚会,酝酿成立文学团体,即后来之南社。南社的国学观点是以儒学为国学的核心:"国学莫先于儒术,而儒术之真莫备于孔学。"①"孔学之正宗,即国学之真也。"②"夫国而无学,国将立亡,学鲜真知,学又奚益!"③辛亥革命后,各地也出现过不少国学团体,如1912年9月,四川就成立了国学会。三是国学杂志的出版。1912年9月20日,《四川国学杂志》月刊在成都出版,四川国学院主办,存古书局发行;1914年改为《国学荟编》,由四川国学专门学校编辑。1913年9月,刘师培主编《国故钩沉》出版,但出版一期即停刊。1914年,王国维受罗振玉委托编辑《国学丛刊》,王为作《国学丛刊序》。

在国粹运动中,章太炎无疑是一面旗帜。他采取了大量的实际行动,弘扬国学,保存国粹。作为精神领袖,章太炎和《国粹学报》关系密切。他不仅为《国粹学报》写了大量的稿件,而且对《国粹学报》的办刊方针产生过影响。1909年农历九月二日,章太炎《致国粹学报社书》,对学报提出批评:"国粹学报社者,本以存亡续绝为宗,然笃守旧说,弗能使光辉日新,则览者不无思倦;略有学术者,自谓已知之矣。其思想卓绝,不循故常者,又不克使之就范,此盖吾党所深忧也。"④1906年,章太炎出狱后,孙中山派人迎接至东京,随即加入同盟会,主编《民报》。在东京留学生欢迎会演说辞中,章太炎又一次倡言国学:"为甚提倡国粹?不是要人尊信孔教,只是要人爱惜我们汉种的历史。这个历史,

---

① 高燮:《国学商兑会成立宣言书》,上海:《太平洋报》,1912年7月5日。

② 姚昆群等编:《姚光集》,第10页,北京:社会科学文献出版社,2000年。

③ 高燮:《高燮集》,北京:中国人民大学出版社,1999年。

④ 章太炎:《致国粹学报社书》,上海:《国粹学报》,1909年第10号;马勇编:《章太炎书信集》,第236页,石家庄:河北人民出版社,2003年。

是就广义说的,其中可以分为三项:一是语言文字,二是典章制度,三是人物事迹。"①1906 年 8 月,章太炎成立国学讲习会。章太炎在国学讲习会中第一讲讲的是《论语言文字之学》,第二讲讲的是《论文学》,第三讲讲的是《论诸子学》。不久又成立国学振兴社:"本社为振起国学,发扬国光而设,间月发行讲义,全年六册,其内容共分六种:(一) 诸子学;(二) 文史学;(三) 制度学;(四) 内典学;(五) 宋明理学;(六) 中国历史。"②1909 年,《民报》被禁,章太炎遂专力讲学。1910 年,章太炎主办《教育今语杂志》。章程规定:"本杂志以保存国故,振兴学业,提倡平民普及教育为宗旨。"③杂志内容包括社说、中国文字学、群经学、诸子学、中国历史学、中国地理学、中国教育学、附录(包括算学等)8 种门类。1910 年年初,在东京出版《国故论衡》。1912 年 2 月,章门弟子马裕藻、钱玄同、朱宗莱、沈兼士、龚宝铨、朱希祖、范古农、张传梓、张传瓒、沈钧业发起"国学会",请章担任会长。国学会讲授科目大致有六:甲,文,小学(音韵训诂,字源属焉),文章(文章流别,文学史属焉);乙,经(群经通义);丙,子(诸子异义);丁,史(典章制度,史评);戊,学术流别;己,释典。《大共和日报》3 月 4 日刊登《国学会广告》曰:"兹者中夏光复,民国底定,振兴国学,微先生其孰与能。同人念焉,爰设讲学会于湖上,乞先生主持之。"④1912 年 10 月,章太炎与马相伯、梁启超、严复等发起"函夏考文苑",仿照法国研究院,提倡学风,振兴国学。1913 年,章太炎被袁世凯软禁于北京,设讲室于共和党党部会

① 章太炎:《东京留学生欢迎会演说辞》,日本东京:《民报》,1906 年 7 月第 6 号。

② 章太炎:《国学振兴社广告》,日本东京:《民报》,1906 年。

③ 章太炎:《教育今语杂志章程》,《教育今语杂志》第 1 册,1910 年 3 月;转引自姚奠中、董国炎:《章太炎学术年谱》,第 150 页,太原:山西古籍出版社,1996 年。

④《国学会广告》,上海:《大共和日报》,1912 年 3 月 4 日。

议厅之大楼,科目包括经学、史学、玄学、子学。1917 年 3 月 4 日,章太炎开会发起亚洲古学会。"日昨章太炎先生假江苏教育会发起亚洲古学会,其宗旨以研究学术、联络群谊为前提,绝不含有政治上之臭味,亦近日不可多得之学会也。"章太炎发言指出:"如是则古学可兴,而国家亦得其裨益。"①

　　章太炎极力倡导国粹,希望通过国学的弘扬来达到保种救国的目的。早在 1903 年,章太炎与刘师培书自道学问旨趣时就道出了自己弘扬国粹的志向:"数岁以来,籀绎略尽,惜其不成,仍当勉自。第次学术,万端不如说经之乐。心所系著,已成染相,不得不为君子道之。他日保存国粹,较诸东方神道,必当差胜也。"②他在《癸卯狱中自记》中表示:"上天以国粹付余,自炳麟之初生,迄于今兹,三十有六岁。凤鸟不至,河不出图,惟余亦不任宅其位,綮素王素臣之迹是践,岂直抱残守缺而已,又将官其财物,恢明而光大之! 怀未得遂,累于仇国,惟金火相革欤? 则犹有继述者。至于支那闳硕壮美之学,而遂斩其统绪,国故民纪,绝于余手,是则余之罪也!"③他在东京留学生欢迎会演说辞中指出:"第一,是用宗教发起信心,增进国民的道德;第二,是用国粹激动种性,增进爱国的热肠。"④他在《国学讲习会序》中指出:"夫国学者,国家所以成立之源泉也。吾闻处竞争之世,徒持国学固不足以立国矣,而吾未闻国学不兴而国能自立者也。"⑤他开展方言研究就是考虑到文言一致的问题和发扬国粹激扬爱

　　①《发起亚洲古学会之概况》,上海:《时报》,1917 年 3 月 5 日。
　　② 章太炎:《章太炎与刘申叔书》,上海:《国粹学报》,第 1 号;马勇编:《章太炎书信集》,第 71 页,石家庄:河北人民出版社,2003 年。
　　③ 章太炎:《癸卯狱中自记》,《章太炎全集》第 4 卷,第 144 页,上海:上海人民出版社,1985 年。
　　④ 章太炎:《东京留学生欢迎会演说辞》,日本东京:《民报》,1906 年 7 月第 6 号。
　　⑤《国学讲习会序》,日本东京:《民报》,1906 年 9 月第 7 号。

国心的问题。他还发表了《驳中国用万国新语说》，反对使用世界语。在他看来，"语言文字亡，而民族亡"，"史亡而国性灭，人无宗主，沦为裔夷"①。章太炎的师友也往往在文章中宣扬章氏弘扬国学的苦衷："昔欧洲希、意诸国，受制非种，故老遗民，保持旧语，而思古之念沛然以生，光复之勋，灌灆于此。今诸华夷祸与希意同，欲革夷言，而从夏声，又必以此书为嚆矢。此则太炎之志也。"②"其授人以国学者，以谓国不幸衰亡，学术不绝，民犹有所观感，庶几收硕果之效，有复阳之望。"③《民立报》发表的国学会《缘起》实际上就是章太炎以国学保国的基本思想："先民不作，国学日微，诸言治兴学，以逮艺术之微者，罔不圭臬异国，引为上策。古制沦于草莽，故籍鬻为败纸，十数稔于兹矣……语曰'国将亡，本必先颠'。典章制度名物训诂，玄理道德之源，粲然莫备于经子，国本在是焉……学术之败，于今为烈，补偏救弊，化民成俗，非先知先觉莫能为，为亦莫能举其效。余杭章先生以命世之材，为学者宗，魏晋以来大儒，罔有逮者。昔遭忧患，旅居日本，睹国学之沦胥以亡，赫然振董，思进二三学子，与之适道。裕藻等材知驽下，未能昭彻所谕教，然海内学校之稍稍知重国故，实自先生始之……宣扬而光大之，是在笃志自信者，可以固国，可以立，可以诏后生，可以仪型万世。"④

尽管章太炎是一个革命家，尽管章太炎弘扬国学的目的在于保种保国，但章太炎在弘扬国学的过程中始终强调国学的独立品格，即强调实事求是，反对学问和政见相混淆。这在他的一

---

① 章太炎：《检论·春秋故言》，《章太炎全集》第 3 卷，第 412 页，上海：上海人民出版社，1984 年。

② 刘光汉：《新方言后序》，《章太炎全集》第 7 卷，第 135 页，上海：上海人民出版社，1999 年。

③ 黄侃：《太炎先生行事记》，见《黄季刚诗文钞》，第 31 页，武汉：湖北人民出版社，1985 年。

④ 马裕藻：《国学会缘起》，上海：《民立报》，1912 年 2 月 28 日。

系列文章中都有反映。其《自定年谱》1897 年条云:"春时在上海,梁卓如等倡言孔教,余甚非之。""时新学勃兴,为政论者辄以算术物理与政事并为一谈。余每立异,谓技与政非一术,卓如辈本未涉此,而好援其术语以附政论,余以为科举新样耳。"①1906年与王鹤鸣书云:"仆谓学者将以实事求是,有用与否,固不暇记。""学者在辨名实,知情伪,虽致用不足尚,虽无用不足卑。"②1907 年,《致蒋观云先生书》云:"国学痿微之今日,其在此间人士,非先生无以教之,若谓可发表,则请赐以序言(长短不拘),以为光宠,不胜翘企……政见与学问固绝不相蒙,太炎若有见于是,必能匡我不逮,而无吝也。"③1909 年,《与钟君论学书》云:"学在求是,不以致用;用在亲民,不以干禄。"④1912 年,《论教育的根本要从自国自心发出来》一文指出:"学说和致用的方术不同。致用的方术,有效就好,无效就是不好;学说就不然,理论和事实合才算好,理论和事实不合就不好,不必问他有用没用。"⑤1913 年,章太炎讲学共和党党部会议厅之大楼。"讲学上绝无政治上感情,不惟专诚学子听之忘倦,即袁氏之私人无不心服,忘其来意矣。"⑥当时的北京大学预科生顾颉刚还记录了章太炎的《国学会告白》:"余主讲国学会,踵门来学之士亦云不

① 章太炎:《自定年谱》,转引自姚奠中、董国炎编《章太炎学术年谱》,第 46 页,太原:山西古籍出版社,1996 年。

② 章太炎:《与王鹤鸣书》,见马勇编《章太炎书信集》,第 163、164 页,石家庄:河北人民出版社,2003 年。

③ 章太炎:《致蒋观云先生书》,转引自姚奠中、董国炎编《章太炎学术年谱》,第 108 页,太原:山西古籍出版社,1996 年。

④ 章太炎:《与钟君论学书》,《文史》第 2 辑,第 279 页,北京:中华书局,1963 年。

⑤ 章太炎:《论教育的根本要从自国自心发出来》,见汤志钧编《章太炎政论选集》,第 507 页,北京:中华书局,1977 年。

⑥ 吴宗慈:《癸丙之间言行轶录》,转引自姚奠中、董国炎编《章太炎学术年谱》,第 204 页,太原:山西古籍出版社,1996 年。

少。本会专以开通智识,昌大国性为宗,与宗教绝对不能相混。其已入孔教会而后愿入本会者,须先脱离孔教会,庶免薰莸杂糅之病。章炳麟白。"这是一张宣言学术独立的告白。顾颉刚从此愿"随从太炎先生之风,用了看史书的眼光认识六经,用了看哲人和学者的眼光去认识孔子"①。1912 年 10 月,章太炎发起成立"函夏考文苑",组成人员名单中删除了学问和政见相混的几位名人:"说近妖妄者不列,故简去夏穗卿、廖季平、康长素,于王壬秋亦不取其经说。"②正因为这个原因,章太炎和马一浮等人一生坚持书院讲学,于是有了章氏国学讲习会、复性书院、勉仁书院的产生。

　　章太炎强调弘扬国学应以朴学为根基,他的大量国学著述都是建立在朴学基础上的。章太炎出身书香世家,从小就打下了坚实的朴学功底,崇尚古文经学,反对今文经学。他认为:"学名国粹,当研精覃思,钩发沉伏,字字征实,不蹈空言,语语心得,不因成说,斯乃形名相称。若徒撦旧语,或张大其说以自文,盈辞满幅,又何贵哉?实事求是之学,虑非可临时卒辨。"③他在《致国粹学报社书》一文中强调了自己治国学的基本思路:"弟近所与学子讨论者,以音韵训诂为基,以周秦诸子为极,外亦兼讲释典。盖学问以语言为本质,故音韵训诂,其管龠也;以真理为归宿,故周秦诸子,其堂奥也。经学繁博,非闭门十年,难与斠理,其门径虽可略说,而致力存乎其人,非口说之所能就,故且暂置弗讲。"④实际上,他的一系列国学代表作尤其是《国故论衡》

　　① 顾颉刚:《古史辨》第 1 册"自序",第 24 页,北京:朴社,民国二十年(1939 年)八月。

　　② 章太炎:《致国务总理赵秉钧书》,转引自姚奠中、董国炎编《章太炎学术年谱》,第 198 页,太原:山西古籍出版社,1996 年。

　　③ 章太炎:《再与人论国学书》,见马勇编《章太炎书信集》,第 219 页,石家庄:河北人民出版社,2003 年。

　　④ 章太炎:《致国粹学报社书》,上海:《国粹学报》,1909 年 11 月 2 日;马勇编:《章太炎书信集》,第 236~237 页,石家庄:河北人民出版社,2003 年。

都实现了他的理论主张。该书上卷"小学"于语言文字多有发明,中卷"文学"、下卷"诸子学"都是先从文字音韵入手展开相关论述的。

五四新文化运动开始后,新文化人强烈的反传统声势尤其是从章黄学派中走出来的钱玄同高喊"选学妖孽"、"桐城谬种"激怒了弘扬国学的新旧两派。旧派以严复、林琴南为代表,新派以刘师培、黄侃为代表,与新文化人展开了激烈的辩论。1919年,林纾发表《致蔡鹤卿太史书》,指责北京大学"颠孔孟,铲伦常","尽废古书,行用土语为文字"①。黄侃以一副名士派头大骂新文化人,"抨击白话文不遗余力,每次上课必定对白话文谩骂一番,然后开始讲课。五十分钟上课时间,大约有三十分钟要用在骂白话文上面。他骂的对象为胡适、沈尹默、钱玄同几位先生。"②钱玄同则讥讽黄侃:"他自己对于'选学'工夫又用得深,因此对于我们这般主张国语文学的人,更是嫉之如仇。""但是这种嬉笑怒骂,都不过是名士派头。""就是中国旧文学的格局和用字之类,据说都有一定的谱的。做某派的文章,和做某体的文章,必有按谱填写,才能做得。""这是新文学和旧文学旨趣不同的缘故:新文学以真为要义,旧文学以像为要义。"③1918年11月13日,章太炎曾加以评价:"天地闭,贤人隐,诚如来旨,乱世恐亦无涉学者。颇闻宛平大学又有新文学、旧文学之争,往者季刚辈与桐城诸子争辩骈散,仆甚谓不宜。老成攘臂未终,而浮薄子又从旁出,无异元祐党人之召章蔡也。"④1918年夏,刘师培

---

① 林纾:《致蔡鹤卿太史书》,常州:《公言报》,1919 年 3 月 18 日。
② 杨亮功:《早期三十年的教学生活》,《杨亮功先生丛著》,台北:商务印书馆,1988 年。
③ 钱玄同:《随感录》,北京:《新青年》,第 6 卷第 3 号。
④ 马勇编:《章太炎书信集》,第 308～309 页,石家庄:河北人民出版社,2003 年。

等"慨然于国学沦夷"，准备重新恢复《国粹学报》、《国学荟编》，于是筹办《国粹丛编》，与新文学对抗。此举招致新文化人的嘲弄。"中国国粹，虽然等于放屁，而一二坏种，要刊丛编，却也毫不足怪……但该坏种等创刊屁志，系专对《新青年》而发，则略以为异。初不料《新青年》之于他们，竟如此其难过也。然即将刊之，则听其刊之，且看其刊之。看其如何国法、如何粹法，如何发昏，如何放屁，如何做梦、如何探龙，亦一大快事也。国粹丛编万岁！老小昏虫万岁！"[1]后来，陈独秀甚至把国学当作孔孟之学加以抨击："国学是什么，我们实在不大明白。""国学本来是含混糊涂不成一个名词。""今日所谓国学大家：胡适之所长是哲学史，章太炎所长是历史和文字音韵学，罗叔蕴所长是金石考古学，王静安所长是文学，除这些学问之外，我们实在不明白什么是国学？不得已还只有承认圣人之徒朱熹先生的话，'国学者，圣贤之学也，仲尼孟轲之学也，尧舜文武周公之学也。'"[2]"'国学'不但不成个名词，而且有两个流弊：一是格致古微之化身，一是东方文化圣人之徒的嫌疑犯。前者还不过是在粪秽中寻找香水（如适之、行严辛辛苦苦的研究墨经与名学，所得仍为西洋逻辑所有，真是何苦！），后者更是在粪秽中寻找毒药了。"[3]新文化派和国学派的争论甚至影响到了学生的对立。1919 年 1 月 26 日，刘师培、黄侃、陈汉章应北京大学学生陈钟凡、张煊等的请求，发起成立"国故月刊社"，以刘师培、黄侃为总编辑，其章程之第二条明确指出："本月刊以昌明中国固有之学术为宗旨。"黄侃为作《国故题辞》："夫化之文野，不以强弱判也；道之非韪，不以新旧殊也。或者伤国势之陵夷，见异物而思改，遂乃扫荡故言，

---

① 鲁迅：《致钱玄同》，《鲁迅书信集》，第 17 页，北京：人民文学出版社，1976 年。

② 陈独秀：《国学》，上海：《前锋》，创刊号，1923 年 7 月 1 日。

③ 陈独秀：《国学》，上海：《前锋》，第 3 号，1924 年 2 月 1 日。

诮为无用。虽意存矫枉,毋亦太过其直乎?"并引典说明弘扬国故的心态:"《传》云:斯文未丧,乐亦在其中矣。"①1919 年 5 月,毛子水在《新潮》发表了《国故和科学的精神》一文,对《国故》的办刊旨趣提出了尖锐批评:"近年研究国故的人,既不知道国故的性质,亦没有科学的精神。他们的研究国故,就是'抱残守缺'。"傅斯年还为此撰写了一段"编者附识",指出"必须用科学的主义和方法"来"整理国故"。② 1919 年 9 月,黄侃离开北京大学,1919 年 11 月 20 日,刘师培去世,《国故》月刊随之解体。黄侃行前《与友人书》曾表示:"即今国学衰苓,琦说充塞于域内。窃谓吾侪之责,不徒抱残守缺,必须启路通津。而孤响难彰,独弦不韵,然则丽泽讲习,宁可少乎?"③

　　1920 年,五四新文化运动阵营分化,胡适提出了整理国故的口号,国学的内涵和研究国学的目的发生了新的变化。1920年,胡适在《新思潮的意义》一文中提出:"我们对于旧有的学术思想,积极的只有一个主张,——就是'整理国故'。""这叫做'整理国故'。现在许多人自己不懂得国粹是什么东西,却偏要高谈'保存国粹'。林琴南先生做文章论古文之不当废,他说,'吾知其理而不能言其所以然!'现在许多国粹党,有几个不是这样糊涂懵懂的? 这种人如何配谈国粹? 若要知道什么是国粹,什么是国渣,先须要用评判的态度,科学的精神,去做一番整理国故的工夫。"④1922 年,北京大学研究所国学门成立,国学门创办

　　① 黄侃:《国故题辞》,北京:《国故》,第 1 期,转引自司马朝军、王文晖编《黄侃年谱》,第 139、140 页,武汉:湖北人民出版社,2005 年。
　　② 毛子水:《国故和科学的精神》,北京:《新潮》,1919 年 5 月。
　　③ 黄侃:《与友人书》,转引自司马朝军、王文晖编《黄侃年谱》,第 148页,武汉:湖北人民出版社,2005 年。
　　④ 胡适:《胡适全集》第 1 卷,第 698~699 页,合肥:安徽教育出版社,2003 年。

的刊物为《国学季刊》。胡适在发刊宣言中指出："'国学'在我们的心眼里，只是'国故学'的缩写。中国的一切过去的文化的学问，都是我们的'国故'。研究这一切过去的历史文化的学问，就是'国故学'，省称为'国学'。'国故'这个名词，最为妥当。因为它是一个中立的名词，不含褒贬的意义。'国故'包含'国粹'，但它又包含'国渣'。我们若不了解'国渣'，如何懂得'国粹'？所以我们现在要扩充国学的领域，包括上下三四千年的过去文化，打破一切的门户成见：拿历史的眼光来整统一切。认清了'国故学'的使命是整理中国一切文化历史，便可以把一切狭隘的门户之见都扫空了。"为了"研究问题、输入学理、整理国故、再造文明"，必须做到以下三点："第一，用历史的眼光来扩大国学研究的范围。第二，用系统的整理来部勒国学研究的资料。第三，用比较的研究来帮助国学的材料的整理与解释。"在这篇宣言里，胡适对"国学"、"国故"、"国粹"进行了重塑。① 随着时间的推移，章太炎们所倡导的国粹已经完全变了样：国粹"是在戊戌政变后，当'中学为体西学为用'底呼声嚷到声嘶力竭底时候呼出来的一个怪口号。又因为《国粹学报》的刊行，这名词便广泛地流行起来"②。在许地山看来，一个民族所特有的事物不必是国粹，一个民族在久远时代所留下底遗风流俗不必是国粹，一个民族所认为美丽的事物不必是国粹。鲁迅甚至不无讥讽地说："现在爆发的'国学家'之所谓'国学'是什么？一是商人遗老们翻印了几十部旧书赚钱，二是洋场上的文家又做了几篇鸳鸯蝴蝶体小说出版。"③

① 胡适：《国学季刊发刊宣言》，《胡适全集》第 2 卷，第 7～17 页，合肥：安徽教育出版社，2003 年。
② 许地山：《国粹与国学》，第 150 页，上海：商务印书馆，1946 年。
③ 鲁迅：《所谓国学》，《鲁迅全集》第 1 卷，第 388 页，北京：人民文学出版社，1981 年。

二三十年代,尽管国学研究的语境早已发生变化,但章太炎的国学情结却依然没有改变,以振兴国学达到爱国保种的目的依然没有改变。1922 年 4 月~6 月,章太炎应江苏教育会邀请,在上海主讲国学,《申报》全程报道,并刊登演讲辞记录。曹聚仁将十讲笔记连载于《觉悟》,11 月又由泰东书局以《国学概论》为名出版,后来重庆文化社、香港创恳出版社又加以出版,总计先后发行三十二版,日本也有过两种译本。《国学概论》成为当时全国大中学采用最多的国学教材。1922 年 3 月 29 日,《省教育会通告》交代了演讲的缘起:"敬启者,自欧风东渐,竞尚西学,研究国学者日稀,而欧战以还,西国学问大家,来华专事研究我国旧学者,反时有所闻,盖亦深知西方之新学说或早已见于我国古籍,借西方之新学,以证明我国之旧学,此即为中西文化沟通之动机。同人深惧国学之衰微,又念国学之根底最深者,无如章太炎先生,爰特敦请先生莅会,主讲国学,幸蒙允许。"[1]1923 年,《华国月刊》创刊于上海。章太炎任社长,汪东任编辑和撰述,黄侃等任撰述。章太炎在《发刊辞》中指出:"国粹沦亡,国于何有?故曰哀莫大于心死,可为长惧深戚者此也。""志在甄明学术,发扬国光。"[2]1924 年,章太炎在《华国月刊》第 1 卷第 12 期发表《救学弊论》,讨论国学研究弊端。1928 年,章太炎移居上海,绝少公开露面。1933 年,国学会在苏州成立;6 月 1 日,《国学商兑》(后来改为《国学论衡》)发表《国学会会刊宣言》。同年 3 月,讲学无锡国学专科学校。1934 年腊月成立章氏国学讲习会。1935 年抱病讲学,4 月开始章氏星期讲演会,发表《文学略说》。夏,开始暑期讲习会。9 月 16 日,章氏国学讲习会正式开始。简章将学员学习期限规定为两年四期,第一期包括小学、经学、历史学、诸子学、文学略说,第四期有《文心雕龙》。讲习会中的

---

① 《省教育会通告》,上海:《申报》,1922 年 3 月 29 日。
② 章太炎:《华国月刊发刊辞》,上海:《华国月刊》,1923 年。

教师还有友人和弟子。9月,《制言》创刊,以保存国学研究国学为基本点。章氏《制言发刊宣言》指出:"今国学所以不振者有三:一曰,毗陵之学反对古文传记也;二曰,南海康氏之徒以史书为账簿也;三曰,新学之徒以一切旧籍为不足观也。有是三者,祸几于秦皇焚书矣……余自民国二十一年返自旧都,知当时无可为,讲学吴中三年矣。始曰国学会,顷更冠以章氏之号,以地址有异,且所招集与会者,所从来亦不同也。言有不尽,更与同志作杂志以宣之,命曰《制言》,窃取曾子制言之义。"①作《黄晦闻(节)墓志铭》,指出:黄"与同学邓实等集国学保存会,搜明清间禁书数十种作《国粹学报》,以辨夷夏之义"②。1936年,章太炎带病坚持讲述国学,直至6月14日去世。章太炎去世后,章门弟子继承乃师遗愿,支撑章氏国学讲习会,直至1937年冬季苏州沦陷,讲习会师生流离四方。

"国学"视野中的章太炎文论

章太炎著书立说讲学授徒的过程中,自始至终把文学作为国学的一个组成部分,并以其整合性研究为文论的现代化进程作出了贡献。本节拟在梳理章太炎讲学、著述过程的基础上对其文论加以概述。

在章氏关于国学的著述和讲学过程中,文学一直占了一定的比例。1902年正月,章太炎《致吴君遂书》指出:"《文学说例》,近又增删,易稿二次,业付缮写,抵沪时当求是正也。"③到

---

① 章太炎:《制言发刊宣言》,1935年9月;《章太炎全集》第5卷,第159页,上海:上海人民出版社,1985年。

② 章太炎:《黄晦闻(节)墓志铭》,苏州:《制言》,第2期,1935年。

③ 章太炎:《章太炎与某君书》,上海:《国粹学报》,第一年乙巳第8号;马勇编《章太炎书信集》,第60页,石家庄:河北人民出版社,2003年。

日本后,章太炎将《文学说例》分三次刊于《新民丛报》(见第五、九、十五号)。1906 年 8 月,国学讲习会成立,章太炎把讲习科目分为预科和本科,预科讲文法、作文、历史,本科讲文史学、制度学、宋明理学、内典学,均包含有文学方面的内容。根据《朱希祖日记》,章太炎 1908 年讲学时讲解了《说文》、《庄子》、《楚辞》和《广雅疏证》,其中两部为文学类著作。1909 年 3 月 18 日,《钱玄同日记》中写道:"是日《文心雕龙》讲了九篇,九至十八。在炎师处午餐,傍晚时归。"①1910 年,创《学林》,章太炎撰写的"文例条件"有 12 目:名言部、制度部、学术流别部、玄学部、文史部、地形部、风俗部、故事部、方术部、通论部、杂文录、韵文录。民国时期,章太炎在北京共和党部讲学,讲学次序为:星期一至三讲文科的小学,星期四讲文科的文学,星期五讲史料,星期六讲玄科。② 1913 年 11 月 12 日,致书袁世凯云:"私心所祈向者,独考文苑一事,经纬国常,著书传世,其职在民而不在官,犹古九两师儒之业。迩者方言国音、字典文例、文学史、哲学史等,皆未编成,而教育部群吏,又盲瞽未有知识,国华日消,民不知本,实愿有以拯济之。"③1935 年 4 月开始章氏星期讲演会。1936 年,章氏国学讲习会第三期进程表(民国廿五年 9 月至廿六年 1 月)有大量文学课程:《文选》(诸左耕讲授);《文学史》、《唐诗》(龙榆生讲授);《文心雕龙》(马宗霍讲授)。预备班第 1 期:《模范文》(孙鹰若讲授);《诗词学》(龙榆生讲授)。预备班第 2 期:《模范文》(孙鹰若讲授);《诗词课》、《韵文史》(龙榆生讲授);《文学史》(姚豫泰讲授)。

---

① 《钱玄同日记》,第 678 页,福州:福建教育出版社,2002 年。
② 顾颉刚:《古史辨》第 1 册"自序",第 23 页,北京:朴社,民国十五年六月。
③ 章太炎:《致袁世凯书》,见马勇编《章太炎书信集》,第 454 页,石家庄:河北人民出版社,2003 年。

许多学生都希望聆听章太炎讲习而进入文学研究。1915年，已经在北京大学开设文学史课程的黄侃还特意向章太炎请教文学史研究方面的问题。"章氏民国三年夏末，由本司胡同迁入钱粮胡同新居后，眷属未至，深感寂寞。未几，其门人黄季刚（侃）应北京大学教席之聘来京，所担任讲授之科目，为中国文学史及词章学。谒章之后，即请求借住章寓。盖词章学教材等在黄觉不甚费力，即可应付裕如。惟文学史一门，其时治者犹罕，编撰讲义，为创作之性质，有详审推求之必要，故欲与章同寓，俾常近本师，遇有疑难之处，可以随时请教也。"①1923 年 3 月 17日，黄侃讲授《文心雕龙》大旨，指出"凡研究文学者所应知之义"为："文学界限，文章起源，文之根底及本质，书籍制度，成书与单篇，文章与文字，文章与声韵，文章与言语，文法古今之异，文章与学术，文章与私利风尚，外国言语学术及文章之利病，公家文，日用文，诽俗文，文家之因创，文章派别，文章与政治人心风俗，历代论文者旨趣不同，文体废兴，文体变迁之故，模拟之委托述作，文质，雅俗，繁简，流传与泯灭。"其中可以窥见章太炎的影响。②

1910 年 5 月，《国故论衡》出版。版权所有者国学讲习会，印刷者秀光舍。第二、三版分别于 1912 年 12 月、1913 年 4 月由上海大共和日报馆印行。1915 年 7 月，上海右文社铅印本《章氏丛书》收录《国故论衡》，删除《古今音损益说》，增《音理论》和《二十三部音准》，各文多有修正，加《国故论衡赞》。1919 年，浙江图书馆木刻刊行《章氏丛书》，《国故论衡》内容同上。黄侃《国故论衡赞》云："念文学之弊，悼知者之难，请著篇章，以昭来

---

① 徐一士：《一士类稿》，第 49 页，沈阳：辽宁教育出版社，1997 年。

② 黄侃著：《量守碎金》，见《古典文献研究 1988》，第 8 页，南京：南京大学出版社，1989 年。

叶。尔乃顺解旧文,匡词例之失;甄别今古,辨师法之违。持论议礼,尊魏晋之笔;缘情体物,本纵横之家,可谓博文约礼深根宁极者焉。"①《〈国故论衡〉出版广告》声称:"此书为余杭章先生近与同人讨论旧文而作,分小学、文学、诸子学二十六篇。叙书契之原流,启声音之秘奥,阐周秦诸子之微言,述魏晋以来文体之蕃变,凡七万余言。昔章氏《文史通义》囊括大典,而不达短书小说,不与邦典。王氏《经义述闻》甄明词例,而未辩俪语属辞古今有异。陈氏《东塾读书记》粗叙九流,而语皆钞撮,无所启发。段氏《说文解字注》始明转注,孔氏《诗声类》肇起对转,而段误谓转注、假借不关造字,孔不知声有正变,通转甚繁。先生精心辩秩,一切证定。口授既毕,爰著纸素……有志古学者,循此以求问学之涂,窥文章之府,庶免擿埴冥行之误,亦知修辞立诚之道。"②

章太炎对自己的国学著述尤其是《国故论衡》颇为自豪,并且多次形诸文字。在他看来,自己的政论文"无当于文苑",只有《訄书》、《国故论衡》才当得起"文章"二字。"若《齐物论释》、《文始》诸书,可谓一字千金矣。"③1914年5月下旬,章太炎以绝食的方式向袁世凯抗争,致书女婿求坟地时写道:"夫成功者去,理所当然,今亦瞑目,无所吝恨;但以怀抱学术,教思无穷,其志不尽。所著数种,独《齐物论释》、《文始》,千六百年未有等配。《国故论衡》、《新方言》、《小学问答》三种,先正复生,非不能为也。"④1915年12月23日,嘱咐龚未生将《章氏丛书》交浙江图书馆木刻刊行,信中特意交代:"《国故论衡》原稿亦当取回存杭,

① 黄侃:《国故论衡赞》,见章太炎《国故论衡》,上海:上海古籍出版社,2006年。
② 《〈国故论衡〉出版广告》,上海:《国粹学报》第66期,1910年5月。
③ 章太炎:《自述学术次第》,见姚奠中、董国炎编《章太炎学术年谱》,第171页,太原:山西古籍出版社,1996年。
④ 《章太炎书札》,藏温州图书馆。

此书之作,较陈兰甫《东塾读书记》过之十倍,必有知者,不烦自诩也。"①

《国故论衡》分上中下三卷。上卷小学十篇,包括《小学略说》、《成均图》、《一字重音说》、《古今音损益说》、《古音娘日二纽归泥说》、《古双声说》、《语言缘起说》、《转注假借说》、《理惑论》、《正言说》。他一再强调小学为国学的根本,是拯救古学的根本途径:"盖小学者,国故之本,王教之端,上以推校先典,下以宜民便俗,岂专引笔画篆、缴绕文字而已。苟失其原,巧伪斯盛。""余以寡昧,属兹衰乱,悼古义之沦丧,愍民言之未理,故作《文始》以明语原,次《小学问答》以见本字,述《新方言》以一萌俗。简要之义,著在兹编,旧有论纂,亦或入录。"②"余以为文字训诂,必当普教国人。九服异言,咸宜撢其本始,乃至出辞之法,正名之方,各得准绳,悉能解谕。当尔之时,诸方别语,庶将斠如画一,安用豫设科条,强施隐括哉。"认为"世人徒见远西诸国文语无殊,遂欲取我华风远同彼土。不悟疆域异形,大小相绝"。③ 上卷为章太炎治语言文字的精华。梁启超谓章太炎"少受学于俞樾,治小学极谨严……中年以后究心佛典……既亡命日本,涉猎西籍,以新知附益旧学,日益闳肆。""能为正统派大张其军","中岁以后所得,固非清学所能限矣,其影响于近年来学界者亦至巨"。"其治小学,以音韵为骨干,谓文字先有声然后有形,字之创造及其孳乳,皆以音衍。所著《文始》及《国故论衡》中论文字音韵诸篇,其精义多乾嘉诸老所未发明;应用正统派之研究法,而廓大其内

----

① 章太炎:《致龚未生书十五》,见汤志钧编《章太炎年谱长编》,第509页,北京:中华书局,1979年。

② 章太炎:《小学略说》,《国故论衡》,第3、4页,上海:上海古籍出版社,2006年。

③ 章太炎:《正言论》,《国故论衡》,第33页,上海:上海古籍出版社,2006年。

容延辟其新径,实炳麟一大成功也。"①在当代,章太炎和黄侃被认为是清代乾嘉以来小学的继承者和集大成者,他们对古音研究都有重要贡献。何九盈指出:"章氏艰苦卓绝,以振兴国学为己任;在研究西方思潮,包括语言学知识方面也很下过工夫。"裘锡圭指出:"章氏的理论和实践都证明他已经有了比较明确的语言学思想。他提出的语言文字之学这一名称,标志着中国现代语言学的发端。"②

下卷为诸子学,包括《原学》、《原儒》、《原道(上)》、《原道(中)》、《原道(下)》、《原名》、《明见》、《辨性(上)》、《辨性(下)》九篇。在《原学》中,章太炎一再强调学术的民族本位立场:"世之言学,有仪刑他国者,有因仍旧贯得之者。细征夫一人,其巨征夫邦域。""通达之国,中国、印度、希腊,皆能自恢弛者也。其余因旧而益短拙,故走他国以求仪刑……夫仪刑他国者,惟不能自恢弛,故老死不出译胥钞撮。能自恢弛,其不亟于仪刑,性也,然世所以侮易宗国者。""夫言兵莫如《孙子》,经国莫如《齐物论》,皆五六千言耳……四裔诚可效,然不足一切颖画以自轻鄙。何者?饴跋酒酪,其味不同,而皆可于口。今中国之不可委心远西,犹远西之不可委心中国也。""校术诚有诎,要之短长足以相覆。""夫赡于己者,无轻效人。"③对于这些篇章,学术界给予了高度的评价,并且特别看重其中的整合性研究。"章太炎《国故论衡》中有《原名》、《明见》诸篇始引西方名学心理学解《墨经》。

① 梁启超:《清代学术概论》第 28 章,见朱维铮校注《梁启超论清学史二种》,第 77 页、78 页,上海:复旦大学出版社,1985 年。
② 刘坚主编:《二十世纪的中国语言学》,第 55、92 页,北京:北京大学出版社,1998 年。
③ 章太炎:《原学》,《国故论衡》,第 84、85、86 页,上海:上海古籍出版社,2006 年。

其精绝处往往惊心动魄。"①"太炎先生《国故论衡》之论诸子学，其精辟远过《诸子学略说》矣。"②"清代的汉学家，最精校勘训诂，但多不肯做贯通的功夫，故流于支离碎琐。校勘训诂的工夫，到了孙诒让的《墨子间诂》，可谓最为完备了，但终不能贯通全书，述墨学的大恉。到章太炎方才于校勘训诂的诸子学之外，别出一种有条理的诸子学。太炎的《原道》、《原名》、《明见》、《原墨》、《订孔》、《原法》、《齐物论释》，都属于贯通的一类。《原名》、《明见》、《齐物论释》三篇，更为空前的著作。"③"在他的《国故论衡》中有《明见》一篇，最富有哲学识度，又有《原道》三篇，最能道出道家的长处，而根据许多史实，指出道家较儒家在中国政治史上有较大较好的贡献，尤值得注意。""现代西方哲学，大部分陷于支离繁琐之分析名相。能由分析名相而进于排遣名相的哲学家，除怀特海教授外，余不多觏。至转俗成真，回真向俗，俨然柏拉图'洞喻'中所描述的哲学家胸襟。足见章氏实达到相当圆融超迈的境界。"④侯外庐认为："太炎综合东西方名学而作《原名》，和文字学的研究融合而成为一种'以分析名相始'的朴学，亦他所谓近代的科学趋势。"并进一步论及章太炎的所有著述："他关于周秦诸子，两汉经师，五朝玄学，隋唐佛学，宋明理学，清代学术，都有详论，即从他的著作中整理一部'太炎的中国学术史论'，亦颇有意义。实在讲来，他是中国近代第一位有系统地尝试研究学术史的学者……可惜他没有自己把这一问题的材料

① 梁启超：《中国近三百年学术史》，第 256 页，北京：东方出版社，1996 年。

② 胡适：《诸子不出于王官论》，上海：《太平洋（杂志）》，第 1 卷第 7 号，1917 年 10 月。

③ 胡适：《中国哲学史大纲》，第 30 页，上海：商务印书馆，1919 年。

④ 贺麟：《五十年来的中国哲学》，第 5 页、第 7 页，沈阳：辽宁教育出版社，1989 年。

编著起来,使后来治学术史的人剽窃其余义,多难发觉。"①

中卷为文学。首篇《文学总略》,其要在辨析文学义界,是在文选派和桐城派的理论论争中提出来的。清代阮元针对桐城派的局限作《文言说》,援引文笔理论,主张"文必有韵",立骈文为正宗,把散文驱逐出文苑。② 刘师培作《广阮氏〈文言说〉》,考证文字,指出"文章之必以彣彰为主"③。章太炎从朴学的立场,从考证字源出发,推出了自己的文论主张:"文学者,以有文字著于竹帛,故谓之文。论其法式,谓之文学。"他从训诂的立场指出:"夫命其形质曰文,状其华美曰彣,指其起止曰章,道其素绚曰彰,凡彣者必皆成文,凡成文者不皆彣,是故榷论文学,以文字为准,不以彣彰为准。"他还从历史发展的角度对自己的观点加以论证,引《论衡·超奇》指出:"文与笔非异涂,所谓文者,皆以善作奏记为主。自是以上,乃有鸿儒。鸿儒之文,有经、传、解故、诸子,彼方目以上第,非若后人摈此于文学外,沾沾焉惟华辞之守,或以论说、记序、碑志、传状为文也。独能说一经者,不在此列,谅由学官弟子,曹偶讲习,须以发策决科,其所撰著,犹今经义而已,是故遮列使不得与也。"引《文心雕龙》"有韵者文也,无韵者笔也"之论,指出昭明太子、阮元"持论偏颇,诚不足辩":"若以文笔区分,《文选》所登,无韵者固不少。若云文贵其彣耶,未知贾生《过秦》、魏文《典论》,同在诸子,何以独堪入录?……是其于韵文也,亦不以节奏低卬为主,独取文采斐然,足耀观览,又失韵文之本矣。"阮元倡导骈文,"牵引文笔之说以成之。夫有韵

① 侯外庐:《中国近代启蒙思想史》,第175～176页、第181页,北京:人民出版社,1993年。

② 阮元:《文言说》,见《中国近代文论选》,第100～101页,北京:人民文学出版社,1959年。

③ 刘师培:《广阮氏〈文言说〉》,见《中国近代文论选》,第535页,北京:人民文学出版社,1959年。

为文无韵为笔,是则骈散诸体,一切是笔非文,借此证成,适足以自陷"。关于文笔之分,他概括为"诗"与"文"之分。他又用当代文学观点作了辨析:"或言学说、文辞所由异者,学说以启人思,文辞以增人感,此亦一往之见也。何以定之? 凡云文者,包络一切著于竹帛而为言,故有成句读文,有不成句读文,兼此二事,通谓之文。"文之分类,章太炎认为,有句读者可谓文辞,无句读者(表谱、簿录、算术、地图)不可谓文辞非不得言文也。诸成句读者有韵无韵分焉,有未必感人者,学说亦有感人者。"以学说、文辞对立,其规模虽少广,然其失也,只以彣彰为文,遂忘文字,故学说不彣者,乃悍然摈诸文辞之外。""惟《论衡》所说,略成条贯。《文心雕龙》张之,其容至博,顾犹不知无句读文,此亦未明文学之本柢也。"①

　　章太炎按照自己的文学义界对文学的各种文体展开了论述,这就是《原经》、《明解故(上)》、《明解故(下)》、《论式》、《辨诗》、《正赍送》等六篇的主要内容。在《文学略说》中,章太炎交代了论说这些文体的缘由:"余以书籍得名,实冯傅竹木而起,以此见言语文字,功能不齐。""是故绳线联贯谓之经,簿书记事谓之专,比竹成册谓之仑,各从其质以为之名。""故论文学者,不得以兴会神旨为上";"知文辞始于表谱簿录,则修辞立诚其首也"。"总集者,本括囊别集为书,故不取六艺、史传、诸子,非曰别集为文,其他非文也。""凡无句读文,既各以专门为业,今不亟论。有句读者,略道其原流利病,分为五篇,非曰能尽,盖以备常文之品而已。其赠序寿颂诸品,既不应法,故弃捐弗道尔。"②

　　《原经》主要辨析"经"的义界范围。指出:"故诸教令符号谓之经","经之名广矣";辨析经之创作者身份,还特意强调"国之

---

①② 章太炎:《国故论衡》,第 38～42 页,第 38～44 页,上海:上海古籍出版社,2006 年。

有史久远,则亡灭之难"。①《明解故》上篇指出:"校莫审于《商颂》,故莫先于《太誓》,传莫备于《周易》,解莫辩于《管》、《老》。"重点在谈论如何对待、整理前人典籍,认为孔子为善删定者、刘向父子为善于整理校雠者,并详细论述后人得失。《明解故》下篇指出:"六经皆史之方,治之则明其行事,识其时制,通其故言,是以贵古文。古文者,依准明文,不依准家法。""要之糅杂古今文者,不悟明文与师说异;牵拘汉学者,不知魏晋诸师,犹有刊剟异言之绩。"②

《论式》纵论历代论说文得失,肯定春秋战国诸子散文,批评汉代文章,推崇魏晋文章。他首先从训诂的角度谈论"论"的起源:"编竹以为简,有行列觚理,故曰'仑'。'仑'者,思也。《大雅》曰:'于论鼓钟。'论官有司士之格,论因有理官之法,莫不比方。其在文辞,《论语》而下,庄周有《齐物》,公孙龙有《坚白》、《白马》,孙卿有《礼》、《乐》,吕氏有《开春》以下六篇,前世著论在诸子,未有率尔持辩者也。九流之言,拟仪以成变化者,皆论之侪。"然后,他对历代文章进行了评述,在这些评述中自始至终贯彻着一己之标准:"后汉诸子渐兴,迄魏初几百种,然其深达理要者,辨事不过《论衡》,议政不过《昌言》,方人不过《人物志》。此三家差可以攀晚周,其余虽娴雅,悉腐谈也。""夫持论之难,不在出入风议,臧否人群,独持理议礼为剧。出入风议,臧否人群,文士所优为也;持理议礼,非擅其学莫能至。自唐以降,缀文者在彼而不在此,观其流势,洋洋纚纚,即实不过数语。""又其持论不本名家,外方陷敌,内则无以自偾。""近世或欲上法六代,然上不窥六代学术之本,惟欲厉其末流……余以为持诵《文选》,不如取《三国志》、《晋书》、《宋书》、《弘明集》、《通典》观之,纵不能上窥

①② 章太炎:《国故论衡》,第 44、45、51 页,第 55～66 页,上海:上海古籍出版社,2006 年。

九流,犹胜于滑泽者。""魏晋之文,大体皆埤于汉,独持论仿佛晚周。气体虽异,要其守己有度,伐人有序,和理在中,孚尹旁达,可以为百世师矣。""效魏晋之持论,上不徒守文,下不可御人以口,必先豫之以学。""凡立论欲其本名家,不欲其本纵横。"汉文、唐文各有其短长,"其有其利无其弊者,莫若魏晋"。"文章之部,行于当官者,其源各有所受:奏疏、议驳近论,诏册、表檄、弹文近诗。近论故无取纷纶之辞,近诗故好为扬厉之语……大氏近论者取于名,近诗者取于纵横,其当官奋笔一也,而风流所自有殊。"①

《辨诗》以广义诗歌为对象,论述诗、赋和乐府的源流、题材特征,阐述取舍原则。在论述中,章太炎指出:"《春官》瞽矇,掌九德六诗之歌,然则诗非独六义也,犹有九歌。其隆也,官箴占繇皆为诗。故《诗序》、《庭燎》称箴,《沔水》称规,《鹤鸣》称诲,《祈父》称刺,明诗外无官箴,《辛甲》诸篇,悉在古诗三千之数矣。""扬榷道之,有韵者皆为诗,其容至博。""要之,《七略》分诗赋者,本孔子删诗意,不歌而颂,故谓之赋;叶于箫管,故谓之诗。""韵语代益凌迟,今遂涂地,由其发扬意气,故感慨之士擅焉,聪明思慧,去之则弸远。""语曰:'在心为志,发言为诗。'此则吟咏情性,古今所同,而声律调度异焉。""宋世诗势已尽,故其吟咏性情,所在燕乐。""要之,本性情限辞语,则诗盛;远性情熹杂书,则诗衰。""诸四言韵语者,皆诗之流,而今多患弛。""箴之为体,备于扬雄诸家。其语长短不齐,陆机所谓'顿挫清壮'者,有常则矣。自馀四言,世多宗法李斯,间三句以为韵,其势易工。如其辞旨,宜本之情性,参之故训,稽之典礼,去其缛彩,泯其华饰,无或糅杂故事以乱章句。"②

————————

①② 章太炎:《国故论衡》,第 66~70 页,第 70~77 页,上海:上海古籍出版社,2006 年。

《正赍送》是对各种丧葬祭祀文体的起源、流变、功能、场合、载体的辨析。在章太炎看来，"古者吊有伤辞，谥有诔，祭有颂，其余皆祷祝之辞，非著于竹帛者也"。"诔者，诔其形迹而为之谥。《记·曾子问》曰：'贱不诔贵，幼不诔长。''天子称天以诔之。'《周官·大史》：'遣之日读诔。'""讫于新氏，扬雄不在史官而诔元后；后汉大司马吴汉薨，杜笃以狱囚上诔。由是贱有诔贵者。""今之祭文，盖古伤辞也。""自诔出者，后有行状。""诔、形状所以议谥，谥有美恶，而诔、形状皆谀，不称其职。别传作于故旧，其佞犹多，在他人斯适矣。""自颂出者，后世有画像赞，所谓形容者也。""夫铭刻之用，要在符契。""观汉世刻石，称铭者记其物，称颂者道其辞，斯则刻石皆颂也。""又自胡元以降，金石略例，代有增损。""且刻石皆铭，自汉迄今，或前为记叙，后记以铭。"①

章太炎还通过演讲进一步宣扬了他的文论主张。1922 年 4 月～6 月，章太炎应江苏教育会邀请，在上海主讲国学，曹聚仁将十讲笔记连载于《觉悟》，11 月又由泰东书局以《国学概论》为名出版。这本书发行量特别大，可以说是普及到了当时的大中学校，产生了深远的影响。《国学概论》分五章：第一章"概论——国学之本体"，第二章"国学之派别（一）——经学之派别"，第三章"国学之派别（二）——哲学之派别"，第四章"国学之派别（三）——文学之派别"，第五章"结论——国学之进步"。章太炎在这次讲学中再次阐述了自己的文学观点。在概论中，章太炎强调"辨文学应用"："文学可分二项：有韵的谓之诗，无韵的谓之文。文有骈体散体的区别，历来两派的争执很激烈……实在这种争执，都是无谓的。依我看来，凡简单叙一事不能不用散

---

① 章太炎：《国故论衡》，第 77～83 页，上海：上海古籍出版社，2006 年。

文,如兼叙多人多事,就非骈体不能提纲。""凡称之为诗,都要有韵,有韵方能传达情感。现在白话诗不用韵,即使也有美感,只应归入散文,不必算诗。"①在第四章论文学之派别时,章太炎对文学的定义、文学的文体进行了论述:"什么是文学,据我看来,有文字著于竹帛叫做'文',论彼的法式叫做文学。文学可分为有韵无韵两种:有韵的今人称为'诗',无韵的称为'文'。古人却和这种不同……可见有韵在古谓之'文',无韵在古谓之'笔'了。不过,做无韵的固是用笔,做有韵的也何尝不用笔,这种分别,觉得勉强,还不如后人分为'诗'、'文'二项好。""古时所谓文章,并非专指文学。"②关于文学的类别,章太炎认为,文分集内文和集外文,集外文包括子、史、经和数典之文和习艺之文。集内文包括记事文和论议文,前者包括传、状、行述、事略,书事、记、碑、墓志、碣、表;后者包括论、说、辨,奏、议、封事,序(题词)、跋、书。数典之文包括官制、仪注、刑法、乐律、书目。习艺之文包括算术、工程、农事、医书、地志等。"经、子、史,文非不佳,而不以文称。"在论述文学的类别时,章太炎还对各类文体的起源、演变和功能进行阐述。在论述文学的派别时,章太炎从历史的角度辨析文的产生和流别,对西汉以至清代桐城派之文进行了点评,具有史论性质。例如,他认为:"经典之作,原非为文,诸子皆不以文称。《汉书·贾谊传》称贾谊'善属文',文乃出。西汉一代,贾谊、董仲舒、太史公、枚乘、邹阳、司马相如、扬雄、刘向皆称文人,但考《汉书》所载赵充国的奏疏,都卓绝千古,却又不以'文人'称,这是什么原故呢?想是西汉所称为'文人',并非专指行文而言,必其人学问渊博,为人所推重,才可算'文人'的。""自陆出,文体大变:两汉壮美的风气,到了他变成优美了;他的文,平易有风致,使人生快感的……至当时不以文名而文极佳的,如著《崇

①②《国学概论》,第16页,第49页,上海:上海古籍出版社,1997年。

有论》的裴頠，著《神灭论》的范缜，更如：孔琳、萧子良、袁翻的奏疏，干宝、孙盛、习凿齿、范晔的史论，我们实在景仰得很。"①章太炎指出：凡有韵即可称为诗，箴、铭、诔、像赞、史述赞、祭文之有韵者，《急就章》、《千字文》、《百家姓》、"医方歌诀"之类，也是有韵的，我们也不能不称之为诗；狭义之诗即《周礼·春官》所谓风赋比兴雅颂六诗。章氏考其本义而论历代诗歌流变，并特意指出："诗至清末，穷极矣。穷则变，变则通；我们在此若不向上努力，便要向下堕落。所谓向上努力就是直追汉晋，所谓向下堕落就是近代的白话诗。"②在第五章"结论——国学之进步"中，章太炎强调国学必须别创新律，高出古人才算满足，文学必须"以发情止义求进步"。他引申《诗序》的含义而推广之，认为"情"是"心所欲言，不得不言"的意思，"义"就是"作文的法度"。③

太炎文论的历史价值在于以朴学家的素养而从事古代文论的整体性把握。在章太炎的时代，梁启超、王国维等人都认识到了传统学问的不足之处。1905 年，王国维指出中国传统学术"有辩论而无名学，有文学而无文法，足以见抽象与分类二者，皆我国人之所不长，而我国学术尚未达自觉之地位也"④。1916年，梁启超指出："我国学者，凭冥想，敢武断，好作囫囵之词，持无统系之说；否则注释前籍，咬文嚼字，不敢自出主张；泰西学者，重试验，尊辩难，界说谨严，条理绵密；虽对于前哲伟论，恒以批评的态度出之，常思正其误而补其阙。"⑤章太炎对中国古代

①②③《国学概论》，第 53、54 页，第 66 页，第 69 页，上海：上海古籍出版社，1997 年。

④ 王国维：《论新学语之输入》，《静安文集》，第 116 页，沈阳：辽宁教育出版社，1997 年。

⑤ 梁启超：《国民浅训》，《梁启超全集》第 5 册，第 2845 页，北京：北京出版社，1999 年。

文论的这种弊端深有体会:"破碎而后完具,斯真完具尔。任天产之完具,而以破碎为戒,则必以杂沙之金、衔石之宝为巨宝也。且中夏言词,盖有两极而乏中央,对支别而少概括⋯⋯中国素无语,所以为名词形词者,亦甚纯简矣。而犹惮于解剖,党同妒真,以破碎讥知者,人心浑浑,日益顽嚣,良有以也。"①因此,章太炎以朴学家的立场来对中国古代的文学观念进行清算,以其系统性和整体性第一次改变了古代文论的论述方式,为学术界所瞩目。胡适认为:"他的《文学总略》推翻古来一切狭隘的文论。""这五十年中著书的人没有一个像他那样精心结构的,不但这五十年,其实我们可以说这两千年中只有七八部精心结构的,可以称做'著作'的书——如《文心雕龙》、《史通》、《文史通义》等,——其余的只是结集,只是语录,只是稿本,但不是著作。章炳麟的《国故论衡》要算是这七八部之中的一部了。"②钱穆也指出:"鄙意论学文字极宜着意修辞。近人论学,专就文辞论,章太炎最有轨辙,言无虚发,绝不支蔓,但坦然直下,不故意曲折摇曳,除其多用僻字古字外,章氏文体最当效法,可为论学文之正宗。"③

《国故论衡》与世纪初的古典文学研究

　　章太炎对世纪初古典文学尤其是古代文论的影响主要体现为两个方面,一为《国故论衡》中的文论思想影响了世纪初的文

---

　　① 章太炎:《文学说例》,见《中国近代文论选》,第 400 页,北京:人民文学出版社,1959 年。

　　② 胡适:《五十年来之中国文学》,《胡适古典文学研究论集》,第 123 页,上海:上海古籍出版社,1988 年。

　　③ 钱穆:《钱宾四先生论学书简》,见余英时《犹记风吹水上鳞——钱穆与现代中国学术》之"附录",台北:三民书局,1991 年。

论研究和文学史写作,一为以自己在民国的地位和影响而使得一大批弟子进入高等教育机构,太炎同党、门生和太炎再传弟子为古代文学研究尤其是古代文论的研究作出了不可磨灭的贡献。

章太炎关于"文学义界"的探讨影响了世纪初"文学理论"、"中国文学史"的建构。无论持何种文学观,研究者都无法绕过章太炎的文学义界。民国时期的文学理论谈到"文学"的定义时,无论赞成还是反对,无论是取广义说还是狭义说乃至折中说,都得在章太炎的定义下展开论述。1942年,程千帆出版《文学发凡》,该书自序云:"通论文学之作,坊间所行,厥类至夥。然或稗贩西说,罔知本柢;或出辞鄙倍,难为讽诵。加以议论偏宕,援据疏阔,识者病之。顷适讲授及此,因辑往哲雅言,厘为二卷,附以笺疏,以诏承学。篇各标目,用见旨趣,别施案语,聊备参稽。诸家旧注,颇事甄采,其异同损益,不更别白,以原书具在,繁穰可省也。"可见,这是一部以文选的方式建构的《中国文学原理》。卷上"概说"收文五篇,即章太炎《文学总略(论文学之义界)》、章学诚《诗教上(论文学与时代)》、刘师培《南北文学不同论(论文学与地域)》、章学诚《文德(论文学与道德)》及《质性(论文学与性情)》,而章太炎文为其首。1948年,该书更名为《文论要诠》,由开明书店出版①。民国一二十年代乃至民国三十年代的《中国文学史》,基本上要在进入文学史的叙述前探讨"文学"义界问题。谢无量《中国大文学史》于1918年由中华书局出版,是当时最具影响的一部文学史。该书第一编"绪论"第一章"文学之定义"有两节谈到文学的定义问题:第一节"中国古来文学之定义",第二节"外国学者论文学之定义"。其论"中国古来文学之定义",开头第一句话就是"今以文学为施于文章著述之通

---

① 参见程千帆:《文论十笺》,哈尔滨:黑龙江人民出版社,1982年。

称",然后具体论述"文"由广义变为狭义又变为广义的历史进程;其论述"外国学者论文学之定义",也意在强调"文学"概念的历史变迁。其论"文学之分类",则曰:"文学分类,说者多异。吾国晋宋以降,则立文笔之别,或以有韵为文,无韵为笔;然无韵者有时亦谓之文,至于体制之殊,梁任彦升《文章缘起》,仅有八十三题,历世踵增,其流日广。自欧学东来,言文学者,或分知之文情之文二种,或用创作文学与评论文学对立,或以实用文学与美文学并举。顾文学之工,亦有主知而情深利用而致美者,其区别至微,难以强定。近人有以有句读文、无句读文分类者,辄采其意,就吾国古今文章体制,列表如左":无句读文(图书、表谱、簿录、算草),有句读文分有韵文、无韵文,前者包括赋颂、哀诔、箴铭、占繇、古今诗体、词曲;无韵文包括学说、历史、公牍、典章、杂文和小说六类,每类下又分若干小类,小说则文言俗语诸体均属之。他还指出:"大抵无句读文及有句读文中之无韵文,多主于知与实用,而有句读文中之有韵文及无韵文中之小说等,多主于情与美,此其辨也。"①谢无量的《中国大文学史》是一二十年代最为厚实且影响深远的文学史,其关于文学的义界和分类,基本上是在世界视野下参用了章太炎的文学义界说和论述逻辑。至于文学批评史,则理所当然地把文学界定作为自己立论的第一要义。陈钟凡在《中国文学批评史》中指出:"言学术者,必先陈其义界,方能识其指归。"该书第一章"文学之义界"由论说文之本义及其引申义进而探讨历代文学之义界:"汉魏以前,文学界域至宽。凡以文字著之竹帛,不别骈散有韵无韵,均得称之为文也。"晋宋以后,"有情采声律者为文,无情采声律者谓之笔。故文学之界画,自南朝而始严也"。古文运动掊击六朝,"文学之

① 谢无量:《中国大文学史》第 1 卷,第 1~8 页,郑州:中州古籍出版社,1992 年。

界,又复漫漶"。"挽近学者,或以文为偶句韵语之局称,或以文为一切著竹帛者之达号,异议纷起,迄无定论。"他指出:"以远西学说(美国学者亨德),持较诸夏,知彼之所言,感情、想象、思想、兴趣者,注重内容;此之所谓采藻、声律者,注重法式。实则文贵情深而采丽,故感情、采藻二者,两方皆所并重。特中国鲜纯粹记事之诗歌,故不言之想象;远西非单节语,不能准声遣字,使其修短适宜,故声律非所专尚。此东西文学义界之所以殊科也。今以文章之内涵,莫要于想象、感情、思想,而其法式,则必借辞藻、声律以组纂之也。姑妄定文学之义界曰:'文学者,抒写人类之想象、感情、思想,整之以辞藻、声律,使读者感其兴趣洋溢之作品也。'"①罗根泽总结文学义界各学说,分析比较章太炎"广义的文学"、刘师培"狭义的文学"以及"包括诗、小说、戏曲及传记、书札、游记、史论等散文"的"折中义的文学",得出采用"折中义"的结论:"就文学批评而言,最有名的《文心雕龙》,就是折中义的批评书。"②郭绍虞从文学观念的演变角度将批评史分为演进期(先秦六朝)、复古期(隋唐五代北宋)、完成期(南宋至清),其学术背景即为章太炎、刘师培关于文学的观念以及从日本引进的"纯文学"与"杂文学"之分。③ 吴文祺在《近百年来的中国文艺思潮》中认为章太炎"实在是一个承前启后的人物,若仅仅以他为古文学的人物,未免是皮相之谈"。"特别是他关于文学义界的理论,更是 20 世纪前期的中国文学批评史著作所无法绕过的。"④堪为的论。

章太炎对于"六朝文"的推重影响了民国时期的古代文学、古代文论研究。章太炎以推崇六朝文而著称于民国学术界。他

① 陈钟凡:《中国文学批评史》,第 1、5、6 页,上海:中华书局,1927 年。
② 罗根泽:《中国文学批评史》,第 1~10 页,上海:上海书店,2003 年。
③ 郭绍虞:《中国文学批评史》,上海:商务印书馆,1934 年。
④ 吴文祺:《近百年来的中国文艺思潮》,《中国古代文论研究论文集(1919—1949)》,第 678 页,上海:上海古籍出版社,1989 年。

在《自定年谱》和《自述学术次第》中坦言："初为文辞,刻意追蹑秦汉,然正得唐文意度。虽精治《通典》,以所录议礼之文为至,然未能学也。及是,知东京文学不可薄,而崔寔、仲长统尤善。既复综核名理,乃悟三国两晋间文诚有秦汉所未逮者,于是文章渐变。"①"余少已好文辞。本治小学,故慕退之造词之则,为文奥衍不驯。非为慕古,亦欲使雅言故训,复用于常文耳。犹凌次仲之填词,志在协和声律,非求燕语之工也。时乡先生有谭君者,颇从问业。谭君为文,宗法容甫、申耆,虽体势有殊,论则大同矣。三十四岁以后,欲以清和流美自化。读三国两晋文辞,以为至美,由是体裁初变。"②他在哲学论文中谈到了自己喜好六朝文的原因:"嵇康、阮籍之伦,极于非尧舜,薄汤武,载其厌世,至导引求神仙,而皆崇法老庄,玄言自此作矣。"③"魏晋间,知玄理者甚众,及唐,务好文辞,而微言几绝矣。"④"夫经莫穷乎《礼》、《乐》,政莫要乎律令,技莫微乎算术,形莫急乎药石。五朝诸名士皆综之。其言循虚,其艺控实,故可贵也。凡为玄学,必要之以名,格之以分,而六艺方技者,亦要之以名,格之以分。治算、审形,度声则然矣。服有衰次,刑有加减。《传》曰:'刑名从商,文名从礼。'故玄学常与礼律相扶。""五朝有玄学,知与恬交相养,而和理出其性。故骄淫息乎上,躁竞弭乎下。""五朝士大夫,孝友醇素,隐不以求公车征聘,仕不以名势相援为朋党,贤于季汉,过唐宋明益无訾。"⑤在《国故论衡》等文论著作中,章太炎

---

①② 姚奠中、董国炎:《章太炎学术年谱》,第 68 页,第 212 页,太原:山西古籍出版社,1996 年。

③ 章太炎:《訄书·学变第八》,《章太炎全集》第 3 卷,第 145 页,上海:上海人民出版社,1984 年。

④ 章太炎:《检论·通程》,《章太炎全集》第 3 卷,第 453 页,上海:上海人民出版社,1984 年。

⑤ 章太炎:《五朝学》,《章太炎全集》第 4 卷,第 75、76、77 页,上海:上海人民出版社,1984 年。

更是不厌其烦地称许六朝文章。章太炎的这种学术取向影响了他的一大批弟子，并通过弟子的教学影响到民国的学术。1914年9月，黄侃应北京大学教授之聘请，讲授《文字孳乳》、《词章学》、《中国文学史》；1917年秋，刘师培在黄侃推荐下任北京大学文科教授。黄、刘二人共讲中国文学史，一年级中国文学课六小时，二人各三小时。二年级七小时黄四刘三。① 同年，姚永朴离开北京大学。这象征着桐城派退出文坛，文选派占领北京大学讲坛，北京大学由崇尚唐宋文转为崇尚魏晋六朝文。刘师培和黄侃二人在北京大学深受学生欢迎。蔡元培《刘君申叔事略》云："余长北京大学后，聘君任教授。君是时病瘵已深，不能高声讲演，然所编讲义，原原本本，甚为学生所欢迎。"②杨亮功在《早期三十年的教学生活》中也说："刘申叔先生教中古文学史，他所讲的是汉魏六朝文学源流与变迁。他编有《中国中古文学史讲义》，但上课时总是两手空空，不携带片纸只字，原原本本地一直讲下去。""刘先生教我们于汉魏六朝文学中每人任选择一两作家作专题研究。他认为研究任何一家文学必须了解其师承所自、时代背景及个人身世。"③"当时中国文学门的名教授是黄侃（季刚）。在当时的文学界，桐城派古文已经不行时了，代之而起的是章太炎一派的魏晋文（也可以称为'文选派'，不过和真正的'文选派'还是不同，因为他们不作四六骈体）。"④文选派刘师培通过阐释、研究六朝文论来宣扬其主张，强调藻饰、对偶、声律为

　　①《文科本科现行课程》，北京：《北京大学日刊》，1917年11月29日。
　　② 刘师培：《中国中古文学史讲义》，第164页，上海：上海古籍出版社，2000年。
　　③ 杨亮功：《早期三十年的教学生活》，《杨亮功先生丛著》，台北："商务印书馆"，1988年。
　　④ 冯友兰：《冯友兰自述》，第243页，北京：中国人民大学出版社，2004年。

文的主要标志。黄侃"继承了《文选》派的传统,吸收了朴学派的成果,在批评桐城派的过程中,形成和发展了自己的学说"①。黄侃治选学的功力还深得章太炎称许:"读《文选》欲知其训诂,须三五年功夫,至其文章,则更难学。大抵学诗尚易,学文则六朝文稍易,汉文则甚难模仿也。""近日当以黄侃为知选学者,然其学或不如李公(审言)之专。"②在新文化运动打倒"桐城谬种"与"选学妖孽"的思潮中,选学派或者说六朝文派的命运和桐城派的命运迥乎不同:桐城派 20 世纪初有追随者,但其捍卫"文以载道"的文学观一直遭到批判;而文选派因思想自由重视文学特性而被接纳,如鲁迅接受刘师培的观点,郭绍虞偏爱南朝。后者指出南朝文学"较偏于艺术方面而与道分离","反容易使一般人认清了文学的性质,辨识了文学的道路"。③

　　章太炎通过讲学培养了一大批弟子,这批弟子在辛亥革命后借助章太炎革命元老革命思想家的声势迅速进入高等学府,占据了学术话语权。1908 年,章太炎东京讲学时,黄侃、钱玄同、朱希祖、龚宝铨、许寿棠、周作人、周树人、朱宗莱、钱家治、任鸿隽、汪东、刘文典、沈兼士等人皆在其席下听讲。1911 年辛亥革命,章太炎率领 80 余位同志回国。1912 年,民国成立后,蔡元培负责教育部事务,聘请许寿棠、蒋维乔、鲁迅到教育部工作。同年 10 月,章太炎与马相伯、梁启超、严复等发起"函夏考文苑",仿照法国研究院,提倡学风。考文苑名单有 19 人,其中便有弟子黄侃(小学、文辞)、钱夏季中(小学)和友人刘师培(群经)。与此同时,大批章门弟子进入大学讲坛。沈尹默在《我和

---

　　① 周勋初:《周勋初文集》第 6 卷,第 21 页,南京:江苏古籍出版社,2000 年。

　　② 桥川世雄:《章太炎先生谒见记语》,苏州:《制言》,第 34 期。

　　③ 郭绍虞:《中国文学批评史》上卷第 4 篇第 2 章第 1 节,上海:上海商务印书馆,1934 年。

北大》中回忆了章门弟子进入北京大学的原因："我是一九一三年进北京大学教书的，到1929年离开，前后凡16年。何燏时、胡仁源（1913—1916为北京大学校长）为什么要请我到北大去呢？因舍弟为章先生门下而误以为自己也在章先生门下，自己也挂着章先生的招牌进北京大学。和我同到北京的朱希祖，在参加过教育部召开的注音字母会议以后不久，也进了北京大学。接着，何燏时、胡仁源把太炎先生的弟子马裕藻（幼渔）、沈兼士、钱玄同都陆续聘请来了。最后，太炎先生的大弟子黄侃也应邀到北大教课……太炎先生的门下可分为三派。一派是守旧派，代表人物是嫡传弟子黄侃。这一派的特点是：凡旧皆以为然。第二派是开新派，代表人物是钱玄同、沈兼士。玄同自称疑古玄同，其意可知。第三派姑名之曰中间派，以马裕藻为代表，对其他二派依违两可，皆以为然。虽然如此，但太炎先生门下大批涌进北大以后，对严复手下的旧人采取一致立场，认为那些老朽应当让位，大学堂的阵地应当由我们来占领。我当时是如此想的。"①值得一提的是，在革命中投敌叛变的刘师培也在章氏师徒的援引下进入北京大学。辛亥革命时期，为挽救学术大师，章太炎通电南京临时政府和教育部，请求赦免刘师培的投敌行径。1917年秋，经黄侃推荐，蔡元培聘请刘师培为北京大学文科教授，兼任文科研究所国学门指导教师，讲授中国文学和中国古代文学史。

太炎门生进入大学讲堂后，以其深厚的国学素养改变了一代学风。北京大学校史曾对此作过总结："从1914年6月，夏锡祺被任命为文科学长后，北大文科的学风也发生了显著的变化。在此之前，姚永概（1866—1923，字叔节。安徽桐城人。著有《慎

---

① 沈尹默：《我和北大》，见司马朝军、王文晖编《黄侃年谱》，第91页，武汉：湖北人民出版社，2005年。

宜轩诗文集》)任文科教务长,桐城派的学风在北大文科居于优势。桐城派崇尚宋儒理学,以孔、孟、韩、欧、程、朱的'道统'自任,标榜'因文见道',自诩'文道合一',和汉学派(乾嘉时代的考据派)对立。夏锡祺代替姚永概主持北大文科后,引进了章太炎一派的学者,如黄侃(季刚)、马裕藻(幼渔)、沈兼士、钱玄同等先后到北大文科教书,他们注重考据训诂,以治学严谨见称。这种学风以后逐渐成为北大文史科教学与科研中的主流。"①

　　这批弟子不仅在讲堂上宣扬章太炎的文论思想,而且著书立说,奠定了古代文论的研究基础。1915 年,陶希圣进入北京大学预科,在老师指导下重点阅读八部书,其中便有《国故论衡》。国文教师沈尹默"叫我们买太炎先生的《国故论衡》读习","确能将中国文史之学的源流及其演变,摆在读者面前"。② 顾颉刚上北京大学时,国文教师、文字学教师等都是章氏弟子,他听过太炎的演讲,"因此自己规定了八种书,依了次序,按日圈点阅读"③。金毓黻为黄侃最为器重的弟子之一,他后来在《静晤室日记》中回忆道:"往在北京大学,因受黄季刚先生的影响,笃好章太炎所著书,几乎奉为枕中秘宝。"④1929 年,徐复就学金陵大学,他后来在《师门忆语》中回忆道:"先生讲课,时时称引余杭章太炎先生之说,以为后学矩范。章先生指示青年必读二十一书,先生以为尚有未备,增益为二十五书。二十五书是:经学十五书,为十三经加《大戴礼记》、《国语》;史学四书,为《史记》、

---

① 萧超然等编著:《北京大学校史(1898—1949)》增订本,第 48 页,北京:北京大学出版社,1988 年。
② 陶希圣:《北京大学预科》,见陈平原、夏晓虹主编《北大旧事》,第 188~195 页,北京:三联书店,1998 年。
③ 顾颉刚:《古史辨》第一册"自序",第 27 页,北京:朴社,民国二十年。
④ 金毓黻:《静晤室日记》,第 7300 页,沈阳:辽沈书社,1993 年。

《汉书》、《资治通鉴》、《通典》；子部二书，为《庄子》、《荀子》；集部二书，为《文选》、《文心雕龙》；还有小学二书，为《说文》、《广韵》。以上青年必读二十五种，包括四部上最重要的经典，可以囊括一切，也是治各门学问的门径。当时社会上盛行梁任公、胡适之开列的《一个最低的限度的国学书目》，先生认为泛滥不切实际，没有揭示出重点，故提出二十五书以纠正此偏向。先生谓一切文辞学术，皆以章句为始基。"①

　　章门弟子中有一大批学有所成的学者，章太炎本人也颇为自得，曾对弟子作过定位。他曾在年谱中指出："自三十九岁亡命日本，提奖光复，未尝废学……先后成《小学答问》、《新方言》、《文始》三书，又为《国故论衡》、《齐物论释》、《訄书》亦多所修治矣。弟子成就者，蕲春黄侃季刚、归安钱夏季中、海盐朱希祖逖先……其他修士甚众，不备书也。"②汪东《寄庵谈荟》指出：章先生"晚年居吴，余寒暑假归，必侍侧。一日，戏言余门下当赐四王，问其人，曰：'季刚尝节老子语天大地大道亦大，丐余作书，是其所自命也，宜为天王；汝为东王，吴承仕为北王，钱玄同为翼王。'余问钱何以独为翼王？先生笑曰：'以其尝造反耳。'越半载，先生忽言，以朱逖先为西王。"③

　　这批弟子中有一大批人从事古代文学和古代文论的教学与研究。1908 年，鲁迅从章太炎学《说文解字》，发表《文化偏至论》、《摩罗诗力说》；1921 年，又在北京大学讲授小说史，校理《嵇康集》；1923 年出版《中国小说史略》上册；1924 年出版《中国

　　① 徐复：《师门忆语》，见程千帆等编《量守庐学记》，第 150 页，北京：三联书店，1985 年。
　　② 章太炎：《自述年谱》，见姚奠中、董国炎编《章太炎学术年谱》，第145 页，太原：山西古籍出版社，1996 年。
　　③ 汪东：《寄庵谈荟》，见司马朝军、王文晖编《黄侃年谱》，第 36 页，武汉：湖北人民出版社，2005 年。

小说史略》；同年7月，讲学西安，《中国小说的历史的变迁》便是这次讲学的记录稿。汪东（1889—1963），初名东宝，后名东，字旭初，号寄庵，江苏吴县人。留学日本时师事章太炎，为章太炎弟子中专一从事文学研究者。后任中央大学文学院院长（1927）、古物保管委员会副主任，有《汪旭初先生遗集》。在古代文论方面作出重大贡献的弟子当推黄侃。黄侃1886年出生，21岁结识章太炎后，深为章太炎器重。1908年，章太炎向《国粹学报》推荐黄侃，把黄侃推向学术界。黄侃"平生治学一尊大儒顾亭林之轨辙——'读九经自考文始，考文自知音始'"。"盖侃承前儒顾、江、戴、段、钱、王及其师章氏之说，而得古韵二十八部、古声十九类之发明。""侃行己治学，以发扬民族精神气节为第一义，故余杭促之著书，既先写定《日知录校记》，盖夙以顾氏之志行为鹄的也。侃深知，经典民族精神所凝聚，故晚年专治经学，嫉末学猖狂妄言，斫丧国本，故平居讲学，不敢有一语涉于臆必，惟惧旧闻之不昌，弗务新解之自创，其谨严处实较余杭章氏、仪征刘氏尤有过之。""每挟痀庼登坛，讲论国故，听者莫不跃然兴起，油然生爱国之思。"①生前印行者《文心雕龙札记》、《汉唐玄学论》，潘重规影印有《李义山诗偶评》，女黄念容曾根据黄侃手批《文选》辑录成《文选黄氏学》一书。其治《文心雕龙》的学术史意义，学界多有评述。"在中国，1914年至1919年，黄侃在北京大学开设《文心雕龙》课，对于古代文论的认真研究才算开始。"②"民国鼎革以前，清代学士大夫多以读经之法读《文心》，大则不外校勘、评解二途，于彦和之文论思想甚少阐发。黄氏《札记》适完稿于人文荟萃之北大，复于中西文化剧烈交绥之时，

---

① 潘重规：《季刚公传》，见司马朝军、王文晖编《黄侃年谱》，第11、12、13、16页，武汉：湖北人民出版社，2005年。

② 罗宗强、邓国光：《近百年中国古代文论之研究》，北京：《文学评论》，1997年第2期。

因此《札记》初出，即震惊文坛，从而令学术思想界对《文心雕龙》之使用价值、研究角度，均作革命性之调整。故季刚不仅是彦和之功臣，尤为我国近代文学批评之前驱。门人李曰刚。"①"近代《文心雕龙》研究的奠基者当推黄侃。黄氏《札记》开始发表于1925年的《华国月刊》，到1927年(《华国》月刊第2期第5、6、10册)，集二十篇为《文心雕龙札记》，由北平文化学社出版。在此之前，在报刊发表的有：李详的《文心雕龙黄注补正》、林树标的《书文心雕龙后》、杨鸿业的《文心雕龙的研究》等。由于黄侃研治《文心雕龙》成就较高，影响较大，且是在1914年至1919年讲授《文心雕龙》于北京大学期间撰写的，把《文心雕龙》作为一门学科搬上大学讲坛，这是有史以来的第一次。此外，不仅刘师培、范文澜、刘永济等，都先后在各大学开设此课，日本铃木虎雄也于大正乙丑(1925)春，'在大学课以《文心雕龙》了'。这说明，从黄侃开始，《文心雕龙》研究就是一门独立的科学。"②

这批弟子继承其师风范，培养了一大批弟子，为古代文论研究作出了贡献。比如，黄侃在北京大学、武昌师范大学、武昌中华大学、南京大学执教期间，培养了一批古典文学和古典文论方面的弟子。早在1914年，刘博平、张馥哉、孙世扬、曾缄、骆鸿凯、金毓黻、钟歆、楼巍等就学北京大学文科国学门，执贽称弟子。③ 黄侃自1915年开始在北京大学讲授《文选》、《文心雕龙》，当年的学生后来均有深刻的回忆："当时北大中国文学系，有一位很叫座的名教授，叫黄侃。他上课的时候，听讲的人最

① 牟世金：《"龙学"70年概观》，见饶芃子主编《文心雕龙研究荟萃》，第19页，上海：上海书店，1992年。

② 牟世金：《文心雕龙研究论文集序》，《文心雕龙研究论文集》，北京：人民文学出版社，1990年。

③ 金毓黻：《静晤室日记》，第6345页、第5162页，沈阳：辽沈书社，1993年。

多,我也常去听讲。他在课堂上讲《文选》和《文心雕龙》,这些书我从前连名字也不知道。"冯友兰后来用黄侃的路子引导冯沅君走上了学术道路。① 龙榆生的堂兄和胞兄都在北京大学,都和黄侃很要好,"每次暑假回家,总是把黄先生编的讲义,如《文字学》、《音韵学》、《文心雕龙札记》之类,带给我看。我最初治学的门径间接是从北大国文系得来的,这是毋庸否认的"②。1916年,黄侃又讲授词学,并指导俞平伯学习《清真词》。这为俞平伯后来研究《清真词》打下良好了基础。③ 1921年,教授黄焯,授以《说文》、《文选》、《文心雕龙》诸书;同年,龙榆生执贽称弟子,授以声韵、文字及词章之学。1928年,黄侃任职中央大学,吴其昌来信贺岁,指出清华大学研究院高材生多推崇黄侃。自王国维一死,如谢刚主、刘盼遂、姜亮夫、黄焯伯等皆向黄侃靠拢。

这些学生在《文选》学、《文心雕龙》学等方面做出了重要贡献。黄侃的《文选》学造诣很深,章太炎曾推许黄侃为"知选学者"。许嘉璐指出:"《文选》学自'选学妖孽'之说起,就已逐渐冷落。自本世纪二三十年代以来逸豫于斯而名家者寥若晨星,黄先生独于此时用力殷勤,探赜索隐,凌越前人,成一家言,不愧为本世纪选学研究之第一人。"④黄侃手批《文选》本,生前未公开出版,门生转抄,产生过影响。如骆鸿凯(1892—1954),字绍宾,湖南望城人,1918年毕业于北京大学,历任南开大学、北京师范大学、武汉大学、湖南大学教授,其所著《文选学》"对文选作综合

---

① 冯友兰:《三松堂自序》,第 37 页,北京:三联书店,1989 年。

② 参见张晖:《龙榆生先生年谱》,第 11 页,上海:学林出版社,2001 年。

③ 孙玉蓉:《俞平伯年谱》,第 8～9 页,天津:天津人民出版社,2001 年。

④ 许嘉璐:《文选黄氏学训诂探赜》,见《昭明文选研究论文集》,第 226 页;又见许嘉璐:《未辍集》,北京:中国社会科学出版社,2000 年。

研究,被学界推许为传统选学的阶段性成果,其著作是在听课笔记上扩展而成,故多引用其师之证"①。又如范文澜。范文澜1914年入北京大学文科国学门,黄侃授以《文心雕龙》之学。1925年,范文澜《文心雕龙讲疏》由朴社出版。他在序中指出:"曩岁游京师,从蕲州黄季刚先生治词章之学。黄先生授以《文心雕龙札记》二十余篇,精义妙旨,启发无遗。退而深惟曰:《文心》五十篇,而先生授我者仅半,殆反三之微意也。用是耿耿,常不敢忘。今兹此篇之成,盖亦遵师教耳。异日苟复捧手于先生之门乎,知必有以指正之,使成完书矣。"②由于范文澜引用师说而不加注,后来还招致金毓黻的批评:"向李君长之假得《文心雕龙》范注一册。《文心雕龙》注本有四:一为黄叔琳注,二为李详补注,三为先师黄季刚先生札记,四为同门范文澜注。四者予有其三。黄先生《札记》只缺末四篇,然往曾取《神思》篇以下付刊,以上则弃不取,以非精心结撰也;阙后中大《文艺丛刊》乃取弃稿付印,然以先生谢世,缺已过半。范君因先生旧稿,并用其体而作新注,约五六十万言,用力甚勤,然余尤以为病者:一、用先生之注释及解说,多不注所出,究有攘窃之嫌;二、书名曰注,而于黄、李二氏之注不之称引,亦有以后烁前之病;三、称引故书连篇累牍,体同札记,殊背注体;四,罅漏仍多,诸待补辑。总此四病,不得谓之完美。"③

(黑龙江大学　吴光正)

---

① 周勋初:《有关"选学"珍贵文献的发掘与利用》,北京:《中国典籍与文化》,2001年第4期。
② 范文澜:《文心雕龙讲疏序》,天津:新懋印书局,1925年;又载黄侃著、黄延祖重辑:《文心雕龙札记》,第337～338页,北京:中华书局,2006年。
③ 金毓黻:《静晤室日记》,第5162页,沈阳:辽沈书社,1993年。

世纪初传统式
古典文学研究的成绩与缺欠

　　本文所谓"世纪初",实际上指 20 世纪前二十年,即晚清光绪二十七年(1901)至民国九年(1920)。由于个别史料具体写作时间的难以准确断限以及学术研究承前启后的特征,容或有一些超出这一时段的材料使用。

　　这二十年是一个剧变的时期。社会政治领域,戊戌变法失败以后,清王朝通过新政、预备立宪等手段力图延续统治,但终未能抗拒历史发展的必然性,于 1911 年结束了长达 267 年的统治,统治中国两千多年的封建帝制终于走到了尽头;而新兴的民国政府内部,亦在探索中国国情走向的过程中,绞结着复辟和革新的纷纭复杂的斗争。思想文化领域,经过洋务运动、戊戌变法的涤荡,人们对西学的接受已经从器物、政体上升到文化层面,观念的更新在传统与现代的裂变中发生着阵痛;而西方的思想学说的大量涌入,深刻影响了传统学术研究的格局、状态乃至发展方向,古典文学研究自然不能逃逸时代的诸种规定。然在此一时段内,依从于不同的目的,古典文学仍以传统式研究为主,训诂、考证、笺注等仍然是学人最为得心应手的方式。具体则主要体现为诗话、词话、曲话、评点、札记、序跋、校注以及版本整理、选本等形式,通过品评、鉴赏等方式考证字义、本事、作者以及阐释文学见解,寄寓作者的批评观念与审美理想。

世纪初古典文学研究现状

一、总体状况

世纪初古典文学研究涉及广泛，仅从文体着眼，主要著述如下。

1. 小说研究著述

邱炜萲《客云庐小说话》(1897—1907)，洪兴全《〈中东大战演义〉自序》(1900)，梁启超等《小说丛话》(1903—1905)，二我《〈黄绣球〉评语》(1905)，吴沃尧《〈月月小说〉序》(1906)、《历史小说总序》(1906)、《〈两晋演义〉序》(1906)，刘鹗《〈老残游记〉自叙》(1906)，老棣《文风之变迁与小说将来之位置》(1907)，黄人《小说小话》(1907—1908)，觚庵《觚庵漫笔》(1907—1908)，吴趼人《杂说》(1907)，天僇生《中国历代小说史论》(1907)、《中国三大家小说论赞》(1908)，佚名《中国小说大家施耐庵传》(1907)，燕南尚生《新评水浒传》三题(1908)，黄小配《〈洪秀全演义〉例言》(1908)，侗生《小说丛话》(1911)，狄平子《小说新语》(1911)，梦生《小说丛话》(1914)，成之《小说丛话》(1914)，王梦阮《〈红楼梦〉索隐提要》(1914)，蔡元培《〈石头记〉索引》(1916)。①

2. 戏曲研究著述

王国维《曲录》(1909)、《戏曲考原》(1909)、《优语录》(1909)、《唐宋大曲考》(1909)、《录曲余谈》(1909)、《录鬼簿校注》(1910)、《古剧脚色考》(1911)、《宋元戏曲史》(1913，亦名《宋元戏曲考》)，姚华《曲海一勺》(1912)、《菉漪室曲话》(1913)，吴梅《奢摩他室曲话》(1908)、《奢摩他室曲旨》(1912)、《顾曲麈谈》

(1913)、《〈曲海目〉疏证》(1914)。

此外,由于世纪初论及小说时往往涉及戏曲,所以上述小说著述中也包含一些关于戏曲的论述,如梁启超等的《小说丛话》。

3. 诗歌研究著述

诗歌依然是传统文学研究的大宗,此时期仅"诗话"类著作就有约40余种,现将有确切时间的列举如下:梁启超《饮冰室诗话》(1902—1907),王增琪《诗缘樵说拾遗》(1905),方廷楷《习静斋诗话》(约1905),邬启祚《耕云别墅诗话》(1911)、《诗学要言》(1911),邬以谦《立德堂诗话》(1911),陈枏《枏园诗话》(1907),张翼廷《塞愚诗话》(1905),孙雄《眉韵楼诗话》(1910)、《诗史阁诗话》(1916),周实《无尽庵诗话》(1906),余云焕《味蔬斋诗话》(1908),黄葆年《书古诗存后》(1909),罗传珍《咬菜根斋诗话》(1909),袁祖光《绿天香雪簃诗话》(约1910),赵炳麟《柏岩感旧诗话》(1912—1922),杨钟羲《雪桥诗话》(1913—1925),白采《绝俗楼我辈语》(1913—1926),胡薇元《梦痕馆诗话》(1914),狄葆贤《平等阁诗话》(1910),陈琰《艺苑丛话》(1911),金燕《香奁诗话》(1915),蒋瑞藻《续杜工部诗话》(1914),王蕴章《燃脂馀韵》(1918),雷瑨、雷瑊《闺秀诗话》(1915),雷瑨《青楼诗话》(1915),张燮恩《掬绿轩诗话》(1915),苕溪生《闺秀诗话》(1915),陈作霖《可园诗话》(1919),葛煦存《诗词趣话》(1919),胡光国《愚园诗话》(1920),王闿运《王志论诗》(1919)、《湘绮楼说诗》(1922),陈衍《石遗室诗话》(1912—1934),施淑仪《清代闺阁诗人征略》(1920)。①

4. 词作研究著述

此一时期词的研究仍以词话、序跋、论词绝句等传统方式为主。现仅将有确切时间的词话类作品列举如下:谭献《复堂词话》(1900),李佳《左庵词话》(1902),况周颐《香海棠馆词话》

---

① 蒋寅:《清诗话考》,北京:中华书局,2005年。

(1904)、《餐樱庑词话》(1920)①，王国维《人间词话》(1908)，冒广生《小三吾亭词话》(1908)，毕杨芬《绾春楼词话》(1912)，周焯《倚琴楼词话》(1914)，碧痕《竹窗绿雨词话》(1914)，王蕴章《梅魂菊影词话》(1915)，陈匪石《旧时月色词谭》(1916)，徐珂《近词丛话》(1917)②，胡薇元《岁寒居词话》(1921)。

此外，笺注、选本和版本整理方面的成果也比较突出，即以词作为例，就有王国维《唐五代二十一家词辑》(1908)、《宋名家词》(1909)，王鹏运《四印斋所刻词》、《四印斋汇刻宋元三十一家词》、《四印斋刻梦窗甲乙丙丁稿》(1881—1904)，梁令娴《艺衡馆词选》(1908)，朱祖谋《湖州词征》(1910)、《疆村丛书》(1912—1924)、《宋词三百首》(1924)，陈去病《笠泽词征》(1913)，吴昌绶、陶湘《影刊宋金元明本词四十种》(1911—1923)等。这类成果虽不能归属于研究类著述，但体现了学人的观念思想，也不能忽略。而此际出版事业非常发达，大量作品的刊刻，为从事研究奠定了基础工作。

二、学者队伍的变化

一方面，此一时期的文学研究是在高度重视文学的社会作用的状态下展开的，许多研究者研究文学是为政治目的服务。较极端且影响较大的，如旧红学索隐派的代表蔡元培的《红楼梦》研究，重点在于探索《红楼梦》中的种族斗争，体现其政治见解。另一方面，如夏曾佑、黄人、徐念慈、王国维等人则强调文学的非功利性，重视文学本身艺术特性的研究。徐念慈认为小说"殆合理想美学、感情美学而居其最上乘者"③。王国维则将这种观念发挥到极端。他说："美术之为物，欲者不观，观者不欲，

---

① 1924 年集为《蕙风词话》。

② 由唐圭璋从徐珂 1917 年刊印的《清稗类钞》中辑出。

③ 徐念慈：《小说林缘起》，《小说林》，1907 年第 1 期，上海：上海书店，1980 年影印本。

而艺术之美，所以优于自然之美者，全存于使人易忘物我之关系也。"①此时的古典文学研究就是在他们的相互批驳中向上螺旋发展。

三、传播方式的变化

宋代以来，传统的学术研究著作主要是通过传抄、刊印的纸质书籍传播，到了清末民初，随着报刊的兴盛，古典文学研究作品的传播载体也发生了巨大的改变。

自近代第一份中文报刊于 1815 年创刊后，各类报刊如雨后春笋般出现，在社会中的影响也逐渐扩大，特别是在戊戌变法前后，数量急剧增加。维新派从一开始就认识到报纸的重要性。康有为最初的西学知识就是从报刊上获得，他"购《万国公报》，大攻西学书，声、光、化、电、重学及各国史志、诸人游记，皆涉焉"②。在戊戌变法期间，康有为、谭嗣同、梁启超都曾发表过重视报刊的言论。《强学报》第 1 号上的《开设报馆议》总结了报刊有"广人才、报疆土、助变法、增学问、除舞弊、达民隐"六种作用。

在维新变法失败后，维新派领袖更加认识到开启民智的重要性，更重视报纸的作用。梁启超于 1898 年 10 月逃亡到日本，即在横滨创《清议报》，1902 年，又先后主办了《新民丛报》与《新小说》杂志。报刊成为传播信息的主要工具。除宣传政见外，许多报刊也留出一定篇幅刊登本国创作的小说以及翻译外来小说，并刊登一些文学评论、考证文章。这样，古典文学的研究成果有了新的传播载体。这一时期，许多关于古典文学研究的文章都是先在报纸杂志上发表，然后集结成书的。如梁启超的《饮冰室诗话》1902—1907 年连载于《新民丛报》，黄人的《小说小

---

① 王国维：《〈红楼梦〉评论》，《王国维遗书》第 5 册，第 43 页，上海：上海古籍书店，1983 年。

② 康有为：《康南海自编年谱》，第 11 页，北京：中华书局，1992 年。

话》连载于《小说林》杂志等。

传播方式的变化带来文学批评传播的变化,有如下几点:

1. 传播速度的加快

正如郑观应所说:"自有日报,足不逾户庭而周知天下之事。"①报刊的出现,使信息传播方式发生了变化,从而使传播的速度和空间都超过了以往。如今人在评论《新民丛报》的影响时所说:

> 内容丰富,包罗万象。它一出版就很畅销,创刊号印至四次,以后各期也"皆须补印"。虽清廷严禁,也不能遏,最高发行数达一万四千份,国内外寄售点有九十七处,且远至云、贵、陕、甘等地,均有经售,诚有无远弗届之势。②

《新民丛报》设有二十几个栏目,其中包括小说、文艺等。当时还有如《新小说》、《月月小说》等专门的文学报刊,也刊登文学理论文章。通过这种新的载体,文学研究交流的时间大大缩短,空间则大大扩展了。

2. 语言方面的变化

戊戌变法前,梁启超在《时务报》提倡用通俗晓畅的文体宣传维新思想,被称为"报章体",强调言文合一。后梁启超提倡"文界革命",声势浩大。他在《小说丛话》中说:"文学之进化有一大关键,即由古语之文学变为俗语之文学是也。各国文学史之开展,靡不循此轨道。中国先秦之文,殆皆用俗语……故先秦文界之光明,数千年称最焉……苟欲思想之普及,则此体非徒小说家当采用而已,凡百文章,莫不有然。"③文白相间、浅切易懂的

① 郑观应:《盛世危言·日报》,见夏东元编《郑观应集》上册,第347～348页,上海:上海人民出版社,1982年。

② 陈玉申:《晚清报业史》,第122页,济南:山东画报出版社,2003年。

③ 梁启超等:《小说丛话》,《新小说》,1903年第7号,上海:上海书店,1980年影印本。

新文体的出现,于古典文学研究而言,扩大了接受群体的范围。

3. 研究范围的拓展

传统的研究方式在应用范围上也得到了拓展。当时的学者以之为工具研究同时代的作家作品,如梁启超《饮冰室诗话》对同时代诗人的评点,极富时代气息。另一方面,在对外国翻译作品进行介绍、评点的时候,这种评点方式也得到了广泛的使用,如寅半生的《小说闲评》以及《小说管窥录》对外国翻译作品的介绍、评点。在新的时代环境下,传统的研究方式体现了适应变革的能力,延续了它的生命力。

综上所述,在世纪初这一发生空前剧变的历史时期,传统式的古典文学研究仍具有较强的生命力,著作的数量相当多。这些著作无论从形式还是内容看,都表现出承袭与创新兼容的特点。从形式上来说,有的是零散的感悟式的随笔,有的已经具有较明确的中心论题,具有一定的系统性,体现了向现代研究范式过渡的特性。从内容上说,有的品评与研究依旧是传统文艺观的延续,有的则有所创新,为现代文学研究的开创做出了贡献。而此一时期学者的队伍也较为复杂,他们依从于不同的目的进行古典文学研究,从各种角度审视与阐释文学作品,客观上拓展了研究视角,扩大了研究范围。从传播方式来看,报刊等传播媒介的出现,加快了文学研究交流的速度。总之,这一时期是新旧古典文学研究转换的时期,认真审视此时的传统式古典文学研究,有利于增进对现代古典文学研究的认识。

传统式古典文学研究的成绩

由于时代的剧变以及西学的输入,世纪初传统式古典文学的研究在承袭前代的基础上有所发展,有所创新。这一时期的研究著述在形式上和理论上都有新的开拓,许多观点与理论开启了现代学术研究的方向,有的直到现在还有其理论意义,有其不可超越的成就。而且,此一时期的古典文学研究方法接受了清代考据学方法的影响,较之以前更具科学性、客观性,推动了古典文学的研究。

一、对传统研究的继承与开拓

世纪初的古典文学研究,在理论上既有对传统研究的继承,又在容纳西学的基础上进行了可贵的尝试,具备传统式学术研究向现代学术研究转型时的新的特征,体现了传统式研究为延续发展而展现的张力。下面按文体进行论述。

1. 小说研究

我国古典小说的研究一直以评点为主。自明朝中后期李贽、叶昼等人开始以评点的方式研究小说以后,经过金圣叹、脂砚斋等人的努力,形成规模,蔚为大观。批评家无意对小说进行全面研究,只是对自己感受最深的方面加以阐述和发挥,主要集中在人物品评、章法结构、创作意蕴分析上,更重视自我感受的抒发,理论化提升则明显缺乏。而清末的小说批评,内容丰富,在继承前人的基础上,从理论上探讨小说创作的规律和原则,理论性、逻辑性明显提高。

如在作者创作动机的分析上,就有所进步。对于作者的创作动机,李贽《忠义水浒传序》曾提出"《水浒传》者,发愤之所作也"①这一命题,将小说提高到与史传同等的高度,指出其批判现实的性质。其后的小说评点皆重视这一点。世纪初的学人在"发愤著书"的论述上更进一步,具体地论述其与社会的关系。

王钟麒分析小说作者的创作动机时说道:"吾谓吾国之作小说者,皆贤人君子,穷而在下,有所不能言、不敢言、而又不忍不言者,则姑婉笃诡谲以言之。"他"即其言以求其意",指出古先哲

---

① 朱一玄、刘毓忱编:《水浒传资料汇编》,第 171 页,天津:南开大学出版社,2002 年。

人之所以作小说,盖有三因:愤政治之压制;痛社会之混浊;哀婚姻之不自由。① 从政治、社会、感情等方面充实了传统的"发愤"说,将其推进了一步。

刘鹗在《〈老残游记〉自叙》中写道:"吾人生今之时,有身世之感情,有家国之感情,有社会之感情,有种教之感情。其感情愈深者,其哭泣愈痛:此鸿都百炼生所以有《老残游记》之作也。"②在小说创作与社会关系的论述上更为深入而具体,指出小说创作来源于对于身世、家国、种族的深厚感情,有深刻的社会根源。

狄平子在《小说丛话》中说道:"小说与经传有互相补救之功用。故凡东西之圣人、东西之才子,怀悲悯,抱冤愤,于是著为经传,发为诗骚,或托之寓言,或寄之词曲,其用心不同,其能移易人心,改良社会,则一也。"从而认为:"《金瓶梅》一书,作者抱无穷冤抑,无限深痛,而又处黑暗之时代,无可与言,无从发泄,不得已藉小说以鸣之。"③增进了对作者创作意图的理解,改变了以往视《金瓶梅》为淫书的观点。

其他如老棣评《水浒传》、《三国演义》的创作时说道:"胡元一代,为外族入踞版图,施耐庵、罗贯中之徒,嫉世愤时,借抒孤愤。《水浒传》之作,所以寄田横海岛、夷齐首阳之志,而发独立之思想也;《三国演义》之作,所以寓尊汉统、排窃据之微言也。"④

① 王钟麒(天僇生):《中国历代小说史论》,《月月小说》,1907 年第 11号,上海:上海书店,1980 年。

② 刘鹗:《老残游记》,北京:人民文学出版社,2006 年。

③ 梁启超等:《小说丛话》,《新小说》,1903 年第 8 号,上海:上海书店,1980 年。

④ 老棣:《文风之变迁与小说将来之位置》,《中外小说林》,第 1 年第 6期,1907 年;陈平原、夏晓虹:《二十世纪中国小说理论资料》第 1 卷(1897—1916),第 205 页,北京:北京大学出版社,1989 年。

凡此种种观点，都是深入阐释了小说作者有为而发以及小说与社会现实的关系，是对视小说为"小道"的有力反驳，对于小说研究有指导意义。同时有的文字又寄予了强烈的时代色彩，表现出反清排满的激烈情绪。

在小说的人物塑造的研究方面，也有总结与创新之功。相比于金圣叹、脂砚斋等人对小说人物塑造的论述，此时的研究在具体的创作理论上得到了深化。

如狄平子在《小说丛话》中论《红楼梦》的人物塑造时说道：

> 《红楼梦》之佳处，在处处描摹，恰肖其人。作者又最工诗词，然其中如柳絮、白海棠、菊花等作，皆恰如小儿女之口吻，将笔墨放平，不肯作过高之语，正是其最佳处。其中丫环作诗，如描写香菱咏月，刻划入神，毫无痕迹，不似《野叟曝言》，群妍联吟，便令读者皮肤起栗。①

曼殊则从人物塑造的角度品评《红楼梦》、《水浒传》的高下，认为：

> 吾固甲《水浒》而乙《红楼》也。凡小说之最忌者曰重复，而最难者曰不重复，两书皆无此病矣。唯《红楼》所叙之人物甚复杂，有男女老少贵贱媸妍之别，流品既异，则其言语、举动、事业，自有不同，故不重复也尚易。若《水浒》，则一百零八条好汉，有一百零五条乃男子也，其身份同是莽男儿，等也；其事业同是强盗，等也；其年纪同是壮年，等也，故不重复也最难。②

虽然甲《水浒》而乙《红楼》的论断难成定论，但他对人物同中之异的塑造无疑有清醒的认识。

---

① 梁启超等：《小说丛话》，《新小说》，1904 年第 9 号，上海：上海书店，1980 年。

② 梁启超等：《小说丛话》，《新小说》，1903 年第 8 号，上海：上海书店，1980 年。

金圣叹评《水浒传》的人物塑造时,已提出了塑造个性人物的问题,说道:"《水浒传》写一百八个人性格,真是一百八样。若别一部书,任他写一千个人,也只是一样。便只写得两个人,也只是一样。"①而狄平子等人的论述,则更具体而明确地提出要塑造个性化人物及人物塑造要符合其身份等原则。

关于人物塑造的问题,此时期还提出了更有深度的见解,即对人物塑造扁平化、类型化的反驳。如黄人的《小说小话》在比较宋江、贾宝玉、文素臣等小说形象时指出:

> 古来无真正完全之人格,小说虽属理想,亦自有分际,若过求完善,便属拙笔。《水浒传》之宋江,《石头记》之贾宝玉,人格虽不纯,自能生观者崇拜之心。若《野叟曝言》之文素臣,几于全知全能,正令观者味同嚼蜡,尚不如神怪小说之杨戬、孙悟空腾拿变化,虽无理而尚有趣焉。②

觚庵《觚庵漫笔》中也说道:

> 《水浒传》、《儒林外史》,我国尽人皆知之良小说也。其佳处,即写社会中,殆无一完全人物。非阅历世情,冷眼旁观,不易得此真相。视寻常小说写其主人公必若天人者,实有圣凡之别,不仅上下床也。③

都是对古典小说人物塑造类型化的批评。

关于艺术虚构与生活真实的关系,有关学者也进行了讨论。此前的评点家已经认识到小说的艺术虚构来自于社会生活的问题。叶昼的评论较有典型性。他在《水浒传一百回文字优劣》中

① 金圣叹:《读第五才子书法》,见朱一玄、刘毓忱编《水浒传资料汇编》,第 220 页,天津:南开大学出版社,2002 年。

② 黄人:《小说小话》,《小说林》,1907 年第 1 期,上海:上海书店,1980 年。

③ 觚庵:《觚庵漫笔》,《小说林》,1907 年第 5 期,上海:上海书店,1980 年。

说道:"世上先有《水浒传》一部,然后施耐庵、罗贯中借笔墨拈出。"其人物塑造之所以能达到"情状逼真,笑语欲活",主要在于"世上先有是事",否则"即令文人面壁九年,呕血十石,亦何能至此哉?"①张竹坡评《金瓶梅》时也注意到"其假捏一人,幻造一事,虽为风影之谈,亦必依山点石,借海扬波"。②

至清末,对于小说的虚构与社会现实的关系的认识更为明确。曼殊认为:"小说者,'今社会'之见本也。无论何种小说,其思想总不能出当时社会之范围。"③提出小说作为艺术形式来源于现实生活,是社会现实的反映,对当时过分夸大小说的功能,认为何种小说创造何种社会的言论提出了鲜明的反驳。

在结构的研究上,还多以"章法"、"主脑"等传统话语为主。但在对有些小说的评价上,也存在一些有特色、有新意的论述。如曼殊之评论《儿女英雄传》,认为:

> 其下半部之腐弊,读者多恨之,若前半部,其结构真佳绝矣。其书中主人翁之名,至第八回乃出,已难极矣;然所出者犹是其假名也,其真名直至第二十回始发现焉。若此数回中,所叙之事不及主人之身份焉,则无论矣;或偶及之,然不过如昙花一现,转瞬复藏而不露焉,则无论矣;然《儿女英雄传》之前八回,乃书中主人之正传也,且以彼一人而贯彻八回者也。作了一番惊天动地之大事业,而姓名不露,非神笔其能若是乎?④

---

① 朱一玄、刘毓忱编:《水浒传资料汇编》,第 186 页,天津:南开大学出版社,2002 年。

② 朱一玄编:《明清小说资料选编》下,第 541 页,天津:南开大学出版社,2006 年。

③ 梁启超等:《小说丛话》,《新小说》,1905 年第 13 号,上海:上海书店,1980 年。

④ 梁启超等:《小说丛话》,《新小说》,1903 年第 8 号,上海:上海书店,1980 年。

可以看出,此一时期传统的以评点为主的小说研究,在内容上不同程度地体现了对小说的文学特性的认识,在小说创作规律的探讨上时有精论,对后来的学术研究有指导意义。诚如有学者所指出的那样:"纯文学观念的建立,即是对于'文学'本身理解的一种飞跃。这对于近代文学理论的构建,无疑具有重要的意义。"①

2. 戏曲研究

此一时期,在学术史上对传统的戏曲研究进行总结并开创了戏曲研究现代化进程的是王国维与吴梅,二者从不同的角度取得了空前的成就。文学史家浦江清曾这样评价王、吴两人的成就:"近世对于戏曲一门学问,最有研究者推王静安先生与吴先生两人。静安先生在历史考证方面,开戏曲史研究之先路;但在戏曲本身之研究,还当推瞿安先生独步。"②

王国维在自序《宋元戏曲史》时曾说:"世之为此学者自余始,其所贡于此学者,亦以此书为多。非吾辈才力过于古人,实以古人未尝为此学故也。"③其实,他的学术眼光和能力,以及他所处的时代,都决定了他必然超越前人。

王国维的戏曲研究集中于 1908—1913 年,在此期间他连续著成《曲录》(1909)、《戏曲考原》(1909)、《优语录》(1909)、《唐宋大曲考》(1909)、《录曲余谈》(1909)、《录鬼簿校注》(1910)、《古剧脚色考》(1911) 等著作,最后成总结性著作《宋元戏曲史》(1913)。《宋元戏曲史》与鲁迅的《中国小说史略》并称"中国文

① 黄霖:《中国文学批评通史·近代卷》,第 9 页,上海:上海古籍出版社,1996 年。
② 浦江清:《悼吴瞿安先生》,见王卫民《吴梅和他的世界》,第 61 页,石家庄:河北教育出版社,2002 年。
③ 王国维:《宋元戏曲史·自序》,《王国维戏曲论文集》,第 3 页,北京:中国戏剧出版社,1984 年。

艺史研究上的双璧"①。

王国维以传统的考据学方式为自己研究古典戏曲的出发点，辨伪存真，在翔实的资料基础上著成《曲录》、《优语录》等书。《曲录》辑录历代曲目 3000 多种，并对曲家姓名、生平等进行考证。《戏曲考原》提出戏曲史上的重要命题："戏曲者，谓以歌舞演故事也。"考证戏曲中歌、舞、故事三个组成要素的发展情况以及它们结合的过程。《优语录》从史书、笔记中辑录历代著名优人遗闻轶事。《唐宋大曲考》考述了唐宋大曲的起源及其体制的流变。《录曲余谈》是关于戏曲的杂论，如考析戏曲史料，品评作家作品，考证戏曲本事、脚色流变等。《古剧脚色考》考述自唐宋迄今剧中脚色如"参军"、"生"、"旦"、"丑"等的渊源及其变化发展。

但是，王国维的贡献绝不仅仅如此。正如他在《优语录》序中所说，辑录这些材料的目的已不是"裨阙失、供谐笑"，而是因为"优人俳语，大都出于演剧之际，故戏剧之源，与其变迁之迹，可以考焉"。通过对固有的材料梳理与整合，借助于西方的戏剧观念，"取外来之观念与固有之材料互相参证"②，王国维开创了中国戏剧研究的新局面，其总结之作，就是《宋元戏曲史》。

《宋元戏曲史》作为王国维戏曲研究的总结之作，主要有以下内容：一、勾勒我国戏剧的起源、发展与形成过程。对从上古到元代的各种戏剧形态（当代学者称之为泛戏剧形态），如汉代角抵戏，唐代歌舞戏、滑稽戏，宋杂剧，金院本等进行描述分析，得出这样的结论："我国戏剧，汉魏以来，与百戏合；至唐而分为歌舞戏及滑稽戏二种；宋时滑稽戏尤盛，又渐藉歌舞以缘饰故

---

① 郭沫若：《鲁迅与王国维》，上海：《文艺复兴》，1946 年第 2 卷第 3 期。

② 陈寅恪：《王静安先生遗书序》，见《王国维遗书》第 1 册，第 1 页，上海：上海古籍书店，1983 年。

事,于是向之歌舞戏,不以歌舞为主,而以故事为主;至元杂剧出而体制遂定,南戏出而变化更多。于是我国始有纯粹之戏曲。"(第16章)他关于戏曲发展历史的剖析,开创了现代戏曲研究的方向。通过对戏曲基本构成要素的判定与分析,王国维认为成熟的戏剧当是"合言语、动作、歌唱,以演一故事"(第4章),从而认定元杂剧为我国之"真戏曲"(第8章)。二、对元代戏剧进行重点研究。分析了元杂剧对前代杂剧的承袭与超越、元杂剧的分期,对作品的流传状况、元杂剧的结构以及元代南戏的渊源等进行考述。三、对元杂剧、南戏的文学成就进行评价。他用"自然"与"意境"作为标准品评戏曲,认为元代戏曲是戏曲发展史上的高峰,高于明清戏曲。他说:

> 元曲之佳处何在? 一言以蔽之,曰:自然而已矣。古今之大文学,无不以自然胜,而莫著于元曲。(第12章)

> 元剧最佳之处,不在其思想结构,而在其文章。其文章之妙,亦一言以蔽之,曰:有意境而已矣。何以谓之有意境? 曰:写情则沁人心脾,写景则在人耳目,述事则如其口出是也。古诗词之佳者无不如是,元曲亦然。(第12章)

"意境"、"自然"本是传统诗词的批评术语,王国维在《人间词话》中已用之对词进行鉴赏。现在将这些术语应用于戏曲研究中,提高了戏曲这一俗文学样式的地位,使之成为人们的审美对象,是有开创意义的。更有意义的是,王国维注意到"意境"、"自然"等艺术特质与社会背景,作家的思想、经历和作品内容的关系。他说:

> 盖元剧之作者,其人均非有名位学问也;其作剧也,非有藏之名山,传之其人之意也。

> 彼但摹写其胸中之感想,与时代之情状,而真挚之理,与秀杰之气,时流露于其间。

> 以其自然故,故能写当时政治及社会之情状,足以供史

家论世之资者不少。（第12章）

这是对他一向坚持的文学超功利观的突破,较之《人间词话》,无疑更进一步。

值得重视的是,王国维引入西方悲剧理论,用是否有悲剧性质来品评戏曲,从而得出元杂剧有悲剧意识的结论。

> 明以后传奇,无非喜剧,而元则有悲剧在其中……其最有悲剧之性质者,则如关汉卿之《窦娥冤》,纪君祥之《赵氏孤儿》,剧中虽有恶人交构其间,而其蹈汤赴火者,仍出于其主人翁之意志,即列之于世界大悲剧中,亦无愧色也。（第12章）

在将悲剧观引入戏曲批评方面,王国维所起的影响是最大的,他丰富了戏曲研究理论,对于中国传统的戏曲批评做出了具有开拓性的历史贡献。

王国维对于戏曲的系统研究,有开创之功。他“在历史上第一次清楚而细致地理出了一条发展演化的脉络,为中国戏曲史的研究奠定了坚实的基础”[1],使戏曲研究走上了理论化、科学化的道路,从而成为一门真正具有现代学术规范的学科。他的有关论断,开启了现代意义上的古典戏曲研究之路。

此时另一位以毕生精力从事曲学研究的学者是吴梅(1884—1939)。吴梅重视场上之曲,在填词、制曲、演唱等方面建立了一套理论规范。如他著《顾曲麈谈》的目的,是能使人“知有规矩准绳,而不为诵读所误”[2]。全书在音律、结构、词藻、演唱等方面举出具体范例,指导戏曲创作。而他集十年之力著成的《南北词简谱》(1921—1931)则是传统曲学研究最重要的一部

---

① 黄霖:《中国文学批评通史·近代卷》,第854页,上海:上海古籍出版社,1996年。

② 吴梅著,冯统一点校:《顾曲麈谈·中国戏曲概论》,北京:中国人民大学出版社,2004年。

作品。此书收录北词 332 支曲牌,南词 871 支曲牌,每支曲牌都有一段文字说明,梳理、校正旧谱的疑难,并配上有代表性的曲词。卢前称:"先生竭毕生之力,梳爬搜剔,独下论断,旧谱疑滞,悉为扫除,不独树歌场之规范,亦立示文苑以楷则,功远迈于万树《词律》。"①《南北词简谱》是进行传统曲学研究的一部重要参考著作。浦江清认为:"海内固不乏专家,但求如吴先生之于制曲、谱曲、度曲、校订曲本、审定曲律,均臻绝顶之一位大师,则难有其人,此天下之公论也。"②

吴梅重视全面梳理戏曲发展的脉络,在《奢摩他室曲话》及《奢摩他室曲旨》中论述了杂剧、院本的体制及变迁,梳理了戏曲的发生、发展及演变过程。此外,他还总结了元明清主要戏曲家及其创作特点,对作家作品划分流派并品评。这些观点在 20 年代著成的《中国戏曲概论》中得到了系统总结。

在《中国戏曲概论》中,吴梅以较为客观的态度全面描述了金元明清戏曲的发展,尤其重点论述了王国维《宋元戏曲史》忽略的明清戏曲。他以发展的眼光来进行戏曲研究,虽然认为"戏曲至元代,可为最盛时期"(上卷第 4 章),但认为明清戏曲有其超出前代的成就。如对清杂剧的评价。他承认"清人戏曲,逊于明代",但又认为"虽然词家之盛,固不如前代,而协律订谱,实远出朱明之上,且剧场旧格,亦有更易进善者,此则不可没也……清人则取裁说部,不事臆造,详略繁简,动合机宜,长剧无冗费之辞,短剧乏局促之弊"(下卷第 1 章),等等。从内容、形式、曲律等方面出发,较为客观地指出了清代戏曲超出前代之处。在分析元明清戏曲发展变化的原因时,也注意从社会背景、文学艺术

---

① 王卫民编校:《吴梅全集·南北词简谱·跋》,第 781～782 页,石家庄:河北教育出版社,2002 年。

② 浦江清:《悼吴瞿安先生》,见王卫民《吴梅和他的世界》,第 63 页,石家庄:河北教育出版社,2002 年。

自身发展规律等多方面进行分析,颇有独到之处。

吴梅重视对具体作家的品评,对于元明清主要的作家作品都有评论。他重视从风格、语言、结构等方面评价作品。评徐渭"文长词精警豪迈,如词中之稼轩、龙洲",颇为贴切。他认为《桃花扇》"通体布局,无懈可击。至《修真》、《入道》诸折,又破除生旦团圆之成例,而以中元建醮收科,排场复不冷落,此等设想,更为周匝,故论《桃花扇》之品格,直是前无古人,后无来者"(卷下第3章)。但更重要的是吴梅将作家作品与社会生活、政治背景等联系起来,对于作品的寄寓功能有深刻的认识。如对汤显祖"临川四梦"总评道:"明之中叶,士大夫好谈性理而多矫饰,科第利禄之见,深入骨髓。若士一切鄙弃,故假曼倩诙谐,东坡笑骂,为色庄中热者下一针砭。"从而认为"玉茗天才,所以超出寻常传奇家者,即在此处"(中卷第3章)。评吴伟业的《通天台》,认为"沈初明,即骏公自况","其词幽怨慷慨,纯为故国之思。较之'我本淮南旧鸡犬,不随仙去落人间'句,尤为凄惋"(下卷第2章)。指出其作为一个"贰臣"借戏曲作品自喻的复杂而悲凄的情怀。这些品评虽然多是片言只语,但却是浓缩的真知灼见,至今仍指导或启发着我们对古典戏曲的研究。在明清戏曲的研究上,吴梅的贡献是空前的。

吴梅对戏曲流派的分析亦有独到的见解,如对于元杂剧流派的划分。他认为:"自实甫继解元之后,创为研炼艳冶之词。而关汉卿以雄肆易其赤帜,所作《救风尘》、《玉镜台》、《谢天香》诸剧类皆雄奇排奡,无搔头弄姿之态。东篱则以清俊开宗,《汉宫孤雁》,臧晋叔以为元剧之冠,论其风格,卓尔大家。自是三家鼎盛,矜式群英。"此后诸家,"要皆不越三家范围焉"(上卷第4章)。这种划分,看到了《西厢记》的艺术成就及其社会影响,将其列为一家,较之传统的关、白、马、郑四大家的说法更符合实际。

王国维、吴梅等人的戏曲研究,在传统的考证性研究方式上成就突出,考论结合,梳理了古代戏曲发展的脉络,提出了许多戏曲研究的重要命题,在现代犹有重要意义。在继承传统曲论的基础上,引进西方美学观念研究戏剧作品,使得戏曲研究的理论化程度加深,体现了传统戏曲研究向现代过渡的特征。

3. 诗歌研究

今人认为,"文学批评可举为有清一代之擅场"①,而作为传统文学主要样式的诗歌,在清代的研究是相当繁荣的。据统计,现存清代诗学类著作已有966种②,数目相当庞大,其成就也是不容忽视的。"一到清代,由于受当时学风的影响,遂使清诗话的特点,更重在系统性、专门性和正确性,比以前各时代的诗话,可说更广更深,而成就也更高……就一般发展的总倾向而言,清诗话的成就可说是超越以前任何时代的。"③清末的诗论著作以王闿运的《湘绮楼说诗》和陈衍的《石遗室诗话》较为突出。

王闿运(1833—1916),是清末汉魏六朝诗派的领袖,在当时诗坛影响极大,被尊为"诗坛旧头领"④。其论诗著作有《湘绮楼说诗》、《王志论诗》、《湘绮老人论诗册子》。其中《湘绮楼说诗》八卷由其弟子王简于1922年编辑,记录王闿运晚年论诗之心得,可视为王氏一生诗论思想之总结。

王闿运论诗主张法古,在《湘绮楼说诗》卷七中说:"古人之诗,尽美尽善矣。典型不远,又何加焉?"他尤其宗尚汉魏六朝诗,造诣颇深,其"宗尚庾、鲍,上窥建安,华藻丽密,词气苍劲,自诧不作唐以后诗。盖其沉酣于汉魏、六朝者至深,杂之古人集中,真莫能辨也"⑤。

---

①② 蒋寅:《清诗话考·自序》,北京:中华书局,2005年。

③ 郭绍虞:《清诗话·前言》,上海:上海古籍出版社,1999年。

④ 汪国垣:《光宣诗坛点将录》,见沈云龙编《近代中国史料丛刊续编》第3辑,第265页,台北:文海出版社,1974年。

⑤ 钱基博:《现代中国文学史》,第56页,上海:上海世纪出版集团,2007年。

从此出发,他为汉魏六朝诗张目,如认为"唐无五言,学五言者汉魏晋宋尽之"。其见解亦有独特之处,如对宫体诗的研究,反驳前人的贬斥态度,他说:"凡聚会作诗,苦无寄托。老庄既嫌数见,山水又必身经,聊引闺房以敷词藻,既无实指,焉有邪淫?世之訾者,未知词理耳。"(卷1)

他从诗体源流角度出发,强调汉魏六朝诗歌传统对后世的影响,在《论唐诗诸家源流答陈完夫问》中说道:

> 陈子昂、张九龄以公干之体自抒怀抱,李白所宗也。元结、苏涣加以排宕。斯五言之善者乎。刘希夷学梁简文,超艳绝伦,居然青出。王维继之以烟霞,唐诗之逸遂成芳秀。张若虚《春江花月》用西洲格调,孤篇横绝,竟为大家。李贺、商隐把其鲜润。宋词元诗盖其支流,宫体之巨澜也。杜甫歌行,自称鲍庾,加以时事,大作波澜,咫尺万里,非虚夸矣……应物《郡斋忆山中》诗,淡远浅妙,亦从陶出,他不称是,非名家也。

从诗歌发展整体的历史进程中展开研究,将唐诗渊源追溯到汉魏六朝,认为唐诗是在汉魏六朝诗的基础上进一步变化发展的。

王闿运虽然重视魏晋传统,但还以公正的态度审视唐诗,对其成就给予较高的评价,如认为唐诗"歌行、律体,是其擅场",并在《论七言歌行流品答完夫问》(卷3)中认为七言歌行"至唐而大盛",并具体论述其发展:

> 初唐犹沿六朝,多宫观闺情之作。未久而用以赠答、送别、分题,或拈一物一事为兴,篇末乃至其意。高、岑、王维诸篇其式也。李白始为叙情长篇。杜甫亟称之而更扩之。然犹不入议论。韩愈入议论矣,苦无才思,不足运动,又往往凑韵取妍钓奇,其品益卑,骎骎乎苏黄矣。元、白歌行全是弹词。微之颇能开合,乐天不如也……李东川诗歌十数篇,实兼诸家之长而无其短,参之以高、岑、王、李之泽,运之

以杜、元之意,则几之矣。元次山又自一派亦小而雅。
论及唐代七言歌行的源流发展及其突出的成就,分析各个时期的代表诗人及其风格,是一部简要而完整的七言歌行发展史,见解切合实际,独出机杼。对于唐诗其他体裁,王氏也加以客观的品评,如称赞唐代的七言绝句:"盛于唐代,有美必臻,别为一体。"(卷1)

王闿运还从自己的诗歌审美主张出发,品评诗歌。他认为:"诗缘情而绮靡。诗,承也,持也。承人心性而持之,风上化下,使感于无形、动于自然。故贵以词掩意,托物起兴,使吾志曲隐而自达。"(卷4)欣赏的是一种有所控制的情感的表达,反对激情的一泻无余。从此美学观点出发,他批评了韩愈的以议论入诗和元稹、白居易诗的平易浅显,对王维、李颀等的诗歌给予较高的评价,与传统的观点有所不同。

王闿运的古典诗歌研究较有特色,他关于诗体源流发展的研究以及对具体诗人诗作的品评,颇具精义。今人认为《湘绮楼说诗》"以沉潜之深,颇有造微之论"①。

陈衍(1856—1937)属于清末民初"同光体"诗人。同光体诗人即指"同、光以来诗人不专宗盛唐者也"②,是道、咸以来宋诗派的延续。在同光体诗人中,陈衍关于诗歌研究的理论较有体系,在清末诗坛上也有较大的影响,被当时人称之为"诗坛救主"③。他的诗论著作主要有《石遗室诗话》以及一些序跋。

《石遗室诗话》最初发表于1912年梁启超主编的《庸言》杂志,又于《东方杂志》上发表,后经过删改增订成32卷,体现了陈衍诗歌研究的主要观点。

---

① 蒋寅:《清诗话考》,第665页,北京:中华书局,2005年。
② 陈衍:《石遗室诗话》卷1,第1页,沈阳:辽宁教育出版社,1998年。
③ 邵镜人:《同光风云录》,见沈云龙编《近代中国史料丛刊续编》第95辑,第233页,台北:文海出版社,1983年。

陈衍的诗歌研究具有一种贯通豁达的意识。他提出了著名的"三元"说：

> 诗莫盛于三元，上元开元，中元元和，下元元祐也……今人强分唐诗宋诗，宋人皆推本唐人诗法，力破余地耳。庐陵、宛陵、东坡、临川、山谷、后山、放翁、诚斋，岑、高、李、杜、韩、孟、刘、白之变化也。简斋、止斋、沧浪、四灵，王、孟、韦、柳、贾岛、姚合之变化也。故开元、元和者，世所分唐宋人枢干也。（卷1）

"三元"说认为强行分裂唐诗、宋诗的做法是不对的，强调诗歌发展具有延续性，宋诗是在继承唐诗的传统上有新的发展。这种观点较之道咸间的宋诗派，眼界无疑宽广得多，在理论上也有突破。

诗话中多处具体论述了宋诗对唐诗尤其是中唐诗的继承与创新。如：

> 一人各具一笔意：谢之笔意，绝不似陶；颜之笔意，绝不似谢；小谢之笔意，绝不似大谢。初唐犹然。至王右丞而兼有华丽、雄壮、清适三种笔意。至老杜而各种笔意无不具备。大历十子，笔意略同。元和以降，又各人各具一种笔意，昌黎则兼有清妙、雄伟、磊坷三种笔意。北宋人多学杜、韩，故工七言古者多。南宋人稍学韦、柳，故有工五言者。南渡苏、黄一派，流入金源。宋人如陈简斋、陈止斋、范石湖、姜白石、四灵辈，皆学韦、柳，或至或不至。惟放翁无不学，独七言古不学韩、苏。诚斋学白、学杜之一体。此其大较也。（卷18）

陈衍对清代宋诗派的兴起、发展与流派的划分尤有借鉴意义。他在卷1中说道："道、咸以来，何子贞……始喜言宋诗。何、郑、莫皆出程春海侍郎门下。"将同光体自身分为两派，一派为"清苍幽峭"，以郑孝胥为代表，一派为"生涩奥衍"，以沈曾植、

陈三立为代表。(卷3)

陈衍还强调"人与文一",即"诗中有人在也"(卷1)。他说:

> 后世诗话,汗牛充栋,说诗焉耳,知作诗之人,论作诗之人之世者,十不得一焉。不论其世,不知其人,漫曰"温柔敦厚,诗教也",几何不以受辛为天王圣明,姬昌为臣罪当诛。(卷3)

> 语言文字,各人有各人身份,惟其称而已。所以寻常妇女,难得伟词;穷老书生,耻言抱负;至于身厕戎行,躬擐甲胄,则辛稼轩之金戈铁马,岳武穆之收拾山河,固不能绳以京兆之摧敲、饭颗之苦吟矣。(卷32)

认为诗歌的思想内容、艺术形式等与诗人的性情、身份、经历等有关,以此为依据品评诗歌,增加了诗歌研究的客观性,加深了对诗人诗作的理解。如评张之洞诗:"伯严论诗,最恶俗恶熟,尝评某也纱帽气,某也馆阁气。余谓亦不尽然,即如张广雅诗,人多讥其念念不忘在督部(时督武昌),其实则何过哉!此正广雅诗长处……所谓诗中有人在也。"(卷1)

陈衍对历代诗歌理论也进行了研究,对于一些印象式、感悟式的批评话语提出反驳。

> 司空表圣《诗品》、严仪卿《沧浪诗话》为渔洋所表章者,则已足骡栝之也。沧浪之"羚羊挂角,无迹可求"等语,故为高论,故为瘦语,故为可解不可解之言,直以浅人作深语,艰深文固陋而已。表圣"不着一字"之旨,亦不过二十四品中之一,白石之温伯雪子,又何以异,又何严沧浪之未到乎?(卷10)

> 钟伯敬、谭友夏共选《古诗归》、《唐诗归》,风行一时,几于家弦户诵……惟钟、谭于诗学,虽不甚浅,他学问实未有得,故说诗既不能触处洞然,自不能抛砖落地,往往有"说不得、不可解"等评语,内实模糊影响,外则以艰深文固陋也。

张九龄《湖口望庐山瀑布泉》云:"天清风雨闻。"谭云:"瀑布诗此是绝唱矣。进此一想,则有可知不可言之妙。"夫天清本不应有风雨,而闻风雨,自是瀑布,有何不可言之妙?(卷23)

这种观点指出了传统诗学的弊端,对文学本质的感受已经超出了传统的文学观念,对于诗歌研究的深入有重要意义。

钱仲联认为:"《石遗室诗话》三十二卷,衡量古今,不失锱铢,风行海内,后生奉为圭臬,自有诗话以来所未有也。"①今人认为,陈衍的诗歌理论是"中国古典诗学之总结,具有包容综合之倾向"②,"大处能通融唐宋,兼顾才学,小处能剖析精细,谈言微中,把宋诗派的理论有力地推进了一步,同时在实际上也成为中国古典诗学的最后一个真正的理论家"③。

可见,传统的诗歌研究在此时体现了一种总结与贯通的意识,在传统的形式中蕴含着现代学术研究的理性化、科学化等要素。

4. 词学研究

清末民初,在词学研究领域影响最大的是"晚清三大词话",它们分别是陈廷焯的《白雨斋词话》、王国维的《人间词话》与况周颐的《蕙风词话》。其中陈廷焯的《白雨斋词话》于光绪十七年(1891 年)完成,此处不论。本文主要论述王国维的《人间词话》与况周颐的《蕙风词话》。

1908 年,王国维的《人间词话》在《国粹学报》分三期连载,共 64 则。

《人间词话》的核心是"境界"说。王国维在第 1 则中即提

---

① 钱仲联:《梦苕庵诗话》,第 140 页,济南:齐鲁书社,1986 年。

② 蒋寅:《清诗话考》,第 673 页,北京:中华书局,2005 年。

③ 黄霖:《中国文学批评史·近代卷》,第 140 页,上海:上海古籍出版社,1996 年。

出："词以境界为最上。有境界则自成高格,自有名句。"对于"境界",他做了深入的阐释,认为："境非独谓景物也。喜怒哀乐,亦人心中之一境界。故能写真景物、真感情者,谓之有境界。否则谓之无境界。"(第6则)只有"境界"才涉及词的"本",而严羽所强调的"兴趣",王士禛所说的"神韵"涉及的只是词的表面。还认为"境界"有大小之分,但不应以之来区分优劣。今人认为,"王国维标举的'境界'乃是指真切鲜明地表现出来的情景交融的艺术形象"①。"境界"一词并非王国维所独创,但他对其进行了深入而具体的阐述,赋予了"境界"新的涵义,体现了对词超功利的审美本质的重视,是对传统诗教观点的反驳。以"境界"为核心,王国维还将"造境"与"写境"、"有我之境"与"无我之境"、"理想家"与"写实家"等融合中西的新的文学批评理论引入词学研究领域。

由此出发,王国维高度评价了"自成高格,自有名句"(第1则)的五代、北宋词,认为"五代、北宋之词所以独绝者在此",即所谓"有境界"。他认为冯延巳的词足以当"深美闳约"四字(第11则)。而且北宋词人受冯延巳的影响很大,"冯正中词虽不失五代风格,而堂庑特大,开北宋一代风气"(第19则)。北宋欧阳修、梅尧臣、林和靖等都受其影响。南唐后主李煜的词称得上"神秀"(第14则),"生于深宫之中,长于妇人之手"的经历,是李煜"为人君所短处,亦即为词人所长处"(第16则),因为这样才保持了他的赤子之心,"阅世愈浅,则性情愈真"(第17则)。他的词已经突破个体身世之感的哀叹,体现了具有永恒意义的人生体悟,所以王国维称之是"以血书者也……俨有释迦、基督担荷人类罪恶之意"(第18则)。对于李煜在词的发展史上的地位

---

① 黄霖:《中国文学批评通史·近代卷》,第838页,上海:上海古籍出版社,1996年。

也给予赞扬："词至李后主而眼界始大,感慨遂深,遂变伶工之词而为士大夫之词。"(第15则)

对于北宋词人晏殊、欧阳修、苏轼、秦观等大都评价颇高。只对周邦彦多有批评之处。认为他的词"深远之致不及欧、秦,唯言情体物,穷极工巧,故不失为第一流之作者;但恨创调之才多,创意之才少耳"(第33则)。但还认为周邦彦高于南宋词人,如评其《苏幕遮》"叶上初阳干宿雨"等句为"此真能得荷之神理者。姜白石《念奴娇》、《惜红衣》二词,犹有隔雾看花之恨"(第36则)。

对于南宋词人,王国维多持批评态度。他在第39则中总评南宋词人道:

> 白石写景之作……虽格韵高绝,然如雾里看花,终隔一层。梅溪、梦窗诸家写景之病,皆在一"隔"字。北宋风流,渡江遂绝。

所谓"不隔",就是"语语都在目前"。王国维认为南宋词虽也有"不隔"之词,但"比之前人,自有深浅厚薄之别"(第40则),仍然逊于北宋词。

对于南宋词人的具体评价也不高。如对姜夔,他评论道:"古今词人格调之高,无如白石。惜不于意境上用力,故觉无言外之味,弦外之响,终不能与于第一流之作者也。"(第42则)其他南宋词人更加等而下之了。"若梦窗、梅溪、玉田、草窗、西麓辈,面目不同,同归于乡愿而已。"(第46则)

只有辛弃疾是南宋词人中的例外,王国维认为他可以与北宋词人抗衡,"其堪与北宋人颉颃者,唯一幼安耳……幼安之佳处,在有性情,有境界。即以气象论,亦有'横素波、干青云'之概,宁后世龌龊小生所可拟耶?"(第43则)

南宋以后的词人,只涉及一人,即纳兰容若。王国维评价道:"纳兰容若以自然之眼观物,以自然之舌言情。此由初入中

原,未染汉人风气,故能真切如此。北宋以来,一人而已。"(第52 则)

在《人间词话》中,王国维还论述了词兴起的原因。他认为五代、北宋词所以有成就,就在于当时人"其欢愉愁怨之致,动于中而不能抑者,类发于诗余,故其所造独工"(第 53 则)。反对作词易于作诗、诗尊词卑的传统观念。

他关于词体演进的论述已涉及文学发展的一般规律。

> 四言敝而有《楚辞》,《楚辞》敝而有五言,五言敝而有七言,古诗敝而有律绝,律绝敝而有词。盖文体通行既久,染指遂多,自成习套。豪杰之士,亦难于其中自出新意,故遁而作他体,以自解脱。一切文体所以始盛终衰者,皆由于此。故谓文学后不如前,余未敢信。但就一体论,则此说固无以易也。(第 54 则)

对前人提出的"一代有一代之文学"的观点进行了深入细致地拓展。王国维还提出"诗有题而诗亡,词有题而词亡"(第 55 则)等命题,探讨了包括词在内的各种文体之所以衰败的原因。

王国维的《人间词话》是中国近代最负盛名、影响最为深远的一部词话著作,它具有严密的体系,通过传统的词话形式,借助传统的概念、术语,引入西方的文艺观念来研究词,促进了词学研究的现代化进程,为词学研究的新的理论体系的建立做出了贡献,在当时新旧读者中都产生了重大的影响,是一部划时代的作品。王国维也被认为是"中国词学由传统到现代转换中具有里程碑意义的人物"[1]。

况周颐是晚清四大词人之一,他的词学研究也被公认为是四大词人中最有体系、最有成就的。他最主要的词学著作是《蕙

---

[1] 朱惠国:《中国近世词学思想研究》,第 229 页,上海:上海古籍出版社,2005 年。

风词话》，刊刻于 1924 年，是汇合、增订早期词学著作《香海棠馆词话》(1904)、《餐樱庑词话》(1920)等词话而成。《蕙风词话》又与王国维的《人间词话》有"双璧"之誉，在晚清词坛影响很大。另有 1917 年左右完成，署名刘承干实为况周颐著作的《历代词人考略》一书。还有《词学讲义》，况氏生前未刊印，后载于 1933 年龙榆生主编的《词学季刊》创刊号。

清代词坛一直存在宗南宋和宗北宋之争。浙西派推崇南宋，标举姜夔、张炎。常州派各个时期遵从的词人有所不同，但总体上是尊崇五代、北宋词。况周颐渊源于常州词派，但并未局限于门户之争，他承袭常州派而又有所超越，是清代词学的集大成人物。他打破了宗北宋、宗南宋的壁垒，客观地评价了北宋与南宋词的不同风格，对两宋词及其后各个时代的词的艺术成就和特点有较深刻及公正的认识。

在《蕙风词话》中，他以朱淑真与李清照作对比说明南北宋词风的不同："淑真清空婉约，纯乎北宋。易安笔情近浓至，意境较沉博，下开南宋风气，非所诣不相若，则时会为之也。"(卷 4)在《历代词人考略》中也对两宋风格有明确的对比："北宋人词，大都清空婉丽……意境沉着，实滥觞南渡风格。"(卷 7)

其他如对南宋词与金词不同的认识：

> 南宋佳词能浑至，金元佳词近刚方。宋词深致能入骨，如清真、梦窗是；金词清劲能树骨，如萧闲、遁庵是。南人得江山之秀，北人以冰霜为清。南或失之绮靡，近于雕文刻镂之技；北或失之荒率，无解深裘大马之讥。(卷 3)

值得注意的是，他主要是从"时会"、"时运"的角度分析了各个时代词风不同的原因，认为时代的不同是导致词风不同的重要因素。除上文分析朱淑真与李清照词时用了"时会"的原因外，书中多处涉及时代因素。在分析元初南宋遗民词风时说道：

> 凤林书院《名儒草堂诗余》虽录于元代，犹是南宋遗民，

寄托遥深,音节激楚……词能为悱恻,而不能为激昂。盖当是时,南宋无复中兴之望。余生薇葛,歌啸都非。我安适归,忍与终古。安得"琼楼玉宇",无羌高寒;又安得尺寸干净土,着我铁钹铜琶,唱"大江东去"耶?(卷3)

对于具体词人的作品,也多从时代入手。如评论刘辰翁的词时说道:"《须溪词》中,间有轻灵婉丽之作。似乎元明以后词派,导源乎此。讵时代已入元初,风会所趋,不期然而然者耶?"(卷2)指出他词风的过渡性也源于时代。从时代背景、社会因素分析词人的创作风格,是较为客观的,有助于增进对词作的理解,是对仅凭个人喜好、从主观感悟出发进行研究的超越。

况周颐对词的品评也有高下之分,他虽然指出北宋词和南宋词有不同的风格,但还是认为北宋词有高出南宋之处,如"词境以深静为至……盖写景与言情,非二事也。善言情者,但写景而情在其中。此等境界,惟北宋人词往往有之"(卷2)。周邦彦的词"愈朴愈厚,愈厚愈雅,至真之情,由性灵肺腑中流出,不妨说尽而愈无尽"(卷2)。

但况周颐词学理论的核心是重、拙、大,主要强调比兴寄托,从此出发,他对南宋词有更高的评价,认为词在南宋达到了极盛。他说:"作词有三要,曰重、拙、大。南渡诸贤不可及处在是。"(卷1)又说:"词学权舆于开、天盛时,浸盛于晚唐五季,盛于宋,极盛于南宋。至元大德之世,未坠南渡风格。"(《词学讲义》)

他对南宋词人吴文英给予较高的评价,他说:"即其芬菲铿丽之作,中间隽句艳字,莫不有沉挚之思,灏瀚之气,挟之以流转。令人玩索而不能尽,则其中所存者厚。沉着者,厚之发见乎外者也。欲学梦窗之致密,先学梦窗之沉着。"(卷2)认为其词蕴涵家国山河之痛,"丁世剧变,戢影沧洲,黍离麦秀之伤,以视南渡群公,殆又甚矣"。(《历代两浙词人小传序》)

评元好问词也重视从寄托出发，指出其厚重的特色是：

> 神州陆沉之痛，铜驼荆棘之伤，往往寄托于词……而其苦衷之万不得已，大都流露于不自知。此等词宋名家如辛稼轩固尝有之，而犹不能若是其多也。遗山之词，亦浑雅，亦博大，有骨干，有气象。以比坡公，得其厚矣，而雄不逮焉者。豪而后能雄，遗山所处不能豪，尤不忍豪……其词缠绵而婉曲，若有难言之隐，而又不得已于言，可以悲其志而原其心矣。（卷3）

其他评论，如"洎乎晚季，夏节愍、陈忠裕、彭茗斋、王姜斋诸贤，含婀娜于刚健，有风骚之遗则，庶几纤靡者之药石矣"（卷5）。"国初名家本色语，或犹近于沉着、浓厚也"（卷2）。"金风亭长《江湖载酒》一集，虽距宋贤堂奥稍远，而气体尚近沈着。就清初时代论词，不得不推为上驷"（《词学讲义》）。他还引用半塘的话评论清初词人："宋人拙处不可及，国初诸老拙处亦不可及。"（卷1）

从上可知，况氏对南宋、元初、明末清初等朝代更替时的词人词作多有较高评价，对词作的思想内容提出了要求。这可以看出，"重、拙、大"涉及词人的思想感情、词作的艺术风格以及艺术技巧等方面，是紧密相关的三个词语。

况周颐的词学研究在清末民初有很大的影响，时人给予较高的评价。龙榆生评价况周颐道："周颐实为近代词学一大批评家，发微阐幽，宣诸奥蕴。"①晚清词学大家朱祖谋誉《蕙风词话》为："自有词话以来无此有功词学之作。"蔡嵩云《柯亭词论》亦称："其《蕙风词话》五卷，论词多具卓识，发前人所未发。"②

---

① 龙榆生：《清季四大词人》，《龙榆生词学论文集》，第463页，上海：上海古籍出版社，1997年。
② 唐圭璋编：《词话丛编》第5册，第4914页，北京：中华书局，1993年。

综上所述，此一时期的传统式古典文学的研究有其不容忽视的成就。一方面，它是对以前的古典文学研究的总结与扬弃。在形式上尽量向系统化发展，打破了零散的随笔式的方式，如《人间词话》、《蕙风词话》等都体现了一定的体系。在具体作家作品的研究上则体现了理论化和科学化的原则，减少了主观感悟式的话语。在分析作品时已注意保持客观态度，重视作品与社会关系的探索，注重从何以如此的角度深入探讨。另一方面，这一时期的古典文学研究体现了向现代学术研究的转变，以小说、戏曲研究最为突出。这一时期的小说、戏曲研究，为现代学术研究的建立奠定了基础，它开创的研究方向和研究范围，到现在还有现实意义。

二、考据学方法在古典文学研究上的运用

传统的评点、注疏、辞章、义理等研究都离不开考据的方法，这是正确解读文本的必要前提。而在长期的学术实践中，尤其是经过乾嘉以来学者的积极经营，考据学已具有方法论的意义。晚清学者在继承前辈学人研究方法的同时，又进行了具有拓展意义的尝试，考据学方法在古典文学研究上得到了广泛的应用。许多学者在考证、校勘经典之外，开始以治经的方法考证古典文学。以晚清著名学者、古文经学大师俞樾为例。俞樾在随笔类作品《小浮梅闲话》、《茶香室丛钞》、《续钞》、《三钞》以及《九九消夏录》等书中，对《红楼梦》、《聊斋志异》、《三国演义》、《西游记》等 20 余种通俗小说进行了考证，对于戏曲的起源和形成、本事、人物及古代剧作家更有大量考证，如对蚩尤戏的考证，对戏曲角色形成的溯源等。清末民初，在俞樾之后的学者，已经自觉地运用考据学方法研究古典文学，对古典文学进行校勘、考证。

在小说方面，除在随笔中有零散的考证外，鲁迅的《古小说钩沈》、蒋瑞藻的《小说考证》等在校勘、辑佚等方面都取得了极大的成绩，为进行学术研究奠定了材料基础。这一时期运用考

据学方法研究小说的方式,在 1920 年代仍然继续,并取得了辉煌的成就。如 20 世纪初鲁迅的《中国小说史略》,在考据学知识的运用方面,被认为"校勘的周密精详,至今还没有人能够追得上他"①。阿英甚至称赞其为"一部非常精确的'考证'书"②。指出了这部书能经得住时间考验的一大因素。

胡适的古典文学研究也贯彻了这一特点。胡适在《〈水浒传〉考证》(1920 年 7 月脱稿)中说道:

> 我最恨中国史家说的什么"作史笔法",但我却有点"历史癖";我又最恨人家咬文嚼字的评文,但我却又有点"考据癖"! 因为我不幸有点历史癖,故我无论研究什么东西,总喜欢研究他的历史。因为我又不幸有点考据癖,故我常常爱做一点半新不旧的考据……简单一句话,我想替《水浒传》做一点历史的考据。③

同时,他又在分析时强调"这种种不同的时代发生种种不同的文学见解,也发生种种不同的文学作物",因此要运用"历史进化的文学观念"去分析作品。④

胡适于 1921 年 7 月发表的《红楼梦考证》在反对蔡元培等索隐派的任意附会上有重大功绩。梁启超称赞胡适的地方就在于他"用清儒方法治学,有正统派遗风"⑤。

在戏曲方面。王国维的戏曲史研究受传统的考据学方法影响颇深,承袭了乾嘉学派重视博证、无证不信、讲究实事求是、以事实为依据的治学方法。他的《曲录》、《戏曲考原》等著作,就是

---

① 郑振铎:《中国小说史家的鲁迅》,北京:《人民文学》创刊号,1949 年 10 月。

② 阿英:《作为小说学者的鲁迅先生》,《小说四谈》,第 186 页,上海:上海古籍出版社,1981 年。

③④ 胡适:《水浒传考证》,《中国章回小说考证》,第 8、9 页,第 61、62 页,上海:上海书店,1980 年。

⑤ 梁启超:《清代学术概论》,第 7 页,北京:东方出版社,1996 年。

建立在广博的材料、严密的考证基础上的，通过丰富的积累，最后一举而成戏曲史的经典著作《宋元戏曲史》。而《宋元戏曲史》又称《宋元戏曲考》，可见考证的成分之大。钱基博在《现代中国文学史》中赞扬其在戏曲史上的贡献"征文考献，有裨文学，厥推阐扬元剧，开其筚路之功也"①。

吴梅的《〈曲海目〉疏证》根据平日积累的材料，"为之校订舛误，厘正撰人名氏，仅增补曲目就有四百零六种之多；对清代嘉庆、道光以后的作家作品，吴梅则自己动手编写曲目，填补了戏曲史上的空白"②。吴梅的戏曲研究得到了时人的高度评价："曲学之能辨章得失，明示条例，成一家之言，导后来先路，实自霜崖先生始。"③

在诗歌的整理方面，李之鼎自1914年开始整理宋代诗人的别集，历时十年，编刊成《宋人集》甲、乙、丙、丁四编，共60余种，并附有诗人的生平考证等资料，被认为是20世纪宋诗研究的"两大文献工程"之一。④

在词的校勘方面，王鹏运、朱祖谋的成就较大。王鹏运自1881至1904年，历时24年，出版《四印斋所刻词》、《四印斋汇刻宋元三十一家词》及《四印斋刻梦窗甲乙丙丁稿》等。龙榆生认为："鹏运之有功词坛，尤在校勘词集。"⑤朱祖谋曾说道："盖

① 钱基博：《现代中国文学史》，第224页，上海：上海书店，2007年。

② 程华平：《中国小说戏曲理论的近代转型》，第150页，上海：华东师范大学出版社，2001年。

③ 段天炯：《吴霜崖先生在现代中国文学界》，见王卫民《吴梅和他的世界》，第163页，石家庄：河北教育出版社，2002年。

④ 莫砺锋等：《宋诗研究的回顾、评价同展望》，见《世纪之交的对话——古典文学研究的回顾与展望》，第103页，上海：上海古籍出版社，2000年。

⑤ 龙榆生：《清季四大词人》，《龙榆生词学论文集》，第447页，上海：上海古籍出版社，1997年。

校词之举,鹜翁(王鹏运)造其端,而彊村竟其事。"①朱祖谋的《彊村丛书》收录唐宋金元词集近 200 种,重视版本源流的考证,对有一些词集还作了笺证和编年。

龙榆生曾总结过二者校勘的功绩:"(王鹏运)与彊村先生约校《梦窗》,乃明定义例,取清儒治经治史之法,转而治词……自鹏运以大词人,从事于此,而后词家有校勘之学,而后词集有可读之本。至彊村先生,益务恢宏,以成词学史上最伟大之《彊村丛书》。"②

传统式古典文学研究的缺陷

世纪初时期以考据学方法为方法论指导古典文学研究,成就是巨大的。首先是整理校刊了大量古籍,为古典文学研究的深入开展奠定了良好的基础。而且,考据学方法在古典文学研究上的广泛应用,是古典文学研究进入科学化、系统化的一个标志,为现代学术研究范式的建立提供了必要的支柱。但是,相对于取得的成绩,此时的古典文学研究的缺陷也是非常明显的。用考据学的方式进行文学研究,使人容易陷入文本的考证、校勘,从而忽视了对文学的艺术特性的研究。另一方面,传统的研究方式自身的缺陷也限制了学术研究的进一步发展,故其主体地位渐渐不得不让位于现代学术研究的理论和方式。

一、重视题材本事的考证,忽视作品的文学艺术性

世纪初传统的古典文学研究,仍然主要以考证为主,重视题

① 朱孝臧(朱祖谋):《彊村校词图序》,《彊村丛书》第 1 册,第 13 页,扬州:广陵书社,2005 年。
② 龙榆生:《清季四大词人》,《龙榆生词学论文集》,第 448 页,上海:上海古籍出版社,1997 年。

材本事、流传过程的考证，对于作品的文学艺术特质重视不够。以考据学来研治文学，取得了很大的成绩，但弊端也是非常明显的。以小说为例，考据学易于将小说当作史籍，进行本事索引，代替了作品艺术分析。这样的问题直到1920年代在胡适的小说研究中也存在着："（胡适）的小说研究也有缺陷……就是过分机械地套用'进化论'，过于看重考据的方法，使得胡适的小说研究看起来更像是史学的研究与追索。"①

世纪初索隐派的盛行即是一个典型的例子。狄平子在《小说丛话》中就说道："《红楼梦》一书，系愤满人之作，作者真有心人也。著如此之大书一部，而专论满人之事，可知其意矣。其第七回便写一焦大醉骂，语语痛快。焦大必是写一汉人，为开国元勋者也，但不知所指何人耳。"②王梦阮的《〈红楼梦〉索隐提要》（1914）认为《红楼梦》影射清世祖与秦淮名妓董小宛故事。

蔡元培的《〈石头记〉索隐》将索隐的方式发挥到极致。他认为："《石头记》者，清康熙朝政治小说也。作者持民族主义甚挚。书中本事，在吊明之亡，揭清之失，而尤于汉族名士仕清者，寓痛惜之意。"甚至提出："书中'红'字多影'朱'字。朱者，明也，汉也。宝玉有爱红之癖，言以满人而爱汉族文化也；好吃人口上胭脂，言拾汉人唾余也。"以及"书中女子多指汉人，男子多指满人"等等。③此书多次再版，作为旧红学索隐派的代表，影响非常大。

王国维对《红楼梦》评论中考证、索隐的做法表示不满，指

① 黄霖：《中国小说研究史》，第209页，杭州：浙江古籍出版社，2002年。

② 梁启超等：《小说丛话》，《新小说》，1904年第9号，上海：上海书店，1980年。

③ 蔡元培：《〈石头记〉索隐》，第6～8页，北京：北京大学出版社，1989年。

出："自我朝考证之学盛行，而读小说者，亦以考证之眼读之。于是评《红楼梦》者，纷然索此书之主人公之为谁，此又甚不可解也。"①

胡适的《〈红楼梦〉考证》给索隐派以致命的打击，但由于上面提到的原因，他的文学研究也以题材、文本考证为主，所以胡适可以看作旧红学的结束。新红学的开端以俞平伯等人为主，他们开始重视从人物形象、艺术特点等方面研究《红楼梦》。

二、旧有的形式限制了古典文学研究理论化、科学化的发展

以诗话、词话、曲话、序跋等形式对文学作品进行评点，在形式上就受到了限制。这种只言片语的批评，很难深入、系统地进行学术研究。以诗话类著作为例，诗话本就有以诗存人、以人存诗的传统，这样极具史料价值，可资考证，但理论创见不多，许多诗话"评鉴未见精审，摘句每多平常"②，且分散杂乱，需沙里淘金。如陈衍的《石遗室诗话》，篇幅繁多，共32卷，但大多数都以摘录诗作为主，诗论见解夹杂在其中，比较零散，很难成体系。

另一方面，在研究中，由于传统式研究多注重研究者的个体感悟，具有主观性，很难保持客观性、科学性。以王国维的《人间词话》为例，从个人审美爱好出发，他极度称赞五代、北宋词，贬斥南宋以后的词。这都违背了学术研究的客观性与科学性。他的戏曲研究直斥元以后无戏曲也是一个例子。

再者，许多传统的批评术语本身涵义较为复杂，很难对其有确切的解释。如况周颐"重、大、拙"的词学理论，他说："轻者重之反，巧者拙之反，纤者大之反。"（《词学讲义》）以及"重者，沈着

---

① 王国维：《〈红楼梦〉评论》，《王国维遗书》第5册，第58页，上海：上海古籍书店，1983年。

② 蒋寅：《清诗话考》，第633页，北京：中华书局，2005年。

之谓。在气格,不在字句","沈着者,厚之发见乎外者也"。(《蕙风词话》卷2)并未对其有明确的解释。王国维在《人间词话》中提出的"境界说"也要结合具体的语境来理解。这种多义性、模糊性增加了学术研究的难度。

所有这些都限制了传统的研究方式的发展,它虽然在世纪初盛极一时,但最终不得不让步于以现代学术理论指导的以论文和专著为主的新的研究形式。

世纪初的传统式古典文学的研究,在传统的形式里,一方面体现了对传统理论的总结与拓展,另一方面体现了容纳西方理论的努力,从而在研究实绩上取得了空前的成就,产生了一批至今仍有影响的著作。但是旧的研究方式在形式上和理论上都有其致命的缺陷,最终渐渐被新的论文和专著形式的著作所取代。

(黑龙江大学　杜桂萍　马丽敏)

世纪初的旧红学

　　20 世纪初,这是红学史上一个不可忽视的重要发展阶段,也是红学从传统形态到现代形态过渡的一个重要转型期,可谓承前启后,继往开来。相比于胡适、俞平伯等人于 20 世纪 20 年代初开创的新红学,人们通常称这一时期的红学为旧红学。

　　旧红学既不同于先前以评点为代表的传统红学,也不同于日后的新红学,具有自身的特征和鲜明的时代色彩,它是这一时期诸多社会文化因素共同作用的结果。西学东渐与困境反思是这一时期的基本文化语境,受西方人文思潮及文学作品的影响,以梁启超等人提出的小说界革命为标志,小说在这一时期的社会文化地位得到空前的提高,被视作改造国民、再造民魂的文化利器,从文学家族的边缘一下进入中心,打破了原有的诗文独大的文学格局,形成新的文学秩序。这一文学格局和秩序具有不可逆转性,影响深远,直到今天也没再有太大的改变。在这一时期,无论是小说创作还是小说评论,都进入了一个全新的阶段,即人们通常所说的中国文学现代化进程。

　　旧红学正是在这种较为有利的文化语境中发展演进的,这是一个渐进的过程。在此期间,新的研究范式还未正式建立,旧的研究范式仍有较大市场,因此这一阶段的红学研究表现出明显的过渡性和杂糅形态,其中既有深深的传统烙印,又有鲜明的时代色彩,传统与现代、新与旧、开明与保守,各种红学观点杂糅在一起,形成了一道独特的人文风景线。

　　虽然这一时期作为文学样式的小说的社会文化地位得到空

前提高,但时人对先前的小说作品并不满意,往往将其作为迷信愚昧、封建专制的样本和靶子来进行批判,能够得到肯定的只有很少几部小说,《红楼梦》正是其中的一部,仍然受到广泛的赞誉。比如林纾称"中国说部,登峰造极者无若《石头记》。叙人间富贵,感人情盛衰,用笔缜密,著色繁丽,制局精严,观止矣"①。曼殊也认为"《水浒》、《红楼》两书,其在我国小说界中,位置当在第一级"②。其他或称《红楼梦》为"小说中之最佳本也"③,或称"言情道俗者,则以《红楼梦》为最"④。遣词用句虽然不同,但对《红楼梦》的高度称许则是基本一致的。

红学研究的新变

受时代学术文化风尚的影响,除大量与先前内容、形式基本相同的评点、评论外,这一时期人们对《红楼梦》的观照角度和表述方式已有了较为明显的变化,评论者们提出了不少新的命题和观点。

首先,受小说界革命的影响,受严峻政治形势的触动,人们更多地从政治、伦理等角度并结合当时的社会现实来解读《红楼梦》,强调《红楼梦》揭露黑暗、批判现实的社会文化功能,着重挖掘其社会历史方面的意义,因而具有较强的实用功利色彩。这样对小说自身的审美特性就有意无意地淡化或忽略了。这也是当时解读文学作品普遍采用的一个视角,是特定文化语境的产物。从当时人们对《红楼梦》分类归属的确认上就可以看出这一

① 林纾:《孝女耐儿传·序》,上海:商务印书馆,1907年。
② 曼殊:《小说丛话》,上海:《新小说》,第1卷第8号(1903年)。
③ 觚庵:《觚庵漫笔》,上海:《小说林》,第1卷第11期(1908年)。
④ 邱炜萲:《菽园赘谈》卷3,光绪二十三年(1897)刊行。

点，比如天僇生（王钟麒）称《红楼梦》为"社会小说"、"种族小说"和"哀情小说"①，侠人则称《红楼梦》为"政治小说"、"伦理小说"、"社会小说"、"哲学小说"、"道德小说"②。叫法虽然有别，但着眼点和看法则大体相同。有人甚至进而提出"必富于哲理思想、种族思想者，始能读此书"③。基于这种时代色彩极浓的阅读视角，自然能从作品中读出与先前批点家截然不同的种种新意来。如陈蜕庵就认为《红楼梦》"虽为小说，然其涵义，乃具有大政治家、大哲学家、大理想家之学说，而合于大同之旨。谓为东方《民约论》，犹未知卢梭能无愧色否也"④。话虽说得有些夸张，但代表了当时很多人的想法。再如海鸣亦认为"一部《红楼梦》一百二十回，无非痛陈夫妇制度之不良"⑤。显然，先前的评点家们是不会提出这一观点的，也不可能有这种认识。这种社会历史角度的解读对后世影响很大，至今仍不乏回应者，成为解读《红楼梦》的一个较为常见的视角，比如，毛泽东基本上就是这样来看待《红楼梦》的。

其次，人们喜欢采用横向比较的方式来谈论《红楼梦》。西方文化的传入为人们提供了一个解读《红楼梦》的新视角，那就是中西文学的比较。这一时期的评论者们多喜欢自觉不自觉地将《红楼梦》置于世界文学的大背景中进行观照。先前的评点家们在评论《红楼梦》时，也采用过比较的方法，但只是局限于纵向

---

① 天僇生：《论小说与改良社会之关系》，上海：《月月小说》，第 1 年第 9 号（1907 年）。

② 侠人：《小说丛话》，上海：《新小说》，第 1、2 卷（1902、1903 年）。

③ 天僇生：《中国三大家小说论赞》，上海：《月月小说》，第 2 年第 2 期（1908 年）。

④ 陈蜕庵：《列〈石头记〉于子部说》，见《古典文学研究资料汇编·红楼梦卷》上册，第 269 页，北京：中华书局，1963 年。

⑤ 海鸣：《古今小说评林》，上海：民权出版部，1919 年。

的比较,将《红楼梦》与前代文学作品,如《西厢记》、《邯郸梦》、才子佳人小说等进行比较。横向角度的引入使人们对《红楼梦》有了新的认识。在西方小说及文学观点不断传入国内并产生巨大影响的文化语境中,人们会自然而然地立足本土文学来观照异域作品。比如当时就有人将影响甚大的翻译小说《茶花女遗事》比作"外国《红楼梦》"①。林纾在翻译外国小说时,也时常以中国小说来做比照②,古代小说在这里是作为批评者的文化背景而存在的。反过来,人们也会借助异域文学来反观本土作品,比如有人将《红楼梦》与《民约论》、《浮士德》进行比较。不管这种比较是否妥当,评论者们从此多了一种观照的视角,这是毫无疑问的。东西方文学互为镜像,各自的特点由此得到彰显。

再次,基本思路、表述方式和刊布流传渠道也发生了明显的改变,从只言片语逐渐向现代论文形式过渡,文章的篇幅加长,谈论方式也从以前的印象式评述转向系统严密的推理论证,论说的色彩增加,逻辑日渐严密。表述形式变化的背后是学人们思维方式的深层变迁,这一变化后来得到教育和学术制度的保障,成为主流,而以评点为代表的传统小说批评则逐渐淡出历史舞台,其后虽时有出现,但已难居主流,不成气候。王国维的《红楼梦评论》既是一篇具有此类性质的红学论文,也是第一篇具有现代学术色彩的文学研究论文,具有开创意义。同时,这一时期的评红文章大多发表在各类报刊上,较之先前的手工刊印速度要快得多,与读者交流更为方便直接,容易营造一种评论的声势或氛围。

同时需要指出的是,这一时期也是索隐派红学正式发展成

①松岑:《论写情小说与新社会之关系》,上海:《新小说》,第17号(1905年)。

②参见其《孝女耐儿传序》等文中的论述。

型的时期,从以前片言只语的简单猜测向较为系统完整的表述发展,并出现了几部有代表性、影响较大的索隐派红学著作,对后来的红学研究有着深远的影响。索隐式研究代表着人们解读《红楼梦》的另一条思路,同时也是具有深厚文化传统和历史渊源的一条思路。从此,索隐派成为红学研究中一支十分活跃的力量,历经打击而不衰,表现出十分顽强的生命力。从索隐派的产生演进可以反观中国人独特的文学观念和思维方式。

王国维和《红楼梦评论》

王国维的《红楼梦评论》是中国学术史上一篇具有里程碑意义的文学论文,它代表着红学研究的新突破。该文 1904 年 6 月至 8 月间连载于《教育世界》杂志。这篇论文具有鲜明的时代色彩,与梁启超等人所提倡的小说界革命的内在精神是相通的,同时又显露出作者独特的学术个性。这篇文章的写作与王国维的词曲研究是同时进行的,处于王国维学术研究的第二个时期,即由哲学探讨转入文学研究的时期,其卓然不俗的开拓性研究为中国文学研究开辟了一片新天地,为后学者树立了典范。可惜随着家国形势的变化,作者后来的思想观念和学术兴趣也随之发生了重大转变,由文学再转入史学,其文学研究就此戛然而止。否则,以其深厚的学养和过人的见识,在文学研究上本可做出更大更多的贡献。

《红楼梦评论》一文共分五个部分:人生及美术之概观、红楼梦之精神、红楼梦之美学上之价值、红楼梦之伦理学上之价值和余论。其中"美术"一词系当时习用的语汇,有着特定的内涵,大体相当于现在所说的"文学艺术"。

在这篇宏文中,作者借用叔本华的哲学观念来解读《红楼梦》。其理论前提是"生活之本质何?'欲'而已矣。欲之为性无厌,而其原生于不足。不足之状态,'苦痛'是也","人生者如钟表之摆,实往复于苦痛与倦厌之间者也",而且人类的知识和实践"无往而不与生活之欲相关系,即与苦痛相关系"。只有美术能使人"超然于利害之外,而忘物与我之关系","欲者不观,观者不欲"。美术又有优美、壮美和眩惑之分,在中国文学作品中,真正能符合这种超然利害物我标准者只有《红楼梦》。

　　基于这一前提,作者提出如下几个观点:一、《红楼梦》的主旨在"示此生活此苦痛之由于自造,又示其解脱之道不可不由自己求之者也"。二、"书中真正之解脱,仅贾宝玉、惜春、紫鹃三人耳",其中惜春、紫鹃的解脱是"存于观他人之苦痛",而贾宝玉的解脱则是"存于觉自己之苦痛",是"自然的"、"人类的"、"美术的"、"悲感的"、"壮美的"、"文学的"、"诗歌的"、"小说的",因此"《红楼梦》之主人公所以非惜春、紫鹃,而为贾宝玉者也"。三、《红楼梦》"与一切喜剧相反,彻头彻尾之悲剧也",这种悲剧属于那种"剧中之人物之位置及关系而不得不然"的悲剧,是"悲剧中之悲剧"。作品具有"厌世解脱之精神",而且其解脱与"他律的"《桃花扇》不同,《红楼梦》的解脱为"自律的"。《红楼梦》的价值正在于其"大背于吾国人之精神"。四、《红楼梦》的美学价值也符合"伦理学上最高之理想"。五、"索此书中之主人公之为谁"与"作者自写生平"的观点皆是错误的,因为"美术之所写者,非个人之性质,而人类全体之性质也"。正是为此,作者对《红楼梦》给予很高的评价,称其为"自足为我国美术上之唯一大著述"、"绝大著作"。

　　文章五个部分之间有着较为明确的逻辑关系,即先确立基本理论和批评标准,然后再谈其与《红楼梦》的契合关系,并从美学、伦理学的角度给予说明,最后对研究状况进行评述,点出将来的研究方向。全文层次分明,说理透彻,从表述方式上看,这是一篇十分规范的学术论文,相对于先前的片段印象式表达,无疑给人耳目一新之感。

从学术史的角度来看,王国维的《红楼梦评论》在当时无疑具有开拓和典范意义。它将西方哲学理论与中国本土文学结合起来,进行了较为深入地分析和探索,提出了许多值得注意的观点,而且达到了一定的深度。全文论述系统严密,善用比较,视野开阔,比起先前那些直观、印象式的批评,无论是在内容上还是在表述方式上都给人以耳目一新之感。再者,作者从哲学、美学的角度来解读《红楼梦》,与当时政治、伦理式的功利性解读有着明显的不同。对此,王国维有着很清醒的认识:"观近数年之文学,亦不重文学自己之价值,而唯视为政治教育之手段,与哲学无异。如此者,其亵渎哲学与文学之神圣之罪固不可逭,欲求其学说之有价值,安可得也?"①从这句话可以看出,作者撰写此文似乎还有纠正时弊的用意在。这固然在当时显得有些不合时宜,但大体代表了学术研究的正确方向,也是作者独特学术个性的展示。

需要指出的是,王国维所开创的这种新型红学研究之路在相当长的一段时间内并未得到正面、积极的回应,其意义和价值需要经过一个时间段后才会在总结和追述中逐渐显露出来。毕竟新的学术范式的建立需要一个渐进的过程,确实如他本人所批评的,当时人们的着眼点在政治教育,而不在学术本身,还没有形成一个良好的学术氛围。直到五四新文化运动时期,随着文学研究这门现代学科的建立,人们才逐渐认识到该文的开创意义。但令人遗憾的是,尽管日后由胡适等人所开创的新红学研究建立在较为科学、规范的基础上,但由于研究者对考证的过分看重和强调,王国维创立的研究范式并未得到很好的继承和

---

① 王国维:《论近年之学术界》,《静安文集》,第 114 页,沈阳:辽宁教育出版社,1997 年。

发扬,其至被有意无意地淡化或忽视了。直到当下,红学研究中仍存在这一问题。经过一个世纪的红学风雨后,再回首反观这段历史,对王国维这位先驱者的开拓精神当会有更深的体会和理解。对《红楼梦》这样一部作者、成书、版本都极其复杂的作品来讲,对有关文献资料的梳理、辨析和考证无疑是十分必要的,这是研究得以深入进行的一个基本前提,但关键的问题是,考证本身并不是研究的最终目的,而只是一种重要的、有效的手段,其目的是为了更好地欣赏、理解作品,注重作品本身的思想文化意蕴和艺术特性才是第一位的。但令人遗憾的是,在具体研究过程中,这种轻重主次关系常常人为地弄颠倒了。

但也不可否认,这篇文章的观点或论述方式还有不少可议之处。其中最大的缺憾在于作者完全以叔本华的哲学理论来套《红楼梦》,显得有些生硬勉强,未能像后出的《人间词话》那样灵活变通。毕竟东西方文学艺术产生的社会文化背景与发展轨迹不同,作品的形态各异,叔本华所谈的痛苦、欲望、解脱、虚无等概念与中国人通常的理解有所不同,曹雪芹的人生观及价值取向与叔本华也有着明显的不同。可以说,叔本华的哲学理论并不完全符合《红楼梦》的创作实际,只能说是部分契合,完全以叔本华的哲学理论来解读《红楼梦》,自然会产生不少抵牾之处。比如以欲望的受阻和自我解脱来解释《红楼梦》主要人物的动机和心态就显得颇为牵强。这种以外国理论来硬套中国小说的做法在当时自有其实验探索的积极意义,但其弊端也很明显,在越来越强调文学研究本土化的今天正受到越来越多的批评。对该文的长处、不足以及形成缘由,叶嘉莹曾有十分精彩详尽的分析和评述①,此不赘述。

---

① 叶嘉莹:《王国维及其文学批评》第2编"王国维的文学批评",石家庄:河北教育出版社,1997年。

王国维的《红楼梦评论》之外，这一时期还有一些颇值得关注的红学文章。比如成之在《小说丛话》一文中，借鉴王国维的悲剧说，对《红楼梦》的主旨作了进一步的发挥，认为："所谓金陵十二钗者，乃作者取以代表世界上十二种人物者也；十二金钗所受之苦痛，则此十二种人物在世界上所受之苦痛也。"①并逐一进行分析。应该说，这一见解尽管缺少充分的立论依据，颇有些牵强处，但它不失为一种别出心裁的切入角度，其对十二金钗独特个性及典型意义的强调，确能给人一些启发。同时，作者还对当时的索隐派提出批评："必欲考《红楼梦》所隐者为何事，其书中之人物为何人，宁非笨伯乎，岂惟《红楼梦》，一切小说皆如此矣。"可见作者对小说的艺术特性有着比较清醒、正确的认识，这在当时是难能可贵的。

季新(汪精卫)的《红楼梦新评》一文也是一篇颇有特色的红学论文。该文刊于《小说海》1915年第1卷第1～2期。作者从作品的题材内容着眼，认为《红楼梦》是"中国之家庭小说"，"描绘中国之家庭，穷形尽相，足与二十四史方驾"，显然他是将该书视作一部解剖中国旧家庭的文学样本。目的在"以科学的真理为鹄，将中国家庭种种之症结，一一指出，庶不负曹雪芹作此书之苦心"②。应该说，这种社会文化角度的分析还是很有见地的，具有一定的深度，并带有鲜明的时代色彩。

此外，侠人的《小说丛话》、解弢的《小说话》、张冥飞的《古今小说评林》、海鸣的《古今小说评林》等文章在涉及《红楼梦》时，也不乏精彩之论。这些文章带有化用旧式评点的明显痕迹，还不能算是严格意义上的学术论文，但相比先前以评点为代表的

① 成之:《小说丛话》，上海:《中华小说界》，第1年第3～8期(1914年)。

② 季新:《红楼梦新评》，上海:《小说海》，第1卷第1号(1915年)。

小说批评,已有许多新的变化。这种变化不仅表现在思想观念,还表现在思维方式、切入角度及研究方向上,代表着中国小说研究的新变。

索隐派的盛行

正如上文所言,红学索隐派的形成代表着这一时期红学研究的另一条发展道路,它是中国古代小说批评在新的时代文化语境中所结出的一枚畸形果实。在这一时期,索隐式研究已经由原先只言片语式的简单猜谜发展成较为系统完整的论述,篇幅动辄上万字,甚至达十数万字,形成了一套独特而稳定的索隐式红学研究理论和方法。较之王国维等人的红学研究,索隐派的观点在社会上有着更为广泛的影响,这种状况直到今天仍是如此。这无疑是 20 世纪红学史上一个十分值得关注的现象。

在这一时期的索隐式红学研究中,比较有代表性、影响最大的论著是蔡元培的《石头记索隐》。长期以来,人们一直将蔡元培的红学研究作为靶子进行批评,以彰显胡适等人新红学的正确性。这种观点固然有其合理性,但失之简单化,不利于对中国近现代学术文化思潮的深入理解。蔡元培并非顽固不化的保守者,而是开风气之先的时代领军人物,他何以走上索隐之路,而有着类似文化背景的胡适何以能成为新红学的开创者,这无疑是一个值得深思的问题。其中既有时代文化影响的因素,也是个人学术个性的显露。蔡元培是中国近现代文化学术史上一位具有代表性的重要人物,他曾是前清进士、翰林院编修,后来成为开一代新风的现代教育家、政治家、学者。他顺应历史潮流,从一个典型的传统文人转变为一位新型知识分子。他既保持了传统文人的特色,又具有现代学人的品格,传统与现代,保守与先锋,都在他身上留下了深深的烙印,体现了这一时期过渡转型的特点。就其学术研究而言,也具有这一特点。一方面,他积极汲取西方人文思想,游学德国、法国,主张以美育代宗教,成为中国现代美学的奠基人;一方面,他又沿袭传统的治学模式,以索隐的方式解读《红楼梦》。从蔡元培的身上,可以看出中国近现代学人面对学术转型的选择,可以看出中国近现代学术发展演进的复杂性与艰巨性。

蔡元培研究《红楼梦》当始于光绪二十年(1894年)。这一年他阅读《郎潜纪闻》、《燕下乡脞录》等书,其中谈及《红楼梦》为明珠家世、十二金钗为纳兰上客的部分对他产生启发,激发了其研究《红楼梦》的兴趣,这是他写作《石头记索隐》的最初动因。后人多以为蔡元培是出于民族思想而撰此书,似乎不确,因为从该书最初的动因、后来的写作经过及他本人的陈述来看,更多地是出于个人的兴趣,他曾说自己喜欢索隐。不过,他也可能受了当时民族思潮的一些影响,注意挖掘《红楼梦》这方面的内涵。因为没有确切的资料,只能作这样并不确定的推测。

到光绪二十四年(1898年)的时候,蔡元培已经写出了一部分。"前曾刺康熙朝士轶事,疏证《石头记》,十得四五,近又有所闻,杂志左方,用资印证。"①其后,他时断时续地进行写作,其中有不少为入民国后游学法国时所写。后来在张元济等朋友的催促下,决定公开刊布。先是在《小说月报》1916年第7卷第1~6期连载,次年9月由商务印书馆推出单行本,写作时间前后算起来长达20多年。《石头记索隐》一书出版后,很受欢迎,到1930年,已再版十次,由此可见其在当时社会中所产生的较大影响。需要说明的是,蔡氏的写作态度是比较严肃认真的,他本人也很看重这部书,即使是在与胡适论战失利后也是如此。该书出版后,他还不断寻找文献材料对该书进行修订,用力甚勤。但由于

---

① 《蔡元培全集》卷15,第187页,杭州:浙江教育出版社,1998年。

基本研究方法的偏差,其红学研究与其他索隐派红学家的研究相比并没有太大的差别,未能像王国维的《红楼梦研究》那样带来研究的突破。

《石头记索隐》受《郎潜纪闻》一书的启发,将《红楼梦》视作一部"清康熙朝政治小说",认为:"作者持民族主义甚挚。书中本事,在吊明之亡,揭清之失,而尤于汉族名士仕清者,寓痛惜之意。"由于小说作者"虑触文网,又欲别开生面,特于本事以上加以数层障幕",故需要"阐证本事"。总的来看,蔡氏所阐证的本事并没有多大新意,不过是作品人物某某影射历史人物某某之类,如贾宝玉影射胤礽、林黛玉影射朱竹垞、薛宝钗影射高江村、探春影射徐健庵、王熙凤影射余国柱等。

总观全书,尽管作者写作态度严肃认真,"自以为审慎之至,与随意附会者不同"①,"于所不知则阙之",并总结出一套"三法推求"法,即品行相类法、轶事有征法和姓名相关法,但细究起来,其基本方法无非是比附、谐音或拆字,前两种不过是比附,后一种则为猜谜。比如他认为探春影射徐健庵,其证据是"健庵名乾学,乾卦作☰,故曰三姑娘。健庵以进士第三名及第,通称探花,故名探春。健庵之弟元文入阁,而健庵则否,故谓之庶出"。《红楼梦》第二十七回,探春嘱托贾宝玉买些"朴而不俗、直而不拙的"轻巧玩意儿之事则是影射徐健庵"尝请崇节俭、辨等威,因申衣服之禁,使上下有章"之事。上述引文包含了蔡氏所说的三种方法,读者自不难看出其牵强附会处。

蔡元培的基本前提是错误的,他想把"一切怡红快绿之文,春恨秋悲之迹,皆作二百年前之因话录、旧闻记读",无视作品想象虚构的文学特性,加之方法不当,多为牵强附会,这样得出来的结论也就显得颇为荒唐,是靠不住的。比如,他因小说中多用

---

① 蔡元培:《石头记索隐·第六版自序》,上海:商务印书馆,1922 年。

"红"字，遂认为是在影射"朱"字，"朱者，明也，汉也"。因此，贾宝玉的爱红之癖，蕴涵着"以满人而爱汉族文化"的意思。其牵强附会之迹是十分明显的。1921年，蔡元培受到胡适等人的尖锐批评，蔡、胡之间为此展开了一场论战，结果胡适占了上风。这是红学史上的一个标志性事件。从此胡适等人开创的考证派新红学取代索隐派成为红学研究的主流，索隐派红学此后一直处于边缘状态。

在当时比较有影响的索隐之作，还有王梦阮、沈瓶庵二人合写的《红楼梦索隐》。王氏生平不详，沈氏为中华书局编辑。该书的索隐提要1914年曾在《中华小说界》第1卷第6~7期连载，1916年由中华书局附载作品中一起印行，书前有《序》、《例言》和《提要》，索隐文字则分回分段附在正文之中。该书篇幅较大，有数十万字。作者认为《红楼梦》"大抵为纪事之作，非言情之作，特其事为时忌讳，作者有所不敢言，亦有所不忍言，不得已乃以变例出之"，这是他们立论的基本前提。因此，他们要"苦心穿插，逐卷证明"①，"以注经之法注《红楼》"②，将《红楼梦》变为"有价值之历史专书"。他们所发掘的真事就是传说中顺治、董小宛的爱情故事，"是书全为清世祖与董鄂妃而作"，"诚千古未有之奇事，史不敢书，此《红楼》一书所由作也"。具体说来，贾宝玉影射顺治皇帝，林黛玉影射董小宛。至于该书所采用的索隐式研究法，与蔡元培《石头记索隐》一书大同小异，甚至更为复杂，为自圆其说，更发明化身、分写、合写之说，这一方法为后来的索隐派广泛采用。总的来看，多为捕风捉影之谈，随意捏合之言，少合情合理、自然切实之论，与其他索隐家相比，不过索隐所得的具体结论不同而已。

---

① 王梦阮、沈瓶庵：《红楼梦索隐·提要》，上海：中华书局，1916年。
② 王梦阮、沈瓶庵：《红楼梦索隐·例言》，上海：中华书局，1916年。

不过,《红楼梦索隐》一书在当时很有市场,在很短的时间里就重印了十三次,一时成为畅销书,由此可见其在社会上引起的轰动程度。后来,著名历史学家孟森曾撰《董小宛考》一文,明确指出:"顺治八年辛卯正月二日,小宛死。是年小宛为二十八岁,巢民为四十一岁,而清太祖则犹十四岁之童年。盖小宛之年长以倍,谓有入宫邀宠之理乎?"①该文征引大量文献资料,以无可辩驳的历史事实证明顺治、董小宛之间的所谓浪漫爱情故事纯属虚构,并非信史。此后,顺治、董小宛爱情故事说才渐渐偃旗息鼓。

此外,邓狂言的《红楼梦释真》(上海民权出版社,1919 年)也是当时一部较有影响的索隐派著作。该书篇幅更巨,约 27 万字。在《石头记索隐》、《红楼梦索隐》的基础上继续发挥,认为《红楼梦》是一部写种族斗争的小说,是一部"明清兴亡史"。对作者问题也提出新的看法,认为前八十回的作者为吴梅村,后四十回的作者为朱竹垞。与前面二书相比,涉及范围更广,也更细,其牵强附会处也更明显。

需要说明的是,尽管这些索隐派著作面世后曾引起较大的社会反响,但在当时还是有不少头脑清醒之士著文反对这种以谐音、拆字、猜谜为主要手段的索隐式研究法。比如顾燮光认为《红楼梦索隐》是"附会穿凿",并从顺治与董小宛年龄的差别来指出这种附会之错误。② 张冥飞亦持类似观点,他对《红楼梦索隐》的评价是:"牵强附会,武断舞文,为从来所未有,可笑之至也。"③海鸣更是从整体上对这种索隐式研究法进行批评:"《红

① 孟森:《董小宛考》,载《心史丛刊》三集,第 174 页,沈阳:辽宁教育出版社,1998 年。

② 顾燮光:《崇堪墨话》,见孔另境编《中国小说史料》,第 196～197 页,上海:上海古籍出版社,1982 年。

③ 张冥飞:《古今小说评林》,上海:民权出版部,1919 年。

楼梦》是无上上一部言情小说,硬被一般刁钻先生挥洒其考证家之余毒,谓曰暗合某某事。于是顺治帝也,年大将军也,一切鬼鬼怪怪,均欲为宝玉等天仙化人之化身,必置此书于龌龊之地而后快,此真千古恨事也。"①

　　严谨科学的学术探讨与捕风捉影式的猜谜索隐并行,各门各派的红学观点共存,同样都有着自己固定的读者群和拥护者,呈现出多元化的发展态势,这正是世纪初这一时期所独特的学术文化景观。经过一百多年的酝酿孕育,在众多研究者的参与下,红学逐渐发展成为一门具有现代科学意义的学科。不过,最后的完成还要到五四新文化运动之后。

　　　　　　　　　　　　　　　　（南京大学　　苗怀明）

① 海鸣:《古今小说评林》,上海:民权出版部,1919 年。

"五四"以前文化环境的
近代化对古典文学学科的影响

中国古典文学源远流长,博大精深,围绕着作家、作品进行的研究同样有着悠久的历史和丰厚的积累,这有流传下来的大量诗话、词话、评点等著述为证,不过中国古典文学真正成为一门现代意义上的学科,得到社会各界的承认及学术、教育制度的保证,却是进入 20 世纪之后的事情。一门学科的建立,并非一人一时一地所能成,它有一个逐渐形成、演进的过程,是学术研究内在发展演进与各种社会文化因素共同作用的结果。中国古典文学学科之所以初创于 20 世纪初,有其特殊的时代社会文化语境,它代表着中国学术文化从传统到现代的转型,其间有许多值得关注的学术文化现象,影响深远,对此有必要给予梳理和归纳,由此来把握 20 世纪中国学术的内在脉络和走向。

西学的传入与文学观念的转变

中国古代从很早就建立了较为系统、完备的教育制度,目的在传授文化知识,推行并贯彻主流意识,控制、统一思想,培养官府所需要的各类人才及知识分子,并有私学和官学之分,两者在各个历史时期消长的情况有所不同。隋唐之后,随着科举制度的实施和完善,教育的性质和目的逐渐发生变化。到明清时期,教育已蜕变成为国家培养各类官员的主要手段,具有很强的功利性,至于文化传承、学术研究则是较为次要的事情,更多的属于个人的兴趣和爱好。即使是出于个人兴趣、爱好性质的研究,也多集中在经史方面,虽然也曾有不少人在文学上下功夫,但将其当作一门严肃的学问,还远没有得到社会的广泛认可,更不用说去研究那些被视为淫词邪说的通俗文学了。在西方,文学研究早已和历史、哲学研究一样,成为一门专学,得到社会的认可,同时也得到教育、学术制度的保证。总的来看,中国古代文学学科是在西方学术文化思潮的影响下逐步建立起来的,究其原委,还要从鸦片战争之后,特别是从维新变法时期说起。

鸦片战争之后,中国和异域之间的各种交流明显增加,西方的学术文化也逐渐随着洋枪洋炮传入中国,同时不断有人到国外进行考察,用新奇的目光打量着另外一个世界,将欧美各国社会文化的真实情况介绍给国人。有异域种种良性、合理的思想制度作为参照,中国学术文化中存在的一些弊端就更为清晰地显露出来,一些有志之士开始进行认真地批判和反思,认识到"借西方文明之学术以改良东方之文化,必可使此老大帝国,一变而为少年新中国"①。

不过在维新变法之前,这种批判和反思还只是局限在少数开明知识分子的范围内,影响有限。到了维新变法时期,受中日甲午海战的刺激,知识阶层开始从文化、制度层面进行反思,变法图存成为人们的共识。这一时期,西方的学术文化思想随着大批译著的出版传入中国,产生了较为广泛的影响。也正是到了这一时期,人们的文学观念才真正产生变化,文学格局发生变革,中国文学由此开始了其现代化进程,中国学术进入一个从传

---

① 容闳:《予之教育计划》,《西学东渐记》,第68页,长沙:湖南人民出版社,1981年。

统到现代的重要转型期,表现为新旧的交替杂糅,旧的学科经历着脱胎换骨,新的学科不断孕育成熟。中国古代文学学科就是在这一特殊的社会文化语境中逐步建立起来的。

受西方学术文化思潮的影响,经一些先驱者的提倡和推动,人们的文学观念开始发生变化,不仅诗文的创作需要革新,就连向来被视为小道的小说、戏曲也受到空前的重视,被当作改造国民、振兴国家的利器,由此进入文学家族的核心,传统的文学格局随之产生巨变,新的文学版图逐渐形成,这种格局和版图一直深深影响着 20 世纪中国文学的发展。中国古代文学研究正是在这一语境中逐步萌芽、形成的。

以下以最能体现中国古代文学研究新变的小说、戏曲为例,探讨这一时期文学观念转变与中国学术转型之间的内在关系。

从小说界革命到"五四"新文化运动,这是中国古代小说研究成为一门专学的重要形成期。其间几道、别士(即严复、夏曾佑)的《本馆附印说部缘起》发表、北京大学中国小说课程的开设都是具有划时代意义的标志性事件。

此前人们对小说的评点与解说虽然也不乏精彩之论,但只能说是个别现象,出自少数人的兴趣和爱好,且大多是浅尝辄止,以残章短制出之,既没有人愿意将其当作一种学术事业来看待,同时这种研究也没有得到社会的广泛认同以及学术制度的保证。真正将古代小说纳入研究视野,作为严肃的学术对象,则是始于 19 世纪末 20 世纪初。只有到了这一时期,随着社会文化的深层变迁,人们的文学观念发生了极大的转变,古代小说才正式进入研究者的视野,成为与经史同等重要的研究对象。此前在国外,已有不少汉学家比如日本学者盐谷温、笹川种郎等将中国小说纳入研究范围,相比之下,中国本土进行的研究在时间上要晚了一些。

到了维新变法时期,中国学术文化在西方文化思想的冲击下，开始出现新的变化，在此背景下，人们的文学观念产生新的变化，梁启超等人小说界革命口号的提出，就是这种变革的发端。小说界革命的口号提出后，产生了很大的社会反响，许多政治家、学者的积极提倡使小说的社会文化地位得以大大地提升，从文学的边缘逐渐向核心移动，小说由此获得了为学界所认可的研究价值，为古代小说进入学术殿堂做了十分必要的舆论准备，这是小说研究成为一门学科的必要前提。当时新兴的各类报刊特别是小说类期刊为研究者提供了发表交流的空间，这种新闻性的发表方式与过去通常的刊刻形式不同，方便交流，也容易造成声势。正是在这种有利的条件下，古代小说的研究开始起步。

这一时期的古代小说研究与明清时期相比，有很多新的变化，这主要表现在如下两个方面：一是视野开阔。以前的研究主要关注小说的具体艺术技巧、考察小说的本事，对其他方面则很少关注。此一时期则不然，人们谈论小说时，有两个思想资源，一是传统的文以载道思想，一是外国文学理论与创作实践。这一时期的小说评述大多以外国小说做参照，利用异质文化作参考，中国小说的特点与优劣可以显露得更为清晰。二是表述较为系统完整，呈现出现代学术研究的一些特点。这一时期出现了一些较有分量的学术论文，如梁启超的《论小说与群治之关系》、王无生的《中国历代小说史论》、刘师培的《论说部与文学之关系》等。王国维的《红楼梦评论》是一篇具有现代学术精神和合乎现代学术规范的古代小说研究论文，借鉴叔本华的理论阐释《红楼梦》。提出《红楼梦》写悲剧的观念，不仅新人耳目，而且为后来的研究提供了范例，开创了中国古代小说研究的新声。

这一时期的小说研究具有新旧更替的时代特点，思维和表述方式也呈现出新旧并存、杂糅的特点。很多人只是偶一为之，并没有进行专门的研究，而且有不少文章是属于印象式的，信口开河,不够严谨,缺乏学理性的严肃探讨。对中国古代小说系统深入地研究要到"五四"新文化运动后才真正实现。

再说戏曲研究。戏曲观念的转变虽然是维新变法前后特殊政治、文化语境下的产物,带有明显的时代色彩,政治形势的迫切需要和西方文化观念的冲击使知识阶层对仅供娱乐之需的戏曲进行了新的解读,使其承担更多的社会文化功能,尽管这种解读在很大程度上是一种误读,比如对戏剧在西方国家重要性的强调,但也正是这种解读,导致了人们戏曲观念的变化。

梁启超等人所倡导的小说界革命、戏曲改良对人们戏曲观念的转变起到了很大的推动作用,尽管他们的着眼点在政治宣传而并非戏曲自身的发展。梁启超等人的提倡得到了知识界的响应,不管是主张维新的改良派还是主张武力的革命党人,他们都赞成利用这种民间通俗的文艺形式进行政治宣传。随后便出现了戏曲改良运动,这场运动一直持续了整个 20 世纪,直到今天仍在进行。

提倡、推动的结果是出现了一批内容较新、宣传新思想的剧目。但由于作者对戏曲本身的隔膜,着眼于内容的革命性,而忽视戏曲本身的曲律、排场等要素。不少剧作相当粗糙,艺术性不高。真正的改良还是戏曲界内部人士进行的,如欧阳予倩、汪笑侬等人的改良。其间,还出现了一批谈论戏曲问题的文章,这些文章的着眼点在提高戏曲的社会文化地位,很看重戏曲的通俗教化功能,将其作为教育民众的工具,对戏曲的作用大加强调。这种方式实际上同古代文以载道的思想是一脉相承的,只不过是将道由三纲五常变为救国救民而已,但客观上这种宣传有助于提高戏曲的文学和社会地位。这是戏曲进入学术研究领域的一个必要的前提,因为它解决了戏曲研究的价值问题。

当时真正从学术层面研究戏曲的当数王国维。王国维的戏曲研究并非空穴来风,他的研究也只有在这种社会文化语境下才能做出正确的解释，其价值和意义也由此可以得到说明，这正如著名学者陈寅恪所说的："取外来之观念与固有之材料互相参证，凡属于文艺批评及小说戏曲之学，如《红楼梦评论》及《宋元戏曲考》等是也。"①据王国维自己所述，他当初涉足戏曲的动机是："吾中国文学之最不振者，莫戏曲若。元之杂剧、明之传奇，存于今日者，尚以百数。其中之文字虽有佳者，然其理想及结构，虽欲不谓至幼稚、至拙劣，不可得也。国朝之作者虽略有进步，然比诸西洋之名剧，相去尚不能以道里计。此余所以自忘其不敏而独有志乎是也。"②这里且不说王国维起初的戏曲创作设想后来转变为对戏曲史的探讨③，从这段话里可以明显看出其涉足戏曲时所受当时戏曲改良风气的影响。王国维对古代戏曲的评价及其所持的参照标准与当时讨论戏曲改良的文章大体相同，他的戏曲史研究可以看做是对当时戏曲讨论的一个正面回应。

戏曲观念的改变包含着一个从提高戏曲的文学地位和社会地位到进入学术研究领域的渐进过程，两者虽有前后因果关系，但不是同一件事。近代戏曲观念的转变实际上经过了两个阶段：一个是维新变法前后，一个是"五四"新文化运动前后。两个阶段虽然存在着明显的承袭关系，比如人们对戏曲在文学中地位的认同，对中国传统旧剧的批评等，但差异还是比较明显的。这种不同表现在如下三个方面：一是社会文化语境不同。前一个阶段人们出于救亡图存、发动群众的政治需要，将对戏曲的认识提升到国家兴亡的政治高度；后一个阶段人们则更进一步，进行文化观念的变革。二是提倡者不同。前一个阶段的主角是维新变法人士或革命党人，如梁启超、柳亚子等，多是政治人物，对戏曲的关注在政治而不在文学；这一个阶段的主角则多是身为大学教授的学者，如胡适、陈独秀、刘半农、钱玄同等，对戏曲的关注从政治转向文化和学术。三是切入点和思想观念不同。前一个阶段人们主要注重戏曲的政治教化功能；后一个阶段人们则从语言入手，进行学术文化的变革。

自然，两个阶段的宣传鼓吹所产生的社会效果也是不同的，前者带来的更多的是观念的改变，后者则将观念落实在制度层面，建立了现代学术机制，戏曲史学也借助这种机制得以正式开展起来，比如政府对白话文的肯定、戏曲小说进入大学课堂、戏曲成为文学史著作的重要内容等。这正如半个世纪前一位研究者所总结的："及至'新文学运动'起来，许多有名的学者提倡白话文学，俗文学的评价因之增高，戏曲、小说渐渐被人重视，同时蒐集近世以来的戏曲、小说，研究戏曲、小说的人也就多起来。到现在一般人对于戏曲小说的观念已经改变，不再认为它们低于诗、文、词、赋了。而且自民国六七年来，大学的文科也特设戏曲学或戏曲史的课程了。"①

可以说仅有前一个阶段还无法使戏曲史学建立，尽管有王国维的研究实绩在，但他的戏曲研究对当时学界的影响并不是很大，倒是对日本学人的影响更为直接。到"五四"新文化运动时期，傅斯年发表《宋元戏曲史》的评论，在新的社会文化语境下对中国戏曲进行了新的解读。正是"五四"时期的新文化运动使戏曲史学得以最后完成，正是这种对戏曲地位的肯定，才使戏曲史进入学术领域成为可能。

通过上述的介绍可以看出，维新变法时期及此后文学观念

---

① 森：《中国戏曲观念之改变与戏曲学之进步》，重庆：《文史杂志》，第4卷第11、12期合刊(1944年)。

的改变是中国古代文学学科形成的一个基本前提，它解决了人们对这一学科的认知问题，而这一切既与西方学术文化思潮的影响有关，又是一些先驱者提倡、推动的结果。正是因为有了这一基础，"五四"新文化运动时期，小说、戏曲才得以进入大学课堂，古代文学学科才得以较为顺利地建立起来。

科举制度的废除与知识阶层的新生

中国古代从很早就建立起比较系统、完整的教育制度，并有官学、私学之分，但到了明清时期，随着科举制度的完善，教育的性质和目的已逐渐发生变化，其目的主要在科举，在选拔政府官员，而不在文化传承及学术研究，具有浓厚的功利色彩。科举制度在建立之初的隋唐时期，尚有其正面的作用，到了明清时期，随着考试内容、形式的僵化及考风的堕落，其弊端越来越多地显示出来。

到了清代中后期，随着社会时代的变化，随着西方学术文化思想的传播，不少有志之士认识到，实行了一千多年的科举制度已经失去了选拔人才的功能，沦落为社会发展的一大障碍，完全无法适应时代变革的新需要。在此背景下，不断有人对其提出批评，要求改革不合理的科举制度。比如冯桂芬就指出："谬种流传，非一朝夕之故，断不可复以之取士。穷变变通，此其时矣。"①汪康年也提出："今日振兴之策，首在育人才，育人才则必能新学术，新学术则必改科举……"②康有为更是于 1898 年向光绪皇帝上《请废八股试贴楷法试士改用策论折》，指出当时科

---

① 冯桂芬：《改科举议》，《校邠庐抗议》下卷，上海：上海书店出版社，2002 年。

② 汪康年：《论中国求富强宜筹易行之法》，上海：《时务报》，第 13 期（1896 年）。

举制度各种弊端对国家发展的危害,"请罢废八股试贴楷法取士,复用策论,冀养人才,以为国用"①。当时有不少人撰文提出自己认为可行的改革方案,如 1903 年张之洞、袁世凯联名上奏,提出"科举之为害,关系尤重,今纵不能骤废,亦当酌量变通,为分科递减之一法"②。

改良之外,有人干脆提出废除科举制度,学习西方的考试制度。如严复就提出:"天下理之最明而势所必至者,如今日中国不变法则必亡而已。然则变将何先? 曰莫亟于废八股。夫八股非自能害国也,害在使天下无人才。""痛除八股而大讲西学,则庶乎其有瘳耳。"③经过一些先驱者的提倡和宣传,要求废除科举的呼声越来越大,并逐渐成为人们的共识。虽然当时各地已兴办了一些新式学堂,但极具功利色彩的科举制度不废除,新式教育就无法吸引优秀的年轻人,无法真正发展起来。

1905 年 9 月,袁世凯、赵尔巽、张之洞等大臣联名上奏,提出:"欲补救时艰,必自推广学校始。而欲推广学校,必自先停科举始。拟请宸衷独断,雷厉风行,立沛纶音,停罢科举。"④在此情况下,清政府终于下定决心,废除科举制度。1905 年 9 月 2日,清政府发布上谕:"著即自丙午科为始,所有乡会试一律停止,各省岁科考试亦即停止。"⑤至此,实行了一千多年的科举制

①康有为:《请废八股试贴楷法试士改用策论折》,见《戊戌变法》第 2 册,上海:上海人民出版社,1957 年。

②张之洞、袁世凯:《奏请递减科举折》,见朱有瓛编《中国近代学制史料》第 2 辑上册,第 105 页,上海:华东师范大学出版社,1987 年。

③严复:《救亡决论》,见陈学恂主编《中国近代教育文选》,第 188、191页,北京:人民教育出版社,1983 年。

④袁世凯等:《奏请废科举折》,见朱有瓛编《中国近代学制史料》第 2辑上册,第 111 页,上海:华东师范大学出版社,1987 年。

⑤光绪三十一年八月初四日(1905 年 9 月 2 日)《上谕》,见朱有瓛编《中国近代学制史料》第 2 辑上册,第 113 页,上海:华东师范大学出版社,1987 年。

度终于寿终正寝,退出了历史舞台。

自然,要骤然废除这种关涉全体读书人命运前途的科举制度,受到的阻力之大也是可以想见的。科举制度废除后,不断有大臣上奏要求恢复,由此产生学校与科举之争。

总的来看,科举制度的废除,对20世纪中国的历史文化进程具有特别重要的意义,影响深远,涉及社会文化生活的各个方面,结合古代文学学科的建立而论,其中有两点是需要加以强调的。

一是科举制度的废除彻底改变了知识分子的生活道路和人生理想,使学而优则仕的单调人生变得多元而丰富。此前,对广大知识阶层来说,通过科举进入上层社会,成为官府一员,这是最为理想的人生;金榜题名、光宗耀祖,这是人生的最好出路。只有在科举无望,实在没有办法的时候,才去从事其他行业,比如做师爷、设帐授徒、外出经商等。对不少人来说,学术研究更多的是公务之余的消遣,是不能利用它来谋生的。即使是那些在学术研究上投入时间、精力较多者,也无法将其作为一种职业。

科举制度的废除促使知识阶层走向职业化之路,他们的人生从此也有了更多、更好的选择,除了做官从政之外,还可以办报刊,可以做大学教授,也可以当作家、当律师,等等。在大学教书并从事学术研究,既有较高的社会地位,也有不菲的收入,不失为一个很好的职业选择。这样,一部分知识分子可以专心进行学术研究,将此作为终生从事的事业。就古代文学学科的建立而言,科举制度的废除使广大知识阶层转变就业观念,彻底从学而优则仕的束缚中解脱出来,得以全身心投入到学术研究中,这就从根本上解决了学术研究的队伍和延续问题。

在近现代的众多学人中有不少曾参加过科举考试,比如戏曲研究的两位开创者王国维和吴梅,他们年轻时皆曾参加过科举考试,但都没有成功。可以想象,如果他们当时得中,由此走上仕途的话,中国不过多了两名下层官僚而已,却缺少了两位开时代学术风气之先的大师级人物。

二是科举制度的废除改变了中国教育的发展方向。从培养官员到培养各类真正的人才，从科举的附庸到独立的教育机构，中国教育的性质和目的也由此发生了根本的转变。科举制度废除后，各类新式学校才真正发展起来，成为培养各种人才的摇篮。对高等学校来说，它不仅是学术研究的重镇，同时还承担着传承学术文化薪火，培养新一代学人的重任。在新式教育制度下，年轻学子受到正规、系统的学术训练，不少人以学术研究为个人目标，这在科举制度废除之前，是很难想象的。

更为重要的是，科举制度的废除及其一系列社会文化制度的变革逐渐改变了人们对学术研究的态度，人们不再将其视为茶余饭后的谈资，而是将其看做一项严肃、崇高的事业。一些学人愿意将其作为一种终生从事的职业，借此可以谋生，可以寄托人生的抱负。这是现代学术得以成立的一个基本前提，它解决了人才和观念等诸多重要问题。

总的来说，科举制度的废除为古代文学学科在内的中国现代学术的建立扫除了障碍，具有十分重要的意义和深远的影响。

近代大学的设立与现代学术制度的形成

伴随着时代文化的变革及科举制度的废除，各种新式学校相继创办。这些新式学校与过去的官学、书院在创办目的、管理方式等方面有着诸多不同。比如 1912 年民国政府教育部公布的大学令第一条就规定："大学以教授高深学术、养成硕学闳材、应国家需要为宗旨。"其第六条也规定："大学为研究学术之蕴奥。"①

---

① 《1912 年 10 月 24 日教育部公布大学令》，见朱有瓛编《中国近代学制史料》第 3 辑下册，第 1 页，上海：华东师范大学出版社，1992 年。

学校性质、培养目标的改变必然会带来专业设置、课程体系的变化，其中有一个较为明显的改变，那就是文学专业的设置和文学课程的开设，文学得以进入大学课堂，这就从制度层面为古代文学学科的形成提供了保障。这正如一位研究者所言："在20世纪中国学界，'文学史'作为一种'想象'，其确立以及变形，始终与大学教育（包括50年代以前的中学教育）密不可分。不只将其作为文学观念和知识体系来描述，更作为一种教育体制来把握，方能理解这100年中国人的'文学史'建设。"①这段话道出了古代文学研究与高等教育之间的良性互动关系。

文学课程的开设也是有一个过程的，这个过程其实也是一个思想认识观念转变的过程。早期开办的新式学堂大多为洋务运动的产物，偏重语言和技术，并不重视人文学科，比如同文馆所开课程有语言、数学、化学、天文等，却没有文学。② 其他如福建船政学堂、江南水师学堂等学堂的课程设置也是如此。维新变法之后，随着人们思想观念的改变，对文学逐渐重视起来，这种重视可以从学校的教学中反映出来。

1902年，清政府颁布《钦定京师大学堂章程》。按照这一章程，文学属于单独的一科，下设诸子学、掌故学、词章学等目。次年颁布的《奏定大学堂章程》对此有所调整，其中文学科下设中国文学门，所开课程有文学研究法、历代文章流别、古人论文要言、周秦至今文章名家、四库集部提要等。③ 1904年，张百熙、

---

① 陈平原：《"文学史"作为一门学科的建立》，《文学史的形成与建构》，第4页，南宁：广西教育出版社，1999年。

②《光绪二年（1876）公布的八年课程表》，见朱有瓛编《中国近代学制史料》第1辑上册，第71～73页，上海：华东师范大学出版社，1983年。

③ 参见《钦定京师大学堂章程》《奏定大学堂章程》，见朱有瓛编《中国近代学制史料》第2辑上册，第753～823页，上海：华东师范大学出版社，1987年。

荣庆、张之洞发布《学务纲要》，提出"学堂不得废弃中国文辞，以便读古来经籍"，因为"中国各种文体，历代相承，实为五大洲文化之精华"，"各省学堂均不得抛荒此事"。① 1907 年，张之洞上呈《创立存古学堂折》，要求在湖北省创立存古学堂。在他提出的方案中，有开办词章一门，并提出："无论认习何门，皆须兼习词章一门。而词章之中，但专习一种，即为合格，或散文，或骈文，或古诗古赋皆可。"②这些设想后来基本上都得到落实，具体做法是：前三年，"先纵览历朝总集之详博而大雅者，使知历代文章之流别，点阅古人有名总集"，后三年，"讲读研究词章诸名家专集或散体古文或骈体文或古诗古赋"，第七年则"专考古今词章之有益世用"。③ 其后各地相继创办的存古学堂对词章门的课程安排也大体如此。尽管存古学堂的创立被不少人视为落后、保守之举，而且存在的时间也并不长，但其对词章的重视在客观上还是促进了古代文学的研究，对此必须有客观、公正的评价。同样，尽管以小说、戏曲为代表的通俗文学还没有被接纳进来，但文学由此作为一门学科正式进入大学课程，其影响还是十分深远的。

进入民国后，按照民国政府教育部所制订的大学规程，文学和哲学、历史、地理学等学科一样，自成一门，属于文科。在文学门之下，又分八类，其中中国文学类开设课程有文学研究法、词章学、中国文学史等。除言语学类之外，其他各类均开设中国文

① 张百熙、荣庆、张之洞：《学务纲要》，见朱有瓛编《中国近代学制史料》第 2 辑上册，第 84 页，上海：华东师范大学出版社，1987 年。

② 张之洞：《创立存古学堂折》，见陈恂主编《中国近代教育文选》，第 259 页，北京：人民教育出版社，1983 年。

③《湖北存古学堂各学科分年教法》，见朱有瓛编《中国近代学制史料》第 2 辑下册，第 509～510 页，上海：华东师范大学出版社，1989 年。

学史课程。① 其后，一些大学改门为系，设立中国文学系。古代文学学科就是在这一背景下进入大学课程的，现代高等教育制度为其生存、发展提供了有力的保障。

以当时在社会上影响最大的北京大学为例，介绍一下古代文学课程的开设情况。总的来看，北京大学文学门课程的设置基本上是根据当时政府颁布的课程规程而来的，但又有所调整。仅就与古代文学相关者而言，1917 年的中国文学门课程除了中国文学史外，还开设有中国文学。② 到 1918 年又有所调整，文学门通科有文学概论（略如文心雕龙、文史通义等类）、中国文学史，特别讲演则可以一时期、派别、一人之著作、一书为范围探讨中国古代文学。③

这一时期在北京大学担任文学课程的教授主要有如下诸位。文：黄季刚、刘师培；诗词：伦明、刘农伯；曲：吴梅；小说：周作人、胡适、刘半农；文学史：朱希祖、刘师培、吴梅、刘叔雅。

诗文进入大学课堂，相对来说，阻力要小一些，而将向来被视为小道、壮夫不为的小说和戏曲搬上大学课堂，这确实是需要勇气的，更能体现中国现代学术的新变，这也是古代文学学科得以成立的关键所在。

首先介绍一下小说的进入大学课堂。

自然，小说进入北京大学课堂也不是一帆风顺的。尽管从

---

① 参见《1913 年 1 月 12 日教育部公布大学规程》，见朱有瓛编《中国近代学制史料》第 3 辑下册，第 1～5 页，上海：华东师范大学出版社，1992年。

②《1917 年文、理、法（商）科课程》，见朱有瓛编《中国近代学制史料》第 3 辑下册，第 99 页，上海：华东师范大学出版社，1992 年。

③ 参见《1918 年北京大学文理法科改定课程一览》，见朱有瓛编《中国近代学制史料》第 3 辑下册，第 114～115 页，上海：华东师范大学出版社，1992 年。

维新变法时期起,经过不少先驱者的提倡,小说的社会文化地位大大提高,但这种转变还未得到政府教育部门的认可。在当时政府颁布的学校管理制度中有着明确的规定:禁止学生购阅小说。比如《奏定各学堂管理通则》中明文规定:"各学堂学生,不准私自购阅稗官小说、谬报逆书。凡非学科内应有之参考书,均不准携带入堂。"①这个禁令还真得到过执行。1904 年,京师大学堂的学生班长瞿士勋因"携《野叟曝言》一书,于自习室谈笑纵览",结果被监学查出,按规定本"应照章斥退",后来被宽大处理:"姑念初次犯规,从宽记大过一次,并将班长撤去。"②在这种情况下,小说自然是难以进入大学课堂。这一年京师大学堂教习林传甲编著的《中国文学史》将小说、戏曲排除在外,由此也就不难理解。

进入民国特别是蔡元培执掌北京大学之后,事情发生了转机。1917 年夏,刘半农受北京大学新任校长蔡元培之邀,出任北京大学预科国文教员,担任预科一年级(丙班)国文,兼理预科一年级(丁班)国文和三年级(乙班)小说课程。其后,周作人、胡适等人也相继参加进来。根据 1917—1918 年北京大学"各研究所研究科目及担任教员",当时小说科的教员共有三人:周启明、胡适之、刘半农。③ 他们采取的是专题讲座与个人自学相结合的形式进行授课。按规定,每月上课两次,于第二、四周的星期五举行会议,每次须有一人讲演。该研究会从 1917 年 12 月 14 日开始,又于 12 月 28 日,1918 年 1 月 18 日、2 月 1 日、3 月 29 日、4 月 19 日进行了多次。周作人的《日本近三十年小说之发

① 璩鑫圭、唐良炎:《中国近代教育史资料选编》,上海:上海教育出版社,1991 年。
②《大学堂总监督为学生瞿士勋购阅稗官小说记大过示惩事告示》,见《京师大学堂档案选编》,第 252 页,北京:北京大学出版社,2001 年。
③ 参见《国立北京大学廿周年纪念册》,北京大学,1918 年。

达》、刘半农的《中国之下等小说》（第五次，刊载于 1918 年 5 月至 6 月《北京大学日刊》）、《通俗小说之积极教训与消极教训》（第三次，该文发表于 1918 年 7 月 15 日《太平洋》第 1 卷第 1 期）等都是根据此时的讲演稿而成的。从 1918 年 4 月 19 日至 5 月 3 日，刘半农、周作人、胡适一起在北京大学国文研究所教授小说。北京大学国文门研究所小说科研究会成员为胡适、周作人和刘半农，研究人员只有中文系二年级学生崔文龙和英文系三年级学生袁振英二人，后来又增加了傅斯年、俞平伯等人。

从上述情况来看，北京大学尽管将小说纳入课程，但还处于起步阶段，没有教材，也缺少系统、正规的讲授。直到 1920 年 8 月，鲁迅在北京大学讲授中国小说史，这一情况才发生改变。除北京大学外，鲁迅还在北京的其他高校讲授小说史课程，《中国小说史略》就是他使用的讲义。这是中国人独立撰写的第一部中国小说史著作，态度严谨，质量精良，在中国小说史上有着重要的地位和影响。

北京大学开设小说课程是 20 世纪中国小说研究史上的一个重大事件，它标志着这一研究得到了社会的承认，获得了正当的学术地位，并得到现代学术制度的保证。这一举措使小说研究进入自觉状态，培养了后备人才，保证了学术研究的可持续性，对后来的小说研究有着十分深远的影响。从此，开始有学者将古代小说研究在内的通俗文学研究作为终身从事的职业。小说研究成为中国各个大学中文系的主要课程之一，并一直延续至今，高等学府成为古代小说研究的重要阵地。

再介绍一下戏曲的进入大学课堂。

戏曲与小说一样，之所以能走进大学课堂，这是中国近现代教育观念和体制转变的结果。虽然早就有人提议让戏曲进入课堂，但其本意不在学术探讨本身，而是看重戏曲的教化功能，而且也仅仅建议而已。戏曲真正作为一门学问进入大学课堂，有着一个曲折渐进的过程。

晚清时期在政府所制订、颁布的大学课程体系中,虽然已经有中国文学,但并不包括戏曲、小说,而且还明令禁止学生阅读小说,戏曲自然也在禁止之列。事情发生转机是在进入民国之后。下面一件事很能说明问题。1915 年教育部成立通俗研究会,下设戏曲股,其所掌事项如下:(一)关于新旧戏曲之调查及排演之改良事项,(二)关于市售词曲唱本之调查及搜集事项,(三)关于戏曲及评书等之审核事项,(四)关于研究戏曲书籍之撰译事项,(五)关于活动影片、幻灯影片、留声机之调查事项。[①] 这一研究会具有半官方性质,它体现了政府部门对戏曲这一文学样式的重视。此前的明清时期,朝廷虽然也设置有升平署等戏曲管理机构,但主要是为皇帝享受服务的。通俗研究会的性质则明显不同,它是人们戏曲观念转变的结果。只有在这种情况下,戏曲进入大学课程才成为可能。

"五四"新文化运动的蓬勃展开和北京大学课程制度的改革是戏曲正式进入大学课堂的良好契机。1918 年,北京大学文理法科调整课程设置,其中文学门的特别讲演规定:"以一时期为范围者,如先秦文学、两汉文学、魏晋六朝文学、唐诗、宋词、元曲、宋以后小说、意大利文艺复古时代文学、法国 18 世纪文学、德国风潮时期文学等是。"[②]"元曲"成为讲演的重要内容。

这种转变与当时任北京大学校长的蔡元培和文科教务长的陈独秀等人的积极推动有关,他们掌管着课程设置和选聘教师的权力。需要指出的是,两人在当时都很重视和关注戏曲的发展。早在 1905 年,陈独秀就以"三爱"的名字发表《论戏曲》一

---

① 教育部:《通俗研究会章程》(1915 年 7 月),见朱有瓛编《中国近代学制史料》第 3 辑下册,第 697 页,上海:华东师范大学出版社,1992 年。

② 参见《国立北京大学廿周年纪念册》,北京大学,1918 年。

文,提出要提高戏曲及演员的地位,并提出戏曲改良的具体意见。蔡元培则对西方美学作过专门的研究,一直将戏曲作为美育的一部分。1916 年 5 月,他在法国华工学校师资班上课时,就将戏剧作为专节,认为戏剧"集各种美术之长,使观者心领神会,油然与之同化"①。1919 年 6 月,他在为北京大学乐理研究会所拟的章程中,也将戏曲作为该会研究的重要内容。②

　　1917 年秋,著名曲家吴梅应蔡元培之聘,到北京大学教授词曲。据 1917—1918 年各研究所科目及担任教员表,曲一科由吴瞿安担任。③ 当时的情景据一位听过此课的学生描述:"其时白话之风潮未起,吾辈学生所欣赏者无非九经三史也,忽闻讲堂之上,公然唱曲,则相视而笑尔……初不料数年之后,《水浒》、《红楼》、《儒林外史》,且俱作国文课本,而当时懒听词曲之为不识时务者也。"④但此事引起了上海一家报纸的批评,认为元曲系亡国之音,不宜在大学讲授。为此陈独秀反驳道:"不知欧美日本各大学,莫不有戏曲科目。若谓元曲为亡国之音,则周秦诸子、汉唐诗文,无一有研究价值矣。"⑤蔡元培也作了辩解:"吾国承数千年学术专职之积习,常好以见闻所及,持一孔之论。闻吾校有近世文学一科,兼制宋、元以后之小说曲本,则以为排斥旧文学,而不知周、秦、两汉文学、唐宋文学,其讲座固在也。"⑥由

----

　　① 蔡元培:《华工学校讲义》,《蔡元培美学文选》,第 55 页,北京:北京大学出版社,1983 年。

　　② 蔡元培:《为北大乐理研究会所拟章程》,《蔡元培美学文选》,第 78 页,北京:北京大学出版社,1983 年。

　　③ 参见《国立北京大学廿周年纪念册》,北京大学,1918 年。

　　④ 孙世阳:《霜厓词录附跋》,上海:《制言》,第 48 期(1939 年)。

　　⑤ 陈独秀:《随感录》,北京:《新青年》,第 4 卷第 4 号(1918 年 4 月 15 日)。

　　⑥ 1918 年 11 月 10 日《北京大学月刊发刊词》,《北京大学月刊》,第 1 卷第 1 号(1919 年 1 月)。

此可见，当时将小说、戏曲引进大学课堂是需要学术勇气的，会招致非议。这也说明了蔡元培等人思想观念的开明和宽容，他们将小说、戏曲作为中国文学的重要组成部分，而不是偏废一方。

进入北京大学讲授戏曲，对吴梅本人来说，也是一种转机，他由此完成了从传统文人到现代学者的身份转变。在现代教育制度的影响下，他的治学方式也发生了一些较为明显的改变。在此之前，他主要以作曲、度曲、唱曲为主，其论曲也基本上与古人相同，多是赏析文字。后来为了教学，他相继撰写了《元杂剧ABC》、《中国戏曲概论》等论著。以往论者多注意其旧的一面，而忽视其新的一面。其实这种情况不光是吴梅一人，当时有不少大学教授也在进行着这种转变。

其后，吴梅相继在南京东南大学、广州中山大学、上海光华大学、南京中央大学、金陵大学等高等学府讲授戏曲课程 20 多年，培养了一批有志于研究戏曲的年轻才俊，这些人如任半塘、钱南扬、卢前、王季思等，日后成为戏曲研究的中坚力量，他们继续在各大学任教，培养了更多的戏曲研究人才，其中不少弟子成为今日戏曲研究队伍的主力。正如郑振铎所讲的："他教了二十五年的书，把一生的精力全都用在教书上面。他所教的东西乃是前人所不曾注意到的。他专心一致地教词、教曲，而于曲尤为前无古人后鲜来者。他的门生弟子满天下。现在在各大学教词曲的人，有许多都是受过他的熏陶的。"①

受北京大学的影响，戏曲研究作为一种常设科目进入大学课堂，不断积累而形成学术传统，并培养专门的戏曲研究人才，这是戏曲研究得以延续和发展的重要学术机制。可以说，如果

---

① 郑振铎：《记吴瞿安先生》，《郑振铎文集》第 3 卷，第 144 页，北京：人民文学出版社，1983 年。

没有大学学术机制的保障，戏曲研究就不会发展到今天这样兴盛的局面。

"大学者，研究高深学问者也。"①这是1917年蔡元培就任北京大学校长的演说中对北京大学性质和宗旨的确认。经过他的锐意改革，苦心经营，北京大学成为国内学术研究的重镇，对其他学校形成示范效应。其后，不仅是大学，不少中学也开设了文学课程。

文学课程的开设必然会带来教材的编写问题，这一问题一直受到政府、学校及教师等各方面的高度重视。1902年，京师大学堂设立编书处，专门负责各类教材的编写。稍后颁布的《奏定大学堂章程》对教材的编写还做出具体的规定："日本有《中国文学史》，可仿其意自行编纂讲授。"②因此可以说文学课程的开设是文学史编撰的一个起点。显然，这对文学史著作的编纂是一个很大的促进，并逐渐形成了一个学术传统，那就是中国文学史著作的编撰主要是为了满足教学的需要，并随古代文学教学的变革而不断发展。20世纪中国文学史著作编撰的实际情况也证明了这一点，这种状况直到目前仍是如此。

在早期编写的中国文学史教材中，以林传甲和黄人的两部《中国文学史》著作最具代表性。

林传甲的《中国文学史》是其在京师大学堂讲授中国文学课程的讲义，全书分十六篇，基本上按照政府颁布的学堂章程而写，并参考了日本的中国文学史著作，内容包括文字、音韵、训诂、群经、诸子、史传、散文、骈文等。篇幅较小，只有七万多字。

黄人的《中国文学史》是其在东吴大学讲授文学课程的讲

① 蔡元培：《就任北京大学校长之演说》，见高平叔编《蔡元培全集》第3卷，第5页，北京：中华书局，1984年。

②《奏定大学堂章程》，见朱有瓛编《中国近代学制史料》第2辑上册，第787页，上海：华东师范大学出版社，1987年。

义。其篇幅比林传甲的同类著作要大得多，有一百七十多万字，这主要是因为作者在讲义中摘录了大量的作品文字。其内容与林传甲的著作也颇有不同，这主要表现在，该书将小说、戏曲、制艺等都纳入到文学史的叙述中，比林传甲的文学观念显然更为开明、宽容。之所以出现这样的差异，固然与当时的教育制度有关，也与两位作者的人生经历、思想观念不同有关。一些研究者注意到当时教育管理制度对小说的禁止，为林传甲作辩解，却忽视了黄人同样也是大学教习，他并没有遵守这一制度的事实。①

除林传甲、黄人两人的著作外，"五四"新文化运动之前所编撰的文学史著作尚有如下一些：窦警凡的《历朝文学史》（1906年刊行）、王梦曾的《中国文学史》（商务印书馆，1914年版）、张之纯的《中国文学史》（商务印书馆，1915年版）、朱希祖的《中国文学史要略》（北京大学出版部，1916年）、钱基厚的《中国文学史纲》（1917年）。② 这些著作几乎全都是讲义，为中国文学课程的教学需要而撰写的。

"五四"新文化运动之后，具有现代学科性质的古代文学学科正式形成，得到教育及学术制度的保障，得到社会各界的广泛认可，各类文学史著作纷纷出版，数量众多，成为古代文学研究中数量最多的一类书籍。

近代报刊、出版业的发展及其对古代文学研究的积极推动

随着社会时代的发展及西方先进技术的传入，受西方人文思潮的影响，到晚清时期，中国的报刊业逐步发展并繁荣起来，

---

① 参见陈国球：《"错体文学史"——林传甲的"京师大学堂国文讲义"》，《文学史书写形态与文化政治》，北京：北京大学出版社，2004年。

② 陈玉堂：《中国文学史书目提要》，合肥：黄山书社，1986年。

受到社会各界的重视,成为人们社会文化生活中一个不可缺少的重要组成部分。这正如时人所言:"欲博古者莫若读书,欲通今者莫若阅报,二者相须而成,缺一不可。"①这些报刊在维新变法、辛亥革命期间,宣传新知、鼓吹变法、鼓吹革命、启蒙国民,产生了广泛而强烈的社会影响。就中国现代学术的建立而言,它也起到了较为积极的催生作用,为研究者们发表各类学术意见及相互交流提供了新的空间和平台,并改变了学人传统的著述撰写、刊行及传播方式。这一时期有不少重要的古代文学方面的学术著述往往是先发表在一些报刊的副刊和文学杂志上,后来才结集成书的。

相比此前的刊印、发表方式,报纸、杂志具有印量大、成本低、速度快、互动性强、影响面广等传统媒介无法相比的优势,因而受到不少学人的青睐。以王国维为例,其不少重要著述曾在报刊上发表过,如《红楼梦评论》一文发表在1904年的《教育世界》杂志上,其《宋大曲考》、《优语录》、《录曲余谈》、《人间词话》等发表在《国粹学报》杂志上,《古剧脚色考》则被译成日文,发表在日本的《艺文》杂志上。②

以下以戏曲研究为例,从一个侧面介绍近代报刊、出版业对古代文学学科形成的积极推动作用。

从维新变法到辛亥革命时期,中国曾出现了一个办报高潮,各种性质的报刊纷纷创办,呈现出一派繁盛景象。在此背景下,出现了一批以刊载戏曲作品、新闻、评论等为主的专门刊物。1904年,中国第一家有关戏曲的专门刊物《二十世纪大舞台》创刊,尽管它只出版了短短的两期,但所产生的社会影响则是相当

---

① 李瑞棻:《请推广学校折》,见毛佩之纂《变法自强奏议汇编》卷3,上海:上海书局,1901年。

② 袁英光、刘寅生:《王国维年谱长编》,天津:天津人民出版社,1996年。

广泛的,开后来戏曲报刊之先河。随后,《剧报》、《图画剧报》、《歌唱新月》等刊物相继创办,成为当时一个颇为引人注目的文化现象。

1919 年前所创办戏曲报刊基本情况①

刊名	刊期	创办人	创刊时间	地点	主要内容	办刊时间
二十世纪大舞台	半月刊	陈去病	1904 年 9 月	上海	剧评、剧本	共出 2 期
剧报	日报	王汝通、齐宋濂	1910 年 2 月 24 日	上海	剧评、剧本	不详
剧报	日刊	剧报社	1912 年 5 月	上海	剧评、剧本	约出 23 期
图画剧报	日报	郑正秋	1912 年 11 月 9 日	上海	剧评、剧照、剧本	1917 年秋停刊
歌场新月	月刊	王笠民	1913 年 11 月 25 日	上海	剧评、剧本	不详
戏世界	日报	不详	约 1914 年 3 月	上海	剧评、剧本	不详
戏剧新闻	日报	尊匏、警民	1914 年 7 月 29 日	北京	新闻、剧评	不详
繁华杂志	月刊	海上漱石生	1914 年 9 月	上海	剧评、剧本	共出 6 期
俳优杂志	半月刊	冯叔鸾	1914 年 9 月	上海	剧评、剧本	共出 1 期

---

① 此表据《中国大百科全书·戏曲曲艺卷》及《中国近代文学大系·史料索引集》归纳而成。

刊名	刊期	创办人	创刊时间	地点	主要内容	办刊时间
剧场月报	月刊	王笠民	1914 年 11 月	上海	剧评、剧本	共出 3 期
戏剧丛报	月刊	夏秋风	1915 年 3 月	上海	剧评、剧本	不详
新剧杂志	月刊	经营三、杜俊初	1915 年 5 月	上海	剧评、剧照、剧本	共出 2 期
文星杂志	月刊	倪义抱	1915 年 8 月	上海	剧评	共出 9 期
大舞台	日报	刘束轩	1917 年 11 月 15 日	上海	剧评、剧本、剧图	约 1918 年春夏间停刊
新舞台日报	日报	不详	1917 年 12 月 24 日	上海	剧评	1918 年 9 月 9 日停刊
笑舞台报	日报	郑正秋	1918 年 4 月 19 日	上海	新闻、剧评	不详
梨影杂志	月刊	刘大进	1918 年 9 月	香港	剧评、剧本	共出 5 期
春柳	月刊	春柳杂志社	1918 年 12 月 1 日	天津	剧评、剧本	共出 8 期

　　这些戏曲报刊数量多，将近二十家，出版周期短，其中有不少为日报，主要集中在上海、北京等地。这些戏曲刊物不仅发表了许多剧作及相关新闻、图片，同时还刊发了不少剧评及论文，如柳亚子的《磨剑室剧谈》，包笑天的《钏影楼剧话》，季子的《新剧与道德之关系》、《新剧与小说之关系》等，这些剧评和论文不

仅具有现实意义,而且也具有较高的学术价值和史料价值。

专门的戏曲刊物之外,当时不少文艺类杂志,如《新小说》、《新新小说》、《月月小说》、《小说林》、《小说月报》、《小说新报》等小说刊物也开辟有"传奇"、"院本"、"剧本"、"剧评"、"曲话"、"剧话"之类的专栏,刊登各类剧本和剧评。这一方面说明戏曲具有较为深厚的群众基础,同时也可看出社会各界对戏曲问题的重视程度。

尽管有不少报刊以发表捧角文章、花边新闻为主,格调不高,也没有多少学术性,尽管这一时期的戏曲研究还存在着种种不足,但总的来看,这些报刊创办本身就是一个值得关注的文化现象,它们客观上起着提高戏曲社会文化地位,为戏曲研究造势的作用,为戏曲研究成为一门专学奠定了较为广泛的舆论基础。

戏曲之外,小说期刊的出现也是这一时期报刊业发展的一个亮点,以晚清四大小说杂志《新小说》、《绣像小说》、《月月小说》、《小说林》为代表的小说期刊异军突起,产生了很大的社会影响。这些小说期刊不仅刊发了许多优秀的小说作品,如梁启超的《新中国未来记》,李伯元的《文明小史》、《活地狱》,吴趼人的《二十年目睹之怪现状》、《九命奇冤》,刘鹗的《老残游记》等,而且还发表了许多重要的小说论文,如梁启超的《论小说与群治之关系》,别士的《小说原理》,天僇生的《小说与改良社会之关系》、《中国历代小说史论》,黄摩西的《小说林发刊词》等,在社会上产生了较大的影响。特别是那些有关小说评论的文章本身就是这一时期小说研究的成果,不仅提高了小说的社会文化地位,同时也展示了小说研究的实绩。

专门的戏曲、小说刊物,再加上当时的不少白话报刊,其数量和规模是相当可观的,形成了一股不可忽视的舆论力量,既为相关的研究提供发表园地,客观上也提高了小说戏曲的社会文化地位,引起社会各界的关注,为包括古代文学学科在内的中国现代学术的创建起到了积极的推动作用。

尤其需要指出的是,这一时期人们还创办了一批学术性较强的报刊,如《国粹学报》、《中国学报》、《汉风》、《著作林》、《学林》、《文史杂志》、《国学》、《学艺杂志》等。这些刊物主要创办于辛亥革命时期,尽管在政治立场、思想观念取向上偏于保守,但它强调国粹,注重学术性,对现代学术的形成和发展还是有其正面意义的,对此应当有客观、公允的评价。以《国粹学报》为例,这家刊物创办于 1905 年 2 月,为国学保存会的会刊,由黄节任主笔。《国粹学报》以发明国学、保存国粹为宗旨,开设经篇、史篇、子篇、谈丛等栏目,刊发了不少研究国粹的文章。1912 年 6月,改名为《古学汇刊》,成为一家较为纯粹的学术刊物。这些国粹类报刊刊发了不少研究古代文学的重要著述,比如王国维的《人间词话》就刊发在《国粹学报》上。

“五四”新文化运动之后,随着现代学术的建立,一些专业学术刊物如《学衡》、《燕京学报》、《国学论丛》、《文哲月刊》、《辅仁学志》等相继创办,同时还出现了专门的古代文学专业刊物如《文学年报》、《中国文学季刊》等,报刊成为研究者发表学术意见、进行交流的主要园地。这种情况直到今天仍是如此。

再说中国近代的出版业。随着西方石印、铅印等先进印刷技术的引进,中国的出版业与其他文化行业一样,也在发生着深层的变革。这种变革不仅表现在技术层面上,比如印刷速度、效率的提高等,而且更为重要的表现为思想观念的转变。在一些开明人士的主持下,出版业积极配合当时的学术文化转型,服务学术研究,为学术文化新思想的传播和普及做出了重要贡献。

这里以中华书局、商务印书馆这两家出版机构为代表,介绍中国近代出版业这种新的变革。它们与传统的私人书坊不同,是按照现代企业制度,采用新式印刷设备建立起来的新式出版机构,在经营理念、出版品种等方面都有新的变化。它们不仅出版大学教科书、翻印古籍，而且还注重学术书籍的出版，与学术界保持着密切的联系。

这一时期，商务印书馆在张元济的领导下，蒸蒸日上，呈现出新的气象。它积极刊印各类教材，创办《绣像小说》、《小说月报》等文艺期刊，出版《学艺》、《国学丛刊》等学术刊物。特别值得一提的是其对古籍的整理出版。从1919年开始，商务印书馆相继出版《涵芬楼秘笈》、《四部丛刊》、《续古逸丛书》、《道藏》、《汉魏丛书》、《学津讨原》、《百衲本二十四史》等重要书籍，推动了现代学术的发展。此外还出版了一批较为影响的学术著作，如蔡元培的《石头记索隐》等。

中华书局在创办人陆费逵的领导下也有不俗表现。与商务印书馆一样，它也十分重视教材书的出版，同时创办《中华小说界》等文艺刊物，相继编印刊行《清外史丛刊》(1914年)、《古今文综》(1916年)、《五朝文简编》(1918年)、《中国大文学史》(1918年)等学术书籍，其中不少是有关古代文学者。

"五四"新文化运动之后，出版机构与学术研究之间的关系更为密切。比如亚东图书馆与胡适、陈独秀等学者积极合作，先后推出《儒林外史》、《水浒传》、《红楼梦》等系列新式标点本小说，开小说校勘整理之先河，并改变了人们惯常的小说阅读习惯，在社会上引起很大反响，对推动小说研究做出了重要贡献。此前通俗小说主要由私人书坊刊刻，这些书坊受商业利益的驱动，多有偷工减料、随意改动书名、文字、盗版等诸多不规范行为。到了这一时期，这种状况才真正转变，小说的出版带有明确的学术目的，与学术研究保持密切的良性互动关系。

在亚东图书馆的启发、影响下，其他出版机构纷纷效仿，推出各种校勘整理本，使小说读本的质量有了明显的提高。

现代图书馆的建立与古代文学研究文献基础的奠定

随着社会时代的变迁,受西方学术文化思想的影响,中国的藏书业也在经历着从私人藏书楼到现代公共图书馆的深层变迁。

这一时期,西方的图书思想传到中国,开始为国内的知识阶层所接受。同时,一些人通过到国外考察,对国外的图书事业有了十分感性、直观的认识,并向国人进行介绍和宣传。当时欧美各国已建立了较为完备的公共图书馆体系。比如志刚的《初使泰西记》、王韬的《漫游随录》等书对欧美各国的图书馆进行了较为生动、准确的描述。王韬对伦敦博物院是这样描述的:"其前为广堂,排列几椅,可坐数百人。几上笔墨俱备,四面环以铁阑。男女观书者,日有百数十人,晨入暮归,书任检读,惟不令携去。"①

通过横向对比,人们对欧美各国公共图书馆的优点有了清楚的认识,将此作为中国图书事业的发展方向。这种认识也逐渐为官方所接受。比如1910年清政府学部颁布《京师及各省图书馆通行章程》,对图书馆的性质和宗旨作了这样的界定:"保存国粹,造就通才,以备硕学专家研究学艺,学生士人检阅考证之用。以广征博采,供人浏览为宗旨。"②民国初年,政府又颁布《通俗图书馆规程》(1915年10月)、《图书馆规程》(1915年11月)。有政府的支持和推动,中国现代图书事业较为顺利地发展起来。

这一时期,一批按照西方图书学思想创办的各类公共图书

---

① 王韬:《漫游随录·扶桑游记》,第105页,长沙:湖南人民出版社,1982年。

② 《京师及各省图书馆通行章程》,见李希泌、张椒华编《中国古代藏书与近代图书馆史料》(春秋至"五四"前后),第129页,北京:中华书局,1982年。

馆,如古越藏书楼、京师大学堂藏书楼、京师图书馆等陆续建立起来。据统计,1914 年,共有 18 所省级公共图书馆创建。到 1918 年,全国图书馆已有 725 座,于此可见公共图书馆发展之迅速。这些公共图书馆在管理方式上与传统的私人藏书楼不同,它完全向公众开放,为学术研究服务,同时其藏书结构也发生了很大改变,这种改变代表着知识体系认知的内在变迁。

这种变化可以从各类图书馆对通俗文学书籍的购藏看得出来。此前的官方藏书结构及私人藏书楼大多不藏通俗文学作品,尽管少数藏书家出于个人的兴趣收藏一些,但只是个别现象,并非主流。比如清中叶编修的《四库全书》,尽管规模宏大,收罗丰富,但通俗小说、戏曲、说唱等皆被排斥在外,这意味着在当时官方所认可的知识体系中,并没有通俗文学的位置。到了清代中后期,随着人们思想观念的变化,各类藏书机构的藏书结构也在发生着改变。比如 1913 年 10 月在北京成立的京师通俗图书馆,其所藏小说、戏曲图书达到一千多种,超过了当时的京师图书馆。通俗文学书籍的收藏意味着社会开始接纳小说、戏曲,将其作为一种基本的知识纳入当时的知识体系中。

到"五四"时期,以提倡白话为诉求的新文化运动取得胜利,小说、戏曲获得文学正宗的地位,小说、戏曲作为古代文学学科的重要分支,进入大学课堂,得到社会的认可,自然也受到图书馆的重视。如 1920 年制订的《浙江省立公众运动场附设通俗图书馆章程》,其所藏六类藏书中就有小说、戏曲一项。① 在此情况下,各类图书馆中通俗文学书籍的数量有了较大幅度增加。

比较有代表性的当数当时规模最大的北平图书馆,其前身京师图书馆在创办之初,受传统藏书观念的影响,对通俗文艺采

① 《浙江省立公众运动场附设通俗图书馆章程》,见李希泌、张椒华编《中国古代藏书与近代图书馆史料》(春秋至"五四"前后),第 332 页,北京:中华书局,1982 年。

取了摈弃的态度,最初编制的藏书目录中都未收通俗文艺书籍。如1916年夏曾佑等所编的《京师图书馆善本书目》就以《四库全书总目》为准,将通俗小说、戏曲等排除在外。① 后来,随着新文化运动的展开,白话成为官方认可的通用语言,北平图书馆的收藏观念也发生了变化。加上后来实际负责馆务者多是思想比较开明、受过现代教育的知识分子,因此,通俗文艺书籍开始纳入收藏范围并受到重视。当时主持馆务的袁同礼是美国哥伦比亚大学的文学学士、纽约州立图书学校的图书学学士,这样纯粹西方化的教育背景使他对通俗文艺有着正确的认识。当时在北平图书馆"专司征访纂校之职"的赵万里,曾跟随著名学者王国维学习多年,后又投到曲学大师吴梅门下,对通俗文学有十分浓厚的兴趣。"频年奔走,苦索冥搜,南泛苕船,北游厂肆,奋其勇锐,撷取菁英,且能别启恒蹊,自抒独见,于方志禁书词曲三者,搜集尤勤。"②经赵万里之手,许多珍贵的戏曲文献得以收藏。到1933年,据赵万里所编之《国立北平图书馆善本目录》,其集部南北曲类所收曲类书籍已达135种,子部小说类收通俗小说21种。1935年,增收曲类书籍113种③,两年后又增收曲类书籍62种④,到1959年又增收戏曲书籍303种⑤,蔚为大观。这一

---

① 夏曾佑等:《京师图书馆善本目录》,北京:京师图书馆,1916年。

② 傅增湘:《国立北平图书馆善本书目·序》,北京:北平图书馆,1933年。

③ 参见赵孝孟编:《国立北平图书馆善本书目乙编》,北京:北平图书馆,1935年。

④ 参见《国立北平图书馆善本书目乙编续目》,北京:北平图书馆,1937年。

⑤ 参见《北京图书馆善本书目》,北京:中华书局,1959年。据该书编例,其所收"以建国十年来新入藏为主。一九三七年至一九四八年陆续收入之书,亦随同编入"。该馆所藏清升平署剧目,见王芷章所编《北平图书馆藏清升平署曲目》,王芷章《清代伶官传》附录,1936年,中华印书局。另,该馆所收戏曲因历史原因,有一部分藏于台湾中央图书馆。

时期的收藏,奠定了该馆戏曲类书籍的收藏基础。赵万里之外,傅惜华、马廉、孙楷第等戏曲史家也都曾在北平图书馆任过职,他们对该馆通俗文艺文献的收藏起到了促进作用。同时,该馆还与不少私人收藏家保持着良好的关系,如郑振铎曾多次将自己的珍藏转让给该馆,去世后将自己所藏图书全部捐赠给该馆。经多年不懈搜求与积累,该馆成为国内藏曲最富最精的藏书机构。据北京图书馆所编《北京图书馆古籍善本书目》(书目文献出版社,1987 年)一书的统计,截止到 20 世纪 80 年代,该馆所藏善本戏曲书籍就有 700 种左右。

藏书观念的转变需要一个渐进的过程,其间人们的意见和做法并不一致。比如有的藏书机构明言不接纳通俗文学书籍:"本会所购之书分为六门:曰史学、曰掌故学、曰舆地学、曰算学、曰农商学、曰格致学,其余训诂词章概不备。"①"本楼藏书概求实用,除理学为儒学正宗,词章亦文人要技,此项书籍,自应备办外,其余琐碎之考据,猥鄙之词曲,古董之书画,概不厕入。偶有捐赠,亦当璧谢,以昭划一,而免纷歧。"②再比如在近代流传广泛、影响极大的《书目答问》,虽然成书时间在晚清光绪年间,但它仍不收戏曲、通俗小说,将之归为"无用者、空疏者、偏僻者、淆杂者"之列③,并不将戏曲、通俗小说纳入当时的基本知识体系。

西方图书学、目录学的传入,藏书观念的改变,新生学科的建立,等等,这些变革必然使传统的目录学体系发生改变,具有"辨章学术,考镜源流"功能的传统目录学已跟不上现代学术文

---

① 《苏学会简明章程》,天津:《国闻报》,光绪二十四年第 316 号(1898年)。

② 《皖省藏书楼开办大略章程十二条》,上海:《汇报》,光绪二十七年第 276 号(1901 年)。

③ 张之洞:《书目答问略例》,见范希曾编《书目答问补正》,南京:江苏古籍出版社,2000 年。

化的脚步,无法满足现代学术研究的新需要。在此情况下,一些学者开始对目录学进行改进和订补。

梁启超 1896 年编制的《西学书目表》开风气之先。他废弃传统的目录分类法,将当时新译的西学之书分为学、政、教三大类,收录图书 298 种,遗憾的是,他没有设立文学这一项。这是根据当时译书的情况作出的分类,并不说明他歧视文学。尽管这一目录体系有许多不合理之处,却是一种可贵的尝试。随后,建于 1904 年的古越藏书楼将新旧图书放在一起分类,打破了传统的分类体系。1919 年,陈乃乾编制的《南洋中学藏书目》将新旧图书分为 14 类,其中专列词曲小说一类。更多的图书馆目录则是采取折中的办法,一开始是新旧并行,即旧书仍用四部分类法,而新书采用新的分类体系。其间,杜威的十进分类法影响最大,但是他的分类法是根据西方图书的实际编制的,与中国图书的情况并不十分吻合。比如其文学大类下分美国(英语)文学、英语及盎格鲁撒克逊语文学、德语文学、罗马语文学、意大利文学、罗马尼亚文学、西班牙文学和葡萄牙文学、意大利语种文学、拉丁语文学、古希腊语文学、其他各种语言文学,共 9 个子类,中国文学显然在“其他各种语言文学”中,不能直接搬过来用,要根据中国图书的实际情况进行调整和改造。正如著名目录学家姚明达所讲的:“杜威的十进分类法的不能单独在中国图书馆中应用,因为中国大部分的书都非杜氏分类法所能包括。”[1]许多分类法都是在其基础上修订增补的。其后开始进行全新的设计,主要受到杜威十进位法的影响。

戏曲、小说等通俗文学由此进入了新的目录学体系。20 年代及其以后编制的各类目录著作,一般都收录通俗文学作品。如 1922 年发表、1925 年上海图书馆协会印行的杜定友的《世界

---

① 姚明达:《目录学》,第 147 页,上海:商务印书馆,1934 年。

图书分类法》,在文学大类下设戏剧子类。1934年由文华公书林出版的皮品高的《中国十进分类法》,在美术大类下收演剧、戏园子类。

在中国现代学术史上,通俗文学研究由于公共图书馆收藏不够丰富,个人的收藏曾经发挥了很大作用。但这只是暂时的现象,原因很简单,个人的藏书再丰富,但毕竟有限,它无法取代公共图书馆的功能和优势。这正如著名图书馆学家刘国钧所说的:"在今日书籍浩繁之际,从事研究学术者不能悉行置备,则不能不有望于公共机关之代为搜罗一切。"①现代学术研究是依托公共图书馆建立的,现代图书馆的建立为中国古代文学学科的建立提供了文献上的保证。图书馆的收藏量大,保存完整,收藏时间长,使分散各地的资料相对集中,查阅方便,适应现代学术研究的需要,这些都是私家藏书所不具备的优势,而且对外公开性使它成为学术研究的重要文献平台。

以鲁迅当年校录《小说旧闻钞》为例,"时方困瘁,无力买书,则假之中央图书馆、通俗图书馆、教育部图书室等,废寝辍食,锐意穷搜,时或得之"②。如果没有中央图书馆、通俗图书馆这些公共图书馆的话,像《小说旧闻钞》这类需要翻阅大量典籍的著作是无法完成的。

公共图书馆的建立,推动了通俗文学等重要文学典籍的收藏及新的目录学体系的形成,这一切都为古代文学学科的建立奠定了坚实的文献基础。

综上所述,古代文学学科的建立是20世纪初期各种学术文化因素共同推动的结果,具有鲜明的时代特色。无论是文学观

---

① 刘国钧:《近代图书馆之性质及功用》,《刘国钧图书馆学论文选集》,第1页,北京:书目文献出版社,1983年。
② 鲁迅:《小说旧闻钞·再版序言》,济南:齐鲁书社,1997年。

念的转变、科举制度的废除，还是大学教育、学术制度的建立；无论是近代报刊、出版的发展，还是公共图书馆的创建，都从各个方面、以不同的方式对这门学科的建立产生着深远的影响，起到积极的推动作用。因此，在追述 20 世纪古代文学学科的创建历程时，应对这些学术文化要素给予充分的重视和肯定。

（南京大学　苗怀明）

进化论、性心理学等学说的
传入与古典文学学科的发展

20 世纪初，西方的各种思想学说纷纷传入中国，其中，进化论和性心理学等学说在当时产生了较大的影响，也为古典文学研究提供了一种全新的视角。

进化论的传入与文学观念的变革

达尔文的进化论被称为 19 世纪自然科学的三大发现之一。这一理论的核心是自然选择学说，主要是围绕生物如何进化而展开的。物种演化的原因是自然选择的结果，这就是所谓的"优胜劣汰"与"适者生存"。不过，进化论在 19 世纪末传入中国的时候却不是以自然科学的理论形态出现的，而是被国人当做观察和认识社会历史的重要思想武器。

严复是中国近代史上最早翻译和介绍进化论的启蒙思想家，1897 年他在《国闻报》增刊《国闻汇编》上发表了《天演论》，第二年又出版了单行本，以后又不断重印，在中国知识界引起了巨大反响。当时正值甲午战争失败不久，他翻译介绍进化论的目的很明确，那就是以此来唤醒中国人保种自强、救亡图存的意识，使中国走上富强繁荣之路。

自严复翻译《天演论》后，其中所揭示的"物竞天择、适者生存"等观念在中国产生了深远的影响,震撼了国人的心灵,"自严氏书,而物竞天择之理,厘然当于人心,中国民气为之一变"①,进化论思想迅速传播开来。正如胡适后来所说:

> 《天演论》出版之后,不上几年,便风行到全国,竟做了中学生的读物了。读这书的人,很少能了解赫胥黎在科学史和思想史上的贡献。他们能了解的只是那"优胜劣汰"的公式在国际政治上的意义。在中国屡次战败之后,在庚子辛丑大耻辱之后,这个"优胜劣汰,适者生存"的公式确是一种当头棒喝,给了无数人一种绝大的刺激。几年之中,这种思想像野火一样,燃烧着许多少年人的心和血。"天演"、"物竞"、"淘汰"、"天择"等等术语都渐渐成了报纸文章的熟语,渐渐成了一班爱国志士的"口头禅"。②

进化论思想构成了对传统复古观念的强大冲击,从而形成了进化论的文学史观。梁启超在 1902 年所写的《中国专制政治进化史论》一文中指出:"凡天地古今之事物,未有能逃进化之公例者也。"③这其中当然也包括文学在内。1903 年他在《小说丛话》中更是明确指出:"文学之进化有一大关键,即由古语之文学变为俗语之文学是也。各国文学史之开展,靡不循此轨道。"他还批驳了"宋元以降为中国文学退化时代"的流行看法,认为"自宋以后,实为祖国文学之大进化"。与此同时,他与黄遵宪等人大力倡导对传统文体的改造,提出了"诗界革命"、"文界革命"、"小说界革命"的口号,开启了中国近代文学的变革。

---

① 胡汉民:《述侯官严氏最近政见》,东京:《民报》,第 2 号(1905 年 11 月)。

② 胡适:《四十自述》,《胡适全集》第 18 卷,第 58 页,合肥:安徽教育出版社,2003 年。

③ 梁启超:《中国专制政治进化史论》,《饮冰室合集》(文集之九),北京:中华书局,1989 年。

进化论成为"五四"新文化运动前后古典文学研究和中国文学史编纂的基本史学观念。即使像刘师培这样比较传统的学者，也以进化论的观念来解释诗体的演进，他说："诗由四言而有五言，由五言而有七言，由七言而有长短句，皆文字进化之公理也。"①他在1905年所写的《论文杂记》中又说到：

　　英儒斯宾塞耳有言："世界愈进化，则文字愈退化。"夫所谓退化者，乃由文趋质，由深趋浅耳。及观之中国文学，则上古之书，印刷未明，竹帛繁重，故力求简质，崇用文言。降及东周，文字渐繁；至于六朝，文与笔分；宋代以下，文词益浅，而儒家语录以兴；元代以来，复盛兴词曲：此皆语言文字合一之渐也。故小说之体，即由是而兴，而《水浒传》、《三国演义》诸书，已开俗语入文之渐。陋儒不察，以此为文字之日下也。然天演之例，莫不由简趋繁，何独于文学而不然？故世之讨论古今文字者，以为有浅深文质之殊，岂知此正进化之公理哉？故就文字之进化之公理言之，则中国自近代以来，必经俗语入文之一级。②

　　此外，他的《中国中古文学史》叙述汉魏六朝文学的流变，也显示出发展的观念以及重视因果关系的方法。

　　当然，受进化论思想影响最大的还是王国维、胡适、郑振铎等人。王国维在《宋元戏曲史·序》中明确标举进化的文学史观："凡一代有一代之文学，楚之骚，汉之赋，六代之骈语，唐之诗，宋之词，元之曲，皆所谓一代之文学，而后世莫能继焉者也。"他在《人间词话》第五十四则中进一步指出：

　　四言敝而有楚辞，楚辞敝而有五言，五言敝而有七言，

　　① 刘师培：《论白话报与中国前途之关系》，上海：《警钟日报》，1904年4月25日。

　　② 刘师培：《中国中古文学史·论文杂记》，第109页，北京：人民文学出版社，1959年。

古诗敝而有律绝,律绝敝而有词。盖文体通行既久,染指遂多,自成习套,豪杰之士亦难于其中自出新意,故遁而作他体以自解脱。一切文体所以始盛终衰者,皆由于此。故谓文学后不如前,余未敢信。但就一体论,则此说固无以易也。

王国维认为,文学演进的主要原因是任何一种文体在流行既久之后,难免会逐渐趋于定型,成为一种习惯,使后来者无发挥开拓之余地,又有许多既成的习惯摆在眼前,难免养成一种因袭模仿之风,因此而丧失了一切文学作品原来的创造力,所以豪杰之士遂不免遁而作他体。在当时那个尊崇往古、鄙薄新异的传统观念依然强大的时代背景下,王国维提出的这一观点是颇富于革新精神的。不过,王国维并没有像梁启超那样,简单地用进化论的模式来看待中国文学的发展。他一方面肯定了元曲的历史地位,高度评价了《红楼梦》的价值;另一方面,他又认识到天才在文学发展中的独特作用:"天才者,或数十年而一出,或数百年而一出,而又需济之以学问,帅之以德性,始能产真正之大文学。此屈子、渊明、子美、子瞻等所以旷世而不一遇也。"[1]

继王国维之后,胡适也提出了进化的文学观念。他在《文学改良刍议》中说:

> 文学者,随时代而变迁者也。一时代有一时代之文学:周秦有周秦之文学,汉魏有汉魏之文学,唐、宋、元、明有唐、宋、元、明之文学。此非吾一人之私言,乃文明进化之公理也。[2]

此外,他在《历史的文学观念论》一文中也说到:

---

① 王国维:《文学小言》,《王国维遗书》第 5 册,上海:上海古籍书店,1983 年。

② 胡适:《文学改良刍议》,北京:《新青年》,第 2 卷第 5 号(1917 年 1 月 1 日)。

一时代有一时代之文学。此时代与彼时代之间,虽皆有承前启后之关系,而决不容完全抄袭;其完全抄袭者,决不成为真文学。愚惟深信此理,故以为古人已造古人之文学,今人当造今人之文学。①

胡适用进化论来考察中国文学史,论证了文学发展变化的历史规律,发现"文学革命"是中国文学史上的普遍现象。他在1916年4月5日的《留学日记》中写到:

文学革命,在吾国史上非创见也。即以韵文而论:《三百篇》变而为《骚》,一大革命也;又变为五言、七言、古诗,二大革命也;赋之变为无韵之骈文,三大革命也;古诗之变为律诗,四大革命也;诗之变为词,五大革命也;词之变为曲,为剧本,六大革命也。何独于吾所持文学革命论而疑之?②

胡适认为,形成"文学革命"的根本原因在于文学自身的发展,但他并没有把文学的嬗变和发展看成是完全自发的过程,他更强调人为的倡导和促进。他说:"单靠'自然趋势'是不够打倒死文学的权威的,必须还有一种自觉的,有意的主张,方才能够做到文学革命的效果。"③他在《文学进化观念与戏剧改良》一文中还系统论述了文学进化观的四层意义:

第一层总论文学的进化:文学乃是人类生活状态的一种记载,人类生活随时代变迁,故文学也随时代变迁,故一代有一代的文学……文学进化观念的第二层意义是:每一类文学不是三年两载就可以发达完备的,须是从极低微的

---

① 胡适:《历史的文学观念论》,北京:《新青年》,第 3 卷第 3 号(1917 年 5 月 1 日)。

② 胡适:《留学日记》,《胡适全集》第 28 卷,第 234 页,合肥:安徽教育出版社,2003 年。

③ 胡适:《中国新文学大系·建设理论集·导言》,《胡适全集》第 12 卷,第 256 页,合肥:安徽教育出版社,2003 年。

起源,慢慢地、渐渐地进化到完全发达的地位……文学进化的第三层意义是:一种文学的进化,每经过一个时代,往往带着前一个时代留下的许多无用的纪念品,这种纪念品在早先的幼稚时代本来是很有用的,后来渐渐的可以用不着他们了,但是因为人类守旧的惰性,故仍保存这些过去时代的纪念品……文学进化观念的第四层意义是:一种文学有时进化到一个地位,便停住不进步了;直到他与别种文学相接触,有了比较,无形之中受了影响,或是有意地吸收人的长处,方才再继续有进步。①

胡适把进化的文学观念作为他进行文学革新的重要理论根据,有力地推动了新文学运动的发展。

从王国维和胡适的进化的文学观念中,我们不难看出,一种完全不同于中国旧文学传统的思维模式已经形成。这种思维模式以其进取、开放的意识从根本上动摇了传统的崇古、复古的观念,把宋元以来兴起的戏曲、小说作为顺应历史发展的新事物,高度肯定白话文学、通俗文学,为文学革新运动打下了基础。

进化论用于古典文学研究

考据学和进化论相结合的方法,是本世纪初古典文学研究中的主要方法之一。王国维首先将这种方法应用于宋元戏曲等方面的研究,并高度肯定了元曲的历史地位和《红楼梦》的价值,这是 20 世纪古典文学研究方法进步的开端。由于王国维在政治思想上是一个守旧派,他还不能把在文学研究中所体现的进化论观念提到文学革命的高度来认识。而胡适恰恰在这方面超

---

① 胡适:《文学进化观念与戏剧改良》,北京:《新青年》,第 5 卷第 4 期 (1918 年 10 月 15 日)。

越了王国维，他不但用这种方法研究古典文学，而且还把他用这种方法考证出来的文学进化观念，用于鼓吹他的"文学革命"说。

胡适很早就确立了自己的一套研究方法，那就是"归纳的理论、历史的眼光和进化的观念"，并把它应用于自己的研究实践。他花了很大力气写作《白话文学史》，他把白话文学看成是中国文学的正宗，把一部中国文学的历史看成是白话文学的进化史，指出中国古代的许多著名作家都是从民间文学中汲取营养的，并由此提出了"一切新文学的来源都在民间"的论断。另外胡适还对王梵志、寒山子等历来不被人重视的白话诗人及其诗歌进行了考证和评价，这就使得他的"白话文学正宗论"有了事实根据。

胡适还用历史进化的眼光对传统的看法提出质疑。例如他在《读〈楚辞〉》一文中，大胆地怀疑屈原这个人存在的真实性。胡适认为，"传说的屈原，若真有其人，必不会生在秦汉以前"，《楚辞》中的屈原"是一个理想的忠臣，但这种忠臣在汉以前是不会发生的，因为战国时代不会有这样奇怪的君臣观念……传说的屈原是根据一种'儒教化'的《楚辞》解释的。但我们知道这种'儒教化'的古书解是汉人的拿手戏，只有那笨陋的汉朝学究能干这件笨事！"在胡适看来：

> 屈原是一件复合物，是一种"箭垛式"的人物，与黄帝、周公同类，与希腊的荷马同类。怎样叫做"箭垛式"的人物呢？古代有许多东西是一班无名的小百姓发明的，但后人感恩图报，或是为便利起见，往往把许多发明都记到一两个有名的人物的功德簿上去。最古的，都说是黄帝发明的。中古的，都说是周公发明的。怪不得周公要一饭三吐哺，一沐三握发了！那一小部分的南方文学，也就归到屈原、宋玉（宋玉也是一个假名）几个人身上去。譬如诸葛亮借箭时用

的草人，可以收到无数箭，故我叫他们做"箭垛"。①

由此胡适进一步推断说：

> 我想，屈原也许是二十五篇《楚辞》之中的一部分的作者，后来渐渐被人认作这二十五篇全部的作者。但这时候，屈原还不过是一个文学的箭垛。后来汉朝的老学究把那时代的"君臣大义"读到《楚辞》里去，就把屈原用作忠臣的代表，从此屈原就又成了一个伦理的箭垛了。②

梁启超则将文学进化观念用于古代作品年代的考证。1924年，他在《中国之美文及其历史》一文中指出："凡辨别古人作品之真伪及其年代，有两种方法，一曰考证的，二曰直觉的。"其中，"直觉者，专从作品本身字法、句法、章法之体裁结构及其神韵气息上观察，拿来和同时代确实的作品比较，推定其是否产于此时代"。这种直觉的鉴别方法，实际上也是建立在文学进化观念基础之上的。他相信，"音节日趋谐畅，格律日趋严整"是诗歌创作的大势所趋。关于《古诗十九首》产生年代的考证，就是"按诸历史进化的原则"来确定的。他说：

> 这十几首诗，体格、韵味都大略相同，确是一时代诗风之表现。凡诗风之为物，未有阅数十年百年而不变者，如后此建安、黄初之与元嘉、永明，元嘉、永明之与梁、陈宫体，乃至唐代初、盛、中、晚之递嬗，宋代"西昆"、"江西"之代兴，凡此通例，不遑枚举。

梁启超认为，一代有一代之诗风，而诗风的递嬗变化，皆有规律可循。他根据《古诗十九首》产生的时代特征出发，做了如下推断：

> 依我的观察，西汉成帝时五言已萌芽，傅毅时候也未尝无发生《十九首》之可能性，但以同时班固《咏史》一篇相较，

---

① ② 胡适：《读〈楚辞〉》，《胡适文集》第 5 卷，第 68 页，第 68 页，北京：人民文学出版社，1998 年。

风格全别,其他亦更无相类之作。则东汉之期——明、章之间似尚未有此体,安、顺、桓、灵以后,张衡、秦嘉、蔡邕、郦炎、赵壹、孔融各有五言作品传世。音节日趋谐畅,格律日趋严整,其时五言体制已经通行,造诣已经纯熟,非常杰作,理合应时出现。我据此中消息以估定《十九首》之年代,大概在西纪120至170约五十年间,比建安、黄初略先一期,而紧相衔接,所以风格和建安体格相近。①

以进化论的观念和考据学的方法来研究古典文学,在此我们不能不提以顾颉刚为代表的古史辨派。他们所进行的虽然主要是历史研究,但在中国的古代传统中,文史本来是不分家的,特别是先秦时代更是如此。即便是在今天,研究文学史也照样离不开历史。古史辨派继承了宋人的疑古精神,认为《诗经》中的很多作品,特别是《国风》,多是民间作品。这与朱熹在《诗集传序》中提出的"凡《诗》之所谓风者,多出于里巷歌谣之作"的观点是一致的。1923年,顾颉刚在《歌谣周刊》上发表了《从诗经中整理出歌谣的意见》一文,指出不但《国风》,即使是在《小雅》中,也有不少歌谣。

此外,关于《毛诗序》的作者问题,古史辨派也提出了新的看法。顾颉刚在《毛诗序之背景与旨趣》一文中说:"诗序者,东汉初卫宏所作,明著于《后汉书》。"②郑振铎在《读毛诗序》一文中甚至认为:"《毛诗序》是没有根据的,是后汉的人杂采经传,以附会诗文的","即使说《诗序》不是卫宏作,而其作者也决不会在毛公、卫宏以前"。③ 这就彻底否定了《诗序》为子夏或毛亨所作的

———————

① 梁启超:《中国之美文及其历史》,《饮冰室合集》(专集之七十四),北京:中华书局,1989年。

② 顾颉刚:《毛诗序之背景与旨趣》,见《古史辨》第3册,第403页,上海:上海古籍出版社,1982年。

③ 郑振铎:《读毛诗序》,见《古史辨》第3册,第401页,上海:上海古籍出版社,1982年。

传统观点。

　　本来，对中国的古史产生怀疑，也不是从"五四"以后才开始的，中国很早就有疑古的传统，宋人郑樵、清人姚际恒、崔述都是著名的疑古派学者，为此他们也曾做过大量的古史考证工作。但是无论他们如何疑古，都没能从传统文化的圈子中跳出来。而以顾颉刚为代表的古史辨派，在继承了我国历代疑古辨伪的优良传统基础上，吸收了现代的科学知识，接受了以进化论为代表的现代思想，并运用了考据学等研究方法，对中国古代特别是先秦两汉的古书上有关古史的记载进行了详细地分析，从而向世人揭示了"经书"的真象，指出那些千百年来曾经被绝大多数人所相信的中国的上古历史是"层累地造成"的。古史辨派对中国上古历史记载所进行的史料分析与考证，具有重要的意义，它以科学研究的事实沉重地打击了封建主义，成为五四反封建文化思潮的一个重要方面。而古史辨派之所以格外重视对《诗经》的研究，不仅因为其内容丰富，涉及社会生活的各个方面，而且在他们看来，《诗经》是研究上古史最可靠的史料。可以说，古史辨派的研究，无论是在内容还是方法上，都涉及了古代文学并在当时产生了广泛地影响。

　　以顾颉刚为代表的古史辨派之所以取得了很大的成绩，一是因为他们生当五四时期，受当时反封建文化思潮的影响，二是他们把传统的考据学方法和进化论等现代理论结合起来用于古史的研究。对此，顾颉刚曾说过这样一段话：

　　　　我们当时为什么会疑，也就是因为得到一些社会学和考古学的知识，知道社会进化有一定的阶段，而战国、秦、汉以来所讲的古史和这标准不合，所以我们敢疑。①

──────────

　　① 顾颉刚：《我们是怎样编写〈古史辨〉的》，见《古史辨》第 1 册，第 28 页，上海：上海古籍出版社，1982 年。

以进化论的观点和考据学的方法来研究古典文学,在二三十年代乃至 40 年代中一直是颇有地位的。如 1927 年郑振铎在《研究中国文学的新途径》一文中就把"归纳的考察"和"进化的观念"作为自己研究中国文学的方法,并且说,这样就好比"执了一把镰刀,一柄犁耙,有了他们,便可以下手去垦种了"。当时的一些古典文学研究者运用这种方法,都取得了突出的成绩。

以郑振铎为例,他的《岳传的演化》、《西游记的演化》、《三国演义的演化》、《水浒传的演化》,都是成功运用进化的观点来描述中国小说的演化轨迹的典范。他在《水浒传的演化》一文中指出:

> (《水浒传》)是经过好几个时代的演化、增加、润饰,最后乃成了中国小说中最伟大的作品之一。①

小说中主人公宋江历史上实有其人。他们一伙,能征惯战,原来只有三十六人,但在传说中演变成为一百零八将,而且后来投降了宋朝。至于投降后是否征方腊,历史记载歧异,而在传说中确有其事。最早的记载见于《宣和遗事》,这是一部史实夹杂民间传说的书。南宋末年的龚圣与撰写的《宋江三十六赞》序中说:"宋江事见于街谈巷语,不足采著。"他虽没有记录下三十六人的传说故事,但对三十六人,各作一赞语,也足证明民间确实存在有关他们的传说。

我们从《宣和遗事》记载的《杨志卖刀》、《晁盖等伙劫生辰纲》、《宋江杀阎婆惜》三个片断和《醉翁谈录》提到《石头孙立》、《青面兽》、《花和尚》、《武行者》、《徐京落草》五个名目看来,这些短小记载各自独立,互不相关,还没连成一个整体。照郑振铎的推测,宋时"有一班的说书先生与好事文人,将他们编为话本或

---

① 郑振铎:《水浒传的演化》,《郑振铎全集》第 5 卷,第 95 页,北京:人民文学出版社,1988 年。

散文的英雄传奇",只是说书人的简略提纲,还没有形成一部完整的水浒小说。

此外,郑振铎还把元人杂剧中水浒故事和《宣和遗事》比较,发现二者不尽相同,而与元陆友仁《题宋江三十六人画赞》也不完全一致,甚至连人物姓名也有歧异。但杂剧已由三十六人演变为一百零八员英雄,所谓"三十六大伙,七十二小伙",与今本《水浒传》相合。于是郑振铎又做了进一步推测,认为元代一定有一部《水浒传》的本子(脱胎于元人施耐庵之作,元末明初时经罗贯中改编),很可能就是今本《水浒传》的祖本。这个改编本的结构"当系始于张天师祈禳瘟疫,然后叙王进、史进、鲁智深、林冲诸人的事,然后叙晁盖诸人智取生辰纲的事,然后叙宋江杀阎婆惜,武松打虎杀嫂,以及大闹江州、三打祝家庄的事,然后叙卢俊义的被赚上山,一百单八个好汉的齐聚于梁山泊,然后叙元宵夜闹东京,三败高太尉以及全伙受招安的事。至此为止,原本与诸种繁本、简本的事实皆无大差别"①。

郑振铎又指出,水浒故事原本当于"全伙受招安"之后,即直接征方腊的事,"这个原本的结构,原是一个很严密的盛水不漏的组织。就全部观之,确是一部很伟大的很完美的悲剧",至于征辽,征田虎、王庆皆为原本所无,而是后来的"插增"。

这个变化是明代嘉靖时开始的,郑振铎在《水浒传的演化》一文中说:

> 这个时候有一部嘉靖本的《水浒传》出来,吞没了、压倒了罗本。这个嘉靖本的《水浒传》,乃是《水浒传》的最完美的一个本子,也是一切繁本《水浒传》的祖本。这个本子相传是武定侯郭勋家中所传出的。

---

① 郑振铎:《水浒传的演化》,《郑振铎全集》第 5 卷,第 106 页,北京:人民文学出版社,1988 年。

这一百回的郭本《水浒传》，与罗氏的原本是大差其面目的。他将罗氏本的文句完全加以改造、润饰。浅的改之为深；陋的改之为雅；拙的改之为精妙；粗笨的改之为隽美；直率的改之为婉曲。特别是在遣辞用句上，几乎和罗本完全改观。我们如果取任何一部简本来，与郭本一对读，便可知郭本的艺术是如何的进步。他直将一部不大有情致的《水浒传》改成一部生龙活虎似的大名作了……罗氏原本，仅不过是一部像《三国志演义》似的英雄传奇而已。使之精神焕发，逸趣横生，完全改了旧观的，却是郭本。所以郭本的出现，是《水浒传》演化过程上最重要的一件事。有郭本，《水浒传》才会奴视《三国》，高出《隋唐》，无郭本，则《水浒传》不过终于《三国》、《隋唐》之境地而已。

总之，郑振铎以进化论的观点，对水浒故事的形成和演变，从情节的简略粗糙到曲折精致，从单一的原始史实、传说到施耐庵、罗贯中编成小说，而后又出现郭氏的繁本。经郑振铎的研讨探索，《水浒传》历史演进的轨迹，清晰可辨。

此外，郭绍虞在 30 年代撰写的《中国文学批评史》，也是以文学观念的演进为中心确立了他的理论体系。他在该书的《总论》第五章中说：

我以为文学观念假使不经过唐代文人宋代儒家的复古主张，则文学批评的进行，正是一帆风顺尽有发展的机会。不过历史上的事实总是进化的，无论复古潮流怎样震荡一时，无论如何眷怀往古，取则前修，以成为逆流的进行，而此逆流的进行，也未尝不是进化历程中应有的步骤。①

这种进化论的文学观念还体现在郭绍虞对古代文论家地位

---

① 郭绍虞：《中国文学批评史》（上卷），第 12～13 页，天津：百花文艺出版社，1999 年。

的具体评判中。例如,他重视王充的原因就在于,王充"能明文学进化的观念";而李白由于"高倡复古",因而"未免有昧于文学进化之意义"。①

性心理学的传入与潘光旦的《冯小青考》

这一时期古典文学研究方法上另一个值得注意的变化是霭理士(Havelock Ellis)性心理学的引进。霭理士是 19 世纪末至 20 世纪初西方著名的性心理学专家。他与奥地利的弗洛伊德、德国的希尔虚费尔德同时代,一起开辟了现代性科学研究的新时代。霭理士除了性心理学方面的成就外,还有多方面的才能,如医学、性社会学、人类学以及文学评论等。因此,他的书往往写得视野开阔,文笔多姿多彩,具有一股吸引人的魔力。霭理士于 1910 年至 1928 年写成七卷本《性心理研究录》。1933 年出版的《性心理学》是在七卷本的基础上,吸收当时学术界的新进展写成的一本适合一般读者阅读的书。

周作人最推崇霭理士的《性心理学》,早在日本求学时期,他就在东京的书店里接触到了这部著作,并成了他的"启蒙之书",使他"对于人生与社会成立了一种见解"(《瓜豆集·东京的书店》)。周作人认为,这部著作体现了"那样宽阔的眼光,深厚的思想,实在是极不易得"(《雨天的书·霭理斯的话》)。在周作人的作品中,名字最常见的西方学者就是霭理士。在他看来,"半生所读书中性学书给我影响最大,霭理斯,福勒耳,勃洛赫,鲍耶尔,凡佛耳台,希耳须莆耳特之流,皆我师也,他们所给的益处比圣经贤传为大,使我心眼开扩,懂得人情物理"(《瓜豆集·鬼怒

---

① 郭绍虞:《中国文学批评史》(上卷),第 94 页、173 页,天津:百花文艺出版社,1999 年。

川事件》）。

五四时期是个性解放思想汹涌澎湃的时代，先进知识分子从西方借来文明的火种，来照亮中国传统社会深沉的夜色，霭理士正是这些知识分子借来的火把之一。因此，当时对霭理士感兴趣者大有人在，《学灯》《语丝》等刊物有不少翻译或介绍霭理士著作的片断。在这样的时代氛围下，1922年，年仅23岁的清华学校学生潘光旦，开始阅读西方性科学的著作。他最初接触到的是弗洛伊德的《精神分析引论》，并结合弗氏之学和中国的笔记小说关于明末奇女子冯小青的记载，写出了他的成名作《冯小青考》（1922年），并于1924年发表在当时颇有影响的《妇女杂志》上。1927年，在《冯小青考》的基础上，潘光旦又将它扩充写成了一本小书——《小青之分析》，由新月书店出版。1929年订正再版，改为《冯小青——一件影恋之研究》。到了1939年，潘光旦开始译注霭理士的《性心理学》，1946年出版。在翻译介绍的同时，潘光旦还在注释中列举了大量的中国古代史书、笔记、小说、诗词等有关的记载，以此来与霭理士的学说互相参证，使人耳目一新。

冯小青的研究是潘光旦个人学术生涯的真正起点。严格说来，《冯小青考》并不是一部文学研究的著作，其内容涉及心理学、社会学、历史学等各门学科，作者是通过对冯小青生平经历及其作品的考证分析，对历史上许多像冯小青一样受压迫的女性寄予了深切的同情，并提出了改造社会的愿望。在介绍《冯小青考》之前，我们根据潘光旦在该文中提供的有关材料先简要介绍一下冯小青的经历。

冯小青，生于明万历二十三年（1595年），自幼聪慧。万历三十八年（1610年），16岁的小青嫁给杭州冯姓富家公子作妾，受到冯生妻子的虐待，小青被迁到西湖边上的孤山别室看管起来，冯生迫于妻子的威严，不敢站出来维护小青。自此之后，小青"凄婉无已",时时对着一池湖水的影子自言自语。后小青生病,心情黯淡,病中的小青尽管憔悴,每天仍然梳妆打扮。万历四十年(1612年),小青病故,年仅18岁,葬于西湖孤山放鹤亭附近。

冯小青的不幸遭遇得到了后人的广泛同情,她的故事很快便在江浙一带流传开来。自明万历以后的三百年间,不断有文人将其作为话题争论。或认为小青是一个文学形象,实无其人;或认为实有其人。卷入者甚至有明末清初的著名文人钱谦益。这些争论,为这个凄婉的故事增添了一抹扑朔迷离的色彩。信小青为真实历史人物者,为小青作传,几度重修处于荒烟蔓草中的小青墓,并有好事文人将小青的故事演为传奇。自明末至民国初年,以小青为题材的戏剧至少有九出之多,不断地在舞台上演出。

潘光旦在文中首先介绍了精神分析与文学起源的关系:

> 性生活之陷阱与升华为一切文艺之起源者,近于抹杀武断,然从此批评家得一新角度以作比较深刻之观察与分析,而一般爱好文学与艺术者,明乎一种作品之原委,亦从而加以谅解;于是文艺之意义益见醇厚。①

接着以一个希腊神话为例,详细解释了"自我恋"(即"影恋"):

> 希腊神话称有美男子名耐煞西施(Narcissus)者,初不识恋爱为何物。水中与林中之神女皆爱慕之。有名 Echo 者,慕之最深。耐煞西施始终规避,不与往还。Echo 终至憔悴以死,仅存者惟裛裛之余音而已;Echo 者,希腊语声音也,至英语作回声,盖因缘于是。Echo 既死,司赏罚之女神 Nemesis 乃使耐煞西施与其自身之影发生恋爱。自此耐煞

---

① 潘光旦:《冯小青——一件影恋之研究》,《潘光旦选集》第 1 集,第 10 页,北京:光明日报出版社,1999 年。

西施必日至池上自顾其形，依依不舍，望穿"秋水"，而可望不可接之情景依然，终亦消耗以死……Narcissus，希腊语原义为沉醉麻痹，殆指耐煞西施临池顾影时之精神状况也。此种精神状况，精神分析派即名之曰 Narcissism，或曰 narcism，我辈今姑译之曰影恋现象。影恋者无他，自我恋之结晶体也。①

由此他进入正题，认为冯小青患上了一种名为"影恋"的性心理病。他从传记关于冯小青临池自照、与影对语、人见即止、形容惨淡等记载的各种现象入手，结合冯小青病魔缠身却依然"明妆靓服，拥褥欹坐，未尝蓬垢堰卧"，临死又吩咐画师造像，面对自画像一恸而绝等行为，认为这绝非一般的顾影自怜所能解释，"可解释者，惟影恋之一说耳"。潘光旦又以小青自己的诗作来进一步证明，如"瘦影自临春水照，卿须怜我我怜卿"、"妾映镜中花映水，不知秋思落谁多"等，这些诗句，并非只是泛泛地言说愁苦，对于自己的影子和镜中形象的关注，都是"影恋"病况的典型反映。

此文充分展现了潘光旦治学的特点：既精于中国传统文献的考证，又善于运用西方现代科学来发现问题、解释问题。不过，《冯小青考》并不是一篇琐碎的考证之作，它有着更大的社会关怀，具有鲜明的时代色彩。从更广泛的社会思潮意义上来说，它是五四新文化运动提倡妇女解放与解除性禁锢的产物。在该文的余论部分，潘光旦把研究动机交代得很清楚。在他看来，中国传统社会对女子的态度，"一言以蔽之曰：不谅解"。迂执的道学家视女子为不祥，轻浮的文学家视女子为玩物，社会一般人的看法更不足道矣。"一弱女子不幸而生长其间，偶有先天健可，

---

① 潘光旦：《冯小青——一件影恋之研究》，《潘光旦选集》第 1 集，第 14 页，北京：光明日报出版社，1999 年。

发育得宜,合乎常态者,终至于反常变态,因而拗戾以死,其先天
孱弱,发育失常者,尤不待论,弥可哀已。"①也就是说,他对女子
受压迫的探究,已经深入到女子受不良社会环境的压迫而导致
性生理与性心理变态的层面上。

通过对历史的考察,他看到中国知识女性患忧郁症或有其
他心理变态可能是一个相当普遍的现象,冯小青的影恋只是千
千万万受压迫女性的一个典型例子罢了。他说:

> 自来年长待字之女子,或已嫁而遇人不淑,或已嫁而早
> 寡之妇女,有病癫者矣,有病痨或其他虚弱之症者矣。邻里
> 传语曰:某姓女或某姓妇病癫或病痨死矣。果耶? 则病死
> 者不能自白,旁观者更无由知之。试究其实,则性生活之衍
> 期、缺乏、不适当,以致欲流淤积,神经错乱,精血衰弱,初未
> 必为真正之癫病或结核性之痨病也……女子有性的隐忧,
> 或隐疾,大率讳而不言,非不欲言,无言之之觉力与毅力耳。
> 以小青之觉力与毅力,尤不免侘傺以死,则无之者之生活不
> 更将惨痛乎?②

潘光旦认为,解决这种危局的办法,就是"改造社会对于性
欲及性发育之观念",提倡男女社交,实行性教育乃至各种心理
治疗。这种提问题的方式、评论问题的角度正是五四思潮波及
学术研究领域产生的回声。

性心理学等学说与古典文学研究的结合

1921 年,郭沫若撰写了《〈西厢记〉艺术上的批判与其作者
的性格》一文,这是 20 世纪第一篇运用西方的性心理学知识研

①② 潘光旦:《冯小青——一件影恋之研究》,《潘光旦选集》第 1 集,
第 29 页,第 30 页,北京:光明日报出版社,1999 年。

究中国古代文学的论文。在这篇文章中,郭沫若从精神分析入手,认为《西厢记》的作者王实甫"必定是受尽种种钳束与诱惑,逼成了个变态性欲者,把自己纯粹的感情早早破坏了,性的生活不能完完全全地向正当方向发展,困顿在肉欲的苦闷之下而渴慕着纯正的爱情。照近代精神分析派的学理讲来,这部《西厢记》也可以说是'离比多'(Libido)的生产"。而《西厢记》"是有生命的人性战胜了无生命的礼教的凯旋歌,纪念塔","数千年来以礼教自豪的堂堂中华,实不过是变态性欲者一个庞大的病院!"

显然,郭沫若是以精神分析学说来张扬《西厢记》中反对封建礼教、追求人性自由的精神。他还进一步指出精神分析学说运用于解释中国古代其他文艺作品也是有效的:

> 精神分析派学者以性欲生活之缺陷为一切文艺之起源,或许有过当之处;然如我国文学中的不可多得的作品如《楚辞》,如《胡笳十八拍》,如《织锦回文诗》,如王实甫的这部《西厢记》,我看都可以用此说说明。屈原好象是个独身生活者,他精神确是有些变态。我们试读他的《离骚》、《湘君》、《湘夫人》、《云中君》、《山鬼》等作品,不能说没有色情的动机在里面。蔡文姬和苏蕙是歇司迭里性的女人,更不消说了。如此说时,似乎减轻了作者的声价和作品的尊严性,其实不然,唯其有此精神上的种种苦闷才生出向上的冲动,以此冲动以表现于文艺,而文艺之尊严性才得确立,才能不为豪贵家儿的玩弄品。假使屈子不系独身,则美人芳草的幽思不会焕发;蔡、苏不成为歇司迭里,则《胡笳》、《回文》之奇制不会产生。假如王实甫不如我所想象的一种性格,则这部《西厢记》也难产出。①

---

① 郭沫若:《〈西厢记〉艺术上的批判与其作者的性格》,《郭沫若全集·文学编》第 15 卷,326 页,北京:人民文学出版社,1990 年。

除郭沫若外,闻一多早年在清华学校读书时也接触到弗洛依德的精神分析学说,在留学美国期间,对此有了进一步的了解。他在《神话与诗》等著作中,运用性心理学对民族原始文学中旺盛的生命力进行歌颂和张扬。如在《说鱼》一文里,闻一多考察"鱼"在中国古代民歌是代替"配偶"或"情侣"的隐语,列举大量的文字材料和民间习俗相印证,分析民歌中"鱼"、"打鱼"、"钓鱼"、"烹鱼"、"吃鱼"、"吃鱼的鸟兽"的隐语性质,探究古人对生命创造精神的推崇。在《诗经的性欲观》一文中,闻一多指出:

> 用研究性欲的方法来研究《诗经》,自然最能了解《诗经》的真相。其实也用不着十分的研究,你打开《诗经》来,只要你肯开诚布公读去,他就在那里。自古以来苦的是开诚布公的人太少,所以总不能读到那真正的《诗经》。①

闻一多还把《诗经》表现性欲的方式分为五种:"(一)明言性交,(二)隐喻性交,(三)暗示性交,(四)联想性交,(五)象征性交。"他认为,十五《国风》里的诗,大多数是淫诗,因为《诗经》时代的生活,还没有脱尽原始的蜕壳","即便退一步来讲,承认都是刺淫的诗,也得有淫,然后才可刺"。②在论述"象征性交"的诗时,他说:

> 我屡次声明过我所谓象征的表现方法,是出于诗人的潜意识。那么,假如有人要认为这种作品太伤风化了,我可以替诗人辩护一句,一个人的潜意识要活动起来,他自己实在不能负责任。

当然,闻一多的这些观点不仅仅是出于诗人的想象,也有文字学、民俗学、考古学、文化人类学等多方面的考证。例如《郑风·野有蔓草》一诗,闻一多是这样来解说的:

①② 闻一多:《诗经的性欲观》,《闻一多全集》第 3 册,第 170 页,第 190 页,武汉:湖北人民出版社,1993 年。

《周礼》讲"仲春之月，令会男女之无夫家者"。这种风俗在原始的生活里，是极自然的。在一个指定的期间时，凡是没有成婚的男女，都可以到一个僻远的旷野集齐，吃着，喝着，唱着歌，跳着舞，各人自由的互相挑选，双方看中了的，便可以马上交媾起来，从此他们便是名正言顺的夫妇了。这一回《野有蔓草》的诗人可真适意了，居然给他挑上了一个眉清目秀的美人，他禁不住要唱出来！

野有蔓草，零露漙兮！有美一人，清扬婉兮！邂逅相遇，适我愿兮！

野有蔓草，零露瀼瀼。有美一人，婉如清扬。邂逅相遇，与子偕臧！

你可以想象到了夜深，露珠渐渐缀满了草地，草是初春的嫩芽，摸上去，满是清新的凉意。有的找到了一个僻静的岩下，有的选上了一个幽暗的树阴。一对对的都坐下了，躺下了，嘹亮的笑声变成了低微的絮语，絮语又渐渐消灭在寂默里，仿佛雪花消灭在海上，他们的灵魂也消灭了，这个的灵魂消灭在那个的灵魂里。停了半天，他才叹一声："适我愿兮！""与子偕臧"也许是她的回答。没有问题，《野有蔓草》一诗，从头到尾，都是写实的……至于那"邂逅相遇"四个字也不应解作不期而遇。陈奂《诗毛氏传疏》辨得极清楚，他讲邂逅当依《绸缪》释文作解靚。《淮南子·俶真篇》"孰有解靚人间之事"，高《注》云："解靚，犹会合也。靚与觏通。"逅，《五经文字》亦作觏。再证之"男女觏精"，则邂逅本有交媾的意义。《尔雅·释诂》："觏，遇也。"然则遇字也有同样的意义。这样看来，"邂逅相遇"，不是邂逅，便是遇，总有一个是指性交那回事的。[1]

---

[1] 闻一多：《诗经的性欲观》，《闻一多全集》第3册，第172页，武汉：湖北人民出版社，1993年。

与性心理学密切相关的精神分析学说，在 20 世纪初也得到广泛传播，张东荪、朱光潜和高觉敷等都曾翻译或介绍过弗洛伊德的精神分析学说。此外，鲁迅还翻译了日本批评家厨川白村的著作《苦闷的象征》，在当时产生了很大的影响。与此同时，这些学说开始被人们用于古典文学的研究。除了前面提到的郭沫若、闻一多之外，周兴陆在《20 世纪中国古代文学研究史·总论卷》一书中还列举了如下一些例子：

> 孙席珍的《变态性欲的林和靖》，用变态心理学的理论和方法来解释林和靖不仕不娶的心理原因，并且拿他的诗歌创作来相验证，认为"他的性生活既因压抑而不得满足，便自然而然地横溢出来，向不正当的方向发展；大概他本来就有爱梅爱鹤的癖，于是便在不知不觉之中，把感情寄托在梅鹤身上，造成这段'梅妻鹤子'的风流佳话"。

> 胡小石的《中国文学史》借用西方"移情"说和厨川白村《苦闷的象征》的理论，认为"文学是由于生活之环境上受了刺激，而起情感的反应。借艺术化的语言而为具体的表现"，"文学是逃实入虚，而发泄不足之感的利器，然同时因种种关系，又不容作者尽量发泄，所以极浪漫之能事"。因此特别注意对作家生存环境的介绍。

> 张弓的《中古文学鉴赏》（文化学社，1932 年）自觉借用变态心理学理论来解释文学的创作和品赏，认为"纯真的文学"，皆是"文学者的白日梦"，而"纯真的文学者"又大概是有"暴露心的生活的狂疾者"。因此，"'变态心理学'，实在是我们的一种利器"（"绪论"）。张弓发挥精神分析心理学的潜意识和冲突理论解释文艺现象说："真正的'文学'就是潜意识（不自觉的心意）开放的苦花。'文学者'大概是具有'优美的狂气'——变态心理作用——而这优美狂气之酿成，是由于两种相反心组之冲突，而一个心组被压抑（入于

不自觉的心意层）。"他用这个理论解释《诗经》中如《卫风·伯兮》、《小雅·采绿》、《郑风·风雨》等颇多无名氏的"美丽的心的狂病"的表露和在狂病中"忧郁性的歇斯底里症"。他阐释屈原的变态心理，认为屈原"心象"中原始的、纯然的、是不顾实际的惟求发泄的"爱土的情欲"，与"环境"相冲突，受到环境的抑压；另外，屈原"守本土之志"与"离本土之念"两相冲突，于是产生厚重的烦闷，酿成极大的痛苦，造成屈原作品的美丽和他最后的死。

赵景深的《中国文学史新编》（北新书局，1935年）则依据弗洛伊德的变态性心理学来解释阮籍和李渔。说阮籍"是一个变态性欲者，曾自称'少年时轻薄'（《咏怀》）又未能忘情于'欢爱'和'美人'"；论李渔的传奇多写变态心理，如《怜香伴》是写女子的同性恋爱，《意中缘》里强盗大王说林天素欢喜北道，不欢喜南道，《巧团圆》中的儿时忆梦，都可用弗洛伊德的变态心理学去解释。①

从20世纪古典文学学科的发展来看，与传统学者相比，现代学者的眼界是比较开阔的，研究方法也比较灵活，既能坚守传统的治学路数，又能积极借鉴国外新兴学科的理论和方法，不断探索，更新研究的范式，在古典文学研究现代化进程中进行了有益的尝试和探索，积累了丰富的研究成果，对后继者有不小的启迪。

（黑龙江大学　陈建农　伊永文）

---

① 周兴陆：《20世纪中国古代文学研究史·总论卷》，第85页，上海：东方出版中心，2006年。

"纯文学"观的树立与
古典文学学科性质的转变

　　古典文学学科的发展与人们对"文学"的认识密不可分。因为,文学观念的核心是对文学特殊性的认识和对文学内涵、外延的界定。不同的文学观念,制约着文学史的论述范围,学术界的研究重点,以及对某些文体的评价。传统的"杂文学"观,宽泛庞杂,文学与学术混而不分,强调文学的经世致用功能,否定其本身独立自足的审美特性。在这种文学观念指导下,古典文学研究基本上等同于传统的"国学研究或学术史研究"。① 而"纯文学"观是 20 世纪初从西方引进的,正如鲁迅《门外文谈·不识字的作家》所言:"用那么艰难的文字写出来的古语摘要,我们先前也叫'文',现在新派一点的叫'文学',这不是从'文学子游子夏'上割下来的,是从日本输入,他们的对于英文 Literature 的译名。"②它强调情感与形象,排斥致用和载道,只承认诗歌、散文、小说、戏曲是文学文体。正是随着"纯文学"观的确立,才使古典文学学科逐步取得独立的学术品格,进而迈向科学发展的坦途。可以说,"纯文学"观取代"杂文学"观的过程,就是古典文学学科走向科学化的过程。

---

　　① 王齐洲:《中国文学观念论稿》,第 50 页,武汉:湖北教育出版社,2004 年。

　　②《鲁迅选集》(16),第 60 页,北京:中国文史出版社,2005 年。

"杂文学"观下的古典文学研究

许多学者对中国古代的"文学"内涵作出了阐释,认为文学观念是一种"社会意识形态",它的产生离不开一定的社会生活环境,离不开"整体社会文化模式的制约"。而且,文学观念的演变是一个历史过程,现代文学观念就是在传统文学观念的基础上逐步演化而来,即使受到西方文学观念的很大影响,但它仍然不能脱离"中国传统文学观念所提供的生长基因"①。"文学"一词最早见于《论语·先进》:"德行:颜渊、闵子骞、冉伯牛、仲弓;言语:宰我、子贡;政事:冉有、季路;文学:子游、子夏。"这里"文学"与其他三项,被称为"孔门四科"。此时,"文学"的意义主要指儒家的学术文化、文献及典章制度等,它包含了孔子文治教化的全部内容。以现代标准衡量,孔子的文学观念过于宽泛,模糊了文学与非文学的界限,具有太强的政治伦理色彩,忽视了文学的审美功能,不利于文学自身的发展。然而,它却对后世文学观念产生了极其深远的影响。直到汉代,人们仍然以"文学"来指称社会典章制度和礼乐教化思想。《史记·太史公自序》:"汉兴,萧何次律令,韩信申军法,张苍为章程,叔孙通定礼仪,则文学彬彬稍进。"魏晋以后,虽然文学观念有所进步,但由孔子肇始的文学观念仍然是"正统文学观念的核心内涵"②,《隋书·文学传序》载魏征云:"文之为用,其大矣哉!上所以敷德政于下,下所以达情志于上,大则经纬天地,作训垂范,次则风谣歌颂,匡主和民。"这仍然是对孔子文学观念的本质及功用的继承和阐释。其范围依然庞杂,如《昭明文选》共选取了三十多种作品,《文心

---

① ② 王齐洲:《中国文学观念论稿》,第 50～92 页,第 60 页,武汉:湖北教育出版社,2004 年。

雕龙》也论及三十余类文体。直至近代,这种传统的文学观念仍占据统治地位。如章太炎在《国故论衡》之《文学总略》中仍定义文学为:"文学者,以有文字著于竹帛,故谓之'文',论其法式,谓之'文学'。"①按这样的标准,文学研究与国学研究几无区别,其文学观仍失之于宽泛。可以说,孔子文学观是传统文学观念的源头所在,它制约着人们对文学内涵及外延的基本认识。文学范围的广博庞杂,"与礼乐文化相联系的泛文学观(或谓'杂文学'观)","为政教服务的文学功用论"等传统文学观念,都是对孔子文学观的继承。②

"文学"不仅是一个概念,它还是一个学科,它的设立可以追溯到清末京师大学堂的创办。当时,仿照西方学制始设"文学"一科。然而文学学科的设立,并不意味着西方文学观念完全占领了古典文学研究领域,富于西方色彩的"纯文学"观取代传统的"杂文学"观,是"一个曲折的过程"③。中国古典文学学科体系是"伴随着中国文学史学科体系的定型而确立的",而文学史写作,就是按照一定的文学观念,遵循"史"的叙述模式来描述中国文学以往的图景,对于文学观念的认识,既规定了文学史研究的"框架",又决定了文学史编写"体例与章节安排"。④ 文学作为一个概念,其含义的复杂性,和在近代作为一门学科其内容的"不确定性无不贯穿于草创期的文学史写作中"。⑤ 所以,我们

① 章太炎:《国故论衡・文学总略》,见姜义华编《章太炎语萃》,第163页,北京:华夏出版社,1993年。

② 王齐洲:《中国文学观念论稿》,第133~134页,武汉:湖北教育出版社,2004年。

③ 戴燕:《文学史的权力》,第6~7页,北京:北京大学出版社,2002年。

④ 张弘:《文学观念:文学史建构的必要前提》,南京:《江海学刊》,1994年第4期。

⑤ 杜治国:《文学观念的变迁与纯文学史的兴起》,曲阜:《齐鲁学刊》,2002年第2期。

先以 20 世纪初期两部早期文学史为例,考察其所体现的文学观念,以及在这种文学观念指导下的古典文学研究。

1902 年,《钦定京师大学堂章程》之"功课"章规定,"今略仿日本例,定为大纲":"政治科第一,文学科第二,格致科第三,农业科第四,工艺科第五,商务科第六,医术科第七"。① 此后,文学便成为一门独立的学科。不过,此时的文学所含内容非常广泛,并没有摆脱以文章与学术为文学的传统文学观念。《钦定京师大学堂章程》中的"文学科"具体包括以下门类:"一曰经学,二曰史学,三曰理学,四曰诸子学,五曰掌故学,六曰词章学,七曰外国语言文字学。"② 可以看出,除外国语言文字学之外,几乎所有与"中学"有关内容,都包含在"文学科"之内,"文学"成为收容传统学术文化的大杂烩。与文学关系最为紧密的"词章学",也在这个大范围内找到了安顿自己的位置,但显然它并非处于"文学科"的中心地位。③ 1903 年颁布的《奏定京师大学堂章程》虽然将经学、理学等从文学中分离出去,但"文学科"中仍然包括了文字、音韵、训诂、辞章、史学等庞杂内容。而且,《章程》还特别把从"文学科"中分离出来而独立成科的"经学",置于各科之前,显示了非常浓厚的尊经色彩。作为中国人自己编撰的第一部文学史,林传甲为京师大学堂编写的"国文讲义"即《中国文学史》,便不折不扣地执行了《章程》中"文学研究之要义"的有关规定。以《中国文学史》与《奏定京师大学堂章程》比照,可以发现它的十六个篇目,与《章程》所规定的"研究文学之要义"之前十六款完全吻合。对于为什么只选取这十六则讲授,林传甲有自己的解释:"大学堂讲义,原系四十一款,兹已撰定十六款。其余二十

① ② 舒新城:《中国近代教育史资料》(中),第 546 页,第 546 页,北京:人民教育出版社,1981 年。
③ 陈国球:《文学史书写形态与文化政治》,第 17 页,北京:北京大学出版社,2004 年。

五款,所举纲要,已略见于各篇,故不再赘。"①

对于这种写作策略,林传甲在《中国文学史》开篇有着明确交代:"查大学堂章程,中国文学专门科目,所列文学众义,大端毕备,即取以为讲义目次,又采诸科关系文学者为子目。"②要考察林传甲《中国文学史》所体现的文学观念,我们只需浏览一下它的目次即可。林著共包括十六篇:一、"古文籀文小篆八分草书隶书北朝书唐以后书";二、"古今音韵之变迁";三、"古今名义训诂之变迁";四、"古以治化为文今以辞章为文关于世运之升降";五、"修辞立诚、辞达而已二语为文章之本";六、"古经言有物、言有序、言有章为作文之法";七、"群经文体";八、"周秦传记杂史文体";九、"周秦诸子文体";十、"史汉三国四史文体";十一、"诸史文体";十二、"汉魏文体";十三、"南北朝至隋文体";十四、"唐至今文体";十五、"骈散古合今分之渐";十六、"骈文又分汉魏六朝唐宋四体之别"。

林传甲所秉持的仍是传统的"杂文学"观。在他的意识里,所谓"明道在于读经,读经始于识字,字皆不识,明甚学?明甚道?"所以,传统文学观讲究文字、音韵、训诂知识,持传统文学观念的林传甲自然把这些东西都纳入了其文学史论述的范围。因为在"杂文学"观指导下的古代文学研究以经学为主干,所以对音韵、训诂、文字等特别重视。对此前人多有论述。如戴震:"训诂明则古经明,古经明而我心同然之义理,乃因之明。"钱大昕:"由声音文字以求训诂,由训诂以求义理。"阮元:"圣人之道譬若宫墙,文字训诂,其门径也。门径苟误,跬步皆歧,安能升堂入室乎?"

虽然林传甲说自己这部文学史"将仿日本笹川种郎《中国文学史》之意以成书焉"③,但他的文学观反而比不上笹川种郎。

---

①②③ 林传甲:《中国文学史》,见陈平原编《早期北大文学史讲义三种》,第 28 页,第 29 页,第 29 页,北京:北京大学出版社,2005 年。

林传甲不但自己文学观念保守,视小说、戏曲为诲淫、诲盗之作,而且还认为笹川种郎在文学观念上"识见污下"。其论戏曲小说云:"元之文格日卑,不足比隆唐宋者,更有故焉,讲学者即通用语录文体,而民间无学不识者,更演为说部文体,变乱陈寿《三国志》,几与正史相溷。依托元稹《会真记》,遂成淫亵之词。日本笹川氏撰《中国文学史》,以中国曾经禁毁之淫书,悉数录之,不知杂剧、院本、传奇之作,不足以比于古之《虞初》。若载于风俗史犹可,笹川载于《中国文学史》,彼也自乱其例耳。况其胪列小说、戏曲,滥及明之汤若士、近世之金圣叹,可见其识见污下,与中国下等社会无异。而近日无识文人,乃新译小说以诲淫盗,有王者起,必将戮其人而火其书乎! 不究科学,而究科学小说,果能裨益名智乎? 是犹卖椟而还珠耳,吾不敢以风气所趋,随声附和矣。"① 笹川种郎《中国文学史》对中国的诗、文、戏曲、小说都予以论述,特别是对《水浒传》、《西游记》、《金瓶梅》、《西厢记》、《琵琶记》、《桃花扇》等都给以高度评价,对林传甲所鄙视的金圣叹、汤显祖等作家、批评家更是给了专门论述。相比之下,内容庞杂、广涉文史却把戏曲、小说排除在外的林传甲,却表现出对传统文学观念的株守。这是新学科与旧观念之间正处于一种冲突与磨合期的表现,中国古典文学的学科体系还远未建立起来。

几乎与林传甲同时,身为东吴大学文学教授的黄人也著有《中国文学史》一部。② 相对于林著而言,黄人的文学史在文学观念上取得巨大突破。在《中国文学史》中,他对文学的内涵做出了更为详尽的阐释:"(一) 文学之本质为思想感情之纪录;(二) 以娱读者为目的。"他在参考了一些西方文学史家的文学

---

① 林传甲:《中国文学史》,见陈平原编《早期北大文学史讲义三种》,第 210 页,北京:北京大学出版社,2005 年。

② 黄人 1901 年受聘于东吴大学,1904 年始编著《中国文学史》,据萧蜕《摩西遗稿序》,至 1909 年完成,后由上海国学扶轮社出版。

定义后，表明其对狭义文学观念的认同："则文学之作物，当可谓垂教云，即以醒其思想感情与想象，及娱其思想感情与想象为目的者也。文学者，因乎读者之阶级，无一定之标准，而表现之技巧，断不可少。盖文学为美术作品要素之一，与绘画、音乐、雕刻等，皆以描写感情为事，就此点言之，则文学虽出乎垂教，以知识为最要目的，而与平常之教科书不同。故文学之关系于科学历史者诚不少，而当其用之，则必选其能动感情，能娱想象为要。然则文学者，扫除偏际之特殊知识，而喻以普通之兴味，以发挥永远不易之美之价值者也。"他又进一步归纳文学内涵为以下几点："（一）文学者虽亦因乎垂教，而以娱人为目的。（二）文学者当使读者能解。（三）文学者当为表现之技巧。（四）文学者摹写感情。（五）文学者有关于历史科学之事实。（六）文学以发挥不朽之美为职分。"①最引人注目的是，与"杂文学"观视小说、戏曲为"小道"不同，他在文学史中对小说和戏曲给予很高评价，认为"小说者，文学之倾于美的方面之一种也"，说它与诗歌一样，"实文学之本色"；②他还称赞传奇戏曲"传心情于弦管，穷态度于氍毹，使死的文学变为活的文学，无形的文学变为有形的文学"。更可贵者，他把中国戏曲、小说放在世界文学背景下予以充分肯定，认为"合院本、小说之长，当不令和美儿、索士比亚专美于前也！"③这对文学史写作突破"杂文学"观下封闭僵化的传统国学研究，具有启示意义。

与林传甲相比，黄人的文学观显然有巨大的进步，他注意到文学的"审美、想象、情感、娱乐等特质"，显示出较浓的"西方文学观念"。④此时在"西学东渐"的文化背景下，中国先进的知识

---

①②③黄人：《中国文学史》，见江庆柏编《黄人集》，第351～354页，第328页，第342～345页，上海：上海文化出版社，2001年。

④黄霖：《中国文学批评通史·近代卷》，第802～806页，上海：上海古籍出版社，1996年。

分子中自然地形成了一种向西方寻求真理的自觉性，"而这种自觉性作为一种新的社会风气也传染到整个知识阶级"①。朱自清先生曾言："西方文化的输入改变了我们的'史'的意念，也改变了我们的'文学'的意念。我们有了文学史，并且将小说、词曲都放进文学史里，也就是放进'文'或'文学'里；而曲的主要部分，剧曲，也作为戏剧讨论，差不多得到与诗文平等的地位。"②无疑，黄人的《中国文学史》在这方面有着开创之功。同时，黄人《中国文学史》还把"美"作为文学的本质属性："美为构成文学的最要素，文学而不美，犹无灵魂之肉体，盖真为智所司，善为意所司，而美则属于感情，故文学之实体可谓之感情云。"可见，深受西方文学观念影响的黄人，已具有相当程度的现代文学观念，他虽未明确提出"纯文学"的概念，但在他的文学观念中，"纯文学"的因子已繁衍增生。从实际看，其文学史仍饱含了大量属于"杂文学"范畴的文体，如命令、制、诏、敕、策、书、谕（附谕告、玺书、敕文）；他还仍把史学包含在文学之内；并将"垂教"视为文学的要务，这些都说明他仍未完全脱离传统文学观念，其文学观显示出"新旧杂糅"的时代特征。1911年，他在《普通百科新大辞典》中认为："以广义言，则能以言语表出思想感情者，皆为文学。然注重在动读者之感情，必当使寻常皆可会解，是名为纯文学。"文学的广、狭义之分，"纯文学"概念的提出，表明他的文学观与撰写《中国文学史》时相比有了明显进步，也远远"走在了同时代许多人的前面"③。

---

① 敏泽：《中国文学思想史》，第476页，长沙：湖南教育出版社，2004年。

② 朱自清：《诗言志辨序》，《朱自清全集》（六），第127页，南京：江苏教育出版社，1996年。

③ 黄霖：《中国文学批评通史·近代卷》，第803页，上海：上海古籍出版社，1996年。

"纯文学"观的逐步确立

"西方文化参照系的确立,是'民族文化反省'的必然产物,也表明了中国人的文化观念的一种追随世界潮流的进步,同样也大致表明了中国文化改革的基本方向。"①容闳《西学东渐记》所提倡的"以西方之学术,灌输于中国,使中国日趋文明富强之境"②,就代表着当时学术界的急切心声。当然,作为民族文化反省最重要领域的古典文学研究,也把西方文学观念作为改造、整合中国传统文学观念的最重要的参照体系。20世纪初的一些学人对古典文学研究的最大贡献在于,"他们首先站在现代文化的立场上,对几千年的传统文学进行新的价值评估;同时,也正是在这种评估中破除了传统的过于宽泛和模糊的文学观念,以西方文学理论为参照给文学下了一个新的定义,使文学获得了独立的学科地位"③。具体说来,"西学东渐"之于中国古典文学学科的最大意义,就是富于现代意义的"纯文学"观,逐步取代了在古典文学研究领域盘踞已久的"杂文学"观念。

在"杂文学"观向"纯文学"观转变的过程中,像梁启超、王国维、陈独秀、胡适、周作人、郑振铎等人,以及他们之外的一些文学史专家,都以自己的先进文学观和研究实绩,为"纯文学"观在学术界获得权威地位做出了不朽贡献。梁启超《论小说与群治之关系》鼓吹"小说界革命"④,认为"欲新一国之风,不可不先新一国之小说","欲改良群治,必自小说界革命始;欲新民,必自新

---

① 敏泽:《中国文学思想史》,第481页,长沙:湖南教育出版社,2004年。

② 容闳:《西学东渐记》,北京:《小说月报》,1915年第6卷第1~8期。

③ 赵敏俐:《文学研究方法论讲义》,第17页,北京:学苑出版社,2005年。

④ 梁启超所谓的"小说"其实包含了戏曲。他在《论小说与群治之关系》、《小说丛话》等论著中都将戏曲作品当作小说来加以论述。

小说始"①。强调小说为政治、为思想启蒙服务,带有明显功利主义色彩,但这在文学的趋"新"上开了风气之先,在矫枉过正中实现了对旧文学观的检讨。② 作为文化界的领军人物,其"小说为文学之最上乘"之论,对提高小说的学术史地位意义巨大,从而使"科学或政治的小说渐转到更纯粹的文艺作品上去了"③。这对促进小说研究的繁荣起到了巨大的推动作用,尤其是在传统文学观念长期轻蔑小说的背景下,显得更为可贵。同时,他的"小说界革命"还包括了戏曲改良主张,他认为在所有韵文形式中"吾必以曲本为巨擘","虽使屈、宋、苏、李生今日,亦应有前贤畏后生之感"。④ 加上他对《桃花扇》的推崇,这都对推进戏曲研究功不可没。虽说梁启超是在传统的文学载道观而不是在"纯文学"观的基础上承认小说的文学史地位,但这对突破传统文学观排斥小说的不利局面,为"纯文学"观在中国学术界的建立起了铺垫作用。因为,他的理论在不自觉地改变着人们的文学观念和研究方法。

辛亥革命前后,随着"西学东渐"的深入,新文学观念也在与传统文学观念的冲突磨合中日益彰显。1913 年颁布的《教育部公布大学规程》中文学与哲学、史学分离而取得独立地位,"文学观念也朝着西方化方向演变"⑤。但这对当时的古典文学研究似乎影响甚微,如 1915 年作为"师范学校新教科书"的张之纯的

① 梁启超:《论小说与群治之关系》,《梁启超文选》(下),第 3 页,北京:中国广播电视出版社,1992 年。

② 郝宇民:《二十世纪中国文学观念发展及演变论纲》,承德:《承德民族师专学报》,1997 年第 1 期。

③ 周启明:《关于鲁迅之二》,《鲁迅的青年时代》,第 127 页,北京:中国青年出版社,1957 年。

④ 梁启超:《小说丛话》,《〈饮冰室合集〉集外文》(上),第 150 页,北京:北京大学出版社,2005 年。

⑤ 王齐洲:《中国文学观念论稿》,第 4 页,武汉:湖北教育出版社,2004 年。

《中国文学史》除诗词、戏曲、小说外，仍包括诸子、文字、诏敕、疏议、书牍等。这说明传统文学观念在当时依然没有完全消褪，"新旧杂糅"仍是这一时期文学观念的表现形态。①

不过，在较早接受西方文化的王国维以及以鲁迅为代表的一些先进知识分子身上，"纯文学"观得到认同。在"杂文学"观向"纯文学"观转变的过程中，王国维可谓开风气之先。他最早提出了"纯文学"的概念，是第一个强调文学具有独立价值的人。② 我国现代的"纯文学"观念是通过王国维在德国古典美学的基础上首先付诸学术实践，又经过其后许多学者的努力提倡而逐步建立起来的。③ 他在《国学丛刊序》中表达了自己超乎他那个时代的远见卓识：

> 学之义广矣，古之所谓"学"，兼知行言之；今专以知言，则学有三大类：曰科学也，史学也，文学也。凡记述事物而求其原因，定其法理者，谓之科学。求事物变迁之迹，而明其因果者，谓之史学。出入于二者间，而兼有玩物适情之效者，谓之文学。④

王国维试图从学科比较的角度来阐释文学的本质内涵，尽管他还没有明确地给文学以定义，但他对文学本质的体悟，已较章太炎有了本质上的不同，从思想深度上看是"远远超过了同时代的其他学人"⑤。王国维深受叔本华和尼采哲学思想的影响，提倡超功利的文学观，反对传统的载道与致用的文学观，追求文

①⑤ 赵敏俐：《文学研究方法论讲义》，第 19 页，第 6 页，北京：学苑出版社，2005 年。

② 王国维：《文学小言》，见姜东赋编《千古文心——王国维文选》，第 103～104 页，天津：百花文艺出版社，2002 年。

③ 旷新年：《现代文学观的发生与形成》，北京：《文学评论》，2000 年第 4 期。

④ 王国维：《国学丛刊序》，见洪治纲编《王国维经典文存》，第 258 页，上海：上海大学出版社，2003 年。

学研究的独立学术品格。① 在《文学小言》中，他说："一切学问皆能以利禄劝，独哲学与文学不然。""铺缀文学绝非真正之文学也。"这有利于引导人们从美学角度去认识文学，与传统的功利文学观念截然不同。他还在这篇文章中首先提出了"纯文学"的概念，并指出："文学中有二原质焉：曰景、曰情。前者以描写自然及人生之事实为主，后者则吾人对此种事实之精神的态度也。故前者客观的，后者主观的也；前者知识的，后者感情的也……要之，文学者，不外知识与感情交待之结果而已。"② 他把叙事、抒情看作文学的主旨。在《屈子文学之精神》中又说："诗歌者，感情的产物也。虽其中之想象的原质（即知利的原质），亦须有肫挚之感情为之素地，而后此原质乃显。"③ 他是从文学的本质属性角度来解读诗歌。他为中国文学观念由"杂"向"纯"过渡作出了理论建树。④ 王国维还认为文学为美的表现形式之一，凡借用艺术形式，又以审美创造方法制作的，能够反映出具有审美意义的内容作品，才是属于美学范畴的文学。⑤ 这实际上把"杂文学"与"纯文学"作了区分。他的《红楼梦评论》、《人间词话》、《宋元戏曲考》成为古代文学研究领域在"纯文学"观念指导下产生的第一批标志性成果。

鲁迅比较明显地受到了王国维的影响。早在 1908 年的《摩

---

① 钱中文：《五四前我国文学观念的论争和现代化之首演》，西安：《陕西师范大学学报》，2004 年第 4 期。

② 王国维：《文学小言》，见姜东赋编《千古文心——王国维文选》，第 103～104 页，天津：百花文艺出版社，2002 年。

③ 王国维：《屈子文学之精神》，见洪治纲编《王国维经典文存》，第 157 页，上海：上海大学出版社，2003 年。

④ 敏泽：《中国文学思想史》，第 550 页，武汉：湖南教育出版社，2004 年。

⑤ 王国维：《古雅之在美学上之位置》，见姜东赋编《千古文心——王国维文选》，第 64～68 页，天津：百花文艺出版社，2002 年。

罗诗力说》中,他就对王国维提出的"纯文学"观念作出了呼应:"由纯文学上言之,则以一切美术之本质,皆在使观听之人,为之兴感怡悦。文章为美术之一,质当亦然。"①这与以往的传统文学观念截然不同,是对"杂文学"观的反动。以《中国小说史略》为代表的一系列古典文学研究著作,都是他把"纯文学"观付诸学术实践的结晶。五四前后,传统文学观受到比以往任何时候都更为猛烈的冲击,"纯文学"观的权威地位在学术界初步确立。1917年,陈独秀在《答沈藻墀》中说:"鄙意文章分类,略为二种:一曰应用之文,一曰文学之文。应用之文,大别为评论、纪事二类。文学之文,只有诗、词、小说、戏(无韵者)、曲(有韵者,传奇亦在此内)五种。"②他所说的"应用之文"和"文学之文",就内涵而言,它们基本上就是所谓的"杂文学"与"纯文学"。在《致胡适信》中,陈独秀又表明类似观点:"鄙意文学之文必与应用之文区而为二,应用之文但求朴实说理纪事,其道甚简。而文学之文,尚须有斟酌处。"关于"文学之文",在《答曾毅》中,陈独秀进一步解释道:"文学之义,特其描写美妙动人者耳。其本义原非为载道有物而设,更无所谓限制作用,及正当的条件也。状物达意之外,倘加以他种作用,附以别项条件,则文学之为物,其自身独立存在之价值,不已破坏无余乎?故不独代圣贤立言为八股文之陋习,即载道与否,有物与否,亦非文学根本作用存在与否之理由。"③他在对传统文学观的批评中强调了文学的独立价值。1917年,他的《文学革命论》旗帜鲜明地提出文学革命三大主

① 鲁迅:《摩罗诗力说》,《鲁迅全集》(一),第 73 页,北京:人民文学出版社,2005 年。

② 陈独秀:《答沈藻墀》,见水如编《陈独秀书信集》,第 183 页,北京:新华出版社,1987 年。

③ 陈独秀:《答曾毅》,见任建树编《陈独秀著作选》(第一卷),第 292 页,上海:上海人民出版社,1993 年。

义："曰推倒雕琢的阿谀的贵族文学,建设平易的抒情的国民文学。曰推倒陈腐的铺张的古典文学,建设新鲜的立诚的写实文学。曰推倒迂晦的艰涩的山林文学,建设明了的通俗的社会文学。"①表明文学革命者抛弃传统的旧文学观,建立新型文学观的决心和勇气。周作人对"纯文学"有自己的认识,他提出文学与非文学的标准:"文章中有不可缺者三状:具神思 Ideal,能感兴 Impassioned,有美致 Artitic 也。"②其《论文章之意义及其使命因及中国近时论文之失》又划分了"纯文学"与"杂文学"的范围:"夫文章一语,虽总括文诗,而其间实分两部:一为纯文章,或名之曰诗,而又分之为二,曰吟式诗,中含诗、赋、词、曲、传奇、韵文也;曰读式诗,为说部之类散文也。此他书,记论状诸属,自为一别,皆杂文章耳。"周作人对文学范畴的界定,对"纯文学"与"杂文学"的划分意义重大,是中国近代对文学范围的最为完备的论述之一。③ 五四时期,刘半农《我之文学改良观》云:"其必须列入文学范围者,惟诗歌戏曲、小说杂文、历史传记三种而已。""凡可视为文学上有永久存在之资格与价值者,只有诗歌戏曲、小说杂文二种也。"刘半农继承周作人对"纯文学"与"杂文学"的划分,并得到学术界的呼应。④ 可见,到五四新文化运动兴起之际,中国人在文学本体论方面完成了由"杂文学"到"纯文学"的转变。1919 年,朱希祖发表《文学论》,其中有这样一段话:"吾国之论文学者,往往以文字为准,骈散有争,文辞有争,皆

---

① 陈独秀:《文学革命论》,见任建树编《陈独秀著作选》(第一卷),第 260~261 页,上海:上海人民出版社,1993 年。

② 周作人:《关于鲁迅之二》,《鲁迅的青年时代》,第 125 页,石家庄:河北教育出版社,2002 年。

③ 袁进:《中国文学观念的近代变革》,第 110 页,上海:上海社会科学院出版社,1996 年。

④ 陈平原:《二十世纪中国小说理论资料》(第二卷),第 26 页,北京:北京大学出版社,1997 年。

不离乎此域;而文学之所以与他学科并立,具有独立之资格,极深之基础,与其巨大之作用,美妙之精神,则置而不论。故文学之观念,往往浑而不析,偏而不全。"①这里表达的是对传统文学观念的不满,及对文学独立价值的追求。而在此之前的1917年,他还仍在"骈散之争那里打转"②,不难发现,随着新文化运动的深入,新文学观念也逐步得到人们的认可。同是1919年,罗家伦《什么是文学》一文给文学的定义是:"文学是人生的表现和批评,从最好的思想里写下来的,有想象,有感情,有体裁,有合于艺术的组织;集此众长,能使人类普遍心理,都觉得他是极明了,极有趣的东西。"③当然,罗家伦的文学定义离现代文学观念仍有距离,但他在很大程度上已揭示了文学的本质特征,表明五四时期人们对文学本质认识的深化。从新的文学观念出发,给文学以明确定义的是胡适。1920年,他在《什么是文学》一文中说:"我尝说:'语言文字都是人类达意表情的工具,达意达得好,表情表得好,便是文学。'但是,怎样才是'好'与'妙'呢?这就很难说了。我曾用最浅近的话说明如下:'文学有三个要件:第一要明白清楚,第二要有力能动人,第三要美。'"④此时,胡适的文学观已经基本与传统文学观念划清了界限,树立了新型的"纯文学"观。1921年,郑振铎发表《文学的定义》一文,他和王国维一样,也是在科学与其他艺术门类的对比中来把握文学的内涵的:"文学是人们的情绪与最高思想联合的'想象'的表现,而他的本身又是具有永久的艺术的价值与兴趣的。"他指出,科

---

① 朱希祖:《文学论》,北京:《北京大学月刊》第1卷第1号,1919年1月。

② 陈平原:《早期北大文学史讲义三种·序》,第5页,北京:北京大学出版社,2005年。

③ 罗家伦:《什么是文学》,见刘经庵《中国纯文学史纲》,第2页,北京:东方出版社,1996年。

④ 胡适:《什么是文学——答钱玄同》,见姜义华编《胡适学术文集》,第67页,北京:中华书局,1993年。

学与文学的不同在于：文学诉诸情感，科学诉诸智慧；文学的价值与兴趣在于它本身，科学的价值在于揭示真理，而不在书的本身。而文学与其他艺术门类的区别是：文学是想象的，它与诉诸视觉的绘画和雕塑不同；文学表达人们的思想感情，与诉诸听觉的音乐也不同。① 无疑，这是对"纯文学"观精确而全面的阐释。正是在这样比较先进的"纯文学"观指导下，胡适和郑振铎才在古典文学研究方面取得了巨大的成绩。

但是，"纯文学"观取代"杂文学"观的过程并不是一蹴而就的。"新旧杂糅"的现象在文学观念转变过程中是不可避免的，出现于五四前后的一些文学史著作，也暗示出"纯文学"观在其确立之初，并非彻底地取代了"杂文学"观。这些文学史几乎都有一个不约而同的写作步骤，即为确定论述范围和研究对象，开篇首要任务就是对文学的内涵和外延予以界定。在他们看来，不如此就无法展开论述，这暗示出学术界在文学观上还存在分歧。如1918年谢无量《中国大文学史》第一编"绪论"之第一章就是"文学之定义"。他先不厌其烦地列举古人对于"文"的阐释，还罗列西方文艺家的文学定义，最后说："文学有二义焉：（甲）兼包字义，统文书之属……凡可写录，号称书籍，皆此类也，是谓广义。但有成书，靡不为文学矣。（乙）专为述作之殊名，惟宗主情感，以娱志为归者，乃足以当之……知绘画音乐雕刻之为艺，则知文学矣。文学描写感情，不专主事实之知识。世之文书，名曰科学者，非其伦也。虽恒用历史科学之事实，然必足以导情陶性者而后采之。斥厥专知，撷其同味，有以挺不朽之盛美焉。此于文学谓之狭义。如诗歌、历史、传记、小说、评论等是也。"②他没有正面阐述自己的文学观念，但我们从他给文学下

---

① 郑振铎：《文学的定义》，《郑振铎全集》（3），第390～394页，石家庄：花山文艺出版社，1998年。

② 谢无量：《中国大文学史》，第3页，郑州：中州古籍出版社，1992年。

的定义可以发现,他的文学观应是建立在西方文学观念基础上的,因为他强调了文学的陶冶情感的本质特征,认识到文学的审美特征和精神属性。只是就《中国大文学史》的具体论述范围而言,它既包括汉魏乐府、五代词曲、宋元杂剧、明清小说,又含有文字学、音韵学、经学、史学、诸子学、理学,这显示出其文学观改造的不彻底性,以及文学观念与学术实践的脱节,但谢无量的文学观还是非常接近于"纯文学"观,"新"成分多于"旧"成分。

进入20年代尤其是在30年代,"纯文学"观已基本被学术界接受,这在出现于这一历史时期的几部文学史著作中即可得到印证。1920年,朱希祖《中国文学史要略》刊行。他在这部书的序中说道:"盖此编所讲,乃广义之文学。今则主张狭义之文学矣,以为文学必须独立,与哲学、史学及其他科学,可以并立,所谓纯文学也。"①可见,五四新文化运动后,文学学科的独立性进一步增强,"纯文学"观念越来越深入人心。早期文学史著作一般都先不厌其烦地罗列古今中外的文学定义,试图揭示文学的内涵与外延,然后划定论述范围,对文学观念的探讨仍是文学史写作的首要任务。如1923年凌独见《新著国语文学史》第一编"通论"之第一章"文学的定义",1924年胡怀琛《中国文学史略》第一章"绪论"之第一节"文学之界说与分类",1925年谭正璧《中国文学史大纲》第一章"绪论"之"论文学",1927年陈钟凡《中国文学批评史》第一章之"文学之义界"的"文之本义及歧义"、"历代文学之义界"、"近世文学之义界"。他们采取了和黄人一样的写作思路:罗列各种关于文学的定义,然后从中取舍,作为自己文学史写作的依据,自己并不旗帜鲜明地给文学下一

<hr/>

① 朱希祖:《中国文学史要略·叙》,见陈平原编《早期北大文学史讲义三种》,第241页,北京:北京大学出版社,2005年。

个明确定义。①

到 30 年代以后，人们再写文学史时便不再花费气力去探讨文学的内涵与外延，因为这时"纯文学"观早已确立，在他们看来，文学史的"论述范围已是不辩自明了"②。1932 年，胡云翼《新著中国文学史》说："这样广泛无际的文学界说，乃是古人对学术文化分类不清的说法，已不能适用于现代。狭义的文学乃是专指斥之于情绪而能引起美感的作品。"这是一种"纯文学"观。从这种文学观念出发，他说："只有诗歌、辞赋、词曲、小说及一部美的散文和游记等，才是纯粹的文学。"③1932 年，刘麟生《中国文学史》对"有美感的重情绪的纯文学"进行了重点论述；④1933 年，刘大白的《中国文学史》甚至干脆认为"只有诗篇、小说、戏剧，才可称为文学"⑤；特别是 1935 年，刘经庵《中国纯文学史纲》和金受申《中国纯文学史》两部"纯文学"史的出版，都说明"纯文学"观已得到学术界的一致认可。

总之，从 20 世纪初开始，在"西学东渐"的文化背景下，历经许多学者的反复提倡和学术实践，至五四前后特别是进入二三十年代，"纯文学"观才逐步得到学术界的认可。

"纯文学"观与古典文学研究的新气象

古典文学学科发展的历史，是"文学观念逐渐从经学思想的笼罩下走出来，趋向独立的历史"，也是古典文学研究领域，逐步

---

① ② 魏崇新、王同坤：《20 世纪中国文学史观》，第 36 页，第 36 页，北京：西苑出版社，2000 年。

③ 胡云翼：《新著中国文学史》，第 5～6 页，上海：华东师范大学出版社，2004 年。

④ 刘麟生：《中国文学史》，第 1 页，上海：上海世界书局，1932 年。

⑤ 刘大白：《中国文学史》，第 2 页，上海：上海开明书店，1933 年。

从经史的庞杂宽泛走向明确文学本体的过程。在传统文学观支配下,古典文学研究向来以诗文为重点,通俗文学根本登不得大雅之堂;治经所习用的义理、考据左右着文学研究,古典文学研究没有摆脱传统经学的影响。① 20 世纪初以来,随着文学观念现代转换的完成,文学的内涵及外延已逐渐淡出人们的研究视野,而是在按照新文学观念建立的"学科体系和理论框架内寻找自己感兴趣的课题进行研究,以便进一步丰富古代文学研究的学术成果,完善古代文学的学科体系"②。在"纯文学"观念指引下,随着新材料的发现,新型研究方法的引入,古典文学研究领域呈现出前所未有的新气象。

首先,随着"纯文学"观的建立,文学的外延发生变化,古典文学的研究范围逐步"纯粹化",经学、史学、哲学等被分离出去,许多文学史不再把它们作为研究对象,而把"纯文学"当作真正的"文学"。③简而言之,就是"纯文学进来,非文学出去"。在"杂文学"观支配下,早期文学史的论述范围主要在先秦,唐前也比唐后论述得详尽。而二三十年代中国文学史所论述的范围已大大缩小,它们已将论述的重点集中于"纯文学",即诗歌、词赋、戏曲、小说这几种文学样式上。1929 年,曾毅修订出版《中国文学史》。他在"总论"中说:"但至今日,欧美文学之稗贩甚盛,颇掇拾其说,以为我文学之准的,谓诗歌曲剧小说为纯文学,此又今古形势之迥异也。"④出现于 20 年代的许多文学史著作大都以"纯文学"标准来划定论述范围。凌独见《新著国语文学史》说:"文学就是人们情感、想象、思想、人格的表现。"根据这一标准,

---

① 周兴陆:《20 世纪中国古代文学研究史·总论卷》,第 100 页,上海:东方出版中心,2006 年。

②③ 王齐洲:《中国文学观念论稿》,第 23 页,第 26 页,武汉:湖北教育出版社,2004 年。

④ 曾毅:《订正中国文学史》,第 20 页,上海:泰东图书局,1929 年。

他认为文学研究的重点则在诗词、戏曲、散文、小说。① 胡怀琛《中国文学史略·绪论》指出："文学之界说,有广义、狭义之不同。自广义言之:一切文字,皆谓之文学。自狭义言之:则普通文字,谓之文字;而(一)由咨嗟咏叹而出之者,(二)或有艺术之装点者,谓之文学。"②他所谓"广义文学"就是"杂文学","狭义文学"就是"纯文学"。综观其文学史,论述的重点是戏曲、小说、诗歌,显然他秉承的是"纯文学"观念。谭正璧《中国文学史大纲》也对"杂文学"与"纯文学"加以区分:"'文'指纯文学,'笔'指杂文学,一即狭义的文学,一即广义的文学。"认为唐诗、宋词、元明戏曲、明清小说均为"真正的文学作品"。③

特别是文学革命后,胡适开风气之先,以其《白话文学史》为代表的新文学史著作成为一种纯文学史,《白话文学史》不仅开创了文学史学科典范,而且重新厘定了文学的界限,确定了文学的内涵"④。30 年代,一些文学史家更自觉地按照"纯文学"的标准确定研究的范围和重点。1932 年刘麟生《中国文学史》云:"文学是什么东西? 要回答这句话,不得不分文学为广义的或狭义的两种。广义的文学,是指一切文字上的著述而言。狭义的文学,是指有美感的重情绪的纯文学。""文学史是研究什么文学呢? 当然是研究纯文学。"⑤1935 年刘经庵《中国纯文学史纲》、金受申《中国纯文学史》更是明确为"纯文学"立碑树传,把"纯文学"视为自己的唯一研究对象。刘经庵《中国纯文学史纲》甚至公开宣称"本编所注重的是中国的纯文学,除诗歌、词、曲、

---

① 凌独见:《新著国语文学史》,第 8 页,上海:商务印书馆,1923 年。

② 胡怀琛:《中国文学史略》,第 1 页,上海:上海梁溪图书馆,1924 年。

③ 谭正璧:《中国文学史大纲》,第 3 页,上海:光明书局,1935 年。

④ 旷新年:《现代文学观的发生与形成》,北京:《文学评论》,2000 年第 4 期。

⑤ 刘麟生:《中国文学史》,第 1～7 页,上海:世界书局,1932 年。

小说外,其他概付阙如"①。胡云翼曾说:"在最初的几个文学史家,他们不幸都缺乏明确的文学观念,都误认文学的范畴可以概括一切学术,故他们竟把经学、文字学、诸子哲学、史学、理学等,都罗致在文学史里面,如谢无量、曾毅、顾实、葛遵礼、王梦曾、张之纯、汪剑如、蒋鉴璋、欧阳溥存诸人所编著的都是学术史,而不是纯文学史。"②他对"杂文学"观念指导下早期文学史著作论述范围的庞杂宽泛提出批评,认为只有诗歌、辞赋、词曲、小说及美的散文等"纯文学"样式,才是文学史论述的主要内容。他如郑振铎《文学大纲》、陈钟凡《中国韵文通论》、王易《词曲史》、范烟桥《中国小说史》、刘大白《中国文学史》、赵景深《中国文学史新编》等,基本上都以"纯文学"观限定论述的对象。

其次,"纯文学"观确立后,因文化地位低微而备受学术界冷落的小说、戏曲,成为学术界关注的重点,认为"元明剧本,明清小说,乃近代文学之粲然可观者"③。因为,"纯文学"观是在西方文学观念的基础上建立起来的,而在西方文学观念中占有绝对优势地位的便是戏曲和小说。陈独秀早在 1917 年《答钱玄同》中就提倡加强小说研究:"国人恶习,鄙夷戏曲小说为不足齿数,是以贤者不为,其道日卑,此种风气,倘不转移,文学界决无进步之可言。"并对《红楼梦》等给以高度评价。首先提出"纯文学"观念的王国维,较早地把学术目光投向了小说、戏曲领域。他的《红楼梦评论》是中国第一篇具有现代学术品格的研究论文,他的《宋元戏曲考》是中国第一部戏曲史,它们都是小说、戏

---

① 刘经庵:《中国纯文学史纲·编者例言》,第 1 页,北京:东方出版社,1996 年。

② 胡云翼:《新著中国文学史·自序》,第 4 页,上海:华东师范大学出版社,2004 年。

③ 陈独秀:《文学革命论》,见任建树编《陈独秀著作选》(第一卷),第262 页,上海:上海人民出版社,1993 年。

曲研究领域的奠基性成果。1923年，鲁迅出版了在我国古代小说研究史上具有划时代意义的《中国小说史略》。他在书中清晰地梳理了中国小说发生、发展、成熟的历史过程，对各个历史阶段的小说面貌及主要特征予以完整勾勒。它的诞生结束了古典小说研究中那种零散的感性的评点式批评，改变了中国古典小说无史的局面，开创了中国小说学学科。《中国小说史略》与《宋元戏曲考》一起被郭沫若并誉为"中国文艺史研究上的双璧"，说他们"不仅是拓荒的工作前无古人，而且是权威的成就，一直领导着百万后学"。① 因为，它们分别开创了中国古代戏曲史和小说史学科。另外，《唐宋传奇集》、《古小说钩沈》、《中国小说的历史的变迁》等，也是鲁迅在"纯文学"观指导下古代小说研究的重要成果。

给小说、戏曲以充分肯定，并在小说研究领域做出突出贡献的还有胡适。他在《白话文学史》中给戏曲、小说以极高评价："七八百年前，就有人用白话作小说了；六百年前，就有白话的戏曲了；《水浒》、《三国》、《西游》、《金瓶梅》，是三四百年前的作品；《儒林外史》、《红楼梦》，是一百四五十年前的作品。我们要知道，这几百年来，中国社会里行销最广、势力最大的书籍，并不是四书五经，也不是程朱语录，也不是韩柳文章，乃是那些'言之不文，行之最远'的白话小说！"②他称"以俚语为之"的剧本、小说皆为"第一流之文学"③，在与那些载道文学的对比中，给小说和戏曲以崇高的文学史地位。其《文学改良刍议》又说："今日之文学，其足与世界'第一流'文学比较而无愧色者，独有白话小说

---

① 郭沫若：《历史人物·鲁迅与王国维》，第 227 页，北京：中国人民大学出版社，2005 年。

② 胡适：《白话文学史·引子》，第 1 页，北京：团结出版社，2006 年。

③ 胡适：《吾国历史上的文学革命》，见姜义华编《胡适学术文集》，第 4 页，北京：中华书局，1993 年。

（我佛山人、南亭亭长、洪都百炼生三人而已）一项"，认为"今人犹有鄙夷白话小说为文学小道者，不知施耐庵、曹雪芹、吴趼人，皆文学正宗，而骈文律诗乃真小道耳"。① 这种观点，今天看来不算稀奇，然而，在当时的学术界却是惊世骇俗、振聋发聩的。在新文学观指导下，他对《红楼梦》、《水浒传》、《三国演义》、《西游记》、《醒世姻缘传》等明清小说进行了系统研究，提出许多新鲜观点，解决了一些悬而未决的问题。如1921年他发表了《红楼梦考证》一文，证明《红楼梦》的作者是曹雪芹，小说为作者的"自叙传"，从而有力地驳斥了索隐派捕风捉影式的主观臆想，使《红楼梦》研究真正走上科学规范的学术之路，至今仍有惠于红学研究。1923年，俞平伯写成《红楼梦辨》，进一步丰富了胡适的学术思想，并促成以他和胡适为代表的"新红学"的诞生，并使之成为现代文学观念在古典文学研究领域的标志性成果。

除王国维、鲁迅、胡适等人及其论著外，在小说、戏曲研究领域还涌现出一大批著名学者，产生了许多影响深远的学术论著。自五四运动前后至20年代末，关于白话文学、平民文学、戏曲、小说方面的研究论文占同一时期古典文学研究论文的半数以上，其中取得突出成就的领域又是对小说、戏曲，尤其是宋元以来戏曲、小说的研究。② 像吴梅的《中国戏曲概论》、赵万里的《旧刻元明杂剧二十七种序录》、胡怀琛的《中国小说研究》等都比较著名。仅郑振铎一人就在20年代发表了20多篇小说、戏曲方面的研究论文，如《中国小说的文类及其演化的趋势》、《中国小说提要》等。进入30年代，戏曲、小说研究依然保持强劲势头。汪辟疆《唐人小说》，孙楷第《日本东京所见小说书目》、《中

---

① 胡适：《文学改良刍议》，见姜义华编《胡适学术文集》，第22页，北京：中华书局，1993年。

② 吴光正、赵琳：《二十世纪古代文学学术史论著索引》，第1～4页，哈尔滨：黑龙江大学古代文学学科印行，2003年。

国通俗小说书目》,谭正璧《中国小说发达史》,孔另境《中国小说史料》,卢前《明清戏曲史》,梁乙真《元明散曲小史》,郑振铎《插图本中国文学史》等,都把戏曲、小说提高到"中国文学史的中心"的高度来认识。同时,古典小说的整理工作也提上议事日程。1920 年至 1922 年间,亚东图书馆出版了汪原放标点的《水浒传》、《西游记》、《三国演义》等,为古代小说研究提供了便利。

同时,随着小说、戏曲研究热潮的兴起,其他通俗文学样式也得到学术界的关注。1928 年,胡适在《白话文学史》的"引子"中强调:"白话是有很长又很光荣的历史的","白话文学史就是中国文学史的中心部分。中国文学史若去掉了白话文学的进化史,就不成中国文学史了。只可叫做'古文传统史'罢了。"在《建设的文学革命论》中又说:"中国两千年何以没有真有价值有生命的'文言的文学'?……这都因为这两千年的文人所做的文学都是死的,都是用已经死了的语言文字做的。死文字绝不能做出活文学……简单说来,自从《三百篇》到于今,中国的文学凡是有一些价值有一些生命的,都是白话的。其余的都是没有生气的古董,都是博物院中的陈列品。"[1]对白话文学的无比推崇,就是对俗文学的赞许,因为许多通俗文学就是用白话文写成的。胡适关于白话文的一系列观点虽有矫枉过正之嫌,但却表现出与传统文学观的决绝态度。另外,随着世纪初敦煌文献的被发现,敦煌俗文学的价值得到充分肯定,这是现代文学观念进入学术视野的结果。它引起人们对古典文学学科的新思考,改变了古典文学研究的结构布局,使通俗文学的研究空前高涨。[2] 以1932 年郑振铎的《插图本中国文学史》为例,他一改传统文学观

---

① 胡适:《建设的文学革命论》,见姜义华编《胡适学术文集》,第 42 页,北京:中华书局,1993 年。

② 周兴陆:《20 世纪中国古代文学研究史·总论卷》,第 106 页,上海:东方出版中心,2006 年。

对通俗文学的轻蔑态度,却对弹词、宝卷、民间小曲等表现出少有的热情,论述甚为详备。他为这些"不入流"的文学样式设立了专章,如"鼓子词与诸宫调",使它们获得了与"《诗经》与《楚辞》"、"先秦的散文"得到了一样的待遇。① "这一简单而富于实效的办法,也直接改变了它们零散、边缘的状态,使之名正言顺地融入到主流文学中去。"②俗文学研究的兴起,使古代歌谣、民歌、散曲、变文、鼓子词、诸宫调、宝卷、弹词等都被纳入文学史研究范围,郑振铎《中国俗文学史》可谓这一研究领域的代表作。这进一步完善和丰富了古典文学的学科体系,拓展了古典文学的研究范畴,为以后古典文学学科的发展打下了坚实的基础。

再次,在"纯文学"观指导下,古典文学研究领域在继承"传统朴学的基础上,又引进了一些新方法"③。传统的研究方法主要表现为诗话、词话、评点、笺注及考据等,零碎而缺乏系统性。而"纯文学"观树立后,新方法给古典文学研究带来了质的变化。其一,西方的一些美学思想被引入古典文学研究领域,王国维在这方面作出了开创性的贡献。他"取外来之观念与固有之材料互相参证",著有经典性的"文艺批评及小说戏曲之作"。④ 1904年,《红楼梦评论》一文"全在叔氏之立脚地"⑤,是他接受叔本华唯意志论美学思想的产物。1908年,《人间词话》完成,其"境

---

① 郑振铎:《插图本中国文学史》第 38 章,第 555~578 页,上海:上海人民出版社,2005 年。

② 董乃斌:《中国文学史学史》,第 65 页,石家庄:河北人民出版社,2003 年。

③ 周兴陆:《20 世纪中国古代文学研究史·总论卷》,第 216 页,上海:东方出版中心,2006 年。

④ 陈寅恪:《王静安先生遗书序》,《王国维遗书》(一),第 2 页,上海:上海古籍书店,1983 年。

⑤ 王国维:《静安文集自序》,见姜东赋编《千古文心——王国维文选》,第 227 页,天津:百花文艺出版社,2002 年。

界"说尤其引人注目,它既是传统诗论的继承和发展,又明显受到西方文学思想特别是尼采文艺观的影响。1912 年,王国维又撰写了《宋元戏曲考》,其文学观念也明显受到西方影响。在他"关于戏剧的概念及元杂剧之'文章'的论说里,都有着'参证'西洋近代美学、文学与戏剧理论的明显特色"①。其二,进化论思想被广泛地应用于古典文学研究领域,使学术思想摆脱了"天不变,道亦不变"的历史循环观和复古观。王国维"一代有一代之文学"的结论即源自他对进化论的认同。黄人在《中国文学史》中也以进化论观点来考察文学的流变。②胡适更是有意识地把进化论思想应用于文学研究。1917 年他在《文学改良刍议》中说:"文学者,随时代而变迁者也。一时代有一时代之文学……此非吾一个之私言,乃文明进化之公理也。"他又在《历史的文学观念论》中说:"一时代有一时代之文学。此时代与彼时代之间,虽皆有承前启后关系,而决不容完全抄袭;其完全抄袭者,绝不成为真文学。愚惟深信此理,故以为古人已造古人之文学,今人当造今人之文学。"③胡适这种历史的文学观念与当时的文学革命相合,显示了他反对旧文学,提倡新文学的主张。其《白话文学史》视白话文学为中国文学正宗,把中国文学的发展史看作白话文学的进化史。以今天的眼光衡量,这不免以偏概全,并带有严重的形式主义倾向。但在进化论思想支配下,他把在正统文学观念看来一直不能登大雅之堂的白话文学,提升到如此高的学术地位,并认为"一切新文学的来源都在民间",指出许多古代

---

① 陈鸿祥:《王国维与文学》,第 282 页,西安:陕西人民出版社,1988年。

② 黄霖:《中国文学批评通史·近代卷》,第 802～806 页,上海:上海古籍出版社,1996 年。

③ 胡适:《历史的文学观念论》,见姜义华编《胡适学术文集》,第 32页,北京:中华书局,1993 年。

著名作家都从民间文学中汲取营养这一重要现象,这于古典文学研究具有非同寻常的文学史意义。对于促进戏曲、小说等民间文学的研究,其功甚巨。同时,胡适还把杜威实验主义哲学与中国传统考据学结合在一起,"大胆地假设,小心地求证",对《红楼梦》、《水浒传》等古典小说进行富于开创性的研究。其三,人类学、社会学、民俗学等也被引入古典文学研究领域。如《诗经》中《野有死麕》一篇,胡适就认为它是古代男子对女子求婚的诗篇,并联系古代婚俗予以阐释。对于《关雎》一篇,他说:"南欧民族中,男子爱上了女子,往往携一大提琴至女子的窗下,弹琴唱歌以挑之。吾国南方民族中亦有此风,我以为《关雎》一诗的'琴瑟友之','钟鼓乐之',亦当作'琴挑'解。"他还指出:"研究民歌者,当兼读关于民俗学的书,可得不少的暗示。"①这与以往在传统文学观支配下的牵强附会的解经方式显然有质的不同。② 而1927年闻一多的《诗经的性欲观》则把弗洛伊德的学说引入《诗经》研究,更是引起学术界的不小震动。接着他又从文学人类学、民俗学、神话学、宗教学等角度解读《诗经》,撰写了《风诗类钞》、《诗经通义》、《诗经新义》等。此外,还有学者又以文化人类学、民俗学研究神话。如孙作云《九歌东君考》就说:"古文学的研究已经由文字训诂、文学欣赏诸方面进到民俗学考古学的领域了。"③而郭沫若将精神分析法引入古典文学研究,发表《〈西厢记〉艺术上的批判与其作者的性格》,顾颉刚以民俗学视角研究孟姜女故事等,都是新方法与古典文学研究结合的成功范例。

---

① 《胡适古典文学研究论集》,第 296 页,上海:上海古籍出版社,1988年。

② 李海燕:《胡适:转型期古代文学研究的开创者》,济南:《理论学刊》,2005 年第 11 期。

③ 孙作云:《九歌东君考》,《孙作云文集·楚辞研究》(下),第 449 页,开封:河南大学出版社,2003 年。

最后，"纯文学"观促进了文学独立意识的真正觉悟，使文学的"审美功能得到尊重"①。在传统文学观念中，文学始终是政治、伦理的附庸，经世致用是其主要目的。梁启超所倡导的"小说界革命"与传统文学观比较虽别具新意，但他仍未摆脱文学的实用与功利目的，在表面的"新"的旗帜之下，内里却是旧的传统。王国维倡导文学的独立价值，崇尚文学的非功利性。他认为："美术之无独立价值也久矣。此无怪历代诗人多托于忠君爱国、劝善惩恶之意，以自解免，而纯粹美术上之著述，往往受世之迫害，而无人为之昭雪者也，此亦我国哲学、美术不发达之一原因也。"②这种观点在当时可谓空谷足音。他把那些系于名利之下的文学称为"铺缀的文学"、"文绣的文学"，而非"真文学"。③但又把文学视为超然于现实人生之外的东西，在当时也未产生明显的影响。直到五四时期"人"的文学的提出，"纯文学"观的初步树立，才是文学本质意义上的觉醒。

"纯文学"观注重感情，相对于载道的传统文学观，文学"表情达意的审美功能得以突显"④。在"纯文学"观指导下，情感、想象、审美等成为观照文学的主要视角，它们揭示出文学之所以为文学而区别于科学和其他艺术门类的独特性。学术界在对古代文学作品进行评价时，不再受传统文学观所谓的载道教化意识的制约，而是注重对作品本身所蕴含的情感、艺术趣味、表现

---

① 旷新年：《现代文学观的发生与形成》，北京：《文学评论》，2000 年第 4 期。

② 王国维：《论哲学家与美术家之天职》，见姜东赋编《千古文心——王国维文选》，第 55 页，天津：百花文艺出版社，2002 年。

③ 王国维：《文学小言》，见姜东赋编《千古文心——王国维文选》，第 104 页，天津：百花文艺出版社，2002 年。

④ 黄霖：《中国文学批评通史·近代卷》，第 805 页，上海：上海古籍出版社，1996 年。

技巧等美学特征的探讨。① 胡适认为"达意达的好，表情表的妙，便是文学"，"文学的基本作用（职务）还是表情达意"。② 在《白话文学史》中他特别对乐府民歌的生动活泼、感情真挚给以艺术上的肯定。陈独秀《文学革命论》所谓的"平易的抒情的国民文学"，"新鲜的立诚的写实文学"，"通俗的明了的社会文学"，就是对白话文学富于情感和艺术价值的充分肯定。只有在新文学观指导下才会把文学的抒情审美功能提到首位，这对以载道为首务的传统文学观而言是不可想象的。郑振铎强调："文学是人类感情之倾泻于文字上的。他是人生的反映，是自然而发生的，他的使命，他的伟大的价值，就在于通人类的感情之邮。"③他认为文学革命"必得从感情方面着手"④。随着"纯文学"观对情感的重视，二三十年代出现的文学史开始抛弃侧重于教化功能的传统文学观，而从"纯文学"观角度，对文学作品进行新的诠释和评价。如 1923 年凌独见《新著国语文学史》对章太炎的文学概念提出异议，认为"文学就是人们情感、想象、思想、人格的表现"⑤。1924 年，胡怀琛《中国文学史略》云："情者，感情也，文学属于情。"1929 年，谭正璧《中国文学进化史》认为"文学是属于情感的"。1932 年，胡云翼在其《新著中国文学史》中对传统的广义文学观念"于学术文化分不清"的弊端予以批评，进而指出"专指诉之于情绪而能起美感的作品"的狭义文学观，才是

---

① 杜治国：《文学观念的变革与纯文学史的兴起》，曲阜：《齐鲁学刊》，2002 年第 2 期。

② 胡适：《建设的文学革命论》，《胡适学术文集》，第 43 页，北京：中华书局，1993 年。

③ 郑振铎：《新文学观的建设》，《郑振铎全集》(3)，第 435 页，石家庄：花山文艺出版社，1998 年。

④ 郑振铎：《文学与革命》，《郑振铎全集》(3)，第 419 页，石家庄：花山文艺出版社，1998 年。

⑤ 凌独见：《新著国语文学史》，第 1 页，上海：商务印书馆，1923 年。

"现代的进化的正确的文学观念"。三四十年代，朱自清《古诗十九首释》，闻一多《诗经新义》，《楚辞新义》，《唐诗新义》，游国恩《楚辞概论》，郭沫若《屈原研究》，刘永济《屈赋通笺》，冯沅君《古剧说汇》，赵景深《明清曲谈》，傅惜华《曲艺论丛》，林纾《韩柳文研究法》，章士钊《柳文概要》，李长之《道教徒诗人李白及其痛苦》等，都开辟了许多新的学术领域，改变了传统文学研究的"单一局面和学术规范"，使一些作品从审美角度重新得到解读。①即使对六经、诸子、《史记》、《汉书》等，也是以"纯文学"的眼光审视，而非从"杂文学"的角度来加以调和。② 以《诗经》研究为例，在"纯文学"观指导下，它不再被视为神圣的儒家经典，千百年来笼罩在它身上的迷雾被彻底清除，胡适、钱玄同、顾颉刚、闻一多等把它作为抒写感情的文学作品来研读。如1925年胡适《谈谈诗经》就认为《诗经》本身不是一部经典，是由汉代人附会成的经典，他建议用"新的观点，好的方法，多的材料"，"大胆地推翻两千年来的附会的见解，完全用社会学的、历史的、文学的眼光从新给每一首诗下个解释"。③ 钱玄同号召学术界"救《诗经》于汉宋腐儒之手，剥下它乔装的圣贤面具，归还它原来的文学真相"④。钱玄同《论诗经真相书》，顾颉刚《诗经在春秋战国间的地位》，闻一多《说鱼》、《姜嫄履大人迹考》等也对《诗经》从不同角度做出了全新阐释。

另外，"纯文学"观在古典文学研究领域的树立，也与20世

---

① 王齐洲：《中国文学观念论稿》，第24页，武汉：湖北教育出版社，2004年。

② 黄霖：《20世纪中国古代文学研究史·总前言》，第15页，上海：东方出版中心，2006年。

③ 胡适：《谈谈诗经》，《胡适文集》(12)，第12~14页，北京：北京大学出版社，1998年。

④ 钱玄同：《论"诗"及群经辨伪书》，《古史辨》(一)，第66页，上海：上海古籍出版社，1982年。

纪二三十年代的"政治文化思潮"息息相关。① 长期以来,对古典文学研究产生深远影响的传统文学观,本来就讲究经世致用,于是,作为社会意识形态的组成部分,古典文学研究也自觉地担负起推动社会文化进步的使命。因为,社会文化思潮的变迁,"都需要学术界的响应和支持,学术本身也需要融入社会变革的大潮中,发挥其现实作用"②。朱自清《论严肃》指出,新文化运动后,"词曲升格为诗,小说和戏曲也升格为文学。这自然接受了'外国的影响',然而这也未尝不是'载道',不过载的是新的道,并且与这个新的道合为一体"③。古典文学的学科分化、学术独立与社会文化思潮密不可分。王国维是提出"纯文学"观念的第一人,他强调文学的独立价值,也把西方文艺理论成功地用于古典文学研究,但客观地讲,这对整个古典文学研究界的影响有很大限制,主要原因就是他把文学研究视为超乎社会意识形态之外的东西。而胡适、陈独秀、鲁迅、周作人等,既是新文化运动和文学革命的倡导者,也是当时的古典文学研究者,他们把对古代文学的研究与新文学革命结合在一起。④

种种迹象表明,20 世纪二三十年代,"中国学术界逐步全面接受了西方现代文学观念,并把它作为古代文学研究的准绳。正是因为古代文学研究有了不同于传统国学研究的观念、对象、理论和方法,古代文学研究才有了自己的现代品格,并取得了与传统学术研究迥异的学术成果"⑤。

要之,古典文学研究在纯文学观指导下出现了一些新气象,

---

① ② ④ 周兴陆:《20 世纪中国古代文学研究史·总论卷》,第 50 页,第 49 页,第 50～52 页,上海:东方出版中心,2006 年。

③ 朱自清:《论严肃》,《朱自清全集》第 3 卷,第 140 页,南京:江苏教育出版社,1996 年。

⑤ 王齐洲:《中国文学观念论稿》,第 22 页,武汉:湖北教育出版社,2004 年。

20世纪中国古典文学学科通志

第一卷

326

"真正做到了以文学为研究对象"，"出于对封建旧文化的痛恨和蔑视，疑古思潮大行"，"越来越多的研究者运用分析、归纳方法，以及实证的方法从事具体的研究工作"，不再简单地以白话或文言来"区分古代文学"，能"比较灵活地理解和运用进化论"，研究方法"多样化"，等等。① 特别是 20 年代至 40 年代期间，首先是一些文学史家"借助于西方'文学'及'文学史'观念，从事系统的'科学研究'。其学术思路，伴随着新的教育体制的建立而迅速传播"。其次，"由于身处新旧交接时期，学者们大多有较好的旧学修养。在具体研究中，承继乾嘉遗风，注重考据辑佚，兼及金石与文史"。② 他们为古典文学学科的建立奠定了良好的基础。

存在的问题

20 世纪二三十年代，随着"纯文学"观的确立，文学的本质属性得到肯定，具有西方现代色彩的中国古典文学学科体系和古典文学研究理论体系，最终取代了传统文学观指导下的国学研究，开创了古典文学研究新局面，从此，作为一个独立的学科，古典文学走上了系统科学而又曲折不平的发展道路。不过，"纯文学"观这种源于西方的现代文学观念虽使中国古典文学成为一门独立的学科，但它却忽视了中国文学的实际发展状况，影响了人们对中国古典文学自身发展规律的认识，其阐释话语有着"明显的西化色彩"③。毕竟中国文学的发展有着自己独特的民

① 徐公持：《二十世纪中国古典文学研究近代化进程论略》，北京：《中国社会科学》，1998 年第 2 期。

② 陈平原：《四代人的文学研究图景》，北京：《北京大学学报》，1997 年第 4 期。

③ 赵敏俐：《文学研究方法论讲义》，第 8～12 页，北京：学苑出版社，2005 年。

族特色,机械地照搬国外的文学理论生硬地套用在中国文学研究上,就难免"陷于削足适履的尴尬局面"①。

三四十年代,就有不少人对运用建立在西方文学观念基础上的"纯文学"观进行中国古典文学研究所存在的问题有过思考。例如,许多人对古典文学的研究范围和对象提出了自己的见解。1934年,刘麟生《中国文学概论·序》就指出了中西文学的差异:"我们在形式方面,已经看见中国文学的发展与西洋文学所取的途径,稍稍有些不同,在诗词骈文方面颇有独到之处,在叙事诗话剧方面,中国远不及西方各国。""夫西洋文学,小说诗歌戏剧三者,乃其最大主干,故其成就者独多。我国则诗学成就,亦足自豪。而小说戏剧,诚有难言。近数年来,以受西洋思潮,始认小说戏剧为文学,前此而直视为猥丛之斜道耳,亦何有于文学之正宗乎?今虽此等谬见,渐即捐除。然而中国文学,范围较广。历史之沿革如此,社会之倾向如此,若必以为如西洋所指之纯文学,方足称为文学,外此则尽摈弃之,是又不可。"②由此可见,作者对古典文学研究界照搬西方文学观念,不顾中国文学作品实际情况和民族特色而有意"缩小"文学研究范围的不满。郑振铎也有类似议论:"将纯文学的范围缩小到只剩下'诗'与'散文'两大类,而于'诗'之中,还撇开了曲——他们称之为'词余',甚至还撇开了'词'不谈;于是文学史所讲述的纯文学,便往往只剩下五七言诗、古乐府,以及'古文'。"③再如唐君毅也指出:"近人以习于西方纯文学之名,欲自中国书籍中觅所谓纯

① 董乃斌:《中国文学史学史》,第122页,石家庄:河北人民出版社,2003年。

② 转引自蒋鉴璋:《文学范围论》,《文学论集》,第59页,北京:中国文化服务社,1936年。

③ 郑振铎:《插图本中国文学史·绪论》,第10页,上海:上海人民出版社,2005年。

文学,如时下流行之文学史是也。其不足以概中国文学之全,实为有读者所共知。"①也就是说,以"纯文学"观来观照中国古典文学,无法展现其全貌,②这势必会造成"残缺不全的文学史景观"③。有人在肯定以"纯文学"观来研究中国文学的同时也指出:"由于中西文化的交流,促成中国文学史的撰写与逐步改进……不过又过于笃守西方的文论,抹煞了中国传统的优美的抒情写景富于形象的骈散文,又把历史上丰富的中国文学现象狭隘化了。不免走上了另一个极端。"④可见,源于西方的"纯文学"观在一定意义上说是一把双刃剑。

"纯文学"观指导下的古典文学研究,使小说、戏曲研究异军突起,相对而言,"散文研究则明显受到冷落"⑤。因为,在西方散文远不如戏曲、小说重要,这与中国诗文早熟而小说、戏曲晚起的文学发展情况明显不同。1935 年,容肇祖在《中国文学史大纲》中道:"近年谈文学者,每以从美国人学到英文之故,觉得史学不是文学中之大体裁,只有诗歌、戏剧、小说才是文学中的大体裁。这是极端谬误的。"⑥他联系欧洲一些国家视史传为文学第一流体制的事实,认为"若我们以为西洋对于史书一般如此,乃真学人家'朝菌不知晦朔,蟪蛄不知春秋'了"。西方"纯文

---

① 唐君毅:《中国哲学与中国文学之关系》,见《中国比较文学研究资料》,第 406 页,北京:北京大学出版社,1989 年。

② 杜治国:《文学观念的变革与纯文学史的兴起》,曲阜:《齐鲁学刊》,2002 年第 2 期。

③ 陈伯海:《杂文学、纯文学、大文学及其他》,红河:《红河学院学报》,2004 年第 5 期。

④ 金启华:《建国前十三部〈中国文学史〉简评》,芜湖:《芜湖师专学报》,1985 年第 1 期。

⑤ 周兴陆:《20 世纪中国古代文学研究史·总论卷》,第 116 页,上海:东方出版中心,2006 年。

⑥ 容肇祖:《中国文学史大纲》,第 2 页,北平:北平朴社,1935 年。

学"观念对散文重视不够,而五四文学革命时期激进的"桐城谬种"和"选学妖孽"论的影响巨大。如钱玄同在《寄胡适之》这封信里说:"玄同深慨于吾国文言之不合一,致令青年学子不能以三五年之岁月,通顺其文理,以适于用。而彼'选学妖孽'与'桐城谬种',方欲以不通之典故,与肉麻之语调,戕贼吾青年,因之时兴文学改革之思,以未获同志,无从质证。"①同时,陈独秀《文学革命论》、鲁迅《且介亭杂文二集》之《五论文人相轻——明术》等也有这种情绪化语言。这样,传统诗文中的"文"即散文和骈文的研究受到冷落,它们被排除在"纯文学"范围之外,与小说、戏曲、诗歌的研究热潮形成鲜明对比。如谭正璧在《中国文学进化史》的"序"中就明确申明本书的特点就是"不叙'载道'的古文"。传统的"文"的研究的萧条,是 20 世纪二三十年代"纯文学"观念的一个盲点②。

近代对小说与群治关系的强调,以及后来新文学运动对平民文学的鼓吹,使小说、戏曲的学术地位日益提高,并促进了对它们的科学研究。但是,对于小说、戏剧、散文乃至诗歌等概念,20 世纪初所赋予它们的带有西方文学色彩的新内涵,与中国古代都存在着或大或小的差异。这也给古典文学研究带来一些不容回避的问题,如中外对"小说"的不同理解,"赋"这种文学样式的文体归属等,都存在争议。同时,五四文学革命时期,陈独秀、胡适、周作人等对平民文学、白话文学以及民间文学的提倡,是建立在对文言文学、贵族文学的彻底否定的基础上的,他们态度过于偏激,夸大了传统的保守性,带有明显的形而上学的弊端。

但 20 世纪从"杂文学"观念逐步走向"纯文学"观念,无论如

① 北京:《新青年》第 3 卷第 6 期。
② 周兴陆:《20 世纪中国古代文学研究史·总论卷》,第 116~117 页,上海:东方出版中心,2006 年。

何也是古典文学研究的进步,是对文学特征认识的清晰化、深入化。在这个过程中,古典文学研究也走向科学化、系统化。我们要做的是如何"将认清文学特征与中国民族的特点相结合,努力使我们的研究对象既是文学的,又是民族的,将文学观更加完善",而不是面对问题而回归到"杂文学"的老路上去。①

(黑龙江大学　陈才训)

---

① 黄霖:《20 世纪中国古代文学研究史·总前言》,第 16 页,上海:东方出版中心,2006 年。

"人的文学"、"平民文学"
观念与古典文学研究

"人的文学"、"平民文学"观念的提出与接受

周作人在 1918 年 12 月 15 日《新青年》上发表了《人的文学》，1919 年 1 月 19 日又在《每周评论》上发表了姊妹篇《平民的文学》。

周作人在《人的文学》中提倡新文学应以"人道主义"为核心，他说："我们希望从文学上起首，提倡一点人道主义思想。"众所周知，"人道主义"是以人为起点和目的，它源于西方文艺复兴思潮。周作人在新文学的建设中提出"人道主义"，也就意味着新文学对"人"的发现。

周作人在《人的文学》中首先否定了传统关于"人"所谓万物之灵的尊贵品性，承认人的动物性。他说：

> 我们要说人的文学，须得先将这个人字，略加说明。我们所说的人，不是世间所谓"天地之性最贵"，或"圆颅方趾"的人。乃是说，"从动物进化的人类"。其中有两个要点，（一）"从动物"进化的，（二）从动物"进化"的。

进而强调"人"的生存本能及其合理性。他说：

> 我们承认人是一种生物。他的生活现象，与别的动物并无不同。所以我们相信人的一切生活本能，都是美的善的，应得完全满足。凡有违反人性不自然的习惯制度，都应

该排斥改正。

由于人是从"动物"进化的和从动物"进化"而来的,因此人必然高于一般动物,周作人在文章中认为"人"是具有灵肉二重性的,这也是人区别于其他动物的根本所在。周作人在文中将此点概括为人是"神性"与"兽性"的统一。他说:

> 这两个要点,换一句话说,便是人的灵肉二重的生活。古人的思想,以为人性有灵肉二元,同时并存,永相冲突。肉的一面,是兽性的遗传。灵的一面,是神性的发端。人生的目的,便偏重在发展这神性。其手段,便在灭了体质以救灵魂。所以古来宗教,大都厉行禁欲主义,有种种苦行,抵制人类的本能。一方面却别有不顾灵魂的快乐派,只愿"死便埋我"。其实两者都是趋于极端,不能说是人的正当生活。到了近世,才有人看出这灵肉本是一物的两面,并非对抗的二元。兽性与神性,合起来便只是人性。

既然大家都是人类中的一员,那么人与人之间应是一种平等的关系,而维持这种平等的关系、观念则成为人类的一种"理想生活"。周作人说:

> 这样"人"的理想生活,应该怎样呢? 首先便是改良人类的关系。彼此都是人类,却又各是人类的一个。所以须营一种利己而又利他,利他即是利己的生活。第一,关于物质的生活,应该各尽人力所及,取人事所需。换一句话,便是各人以心力的劳作,换得适当的衣食住与医药,能保持健康的生存。第二,关于道德的生活,应该以爱智信勇四事为基本道德,革除一切人道以下或人力以上的因袭的礼法,使人人能享自由真实的幸福生活。这种"人的"理想生活,实行起来,实于世上的人无一不利。富贵的人虽然觉得不免失了他的所谓尊严,但他们因此得从非人的生活里救出,成为完全的人,岂不是绝大的幸福么?

但周作人所说的"人道主义",并不是"悲天悯人"或"博施济众"的慈善主义,而是一种"个人主义的人间本位主义",即人要从个人做起,使自己有"人"的资格,占有"人"的位置,然后才要讲人道,爱人类。他说:"耶稣说:'爱邻如己。'如不先知自爱,怎能'如己'地爱别人呢?"

因此,周作人所谓"人"的文学,实际是要作者从"人"的本位出发,阐发"人"的思想、意识,它不局限于个人所处的阶级、社会,而带有普遍的意味。他说:"用这人道主义为本,对于人生诸问题,加以记录研究的文字,便谓之人的文学。其中又可以分作两项:(一)是正面的,写这理想生活,或人间上达的可能性;(二)是侧面的,写人的平常生活,或非人的生活,都很可以供研究之用。"可以看出,周作人提倡"人的文学"的目的,是要从文学来考察人性的存在状况。

从这一基本点出发,周作人对"人"的文学与"非人"的文学做了界定。他说:

> 写非人的生活的文学,世间每每误会,与非人的文学相溷,其实却大有分别。譬如法国莫泊三(Maupassant)的小说《人生》(Une vie)是写人间兽欲的人的文学;中国的《肉蒲团》却是非人的文学。俄国库普林(Kuprin)的小说《坑》(Jama),是写娼妓生活的人的文学;中国的《九尾龟》却是非人的文学。这区别就只在著作的态度不同:一个严肃;一个游戏。一个希望人的生活,所以对于非人的生活,怀着悲哀或愤怒;一个安于非人的生活,所以对于非人的生活,感着满足,又多些玩弄与挑拨的形迹。简明说一句,人的文学与非人的文学的区别,便在著作态度,是以人的生活为是呢,非人的生活为是呢这一点上。材料方法,别无关系。即如提倡女人殉葬——即殉节——的文章,表面上岂不说是"维持风教";但强迫人自杀,正是非人的道德,所以也是非

人的文学。中国文学中，人的文学本来极少。

从这段论述可以看出，这种"非人"的文学和"人"的文学，区别即在于写作的态度和目的，一个可以考察人性的状况，一个则是以娱人为特征，一个是写带兽欲的人，一个是写人的兽欲。

从这种考察人性的角度出发，周作人认为两性之爱与亲子之爱都可算是绝好的"人的文学"。

周作人在另一篇《平民的文学》中所提出的"平民文学"是"人的文学"的具体化。周作人同样是站在"人性"的立场上阐释文学，其所谓"平民"不是指地位低下的民众，乃是指具有普遍意味的"普通"的人，是去除了所谓"尊贵"与"贫贱"差别的"人"。周作人强调"平民文学"是人人享有的写"普通男女的悲欢成败"的文学。他开篇解释说：

> 平民的文学正与贵族的文学相反。但这两样名词也不可十分拘泥。我们说贵族的平民的，并非说这种文学是专做给贵族，或平民看，专讲贵族或平民的生活，或是贵族或平民自己做的；不过说文学的精神的区别，指他普遍与否，真挚与否的区别。

> 中国现在成了民国，大家都是公民。从前头上顶了一个皇帝，那时"率土之滨，莫非王臣"，大家便同是奴隶，向来没有贵族平民这名称阶级。虽然大奴隶对于小奴隶，上等社会对于下等社会，大有高下，但根本上原是一样的东西。除却当时的境遇不同以外，思想趣味，毫无不同，所以在人物一方面上，分不出什么区别。

> ……

> 我们不必讲偏重一面的畸形道德，只应讲人间交互的实行道德。因为真的道德，一定普遍，决不偏枯。天下决无只有在甲应守，在乙不必守的奇怪道德。所以愚忠愚孝，自不消说，即使世间男人多数最喜欢说的殉节守贞，也不合

理,不应提倡。世上既然只有一律平等的人类,自然也有一种一律平等的人的道德。

……

只自认是人类中的一个单体,混在人类中间,人类的事,便也是我的事。

因此他强调:

第一,平民文学决不单是通俗文学。

第二,平民文学决不是慈善主义的文学。在现在平民时代,所有的人都只应守着自立与互助两种道德,没有什么叫慈善。慈善这句话,乃是富贵人对贫贱人所说,正同皇帝的行仁政一样,是一种极侮辱人类的话。

从上述表述可以看出,"人的文学"、"平民文学"的观念都关注于普通人性,它们都是民初思想启蒙时期和五四运动以来"人"的自觉和文学自觉的时代产物,是从封建伦理道德禁锢中解放出来的时代呼声。早在周作人发表《人的文学》、《平民的文学》之前,胡适在 1916 年 7 月 13 日的日记中就已经提到:"文学在今日不当为少数文人之私产,而当以能普及最大多数之国人为一大能事。"①陈独秀在 1917 年 2 月《新青年》第 2 卷第 6 号上发表了《文学革命论》。他在文中就提出了"三大主义":推倒雕琢的阿谀的贵族文学,建设平易的抒情的国民文学;推倒陈腐的铺张的古典文学,建立新鲜的立诚的写实文学;推倒迂晦的艰涩的山林文学,建立明了的通俗的社会文学。而这一切都源自于对普通人的关注,对人性的张扬。郁达夫在《中国新文学大系·散文二集》的导言中说:"五四运动的最大的成功,第一要算'个人'的发现。从前的人,是为君而存在,为道而存在,为父母

---

① 胡适:《胡适日记全编》第 2 卷,第 428 页,合肥:安徽教育出版社,2001 年。

而存在的,现在的人才晓得为自我而存在了。"①周作人提倡"人的文学"、"平民文学",正是这种时代精神所结出的硕果。

"人的文学"、"平民文学"观念的提出在当时产生了长久而深远的影响。胡适在《中国新文学大系·建设理论集》的导言中说:"这(笔者按:《人的文学》)是当时关于改革文学内容的一篇最重要的宣言。"②"这是一篇最平实伟大的宣言。周先生把我们那个时代所要提倡的种种文学内容,都包括在一个中心观念里,这个观念他叫做'人的文学'。"③傅斯年在《白话文学与心理的改革》中说:"我们现在为文学革命的缘故,最要注意的是思想的改革。至于这文学革命里头应当有的思想是什么思想,《人的文学》中早已说得正确而又透激,现在无须抄写了。"④

然而在接受"人的文学"、"平民文学"这两个观念的过程中,人们又与周作人的理解有所不同。茅盾所说的"人的文学"、"平民文学"是指"为人生的文学"。他在《文学和人的关系及中国古来对文学者身份的误认》中说:

> "文学和人的关系也是可以几句话直截了当地回答的。文学属于人(即著作家)的观念,现在是成为过去的了;文学不是作者主观的东西,不是一个人的,不是高兴时的游戏或是失意时的消遣。反过来,人是属于文学的了。文学的目的是综合地表现人生……文学者表现的人生应该是全人类的生活,用艺术的手段表现出来,没有一毫私心,不存一些主观。自然,文学作品中的人也有思想,也有情感,但这些思想和情感一定确是属于民众的,属于全人类的,而不是作者个人的。这样的文学,不管它浪漫也好,写实也好,表象

---

① 郁达夫:《中国新文学大系·散文二集》,第 5 页,上海:良友图书公司,1935 年。

②③④ 赵家璧:《中国新文学大系·建设理论集》,第 29 页,第 30 页,第 206 页,上海:良友图书公司,1935 年。

神秘都也好，一言以蔽之，这总是人的文学——真的文学。"①

而胡适所说的"平民文学"，在很大程度上则是指白话文学、民间文学。如他在《〈国语文学史〉大要》中所说："记这种平民文学的古书，第一部当然是《诗经》。这部书里面所收集的，都是真能代表匹夫匹妇的情绪的歌谣，如《郑风》、《秦风》等。后来南方又出一部《楚辞》，这一部书里如《九歌》等篇，都能够代表当时民众的真正情感。"②鲁迅则是把"平民文学"视为未来社会的文学。他说："现在中国自然没有平民文学，世界上也还没有平民文学，所有的文学，歌呀，诗呀，大抵是给上等人看的"③，"必待工人农民得到真正的解放，然后才有真正的平民文学"④。

这种对于"平民文学"理解的差异，当代学者作出如下解释，或得其真：

"平民文学"这个词，字面上很容易引起误会。"平民文学"是指"作者是平民"的文学？是指"接受者是平民"的文学？还是指"作品方面与平民有某种相关"的文学？比如作品的题材、语言、主题、风格等等？"平民文学"词语本身的歧义性，就为言说者提供了不同义项选择的自由空间。

文学革命高潮之时，输入西方现代思想，张扬人的个性，鼓吹人的解放，成为一时风气。周作人对"平民文学"的理解，就鲜明地打上了此时期思想解放的烙印。当文学革命的高潮过去，保守主义思想有所抬头，文学革命的激进阵

---

① 茅盾：《茅盾全集》第 18 卷，第 61 页，北京：人民文学出版社，1989年。

② 尹康庄：《胡适周作人的平民文学观比较——兼谈平民文学的界定》，临汾：《山西师大学报》（社会科学版），2007 年第 1 期。

③④《鲁迅全集》第 3 卷，第 421 页，第 422 页，北京：人民文学出版社，1982 年。

营也出现了分化，一些人放弃激烈的反传统，转而提倡"整理国故"，表现出回归传统的倾向。胡适对"平民文学"的理解，就映现着文学革命退潮时的情景。而当临近五四的尾声，阶级分别越来越清晰，阶级冲突越来越激烈，鲁迅敏锐地感受到五四"思想革命"向三十年代"阶级革命"、"社会革命"转变的时代讯息，他就从这个时代大势出发，对"平民文学"作出了不同俗见的理解。①

"人的文学"、"平民文学"观念与古典文学研究视角的变化

"人的文学"、"平民文学"观念关注人性，关注个体情感与生活，关注普通人的境遇和道德，这对 20 世纪古典文学研究产生了深远的影响。

以《诗经》研究为例。胡适提出用"新的眼光，好的方法，多的材料，去大胆地细心地研究"②。他在《谈谈诗经》中就说道："《诗经》到了汉朝，真变成了一部经典。《诗经》里面描写的那些男女恋爱的事体，在那班道学先生看起来，似乎不大雅观，于是对这些自然的有生命的文学不得不另加种种附会的解释。所以到了汉朝的齐、鲁、韩三家对于《诗经》都加上许多的附会，讲得非常的神秘。明是一首男女的恋歌，他们故意说是歌颂谁，讽刺谁的。《诗经》到了这个时代，简直变成了一部神秘的经典了。"③因此他主张研究《诗经》，一方面要"用小心的精密的科学的方法，来做一种新的训诂工夫，对于《诗经》的文字和文法上都

---

① 童龙超：《五四时期人言人殊的"平民文学"》，武汉：《华中科技大学学报》（社会科学版），2007 年第 3 期。
②③ 胡适：《胡适古典文学研究论集》，第 325 页，第 324 页，上海：上海古籍出版社，1988 年。

从新下注释",一方面要"大胆地推翻二千年来积下的附会的见解;完全用社会学的,历史的,文学的眼光从新给每一首诗下个注解"。① 在此基础上,胡适认为《关雎》"完全是一首求爱诗,他求之不得,便寤寐思服,辗转反侧,这是描写他的相思苦情;他用了种种勾引女子的手段,友以琴瑟,乐以钟鼓,这完全是初民时代的社会风俗,并没有什么稀奇。意大利、西班牙有几个地方,至今男子在女子的窗下弹琴唱歌,取欢于女子。至今中国的苗民还保存这种风俗"②。他认为《野有死麋》"同样是男子勾引女子的诗。初民社会的女子多欢喜男子有力能打野兽,故第一章'野有死麋,白茅包之',写出男子打死野麋,包以献女子的情形。'有女怀春,吉士诱之',便写出他的用意了"③。

梁启超对于研究《诗经》就主张:"治《诗》者宜以全诗作文学品读,专从其抒写情感处注意而赏玩之,则诗之真价值乃见也。"④

郑振铎在《插图本中国文学史》中将《诗经》分为三大类,即"诗人的创作"、"民间歌谣"、"贵族乐歌",而在"民间歌谣"又分出"恋歌"、"结婚歌"、"悼歌及颂贺歌","贵族乐歌"中分出"宗庙乐歌"、"颂神乐歌或祷歌"、"宴会歌"、"田猎歌"、"战事歌",这样客观的分类将《诗经》从神坛上拉下来,变而为对当时生活的一种切实叙述。郑振铎在对《诗经》的解释中,也贯穿了实事求是、从文本出发的原则,将《诗经》理解为真实地描述先民生活与情感的文学作品。如他解释《七月》等作品,说:

> 这完全是一首农歌,蕴着极沉挚的情绪,与刻骨铭心的悲怨,"七月流火,九月授衣……无衣无褐,何以卒岁?……

---

① ② ③ 胡适:《胡适古典文学研究论集》,第 326 页,第 331 页,第 311 页,上海:上海古籍出版社,1988 年。

④ 梁启超:《梁启超国学讲录二种·要籍解题及其读法》,第 68 页,北京:中国社会科学出版社,1997 年。

一之日于貉，取彼狐狸，为公子裘。"这样的近于诅咒的农民的呼吁，如何会是周公之作呢？

《何人斯》实是一首缠绵悱恻的情诗，是一个情人"作此好歌，以极反侧"的。"彼何人斯，其为飘风；胡不自北？胡不自南？胡逝我梁？只搅我心！"写得十分的直捷明了。《頍弁》是一首当筵写作之歌，带有明显的"今朝有酒今朝醉"的悲凄的享乐主义："死丧无日，无几相见。乐酒今夕，君子维宴。"又如何是刺幽王呢！《渭阳》是一首送人的诗，却未必为秦康公所作；《竹竿》是一首很好的恋歌，也不会是卫女思归之作；《河广》，也是恋歌，不会是宋襄公母思宋之作；《柏舟》，也未必为共姜之作，"母也天只，不谅人只"是怨其母阻挠其爱情之意，"之死矢靡慝"是表示其坚心从情人以终之意；《载驰》，《诗序》以为许穆夫人作，其实也只是一首怀人之作。①

郑振铎大力赞扬了《诗经》中的恋歌以及恋歌在《诗经》中的价值。他说：

> 全部《诗经》中，恋歌可说是最晶莹的圆珠圭璧；假定有人将这些恋歌从《诗经》中删去了——像一部分宋儒、清儒之所主张者——则《诗经》究竟还成否一部最动人的古代诗歌选集，却是一个问题了。这些恋歌杂于许多的民歌、贵族乐歌以及诗人忧时之作中，譬若客室里挂了一盏亮晶晶的明灯，又若蛛网上缀了许多露珠，为朝阳的金光所射照一样。他们的光辉竟照得全部的《诗经》都金碧辉煌，光彩炫目起来。他们不是忧国者的悲歌，他们不是欢宴者的讴吟，

---

① 郑振铎：《插图本中国文学史》，第43页，上海：上海人民出版社，2005年。

他们更不是歌功颂德者的曼唱。他们乃是民间小儿女的"行歌互答",他们乃是人间的青春期的结晶物。虽然注释家常常夺去了他们的地位,无端给他们以重厚的面幕,而他们的绝世容光却终究非面幕所能遮掩得住的。①

周作人对文学的欣赏倾向于对真挚的情感的赞叹。在《谈目连戏》中,周作人着眼的是:"我们如从头至尾的看目连戏一遍,可以了解不少的民间趣味和思想,这虽然是原始的为多,但实在是国民性的一斑。"②

周作人对古典散文的品读,注意挖掘其中"诚实"的韵味。他说:

> 古代文人中我最喜诸葛孔明与陶渊明。孔明的《出师表》是早已读烂了的古文,也是要表彰他的忠武的材料,我却取其表现不可为而为之的精神,是两篇诚实的文章,知其不可而为之确是儒家的精神,但也何尝不即是现代之生活的艺术呢?渊明的诗不必再等我们来恭维,早有定评了,我却很喜欢他诗中对于生活的态度。所谓"衣沾不足惜,但使愿无违。"似乎与孔明的同是一种很好的生活法。六朝的著作我也有些喜欢,如《世说新语》,《洛阳伽蓝记》,《颜氏家训》等,末一种尤有意思。颜之推虽归依佛教,而思想宽博,文辞恬澹,几近渊明,《终制》一篇与《自挽诗》有殊途同归之致。常叹中国缺少如兼好法师那样的人,唯颜之推可与抗衡,陶公自然也行,只是散文流传太少,不足以充分表现罢了。降至明季公安竟陵两派的文章也很引动我的注意。三袁虽自称上承白苏,其实乃是独立的基业,中国文学史上言

---

①② 郑振铎:《插图本中国文学史》,第46~47页,第47页,上海:上海人民出版社,2005年。

志派的革命至此才算初次成功,民国以来的新文学只是光复旧物的二次革命。在这一点上公安派以及竟陵派(可以算是改组派罢?)运动是很有意思的。而其本身的文学亦复有他的好处,如公安之三袁:伯修、中郎、小修,竟陵之谭友夏、刘同人、王季重,以及集大成的张宗子,我觉得都有很好的作品,值得研究和诵读。①

周作人非常欣赏晚明文学,认为公安派、竟陵派的文学创作与主张和五四新文学运动有着异曲同工之妙。他说:"胡适之的所谓'八不主义',也即是公安派的所谓'独抒性灵,不拘格套'和'信腕信口,皆有律度'的主张的复活。所以,这次的文学运动,和明末的一次,其根本方向是相同的。"②

周作人十分推崇晚明小品文,他在《陶庵梦忆》的《序》里说道:

> 张宗子的文章是颇有趣味的,这也是使我喜欢《梦忆》的一个缘由。我常这样想,现代的散文在新文学中受外国的影响最少,这与其说是文学革命的还不如说是文艺复兴的产物,虽然在文学发达的程度上复兴与革命是同一样的进展。在理学与古文没有全盛的时候,抒情的散文也已得到相当的长发,不过在学士大夫眼中自然也不很看得起:我们读明清有些名士派的文章,觉得与现代文的情趣几乎一致,思想上固然难免有若干距离,但如明人所表示的对于礼法的反动则又很有现代的气息了。张宗子是大家子弟,《明遗民传》称其"衣冠揖让,绰有旧人风轨",不是要讨人家欢喜的山人,他的洒脱的文章大抵出于性情的流露,读去不会

---

① 周作人:《周作人散文》第 2 集,第 31 页,北京:中国广播电视出版社,1992 年。

② 周作人:《看云集·〈枣〉和〈桥〉的序》,第 122 页,长沙:岳麓书社,1988 年。

令人生厌。《梦忆》可以说是他文集的选本,除了那些故意用的怪文句,我觉得有几篇真写得不坏,倘若我自己能够写得出一两篇,那就十分满足了。但这是歆美不来,学不来的。①

而对于公安三袁的出现,郑振铎在《插图本中国文学史》中也赞叹道:"从王(笔者按:王世贞)、李(笔者按:李攀龙)的吞剥、割裂、临摹古人的赝古之作,一变而到了三袁的清新轻俊,自抒性灵的篇什,诚有如从古帝王的墓道中逃到春天的大自然的园苑中那末愉快。"②

胡适在学术研究中则选择白话小说作为研究对象,他将《西游记》从神坛上拉下来,将其还原为朴素的民间故事。他说:

> 《西游记》被这三四百年的无数道士、和尚、秀才弄坏了。道士说,这部书是一部金丹妙诀。和尚说,这部书是禅门心法。秀才说,这部书是一部正心诚意的理学说。这些解说都是《西游记》的大仇敌……这几百年来读《西游记》的人都太聪明了,都不肯领略那极肤浅明白的滑稽意味和玩世精神,都要妄想透过纸背去寻那"微言大义",遂把一部《西游记》罩上了儒、释、道三教的袍子。因此,我不能不用我的笨眼光,指出《西游记》有了几百年逐渐演化的历史;指出这部书起于民间的传说和神话,并无"微言大义"可说;指出现在的《西游记》小说的作者是一位"放浪诗酒,复善谐谑"的大文豪作的,我们看他的诗,晓得他确有"斩鬼"的清兴,而决无"金丹"的道心;指出这部《西游记》至多不过是一部很有趣味的滑稽小说,神话小说。"他并没有什么微妙的

---

① 周作人:《知堂小品》,第 163 页,西安:陕西人民出版社,1991 年。
② 郑振铎:《插图本中国文学史》,第 939 页,北京:人民文学出版社,1957 年。

意思,他至多不过有一点爱骂人的玩世主义。①

对金圣叹的《水浒传》评点,胡适一方面赞赏说:"他能在那个时代大胆宣言,说《水浒》与《史记》、《国策》有同等的文学价值,说施耐庵、董解元与庄周、屈原、司马迁、杜甫在文学史上占同等的位置,说'天下之文章无有出《水浒》右者,天下之格致君子无有出施耐庵先生右者!'这是何等眼光!何等胆气!"②一面也批评金圣叹的评点说:

> 但金圣叹《水浒》评的大毛病也正在这个"史"字上。中国人心里的"史"总脱不了《春秋》笔法"寓褒贬,别善恶"的流毒。金圣叹把《春秋》的"微言大义"用到《水浒》上去,故有许多极迂腐的议论……圣叹常骂三家村学究不懂得"作史笔法",却不知圣叹正为懂得作史笔法太多了,所以他的迂腐比三家村学究的更可厌!③

胡适对《西游记》、《水浒传》等的考证在学术界可谓开创之举,对小说研究作出了突出的贡献,他的这种用"平常心"研究小说的方式,为后来人们继续开创小说研究的新局面开辟了广阔的天地。

"人的文学"、"平民文学"观念与文学史观的颠覆

"人的文学"、"平民文学"观念的兴起唤起了人们对表现"普通男女的悲欢成败"的文学的重视,平民文学中真挚的情感使人们更加注重平民文学的意义与价值,并注意到平民文学在文学史发展中的地位和作用。

胡适在《国语文学史》中就肯定了平民文学的意义与价值,

①②③ 胡适:《中国章回小说考证》,第 251 页,第 3 页,第 7~8 页,合肥:安徽教育出版社,2006 年。

他说:

> 司马迁、司马相如、枚乘一班人规定的只是那庙堂的文学与贵族的文学。庙堂的文学之外,还有田野的文学,贵族的文学之外,还有平民的文学。①

> 庙堂的文学可以取功名富贵,但达不出小百姓的悲欢哀怨;不但不能引出小百姓的一滴眼泪,竟不能引起普通人的开口一笑。因此,庙堂的文学尽管时髦,尽管胜利,终究没有"生气",终究没有"人的意味"。两千年的文学史上,所以能有一点生气,所以能有一点人味,全靠有那无数的小百姓和那无数小百姓的代表平民文学在那里打一点底子。②

> 庙堂的文学终压不住田野的文学;贵族的文学终打不死平民的文学。③

胡适指出平民文学孕育了各种文学的样式,使中国文学史充满了生气。他在《中国文学过去与来路》中说:

> 民间文学,占一个甚重要的位置,中国文学史没有生气则已,稍有生气者皆自民间文学而来。④

> 人的感情在各种压迫之下,就不免表现出各种劳苦与哀怨的感情,像匹夫匹妇、旷男怨女的种种抑郁之情,表现出来,或为诗歌,或为散文,由此起点,就引起后来的种种传说故事,如《三百篇》大都是民间匹夫匹妇,旷男怨女的哀怨之声,也就是民间半宗教半记事的哀怨之歌。后来五言七言诗,以至公家的乐府,它们的来源也都是由此而起的。如今之舞女,所唱的歌,或为文人所作给她们唱的,又如诗词

---

① ② 胡适:《国语文学史》,第8页,第9页,合肥:安徽教育出版社,2006年。

③ 胡适:《白话文学史》,第13页,上海:上海古籍出版社,1999年。

④ 胡适:《胡适文集》第12卷,第30页,北京:北京大学出版社,1998年。

小说、戏曲，皆民间故事之重演，像《诗经》、《楚辞》、五言诗、七言诗，这都是由民间文学而来。①

胡适认为"民间的小儿女，村夫农妇，痴男怨女，歌童舞妓，弹唱的，说书的，都是文学上的新形式与新风格的创造者"②。"《国风》来自民间，《楚辞》里的《九歌》来自民间。以后的词是起于歌妓舞女的，元曲也是起于歌妓舞女的。"③

胡适晚年仍然坚持这一观点，他把中国文学的发展分成两条线。他说：

> 在那上一级的一条线里的作家，则主要是御用诗人、散文家：太学里的祭酒、教授和翰林学士、编修等人。他们的作品则是一些仿古的文学，那半僵半死的古文文学。但是在同一个时期，那从头到尾的整个两千年之中还有另一条线，另一基层和它平行发展的，那个一直不断向前发展的活的民间诗歌、故事、历史故事诗、一般故事诗、巷尾街头那些职业讲古说书人所讲的评话等等不一而足。这一堆数不尽的无名艺人、作家、主妇、乡土歌唱家；那无数的男女，在千百年无穷无尽的岁月里，却发展出一种以催眠曲、民谣、民歌、民间故事、讽喻诗、讽喻故事、情诗、情歌、英雄文学、儿女文学等等方式出现的活文学。这许多（早期的民间文学），再加上后来的短篇小说、历史评话和（更晚）出现的更成熟的长篇章回小说等等。④

这实际指出了平民文学是一切新文学样式的源泉与动力，

---

① 胡适：《胡适文集》第 12 卷，第 28～29 页，北京：北京大学出版社，1998 年。

②③ 胡适：《白话文学史》，第 15 页，第 15 页，上海：上海古籍出版社，1999 年。

④ 胡适：《胡适自传》，第 328～329 页，南京：江苏文艺出版社，1995 年。

正如他在《中国文学史的一个看法》中所说的："凡是历代文学之新花样子，全是从老百姓中来的，假使没有老百姓在随时随地的创造文学上的新花样，早已变成'化石'了。"①

同时，胡适也探究了平民文学发生的最初根源。他说：

> 那无数的小百姓的喜怒悲欢，决不是那《子虚》、《上林》的文体达得出的。他们到了"酒后耳热，仰天叩击，拂衣而喜，顿足起舞"的时候，自然会有白话文学出来，还有痴男怨女的欢肠热泪，征夫弃妇的生离死别，刀兵苛政的痛苦煎熬，都是产生平民文学的爷娘。②

并进一步说明：

> 小孩睡在睡篮里哭，母亲要编只儿歌哄他睡着；大孩子在地上吵，母亲要说个故事哄他不吵；小儿女要唱山歌，农夫要唱曲子；痴男怨女要歌唱他们的恋爱，孤儿弃妇要叙述他们的痛苦；征夫离妇要声诉他们的离情别恨；舞女要舞曲，歌伎要新歌——这些人大都是不识字的平民，他们不能等候二十年先去学了古文再来唱歌说故事。所以他们只直率地唱了他们的歌；直率地说了他们的故事。这是一切平民文学的起点。③

平民文学正是因为源于人性的最初的感动，所以才能更真实地表达出人类的普遍情感，这种原生态是贵族文学所不具备的，所以更加动人。胡适在《〈词选〉自序》中甚至把平民文学推到了文学史发展的正宗地位，他说：

> 文学史上有一个逃不了的公式。文学的新方式都是出于民间的。久而久之，文人学士受了民间文学的影响，采用

① 胡适：《胡适文集》第12卷，第39页，北京：北京大学出版社，1998年。

② 胡适：《国语文学史》，第9页，合肥：安徽教育出版社，2006年。

③ 胡适：《白话文学史》，第21页，上海：上海古籍出版社，1999年。

这种新体裁来做他们的文艺作品。文人的参加自有他的好处：浅薄的内容变丰富了，幼稚的技术变高明了，平凡的意境变高超了。但文人把这种新体裁学到手之后，劣等的文人便来模仿；模仿的结果，往往学得了形式上的技术，而丢掉了创作的精神。天才堕落而为匠手，创作堕落而为机械。生气剥丧完了，只剩下一点小技巧，一堆烂书袋，一套烂调子！于是这种文学方式的命运便完结了，文学的生命又须另向民间去寻新方向发展了。①

郑振铎在《插图本中国文学史》、《中国俗文学史》中也充分挖掘了人的文学、平民文学的价值，树立了平民文学的重要地位。在郑振铎看来，人的情思是相通的，可以跨越种族与时代，因此在文学中所表现的情感能够为一般人所理解。他说：

> "时代"的与"种族的特性"的色彩，虽然深深的印染在文学的作品上，然而超出于这一切的因素之外，人类的情思却是很可惊奇的相同；易言之，即不管时代与民族的歧异，人类的最崇高的情思，却竟是能够互相了解的。在文学作品上，是没有"人种"与"时代"的隔膜的。

> 由此可知文学虽受时代与人种的深切的影响，其内在的精神却是不朽的，一贯的，无古今之分，无中外之别。最原始的民族与最高贵的作家，其情绪的成就是未必相差得太远的。我们要了解一个时代，一个民族，或一个国家，不能不先了解其文学。

> 所以，文学乃是人类最崇高的最不朽的情思的产品，也便是人类的最可征信，最能被了解的"活的历史"。这个人

① 胡适：《胡适文集》第 4 卷，第 550 页，北京：北京大学出版社，1998 年。

类最崇高的精神,虽在不同的民族、时代与环境中变异着,在文学技术的进展里演化着,然而却原是一个,而且是永久继续着的。

文学史的主要目的,便在于将这个人类最崇高的创造物文学在某一个环境、时代、人种之下的一切变异与进展表示出来;并表示出:人类的最崇高的精神与情绪的表现,原是无古今中外的隔膜的。其外型虽时时不同,其内在的情思却是永久的不朽的在感动着一切时代与一切地域与一切民族的人类的。

一部世界的文学史,是记载人类各民族的文学的成就之总簿;而一部某国的文学史,便是表达这一国的民族的精神上最崇高的成就的总簿。①

在郑振铎看来,俗文学即平民文学,他是表现大多数普通百姓情感与生活的文学样式。他在《中国俗文学史》第一章"何谓俗文学"中说:

何谓"俗文学"?"俗文学"就是通俗的文学,就是民间的文学,也就是大众的文学。换一句话,所谓俗文学就是不登大雅之堂,不为学士大夫所重视,而流行于民间,成为大众所嗜好,所喜悦的东西。②

"俗文学"的第一个特质是大众的。她是出生于民间,为民众所写作,且为民众而生存的。她是民众所嗜好,所喜悦的;她是投合了最大多数的民众之口味的。故亦谓之平民文学。其内容不歌颂皇室,不抒写文人学士们的谈穷诉苦的心绪,不讲论国制朝章,她所讲的是民间的英雄,是民

---

① 郑振铎:《插图本中国文学史》,第3~4页,上海:上海人民出版社,2005年。

② 郑振铎:《中国俗文学史》,第1页,北京:商务印书馆,2005年。

间少男少女的恋情，是民众所喜听的故事，是民间的大多数人的心情所寄托的。①

郑振铎高度评价了俗文学的价值：

她未经过学士大夫们的手所触动，所以还保持其鲜妍的色彩……②

其想象力往往是很奔放的，非一般正统文学所能梦见，其作者的气魄往往是很大的，也非一般正统文学的作者所能比肩。③

胡适之先生说道："中国文学史上何尝没有代表时代的文学？但我们不应向那'古文传统史'里去寻，应该向那旁行斜出的'不肖'文学里去寻。因为不肖古人，所以能代表当世。"这话是很对的。讲述俗文学史的时候，随时都可以发生同样的见解。"因为不肖古人，所以能代表当世。"有三五篇作品，往往是比之千百部的诗集、文集更足以看出时代的精神和社会的生活来的。他们是比之无量数的诗集、文集，更有生命的。我们读了一部不相干的诗集或文集，往往一无印象，一无所得，在那里是什么也没有，只是白纸印着黑字而已。但许多俗文学的作品，却总可以给我们些东西。他们产生于大众之中，为大众而写作，表现着中国过去最大多数的人民的痛苦和呼吁，欢愉和烦闷，恋爱的享受和别离的愁叹，生活压迫的反响，以及对于政治黑暗的抗争；他们表现这另一个社会，另一种人生，另一面的中国，和正统文学，贵族文学，为帝王所养活的许多文人学士们所写作的东西里所表现的不同。只有这里，才能看出真正中国人民的发展、生活和情绪。中国妇女们的心情，也只有在这里才能

---

① ② ③ 郑振铎：《中国俗文学史》，第 3 页，第 3 页，第 4 页，北京：商务印书馆，2005 年。

大胆的、称心的、不伪饰的倾吐着。①

郑振铎是站在普通民众的视角去审视中国文学,他完善了当时许多尚未成熟的研究领域。如王梵志诗,在此前的学术著述中很少被提到,郑振铎则指出:

> 王梵志诗在宋以后便不为人所知。黄庭坚很恭维他的东西。不知怎么样,后来便失了传。沉埋了千余年之后,到最近方才在敦煌石室里发现了几卷。②

他利用所掌握的资料对王梵志诗大加赞扬:

> 白居易的诗,虽号称妪孺皆解,但实在不是通俗诗;他们还不够通俗,还不敢专为民众而写,还不敢引用方言俗语入诗,还不敢抓住民众的心意和情绪来写。像王梵志他们的诗才是真正的通俗诗,才是真正的民众所能懂,所能享用的通俗诗。③

再如变文,罗振玉、刘半农、胡适都对它有所论及,然都没有"发表有系统的研究的机会"④,郑振铎则在《中国俗文学史》中开辟专章对它加以论述,并阐述了它的价值:

> 在"变文"没有发现以前,我们简直不知道"平话"怎么会突然在宋代产生出来?"诸宫调"的来历是怎样的?盛行于明、清二代的宝卷、弹词及鼓词,到底是近代的产物呢?还是"古已有之"的?许多文学史上的重要问题,都成为疑案而难于有确定的回答。但自从三十年前史坦因把敦煌宝库打开了而发现了变文的一种文体之后,一切的疑问,我们才渐渐的可以得到解决了。我们才在古代文学与近代文学之间得到了一个连锁。我们才知道宋、元话本和六朝小说及唐代传奇之间并没有什么因果关系。我们才明白许多千

---

①②③④ 郑振铎:《中国俗文学史》,第14页,第107页,第107页,第164页,北京:商务印书馆,2005年。

余年来支配着民间思想的宝卷、鼓词、弹词一类的读物，其来历原来是这样的。这个发现使我们对于中国文学史的探讨，面目为之一新。①

再如宝卷，郑振铎说：

注意到"宝卷"的文人极少。他们都把宝卷归到劝善书的一堆去了，没有人将他们看作文学作品的。且印售宝卷的，也都是善书铺。但宝卷固然非尽为上乘的文学名著，而其中也不无好的作品在着。②

郑振铎高度评价了俗文学在文学史上的地位。他说：

我写作这部《中国文学史》，并没有多大的野心，也不是什么"一家之言"。老实说，那些式样的著作，如今还谈不上。因为如今还不曾有过一部比较完备的中国文学史，足以指示读者们以中国文学的整个发展的过程和整个的真实的面目的呢……这二三十年间所刊布的不下数十部的中国文学史，几乎没有不是肢体残废，或患着贫血症的……假如一部英国文学史而遗落了莎士比亚与狄更司，一部意大利文学史而遗落了但丁与鲍卡契奥，那是可以原谅的小事么？许多中国文学史却正都是患着这个不可原谅的绝大的缺憾。唐、五代的许多"变文"，金、元的几部"诸宫调"，宋、明的无数的短篇平话，明、清的许多重要的宝卷、弹词，有哪一部"中国文学史"曾经涉笔记载过？不必说是那些新发现的与未被人注意着的文体了，即为元、明文学的主干的戏曲与小说，以及散曲的令套，他们又何尝曾注意及之呢？即偶然叙及之的，也只是以一二章节的篇页，草草了之。每每都是大张旗鼓的去讲河汾诸老，前后七子，以及什么桐城、阳湖。

①② 郑振铎：《中国俗文学史》，第 162 页，第 537 页，北京：商务印书馆，2005 年。

难道中国文学史的园地，便永远被一般喊着"主上圣明，臣罪当诛"的奴性的士大夫们占领着么？难道几篇无灵魂的随意写作的诗与散文，不妨涂抹了文学史上的好几十页的白纸，而那些曾经打动了无量数平民的内心，使之歌，使之泣，使之称心的笑乐的真实的名著，反不得与之争数十百行的篇页么？这是使我发愿要写一部比较的足以表现出中国文学整个真实的面目与进展的历史的重要原因。①

"俗文学"不仅成了中国文学史的主要的部分，且也成了中国文学史的中心。

因为正统文学的发展和"俗文学"的发展是息息相关的。许多正统文学的文体都是由"俗文学"升格而来的。像《诗经》，其中的大部分原来就是民歌。像五言诗原来就是从民间发生的。像汉代的乐府，六朝的新乐府，唐五代的词，元、明的曲，宋、金的诸宫调，哪一个新文体不是从民间发生出来的。

当民间发生了一种新的文体时，学士大夫们其初是完全忽视的，是鄙夷不屑一读的。但渐渐的，有勇气的文人学士们采取这种新鲜的新文体作为自己的创作的型式了，渐渐的这种的新文体得了大多数的文人学士们的支持了。

……

所以，在许多今日被目为正统文学的作品和文体里，其初有许多原是民间的东西，被升格了的，故我们说，中国文学史的中心是"俗文学"，这话是并不过分的。②

郑振铎在书写文学史中更注意从人性的视角阐释俗文学作

① 郑振铎：《插图本中国文学史·自序》，第 1～2 页，上海：上海人民出版社，2005 年。

② 郑振铎：《中国俗文学史》，第 128 页，北京：商务印书馆，2005 年。

品的内涵。如他谈到六朝的"新乐府辞",他说:

有人说,六朝文学是"儿女情多,风云气少"。新乐府辞
确便是"儿女情多"里的产物。有人说,六朝文学是"连篇累
牍,不出月露之形"。新乐府辞确便是"风花雪月"的结晶。
这正是六朝文学之所以为"六朝文学"的最大的特色。这正
是六朝文学之最足以傲视建安、正始,踢倒两汉文章,且也
有殊于盛唐诸诗人的所在。人类情思的寄托不一端,而少
年儿女们口里所发出的恋歌,却永远是最深挚的情绪的表
现。若游丝,随风飘黏,莫知其端,也莫知其所终栖。若百
灵鸟们的歌唪,晴天无涯,惟闻清唱,像在前,又像在后。若
夜溪的奔流,在深林红墙里闻之,仿佛是万马嘶鸣,又仿佛
是松风在响,时似喧扰,而一引耳静听,便又清音转远。他
们轻唱,轻得像金铃子的幽吟,但不是听不见。他们深叹,
深重得像饿狮的夜吼,但并不足怖厉。他们欢笑,笑得像在
黎明女神刚穿了桃红色的长袍飞现于东方时,齐张开千百
个大口对着他打招号的牵牛花般的嬉乐。他们陶醉,陶醉
得像一个少女在天阴飞雪的下午,围着炭盆,喝了几口甜蜜
蜜的红葡萄酒,脸色绯红得欲燃,心腔跳跃得如打鼓似的半
沉迷,半清醒的状态之中。他们放肆,放肆得像一个"半马
人"追逐在一个林中仙女的后边,无所忌惮的求恋着。他们
狂歌,狂歌得像阮籍立在绝高的山顶在清啸,山风百鸟似皆
和之而同吟。总之,他们的歌声乃是永久的人类的珠玉
……六朝的新乐府便是表现着少年男女们这样的清新顽健
的歌声的,便是坦率大胆的表现着少年男女们这样的最内
在、最深挚的情思的。①

---

① 郑振铎:《插图本中国文学史》,第 213 页,上海:上海人民出版社,
2005 年。

可以看出,胡适、郑振铎将"平民文学"对准了"民间文学"、"俗文学"。无疑,"民间文学"、"俗文学"更能明白地表达"人"的普遍情感,更多接近人性的真实,胡适、郑振铎正是在这一点上迎合了周作人"人的文学"、"平民文学"的观念而为古典文学研究注入了新的活力与生机。

综上所述,"人的文学"、"平民文学"观念使古典文学研究回归了人性本位,它要真实地揭示出文学中所蕴涵的人性与人类的真实情感,这使文学从各种条条框框的束缚中解脱出来,它改变了千百年来在封建正统思想统摄下的文学解读方式,颠覆了审视古典文学的视角,为古典文学研究步入"现代化"提供了一把关键的钥匙。

（黑龙江大学　宋皓琨　伊永文）

"整理国故"对于古典文学学科
在观念与方法上的意义

　　"整理国故",是上世纪二三十年代由五四新文化运动主将胡适及北大新派学子傅斯年、毛子水、顾颉刚等人倡导的一场旨在整理古代传统思想、典籍文献的学术运动。从"打倒孔家店"转而致力于"整理国故",胡适等人这一表面看来颇为悖向的举措,在当时的学术界和文化界激起了轩然大波,赞同和反对者都大有人在。今天看来,"整理国故"运动尽管存在着自身难以克服的缺陷,但它对中国现代学术之建立所产生的影响却是十分深远的。关于此,学术界已有不少学者进行了认真地研讨。本文拟在已有研究成果的基础上,以古典文学研究为中心来追述这场声势浩大的学术运动,总结其在古典文学学科史上的若干意义。

"整理国故"运动的发生、发展和衰竭

　　"整理国故"是五四前后新旧文化激烈对垒、碰撞下的产物。1919 年初,在新文化运动的策源地——北京大学,各种旨趣不一的社团如雨后春笋,蓬勃兴盛,其中尤以"新潮社"与"国故社"两大社团最为知名。"新潮社"成立于 1918 年 11 月,由学生傅斯年、罗家伦、顾颉刚等人发起,"专以介绍西洋近代思潮,批评

中国现代学术上、社会上各问题为职司"①。"国故社"成立于1919年3月，成员主要有陈汉章、刘师培、黄侃、林纾等旧式学者，旨在"昌明中国固有之学术"，攻击新文化运动是"功利昌而廉耻丧，科学尊而礼义亡，以放荡为自由，以攘夺为责任，斥道德为虚伪，诋圣贤为国愿"②，俨然以旧文化的护卫者自居。

1919年5月，《新潮》发表了毛子水《国故和科学的精神》和傅斯年的一篇"附识"。毛子水针对国故社"倡明国故"之宗旨，批驳他们"多不知道国故的性质，亦没有科学的精神"，实际是"抱残守缺"；同时又指出"国故就是中国古代的学术思想和中国民族过去的历史"，应以"科学精神"和"科学的主义和方法"对待它。③ 而傅斯年则更明确指出："研究国故有两种手段：一、整理国故，二、追摹国故。由前一说，是我所最佩服的：把我中国以往的学术、政治、社会等等做材料，研究出些有系统的事物来，不特有益于中国学问界，或者有补于'世界的'科学……至于追摹国故，忘了理性，忘了自己，真所谓'其愚不可及'了。"④"整理国故"一词在这里首次被标举出来，意在表明新派学者与"国故社"成员对旧有学术所持的不同态度和立场。傅斯年的观点虽附于毛子水文后，但他对此问题的思考可能早于毛氏。在此之前，他就"觉着有几种事业，非借朴学家的方法和精神做不来"，这其中即包括"整理中国历史上的一切学问"。⑤

当然，毛、傅等人对待传统学术之态度，仍有着较为深广的时代背景。自清季以来，西学东渐，一些有识之士如章太炎、梁

①《新潮社成立启事》，见张允侯等编《五四时期的社团（二）》，第46页，北京：三联书店，1979年。

②《讲学救世议》，北京：《国故》第3期（1919年3月）。

③ 毛子水：《国故和科学的精神》，北京：《新潮》第1卷第5号。

④ 傅斯年：《〈国故和科学的精神〉附识》，北京：《新潮》第1卷第5号。

⑤ 傅斯年：《清代学问的门径书几种》，北京：《新潮》第1卷第4号。

启超、王国维即试图以西方学说来整理、评价中国旧有学术。譬如，章太炎著于 1910 年的《国故论衡》，不仅以"国故"一词来统纳传统学术，其研究方法、经验也直接启发了"整理国故"运动的倡导者。毛子水就说："章太炎先生的《国故论衡》，在近来讨论国故的书籍里面，纵未必是最精审的，亦必是精审的一种了。""我们一大部分的'国故学'，经过他的手里，才有现代科学的形式。"①胡适也说："自从章太炎著了一本《国故论衡》之后，这'国故'底名词于是成立。"②

对于"新潮社"的咄咄之势，"国故社"亦不甘示弱。《国故》第 3 期发表了北大另一学生张煊的《驳新潮"国故和科学的精神"篇》一文，对毛子水提出的"科学的精神"等予以反驳；接着毛子水在《新潮》第 2 卷第 1 号又发表了《"驳新潮国故和科学的精神篇"订误》，以示回击。与此同时，执教于南京高等师范的胡先骕发表了《中国文学改良论》，批评新文学运动"以浅陋文其浅陋"，"尽弃遗产，以图赤手创业"③；罗家伦随即发表了《驳胡先骕君的中国文学改良论》，几乎逐字逐句予以辩驳。④ 从这些文章的标题不难看出，新、旧两派学者争论是十分激烈的。

这场争论很快引起了北大教授、新文化运动主将胡适的注意。8 月 16 日，他致信毛子水，一方面赞成了他"以科学的精神整理国故"的主张，同时又批评他狭隘的功利主义，认为做学问不当存"有用无用的成见"，而"当存一个'为真理而求真理'的态

① 毛子水：《国故和科学的精神》，北京：《新潮》第 1 卷第 5 号。

② 胡适：《研究国故的方法》，《胡适文集》第 12 册，第 91 页，北京：北京大学出版社，1998 年。

③ 胡先骕：《中国文学改良论》，见郑振铎选编《中国新文学大系·文学论争集》，第 103、106 页，上海：上海良友图书印刷公司，1935 年；原载《南京高等师范日刊》、《东方杂志》，1919 年。

④ 罗家伦：《驳胡先骕君的中国文学改良论》，北京：《新潮》第 1 卷第 5 号。

度,研究学术史的人更当用'为真理而求真理'的标准去批评各家的学术。学问是平等的。发明一个字的古义,与发现一颗恒星,都是一大功绩".① 胡适之所以能站在"新潮社"的立场,一方面固然与其作为新文化运动主将的身份相关,但更深层次的原因还在于毛、傅的思想颇契合他本人对待传统学术的一贯态度。早在 1917 年 7 月留学归来时,胡适读了日本学者桑原骘藏《中国学研究者之任务》一文后,就在日记中写道:

> 《中国学研究者之任务》一文,其大旨以为治中国学宜采用科学的方法,其言极是。……末段言中国书籍未经"整理",不适于用。"整理",即英文之 systematize。②

可见,他较早就萌生了欲将中国旧有古籍加以整理、研究的想法。在新文化运动中"暴得大名"后,胡适更加具备了实践此种愿望的条件,而毛、傅的几篇文章犹如"引玉之砖",随后他一发不可收拾,为"整理国故"大张旗鼓。

1919 年 12 月,胡适在《新青年》第 7 卷第 1 号上发表《新思潮的意义》一文,特别标明"研究问题,输入学理,整理国故,再造文明"口号,将"整理国故"提升至新文化建设中的重要一环。他首先指出:

> 据我个人的观察,新思潮的根本意义只是一种新态度。这种新态度可叫做"评判的态度"。评判的态度,简单说来,只是凡事要重新分别一个好与不好。"重新估定一切价值"八个字便是评判的态度的最好解释。

具体到"中国旧有的学术思想",胡适认为"积极的只有一个主

---

① 胡适的信,附于毛子水《"驳新潮国故和科学的精神篇"订误》后,北京:《新潮》,第 2 卷第 1 号(1919 年 8 月 16 日);又收入《胡适文集》第 2 册,第 327~328 页。

② 徐雁平:《胡适与整理国故考论——以中国文学史为中心》,第 42 页,合肥:安徽教育出版社,2003 年。

张——就是'整理国故'",因为"国故"中不仅有"国粹",也有"国渣";不了解"国渣",也不会懂得"国粹";而"若要知道什么是国粹,什么是国渣,先须用评判的态度,科学的精神,去做一番整理国故的工夫"。此外,他还认为应分四步来整理,即:"条理系统的整理";"寻出每种学术思想的怎样发展、发生之后有什么影响效果";"要用科学的方法,作精确的考证,把古人的意义弄的明白清楚";"综合前三步的研究,各家都还他一个本来真面目,各家都还他一个真价值"。①《新思潮的意义》是"整理国故"运动中的一篇重要文献,它首次系统、详细地阐述了"整理国故"的意义、原则、方法等重大问题。胡适也因此奠定了在这场学术运动中的领导地位。这正如顾颉刚所说:"整理国故的呼声倡始于太炎先生,而上轨道的进行则发轫于适之先生的具体的计划。"②

1921 年 7 月,胡适至东南大学作题为《研究国故的方法》的演讲,明确了"国故"一词的来源、含义,并简要概括了"整理"的四种方法:"历史的观念"、"疑古的态度"、"系统的研究"和"整理"。③

1921 年 11 月,胡适又写定了《清代学者的治学方法》一文,提出了著名的"十字真言":"大胆的假设,小心的求证"。这"十字真言",不仅是"整理国故"的方法最为精辟地概括,也是胡适本人"终生不倦加以宣扬的所谓科学的治学方法"④。

1923 年 1 月,北大国学门出版了学术杂志——《国学季

---

① 胡适:《新思潮的意义》,《胡适文集》第 2 册,第 551~558 页,北京:北京大学出版社,1998 年。
② 顾颉刚:《古史辨自序》,第 93 页,石家庄:河北教育出版社,2002年;原载 1926 年 6 月《古史辨》第 1 册。
③ 胡适:《研究国故的方法》,见《胡适文集》第 12 册,第 93 页,北京:北京大学出版社,1998 年。
④ 耿云志:《胡适研究论稿》,第 384 页,成都:四川人民出版社,1985 年。

刊》。此杂志专门发表国学研究的重要论文，不仅使用了新式标点，而且还采用自左向右的"横排"版式，其全新的面貌，"真是使许多人震惊"①。作为该刊的编辑主任，胡适撰写了《发刊宣言》，在总结清代学者的研究得失的基础上②，对"研究汉学或国故的原则和方法作了一番简要的和广泛的说明"③：

> 整治国故，必须以汉还汉，以魏、晋还魏、晋，以唐还唐，以宋还宋，以明还明，以清还清；以古文还古文家，以今文还今文家；以程朱还程朱，以陆王还陆王……各还他一个本来面目，然后评判各代各家各人的义理的是非。不还他们的本来面目，则多诬古人。不评判他们的是非，则多误今人。但不先弄明白了他们的本来面目，我们决不配评判他们的是非。

"还他一个本来面目"，即必须尊重历史的客观性和真实性，将古人的学说置于历史情境中加以考察，然后才可能公允地评判其是非功过。这种学术态度，即胡适所说的"历史的眼光"。此外，胡适还申论了整理的方法：一是"用历史的眼光来扩大国学研究的范围"；二是"用系统的整理来部勒国学研究的资料"；三是"用比较的研究来帮助国学的材料的整理与解释"。④这篇《发刊宣言》，后来被胡适自认为是"以新的原则和方法研究国学的宣言"⑤。

---

①③⑤ 胡适：《胡适口述自传》，《胡适文集》第 1 册，第 371 页，第 371～372 页，第 376 页，北京：北京大学出版社，1998 年。

② 胡适指出了清代学者的三项成就和三项缺点。三项成就分别为：版本学、训诂学、校勘学是他们"有系统的古籍整理"的第一项成就；发现古书和翻刻古书是第二项成就；第三项成就便是考古——发现考古。三项缺点分别是：研究的范围太窄；太注重功利而忽略理解；缺乏参考比较的材料。《〈国学季刊〉发刊宣言》，《胡适文集》第 3 册，第 6～9 页；原载 1923 年 1 月《国学季刊》第 1 卷第 1 号。

④《〈国学季刊〉发刊宣言》，第 5～17 页。

除发表文章阐明必要的理论外,胡适等人还努力将整理的工作付诸实践,他们或组织学人共同整理,或创办杂志,或联系出版机构发表研究成果,为推动"整理国故"运动,不遗余力。比如,1920 年 8 月已出国留学的傅斯年动员同学俞平伯投身于整理国故,"专以整理中国文学为业"①;而罗家伦则向胡适推荐了国学根底深厚的顾颉刚,从事古史研究。② 1922 年胡适创办《努力周报》,号召"大家少说点空话,多读点好书","希望各位爱读书的朋友们把读书研究的结果,借他发表出来";③《努力周报》遂成为"整理国故"运动的重要刊物之一。1923 年 10 月,胡适又拟订了一个较为详细的"整理国故计划",开列了 36 种整理书目,分"校勘、必不可少的注释、标点、分段、考证或评判性的引论"五项基本工作,受邀参加者包括马幼渔、刘文典、顾颉刚、沈尹默、沈兼士等人。④ 到了 1923 年,"新潮社一派,隐然以胡适之先生为首领,……渐渐倾向于国故整理的运动"⑤。

"整理国故"运动兴起的初始阶段,以史学领域取得的成绩最为突出,影响也最大,⑥其代表成果就是顾颉刚在胡适、钱玄同等人的帮助下对上古史的辨伪研究。1923 年,顾颉刚发表了

① 傅斯年致胡适函(1920 年 8 月 20 日),《胡适往来书信选》上册,第 104 页,北京:中华书局,1979 年。

② 罗家伦致胡适函(1919 年 5 月 31 日),《胡适往来书信选》上册,第 54~55 页,北京:中华书局,1979 年。

③ 胡适:《发起〈读书杂志〉的缘起》,《胡适文集》第 3 册,第 18 页,北京:北京大学出版社,1998 年;原载《读书杂志》第 1 期,1922 年 9 月 3 日。

④ 徐雁平:《胡适与整理国故考论——以中国文学史为中心》,第 53 页,合肥:安徽教育出版社,2003 年。

⑤ 黄日葵:《在近代思想史上演进的北大》,见洪俊峰编《胡适整理国故思想寻绎》,厦门:《厦门大学学报》,1997 年第 4 期。

⑥ 罗志田说:"在经学已走向边缘的民国初年,整理国故的具体活动如张彭春所见,明显偏于史学。"见《裂变中的传承——20 世纪前期的中国文化与学术》,第 257 页,北京:中华书局,2003 年。

《与钱玄同先生论古史书》一文，正式提出了"层累地造成中国古史"①观点，从而引发了一场震惊学界的古史大辩论，传统史学在一片疑古声中逐渐被打破，从此"《古史辨》不胫走天下，疑禹为虫，信与不信，交相传述，三君者（指胡适、钱玄同、顾颉刚）或仰之如日星之悬中天，或畏之如洪水猛兽之泛滥纵横于四野，要之凡识字之人几乎无不知三君者"②。而在古典文学研究方面，胡适虽已开始了对章回小说的研究，相继发表了《〈水浒传〉考证》(1920 年)、《〈水浒传〉后考》(1921 年)等力作，但影响仍不如史学广泛。

"整理国故"思潮大规模延展至文学研究领域，当以 1923 年1 月文学研究会主办的《小说月报》特辟的"整理国故与新文学运动"专栏为标志。这一专栏分别刊发了郑振铎《新文学之建设与国故之新研究》、顾颉刚《我们对于国故应取的态度》、王伯祥《国故的地位》、佘祥森《整理国故与新文学运动》、严既澄《韵文及诗歌之整理》、玄珠《心理上的障碍》六篇文章，讨论的中心议题是"整理国故"与新文学运动之关系，而且"都是偏于主张国故的整理对于新文学运动很有利益一方面的论调"③。比如，王伯祥说："现在研究文学的人，往往把'整理国故'和'新文学运动'看做两件绝不相涉的事情，并且甚至于看做不能并立的仇敌。其实这是绝大的冤屈！因为他们俩在实际上还是各有各的位置，各有各的真价。尽有相互取证、相互助益的地方……在学术研究上的地位，实在同样的重要。"而佘祥森则说得更为明白："整理国故，就是新文学运动当中一种任务，他的地位正和介绍

---

① 顾颉刚：《古史辨自序》，第 3～9 页，石家庄：河北教育出版社，2002年。

② 钱穆：《崔东壁遗书序》，见顾颉刚编订《崔东壁遗书》，第 1051 页，上海：上海古籍出版社，1983 年。

③ 郑振铎：《"整理国故与新文学运动"专栏寄言》，上海：《小说月报》，第 14 卷第 1 号，1923 年 1 月。

外国文学相等。"①1923年《小说月报》发起的关于"整理国故"讨论,"刊物的编者显然充分利用了其言论表述的'控制'力量,并未发表任何反对的言论","从根本上就是要为将整理国故扩大到文学领域而'正名'"。②此后,以郑振铎为代表的一批学者开始大力从事古典文学研究,《小说月报》也成为了发表相关成果的重要刊物。

凭借着胡适等人的特殊影响,"整理国故"运动在二十年代如日中天,一时间"国立大学拿'整理国故'做入学试题,副刊杂志看国故文字为最时髦的题目。结果是线装书的价钱,十年以来涨了二三倍"③,很多大学和研究机构都制定了庞大的研究计划。比如,1922年10月19日,北大国学门拟定了一份较为详细的整理计划书,其目的就是改变中国学术"混沌紊乱之景象","使有条理系统之可循,而后学者有从入之途"。④ 1923年12月,东南大学也出台相类的整理计划书,主张"从本国无数乱书中,抽列条理,成一有系统的而发见原理原则之学术书"。并计划以十年时间编撰一套有系统的学术通史,所列学科项目包括中国词曲史、中国诗史、中国词史、中国剧曲史等近二十学科门类。⑤

然而,正当这场学术运动风行全国之时,其自身难以克服的

———————

① 王伯祥、余祥森语均出自上海:《小说月报》,第14卷第1号。

② 罗志田:《新旧能否两立:二十年代〈小说月报〉对于整理国故态度的转变》,北京:《历史研究》,2001年第3期。

③ 陈西滢:《胡适〈整理国故与"打鬼"——给浩徐先生信〉跋语》,原载北京:《现代评论》,第5卷第119期(1927年3月19日);又见《胡适文集》第4册,第119页,北京:北京大学出版社,1998年。

④《国立北京大学研究所整理国学计划书》,北京:《北京大学日刊》,1922年10月19日。

⑤ 顾实:《东南大学整理国学计划书》,北京:《国学丛刊》,第1卷第4期(1923年12月);参看卢毅:《"整理国故运动"与国学研究的学科重建》,福州:《福建论坛》,2004年第6期。

一些负面问题也愈加凸现出来,怀疑、批评、攻击的声音于是也就多了起来。这其中除国故社成员外,一些新派学者也发表了异议。如郭沫若就说:"整理国故的流风,近来也几乎成为了一个时代的共同色彩了。国内人士上而名人教授,下而中小学生,大都以整理相号召,甚至有连字句也不能圈断的人,也公然在堂堂皇皇地发表著作,这种现象,绝不是可庆的消息,所以反对的声浪也渐渐激起。"①综括起来,批评和反对的指向大概有四方面:其一,由于"整理国故"者过于注重史料的考订、整理,融会贯通尚显不足,因此,无论是其研究方法还是所取得的成绩,都引起了一些学者的质疑。如成仿吾就指出:"综观近年来的成绩,我只见有考证几篇,目录几个,近更看见了几篇考证的文章,然皆不过标榜他们考据的渊博,而扬甲抑乙,扬乙抑丙,只顾搜罗死字,据以相争,曾不一问它们的价值和 probability,这样的研究,便做上几十百年,终是无所裨益。"②其二,在国家危机和民族存亡日益严重之时,"整理国故"不可避免地有脱离社会情势之嫌,不少追随者越来越钻入故纸堆,脱离社会实际。比如,陈独秀就讥之为"粪秽里寻找香水",或"在粪秽里寻找毒药";③吴稚晖亦不无讽刺地说:"现今鼓吹成一个干燥无味的物质文明,人家用机关枪打来,我也用机关枪对打,把中国站住了,再整理什么国故,毫不嫌迟。"④其三,"整理国故"虽标榜以科学的方法重新整理旧有的思想、文化,但由于其重心仍在"国故",这在不

---

① 郭沫若:《整理国故的评价》,上海:《创造周报》,第 36 号。

② 成仿吾:《国学运动的我见》,上海:《创造周报》,第 28 期(1924 年 11 月 13 日)。

③ 陈独秀:《寸铁·国学》,载《德赛二先生与社会主义——陈独秀文选》,第 248 页,上海:上海远东出版社,1994 年;原载 1924 年 2 月 1 日《前锋》第 3 期。

④ 吴稚晖:《箴洋八股的理学》,载《科学的人生观》,第 309 页,济南:山东人民出版社,1997 年。

少新派人士看来,仍不免有偏离新文化运动轨道之嫌。① 如沈雁冰就说:"在白话文尚未在广遍的社会里取得深切的信仰,建立不拔的根基时,忽然多数做白话文的朋友跟了几个专家的脚跟,埋头在故纸堆中,做他们所谓'整理国故',结果是上比专家则不足,国故并未能因多数人趋时的'整理'而得了头绪,社会上却引起了'乱翻古书'的流行病,攘夺了专家的所事,放弃了自己眼前能做而且必须做的事情。"②第四,盲从者过多,造成了整理国故参与者良莠不齐。李茂生《国故大家应负的责任》:"况且尚有无数的青年学生直接从你们那里中了毒,治既治不来,吃则不能消化,徒然弄得半死不活,国故大家休矣,你们安安静静做着自己的事罢,不要再向青年们乃至社会上提倡了。"③

值得注意的是,曾为"整理国故"正名的《小说月报》,在1929 年 1 月忽然发表了一组否定国学的文章,完全改变了原来的态度。比如,郑振铎《且慢谈所谓国学》中说:"我们的生路是西方科学,与文化的输入与追求,我们的工作是西方科学与文化的介绍与研究,我们不要浪费了有用的工作力,我们且慢谈国学。"④何炳松则认为"国学"这个名词"(一)来历不明,(二)界限不清,(三)违反现代科学的精神,(四)以一团糟的态度对待

---

① 玄珠在《心理上的障碍》中指出:"将这'循环论'做根据,旧文学的忠臣在四五年前早料得到白话文的'气运'是不会长久的,一般社会呢?因鉴于社会俗尚之常常走回旧路,也预先见到这个'新'过后接着来,定是从前的'旧',而最近一二年来的整理国故声浪就被他们硬认做自己的先见的实证了。"

② 沈雁冰:《进一步退两步》,《茅盾全集》第 18 卷,第 444~445 页,北京:人民文学出版社,1989 年;原载 1924 年 5 月 19 日《文学周报》第 122期。

③ 李茂生:《国故大家应负的责任》,见郑振铎选编《中国新文学大系·文学论争集》,第 168 页,上海:良友图书印刷公司,1935 年。

④ 郑振铎:《且慢谈所谓国学》,上海:《小说月报》,第 20 卷第 1 号。

本国学术"，因而提出"中国人一致起来推翻乌烟瘴气的国学!"①《小说月报》的态度急剧转变，其原因颇为复杂，罗志田认为这是"与当时的世风密切关联，许多新派学者基于整体性的新旧不两立的认知，为划清自己与旧派的界限而走上了反对自己前期主张之路"②。

其实，在"整理国故运动"的推进过程中，胡适等人也不断意识到自身存在的问题。1926年6月6日，在北大国学门的第四次恳亲会上，他就说:"这事我大约总得负一点点责任，所以不得不忏悔，我们所提倡的'整理国故'，重在'整理'。""然而看看现在，流风所被，实在闹出多少弊端来了! 多少青年，他也研究国学，你也研究国学，国学变成了出风头的捷径，随便拿起一本书来就是几万字的介绍。有许多人，方法上没有训练，思想上没有充分的参考材料，头脑子没有弄清楚，就钻进故纸堆里去，实在走进了死路。"针对"整理国故"是"复旧"的批评，他还于1927年特地写了《整理国故与"打鬼"》一文，对以前的态度略有修正。他说，之所以要整理国故，"只为了我十分相信'烂纸堆'里有无数的老鬼，能吃人，能迷人，害人的厉害胜过柏斯德(Pasteur)发现的种种病菌。只为了我自己自信，虽然不能杀菌，却颇能'捉妖''打鬼'"。又说:"我所以要整理国故，只是要人明白这些东西原来'也不过如此'! 本来'不过如此'，我所以还他一个'不过如此'。这叫做'化神奇为臭腐，化玄妙为平常'。"③从原先的"还本来面目"到现在的"不过如此"，胡适改变了原先"为真理而真理"的纯学术态度，明显更加重视国学指导现实人心的意义

① 何炳松:《论所谓国学》，上海:《小说月报》，第20卷第1号。
② 罗志田:《新旧能否两立:二十年代〈小说月报〉对于整理国故态度的转变》，北京:《历史研究》，2001年第3期。
③ 胡适:《整理国故与"打鬼"(给浩徐先生信)》，《胡适文集》第4册，第117～118页，北京:北京大学出版社，1998年。

了。

　　胡适态度的微妙变化,实际昭示着"整理国故运动"至 20 年代末已陷入到两难窘境:"一方面反对'狭义的功利观念',提出整理国故要坚持'为真理而真理''为学术而学术'的为学之道,另一方面又以对传统文化进行'捉妖''打鬼',进而'再造文明'作为整理国故的纲领和旗帜;一方面力倡'整理国故',另一方面又唯恐青年人因此而'钻故纸堆',所以用'废物'、'死路'等惊人之语提醒青年应'换条路',走自然科学与技术的'活路'。"在当时的社会情势下,胡适等人显然是很难解决这些矛盾的,因此"整理国故"运动在 20 年代末走完了顶峰期,厦门大学国学院、清华大学研究院国学科相继解体。傅斯年在广州成立中研院历史语言研究所,公开表示反对国故的观念,[①]"使得笼统的整理国故出现分流","失去了初期一哄而起的热闹,不少从众的青年弃之而去"[②];在 30 年代,虽仍有不少学者致力于国学的整理研究,但其声浪明显消歇下来;到 1937 年抗战全面爆发,"整理国故"运动"最终难以为继,不可避免地走向了衰竭,从而逐渐退出了近代中国的学术舞台"[③]。

　　作为上世纪 20 年代最为风行的学术思潮,"整理国故"运动从兴起到衰竭,与当时的社会、政治情势紧密相关,其历程显得颇为复杂和曲折,先后参与这场运动的学者很多,所用的方法和宗旨亦不尽相同。但就所取得的成绩而言,"整理国故"运动却堪称晚清以来学术研究的第二次高潮,标志着五四学人从激进

---

　　① 傅斯年:《历史语言研究所工作之旨趣》,北京:《历史语言研究所集刊》第一本第一分,1928 年。

　　② 桑兵:《晚清民国的国学研究》,第 12 页,上海:上海古籍出版社,2001 年。

　　③ 卢毅:《整理国故运动衰竭原因探究》,长沙:《求索》,2004 年第 10 期。

的文化政治批判转向理性的学术研究。1937 年,钱玄同曾概括近五十余年的学术研究时说:"最近五十余年来,为中国学术思想之革新时代。其中对于国故研究之新运动,进步变迁最神速,贡献最多,影响于社会政治思想文化亦最巨。此新运动当分为两期:第一期始于民元前二十八年(公元一八八四),第二期始于民国六年丁巳(一九一七)。第二期较第一期研究之方法更为精密,研究之结论更为正确。"①

"整理国故"对古典文学学科观念的影响

按照胡适的意思,"整理国故"的目的即重新评价中国旧有的学术思想,打破传统的观念和偏见。作为这场学术运动的重要组成部分,古典文学研究同样肩负着这一使命:既要"指出旧的文学的真面目与弊病之所在,把他们所崇信的传统的信条,都一个个的打翻",又要"重新估定或发现中国文学的价值,把金石从瓦砾中搜找出来,把传统的灰尘从光润的镜子上拂拭下去"。② 传统文学研究在这场学术思潮的冲击下发生了巨变,很多对至今仍影响甚深的新观念、新范式得以确立。

一、进一步确立了古典文学在学科体系中的独立地位

传统的"文学"观念,与现代意义的文学观相距甚远,它往往被视为一切典籍文献的总称,以统纳包括经学、史学甚至一切形诸简帛的文字。朱希祖作于 1918 年的《文学论》中还说:"故论文学者,必包络一切著于竹帛者而为言;凡无句读文如图画、表

---

① 钱玄同:《〈刘申叔遗书〉序》,见《刘师培全集》第 1 册,第 27 页,北京:中共中央党校出版社,1997 年。
② 郑振铎:《新文学建设与国故之新研究》,上海:《小说月报》,第 14 卷第 1 号。

谱、簿录、算草；有句读文如赋颂、哀诔、箴铭、古谣；古今体诗、词曲之有韵文；学说、历史、公牍、典章、杂文、小说之无韵文，皆得称为文学。准此，则吾国一切学术，皆可以文学包之；反言之，则吾国仅有文学而无他говор。"①这种"文学"观念显然是一种"泛文学"、"大文学"观，表面将文学提升到与人文学科同等的地位，但同时也消解了它自身的特质，模糊了它在人文学科中的独立性。事实上，在古代的目录学著作中，文学始终没有获得应有的位置。西汉刘向、刘歆的《七略》中，虽辟有"诗赋略"，收录了辞赋、诗歌，但实际上是附于六艺中的"诗类"，只是因为数量过多，方另立一类而已。② 而后来被视为目录学成例的四部法中，亦无"文学"之部，今之所谓诗歌、散文、小说、戏曲等文学作品，皆分列经、史、子、集之中。对于这种相对模糊、混杂的文学观，郑振铎也曾明确地指出："中国的书目，极为纷乱，有人以为集部都是文学书。其实不然。《离骚草木疏》也附在集部。所谓'诗话'之类，尤为芜杂。即在'别集'及'总集'中，如果严格的讲起来，所谓'奏疏'，所谓'论说'之类够得上称为文学的，实在也很少。还有二程（程颢、程颐）集中多讲性理之文，及卢文弨、段玉裁、桂馥、钱大昕诸人文集中，多言汉学考证之文。这种文字也是很难叫他做文学的。最奇怪的是子部中的小说家。真正的小说，如《水浒》、《西游记》等倒没有列进去。他里边所列的却反是那些惟中国特有的'丛谭'、'杂记'、'杂识'之类的笔记。我们要把中国文学的范围，确定一下，真有些不容易！"③

---

① 朱希祖：《文学论》，北京：《北京大学月刊》，第 1 卷第 1 号（1918 年 12 月 10 日）。

② 高路明：《古籍目录与中国古代学术研究》，第 259 页，南京：江苏古籍出版社，1997 年。

③ 郑振铎：《整理中国文学的提议》，上海：《文学旬刊》，第 51 期（1922 年 10 月 1 日）。

与这种"泛文学"观相应的是:传统的文学研究,除"诗文评"外,基本隶属于经学、史学、诸子学,甚至沦为附庸。例如,自汉代《诗三百》被尊为"经"之后,历代儒士们常藉此来阐发政治理想与治国策略,其自身的文学色彩反而被遮蔽。其他的文学作品,虽然不至于像《诗经》那样遭受如此"厄运"①,但在"载道"、"明道"等观念的影响下,文学研究不可避免地打上了浓厚的政治功利色彩。郑振铎也曾指出:"中国文学所以不能充分发达,便是吃了传袭的文学观念的亏。大部分的人,都中了儒学的毒,以'文'为载道之具,薄词赋之类为'雕虫小技'而不为。其他一部分的人,则自甘于做艳词美句,以文学为一种忧时散闷、闲时消遣的东西。一直到了现在,这两种观念还未完全消灭。便是古代许多很好的纯文学,也被儒家解释得死板板的无一毫生气。"②

传统的学术分野以及由此而决定的文学研究的状况,越来越难以适应近代新的学术发展的需要了,一些有识之士试图打破四部法,仿效西方学科体系,对传统学术重新分门别类。1903年京师大学堂颁布的《奏定大学堂章程》,就设有"文学科大学",其下虽然仍包括音韵学、说文学、诸子学、历史学等学科,但"此举不仅改变了中国人传习的'文学'的方式,甚至影响到日后的文学革新进程"③。1907年,刘师培为"国粹学堂"起草的《拟国粹学堂学科预算》中亦分经学、宗教学、史学、文字学、伦理学、哲学、文章学、考古学等21个学科。1911年,王国维为《国学丛刊》撰写的发刊词中也说:"世界学问,不出科学、史学、文学。故中国之学,西国类皆有之。西国之学,我国亦类皆有。所异

① 顾颉刚:《诗经的厄运与幸运》,上海:《小说月报》,第14卷第3号。
② 郑振铎:《整理中国文学的提议》,上海:《文学旬刊》,第51期。
③ 陈平原:《早期北大文学史讲义三种·序》,第1页,北京:北京大学出版社,2005年。

者,广狭、疏密耳。"①但是,晚清学者对文学本质的认识实际仍存在着很大歧义,并未达成共识。② 因此,"尽管在此期间国学的分科已有所发端,但似乎尚未形成一种普遍的风气,更未对学界产生重大影响,以至于北大国学门在 1922 年刊登的一则启事中仍称:'吾国学术向来缺少分科的观念'"③。文学最终从经学的圣坛上走下来,回归自身的本来面目,还须由五四这一代学人来完成。这其中,"整理国故"运动的贡献尤为显著。

1918 年,尚在北大读书的顾颉刚,即对校图书的分类很为不满,写了《上北京大学图书馆书》,指出不能再"依据前人分类成法",分为经史子集,而应当"依种解析,各返其类"④,以科学门类和时代学派作为分类标准。两年后,顾颉刚留任北大图书馆当编目员,又提出拆散图书,重新分类的主张。这一提议虽最终未能实施,却显示出顾颉刚对原有的学科分类的不满。1918年 12 月,朱希祖在《文学论》中疾呼"文学之独立";次年又发表了《整理中国最古书籍方法论》,列举儒家七部经典,主张应分属文学、哲学、历史的方法而治,并提出了捐弃"经学之名","就各项学术分治"的口号。⑤ 1922 年 8 月,郑振铎发表《文学的统一观》中说:"以文学为一个整体,为一个独立的研究的对象,同时与地与人与种类一以贯之,而作彻底的全部的研究。"并认为中

---

① 王国维:《国学丛刊序》,北京:《国学丛刊》,第 1 号。

② 如刘师培与章太炎即发生过争论。参阅王风《刘师培文学观的学术资源与论争背景》,载陈平原主编《中国文学研究现代化进程二编》,第 1～26 页,北京:北京大学出版社,2002 年。

③ 卢毅:《"整理国故运动"与国学研究的学科重建》,福州:《福建论坛》,2004 年第 6 期。

④ 顾颉刚:《上北京大学图书馆书》,北京:《北京大学日刊》,第 82～93 号(1918 年 3 月 4～16 日)。

⑤ 朱希祖:《整理中国最古书籍方法论》,北京:《北京大学月刊》,第 1 卷第 3 号(1919 年 6 月)。

国的文学观念,必须输入西方现代化新血液,须有"打破一切传袭的文学观念的勇气",具有"近代的文学研究的精神"。① 9月,郑振铎在《整理中国文学的提议》中又提出,应"打破一切传袭的文学观念的勇气",以"近代的文学研究的精神"去整理中国文学,这一精神即包括"文学统一的观念"。同年,胡适在《国学季刊发刊宣言》中提出了自己理想的中国文化史:(一)民族史,(二)语言文字史,(三)经济史,(四)政治史,(五)国际交通史,(六)思想学术史,(七)宗教史,(八)文艺史,(九)风俗史,(十)制度史。这份"理想的中国文化史",虽尚无"文学史"一类,但无疑更进一步推进了近代学科体系的建立。其后,不少高校皆采用近代西学分类设科的模式,文学在学科体系的独立地位基本得以确立。如,北大国学门分设文字学、文学、哲学、史学、考古学②;东南大学则计划分科学、典籍、诗文三部,运用各种相关学科的方法,试图"从本国无数乱书中,抽列条理,成一有系统的而发见原理原则之学术书",拟以十年时间编撰一套有系统的学术通史,所列学科项目不仅有文学史,还有中国词曲史、中国诗史、中国词史、中国剧曲史等更为细致的学科门类③;厦门大学国学院,则分语言文字学、史学及考古学、哲学、文学、美术音乐等五组④。"这些设置,均突破了传统学术七略、四部等分类,体现了近代西学的精神。"⑤

---

① 郑振铎:《文学的统一观》,上海:《小说月报》,第 13 卷第 8 期(1922年 8 月 10 日)。

② 《研究院纪事》,北京:《国学丛刊》,第 1 卷第 1 号。

③ 《东南大学整理国故的计划书》,北京:《国学丛刊》,第 1 卷第 1 号。

④ 《厦门大学国学院组织大纲》,厦门:《厦大周刊》,第 134 期(1926 年1 月 2 日)。

⑤ 桑兵:《晚清民国的国学研究》,第 12～13 页,上海:上海古籍出版社,2001 年。

当然,由于传统的极大惯性,古典文学学科走向独立并非能一蹴而就,在很长一段时间,它还与经学、史学混在一起。这正如郭绍虞作于 1936 年的《国学论文索引四篇序》中说:"传统势力,当然不会一时失坠,于是《国学论文索引》之内,不得不有文学科学之类,复具群经诸子之名了。""尽管在民国时期国学研究的分科未能最终实现,但是在'整理国故运动'的不断推动下,这一标志着中国现代学术转型的趋势,仍然得到了巨大的发展。"①文学研究在现代学术体系中的独立地位也日益得到凸现。陈伯海即言:"中国古典文学研究有悠久的历史渊源,但它发展成为一门独立的学科,却是本世纪以来的事;在这之前,是谈不上专业的古典文学研究的。""只是到五四新文化运动的发生,尤其'文学革命'口号的提出和新文学创作实践展开后,古典文学才被视为有别于新文学的一种独特的文学范畴而区划开来,对它的清理和反思方足以构成一门别具内涵的独立学科。"②

二、高扬小说、戏曲等俗文学的地位和价值

正统的文学观念认为,文学的正宗是诗、文、辞赋等雅文学,而小说、词曲等俗文学则属末技外道,位卑品低。《四库全书总目》即云:"班固称:'小说家流,盖出于稗官。'如淳注谓:'王者欲知闾巷风俗,故立稗官,使称说之。'然则博采旁搜,是亦古制,固不必以冗杂废矣。今甄录其近雅驯者,以广见闻,惟猥鄙荒诞,徒乱耳目者,则黜不载焉。"③又说:"词曲二体,在文章技艺之间,厥品颇卑,作者弗贵,特才华之士以绮语相高耳。"④明清两

---

① 卢毅:《"整理国故运动"与国学研究的学科重建》,福州:《福建论坛》,2004 年第 6 期。

① 卢毅:《"整理国故运动"与国学研究的学科重建》,福州:《福建论坛》,2004 年第 6 期。

② 陈伯海:《从"清点"到"盘活"——世纪之交古典文学研究的风景线》,北京:《文学评论》,1999 年第 6 期。

③④ 永瑢:《四库全书总目》卷 140,第 1181 页,,第 1807 页,北京:中华书局,1995 年。

代，虽一二有识之士若金圣叹、李渔，极力提倡小说、戏曲之价值，但俗文学终究难入正统文人的"法眼"。

清季民初，不少学者受西学的影响，逐渐认识到小说、戏曲的价值，并借鉴西方的学术方法对它们进行研究。特别是梁启超等人提倡的小说界革命，和王国维对《红楼梦》、宋元戏曲、词学的研究，尤具有典范意义。对于这些学者的筚路蓝缕之功，胡适称赞说："近人对于元人的曲子和戏曲，明清人的杂剧、传奇，也都是相当的鉴赏和提倡。最大的成绩自然是王国维的《宋元戏曲史》和《曲录》。"① 不过在清季民初，轻视小说、戏曲者亦大有人在。例如，较早的两部中国文学史——窦警凡的《历朝文学史》和林传甲的《中国文学史》，考察范围仍不出于传统的经史子集，前者虽不废戏曲，但所论寥寥，小说则被摒弃不议；后者则完全轻视小说、戏曲，说："日本笹川氏撰《中国文学史》，以中国曾经禁毁之淫书，悉数录之，不知杂剧、院本、传奇之作，不足比于古之《虞初》。若载于风俗史犹可，笹川载于《中国文学史》，彼亦自乱其例耳。况其胪列小说、戏曲，滥及明之汤若士、近世之金圣叹，可见其识见之污下。"②

五四新文化运动，倡导白话文，小说、戏曲尤为国人所重视。如刘半农说："其必须列入文学范围者，惟诗歌戏曲、小说杂文、历史传记三种而已……凡可视为文学上有永久存在之资格与价值者，只诗歌戏曲、小说杂文二种也。"刘氏本人亦将"提高戏曲对于文学上之位置"，视为"生平主张最力之问题"。③ 陈独秀亦认为："元明剧本，明清小说，乃近代文学之粲然可观者。惜为妖

① 胡适：《〈日译本中国五十年来之文学〉序》，《胡适文集》第 3 册，第 264 页，北京：北京大学出版社，1998 年。

② 林传甲：《中国文学史》，见陈平原辑《早期北大文学史讲义三种》，第 210 页，北京：北京大学出版社，2005 年。

③ 刘半农：《我之文学改良观》，载《文学运动史料选》第 1 册，第 37、43 页，上海：上海教育出版社，1979 年。

魔所厄,未及出胎,竟尔流产。"①

　　然而,在那时"还有许多守旧的人,对于正统文学的推翻和小说戏曲的推崇,总有点怀疑。不过这是因为他们囿于成见,不肯睁开眼睛去研究文学史的事实。他们若肯平心静气地研究二千多年的文学史,定可以知道文学史上尽多这样的先例,定可以知道他们所公认的正统文学也往往是从草野田间爬上来的"。比如,曾大力提倡新文学运动的钱玄同一方面承认"小说、戏曲,皆文学之正宗",但又认为古代的小说、戏曲"有价值者殊鲜","编自市井之手、无知之手,文人学士不屑过问焉,则拙劣恶滥,固宜"。② 在这个问题上,胡适较他人有着更为深刻的认识,他后来说,"……文学革命运动,事实上是负责把这一大众所酷好的小说,升高到它们在中国活文学上应有的地位",而且还认为"只仅称赞它们的优点,不但不是给予这些名作的光荣的唯一方式,同时也是个没有效率的方式",因此,必须对它们做一种合乎科学方法的批判与研究,从而"认定它们也是一项学术研究的主题,与传统的经学、史学平起平坐"。③ 在《国学季刊》发刊宣言中,胡适还呼吁要扩大国学研究的范围,"包括上下三四千年的过去文化,打破一切的门户成见:拿历史的眼光来整统一切"。并指出:"在文学的方面,也有同样的需要。庙堂的文学固可以研究,但草野的文学也应该研究。在历史的眼光里,即民间小儿女唱的歌谣,和《诗三百篇》有同等的位置;民间流传的小说,和

　　① 陈独秀:《文学革命论》,载《文学运动史料选》第1册,第24页,上海:上海教育出版社,1979年。

　　② 钱玄同:《寄陈独秀》,载《文学运动史料选》第1册,第30、31页,上海:上海教育出版社,1979年。

　　③ 胡适:《胡适口述自传》,《胡适文集》第1册,第396～397页,北京:北京大学出版社,1998年。

高文典册有同等的位置；吴敬梓、曹霑和关汉卿、马东篱和杜甫、韩愈有同等的位置。"①循此主张，胡适本人也花费了很大的力气对古小说、戏曲进行了深入地研究。据统计，他一生共撰写了三十多篇关于中国古典小说考证的文章，加上关乎此的书信、论文等，共计约四十余万字，论及的作品多达二十余种。② 而其研究目的就是"给予这些小说名著现代学术荣誉的方式；认定它们也是一项学术研究的主题，与传统的经学、史学平起平坐"③。

胡适所倡导的平等对待学术对象的态度，在当时是带有潮流性质的。二三十年代从事小说、戏曲、民歌等俗文学研究的学者大有人在，所取得的成绩于古典文学研究领域也最大。比如，鲁迅于1923年发表的《中国小说史略》，被胡适称为是"一部开山的创作"④。1922年12月17日，北大创办《歌谣》周刊，其发刊词中第一次使用了"民俗学"一词，其后常惠、白启明、钟敬文、董作宾等人征集了大量的歌谣。如顾颉刚搜集、整理了100多首吴歌，编为《吴歌甲集》，获得广泛的赞誉。胡适在序中即称："真可说是给中国文学史开一新纪元。搜集甚勤，取材甚精，断制也甚谨严。"⑤而郑振铎则在1923年后开始从事古代戏曲文献、弹词、宝卷以及佛典民歌的收集和研究，最后编写成《中国俗

① 胡适：《〈国学季刊〉发刊宣言》，《胡适文集》第 3 册，第 10 页，北京：北京大学出版社，1998 年。

② 易竹贤：《评胡适的小说考证》，载耿云志、闻黎明编《现代学术史上的胡适》，第 261 页，北京：三联书店，1993 年。

③ 胡适：《胡适口述自传》，《胡适文集》第 1 册，第 397 页，北京：北京大学出版社，1998 年。

④ 胡适：《〈白话文学史〉自序》，《胡适文集》第 8 册，第 145 页，北京：北京大学出版社，1998 年。

⑤ 胡适：《〈吴歌甲集〉序》，《胡适文集》第 4 册，第 577 页，北京：北京大学出版社，1998 年；原载 1925 年 10 月 4 日《京报副刊·国语周刊》。

文学史》，并对"俗文学"下了一个定义："'俗文学'就是通俗的文学，就是民间的文学，也就是大众的文学。换一句话，所谓俗文学就是不登大雅之堂，不为学士大夫所重视，而流行于民间，成为大众所嗜好，所喜悦的东西。"①在散曲方面，吴梅的弟子任中敏于 1931 年在《散曲之研究》的基础上改定的《散曲概论》，是"近代第一部系统研究散曲的理论概观"，散曲学"从此系统地进入了学术视野"。②

　　古戏曲、小说等俗文学的地位和价值，在二三十年代获得了空前的重视。陈子展曾总结说："以前的所谓文学，差不多只限于诗古文辞的；到了这个时期，一向看做小道末技的小说词曲，乃至民间流行的所谓鄙俗歌谣，下等小说，都要把它同登文学的大雅之堂，各各还它一角应有的地位了。"③甚至出现了"过分贬低'文人文学'而高扬'民间文学'的倾向"④。

三、双线的文学史观

　　胡适在《新思潮的意义》、《〈国学季刊〉发刊宣言》、《再谈谈整理国故》等文章中多次提到，要"用历史的眼光来整理一切过去的文化的历史，国学的目的是要作成中国文化史"。又说："我们研究无论什么书籍，都宜寻出它底脉络，研究他的系统。所以我们无论研究什么东西，就须从历史方面着手。要研究文学和

---

　　① 郑振铎：《中国俗文学史·序》，第 1 页，上海：上海书店，1984 年。

　　② 王小盾、李昌集：《任中敏和他所建立的散曲学、唐代文学》，见陈平原主编《中国文学研究现代化进程二编》，第 128 页，北京：北京大学出版社，2002 年。

　　③ 陈子展：《最近三十年中国文学史》，第 121 页，上海：上海古籍出版社，2000 年。

　　④ 陈平原：《中国现代学术之建立——以章太炎、胡适之为中心》，第 202 页，北京：北京大学出版社，1998 年。

哲学,就得先研究文学史、哲学史。"①这些倡议,对二三十年文学史的撰写产生了十分重要的影响。

应该说,对于文学史的重视并非胡适首倡,晚清民初即有不少学者已着先鞭,前面所举的窦警凡、林传甲就是较早的代表,此外还有张之纯、朱祖谋、曾毅、谢无量等人撰述的文学史。但统观20世纪前二十年出现的通史,基本仍未超出"诸正史的《文苑传》和各时代的文选",故只能称之为文学史的"草创"阶段。②而且,这些文学史家大都缺少一种历史的观念,多将文学的发展与时代兴亡联系在一起。③ 杨殿珣曾指出:"检阅此初期文学史,经史子集,罔所不包,实不啻学术……民国而后,著述见夥,如张之纯、王梦曾、曾毅之《中国文学史》,相继问世,然其内容,则诸子百家,依然兼收并蓄,盖以文学之范畴,仍如是也。"④

五四新文化运动,为提倡文白一致的语言,胡适等人试图从几千年纷纭变化的文学史中寻求依据,打破传统的以诗文为主的文学史观。早在1916年留学期间,胡适在日记中就讨论了关于"活文学"、"吾国历史上的文学革命"的问题。他认为我国历史的文学革命大多是文体、语言等形式上的革命,"至元代而登峰造极",词曲,小说等"皆以哩语为之"的文学,都是"第一流"的

---

① 胡适:《研究国故的方法》,《胡适文集》第12册,第93页,北京:北京大学出版社,1998年;原载1921年8月4日上海《民国日报·觉悟副刊》。

② 郑振铎:《三十年来中国文学新资料发现记》,《郑振铎文集》第6卷,第468页,北京:人民文学出版社,1983年。

③ 胡适在1918年9月读张之纯《中国文学史》"论昆曲与时代兴亡之关系"一段时,就认为这是因为"没有历史观,故把一代的兴亡与昆曲的盛衰看作有因果的关系"(《文学进化观念与戏曲改良》,《胡适文集》第2册,第116页)。

④ 杨殿珣:《中国文学史译著索引》,北京:《读书月刊》,第2卷第6号,1933年3月17日。

"活文学"，倘若"不遭明代八股文之劫，不受明初七子诸文人复古之劫，则吾国之文学必已谓哩语的文学，而吾国之语言早成为言文一致之语言，可无疑也"。① 这些思考，被胡适自认为是"思想上起了一个根本的新觉悟"。在稍后的《藏晖室日记》、《文学改良刍议》等文章中，他很快就表明了这种具有革新意义的工具就是白话文学，于是便极力地赞扬古代的白话小说、戏曲，以为它们虽"见屏于古文家"，"而终一线相承"，不仅是中国千年来仅有之文学，而且还是第一流的文学，而古文、八股皆不足以为第一流文学之列。这样，胡适就为五四文学革命寻找到一个内在的理路，即异于传统古文辞诗歌之外的白话文学的发展线索。

为了阐释这种文学史观，胡适还分别于 1922、1928 年撰成了《五十年来之中国文学》和《白话文学史》，对古近代文学作了较系统全面的考察，其目的就是要寻找出文学发展之趋势：白话文代替文言文。他说："我们现在研究这一二千年的白话文学史，正是要我们明白这个历史进化的趋势。我们懂得了这段历史，便可以知道我们现在参加的运动已经有了无数的前辈，无数的先锋，便可知道我们现在的责任是要继续做无数开路先锋没有做完的事业，要替他们修残补阙，要替他们发扬光大。"为了抬高白话文学在古文学中的地位，胡适开篇即讨论："古文何时死的？"并指出："这一千多年中国文学史是古文文学的末路史，是白话文学的发达史……老实说罢，我要大家都知道，白话文学史就是中国文学史的中心部分。中国文学史若去掉了白话文学的进化史，就不成中国文学史了，只可以叫做'古文传统'罢了。"②

正如很多学者都认识到，《白话文学史》带有很明显的个人

① 胡适：《吾国历史上的文学革命》，《胡适古典文学研究论集》，第 10 页，上海：上海古籍出版社，1988 年。

② 胡适：《白话文学史·引子》，第 150～151 页，《胡适文集》第 8 册，北京：北京大学出版社，1998 年。

色彩,是胡适为了推阐自己的文学史观的一次具体实践,故引起了不少人的批评。① 大概胡适本人也意识到若仅以白话概述整个文学史并不恰当,故特地将"白话文学的范围放的很大",以为"白话"有三个意思:一是戏台上说白的"白",就是说得出,听得懂的话;二是清白的"白",就是不加粉饰的话;三是明白的"白",就是明白晓畅的话。② 根据这个标准,包括《史记》、《汉书》、古乐府歌辞、佛经译本、唐诗(尤其是乐府绝句)等,也都纳入到白话文学的范围。"经过这么一番改造,'白话文学'作为中国文学史的中心部分,总算勉强确立。"③

《白话文学史》仅揭示了白话文学的发展历程,若仅描述这一线索而无视文言文学,则显然不能称为完整的文学史。事实上,白话文学与文言文学,不仅是贯穿整个古典文学史的两条重要线索,而且还密切相关。1926年胡适《〈词选〉自序》说:

> 但文学史上有一个逃不了的公式。文学的新方式都是
> 出于民间的,久而久之,文人学士受了民间文学的影响,采
> 用这种新体裁来做他们的文艺作品。文人的参加自有他的

---

① 郑振铎《关于文学史的分期》中说:"胡适的《白话文学史》,乃舍文学的本质上的发展,而追逐于文学所使用的语言的那个狭窄异常的一方面的发展之后,以为中国文学的发展,只是'白话文学'的发展。执持着这样的'魔障',难怪他不得不舍弃了许多不是用白话写的伟大的作品,而只是在'发掘'着许多不太重要的古典著作。譬如,像叙述大诗人杜甫的诗篇,他只是烦琐地叙述着杜甫集子里的几篇带些诙谐性的小诗。这是魔道之一。"北京:《文学研究》,1958年第1期。

② 胡适:《〈白话文学史〉自序》,《胡适文集》第8册,第147页,北京:北京大学出版社,1998年。此观点实际在1917年即已形成,见当年11月20日胡适致钱玄同函,《胡适文集》第2册,第35页,北京:北京大学出版社,1998年。

③ 陈平原:《中国现代学术之建立——以章太炎、胡适之为中心》,第199页,北京:北京大学出版社,1998年。

好处：淡薄的内容变丰富了，幼稚的技术变高明了，平凡的意境变高超了。但文人把这种新体裁学到手之后，劣等的人便来模仿；模仿的结果，往往学得了形式上的技术，而丢掉了创作的精神。天才堕落而为匠手，创作堕落而为机械。生气剥丧完了，只剩下一点小技巧，一堆烂书袋，一套烂调子！于是这种文学方式的命运便完结了，文学的盛名又须另向民间去寻新方向发展了。①

晚年，胡适还不无自豪地将这种文学观概括为"双线文学的观念"。

在研究中国文学史方面，我也曾提出过许多新的观念。特别是我把汉朝以后，一直到现在的中国文学的发展，分成并行不悖的两条线这一观点。在那上一级的一条线里的作家，则主要是御用诗人、散文家；太学里的祭酒、教授，和翰林学士、编修等人。他们的作品则是一些仿古的文学，那半僵半死的古文文学。但是在同一个时期——那从头到尾的整个两千年之中——还有另一条线，另一基层和它平行发展的，那个一直不断向前发展的活的民间诗歌、故事、历史故事诗、一般故事诗、巷尾街头那些职业古说书人所讲的评话等等不一而足……这一个由民间兴起的生动的活文学，和一个僵化了的死文学，双线平行发展，这一点在文学史上又具革命性的理论实在是我首先倡导的，也是我个人的新贡献。②

在"整理国故"思潮盛行的二三十年代，学人们在面对古代

---

① 胡适：《〈词选〉自序》，《胡适文集》第 4 册，第 550 页，北京：北京大学出版社，1998 年。

② 胡适：《胡适口述自传》，《胡适文集》第 1 册，第 424 页，北京：北京大学出版社，1998 年。

第一卷

383

文学遗产时,都或多或少地受到了胡适这一观念的影响。如郭绍虞作于 1927 年的《中国文学演进之趋势》中,就是认为"中国文学演进趋势无论如何曲折迂回,却总是向着三个目标以进行",即"自由化"、"散文化"、"语体化"。① 郑振铎《〈白话文学史序〉》也称:"有一个重要的原动力,催促我们的文学向前发展不止的,那便是民间文学的发展……'俗文学'不仅成了中国文学史主要的成分,也成了中国文学史的中心。"鲁迅在 30 年代也称:"就文学衰颓时,因为摄取民间文学或外国文学而起一个新的转变,这例子是常见于文学史上的。""士大夫是常要夺取民间的东西的,将竹枝词改成文言,将'小家碧玉'作为姨太太,但一沾着他们的手,这东西也就跟着他们灭亡。"②

关于双线的文学史观的意义,陈平原概述得比较精辟:"尽管后来者对'死文学'和'活文学'的提法有很多非议,可'双线文学'这一基本框架仍在今天的文学史研究中发挥作用……这一研究思路打破了此前按朝代或文体讨论文学演进的惯例,找到了一根可以贯穿二千年中国文学发展的基本线索。自此以后,中国文学史再也不是'文章辨体'或'历代诗综',而是具备某种内在动力且充满生机的'有机体'——这一点曾使不少文学史家兴奋不已,也因此催生出不少名噪一时的文学史著。可以这样说,'双线文学观念'是本世纪中国学界影响最为深远的'文学史假设'。"③

---

① 郭绍虞:《中国文学演进之趋势》,载《中国文学研究》(《小说月报》号外),第 17 页,上海:商务印书馆,1928 年。

② 鲁迅:《门外文读》,《鲁迅全集》第 6 卷,第 95 页,北京:人民文学出版社,1981 年。

③ 陈平原:《中国现代学术之建立——以章太炎、胡适之为中心》,第 194 页,北京:北京大学出版社,1998 年。

"整理国故"对于古典文学
学科在方法上的意义

　　"整理国故"运动的倡导者大多主张以科学的精神、方法整理和研究国故。比如，毛子水就认为当以"科学精神"和"科学的主义和方法"对待国故；顾颉刚说："我常说要用科学方法去整理国故，人家也就称许我用了科学方法而整理国故。"[①]郑振铎也说："整理国故的新精神，便是'无征不信'。以科学的方法，来研究前人未开发的文学园地。我们怀疑，我们超出一切传统的观念——汉宋儒乃至孔子及其同时人——但我们的言论，必须立在极稳固的根据地上。"[②]而胡适更是一生都致力于方法的研究和推广，从他发表的几篇关于"整理国故"的重要文章来看，谈论得最多的也是关于"方法"的问题。他曾总结道："我这几年的言论文字，只是这一种实验主义的态度在各方面的应用。我的唯一目的就是提倡一种新的思想方法，要提倡一种注重事实，服从证验的思想方法。古文学的推翻，白话文学的提倡，哲学史的研究，《水浒》《红楼梦》的考证，一个'了'字或'们'字的历史，都只是这一个目的。"[③]

　　从胡适等人的表述看，所谓"科学的方法之归趣"，首先是对材料的重视。如傅斯年认为，"凡一种学问能扩张他所研究的材料便进步，不能便退步"，"一分材料出一分货，十分材料出十分

---

　　① 顾颉刚：《古史辨自序》，第109页，石家庄：河北教育出版社，2002年。
　　② 郑振铎：《新文学之建设与国故之新研究》，上海：《小说月报》，第14卷第1号。
　　③ 胡适：《我的歧路》，《胡适文集》第3册，第362页，北京：北京大学出版社，1998年；原载1922年6月18日《努力周报》第7期。

货,没有材料便不出货",甚至断言:"史学便是史料学。"①在充分搜集、占有材料的基础上,他们又主张运用分类、归纳、演绎、比较、假设、求证等具体的方法,从而提出新观点、新思想。顾颉刚在回顾自己的治学方法时即说:"我先把世界上的事物看成许多散乱的材料,再用了这些零碎的科学方法实施于各种散乱的材料上,就欢喜分析、分类、比较、实验、寻求因果,更敢于作归纳,立假设,搜集证成假设的证据而发表新主张。"②这种方法,胡适则更有精辟地概括:"在这些文字里,我要读者学得一点科学精神,一点科学态度,一点科学方法。科学精神在于寻求事实,寻求真理,科学态度在于撇开成见,搁起感情,只认得事实,只跟着证据走。科学方法只是'大胆的假设,小心的求证'十个字。没有证据,只可悬而不断;证据不够,只可假设,不可武断,必须等到证实之后,方才奉为定论。"③这"十字真言",胡适有时还更简化为"拿证据来"。对于这种方法,尽管历来有学人发表不同的意见,但"仍然不胫而走,成为本世纪中国最响亮的学术口号"④。

这种"科学的方法",是借鉴、吸取了西方学术与传统学术之精华的产物。胡适曾自豪地说:"很少人(甚至根本没有人)曾想到现代的科学法则和我国古代的考据学、考证学,在方法上有其相通之处。我是第一个说这句话的人。"⑤当然,由于"整理国

---

① 傅斯年:《历史语言研究所工作之旨趣》,北京:《历史语言研究所集刊》,第 1 本第 1 分,1928 年。

② 顾颉刚:《古史辨自序》,第 110 页,石家庄:河北教育出版社,2002 年。

③ 胡适:《介绍我自己的思想》,《胡适文集》第 5 册,第 518～519 页,北京:北京大学出版社,1998 年。

④ 陈平原:《中国现代学术之建立——以章太炎、胡适之为中心》,第 189 页,北京:北京大学出版社,1998 年。

⑤ 胡适:《胡适口述自传》,《胡适文集》第 1 册,第 263 页,北京:北京大学出版社,1998 年。

故"的倡导者的学术素养、治学对象不同,故倡言的"科学的方法"的侧重点亦不尽相同,对各个学科所起到的"范式"意义也有很大差异。就古典文学学科来说,"科学的方法"对后来的研究所产生的影响,集中休现在以下四方面。

一、考据学在小说、戏曲研究领域的盛行

考据学本是传统的治学方法,至乾嘉时期更为朴学家发挥到了极致。但清儒的考据范围基本局限于经学、史学、诸子学,较少涉及诗文、小说、戏曲。孙楷第说:"至于(清儒)穷经稽古之流,则根本不屑用其心思于淫词猥曲,校勘训诂之学,可施之于经,施之于史,施之于杂史说部,而不可施之于俗文戏曲。"这种情况,在晚清民初王国维等学者那里发生了改变,故他又说:"可是这样的见解,居然在近十年间解放了。有名的学者王静安,以纯然史家的态度作了一部不朽的《宋元戏曲史》,又作了一部有价值的六卷的《曲录》,并且意思说'要补三朝之志'……而小说戏曲,也居然有了所谓版本之学。"①在小说方面,亦有学者以考据学治之。例如,蒋瑞藻 1911 年在《东方杂志》连续刊发《小说考证》,在当时就颇具有代表性。蒋氏在开篇即云:"顾作者往往以游戏出之,著书之由,不以告人,甚则并姓名而隐之。读者亦徒赏其文章之工妙,事迹之离奇,书之义例若何? 原委若何? 不过问焉。善读小说者,当不如是。"②蒋氏的研究对古代小说史料的搜集、考订,具有一定的开拓意义,但同样存在体例庞杂,观点陈旧等缺陷,"仍不能脱离古董家的习气"③,与"科学的精神"

① 孙楷第:《辑雍熙乐府本西厢记序》(1933 年 1 月),载《沧州集》,第 406~407 页,北京:中华书局,1965 年。
② 蒋瑞藻:《小说考证》,第 1 页,上海:上海古典文学出版社,1957 年;原载《东方杂志》1911 年第 8 卷第 1 期。
③ 胡适:《国学季刊发刊宣言》,第 11 页,《胡适文集》第 3 册,北京:北京大学出版社,1998 年。

仍相距甚远。因此，胡适在 1919 年致钱玄同的一封信中就说："研究中国小说的起源、派别、变迁等，这事业还没有人做过，所以没有书可看。我看新出的《小说考证》一类的书全无用处。将来我很想做一部《中国小说史》，用科学的方法来研究他。"①

由于各种原因，胡适最终没能写就《中国小说史》，但他的确花费了大量的精力研究古代章回小说，并且为小说研究开辟了一条新的道路。这正如他本人所说："我想《水浒传》是一部奇书，在中国文学史占的地位比《左传》、《史记》还要重大的多；这部书很当得起一个阎若璩来替他做一番考证的工夫，很当得起一个王念孙来替他做一番训诂的工夫。我虽然够不上做这种大事业——只好让将来的学者去做——但我也想努一努力，替将来的'《水浒》专门家'开辟一个新方向，打开一条新道路。"②考据学是综合了训诂、版本、目录、校雠、辑佚等多种学问的研究方法。胡适关于《红楼梦》、《水浒传》、《三国演义》、《镜花缘》、《醒世姻缘传》、《儒林外史》、《聊斋志异》等研究，都是在收集大量材料的基础上，对小说的作者、版本源流、本事演变、思想情趣等方面进行了颇为深入、细致地探讨。这其中，尤以《红楼梦》的研究具有典范意义。在五四之前，有关《红楼梦》研究影响最大者，当属以蔡元培为代表的索隐派。这一派虽花费了不少工夫试图探讨《红楼梦》所"隐"之事，但大多是穿凿附会，"如猜谜的戏举"③，其结论也无法令人信服。胡适从 1921 年起陆续发表了《红楼梦考证》、《跋红楼梦考证》、《考证红楼梦的新材料》等系列文章，对索隐派的研究方法极为不满："《红楼梦》的考证是不容易做的，一来因为材料太少，二来因为向来研究这部书的人都走

---

① 章清：《胡适评传》，第 186 页，南昌：百花洲文艺出版社，1992 年。

② 胡适：《〈水浒传〉考证》，《胡适文集》第 2 册，第 378 页，北京：北京大学出版社，1998 年。

③ 郑振铎：《研究中国文学的新途径》，《郑振铎文集》第 6 卷，第 282 页，北京：人民文学出版社，1983 年。

错了路……他们不去搜求那些可以考订《红楼梦》的著者、时代、版本等等的材料，却去收罗许多不相干的零碎史事来附会《红楼梦》里的情节。他们并不曾做《红楼梦》的考证，其实只做了许多《红楼梦》的附会！"科学的考证"是建立在信服的材料的基础之上的，索引派只是将一些不相干的材料比附于《红楼梦》的情节，实际上不能算是真正的考证。胡适进而还提出了《红楼梦》考证的"正当范围"："只须根据可靠的版本与可靠的材料，考订这书的著者究竟是谁，著者的事迹家世，著书的年代，这书曾有何种不同的本子，这些本子的来历如何。"① 循着这条研究路径，胡适考证出曹雪芹的家世和生平，并在此基础上提出了"红楼梦为曹雪芹的自叙传"；同时，他根据不同版本还提出了"高鹗续后四十回"说，从而建立起"新红学"。

胡适的小说考证对后来的文学研究无疑具有范式意义。章清《胡适评传》中说："胡适初步建立了一种新的研究，并从作品本身出发，对一些小说的作者、时代、版本都进行了相应的考证和研究，可以说对把小说的考证和研究当作一项学术研究的主题，起到了开拓奠基的作用。"②

在戏曲方面，郑振铎、傅惜华、孙楷第、赵景深等人在王国维研究的基础上，也考证、辑录了不少文献，为戏曲研究奠定了坚实的基础。比如，郑振铎在 1923 年 7 月号《小说月报》上开列了较为全面的有关戏曲研究的书目；1927 年，他又发表长文《中国戏曲的选本》，首次系统地整理了历代有关"折子戏"选本的书目；1930 年元月起，又在《小说月报》上连载他编写的《元曲叙录》，共 57 则。在"叙录"（提要）中，他首先介绍了关汉卿的生

① 胡适：《〈红楼梦〉考证》，《胡适文集》第 2 册，第 432 页，北京：北京大学出版社，1998 年。

② 章清：《胡适评传》，第 194 页，南昌：百花洲文艺出版社，1996 年。

平、作品全目，以及关氏几乎全部剧本。接着，他又分别介绍了马致远、王实甫等20多位作家的70多本有代表性的戏曲。

"整理国故"运动将考据学引入小说、戏曲等俗文学领域，不仅使俗文学获得了与经史同等之地位，也使整个古典文学研究的方法发生了很大的改变，即考据化的盛行。一些新起的古典文学研究者无不是以考据起步的，比如，游国恩的成名作《楚辞概论》贡献之一就是"考据的精神"，"历史的方法和考据的精神便是此书的价值"。① 陆侃如回忆自己早期的治学经历也说："我那时的论著大都是资料性，考据性的。"②考据之风一直深刻地影响到后来的古典文学研究，30年代即有人指出："近今学术上考据之风大盛，即研究文学艺术者，亦惟以训诂历史相尚，而于文艺本身之价值反不甚注意。各大学国文系课程，往往文字训诂为重；而关于文学史之课程，内容亦多考证文人之生卒，诗文之目录，及其文法章句名物故事之类，而于文学批评与美术之品鉴忽焉。"③到了40年代，这种考据之风仍然十分盛行，甚至"充满着'非考据不足以言学术'的空气"。④ 因此，陈伯海总结说："胡适当年提倡'整理国故'，开了这个风气，而后各种辑佚、校勘、考据、笺注以至史料的集成、史实的编排，实际上都是沿着这条路子走下来的。"⑤

① 游宝谅：《游国恩先生年谱》，淮安：《淮阴师范学院学报》，2000年第1期。

② 陆侃如：《陆侃如自传》，《中国现代社会科学家自述》，第583页，上海：上海教育出版社，1997年。又参见徐雁平《整理国故考论——以中国文学史为中心》，第216页，合肥：安徽教育出版社，2003年。

③《清华文史周刊专号》，北京：《读书月刊》，第1卷第9号，1932年6月。

④《古史辨》第4册书评，北京：《读书月刊》，第2卷第7号；又参见桑兵：《晚清民国的国学研究》，第46页，上海：上海古籍出版社，2001年。

⑤ 陈伯海：《从"清点"到"盘活"——世纪之交古典文学研究的风景线》，《文学评论》，1999年第6期。

二、"历史演进法"

"历史演进法",是胡适 1924 年 12 月在《古史讨论的读后感》中提出的。他说:"顾先生的'层累造成的古史'见解真是今日史学界的一大贡献……这种见解重在每一种传说的'经历'与演进,这是用历史演进的见解来观察历史上的传说……这是顾先生这一次讨论古史批评古史的全部,也就是他的根本方法……他这个根本的观念是颠扑不破的,他的这个方法是愈用愈见成效的。"①顾颉刚的古史研究,侧重从历史进化观念出发,以弄清史实在传说中最早的状况,从而考察出每一件史实在传说的经历。他曾说:"我们辨明古史,看事迹的整理还轻,而看传说的经历却重。凡是一件史事,应当看它最先是怎样的,以后逐步逐步的变迁是怎样的。"②通过这种研究方法,他发现"时代愈后,传说的古史愈长……传说中的中心人物愈放愈大"③,这就是所谓的"层累说"的核心内容。在顾颉刚研究的基础上,胡适进而提出:"其实古史上的故事没有一件不曾经这样的演进,也没有一件不可用这个历史的演进的方法去研究。尧、舜、禹的故事,黄帝、神农、庖牺的故事,汤的故事,伊尹的故事,后稷的故事,文王的故事,太公的故事,周公的故事,都可以做这个方法的实验品。"胡适将这种"历史演进法"具体条例如下:

    1. 把每一件史事的种种传说,依先后出现的次序,排列起来。

    2. 研究这件史事在每一个时代有什么样子的传说。

---

① 胡适:《古史讨论的读后感》,《胡适文集》第 3 册,第 82 页,北京:北京大学出版社,1998 年。

② 顾颉刚:《与钱玄同先生论古史书》,《古史辨自序》,第 3 页,石家庄:河北教育出版社,2003 年;原载 1923 年 6 月 18 日《读书杂志》第 10 期。

③ 顾颉刚:《古史辨》第 1 册自序,石家庄:河北教育出版社,2002 年。

3. 研究这件史事的渐渐演进:由简单变为复杂,由陋野变为雅驯,由地方的(局部的)变为全国的,由神变为人,由神话变为史实,由寓言变为事实。

4. 遇可能时,解释每一次演变的原因。①

胡适提出"历史演进法",固然受到顾颉刚的研究的启发,但实际又与他本人提倡的用"历史的方法"整理国故的观点紧密相关。事实上,他有关《水浒传》、《西游记》、《三国演义》的考证,其实就运用了这种方法。如 1920 年《水浒传》的研究,胡适在努力搜寻较早流传的各种"水浒故事"和"水浒戏"的基础上,考察了《水浒传》故事流传、演变、成书的历史过程,得出《水浒传》是经历了宋代民间的"宋江故事"、到宋元之际"宋江三十六人像赞"、《宣和遗事》,再发展到元代诸多的水浒戏,最后在明代文人手中整理增删,创作出《水浒传》。② 而《西游记》的故事亦是如此。唐代慧立《大慈恩寺三藏法师传》和玄奘《大唐西域记》为玄奘取经故事的本身,到宋代《太平广记》中即已逐渐神化,《大唐三藏取经诗话》中"猴行者的加入,沙和尚的影子'深沙神'也出现了。"元代吴昌龄《唐三藏西天取经》,则与小说《西游记》很接近了,并推测道:"大概此类故事,当日还不曾有大规模的定本,故编戏的人可以运用想像力,敷演民间传说,造为种种戏曲。那六本的《西游记》已可算是一度大结集了。最后的大结集还须等待一百多年后的另一位姓吴的作者。"③再如,《三侠五义》中包公断案的故事,起于北宋,传于南宋,初盛于元人的杂剧,再盛于明清小

① 胡适:《古史讨论的读后感》,《胡适文集》第 3 册,第 82 页,北京:北京大学出版社,1998 年;原载《读书杂志》,第 18 期,1934 年 2 月。

② 胡适:《〈水浒传〉考证》,《胡适文集》第 2 册,第 411～431 页,北京:北京大学出版社,1998 年。

③ 胡适:《〈西游记〉考证》,《胡适文集》第 3 册,第 500～528 页,北京:北京大学出版社,1998 年。

说,而其中的李宸妃的故事则是从最初《宋史》后妃传里六百多字的李宸妃故事,历经八九百年的逐渐演变。在这些个案研究的基础上,胡适提出一个颇为著名的观点:"历史上有许多有福之人。一个是皇帝,一个是周公,一个是包龙图……这种有福的人物,我曾替他们取个名字,叫做'箭垛式的人物';就如同小说上说的诸葛亮借箭时用的草人一样,本来只是一扎干草,身上刺猬也似的插着许多箭,不但不伤皮肉,反可以立大功,得大名。"然后,他又提出了著名的"滚雪球"说:

> 传说的生长,就同滚雪球一样,越滚越大,最初只有一个简单的故事作个中心的"母题"(motif),你添一枝,他添一叶,便像个样子了。后来经过众口的传说,经过平话家的敷演,经过戏曲家的剪裁结构,经过小说家的修饰,这个古书便一天天的改变面目,内容更丰富了,情节更精细圆满了,曲折更多了,人物更有了生气了。①

胡适提倡的这种"历史演进方法",不仅仅简单地梳理故事发生、流传、成形的演变过程,同时也注重挖掘每一次演进中蕴藏的文化内涵。比如,他在考证《水浒传》时就指出"乃是四百年来老百姓与文人发挥一肚皮宿怨的地方"。当然,这种方法有时也存在某种缺陷,即"在'因袭'与'创作'之间,研究者明显重前者而轻后者……常常精于故事传说的排列而疏于作者心态的探求,不免抹杀了天才作家的贡献'"②,胡适甚至还得出了《三国演义》的写定者为"平凡的陋儒"的结论。③ 这种"过于主观也过于简

① 胡适:《〈三侠五义〉序》,《胡适文集》第 4 册,第 369、382 页,北京:北京大学出版社,1998 年。
② 陈平原:《中国现代学术之建立——以章太炎、胡适之为中心》,第 208～209 页,北京:北京大学出版社,1998 年。
③ 胡适:《〈三国演义〉序》,《胡适文集》第 3 册,第 592 页,北京:北京大学出版社,1998 年。

单"的方法,"究其实质,恐怕与当时风靡一时的进化论有密切关系。胡适总结的那些演变走向,带有明显的从野蛮走向文明的想像色彩,对于其中可逆、双向互动、复杂情感,便容易忽略了"。① 但是,作为一种研究方法,"历史演进法"在二三十年代的古典文学研究界无疑产生了强烈的反响。据徐雁平统计,二三十年代运用"历史演进法"研究古代的故事就有四十多例,包括对孟姜女、八仙、牛郎织女、包公、白蛇传、王昭君、岳飞、西王母等著名的故事流变的研究。②

三、系统整理古籍的方法

古籍文献浩如烟海,但大多缺乏系统之整理,不仅没有标点,而且不同版本的字句经常错漏、讹误,这给研究、阅读造成了很大的困难。用胡适的话说就是,"不曾整理的材料,没有条理,不容易检寻,最能消磨学者有用的精神才力,最阻碍学术的进步"。所以,他甚至将"整理国故"的目的概括为"就是要使从前少数人懂得的,现在变为人人能解的"。③ 而对于究竟如何整理? 胡适又在《再谈谈整理国故》等文章中具体分为四种:最低限度之整理——读本式的整理;索引式的整理、结账式的整理、专史式的整理。"专史式"我们前面略有所及,这里主要介绍前三种。

"读本式的整理",即整理古代最著名的典籍,推广介绍,使之成为一般读者都能接受的普遍读本,具体有"校雠"、"训诂"、

---

① 陈泳超:《中国民间文学的现代轨辙》,第 123 页,北京:北京大学出版社,2005 年。

② 徐雁平:《胡适与整理国故考论——以中国文学史为中心》,第 105～106 页,合肥:安徽教育出版社,2003 年。

③ 胡适:《〈国学季刊〉发刊宣言》,《胡适文集》第 3 册,北京:北京大学出版社,1998 年。

"标点"、"分段"、"介绍"五种方法。① 1920 年上海亚东出版社汪原放以新式标点翻印了《水浒传》,被认为是"用新标点翻印古书的第一次","将来一定要成为新式标点符号的实用教材"。②汪原放的这部《水浒传》翻印本,除了"标点"之外,还具有胡适"有系统的整理"的另外两个特征:即"正文一定要分节分段"和"正文之前一定要有一篇对该书历史的导言"。《水浒传》印行之后,胡适又与亚东书局进行了多次合作,整理出版了《三国演义》、《镜花缘》、《水浒续集》、《三侠五义》、《儿女英雄传》、《海上花列传》等十余种书,使这个原先并不起眼的出版社一下子名声大噪,其他出版社也纷纷仿效它的做法,如商务印书馆、群学出版社也都出版不少新式标点的典籍,整理典籍成为当时学术界的一大盛况。这种"读本式的整理",也一直沿用今天,像上海古籍出版社、中华书局等致力于古籍整理的出版社,也无不是循此模式而进行操作的。

关于索引式的整理,胡适引证了章学诚的一段话进行解释:"窃以典籍浩繁,闻见有限;在博雅者且不能悉究无遗,况其下乎? 校雠之先,宜尽取四库之藏,中外之籍,择其中之人名地名官阶书目,凡一切有名可治有数可稽者,略仿《佩文韵府》之例,悉编为韵,乃于本韵之下,注明原书出处及先后篇第;自一见再见,以至数千百,皆详注之;藏之馆中,以为群书之总类……"简单地说,这种方法即所谓的"索引"、"引得"。它在学术日益专门化、书籍刊物日夥的时代,对治学有着十分重要的帮助,人们通过它可以十分便利地查找所需资料,而不必像清代朴学家那样,非得穷尽所有资料内容不可。在五四之前,我国没有这样的书

---

① 胡适:《再谈谈整理国故》,《胡适文集》第 12 册,第 95 页,北京:北京大学出版社,1998 年。

② 胡适:《〈水浒传〉考证》,第 374 页,《胡适文集》第 2 册,北京:北京大学出版社,1998 年。

籍,"如问一个稍不著名的人为何时人,则非检查许多书不能览得,有时竟查不出,这是何等痛苦啊"! 因而,胡适认为:"这一类'索引'式的整理,乃是系统地整理的最低而最不可少的一步;没有这一步的预备,国学止限于少数有天才而又有空闲工夫的少数人;并且这些少数人也要因功力的拖累而减少他们的成绩。"他主张:"把一切大部的书或不容易检查的书,一概编成索引,使人人能用古书。而这正是'提倡国学'的第一步。"①受胡适影响,郑振铎也十分注重"索引"的作用,甚至认为"索引和专门的参考书目乃是学问的两盏引路的明灯"。他编撰的《文学大纲》和《插图本中国文学史》,每章后都列有详细的参考书目,这也是我们今天学术论著必列参考书目的先例。此外,他还曾用了不少工夫编制索引,准备附于《插图本中国文学史》后,因未完全成稿而暂付阙如。后来,郑振铎还写有几篇关于戏曲书目的专文,编制过戏曲的专门索引,给初学者指明了研究方向和路径。所以有学者认为,"索引作为揭示文献的一种治学手段,同时又作为文献研究的一种成果,在郑振铎的研究生涯中得到了最充分的体现"。②

关于"结账式的整理",胡适用了一个形象的比喻说:"商人开店,到了年底,总要把这一年的账结算一次,要晓得前一年盈亏和年底的存货,然后继续进行,做明年的生意。一种学术到了一个时期,也有总结账的必要。学术上结账的用处有两层:一是把这一种学术里已不成问题的部分整理出来,交给社会;二是把那不能解决的部分特别提出来,引起学者的注意,使学者知道何处有隙可乘,有功可立,有困难可以征服。结账是(1)结束从前

<hr>

① 胡适:《国学季刊发刊宣言》,第 12～17 页,《胡适文集》第 3 册,北京:北京大学出版社,1998 年。

② 徐瑞洁:《郑振铎的索引实践与理论》,北京:《大学图书馆学报》,1999 年第 6 期。

的成绩,(2)预备将来努力的新方向。"在古代,像这样的结账式的书,虽然也有一些,但"三百年来,学者都不肯轻易做这种结账的事业",国学很多都只是一堆流水烂账,没有条理,没有系统……怪不得国学有沦亡之忧了"。①

在胡适的提倡下,二三十年代的学者似乎都较注重做这种"结账的工夫",如刘大白《中诗外形声律说》自序中说:"不论是想把自己所有的古董向人家夸耀的,不论是想指摘人家底古董尽是些碎铜烂铁,一钱不值的,不论是想采运了洋古董来抵制国货的,似乎都得先把这些古董查明一下,给它们开出一篇清单来。如果不做查账、结账的工夫,而只是胡乱地夸耀一下,指摘一下,抵制一下,这种新旧交哄,未免有点近乎瞎闹。"何炳松也大力提倡索引的研究方法:"窃以为整理国故,索引为先……所谓索引,即将书中所有专名、术语、惯词、异称分别提出,依笔画多寡为序附于全书之后,并注明其见于某卷某篇某页某行等,俾读者展阅之余,即可知某名某语某词某称见于此书中者凡有几次,并在何地是也。"②1927 年,郑振铎在《研究中国文学的新途径》中同样号召应对专书、专人、断代史、文体等作结账式的整理。从学术研究发展史看,总结前人的研究成果,对于厘清自己的研究思路,明确研究范围,不作简单重复,少走弯路,是十分必要的。"上世纪 30 年代以来,学术史研究多成为专题研究的必要的先行阶段,凡受过正规训练,懂得学术轨范者,无论做哪个专题,总要对与该专题有关的学术史作一番调查。"③这种研究

---

① 胡适:《〈国学季刊〉发刊宣言》,第 13 页,《胡适文集》第 3 册,北京:北京大学出版社,1998 年。

② 何炳松:《拟编中国旧籍索引例议》,南京:《史地学报》,1925 年 10月。

③ 董乃斌:《近世名家与古典文学》,第 36 页,上海:上海大学出版社,2005 年。

的方法和思路，是与胡适等人提倡的"结账式整理"分不开的。

四、比较的方法

胡适在《〈国学季刊〉发刊宣言》中还列举了"博采参考比较的材料"，认为"向来的学者误认'国学'的'国'字是国界的表示，所以不承认'比较的研究'的功用"，但实际上，"有许多现象，孤立的说来说去，总说不通，总说不明白；一有了比较，竟不需解释，自然明白了"。然后，他列举了语言学、音韵学、哲学史、制度史上的例子以说明比较方法的重要性。"至于文学史上"，胡适说，"小说戏曲近年忽然受学者的看重，民间俗歌近年渐渐引起学者的注意，都是和西洋文学接触比较的功效更不消说了。"具体的比较方法是：一方面"虚心采用他们的科学的方法，补救我们没有条理系统的习惯"；另一方面是"材料上，欧美日本学术界有无数的成绩可以供我们的参考比较，可以给我们开无数新法门，可以给我们添无数借鉴的镜子"。[①] 周作人主张："我们要整理国故，也必须凭借现代的新学说新方法，才能有点成就，譬如研究文学，我们不可不依外国文学批评的新说，倘若照中国的旧说讲来，那么载道之文当然为文学正宗，小说戏曲都是玩物丧志，至少也是文学的未入流罢了。"

比较的方法除了以西学为参照之外，还有另外一种思路，即胡适在《歌谣的比较的研究法的一个例》中提出来的。他说："研究歌谣，有一个很有趣的法子，就是'比较的研究法'。有许多歌谣是大同小异的。大同的地方是他们的本旨，在文学的术语上叫做'母题'（motif）。小异的地方是随时随地添上的枝叶细节。往往有一个'母题'，从北方直传到南方，从江苏直传到四川，随地加上许多'本地风光'，变到末了，几乎句句变了，字字变了，然

---

① 胡适：《〈国学季刊〉发刊宣言》，第 15～17 页，《胡适文集》第 3 册，北京：北京大学出版社，1998 年。

20世纪中国古典文学学科通志

第一卷

398

而我们试把这些歌谣比较着看,剥去枝叶,仍旧可以看出他们原来同出于一个'母题'。这种研究法,叫做'比较的方法'。"①显然,这一研究其实也就是历史演进法,是从不同时期、不同地域的作品的演变比较出他们的差异和共性。

总之,由胡适等人倡导的这场"整理国故"运动,随着胡适的历史地位之升降而获得的评价截然不同,甚至判若天壤。这不仅有同时期新文化运动内部人士以及国粹派保守人物的批评,更有五六十年代大陆反"右"运动中极端严厉的攻击,甚至被定性为"一种反动运动"。平心而论,这场学术运动的确存在不少难以克服的缺陷,某些至今根深的观念,如"过分贬低'文人文学'而高扬'民间文学'"的观念②,过分追求考据而忽视文学的鉴赏方法③,"整理国故"都难辞其咎。但是,这场学术运动对包括古典文学研究在内的学术研究,在现代化进程中所产生的深远而积极的影响,是不可消磨的。胡明就说:"历史地看,胡适的'整理国故'的口号在现代中国文化史上的客观效果是积极的,

① 胡适:《歌谣的比较的研究法的一个例》,《胡适文集》第 3 册,第 630 页,北京:北京大学出版社,1998 年。

② 陈平原就指出,"时至今日,过分贬低'文人文学'而高扬'民间文学',仍是研究者必须面对的五四遗产——这一'遗产'的创造者当然包括极力推崇'白话文学'与'平民文学'的胡适之先生"(《中国现代学术之建立——以章太炎、胡适之为中心》,第 202 页,北京:北京大学出版社,1998 年)。

③ 罗志田认为:"当时许多提倡新文学者却相当注重诗外的功夫而忽视了文学本身的研究,直接导致文学的失语。本已处于相对失语状态的文学研究复受到整理国故的冲击,进而形成文学和文学史研究考据化的明显倾向。""且这一'功夫在诗外'的倾向持续甚久,迄今不衰,最近的一个变体即不少受文学训练的人颇热衷于'思想史'研究,乃至于北大中文系的温儒敏教授已感觉不能不重新提出'回到文学自身'的主张,希望这些'跨出文学史'的人能够'回到文学史'里来。"《裂变中的传承——20 世纪前期的中国文化与学术》,第 319、314 页,北京:中华书局,2009 年。

他本人的大量实践也是成功的,具有开创风气的榜样作用与学术层面的样板价值⋯⋯对于我国民族文化遗产的发扬光大,尤其在去芜存菁、推陈出新方面涌现出的创作价值具有深远的积极意义。"①

(江西师范大学　李舜臣)

---

① 胡明:《胡适思想与中国文化》,第 243 页,桂林:广西师范大学出版社,2005 年。

新红学的兴起及其成就

由胡适、俞平伯、顾颉刚等人于 20 世纪 20 年代初开创的新红学在红学史上具有里程碑的意义，标志着红学研究从传统评点向现代研究的转变。同时，它也是 20 世纪中国学术史上的一个重要事件，与现代学术的转型、创建进程同步展开，代表着中国现代学术的新变，影响深远。

新红学的产生并非偶然，它既是一百多年来红学自身发展演进的必然结果，又是特定时代各种社会文化因素催生的产物。晚清时期梁启超等人发动的小说界革命启其端，五四时期的新文化运动及随后进行的整理国故运动为其提供了适合的学术土壤和条件。新红学丰硕的学术成果也可以看作是上述运动的深化和收获。

新红学的孕育

以文学革命为先声展开的五四新文化运动在 20 世纪中国学术史上有着特别的意义，它直接孕育、催生了中国现代学术。这一时期，采用白话形式的中国通俗小说继梁启超等人发起的小说界革命之后，再次成为社会关注的焦点。不过，相比之下，两次运动的目的、宗旨及策略还是有所不同，运动的发起者对待通俗小说的态度和方式也存在着一定的差异。

具体说来，小说界革命的提倡者多是政治人物，他们虽然将小说提到空前之高的地位，但着眼点并不在文学本身，而在政治变革与重铸民魂。正如梁启超所言："欲新一国之民，不可不先新一国之小说。故欲新道德，必新小说；欲新宗教，必新小说；欲新政治，必新小说；欲新风俗，必新小说；欲新学艺，必新小说；乃至欲新人心，欲新人格，必新小说。"①梁启超的这段话基本上代表了当时精英文化阶层对小说的基本立场和期许。尽管梁启超等人对小说的称扬"只是一种政治上的应用"，但它"能一反古代对小说的见解，这是梁氏对于新文化运动的功绩，也是对于中国小说改变观念的一种功绩"，"使当时蔑视小说的风尚，为之一变"，自有其进步意义。② 小说界革命提高了小说在文学家族的地位，重构了文学格局，解决了学术研究中极为重要的对象价值问题，为中国小说进入学术殿堂、为新红学的产生作了舆论上的准备。

新文化运动的发起者，如陈独秀、胡适、钱玄同、刘半农等人，当时都是北京大学的教授。他们也有通过文学革命达到改造社会、重铸民魂的意图，早年也曾直接或间接地受到小说界革命的影响，因此思路与梁启超等人有一脉相承之处，可以看作是对后者的继承和深化。也正是为此，他们才有了一个较高的起点，不必再为提高小说这一文体的地位而耗费口舌。不过相比之下，新文化运动者的发起者比小说界革命的提倡者更为务实，或者说是更讲究策略，他们选择文学作切入点，以语言为突破口，口号和目的都十分集中而明确，那就是要废除文言，建立使用白话的新文学，使白话文学成为文学正宗。正如胡适当年所说的："我的意思，以为进行的次序，在于极力提倡白话文学。要先造成一些有价值的国语文学，养成一种信仰新文学的国民心

① 梁启超：《论小说与群治之关系》，载简夷之等人编选《中国近代文论选》，第 157 页，北京：人民文学出版社，1959 年。

② 蒋祖怡：《小说纂要》，第 36、129 页，台北：正中书局，1979 年。

理,然后可望改革的普及。"①语言的变革并非简单的交流工具的置换,它通常会引起附着在这些语言工具上的一系列思想观念的转变,特别是在中国,文言与白话往往意味着文化形态的种种差别。尽管此前已有人提倡采用白话,创办白话报刊,但皆着眼在开启民智,未能从文化层面着眼。对此,陈独秀有着十分清醒的认识:"旧文学与旧道德,有相依为命之势。"②由于提倡采用白话的观点不带政治党派色彩,因而获得了较为广泛的支持,最后获得了成功。1920 年,当时的教育部通令全国,国民小说教材逐渐采用白话文,先从一、二年级开始。这样,白话正式成为政府认可的通用语言,从此翻开了中国文学的新篇章。需要说明的是,新文化运动的发起者们不仅着眼于文学创作,同时也注意到学术研究问题,并予以落实。陈独秀的如下一句话就很有代表性:"对于历代的文学,都应该去切实研究一番才是(就是极淫猥的小说弹词,也有研究的价值)。"③

正是因为上述这些原因的作用和影响,古代通俗小说作为白话文学的重要范本在这一时期受到充分的重视和赞扬,被称为"活文学"或"平民的文学"。这正是胡适等人发动文学革命的主要目的之一。"我们这一文学革命运动,事实上是负责把这一大众所酷好的小说,升高到它们在中国活文学上应有的地位。"④与 20 世纪初一样,尽管新文化运动的发起者和参与者对

---

① 胡适:《论文学改革的进行程序》,《胡适学术文集·新文学运动》,第 55 页,北京:中华书局,1993 年。

② 陈独秀:《答张护兰》(文学革命与道德),《独秀文存》,第 711 页,合肥:安徽人民出版社,1987 年。

③ 陈独秀:《三答钱玄同》(文学符号与小说),《独秀文存》,第 728 页,合肥:安徽人民出版社,1987 年。

④ 唐德刚:《胡适口述自传》,第 229 页,上海:华东师范大学出版社,1993 年。

古代通俗小说从语言的鲜活生动方面给予了充分的肯定,但在思想内容上给予较高评价的小说作品依然很少。《红楼梦》依然是少数得到肯定的作品之一。这里简要介绍一下这一时期胡适、鲁迅之外新文化运动先驱者对《红楼梦》的看法,他们的见解在社会上有着较大的影响。

陈独秀当时的注意力主要在社会时局方面,对文学问题涉及不多,其红学见解主要见于《红楼梦新叙》。该文刊于上海亚东图书馆 1921 年 5 月新版《红楼梦》的卷首。在这篇文章中,他将善写人情的小说与善述故事的史书进行区分,认为应该领略《红楼梦》的善写人情,而不是领略其善述故事。这种区分在今天看来,固然有其局限性,但就中国古代小说与史书长期界分不清的情况来讲,还是有意义的。他认为《红楼梦》有许多"琐屑可厌的地方",在与钱玄同的书信中,表达了类似的观点:"《金瓶梅》、《红楼梦》细细说那饮食、衣服、装饰、摆设,实在讨厌!"[1]当然,这只是他的一己之见、个人好恶。该文同时还对红学研究方法提出了见解,即"什么诲淫不诲淫,固然不是文学的批评法;拿什么理想,什么主义,什么哲学思想来批评《石头记》,也失去了批评文学作品底旨趣;至于考证《石头记》是何代何人底事迹,这也是把《石头记》当作善述故事的历史,不是把他当作善写人情的小说"[2]。话说得有些绝对,却也道出了日后新红学的缺陷所在。

钱玄同身为文字学家,对胡适、陈独秀等人的提倡白话、文学革命之举一直给予坚定的支持,观点经常比陈、胡二人更激

---

① 陈独秀:《三答钱玄同》(文字符号与小说),《独秀文存》,第 727 页,合肥:安徽人民出版社,1987 年。

② 吕启祥:《红楼梦稀见资料汇编》,第 63 页,北京:人民文学出版社,2001 年。

进，他"不但是革命的激烈提倡者，更是革命的首先实践者"①。他认为"小说是近世文学中之杰构"，但对中国古代小说的整体评价并不高，认为古代小说非海淫海盗之作，即神怪不经之谈，比如唐代小说"描画淫亵，称道鬼怪，乃轻薄文人浮艳之作，与纪昀蒲松龄所著相同，于文学上实无大价值"②，"《聊斋志异》、《淞隐漫录》诸书，真可谓全篇不同"③。在古代小说中，他只肯定《水浒传》、《西游记》、《金瓶梅》、《儒林外史》和《红楼梦》等少数几部小说。他认为《红楼梦》"断非海淫，实足写骄侈家庭，浇漓薄俗，腐败官僚，纨绔公子耳"④，同时又认为《红楼梦》的笔墨不干净，未能免俗，比如贾宝玉初试云雨的描写⑤。钱氏的见解固然有张扬白话的用意，但话说得过头，给人以矫枉过正之感。

与同时代其他人相比，周作人更关心小说作品本身的内容和意蕴，他提倡"平民的文学"和"人的文学"。认为《肉蒲团》、《九尾龟》是"非人的文学"，"对于非人的生活，感着满足，又多带些玩弄与挑拨的形迹"⑥。而《红楼梦》则是"理想的平民文学"，因为它"能写出中国家庭中的喜剧悲剧，到了现在，情形依旧不改，所以耐人研究"⑦。

---

① 黎锦熙：《钱玄同先生传》，见高勤丽编《疑古先生》，第 25 页，上海：东方出版中心，1999 年。

② 钱玄同：《致陈独秀》(1917 年 2 月 1 日)，见沈至宝编《钱玄同五四时期言论集》，第 1、2 页，上海：东方出版中心，1998 年。

③④ 钱玄同：《致陈独秀》(1917 年 2 月 25 日)，见沈至宝编《钱玄同五四时期言论集》，第 5 页，第 7 页，上海：东方出版中心，1998 年。

⑤ 钱玄同：《致陈独秀》(1917 年 8 月 1 日)，见沈至宝编《钱玄同五四时期言论集》，第 27、28 页，上海：东方出版中心，1998 年。

⑥ 周作人：《人的文学》，见杨扬编《周作人批评文集》，第 33 页，珠海：珠海出版社，1998 年。

⑦ 周作人：《平民的文学》，见杨扬编《周作人批评文集》，第 41 页，珠海：珠海出版社，1998 年。

尽管上述几人的观点颇有差异,但有些看法还是基本接近的,即多从白话语言的使用方面对《红楼梦》给予肯定,对其思想内容也有相当的注意。需要指出的是,陈独秀等人对《红楼梦》的评论多为即兴之言,缺少严谨的论证和足够的学术性,真正能代表当时研究水准的则是吴宓、佩之等人。

新文化运动的发起者们还积极督促、配合出版商,开展古代小说的普及宣传工作。比如亚东图书馆在胡适、陈独秀、钱玄同等人的大力支持下,从 1920 年起陆续推出系列新式小说校点本。这种校点本经过认真的校勘,并采用标点符号、分节分段,给人耳目一新之感。据当时一位年轻读者回忆:“现在我买到手的,属于我所有的这部书,是跟我平日以往看到的那些小说书从里到外都是完全不同的崭新样式:白报纸本,本头大小适宜,每回分出段落,加了标点符号,行款疏朗,字体清楚,拿在手里看着,确实悦目娱心。我得到一个鲜明印象:这就是‘新文化’。”①此外,胡适等人还为这些小说撰写具有导言性质的序言。尽管其中有些文章学术性不强,但并非毫无意义,为新红学的创建奠定了良好的话语氛围,起到了一种造势的作用。正如一位研究者总结的:“民国新文化运动起来以后,方注意旧小说之评价,而致力于考证作者,分析思想,研讨源流。”“从这时期起,中国文人对于小说的观念有所改变,预示开始研究它们。”②

随后展开的整理国故运动与新红学的建立有着直接的因果关系,它直接催生了新红学。尽管学术界对整理国故运动及胡适的突然转向还有种种不同的评价,但这场运动对中国古代小说的研究来说,无疑是一个利好信息。如果说当初大家还处于

① 吴组缃:《漫谈〈红楼梦〉亚东本、传抄本、续书——〈红楼梦版本小考〉代序》,见魏绍昌《红楼梦版本小考》,北京:中国社会科学出版社,1982年。

② 蒋祖怡:《小说纂要》,第 179 页,台北:正中书局,1979 年。

喊口号、设计蓝图阶段的话,整理国故则是以学术研究的方式将各种口号变为现实。其基本原则和方法是:"第一,用历史的眼光来扩大国学研究的范围。第二,用系统的整理来部勒国学研究的资料。第三,用比较的研究来帮助国学的材料的整理与解释。"①在此背景下,通俗小说无疑会成为整理国故过程中优先考虑的对象。

从表面上看,整理国故运动与当初较为激进的文学革命反差似乎很大,有开倒车之嫌,两者实则有着内在的逻辑关系。以《红楼梦》研究为代表的古代小说研究正是整理国故运动的一个重要实绩,选择古代小说为突破点自然也并非偶然,而是胡适等人有意采用的一个文化策略,目的在扩大传统学术的范围,将以前为学者所歧视或忽视的民间文学纳入学术殿堂。"这种工作是给予这些小说名著现代学术荣誉的方式:认定它们也是一项学术研究的主题,与传统的经学、史学平起平坐。"②从破坏、批判到整理、重建,这正是新文化运动的延续和深化。经过胡适等人的提倡和示范,以小说、戏曲为代表的民间通俗文学从此像经史一样成为专学,而这正是中国现代学术与传统学术的重要区别和特色。

1917年北京大学的开设小说课程,在中国小说研究史上是一个标志性事件。这年夏天,刘半农受蔡元培之邀,出任北京大学预科国文教员即预科一年级(丙班)国文教员,兼理预科一年级(丁班)国文教员和三年级(乙班)小说科教员。1918年4月19日至5月3日,刘半农、周作人、胡适一起在北京大学国文研究所教授小说,破天荒地成为中国历史上第一批小说课教员。以北京大学在学界和社会上的影响,这无疑意味着小说研究的

①② 唐德刚:《胡适口述自传》,第208页,第230页,上海:华东师范大学出版社,1993年。

被认可,得到了学术制度上的保证。此举既为研究者创造了良好的学术环境,同时又保证了学术薪火的延续,这是古代小说正式走上学术殿堂的开始。随后,不少大学纷纷效仿,由此形成了古代小说研究的基本格局,研究人员大多集中在各个高校,研究成果也多为讲义或讲义的延伸之作。《红楼梦》研究也因此作为古代小说研究的一个极为特殊的组成部分走上大学讲堂。

先驱者的首倡示范、学术制度的保障、媒体的宣传造势、社会舆论的支持,使以小说、戏曲为代表的通俗文学成为现代意义上的学科,并得到社会的认可和学界的响应。它使古代小说的研究成为一种学术时尚,真正有系统、成规模的学术研究从此开始。尽管新文化运动的发起参与者后来大多从事其他职业或其他领域的研究,除胡适之外,对小说研究已不大关注,但他们的提倡得到了积极的回应,不少年轻学人如郑振铎、阿英、俞平伯、孙楷第等从此陆续参与进来,将通俗文学的研究作为终身从事的职业,成为古代小说研究的第一代学人。《红楼梦》研究能得到学界热切的关注,成为一门专学,无疑也是得益于此。

胡适的红学研究

在新红学的创建过程中,胡适的贡献是巨大的,其首倡开拓之功在红学史、古代文学研究史乃至现代学术史上都是应该重重写上一笔的。其贡献不仅体现在具体学术观点上的创新,更体现在对研究范式的确立及研究风气的提倡上。尽管胡适有关红学的一些学术观点后来被证明是错误的或是有问题的,但其研究思路与方法却得到了延续和继承。新中国成立之初,开展过一场声势浩大的清除胡适影响的运动,结果证明是失败的,因为胡适的一些具体学术观点固然可以批判,但其基本方法和结论却是无法消除的,具有广泛的适用性,它已经为研究者甚至是批评者不知不觉间采用，结果就出现了立足胡适批胡适的奇特现象。"文革"之后，胡适研究很快成为学术热点，其在红学史的地位也再次得到确认。对此，胡适早有清醒的认识："在许多方面，我对《红楼梦》的研究都是前所未有的。""这项前所未有的研究的重要性是多方面的。"①

胡适研究《红楼梦》并非即兴之举，而是有着明确、周密的学术考虑，即他本人所说的："我建议我们推崇这些名著的方式，就是对它们做一种合乎科学方法的批判与研究。""从 1920 年（民国 9 年）到 1936 年（民国 25 年）的 16 年之间，我就花了很多时间去研究这些传统小说名著。"②《红楼梦》研究是其系列研究计划中的一个重要组成部分，这与王国维当初撰写《红楼梦评论》时的情况有所不同。相比之下，王国维的研究尽管也有学术自觉的成分在，但更多的是出于个人兴趣。他的研究与当时的社会文化环境相比，具有相当的超前性，在当时还不存在从学术角度研究《红楼梦》的社会文化氛围，因而《红楼梦评论》发表后，在相当长的一段时间内未能得到正面积极的回应，当时在学界所产生的影响也有限。自然，王国维作为先驱者的贡献是不可抹杀的。正如有的论者所说："《红楼梦评论》不仅发以西洋批评理论评中国第一流文学作品之源，且提出考证《红楼梦》之需要"，"就'五四'新文学、新思潮运动之若干方面言，王国维皆为胡适、陈独秀诸人之先驱"。③胡适写《红楼梦考证》已在此十数年后，此时新文化运动已取得相当成功，白话文学为文学正宗的观念已为学界普遍接受，具有广泛的社会影响。因而其文章发表后能迅速得到学界积极的回应，一时成为学术热点。

---

①② 唐德刚：《胡适口述自传》，第 235～236 页，第 235～236 页，上海：华东师范大学出版社，1993 年。

③ 周策纵：《弃园文粹》，第 314 页，上海：上海文艺出版社，1997 年。

胡适正式开始研究《红楼梦》是在 1921 年,此前在酝酿和发起文学革命时,对《红楼梦》也曾有涉及,不过多是和其他小说如《西游记》、《金瓶梅》等放在一起来谈的。他认为这些小说是"活文学"、"第一流之文学",宣称"吾惟以施耐庵、曹雪芹、吴趼人为文学正宗"①,对《红楼梦》等白话小说给予了很高的评价。总的来看,多是为张扬白话文学的泛泛之论,还缺乏系统深入的研究。

《红楼梦考证》是胡适为配合亚东图书馆的新标点本小说出版而撰作的,但其目的并不仅限于此。总的来看,有两点是很明确的:一是为白话小说张目,以乾嘉学派治经史的功夫研究小说,将其纳入学术殿堂,即他本人所说的"引起大家研究《红楼梦》的兴趣"②;二是为整理国故探索和示范一种切实可行的学术研究方法,即他所说的"把将来的《红楼梦》研究引上正当的轨道去,打破从前种种穿凿附会的'红学',创造科学方法的《红楼梦》研究"③。此前他已对《水浒传》、《儒林外史》等小说进行了较为深入的研究。不过相比之下,他花在《红楼梦》上的功夫和时间是最多最长的,因而所取得的成就及产生的影响也是最大的。

与王国维十几年前的孤军奋战不同,胡适的《红楼梦》研究得到了其学生顾颉刚、俞平伯在资料、观点方面的大力支持,三人组成了一个松散的《红楼梦》研究小组,相互间推敲辩难,书信频繁往来,大家合作得十分融洽。胡适晚年在回忆其红学研究时,还专门谈及此事:"在寻找作者身世这项这一步工作里,我得到了我许多学生的帮助。这些学生后来在'红学'研究上都颇有

① 胡适:《文学改良刍议》,见沈寂编《胡适学术文集·新文学运动》,第 27 页,北京:中华书局,1993 年。
②③ 胡适:《红楼梦考证》(改定稿),载《胡适红楼梦研究论述全编》,第 118 页,第 118 页,上海:上海古籍出版社,1988 年。

名气。其中之一便是后来成名的史学家顾颉刚；另一位便是俞平伯。平伯后来成为文学教授。这些学生——尤其是顾颉刚——他们帮助我找出曹雪芹的身世。"①据笔者统计，从 1921 年 4 月 2 日到 7 月 10 日，胡适与顾颉刚相互通信 26 次。② 1921 年 4 月 27 日到 10 月 11 日，顾颉刚与俞平伯相互通信 27 次。③ 胡适与俞平伯也有通信往来，通信次数不详。④

　　三人的探讨在胡适《红楼梦考证》初稿的基础上进行，经过近半年多的精心打磨，其成果也是可喜的，《红楼梦考证》改定稿在材料和质量上较之初稿有了明显的提高。这场讨论同时还催生了俞平伯的《红楼梦辨》，顾、俞二人更是由此得到了学术上的训练，成为在各自领域颇有建树的著名学者。此外，胡适在研究过程中还得到了严修、张嘉谋、单不厂等人的帮助。⑤

　　与初稿相比，《红楼梦考证》改定稿"共改了七八千字"⑥，不仅篇幅增加了，而且在材料上也有很大的拓展，有不少新的发现。从内容上看，胡适主要对两个问题进行了探讨：一个是作者及家世问题，一个是作品版本问题。这些问题可以说是《红楼

---

　　① 唐德刚：《胡适口述自传》，第 237 页，上海：华东师范大学出版社，1993 年。

　　② 此数字系依据《胡适红楼梦研究论述全编》（上海古籍出版社，1988 年）一书所收两人来往书信统计而成。

　　③ 此数字系依据《俞平伯论红楼梦》（上海古籍出版社，1988 年）一书所收两人来往书信统计而成。

　　④ 杜春和等编：《胡适论学往来书信选》（河北教育出版社，1998 年）一书中收录了一封俞平伯 1921 年 6 月 10 日致胡适的书信，见该书第 960 页。

　　⑤ 详细情况见胡适 1921 年 5 月 1 日、5 月 8 日、5 月 16 日日记，载曹伯言整理《胡适日记全编》第 3 册，合肥：安徽教育出版社，2001 年。

　　⑥ 胡适 1921 年 11 月 12 日日记，载曹伯言整理《胡适日记全编》第 3 册，第 516 页，合肥：安徽教育出版社，2001 年。

梦》的基本问题,是研究《红楼梦》的必经之路。由于此前诸说纷纭,莫衷一是,就像胡适所说的:"向来研究这部书的人都走错了道路。"①因此必须从最基本的问题入手,澄清前人的种种谬传,进行正本清源的工作。

在作者及家世问题上,胡适依据作品本文,并征引《随园诗话》《小浮梅闲话》《昭代名人尺牍小传》《扬州画舫录》《有怀堂文稿》《丙辰札记》《耆献类征》《江南通志》《上元江宁两县志》《圣驾五幸江南恭录》《楝亭诗抄》《四库全书提要》《八旗氏族通谱》《雪桥诗话》《八旗人诗抄》《八旗文经》《居常饮馔录》、雍正《朱批谕旨》《曝书亭集》等近二十种资料,得出六条结论,确认了曹雪芹的作者地位,弄清了曹家家世的来龙去脉,认定《红楼梦》"是一部隐去真事的自叙"②。

在作品版本问题上,胡适依据有正本、程甲本、程乙本等三种版本,征引程伟元、高鹗等人序以及《小浮梅闲话》《朗潜纪闻》《进士题名录》《御史题名录》《八旗文经》等五种资料考清高鹗的身世,确认《红楼梦》后四十回为高鹗所补。

为解决《红楼梦》的作者和版本问题,依据数种作品版本,查阅二十多种资料,反复推敲,才得出较为妥帖的结论,这确实如胡适本人所说的"是向来研究《红楼梦》的人不曾用过的"③。自《红楼梦》问世之后,有关《红楼梦》作者、版本问题有不少传闻,众说不一,尽管也有不少曹雪芹为作者的记载,但皆不能得到确认,直到王国维写作《红楼梦评论》时,还在感叹:"作者之姓名(遍考各书,未见曹雪芹何名),与作书之年月,其为读此书者所当知,似更比主人公之姓名为尤要。顾无一人为之考证者,此则大不可解者也。"并指出:"作者之姓名,与其著书之年月,固当为

①②③ 胡适:《红楼梦考证》(改定稿),载《胡适红楼梦研究论述全编》,第 75 页,第 108 页,第 118 页,上海:上海古籍出版社,1988 年。

唯一考证之题目。"①清代中后期,考据之学十分发达,依当时学界的研究水平,经过一番努力,不是不能找到这些资料,也不是没有能力解决这一问题,因其时间距作品面世较近,很多文献资料还未散失,也许有些问题能得到更为完满的解决。但问题的关键在于没有人愿意做这件事,如果只是在笔记里随意写上一两条有关小说的传闻掌故作为消遣娱乐还是可以的,但若像胡适那样用治经史的功夫下大力气来做,就不行了,不仅自己觉得不值得,同时还会面对外界舆论的巨大压力。由此可见胡适开风气之先的可贵精神以及新文化运动和整理国故所营造的良好学术文化氛围。

胡适在《红楼梦考证》一文中,十分注意对研究方法的强调,这也是他一生所津津乐道的。他认为"《红楼梦考证》诸篇只是考证方法的一个实例"②。在晚年的多次演讲中,他还经常拿《红楼梦》的研究为例来阐释其治学精神与研究方法。正是为此,他在这篇文章的开头部分用了很长的篇幅来对先前的《红楼梦》研究进行总结和归纳,并对索隐派诸说提出相当尖锐的批评,认为"向来研究这部书的人都走错了道路","收罗许多不相干的零碎史事来附会《红楼梦》里的情节。他们并不曾做《红楼梦》的考证,其实只做了许多《红楼梦》的附会"③,将矛头直接指向王梦阮、蔡元培等人。在正本清源的基础上,胡适提出自己所认可的研究方法和研究范围,即"根据可靠的版本与可靠的材料,考定这书的著者究竟是谁? 著者的事迹家世,著者的时代,

① 王国维:《红楼梦评论》,《静庵文集》,第 82、84 页,沈阳:辽宁教育出版社,1997 年。

② 胡适:《介绍我自己的思想》,《胡适红楼梦研究论述全编》,第 192 页,上海:上海古籍出版社,1988 年。

③ 胡适:《红楼梦考证》(改定稿),《胡适红楼梦研究论述全编》,第 75 页,上海:上海古籍出版社,1988 年。

这书曾有何种不同本子,这些本子的来历如何",其具体研究方法则是"运用我们力所能搜集的材料,参考互证,然后抽出一些比较的最近情理的结论","处处想撇开一切先入的成见,处处存一个搜求证据的目的,处处尊重证据,让证据做向导,引我到相当的结论上去"。① 后来胡适将其作了进一步的概括:"我用来考证小说的方法,我觉得还算是经过改善的,是一种'大胆的假设,小心的求证'的方法。"②在《红楼梦考证》一文中,胡适基本上做到了这一点,这一从研究实践中总结出来的研究方法也是具有相当的适用性的。

不少研究者在谈及胡适的研究方法时,多指出他受到美国哲学家杜威实用主义哲学和乾嘉学派的双重影响。结合胡适一生的学术实践来看,确实如此。他本人也承认,杜威在其一生的学术文化生命中有着"决定性的影响","我治中国思想与中国历史的各种著作,都是围绕着'方法'这一观念打转的。'方法'实在主宰了我四十多年来所有的著述。从基本上说,我这一点实在得益于杜威的影响"。③ 而乾嘉学派的治学方式对胡适来讲,是作为一种学术素养和知识背景而存在的。无疑,从研究对象的选择、研究思路的确定到具体操作方式等方面,两者虽然产生演变的文化背景不同,但相互之间确实有着某种契合,就像胡适本人所讲的:"杜威对有系统思想的分析帮助了我对一般科学研究的基本步骤的了解。他也帮助了我对我国近千年来——尤其是近三百年来——古典学术和史学家治学的方法,诸如'考据

---

① 胡适:《红楼梦考证》(改定稿),《胡适红楼梦研究论述全编》,第118页,上海:上海古籍出版社,1988年。

② 胡适:《治学方法》,《胡适红楼梦研究论述全编》,第236页,上海:上海古籍出版社,1988年。

③ 唐德刚:《胡适口述自传》,第93~94页,上海:华东师范大学出版社,1993年。

20世纪中国古典文学学科通志

第一卷

学'、'考证学'等等在那个时候,很少人(甚至根本没有人)曾想到现代的科学法则和我国古代的考据学、考证学,在方法上有其相通之处。"①这样,以《红楼梦》研究为个案,胡适在杜威哲学思想的观照下,将前人的考据学、考证学方法进行了系统总结,将其上升到方法论的高度给予强调。这套方法在今天看来也许很平常,但对刚开始起步、还处于草创期的古代小说研究来说,却是十分必要的,具有重要的指导意义。《红楼梦考证》一文实际上也就成为一种可资参照的论文样本,对后世的小说研究影响至深。

《红楼梦考证》公开刊布后,在学界引起了很大的反响,不少人对其新颖、扎实的观点和论证表示首肯。如一位叫刘昱厚的读者在给胡适的信中这样写道:"昨天我买了你的《文存》一部,我喜的不知该怎样好!里边的《红楼梦考证》,足能打破《红楼梦》的一切邪说,指示读者一个真正的道路,我是非常的钦佩的。"②胡适本人对自己的这些研究也很满意,他曾回忆道:"我可以引为自慰的,就是我做二十多年的小说考证,也替中国文学史家与研究中国文学史的人扩充了无数的新材料。只拿找材料做标准来批评,我二十几年来以科学的方法考证旧小说,也替中国文学史上扩充了无数的新证据。"③

俞平伯的红学研究

胡适《红楼梦考证》发表不久,俞平伯的《红楼梦辨》问世,

① 唐德刚:《胡适口述自传》,第 97 页,上海:华东师范大学出版社,1993 年。

② 刘昱厚致胡适信(1922 年 3 月 15 日),杜春和等编《胡适论学往来书信选》,第 464 页,石家庄:河北教育出版社,1998 年。

③ 胡适:《治学方法》,《胡适红楼梦研究论述全编》,第 236 页,上海:上海古籍出版社,1988 年。

1923 年 4 月由上海亚东图书馆印行。它的出现是红学史上的一个标志性事件，是新红学的重要组成部分，在红学史上具有重要价值和深远影响。

该书虽为俞平伯一人所写，但同时也可看作是集体劳动的结晶，其中顾颉刚付出的劳动尤多。俞平伯所言"这不是我一人做的，是我和颉刚两人合做的"，"这书有一半材料，大半是从那些信稿中采来的"。① 这并非完全是自谦之辞。顾颉刚也认可这一说法："平伯做这部书，取材于我的通信很多。"②

俞平伯的走上红学研究之路与胡适、顾颉刚两人的影响、熏陶和鼓励是分不开的，尽管此前他就很喜欢读《红楼梦》。他们曾以通信的方式进行过长达半年多的讨论，虽有交锋辩难，但对《红楼梦》的基本看法则是一致的。《红楼梦辨》一书的主要观点即是在讨论中逐渐明朗的。由于基本观点的一致，该书与胡适的《红楼梦考证》在内容、观点上有着内在的关联，可以将其看作是一个整体。

《红楼梦辨》全书共分三卷，其内容正如俞氏本人所概括的："上卷专论高鹗续书一事，因为如不把百二十回与八十回分清楚，《红楼梦》便无从谈起。中卷专就八十回立论，并述我个人对于八十回以后的揣测，附带讨论《红楼梦》底时与地这两个问题。下卷最主要的，是考证两种高本以外的续书。其余便是些杂论，作为附录。"③ 显然，该书接受了胡适有关《红楼梦》作者家世、版本、续书及自传说的基本观点，并以此为立论基础，且在书中时时点明。

不过，由于学术个性与个人兴趣关注点的不同，该书与《红

---

① ③ 俞平伯：《〈红楼梦辨〉引论》，《俞平伯论红楼梦》，第 84 页，第 85 页，上海：上海古籍出版社，1988 年。

② 顾颉刚：《〈红楼梦辨〉序》，《俞平伯论红楼梦》，第 73 页，上海：上海古籍出版社，1988 年。

楼梦考证》一文在研究对象、论述方式及行文风格等方面还是有着较为明显的差异。相比之下，该书更注重对文本的精细解读，注意寻找内证，这在对后四十回的论述中表现得十分明显。胡适《红楼梦考证》在论述这一问题时，主要依据版本、文献资料的记载这些外证来证明后四十回为高鹗所续，对高鹗的生平经历进行考察，同时，他也承认"这些证据固然重要，总不如内容的研究更可以证明后四十回与前八十回决不是一个人作的"，并引用了俞平伯所举的三个理由，稍作引申发挥。① 可见胡适也意识到运用内证的必要性和重要性，只不过他没有朝这个方向用力，好在这一工作由俞平伯在《红楼梦辨》中完成了。在该书的上卷，作者首先从文学创作的一般原理出发，认为"凡书都不能续，不但《红楼梦》不能续；凡续书的人都失败，不但高鹗诸人失败而已"②。在此基础上结合外证，证明"原本回目只有八十"，随后，将后四十回与前八十回的内容进行比照，找出高鹗续书的依据，再依据是否"有情理"和"能深切的感动我们"这两个标准对后四十回的优劣进行分析。最后以戚本为参照，对程高本的回目及内容进行评述。

两相对照，可以发现，与胡适纯粹历史性的研究不同，俞平伯的立足点在作品的艺术性，因此他的考证不仅注重内证，也注意考证与艺术分析间的有效联系。也正是因为这个缘故，《红楼梦辨》的不少内容是胡适所忽视或不愿涉及的，比如后四十回内容文字的优劣、作者态度、作品风格等重要问题。显而易见，《红楼梦辨》虽然在立论前提上与《红楼梦考证》有着内在的关联和一致性，但其价值却是无法取代的。以前人们往往把胡适等人

---

① 胡适：《红楼梦考证》(改定稿)，《胡适红楼梦研究论述全编》，第115、116页，上海：上海古籍出版社，1988年。

② 俞平伯：《红楼梦辨》上卷之《论续书底不可能》，《俞平伯论红楼梦》，第88页，上海：上海古籍出版社，1988年。

开创的新红学称作考证派,这显然是偏颇的,它忽视了俞平伯红学研究的成就和意义。缺少俞平伯的新红学是不完整的,也是不公平的,在当下学界反思红学、渴望突破的期盼中,对俞平伯的强调无疑有着一定的启发性。

从研究方法上来讲,《红楼梦辨》无疑是胡适之外另一种研究典范的样本。它将考证与艺术分析有机、有效地结合起来,考论兼备,可以说是对胡适研究方法的补充或修正。这种方法更为契合《红楼梦》研究的初衷和实际。也正是因为俞氏可贵的艺术眼光,他才有可能及时发现自传说的疏误,并不断进行调整和修正。也许是胡适影响太大的缘故,俞平伯的这一研究趋向未能在学界得到应有的重视和积极的回应,在很长的时间内形成考据之学取代红学研究的局面,构成红学史上的一大缺憾。

胡适与蔡元培的论战

对胡适、俞平伯等人而言,他们所创建的新红学能够迅速为学界普遍接受,产生很大的社会影响,并带动整个古代小说、戏曲的研究,这固然与新文化运动和整理国故运动所营造的良好学术氛围有关,与胡适本人在新文化运动期间的重要地位及大力提倡有关,但这种承认和主流地位的取得也并非一帆风顺,它必须在与其他红学流派的交锋辩难中取得。

这场论争是胡适率先发起的。1921年,他在学生俞平伯、顾颉刚的大力帮助下完成了《红楼梦考证》修订稿。在该文中,他虽然承认蔡元培"引书之多和用心之勤",但还是将蔡元培归入"附会的'红学'"中的一派,认为蔡氏的"心力都是白白的浪费了","他这部书到底还只是一种很牵强的附会",是在猜"笨谜",

并对其研究中的不合理与不严密处进行批驳。① 虽然两人私交不错，但胡适的言辞相当激烈。文章写成后，他亲自送给蔡元培，听取意见。据胡适 1921 年 9 月 25 日日记记载："与蔡先生谈话。前几天，我送他一部《红楼梦》，他复信说：《考证》已读过。所考曹雪芹家世及高兰墅轶事等，甚佩。然于索引一派（当为索隐——笔者注），概以'附会'二字抹煞之，弟尚未能赞同。弟以为此派之谨严者，必与先生所用之考证法并行不悖。稍缓当详写奉告。此老也不能忘情于此，可见人各有所蔽，虽蔡先生也不能免。"②

正如蔡元培所言，他认为自己的研究是属于索隐派"之谨严者"，对胡适的批评自然不服气，要撰文进行反驳。稍后，他在为《石头记索隐》第六版写自序时，对胡适的批评进行了回应。在该文中，他表示对胡适的批评"殊不敢承认"③。一方面他表明自己态度的审慎和方法的可靠，"每举一人，率兼用三法或两法，有可推证，始质言之"，"自以为审慎之至，与随意附会者不同"；另一方面他又对胡适的批评进行反驳。他承认胡适"于短时期间，搜集许多材料。诚有功于《石头记》"，同时又表示，"吾人与文学书，最密切之接触，本不在作者之生平，而在其著作。著作之内容，即胡先生所谓'情节'者，决非无考证之价值"，并举中外文学实例进行说明，确认考证情节的必要。针对胡适的"笨谜"之说，他认为这"正是中国文人习惯"，并以《品花宝鉴》、《儿女英

---

① 胡适：《红楼梦考证》（改定稿），《胡适红楼梦研究论述全编》，第 80～82 页，上海：上海古籍出版社，1988 年。

② 曹伯言：《胡适日记全编》（三），第 480 页，合肥：安徽教育出版社，2001 年。

③ 蔡元培：《〈石头记索隐〉第六版自序——对于胡适之先生〈红楼梦考证〉之商榷》，《蔡元培全集》第 3 卷，北京：中华书局，1984 年。本段所引蔡元培之语，俱见该文，不再一一注明。

雄传》、《儒林外史》等小说为例。在此基础上，他还对胡适的《红楼梦》考证进行了批驳：一是"《石头记》自言著作者有石头、空空道人、孔梅溪、曹雪芹诸人，而胡先生所考证者惟有曹雪芹；《石头记》中有许多大事，而胡先生所考证者惟有南巡一事"。二是针对胡适的《红楼梦》自传说，认为"书中既云真事隐去，并非仅隐去真姓名，则不得以数中所叙之事为真"，并举出一些曹家与小说中贾家不符的例子。最后，他坚持认为："鄙意《石头记》原本，必为康熙朝政治小说，为亲见高、徐、余、姜诸人者所草。后经曹雪芹增删，或亦许插入曹家故事。要未可以全书属之曹氏也。"他在坚持己见的同时，也部分地接受了胡适的意见。

两相对比，胡适对蔡元培是全部否定，蔡元培对胡适则是部分否定，两人一处于主动，一处于被动。平心而论，蔡元培为自己著作进行的辩护是缺乏力量和说服力的。情节考证有必要，古代小说一些作品可以索隐，这是没有问题的，但这要根据作品的实际情况具体分析，并不能由此证明他的《石头记索隐》的正确性。他所总结出的三种方法，品行相类法、轶事有征法和姓名相关法，从本质上讲，前两种是附会，后一种是猜谜，这倒恰恰点出了《石头记索隐》的致命伤。正如顾颉刚所说的："若必说为性情相合，名字相近，物件相关，则古往今来无数万人，那一个不可牵到《红楼梦》上！"[①]自然，蔡元培的辩护也并非毫无力量，他无意中指出了中国古代文学创作和阅读的一种影射和索隐传统。不过，他对胡适自传说的批评却是很有力的，指出了自传说的弊端所在。

同样，蔡元培也将自己的文章送给胡适，听取意见。1922年2月17日在给胡适的信中他这样写道："承索《石头记索隐》

————————
① 顾颉刚致胡适信，转引自胡适 1922 年 3 月 13 日日记，《胡适日记全编》（三），第 578 页，合肥：安徽教育出版社，2001 年。

第六版自序,奉上,请指正。"①此事在胡适 1922 年 2 月 18 日的日记中也有相应记载:"下午,国学门研究所开会,蔡先生主席。我自南方回来之后,这是第一次见他。他有一篇《〈石头记〉索隐》六版自序,是为我的考证作的。蔡先生对于此事,做的不很漂亮。我想再做一个跋,和他讨论一次。"②从胡适颇有些不满的口气看,他是非常自信的,并认为蔡元培的错误十分明显,不应该进行反驳。不过对蔡元培的反驳,他还是做了回应。在《跋〈红楼梦考证〉》一文中,他承认"有几种小说是可以采用蔡先生的方法的",如《孽海花》、《儒林外史》,但他同时又指出,蔡元培的方法的"适用"是"很有限的","大多数的小说是决不可适用这个方法的",随后,引用了顾颉刚所说的索隐派两种前后矛盾及不合情理的理由。随后他还强调了作者生平考证的重要性,指出它是情节考证的"第一步下手工夫",并再次呼吁:"要推倒'附会的红学',我们必须搜求那些可以考定《红楼梦》的著者、时代、版本等等的材料。向来《红楼梦》一书所以容易被人穿凿附会,正因为向来的人都忽略了'作者之生平'一个大问题。"③

这个回答加上《红楼梦考证》,应该说基本上批倒了蔡元培的索隐式研究法,蔡氏无法做有力的辩护,也就没有再专门写文章回应。胡适仅仅说希望和欢迎大家"评判我们的证据是否可靠,我们对证据的解释是否不错",但他并没有正面回答蔡元培对《红楼梦》自传说的质问。他的学生顾颉刚和俞平伯也参加了这场辩论,顾颉刚在给胡适的书信中提供了两个批评索隐派的理由,并对蔡元培走上索隐之路的根源给予分析,认为"是汉以

① 蔡元培 1922 年 2 月 17 日致胡适函,《蔡元培全集》第 4 卷,第 154 页,北京:中华书局,1984 年。

② 《胡适日记全编》(三),第 561 页,合肥:安徽教育出版社,2001 年。

③ 胡适:《跋〈红楼梦考证〉》,见《胡适红楼梦研究论述全编》,第 137~140 页,上海:上海古籍出版社,1988 年。

来的经学家给与他的"。① 俞平伯则直接撰写《读蔡子民先生石头记索隐自序》一文,与蔡元培进行论辩。

总的来看,在这场红学交锋中,胡适一派占了上风。但必须说明的是,胡适并非取得全胜,蔡元培也并非全败,新红学从建立之初就暴露了其致命的缺陷。正如当时一位旁观者所说的:"余尝细阅其文,觉其所以斥人者甚是;惟其积极之论端,则犹不免武断,且似适蹈王梦阮、蔡子民附会之覆辙。"②其后,随着红学研究的深入,有的研究者对新红学的缺陷与短处看得更为清楚:"对于《红楼梦》本身的解剖与理解,胡先生还是没有做到。这只是方向的转换,仍不是文学本身的理解与批评。所以胡先生的考证虽比较合理,然究竟是考证工作,与文学批评不可同日而语。"③可惜这一点被人们有意或无意地忽略了。

这场学术辩论标志着新红学的最后形成,从此新红学成为红学研究的主流,其地位得到了学界的承认。"《红楼梦》一书,自经胡适之(《红楼梦考证》)、俞平伯(《红楼梦辨》)两先生论定后,一切附会的'红学'考据,都已不能立足。"④新红学的创立为学界研究《红楼梦》提供了基本的前提和基础,其后的研究多是以此为起点进行的。

需要说明的是,尽管受到胡适等人的批评,索隐派已不复当年的盛况,但它们并未销声匿迹,其后仍不断有一些新的著作问

① 参见胡适 1922 年 3 月 13 日日记,《胡适日记全编》,第 579~581 页,合肥:安徽教育出版社,2001 年。

② 黄乃秋:《评胡适红楼梦考证》,见吕启祥、林东海主编《红楼梦研究稀见资料汇编》,第 130 页,北京:人民文学出版社,2001 年。

③ 牟宗三:《红楼梦悲剧之演成》,见吕启祥、林东海主编《红楼梦研究稀见资料汇编》,第 603 页,北京:人民文学出版社,2001 年。

④ 周黎庵:《谈清代织造世家曹氏》,见吕启祥、林东海主编《红楼梦研究稀见资料汇编》,第 736 页,北京:人民文学出版社,2001 年。

世,如寿鹏飞的《红楼梦本事辨证》、景梅九的《石头记真谛》、阚铎的《红楼梦抉微》等,不过其影响已经不能与王梦阮、蔡元培等人的著作出版时相提并论了。

蔡元培虽然不再撰文反驳,但这并不意味着他已经认同了胡适的观点,他还保留着自己的意见。1926年他在为同乡寿鹏飞《红楼梦本事辨证》一书写序时表明了这一点:"先生不赞成胡适之君以此书为曹雪芹自述生平之说,余所赞同。"①1937年在阅读《雪桥诗话》一书时,他联想到《红楼梦》中的一些人物,基本上仍是延续《石头记索隐》的思路。② 在止笔于1940年2月的《自写年谱》中,他再次声明:"我自信这本索隐,决不是牵强附会的。"③对此,胡适感慨颇多:"他对《红楼梦》的成见很深,像寿鹏飞的《红楼梦本事辨证》,说是影射清世宗与诸兄弟争立的故事,我早已答复他提出的问题。到了十五年,蔡先生还怂恿他出这本书,还给他作序。可见一个人的成见之不易打破。"④不过,这

---

① 蔡元培:《〈红楼梦本事辨证〉序》,《蔡元培全集》第5卷,第72页,北京:中华书局,1988年。
② 蔡元培1937年3月20日日记。《蔡元培全集》第17卷,第22~23页,杭州:浙江教育出版社,1998年。
③ 蔡元培:《自写年谱》,《蔡元培全集》第7卷,第317~318页,北京:中华书局,1989年。
④ 胡适1961年2月18日与胡颂平的谈话。《胡适红楼梦研究论述全编》,第372页,上海:上海古籍出版社,1988年。另参见胡适1961年2月16日日记:"半夜看会稽寿鹏飞(字榘林)的《红楼梦本事辨证》。(商务民国16年6月初版,17年6月再版——比俞平伯的《红楼梦辨》销的多多了!)寿君大不满于我的'自述生平'说,而主张此书为专演清世宗与诸兄弟争立事。其说甚糊涂,甚至于引胡蕴玉《雍正外传》一类的书!但书首有蔡子民先生的短序,题'十五年六月三十日',其中说:'先生不赞成胡适之君以此书为曹雪芹自述生平之说,余所赞同。'此序作于我《答蔡子民先生的商榷》(十一.五.十)之后4年。"《胡适日记全编》(八),第757页,合肥:安徽教育出版社,2001年。

话用在胡适本人身上也是合适的。

除辩论内容外，辩论各方的态度和方式也是很值得注意的，它基本上是在平等友善、随时沟通的气氛下进行，虽然学术观点针锋相对，互不相让，但不失君子之风。胡适引用亚里士多德的一段话表明态度和立场："讨论这个学说（指柏拉图的《名象论》）使我们感觉一种不愉快，因为主张这个学说的人是我们的朋友。但我们既是爱智慧的人，为维持真理起见，就是不得已把我们自己的主张推翻了，也是应该的。朋友和真理既然都是我们心爱的东西，我们就不得不爱真理过于爱朋友了。"①胡适晚年在回顾这场争论时，颇有感慨地说："当年蔡先生的《红楼梦索隐》，我曾说了许多批评的话。那时蔡先生当校长，我当教授，但他并不生气，他有这种雅量。"②

最能说明这一点的一件事，是发生在此间的一些小插曲。论争期间，蔡元培帮胡适借到了其久寻不遇的《四松堂集》刻本，为胡适解决了有关曹雪芹生平的一些问题。胡适为此很是兴奋："我寻此书近一年多了，忽然三日之内两个本子一齐到我手里，这真是'踏破铁鞋无觅处，得来全不费工夫'了。"③不仅如此，蔡元培还对考证派另一位主要人物俞平伯的著作表示欣赏："阅俞平伯所作《红楼梦辨》，论高鹗续书依据及于戚本中求出百十一本，甚善。"④同样，胡适也把《雪桥诗话》借给蔡元培，让他

① 胡适：《跋〈红楼梦考证〉》，见《胡适红楼梦研究论述全编》，第 141 页，上海：上海古籍出版社，1988 年。

② 胡适 1961 年 2 月 18 日与胡颂平的谈话。见《胡适红楼梦研究论述全编》，第 372 页，上海：上海古籍出版社，1988 年。

③ 胡适：《跋〈红楼梦考证〉》，见《胡适红楼梦研究论述全编》，第 136 页，上海：上海古籍出版社，1988 年。

④ 蔡元培 1923 年 4 月 25 日日记。《蔡元培全集》第 16 卷，第 201 页，杭州：浙江教育出版社，1998 年。

了解其中所载曹雪芹的情况。① 这种雅量和胸怀是后世许多学人无法企及的,堪称典范。

从蔡胡交往的情况来看,这场红学争论并没有影响到两人的友谊,虽然两人在中国民权保障同盟会等问题上曾产生过较大分歧,但私交一直不错。蔡元培1925年5月13日致胡适信:"奉惠书,知贵体渐康复,于授课外,兼从事中国哲学史长编,甚慰,甚慰。然尚祈注意调摄,切勿过劳。"② 蔡元培1929年6月10日致胡适信:"奉惠书并大著《人权与约法》,振聩发聋,不胜佩服……明午约任叔永、翁咏霓诸君到望平街觉林蔬食处便餐,届时敬请惠临一叙,藉以畅谈。"③ 1940年蔡氏去世,胡适在3月6日的日记中写道:"到家才知道蔡子民先生昨天死在香港,年七十三(1867—1940)。与周鲠生兄谈,同嗟叹蔡公是真能做领袖的。他自己的学问上的成绩,思想上的地位,都不算高。但他能充分用人,他用的人的成绩都可算是他的成绩。"

新红学的界定

至此,有必要对新红学进行必要的界定。新红学既然成为学界公认的学术派别,既然是一个被经常使用的专有学术术语,自当包含其独特的学术理念和研究方法。遗憾的是,虽然使用这一术语者众多,但对其具体所指进行深入探讨者甚少,冯其庸、李希凡主编的《红楼梦大辞典》虽设有专门的条目,但也只是

---

① 蔡元培1937年4月11日日记:"忆在北平时,曾向胡适之君借阅初、二集,然仅检读有关曹雪芹各条,未及全读也。"《蔡元培全集》第17卷,第37页,杭州:浙江教育出版社,1998年。

②③《蔡元培全集》第5卷,第26页,第320~321页,北京:中华书局,1988年。

泛泛而言。一般认为顾颉刚是最早使用新红学一词者,其原话为:"我希望大家看着这旧红学的打倒,新红学的建立,从此悟得一个研究学问的方法。"①这里他是把新红学作为旧红学的对立面并列提出的。旧红学显然是指先前王梦阮、蔡元培等人的索隐派红学,新红学则是指胡适、俞平伯等人发起的红学研究,其后新红学一词被普遍接受和使用。从后来学界对该术语的使用和认知情况来看,新红学一词的内涵有广义与狭义之别。广义的新红学主要指时间上的新,具体来说是指五四新文化运动之后展开的红楼梦研究,即《红楼梦大辞典》所说的"胡适以前的红学为旧红学","胡适、俞平伯和顾颉刚以后的红学为新红学"。②除胡适、俞平伯等人和索隐派的研究外,它还包括其他学者的研究,而此意义上的旧红学不仅指王梦阮、蔡元培等人的索隐派红学,也包括王希廉、张新之、姚燮等人的评点派红学。狭义的新红学则主要是指研究思路和治学方法的新,具体说来,是指以胡适、俞平伯等人为代表的关注作者、版本问题,注重文献资料,以考证为特色的红楼梦研究。它只包括以此类思路和方法进行的红楼梦研究。广义者较为宽泛,狭义者则为专称。事实上,学界经常使用的是后一种,本文中的新红学一词也是基于这种认知而使用的。

需要指出的是,就在胡适、俞平伯等人撰写《红楼梦考证》、《红楼梦辨》的同时,吴宓、佩之等人也相继刊发了红学论文,如《红楼梦新谈》、《红楼梦新评》等。这些文章既然明确标明其"新",说明作者有意将自己的文章与先前的研究区别开。从这些文章的内容和表述方式看,确实有不少与以往红学研究不同

---

① 顾颉刚:《〈红楼梦辨〉序》,《俞平伯论红楼梦》,第79页,上海:上海古籍出版社,1988年。

② 冯其庸、李希凡:《红楼梦大辞典》,第1071页,北京:文化艺术出版社,1990年。

的地方。应该说，吴宓等人的研究同样得益于五四新文化运动所营造的良好学术氛围，较之王国维的《红楼梦评论》更进了一步。他们与胡适、俞平伯等人的研究有所不同，主要表现在，基本撇开作者、版本等考据问题，着眼于文本自身的解读和挖掘，将《红楼梦》置于世界文学的大背景下进行文学艺术层面的观照，因而其学术个性、治学风格与胡适等人形成鲜明对照。

　　吴宓和佩之的文章有不少相类处，那就是都套用西方的文学理论来观照《红楼梦》。在《红楼梦新谈》一文中，吴宓"以西国文学之格律衡《石头记》"①，借用美国一学者界定小说杰构的六条标准，即宗旨正大、范围宽广、结构谨严、事实繁多、情景逼真、人物生动来考察《红楼梦》，结论是《红楼梦》"处处合拍，且尚觉佳胜"，因而认定《红楼梦》"为中国小说一杰作。其入人之深，构思之精，行文之妙，即求之西国小说中，亦罕见其匹"。同样，佩之在《红楼梦新评》一文中借用西洋文艺写实派的三个特点，即专重实际、不重修饰，趋向自然一面和用客观的态度来确定《红楼梦》的特点，再从结构、人物和文字三个方面来探讨《红楼梦》在文学上的价值，结论是"从这三方面看起来，《红楼梦》也确有文艺上的价值。总之这一部书，是结构极精密，笔墨极纯洁，描写人物极细到的一部写实派小说"②。虽然对《红楼梦》类似的评价前人已说过多次，但它是建立在较为深入细致分析的基础上，与先前的信口开河和点到为止不同，表述方式发生了明显的变化，完全合乎现代学术论文的规范。

　　这两篇文章也都谈到《红楼梦》的思想内容。吴宓用"宗旨

---

　　① 本段所引吴宓语，皆见吴宓《红楼梦新谈》一文。吕启祥、林东海主编《红楼梦研究稀见资料汇编》，第20～32页，北京：人民文学出版社，2001年。

　　② 佩之：《红楼梦新评》，见吕启祥、林东海主编《红楼梦研究稀见资料汇编》，第53页、第54页，北京：人民文学出版社，2001年。

正大"一词来概括,并将其从小及大分为四层,逐层进行分析,认为"每层中各有郑重申明之义,而可以书中之一人显示之"①。佩之则将《红楼梦》的主旨概括为"批评社会"四个字,认为《红楼梦》的人生哲学是"克己的,消极的,出世的"。老实说,这些见解在当时已不算高明,特别是佩之所论《红楼梦》的那两个缺点,更是平庸之见。显然,两篇文章的出采之处在其对《红楼梦》艺术特性的挖掘和分析。

从对《红楼梦》一书的具体评价和定位上也可看出吴宓、佩之与胡适等人学术个性和治学风格的不同。吴宓将《红楼梦》定位为世界文学名著,认为"西国小说,佳者固千百,各有所长,然《石头记》之广博精到,诸美兼备者,实属寥寥"②。佩之也有类似的评价。与之形成鲜明对比的是,两位新红学的创建者对《红楼梦》的评价都不太高。胡适认为《红楼梦》"是一部自然主义的杰作",其"真价值正在这平淡无奇的自然主义的上面"③。直到晚年他仍是持这种观点:"在那一个浅陋而人人自命风流才士的背景里,《红楼梦》的见解与文学技术当然都不会高明到那儿去",并多次表示"我向来感觉,《红楼梦》比不上《儒林外史》;在文学技术上,《红楼梦》比不上《海上花列传》,也比不上《老残游记》"。④ 就连比较注重《红楼梦》艺术特性的俞平伯也曾表示过类似的看法:"平心看来,《红楼梦》在世界文学中底位置是不很

①② 吴宓:《红楼梦新谈》,见吕启祥、林东海主编《红楼梦研究稀见资料汇编》,第21页,第20页,北京:人民文学出版社,2001年。

③ 胡适:《红楼梦考证》(改定稿),《胡适红楼梦研究论述全编》,第108页,上海:上海古籍出版社,1988年。

④ 胡适:《答苏雪林书》(1960年11月20日),《胡适红楼梦研究论述全编》,第279、280页,上海:上海古籍出版社,1988年。另参见该书所收《答高阳书》(1960年11月24日)、《答苏雪林、高阳书》(1961年1月17日)等文。

高的……《红楼梦》性质亦与中国式的闲书相似,不得入于近代文学之林。"①

也正是因为有这种不同,吴宓、佩之等人的《红楼梦》研究尽管也存在种种不足,但他们在胡适等人创建的新红学之外自有其独特意义和价值,展示了又一道鲜亮的学术文化风景。他们的存在,凸现了新红学的缺陷和不足,那就是过于重视历史角度的梳理考证,缺少艺术文化层面的观照分析,将《红楼梦》所写故事内容与曹雪芹的家世完全等同对应。后来周汝昌以强调红学研究的独特性为名,将红学严格地界定在曹学、版本学和探佚学和脂学等狭小的范围内,从而将思想文化艺术方面的研究排斥在红学之外,将红学从一般的小说学中独立出来。② 此举是这一思路的延续和极端化。新红学发展到这种极致,实际上已与胡适等人当初所批评的索隐派走到了同一条路上。事实上,后来的一些新派红学索隐家也正是这样做的,他们以胡适的考证结论为起点进行索隐。

(南京大学　苗怀明)

---

① 俞平伯:《红楼梦辨》之《〈红楼梦〉底风格》,《俞平伯论红楼梦》,第189 页,上海:上海古籍出版社,1988 年。在新中国成立后出版的根据《红楼梦辨》增删修订而成的《红楼梦研究》,俞平伯把这些话全部删去,可见他此时对《红楼梦》的评价有所改变。

② 周汝昌:《什么是红学》,石家庄:《河北师范大学学报》,1982 年第 3期。

"五四"新文化运动对古典文学的批判

　　"五四"新文化运动是一次思想革命,也是一次文学革命。为了进行建设,新文化人首先开展了破坏运动,把打倒旧文化、旧文学作为思想革命、文学革命的第一要义。新文化人曾因此招致非难,并做过辩护:"本志经过三年,发行已满三十册;所说的都是极平常的话,社会上却大惊小怪,八面非难……他们所非难本志的,无非是破坏孔教,破坏礼法,破坏国粹,破坏贞节,破坏旧伦理(忠孝节),破坏旧艺术(中国戏),破坏旧宗教(鬼神),破坏旧文学,破坏旧政治(特权人治),这几条罪案……本志同人本来无罪,只因为拥护那德谟克拉西(Democracy)和赛因斯(Science)两位先生,才犯了这几条滔天大罪。要拥护那德先生,便不得不反对礼教、礼法、贞节、旧伦理、旧政治。要拥护那赛先生,便不得不反对旧艺术、旧宗教。要拥护德先生,又要拥护赛先生,便不得不反对国粹和旧文学……请你们不用专门非难本志,要有气力有胆量来反对德、赛两先生,才算是好汉,才算是根本的办法。"①新文化人对旧艺术、旧文学的批判影响到了民国时期的古典文学研究进程,且由于言论的过度极端导致了一系列偏颇,后来不得不在"整理国故"中加以调整。

---

　　① 陈独秀:《本志罪案之答辩书》,北京:《新青年》,第 6 卷第 1 号,1919 年 1 月 15 日;又载郑振铎编选:《中国新文学大系·文学论争集》,第 81~82 页,上海:上海良友图书印刷公司,1935 年。

新文学革命者与他们的三类论敌

　　作为新文化运动重要组成部分的文学革命,萌芽于胡适等美国留学生关于中国文字和中国文学改革的讨论,最后通过《新青年》杂志在国内掀起了一场轰轰烈烈的运动,并先后与三类论敌展开了论争。

　　文学革命有着两大历史背景。一个是桐城派代表人物严复、林纾等人用古文写作、译书,一个是国语统一工作。这个背景有不相关联的两幕:"一幕是士大夫阶级努力想用古文来应付一个新时代的需要,一幕是士大夫之中的明白人想创作一种拼音文字来教育那'芸芸亿兆'的老百姓。"①但是,这两种努力都以失败告终。

　　1915 年,留学美国的胡适和赵元任一起商量中国的文字问题,意识到白话是活文字,古文是半死的文字。那年的夏天,胡适和"任叔永(鸿隽)、梅觐庄(光迪)、杨杏佛(铨)、唐擘黄(钺)都在绮色佳(Ithaca)过夏,我们常常讨论中国文学的问题。从中国文字问题转到中国文学问题,这是一个大转变。这一班人中,最守旧的是梅觐庄,他绝对不承认中国古文是半死或全死的文字。因为他的反驳,我不能不细细想过我自己的立场。他越驳越守旧,我倒渐渐变的更激烈了。我那时常提到中国文学必须经过一场革命;'文学革命'的口号,就是那个夏天我们乱谈出来的"②。1916 年,随着和梅光迪的争论的深入,胡适认识到:"中

---

　　① 胡适:《中国新文学大系·建设理论集》之《导言》,第 13 页,上海:上海良友图书印刷公司,1935 年。
　　② 胡适:《中国新文学大系·建设理论集》,第 6 页,上海:上海良友图书印刷公司,1935 年。

国文学史上的几番革命也都是文学工具的革命。这是我的新觉悟。我到此时才把中国文学史看明白了,才认清了中国俗话文学(从宋儒的白话语录到元朝明朝的白话戏曲和白话小说)是中国的正统文学,是代表中国文学革命自然发展的趋势的。我到此时才敢正式承认中国今日需要的文学革命是用白话替代古文的革命,是用活的工具替代死的工具的革命。"①胡适清理了中国文学史上韵文和散文的革命,逐渐萌生出文学革命的具体主张:"新文学之要点,约有八事:(一) 不用典;(二) 不用陈套语;(三) 不讲对仗;(四) 不避俗字俗语(不嫌以白话作诗词);(五) 须讲求文法;(以上为形式的方面)(六) 不作无病之呻吟;(七) 不摹仿古人;(八) 须言之有物;(以上为精神〈内容〉的方面)";②

1915 年,陈独秀办《青年杂志》,提倡新思想,反对孔教,反对帝制。他发表《现代欧洲文艺史谭》,指出:"欧洲文艺思想之变迁,由古典主义(Classicalism)一变而为理想主义(Romanticism),此在十八十九世纪之交。文学者反对模拟希腊、罗马古典文体;所取材者,中世之传奇,此抒其理想耳。此盖影响于十八世纪政治社会之革新,黜古以崇今也。十九世纪之末,科学大兴,宇宙人生之真相,日益暴露。所谓赤裸时代、所谓揭开假面时代,喧传欧土。自古相传之旧道理、旧思想、旧制度,一切破坏。文学艺术亦顺此潮流由理想主义再变而为写实主义(Realism),更进而为自然主义(Naturalism)。"③他又在《通信》里答

---

① 胡适选编:《中国新文学大系·建设理论集》,第 10 页,上海:上海良友图书印刷公司,1935 年。

② 胡适:《逼上梁山——文学革命的开始》,见胡适选编《中国新文学大系·建设理论集》,第 24 页,上海:上海良友图书印刷公司,1935 年。

③ 陈独秀:《现代欧洲文艺史谭》,上海:《青年杂志》,第 1 卷第 3 号,1915 年 11 月。

张永言道:"吾国文艺犹在古典主义理想主义时代,今后当趋向写实主义……庶足挽近日浮华颓败之恶风。"①但他同时仍登古典主义的诗作——谢无量《寄会稽山人八十四韵》长律一首,并在"按语"中大加赞叹。远在美国的胡适看到陈独秀自相矛盾的言行后写信责难,继续强调文学革命须遵从"八事"的主张:"今日欲言文学革命,须从八事入手。八事者何?一曰不用典;二曰不用陈套语;三曰不讲对仗(自注:文当废骈,诗当废律);四曰不避俗字俗语(自注:不嫌以白话作诗词);五曰须讲求文法之结构:此皆形式上之革命。六曰不作无病之呻吟;七曰不摹仿古人,语语须有个我在;八曰须言之有物:此精神上之革命也。"②1917年1月,胡适作《文学改良刍议》,发表于1917年7月1日《新青年》第2卷第5号,正式向国内文学界宣扬关于文学改良的八不主义:一曰须言之有物,二曰不摹仿古人,三曰须讲求文法,四曰不作无病之呻吟,五曰务去烂调套语,六曰不用典,七曰不讲对仗,八曰不避俗字俗语。随后陈独秀于《新青年》第2卷第6号发表《文学革命论》,正式打起"文学革命军"的旗号:"文学革命之气运,酝酿已非一日,其首举义旗之急先锋,则为吾友胡适,余甘冒全国学究之敌,高张'文学革命军'大旗,以为吾友之声援。旗上大书特书吾革命军三大主义:曰,推倒雕琢的阿谀的贵族文学,建设平易的抒情的国民文学;曰,推倒陈腐的铺张的古典文学,建设新鲜的立诚的写实文学;曰,推倒迂晦的艰涩的山林文学,建设明了的通俗的社会文学。"③

---

① 陈独秀:《通信》,上海:《青年杂志》,第1卷第3号、4号,1915年11月、12月。

② 胡适:《寄陈独秀》,见胡适选编《中国新文学大系·建设理论集》,第32~33页,上海:上海良友图书印刷公司,1935年。

③ 陈独秀:《文学革命论》,北京:《新青年》,第2卷第6号;胡适选编《中国新文学大系·建设理论集》,第44页,上海:上海良友图书印刷公司,1935年。

胡适、陈独秀的主张得到了钱玄同、刘半农等人的响应。钱玄同在 1917 年看到胡适的文章,便投稿赞助文学革命,参加国语研究会。他先后发表有《对(胡适)文学刍议和(陈独秀)大学文科中国文学门课程表的反应》、《对文学刍议的反应》、《与胡适论文学革命问题》、《关于汉文改用左行横排的意见及文学白话文等问题》、《论应用之文亟宜改良》、《尝试集序》、《寄陈独秀》、《新文学与今韵问题》、《寄胡适之》等一系列文章。刘半农也发表《我之文学改良观》、《应用文之教授——商榷于教育界诸君及文学革命诸同志》等,加以声援。当时还是北大学生的傅斯年也发表《文学革新申议》、《文言合一草议》等,赞成文学革命。这些文章从不同角度补充、修正了胡适、陈独秀的观点。

文学革命初期的新文化人是非常寂寞的,当时的学术界和文坛对他们的言论反应并不强烈。为了引起学术界的注意,钱玄同和刘半农甚至唱起了双簧。钱玄同伪装成王敬轩写信给《新青年》,攻击文学革命,刘半农则在回信中一一加以反驳。他们的信件《文学革命之反响——王敬轩君来信》、《复王敬轩书》同时刊登于 1918 年 3 月 15 日《新青年》第 4 卷第 3 号上,引起了一定的反响。不过,胡适认为采取这种方式讨论文学革命问题未免显得轻薄。应该指出的是,钱玄同加入文学革命的阵营,给了新文化人以极大的支持。陈独秀认为:"以(钱)先生之声韵训诂家而提倡通俗的新文学,何忧全国不景从也。可为文学界浮一大白。"①胡适在《自传》之《文学革命的结胎时期》也指出:钱玄同"原为国学大师章太炎的门人。他对这篇由一位留学生执笔讨论中国文学改良问题的文章,大为赏识,倒使我受宠若惊"。"钱教授是位古文大家。他居然也对我们有如此同情的反

---

① 陈独秀:《致钱玄同信》,北京:《新青年》,第 2 卷 6 号,1917 年 2 月 1 日。

应,实在使我们声势一振。"①

　　胡适在讨论中不断深化自己的观点。他用进化论的观点来阐述中国古代文学史,试图为文学革命寻找理论依据和历史依据。他认为:"居今日而言文学改良,当注重'历史的文学观念'。一言以蔽之,曰:一时代有一时代之文学……纵观古今文学变迁之趋势,以为白话之文学种子已伏于唐人之小诗短词……故白话之文学,自宋以来,虽见屏于古文家,而终一线相承,至今不绝……吾辈之攻古文家,正以其不明文学之趋势,而强欲作一千年二千年以上之文。此说不破,则白话之文学无有列为文学正宗之一日。而世之文人将犹鄙薄之,以为小道邪径而不肯以全力经营造作之……夫不以全副精神造文学,而望文学之发生,此犹不耕而求获,不食而求饱也,亦终不可得矣(施耐庵、曹雪芹诸人所以能有成者,正赖其有特别毅力,能以全力为之耳)。"②他在《建设的文学革命论》中指出:"自从去年归国以后,我在各处演说文学革命,便把这'八不主义'都改作了肯定的口气,又总括作四条,如下:一、要有话说,方才说话。这是'不做言之无物的文字'一条的变相。二、有甚么话,说甚么话;话怎么说,就怎么说。这是二、三、四、五、六诸条的变相。三、要说我自己的话,别说别人的话。这是'不摹仿古人'一条的变相。四、是甚么时代的人,说甚么时代的话。这是'不避俗话俗字'的变相。""我的'建设新文学论'的唯一宗旨只有十个大字:'国语的文学,文学的国语'。我们所提倡的文学革命,只是要替中国创造一种国语的文学。有了国语的文学,方才可有文学的国语。有了文学的国语,我们的国语才可算得真正国语。国语没有文学,便没有生

---

　　① 胡适:《自传》之《文学革命的结胎时期》,第 242、244 页,南京:江苏文艺出版社,1995 年。
　　② 胡适:《历史的文学观念论》,见胡适选编《中国新文学大系·建设理论集》,第 57、58 页,上海:上海良友图书印刷公司,1935 年。

命,便没有价值,便不能成立,便不能发达。这是我这一篇文字的大旨。"①

随着讨论的进一步深入,新文化人发现文学革命不能仅仅注重于形式革命而且还应该注重内容上的革命。胡适后来回忆道:"民国七年一月《新青年》复活之后,我们决心做两件事:一是不作古文,专用白话作文;一是翻译西洋近代和现代的文学名著。那一年的六月里,《新青年》出了一本《易卜生专号》,登出我和罗家伦先生合译的《娜拉》全本剧本,和陶履恭先生译的《国民之敌》剧本。这是我们第一次介绍西洋近代一个最有力的文学家,所以我写了一篇《易卜生主义》。在那篇文章里,我借易卜生的话来介绍当时我们《新青年》社的一班人公同信仰的'健全的个人主义'。易卜生说:'我所最期望于你的是一种真正纯粹的为我主义,要使你有时觉得天下只有关于你的事最要紧,其余的都算不得什么……你要想有益于社会,最好的法子莫如把你自己这块材料铸造成器……有时候,我真觉得全世界都像海上撞沉了船,最要紧的还是救出自己。'……次年(七年)十二月里,《新青年》(5卷6号)里发表周作人先生的《人的文学》。这是当时关于改革文学内容的一篇最重要的宣言。他开篇就说:'我们现在应该提倡的新文学,简单的说一句,是人的文学。应该排斥的,便是反对的非人的文学……我所说的人,乃是"从动物进化的人类"。其中有两个要点:(一)"从动物"进化的,(二)从动物"进化"的'……我所说的人道主义,并非世间所谓'悲天悯人'或'博施济众'的慈善主义!乃是一种个人主义的人间本位主义……用这人道主义为本,对于人生诸问题加以纪录研究的文字,

① 胡适:《建设的文学革命论》,北京:《新青年》,第4卷第4号,1918年4月15日;胡适选编《中国新文学大系·建设理论集》,第128页,上海:上海良友图书印刷公司,1935年。

便谓之人的文学……《新青年》的一班朋友在当年提倡这种淡薄平实的'个人主义的人间本位',也颇能引起一班青年男女向上的热情,造成一个可以称为'个人解放'的时代。"①此外,周作人《思想革命》、傅斯年《白话文学与心理的改革》、周作人《平民的文学》、胡适《什么是文学——答钱玄同》都是谈论思想革命方面的重要文章。鲁迅也指出:"白话文学也是如此——倘若思想照旧,便仍然换牌不换货:才从'四目仓圣'面前爬起,又向'柴明华先师'脚下跪倒;无非反对人类进步的时候,从前是说 no,现在是说 ne;从前写作'咈哉',现在写作'不行'罢了。所以我的意见,以为灌输正当的学术文艺,改良思想,是第一事;讨论 Esperanto,尚在其次;至于辩难驳诘,更可一笔勾消。"②

新文化人的第一类论敌是以林琴南、章士钊为代表的古文派。严复、林纾均出于桐城派古文大家吴汝纶门下,一以古文翻译学术著作,一以古文翻译国外小说。章士钊学严复译书,亦以古文著称于世,著有《柳文指要》。1917 年,文学革命发难后,新文化人不仅主张废除古文而且对作为古文大家偶像的林纾大加指责,已经 66 岁的林纾在当年的年初便发表了《论古文之不当废》一文加以反对。同年冬天,林纾亲自组织古文讲习会,讲解《左传》、《庄子》及汉魏唐宋古文,并以"慎择其尤,加以详评"为方针编选《古文辞类纂选本》,该书前五卷由商务印书馆出版于1918 年 11 月,后五卷出版于 1921 年 1 月。1919 年,林纾发表小说《荆生》和《妖梦》攻击新文化运动。③ 1919 年 3 月 18 日北

---

① 胡适选编:《中国新文学大系·建设理论集》之《导言》,第 28～30 页,上海:上海良友图书印刷公司,1935 年。

② 鲁迅:《渡河与引路》,北京:《新青年》,第 5 卷第 5 号,1918 年 11 月 15 日。

③ 《蠡叟丛谈(十三——十四)》、《蠡叟丛谈(四十四——四十六)》,上海:《新申报》,1919 年 2 月 17 日～18 日、3 月 18～22 日。

京《公言报》发表林纾《致蔡鹤卿书》，指责蔡元培支持纵容新文化人的行动。该报按语说陈独秀、胡适、钱玄同、刘半农、沈尹默等新文学派之主张，祸及人群，无异于洪水猛兽。同年4月5日《公言报》发表《腐解》，反对、咒骂新文化运动，拼命卫道。1923年2～3月间，林纾作《续辨奸论》，继续诋毁新文化运动，称北京大学等高校倡导、赞助新文化运动的名流为"巨奸"。文章开篇指出："巨奸任宰相，国亡而伦纪不亡；巨奸而冒为国学大师，伦纪灭国亦旋灭。""吾国四千余年之文化教泽，彼乃以数年烬之。"①1924年10月5日，林纾逝世前4天，病中以手指书林琮手上："古文万无灭亡之理，其勿急尔修。"②古文派的另一代表人物严复在《涵芬楼古今文钞序》中阐述了古文不亡的理论，但他没有加入到与新文化人的辩论中去，只是在书札中表达观点："北京大学陈、胡诸教员主张文言合一，在京久已闻之；彼之为此，意谓西国然也。不知西国为此，乃以语言合之文字；而彼则反是，以文字合之语言。今夫文字语言之所以为优美者，以其名辞富有，著之手口，有以导达奥妙精深之理想，状写奇异美丽之物态耳……就令以此（白话）教育，易于普及，而遗弃周鼎，宝此康瓠，正无如退化何耳。须知此事全属天演。革命时代，学说万千；然而施之人间，优者自存，劣者自败；虽千陈独秀，万胡适、钱玄同，岂能劫持其柄？则亦如春鸟秋虫，听其自鸣自止可耳。林琴南辈与之较论，亦可笑也。"③作为严、林之晚辈，章士钊是在

① 林纾：《续辨奸论》，原载《畏庐文钞》卷一；薛绥之、张俊才编：《林纾研究资料》，第94页，福州：福建人民出版社，1983年。

② 张俊才：《林纾年谱简编》，见薛绥之、张俊才编《林纾研究资料》，第60页，福州：福建人民出版社，1983年。

③ 严复：《书札六十四》，南京：《学衡》，第20期，1923年8月；又载郑振铎编选《中国新文学大系·文学论争集》，第96～97页，上海：上海良友图书印刷公司，1935年。

文学革命的后期加入到反对新文学运动的阵营的。1923 年，章士钊撰文指出："今为适之之学者，乃反乎是。以为今人之言，有其独立自存之领域。而所谓领域，又以适之为大帝，绩溪为上京，遂乃一味于《胡适文存》中求文章义法，于《尝试集》中求诗歌律令，目无旁骛，笔不暂停，以致酿成今日的底他它吗呢吧咧之文变。有时难读，与曩举郭舍人所拟六字，相去不远。……今白话文之所以流于艰窘，不成文理，味同嚼蜡，去人意万里者，其弊即在为文资料，全以一时手口所能相应召集者为归，此外别无准备。推适之'有什么话说什么话'之说，且将以有准备为丧失文学上自然之致。"①章士钊还指出："计白话文体盛行而后，髦士以俚语为自足，小生求不学而名家。文事之鄙陋干枯，迥出寻常拟议之外。黄茅白苇，一往无余；海盗海淫，无所不至。此诚国命之大创，而学术之深忧，士钊所为风雨彷徨，求通其志，亘数年而不得一当者也！"②1925 年 10 月，章士钊在《甲寅周刊》再次发表同题文章《评新文化运动》，对新文学运动展开全面批判，正式掀起了古文派与新文化人的又一轮论争。③

新文化人的第二类论敌是以黄侃、刘师培等人为代表的国故派。这一派以弘扬国故为己任，并且崇尚六朝文。刘师培态度比较温和，他认为："近日文词，宜区二派。一修俗语以启瀹齐民，一用古文以保存国学。"④而从 1917 年开始，黄侃便以其特

① 章士钊：《评新文化运动》，上海：《新闻报》，1923 年 8 月 21～22 日。

② 章士钊：《创办国立编译馆呈文》，原载《甲寅周刊》，第 1 卷第 5 号"特载"栏，1925 年 8 月 15 日；章含之、白吉庵主编：《章士钊全集》第 5 卷，第 147 页，上海：文汇出版社，2000 年。

③ 章士钊：《评新文化运动》，北京：《甲寅周刊》，第 1 卷第 14 号，1925 年 10 月。

④ 刘师培：《论文杂记》，转引自陈子展《中国近代文学之变迁最近三十年中国文学史》，第 215 页，上海：上海古籍出版社，2000 年。

有的名士派头谩骂新文化及其提倡者："抨击白话文不遗余力，每次上课必定对白话文谩骂一番，然后才开始讲课。五十分钟上课时间，大约有三十分钟要用在骂白话文上面。他骂的对象为胡适、沈尹默、钱玄同几位先生。"①1919年3月15日，钱玄同在《新青年》第6卷第3号发表《随感录》，不点名地批评黄侃《北海怀古》"以像为要义。既然以像为要义，那便除了取消自己，求像古人，是没有别的办法了"②。黄侃见到此文，非常愤怒，大骂新文化人连词都看不通。胡适则说："有一个黄侃学得他（章太炎）的一点形式，但没有他那'先豫之以学'的内容，故终究只成了一种假古董。"③黄侃对胡适这种批评表示不满。他的《答郑际旦书》云："郑生大弟。昨示仆以胡适之在《申报》论近日文学，涉及于仆之辞，怪仆何以遂默默。年来闭户息纷，不观杂报……藉非足下语我，虽使白首不闻胡君之教可也。胡君起自孤生，以致盛誉，久游外国，尚知读中国书，仆固未尝不称道之；而品核古今，裁量人物，殆非所任；正使讥仆，亦何伤乎？而以默默为病耶？少违严父之教，幸为慈母、因母、嫡兄、寡姊所怜，得至成立。性气浮躁，不能潜心学问；徒恃灵明，弄笔骋辞；虽承师说，无所裨益。授书横序，鲜有发明。斯不学之征。胡君论仆，自为知之不谬耳！人固有晚命，而仆自失供养以来，心事凄苦，无意问学。偶欲究声音训诂之条例，求汉世经师之家法，而闻见苦于未广，窃恐此生遂终废弃，上负在三之恩。胡君虽欲刻厉仆，其如驽骞之乘无志千里何哉！仆闻衔鬻叫呼，悬旌自表者，非隋和之宝。

① 杨亮功：《早期三十年的教学生活》，《杨亮功先生丛著》，台北：商务印书馆，1988年。

② 钱玄同：《随感录》，北京：《新青年》，第6卷第3号，1919年3月15日。

③ 胡适：《五十年来中国之文学（七）——章炳麟》，上海：《申报》，1919年12月2日。

仆之为文，诚'不豫之以学'，何可讳言！抑胡君以文变天下之俗，其自视学问果居何等耶？猥以'假古董'为诮，盖伪古伪新，其事均等。仆与胡君，分据两途，各事百年，不亦可乎？仆非不能以恶声反诸胡君，窃见今之学者，为学穷乎诟骂，博物止于斗争，故耻之不为也。"①依然是一副名士派头。1919 年 1 月，黄侃与刘师培、陈汉章、马叙伦等积极支持俞士镇、薛祥绥、杨湜生、张煊等学生发起成立《国故》月刊社。创刊原委为"慨然于国学沦夷，欲发起学报，以图挽救，旨在昌明中国固有之学术"②。实质上是针对新文化运动激烈的反传统而来。新文化人支持的学生杂志《新潮》便对《国故》展开了激烈的批评。新旧两派之争引起社会各界注意。《神州日报》发布消息说："文科学长陈独秀氏，以新派首领自居，平昔主张新文学甚力。教员中与陈氏沆瀣一气者，有胡适、钱玄同、刘半农、沈尹默等。学生闻风兴起，服膺师说、张大其辞者亦不乏人。""顾同时与之对峙者，有旧文学一派。旧派中以刘师培氏为之首。其他如黄侃、马叙伦等，则与刘氏结合，互为声援者也。加以国史馆之耆老先生，如屠敬山、张相文之流，亦复而深表同情于刘、黄。""顷者刘、黄诸氏，以陈、胡等与学生结合，有种种印刷物发行也，乃亦组织一种杂志，曰《国故》。组织之名义出于学生，而主笔政之健将，教员实居其多数。盖学生中固亦分新旧两派，而各主其师说者也。二派杂志，旗鼓相当，互相争辩，当然有裨于文化；第不言忘其辩论之范围，纯任意气，各以恶声相报复耳。"③3 月 24 日，《北京大学日刊》

---

① 黄侃：《答郑际旦书》，转引自司马朝军、王文晖编《黄侃年谱》，第211～212 页，武汉：湖北人民出版社，2005 年。

② 转引自司马朝军、王文晖：《黄侃年谱》，第 132 页，武汉：湖北人民出版社，2005 年。

③ 《请看北京学界思潮变迁之现况》，转引自司马朝军、王文晖编《黄侃年谱》，第 142～144 页，武汉：湖北人民出版社，2005 年。

还特意发表声明:"《国故》月刊社纯由学生发起,其初议定简章,即送呈校长阅览,当蒙极端赞成,并允垫给经费。本社遂以成立。"①刘师培等人的举措招致了新文化人的激烈批判。1918年7月5日,鲁迅写信给钱玄同:"中国国粹,虽然等于放屁,而一群坏种,要刊丛编,却也毫不足怪。该坏种等,不过还想吃人,而竟奉卖过人肉的侦心探龙做祭酒,大有自觉之意。即此一层,已足令敝人刮目相看,而猗欤羞哉,尚在其次也。敝人当袁朝时,曾戴了冕帽(出无名氏语录),献爵于圣先师的老太爷之前,阅历已多,无论如何复古,如何国粹,都已不怕。但该坏种等之创刊屁志,系专对《新青年》而发,则略以为异,初不料《新青年》之于他们,竟如此其难过也。然既将刊之,则听其刊之,且看其刊之,看其如何国法,如何粹法,如何发昏,如何放屁,如何做梦,如何探龙,亦一大快事也。"②1919年9月,黄侃离开北京大学,行前《与友人书》云:"即今国学衰苓,琦说充塞于域内。窃谓吾侪之责,不徒抱残守缺,必须启路通津。而孤响难彰,独弦不韵,然则丽泽讲习,宁可少乎?"③

新文化人的第三类论敌是以梅光迪、胡先骕为代表的《学衡》派。《学衡杂志》创刊于1922年,其中坚人物为吴宓、胡先骕、梅光迪诸人,以海外留学归来者为主干。其宗旨为:"论究学术,阐求真理。昌明国粹,融化新知。以中正之眼光,行批评之职事。无偏无党,不激不随。"④胡先骕、梅光迪等人对于新文化

① 北京:《北京大学日刊》,1919年3月24日。

② 鲁迅:《致钱玄同》,《鲁迅书信集》,第17页,北京:人民文学出版社,1976年。

③ 司马朝军、王文晖:《黄侃年谱》,第148页,武汉:湖北人民出版社,2005年。

④《〈学衡〉杂志简章》,南京:《学衡》,第1期,1922年1月;北京大学、北京师范大学、北京师范学院中文系中国现代文学教研室:《中国新文学运动史资料》,第272页,上海:上海教育出版社,1979年。

运动、文学革命运动展开了激烈的批判。胡先骕在《东方杂志》刊出《中国文学改良论》，指出："自陈独秀、胡适之创中国文学革命之说……风靡一时……而盲从者，方为彼等外国毕业及哲学博士等头衔所震，遂以为所言者在在合理，而视中国文学果皆陈腐卑下不足取，而不惜尽情推翻之……彼故作堆砌艰深之文者，固以艰深文其浅陋，而此等文学革命家则以浅陋文其浅陋，均一失也。而前者尚有先哲之规模，非后者毫无文学之价值者所可比焉。某不佞，亦曾留学外国，寝馈于英国文学，略知世界文学之源流，素怀文学改良之志，且与胡适之君之意见多所符合。独不敢为鲁莽灭裂之举，而以白话推倒文言耳。"[①]梅光迪在《评提倡新文化者》中指出："其言教育哲理文学美术号为'新文化运动'者，甫一启齿，而弊端丛生，恶果立现，为有识者所诟病。惟其难也，故反易开方便之门、作伪之途，而使浮薄妄庸者得以附会诡随窥时俯仰，遂其功利名誉之野心。夫言政治法制者之失败，尽人皆知，无待余之晓晓。独所谓提倡'新文化'者，犹以工于自饰，巧于语言奔走，颇为幼稚与流俗之人所趋从。故特揭其假面，穷其真相缕举而条析之。非余好为苛论，实不得已耳。"他认为："吾国文学，汉魏六朝则骈体盛行，至唐宋则古文大昌，宋元以来又有白话体之小说戏曲。彼等乃谓文学随时代而变迁，以为今人当兴文学革命，废文言而用白话。夫革命者，以新代旧，以此易彼之谓。若古文白话之递兴，乃文学体裁之增加，实非完全变迁，尤非革命也。诚如彼等所云，则古文之后，当无骈体；白话之后，当无古文；而何以唐宋以来，文学正宗与专门名家，皆为作古文或骈体之人。此吾国文学史上事实。岂可否认，

<hr>

① 胡先骕：《中国文学改良论》，上海：《东方杂志》，第 16 卷第 3 号，1919 年 3 月；又载郑振铎编选《中国新文学大系·文学论争集》，第 103 页，上海：上海良友图书印刷公司，1935 年。

以圆其私说者乎。盖文学体裁不同,而各有所长,不可更代混淆,而有独立并存之价值,岂可尽弃他种体裁,而独尊白话乎。"此外,梅光迪还就发挥个性、注重创造等方面与新文化人展开了论辩。① 在《评今人提倡学术之方法》一文中,梅光迪还对新文化人的学风展开了批判:"彼等固言学术思想之自由者也,故于周秦诸子及近世西洋学者,皆知推重,以期破除吾国两千年来学术一尊之陋习。然观其排斥异己,入主出奴,门户党派之见牢不可破,实有不容他人讲学,而欲养成新式学术专制之势。其于文学也,则斥作文言者为'桐城谬种'、'选学妖孽'。又有'贵族文学'与'平民文学','死文学'与'活文学'之分,妄造名词,横加罪戾,而与吾国文学史上事实抵触则不问也。某大学招考新生,凡试卷用文言者,皆为某白话文家所不录。夫大学为学术思想自由之地,而白话文又未在该大学著为功令,某君何敢武断如是?"②吴宓在《论新文化运动》中也对新文化人的主张展开了批判:"近年国内有所谓新文化运动者焉,其持论则务为诡激,专图破坏。然粗浅谬误,与古今东西圣贤之所教导,通人哲士之所述作,历史之实迹,典章制度之精神以及凡人之良知与常识,悉悖逆抵触而不相合。其取材则惟选西洋晚近一家之思想,一派之文章,在西洋已视为糟粕,为毒鸩者,举以代表西洋文化之全体。其行文则妄事更张,自立体裁,非马非牛,不中不西,使读者不能领悟。其初为此主张者本系极少数人,惟以政客之手段,到处鼓吹、宣布。又握教育之权柄,值今日中国诸凡变动之秋,群情激扰,少年学子热心西学,而苦不得研究之地、传授之人,遂误以此一派之宗师,为惟一之泰山北斗。不暇审辨,无从决择,尽成盲

---

① 梅光迪:《评提倡新文化者》,南京:《学衡》,第 1 期,1922 年 1 月。
② 梅光迪:《评今人提倡学术之方法》,南京:《学衡》,第 2 期,1922 年 2 月。

从，实大可哀矣。"①吴宓还在学风问题上提出见解："新文化运动其名甚美，然其实则当另行研究。故今有不赞成该运动之所主张者，其人非必反对新学也，非必不欢迎欧美之文化也。若遽以反对该运动之所主张者而即斥为顽固守旧，此实率尔不察之谈……今诚欲大兴新学，今诚欲输入欧美之真文化，则彼新文化运动之所主张，不可不审查，不可不辩正也。"②

"五四"新文化运动对古典文学的批判

文学革命对古典文学的批判，钱玄同在和刘半农演出的那出双簧戏中曾以反对派王敬轩的名义进行了概括："惟贵报又大倡文学革命之论。权舆于二卷之末，三卷中乃大放厥词，几于无册无之，四卷一号更以白话行文……贵报对于中国文豪，专事丑诋。其尤可骇怪者，于古人，则神圣施耐庵曹雪芹，而土芥归震川方望溪；于近人，则崇拜李伯元吴趼人，而排斥林琴南陈伯严。甚至用一网打尽之计，目桐城为谬种，选学为妖孽。对于易哭庵樊云门诸公之诗文，竟曰烂污笔墨，曰斯文奴隶，曰丧却人格，半钱不值。呜呼！如贵报者，虽欲不谓之小人而无忌惮，盖不可得矣……贵报于古文三昧，全未探讨，乃率尔肆讥，无乃不可乎！林先生为当代文豪，善能以唐代小说之神韵，迻译外洋小说。所叙者皆西人之事也，而用笔措词全是国文风度，使阅者几忘其为西事。是岂寻常文人所能企及，而贵报乃以不通相诋，是真出人意外。"③

这一批判实际上包含了"五四"新文化运动关于文学革命的

---

①②吴宓：《论新文化运动》，南京：《学衡》，第 4 期，1922 年 4 月。
③《文学革命之反响——王敬轩君来信》，北京：《新青年》，第 4 卷第 3 号，1918 年 3 月 15 日。

两个中心理论："一个是我们要建立一种活的文学；一个是我们要建立一种人的文学。前一个理论是文字工具的革新，后一种是文学内容的革新。中国新文学运动的一切理论都可以包括在这两个中心思想的里面。"①为了倡导这两个理论，新文化人首先展开了破坏活动。在形式层面上，他们认为"死文字绝不能产生活文学"，用进化文学史观来打倒古文学的正统，确立白话文学为中国文学的正宗，从而展开对古典文学的批判；在内容层面上，他们提倡"人的文学"和"平民文学"，用个性解放的理论对古典文学的内容展开了激烈的批判。

文学革命的初期，胡适提出的八不主义和陈独秀的三大主义都不曾把内容和形式分开，胡适和钱玄同的通信也不曾把内容和形式分开，如钱玄同和胡适讨论中国小说内容的长信，只是后来在实际的进程中，确实是先形式后内容的。为了论述的方便，我们也把新文化人对古典文学形式特征的否定和古典文学内容特性的批判分成两部分加以清理。

新文化人从文言是否合一的角度来评判古典文学，对古代骈律文学的用典、对仗、藻饰等文学形式展开了激烈的批判，并将选学目为破坏文言合一的罪魁祸首，斥之为"选学妖孽"。胡适的八不主义之六便是不用典。"吾所谓用典者，谓文人词客不能自己铸词造句以写眼前之景，胸中之意，故借用或不全切或全不切之故事陈言以代之，以图含混过去：是谓用典。"②钱玄同称赞"胡先生'不用典'之论最精，实足祛千年腐臭文学之积弊"。"文学之文用典，已为下乘。若普通应用之文，尤须老老实实讲

① 胡适：《中国新文学大系·建设理论集》之《导言》，第18页，上海：上海良友图书印刷公司，1935年。

② 胡适：《文学改良刍议》，北京：《新青年》，第2卷第5号，1917年7月1日；胡适选编：《中国新文学大系·建设理论集》，第39页，上海：良友图书印刷公司，1935年。

话，务期老妪能解；如有妄用典故，以表象语代事实者，尤为恶劣。"他认为，应用文用典的罪魁祸首便是骈文的泛滥，"亦由此等滥恶之四六为有以助之也"。并进一步清算用典在文学史上造成的危害："弟以为古代文学，最为朴实真挚。始坏于东汉，以其浮词多而真意少也。弊盛于齐梁，以其渐多用典也。唐宋四六，除用典外，别无他事，实为文学中之最下劣者。至于近世《燕山外史》、《聊斋志异》、《淞隐漫录》诸书，真可谓全篇不通。戏曲，小说，为近代文学之正宗；小说因多用白话之故，用典之病少（白话中罕有用典者。胡君主张采用白话，不特以今人操今语，于理为顺，即为驱除用典计，亦以用白话为宜。弟于胡君采用白话之论，固绝对赞同也）；传奇诸作，即不能免用典之弊，元典中喜用四书文句，亦为拉杂可厌。弟为此论，非荣古贱今；弟对于古今文体造句之变迁，决不以为古胜于今，亦与胡君所谓'有尚书之文，有先秦诸子之文，有司马迁、班固之文，有韩、柳、欧、苏之文，有语录之文，有施耐庵、曹雪芹之文，此文之进化'同意，惟对于用典一层，认为确是后人劣于前人之处，事实昭彰，不能为讳也。"①

胡适八不主义之七，便是不讲对仗。他认为："排偶乃人类语言之一种特性，故虽古代文字，如老子孔子之文，亦间有骈句……至于后世文学末流，言之无物，乃以文胜；文胜之极，而骈文律诗兴焉，而长律兴焉。骈文律诗之中非无佳作，然佳作终鲜。所以然者何？岂不以其束缚人之自由过甚之故耶（长律之中，上下古今，无一首佳作可言也）？今日而言文学改良，当'先立乎其大者'，不当枉废有用之精力于微细纤巧之末，此吾所以有废骈废律之说也。即不能废此两者，亦但当视为文学末技而已，非讲

① 钱玄同：《寄陈独秀》，北京：《新青年》，第3卷第1号，1917年3月1日。

「五四」新文化运动对古典文学的批判

第一卷

447

求之急务也。"①钱玄同也认为:"一文之中,有骈有散,悉由自然。凡作一文,欲其句句相对与欲其句句不相对者,皆妄也。"并从这一角度肯定胡适"须讲求文法"的主张,指出古人为了骈偶等原因,"生吞活剥之引用成语,在文学文中亦殊不少;宋四六中,尤不胜枚举"。② 在给胡适的《尝试集》作序时,钱玄同再一次指出:中国"言文"不一有两个缘故,第一是给那些独夫民贼弄坏的,第二是给那些文妖弄坏的。他是这么论述第一类文妖的:"周秦以前的文学,大都是用白话的:像那《盘庚》、《大诰》,后世读了,虽然觉得佶屈聱牙,异常古奥;然而这种文学,实在是当时的白话告示……所以周秦以前的文章很有价值。到了西汉,言文已渐分离。然而司马迁做《史记》,采用《尚书》,一定要改去原来的古语,做汉人通用的文章……不料西汉末年,出了扬雄,做了文妖的'原始家'。这个文妖的文章,专门摹拟古人:一部《法言》,看了真要叫人恶心;他的辞赋,又是异常雕琢。东汉一代,颇受他的影响。到了建安七子:连写封信都要装模做样,安上许多浮词。六朝的骈文,满纸堆垛词藻,毫无真实的情感;甚至用了典故来代实事,删割他人名号去就他的文章对偶;打开《文选》一看,这种拙劣恶滥的文章,触目皆是。直到现在,还有一种妄人说:'文章应该这样做。''《文选》文章为千古文章之正宗。'这是第一种弄坏白话文章的文妖。"③

陈独秀赞同胡适的观点,主张古代的"贵族文学、古典文学、山林文学,均在排斥之列。以何理由而排斥此三种文学耶?曰:

---

① 胡适:《文学改良刍议》,北京:《新青年》,第 2 卷第 5 号,1917 年 7 月 1 日。

② 钱玄同:《寄陈独秀》,北京:《新青年》,第 3 卷第 1 号,1917 年 3 月 1 日。

③ 钱玄同:《尝试集序》,见胡适选编《中国新文学大系·建设理论集》,第 107～109 页,上海:上海良友图书印刷公司,1935 年。

贵族文学,藻饰依他,失独立自尊之气象也;古典文学,铺张堆砌,失抒情写实之旨也;山林文学,深晦艰涩,自以为名山著述,于其群之大多数无所裨益也。其形体则陈陈相因,有肉无骨,有形无神,乃装饰品而非实用品"①。他以此为标准,对古代文学史展开了激烈的批判:"《国风》多里巷猥辞,《楚辞》盛用土语方物,非不斐然可观。承其流者两汉赋家,颂声大作,雕琢阿谀,词多而意寡,此贵族之文古典之文之始作俑也。魏晋以下之五言,抒情写事,一变前代板滞堆砌之风,在当时可谓为文学一大革命,即文学一大进化;然希托高古,言简意晦,社会现象,非所取材,是犹贵族之风,未足以语通俗的国民文学也。齐梁以来,风尚对偶,演至有唐,遂成律体。无韵之文,亦尚对偶。《尚书》、《周易》以来,即是如此。古人行文,不但风尚对偶,且多韵语,故骈文家颇主张骈体为中国文章正宗之说(亡友王无生即主张此说之一人)。不知古书传钞不易,韵与对偶,以利传诵而已。后之作者,乌可泥此?""东晋而后,即细事陈启,亦尚骈俪。演至有唐,遂成骈体。诗之有律,文之有骈,皆发源于南北朝,大成于唐代。更进而为排律,为四六。此等雕琢的阿谀的铺张的空泛的贵族古典文学,极其长技,不过如涂脂抹粉之泥塑美人,以视八股试帖之价值,未必能高几何,可谓为文学之末运矣。"②

在新文化人中唯独刘半农认为"文言白话可暂处于对待的地位"。他认为:"以二者各有所长、各有不相及处,未能偏废故。胡、陈二君之重视'白话为文学之正宗',钱君之称'白话为文章之进化'。不佞固深信不疑,未尝稍怀异议。但就平日译述之经验言之,往往同一语句,用文言则一语即明,用白话则二三句犹不能了解。是白话不如文言也。然亦有同是一句,用文言竭力

①②陈独秀:《文学革命论》,北京:《新青年》,第 2 卷第 6 号,1917 年2 月 1 日;胡适选编:《中国新文学大系·建设理论集》,第 46 页,第 45 页,上海:上海良友图书印刷公司,1935 年

作之,终觉其呆板无趣,一改白话,即有神情流露,'呼之欲出'之妙(如人人习知之'行不得也哥哥','好教我左右做人难'等句),则又文言不如白话也。今既认定白话为文学之正宗与文章之进化,则将来之期望,非做到'言文合一',或'废文言而用白话'之地位不止。此种地位,既非一蹴可几,则吾辈目下应为之事,惟有列文言与白话于对待之地,而同时于两方面力求进行之策。进行之策如何?曰,于文言一方面,则力求其浅易使与白话近。于白话一方面,除竭力发达其固有之优点外,更当使其吸收文言所具之优点。至文言之优点尽为白话所具,则文言必归于淘汰,而文学之名词,遂为白话所独据,固不仅正宗而已也。或谓白话为一种俚俗粗鄙之文字,即充分进步,至于施曹之地,亦未必能取缜密高雅之文言而代之。吾谓白话自有其缜密高雅处,施曹之文,亦仅能称雄于施曹之世。吾人自此以往,但能破除轻视白话之谬见,即以前此研究文言之工夫研究白话,虽成效之迟速不可期,而吾辈意想中之白话新文学,恐尚非施曹所能梦见。"①

　　受新文化人影响,一批青年人也纷纷撰文批判古典文学的形式主义倾向。如罗家伦就曾指出:"中国人论事做事,只从枝叶上着想,永不从这件事的体用上着想,所以愈论愈远,愈做愈不中用。几千年的所谓文学家只是摇头摆膝的'推敲'、'藻饰',那知道'推敲'还是'推敲','藻饰'还是'藻饰',文学的体用却还是文学的体用!我那里的乡下人说'茅厕板上雕花',正是这个道理!我们倡文学革命的,就是要推翻这些积弊,从根本上还出一个究竟来。"②

---

　　① 刘半农:《我之文学改良观》,北京:《新青年》,第 3 卷第 3 号,1917年 5 月 1 日。

　　② 罗家伦:《驳胡先骕君的中国文学改良论》,北京:《新潮》,第 1 卷第5 号,1919 年 5 月;郑振铎编选:《中国新文学大系·文学论争集》,第 109页,上海:上海良友图书印刷公司,1935 年。

新文化人从文言是否合一的角度对提倡复古的古文家也展开了激烈的批判,视古文家为阻碍白话文学发展的又一罪魁祸首,甚至把其代表桐城派斥为"桐城谬种"。胡适八不主义中的"不摹仿古人"、"务去陈词滥调"、"不避俗语俗字"都是从文言合一的角度反对复古反对模仿。他认为:"文学者,随时代而变迁者也。一时代有一时代之文学。""既明文学进化之理,然后可言吾所谓'不摹仿古人'之说。今日之中国,当造今日之文学,不必摹仿唐、宋,亦不必摹仿周、秦也。"①他还认为,古代的白话文学是文言合一的。"及至元时,中国北部已在异族之下三百余年矣(辽、金、元)。此三百年中,中国乃发生一种通俗行远之文学。文则有《水浒》、《西游》、《三国》之类,戏曲则尤不可胜计(关汉卿诸人,人各著剧数十种之多。吾国文人著作之富,未有过于此时者也)。以今世眼光观之,则中国文学当以元代为最盛;可传世不朽之作,当以元代为最多。此可无疑也。当是时,中国之文学最近言文合一,白话几成文学的语言矣。使此趋势不受阻遏,则中国几有一'活文学'出现,而但丁、路得之伟业……几发生于神州。不意此趋势骤为明代所阻,政府既以八股取士,而当时文人如何、李七子之徒,又争以复古为高,于是此千年难遇言文合一之机会,遂中道夭折矣。然以今世历史进化的眼光观之,则白话文学之为中国文学之正宗,又为将来文学必用之利器,可断言也(此'断言'乃自作者言之,赞成此说者今日未必甚多也)。以此之故,吾主张今日作文作诗,宜采用俗语俗字。与其用三千年前之死字(如'于铄国会,遵晦时休'之类),不如用二十世纪之活字;与其作不能行远、不能普及之秦、汉、六朝文字,不如作家喻

---

① 胡适:《文学改良刍议》,北京:《新青年》,第 2 卷第 5 号,1917 年 7 月 1 日;胡适选编:《中国新文学大系·建设理论集》,第 35 页,上海:上海良友图书印刷公司,1935 年。

户晓之《水浒》、《西游》文字也。"①在胡适看来,古文家是复古的典型代表,必须坚决打倒。他指出:"然则吾辈又何必攻古文家乎?曰,是亦有故。吾辈主张'历史的文学观念',而古文家则反对此观念也。吾辈以为今人当造今人之文学,而古文家则以为今人作文必法马班韩柳。其不法马班韩柳者,皆非文学之'正宗'也。吾辈之攻古文家,正以其不明文学之趋势而强欲作一千年二千年以上之文,此说不破则白话之文学无有列为文学正宗之一日,而世之文人将犹鄙薄之以为小道邪径而不肯以全力经营造作之。如是,则吾国将永无以全副精神实地试验白话文学之日。夫不以全副精神造文学而望文学之发生,此犹不耕而求获,不食而求饱也,亦终不可矣。"②"及白话之文体既兴,语录用于讲坛,而小说传于穷巷。当此之时,'今文'之趋势已成,而明七子之徒乃必欲反之于汉魏以上,则罪不容辞矣。归方刘姚之志与七子同,特不敢远攀周秦,但欲近规韩柳欧曾而已。此其异也。吾故谓古文家亦未可一概抹杀。分别言之,则班马自作汉人之文,韩柳自作唐代之文……惟元以后之古文家,则居心在于复古,居心在于过抑通俗文学而以汉魏唐宋代之。此种人乃可谓真正'古文家'!吾辈所攻击者亦仅限于此一种'生于今之世反古之道'之真正'古文家'耳!"③

　　胡适的这一观点得到新文化人的坚决支持。陈独秀从文言合一的角度肯定"韩柳崛起,一洗前人纤巧堆垛之习,风会所趋,

　　① 胡适:《文学改良刍议》,北京:《新青年》,第 2 卷第 5 号,1917 年 7 月 1 日;胡适选编:《中国新文学大系·建设理论集》,第 42 页,上海:上海良友图书印刷公司,1935 年。
　　② 胡适:《历史的文学观念》,见胡适选编《中国新文学大系·建设理论集》,第 58 页,上海:上海良友图书印刷公司,1935 年。
　　③ 胡适:《历史的文学观念论》,见胡适选编《中国新文学大系·建设理论集》,第 59 页,上海:上海良友图书印刷公司,1935 年。

乃南北朝贵族古典文学，变而为宋元国民通俗文学之过渡时代。韩柳元白应运而出，为之中枢。俗论谓昌黎文章起八代之衰，虽非确论，然变八代之法，开宋元之先，自是文界豪杰之士"。他还是认为："吾人今日所不满于昌黎者二事：一曰，文犹师古。虽非典文，然不脱贵族气派，寻其内容，远不若唐代诸小说家之丰富，其结果乃造成一新贵族文学。"他认为："元、明剧本，明、清小说，乃近代文学之粲然可观者。惜为妖魔所厄，未及出胎，竟而流产，以至今日中国之文学，委琐陈腐，远不能与欧洲比肩。此妖魔为何？即明之前后七子及八家文派之归、方、刘、姚是也。此十八妖魔辈，尊古蔑今，咬文嚼字，称霸文坛。反使盖代文豪若马东篱，若施耐庵，若曹雪芹诸人之姓名，几不为国人所识。若夫七子之诗，刻意模古，直谓之抄袭可也。归、方、刘、姚之文，或希荣慕誉，或无病而呻，满纸之乎者也矣焉哉。每有长篇大作，摇头摆尾，说来说去，不知说些甚么。此等文学，作者既非创造才，胸中又无物，其伎俩惟在仿古欺人，直无一字有存在之价值，虽著作等身，与其时之社会文明进化无丝毫关系。"①刘半农认为"散文之当改良者三……第一曰破除迷信。尝谓吾辈做事，当处处不忘有一个我。作文亦然。如不顾自己只是学着古人，便是古人的子孙。如学今人，便是今人的奴隶。若欲不做他人之子孙与奴隶，非从破除迷信做起不可。此'破除迷信'四字，似与胡君第二项'不摹仿古人'之说相同。其实却较胡君更进一层。胡君仅谓古人之文不当摹仿，余则谓非将古人作文之死格式推翻，新文学决不能脱离老文学之窠臼。古人所作论文大都死守'起承转合'四字，与八股家'乌龟头'、'蝴蝶夹'等名词，同一牢不可破。故学究授人作文，偶见新翻花样之课卷，必大声呵之，

---

① 陈独秀：《文学革命论》，见胡适选编《中国新文学大系·建设理论集》，第45～46页，上海：上海良友图书印刷公司，1935年。

斥为不合章法。不知言为心声,文为言之代表。吾辈心灵所至,尽可随意发挥。万不宜以至灵活之一物,受此至无谓之死格式之束缚。至于吾国旧有之小说文学,程度尤极幼稚,直处于'Once upon a time there was a……'之童话时代。试观其文言小说,无不以'某生、某处人'开场。白话小说,无不从'某朝某府某村某员外'说起。而其结果,又不外'夫妇团圆'、'妻妾荣封'、'白日升天'、'不知所终'数种。《红楼》、《水浒》,能稍稍破其谬见矣。而不学无术者,又嫌其不全而续之。是可知西人所崇尚之'Half-told Tales'之文学境界,固未尝为国人所梦见。吾辈欲建造新文学之基础,不得不首先打破此崇拜旧时文体之迷信,使文学的形式上速放一异彩也。"① 钱玄同在《尝试集序》中指出,中国"言文"不一有两个缘故,第一是给那些独夫民贼弄坏的,第二是给那些文妖弄坏的。第一种破坏白话的文妖就是前面引述的文选派,第二种文妖便是古文家:"唐朝的韩愈柳宗元,矫正'《文选》派'的弊害,所做的文章,却很有近于语言之自然的。假如继起的人能够认定韩柳矫弊的宗旨,渐渐的回到白话路上来,岂不甚好。无如宋朝的欧阳修苏洵这些人,名为学韩柳,却不知道韩柳的矫弊,但拿学韩柳的句调间架,无论什么文章,那起承转合,都有一定的部位。这种可笑的文章,和那'《文选》派'相比,真如二五和一十,半斤和八两的比例。明清以来,归有光方苞姚鼐曾国藩这些人拼命做韩柳欧苏那些人的死奴隶,立了什么'桐城派'的名目,还有什么'义法'的话,搅得昏天黑地。全不想想,做文章是为的什么? 也不看看,秦汉以前的文章是个什么样子? 分明是自己做的偏要叫做'古文',但看这两个字的名目,便可知其人一窍不通,毫无常识。那曾国藩说得更

① 刘半农:《我之文学改良观》,北京:《新青年》,第 3 卷第 3 号,1917 年 5 月 1 日。

妙,他道:'古文无施不宜,但不宜说理耳.'这真是自画供招,表明这种'古文'是最没有价值的文字了。这是第二种弄坏白话文学的文妖。这两种文妖,是最反对那老实的白话文章的。因为做了白话文章,则第一种文妖,便不能搬运他那些垃圾的典故、肉麻的词藻;第二种文妖,便不能卖弄他那些可笑的义法,无谓的格律。并且若用白话做文章,那么会做文章的人必定渐多,这些文妖,就失去了他那会做文章的名贵身份,这是他最不愿意的。"①

　　正因为他们认为骈律文学和古文不仅无法做到文言合一而且严重阻碍了白话文学的发展,所以新文化人对近代乃至当代的古文和骈律文学展开了严厉的批判。胡适指出:"吾每谓今日之文学,其足与世界'第一流'文学比较而无愧色者,独有白话小说(我佛山人、南亭亭长、洪都百炼生三人而已)一项。此无他故,以此种小说皆不事摹仿古人(三人皆得力于《儒林外史》、《水浒》、《石头记》,然非摹仿之作也),而惟实写今日社会之情状,故能成真正文学。其他学这个、学那个之诗古文家,皆无文学之价值也。今之有志文学者,宜知所从事矣。"②钱玄同认为:"至于当世,所谓桐城巨子,能作散文,选学名家,能作骈文,做诗填词,必用陈套语,所造之句不外如胡君所举旅美某君所填之词。此等文人,自命典赡古雅,鄙夷戏曲小说,以猥俗不登大雅之堂者,自仆观之,公等所撰,皆'高等八股'耳。(此尚是客气话;据实言之,直当云'变形之八股'。)文学云哉!(又如某氏与人对译欧西小说,专用《聊斋志异》文笔,而又欲引韩柳以自重;此其价值,又

　　① 胡适选编:《中国新文学大系·建设理论集》,第 107～109 页,上海:上海良友图书印刷公司,1935 年。
　　② 胡适:《文学改良刍议》,北京:《新青年》,第 2 卷第 5 号,1917 年 7 月 1 日;胡适选编:《中国新文学大系·建设理论集》,第 36 页,上海:良友图书印刷公司,1935 年。

在桐城派之下,然世固'大文豪'目之矣!)"①陈独秀认为:"今日
吾国文学,悉承前代之敝:所谓'桐城派'者,八家与八股之混合
体也;所谓'骈体文'者,思绮堂与随园之四六也;所谓'江西派'
者,山谷之偶像也。求夫目无古人,赤裸裸的抒情写世,所谓代
表时代之文豪者,不独全国无其人,而且举世无此想。文学之
文,既不足观,应用之文,益复怪诞:碑铭墓志,极量称扬,读者决
不见信,作者必照例为之。寻常启事,首尾恒有种种谀词。居丧
者即华居美食,而哀启必欺人曰'苫块昏迷'。赠医生以匾额,不
曰'术迈歧黄',即曰'著手成春'。穷乡僻壤极小之豆腐店,其春
联恒作'生意兴隆通四海,财源茂盛达三江'。此等国民应用之
文学之丑陋,皆阿谀的虚伪的铺张的贵族古典文学阶之厉
耳。"②

　　在对文言文学进行了全方位地批判后,胡适给古代文言文
学宣判了死刑。"我曾仔细研究:中国这二千年何以没有真有价
值真有生命的'文言的文学'? 我自己回答道:'这都因为这二千
年的文人所做的文学都是死的,都是用已经死了的语言文字做
的。死文字决不能产出活文学。所以中国这二千年只有些死文
学,只有些没有价值的死文学。'"③

　　新文化人树立了新的文学观念,并据此展开对古典文学内
在意蕴的批判。胡适在《文学改良刍议》中指出,文学必须"言之
有物",而言之有物"非文以载道之说,约有二事,一曰情感,二曰
思想"④。钱玄同深表赞同:"若论词曲小说诸著在文学上之价

　　① 钱玄同:《寄陈独秀》,北京:《新青年》,第 3 卷第 1 号,1917 年 3 月 1 日。
　　② 胡适选编:《中国新文学大系·建设理论集》,第 46 页,上海:上海
良友图书印刷公司,1935 年。
　　③ 胡适:《建设的文学革命论》,北京:《新青年》,第 4 卷第 4 号,1918
年 4 月 15 日。
　　④ 胡适:《文学改良刍议》,北京:《新青年》,第 2 卷第 5 号,1917 年 7
月 1 日。

值,窃谓仍当以胡君'情感'、'思想'两事为标准;无此两事之词曲小说,其无价值亦与'桐城之文'、'江西派之诗'相等。"①陈独秀也坚决反对文以载道。他赞赏韩愈在文言合一的道路上确实一改前代风气,但认为韩愈错误有二,其"二曰,误于'文以载道'之谬见。文学本非为载道而设,而自昌黎以讫曾国藩所谓载道之文,不过抄袭孔、孟以来极肤浅极空泛之门面语而已。余尝谓唐、宋八家文之所谓'文以载道',直与八股家之所谓'代圣贤立言',同一鼻孔出气"②。后来胡适倡导易卜生主义,认为文学应该表现健全的个人主义;周作人则进一步认为文学应该是"人的文学"。在这种文学观念的影响下,刘半农强调"文学"界说当取法于西文,胡适还给"文学"下了个定义:"语言文字都是人类表意达情的工具,传意达的好,表情表的妙,便是文学。但是怎样才是好与妙呢……文学有三个要件,第一要明白清楚,第二要有力能动人,第三要美。"③郑振铎也指出:"我们要想改造中国的旧文学,要想建设中国的新文学,却不能不把这两种传统的文学观尽力的廓清,尽力的打破,同时即去建设我们的新文学观。"这种文学观就是:"文学是人生的自然的呼声。人类情绪的流泄于文字中的,不是以传道为目的,更不是以娱乐为目的,而是以真挚的情感来引起读者的同情的。""这种新文学观的建立,便是新文学的建立的先声了。不先把中国懒疲的'读者社会'的娱乐主义与庄严学者的传道主义除去,新文学的运动,虽不至绝对无望,至少也是要受十分的影响的。"④

---

① 钱玄同:《寄陈独秀》,北京:《新青年》,第 3 卷第 1 号,1917 年 3 月 1 日。

② 陈独秀:《文学革命论》,北京:《新青年》,第 2 卷第 6 号,1917 年 2 月 1 日

③ 胡适:《什么是文学》,《胡适文集》第 2 册,第 149 页,北京:北京大学出版社,1998 年。

④ 郑振铎:《新文学观的建设》,上海:《文学旬刊》,第 37 期,1922 年 5 月 11 日。

在新文学观念的理论视野下,新文化人首先对古典文学展开了批判。陈独秀认为:"贵族文学,藻饰依他,失独立自尊之气象也;古典文学,铺张堆砌,失抒情写实之旨也;山林文学,深晦艰涩,自以为名山著述,于其群之大多数无所裨益也……其内容则目光不越帝王权贵,神仙鬼怪,及其个人之穷通利达。所谓宇宙,所谓人生,所谓社会,举非其构思所及,此三种文学公同之缺点也。此种文学,盖与吾阿谀夸张虚伪迂阔之国民性,互为因果。今欲革新政治,势不得不革新盘踞于运用此政治者精神界之文学,使吾人不张目以观世界社会文学之趋势及时代之精神,日夜埋头故纸堆中,所目注心营者,不越帝王、权贵、鬼怪、神仙,与夫个人之穷通利达,以此而求革新文学,革新政治,是缚手足而敌孟贲也。"①周作人几乎从内容上否定了整个古典文学:"中国文学中,人的文学,本来极少,从儒教道教出来的文章,几乎都不合格。"②在周作人看来:"文学革命上,文字改革是第一步,思想改革是第二步,却比第一步更为重要。""我们反对古文,大半原为他晦涩难解,养成国民笼统的心理,使得表现力与理解力都不发达。但另一方面,实又因为他内中的思想荒谬,于人有害的缘故。这宗儒道合成的不自然的思想,寄寓在古文中间,几千年来,根深蒂固,没有经过廓清,所以这荒谬的思想与晦涩的古文,几乎已融合为一,不能分离。"③傅斯年甚至认为:"我们与其说中国人缺乏'人'的思想,不如说他缺乏'人'的感情……中国人

---

① 胡适选编:《中国新文学大系·建设理论集》,第 46 页,上海:上海良友图书印刷公司,1935 年。

② 周作人:《人的文学》,见胡适选编《中国新文学大系·建设理论集》,第 196～197 页,上海:上海良友图书印刷公司,1935 年。

③ 周作人:《思想革命》,《每周评论》,第 11 号;胡适选编《中国新文学大系·建设理论集》,第 201 页,上海:上海良友图书印刷公司,1935 年。

是个感情薄弱的民族，所以从古以来很少有伟大的文学出产。"①

尽管新文化人对古代白话文学大唱赞歌，但对白话文学中的旧思想也采取了激烈的批判态度。钱玄同认为："前此之小说与戏剧在文学上之价值，窃谓当以胡先生所举'情感'与'思想'两事来判断。其无'高尚思想'与'真挚情感'者，便无价值之可言。旧小说中十分之九，非诲淫诲盗之作（诲淫之作，从略不举。诲盗之作，如《七侠五义》之类是。《红楼梦》断非诲淫，实是写骄侈家庭，浇漓薄俗，腐败官僚，纨绔公子耳。《水浒》尤非诲盗之作，其全书主脑所在，不外'官逼民反'一义，施耐庵实有社会党人之思想也），即神怪不经之谈；……最下者，所谓'小姐后花园赠衣物'、'落难公子中状元'之类，千篇一律，不胜缕指。故小说诚为文学正宗，而前此小说之作品，其有价值者乃极少（前此文人，最喜描写男女情爱，然彼等非有写实派文学之眼光，不过以秽亵之文笔，表示其肉麻之风流而已，故并无丝毫价值之可言）。弟以为旧小说之有价值者不过施耐庵之《水浒》、曹雪芹之《红楼梦》、吴敬梓之《儒林外史》、李伯元之《官场现形记》、吴趼人之《二十年目睹之怪现状》、曾孟朴之《孽海花》六书耳……至于戏剧，南北曲及昆腔，虽鲜高尚之思想，词句尚斐然可观；若今之京调戏，理想既无，文章又极恶劣不通，固不可因其为戏剧之故，遂谓为有文学上之价值也。"②对于钱玄同的观点，胡适做了一些修改，肯定了《聊斋志异》、《西游记》、《七侠五义》、《三国演义》的价值，认为："吾国第一流小说古惟《水浒》、《西游》、《儒林外史》、

---

① 傅斯年：《白话与文学心理的改革》，见胡适选编《中国新文学大系·建设理论集》，第 207 页，上海：上海良友图书印刷公司，1935 年。

② 钱玄同：《寄陈独秀》，北京：《新青年》，第 3 卷第 1 号，1917 年 3 月 1 日；胡适选编：《中国新文学大系·建设理论集》，第 52 页，上海：上海良友图书印刷公司，1935 年。

《红楼梦》四部,今人惟李伯元、吴趼人两家。其他皆第二流以下耳。"①周作人《人的文学》对纯文学中的旧思想展开了批判:"现在我们但从纯文学上举例,如:(一) 色情狂的淫书类;(二) 迷信的鬼神书类(《封神传》、《西游记》等);(三) 神仙书类(《绿野仙踪》等);(四) 妖怪书类(《聊斋志异》、《子不语》等);(五) 奴隶书类(甲种主题是皇帝状元宰相,乙种主题是神圣的父与夫);(六) 强盗书类(《水浒》、《七侠五义》、《施公案》);(七) 才子佳人书类(《三笑姻缘》等);(八) 下等谐谑书类(《笑林广记》等);(九) 黑幕类;(十) 以上各种思想和合结晶的旧戏。这几类全是妨碍人性的生长,破坏人类的平和的东西,统应该排斥。这宗著作,在民族心理研究上,原都极有价值。在文艺批评上,也有几种可以容许;但在主义上,一切都该排斥。"②"我们岂能因他们所说的是白话,比那四六调或桐城派的古文更加看重呢?"③周作人从平民文学和贵族文学的分野肯定平民文学,但对平民文学中的腐朽内容展开了批判。他认为:"平民文学应以普通的文体,记普遍的思想与事实。我们不必记英雄豪杰的事业、才子佳人的幸福,只应记载世间普通男女的悲欢成败。""平民文学应以真挚的文体,记真挚的思想与事实。既不坐在上面,自命为才子佳人,又不立在下风,颂扬英雄豪杰。"④不过,在他看来:"在中国文学中,想得上文所说理想的平民文学原极为难。因为中国所谓文学的东西,无一不是古文。被挤在文学外的章回小说

---

①胡适:《再寄陈独秀答钱玄同》,见胡适选编《中国新文学大系·建设理论集》,第 62 页,上海:上海良友图书印刷公司,1935 年。

②周作人:《人的文学》,见胡适选编《中国新文学大系·建设理论集》,第 196～197 页,上海:上海良友图书印刷公司,1935 年。

③周作人:《思想革命》,北京:《每周评论》,第 11 号,1919 年。

④胡适选编:《中国新文学大系·建设理论集》,第 211 页,上海:上海良友图书印刷公司,1935 年。

十种,虽是白话,却都含着游戏的夸张的分子,他够不上这资格。只有《红楼梦》要算最好。这书虽然被一班无聊文人学坏,成了《玉梨魂》派的范本,但本来仍然是好。因为他能写出中国家庭中的喜剧悲剧,到了现在,情形依旧不改,所以耐人研究。"①

由上可见,新文化人对古典文学的批判是极为偏激的,但有少数新文化人承认这种批判的策略性。如周作人就认为:"我们立论,应抱定'时代'这一个概念,又将批评与主张分作两事。批评古人的著作,便认定他们的时代,给他一个正直的评价相应的位置。至于宣传我们的主张,也认定我们的时代,不能与相反的意见通融让步,唯有排斥的一条方法。"②

新文化人用文言是否合一这一标准衡量古代文学史时,用进化文学史观将文言文学打倒,试图确立白话文学的文学史正宗地位。这一理论贡献应归功于胡适。这一思想酝酿于胡适在美国和梅光迪等人的讨论。为了给自己的文学革命提供历史依据和理论依据,胡适指出:"文学革命在吾国史上非创见也。即以韵文而论,三百篇变而为骚,一大革命也。又变为五言七言,二大革命也。赋变而为无韵之骈文,古诗变为律诗,三大革命也。诗之变而为词,四大革命也。词之变而为曲,为剧本,五大革命也。何独于吾所持文学革命论而疑?文亦遭几许革命矣。自孔子至于秦汉,中国文体始臻完备。六朝之文……亦有可观者。然其时骈俪之体大盛。文以工巧雕琢见长,文法遂衰。韩退之所以称'文起八代之衰'者,其功在于恢复散文,讲求文法,此一革命也……宋人谈哲理者,深悟古文之不适于用,于是语录体兴焉。语录体者,禅门所尝用,以俚语说理纪言……此一

① 胡适选编:《中国新文学大系·建设理论集》,第212页,上海:上海良友图书印刷公司,1935年。
② 周作人:《人的文学》,见胡适选编《中国新文学大系·建设理论集》,第199页,上海:上海良友图书印刷公司,1935年。

大革命也。至元人之小说,此体始臻极盛……总之:文学革命至元代而极盛。其时之词也,曲也,剧本也,小说也,皆第一流之文学而皆以俚语为之。其时吾国真可谓有一种'活文学'出现。倘此革命潮流(自注:革命潮流即天演进化之迹。自其异者言之,谓之革命;自其循序渐进之迹言之,即谓之进化可也),不遭明代八股之劫,不遭前后七子复古之劫,则吾国之文学已成俚语的文学;而吾国之语言早成为言文一致之语言,可无疑也。但丁之创意大利文学,却叟辈之创英文学,路德之创德文学,未足独有千古矣。惜乎五百余年来半死之古文、半死之诗词,复夺此'活文学'之席,而'半死文学'遂苟延残喘以至于今日……文学革命何可更缓耶?何可更缓耶?"①到了 1916 年 2～3 月,胡适终于"把中国文学史看明白了,才认清了中国俗话文学(从宋儒的白话语录到元朝明朝的白话戏曲和白话小说)是中国的正统文学,是代表中国文学革命的自然趋势的。我到此时才敢正式承认中国今日需要的文学革命是用白话替代古文的革命,是用活的工具替代死的工具的革命"。1916 年 6 月,胡适改良中国文学的方案出台。他认为:"白话可以产生第一流文学。白话已产生小说戏剧语录诗词,此四者皆有史事可证。白话的文学为中国千年来仅有之文学。其非白话的文学,如古文,如八股,如笔记小说,皆不足与于第一流文学之列。"②在《文学改良刍议》中,胡适将这些想法和盘托出:在"不模仿古人"一条中,胡适指出"文学者,随时代而变迁者也。一时代有一时代之文学。"并历数历代文学之

① 胡适:《尝试集自序》引《札记》第十册,民国五年四月五日夜所记;又见胡适:《逼上梁山》,见胡适选编《中国新文学大系·建设理论集》,第10～11 页,上海:上海良友图书印刷公司,1935 年。
② 胡适:《逼上梁山——文学革命的开始》,《四十自述》的一章,1933年 12 月 3 日夜脱稿;又载胡适选编《中国新文学大系·建设理论集》,第10 页,上海:上海良友图书印刷公司,1935 年。

变迁:"周、秦有周、秦之文学,汉、魏有汉、魏之文学,唐、宋、元、明有唐、宋、元、明之文学。此非吾一人之私言,乃文明进化之公理也。即以文论,有'尚书'之文,有先秦诸子之文,有司马迁、班固之文,有韩、柳、欧、苏之文,有语录之文,有施耐庵、曹雪芹之文,此文之进化也。试更以韵文言之:'击壤'之歌,'五子之歌',一时期也;三百篇之'诗',一时期也;屈原、荀卿之骚赋,又一时期也;苏、李以下,至于魏、晋,又一时期也;江左之诗流为排比,至唐而律诗大成,此又一时期也;老杜、香山之'写实'体诸诗(如杜之《石壕吏》、《羌村》,白之新乐府),又一时期也;诗至唐而极盛,自此以后,词曲代兴,唐、五代及宋初之小令,此词之一时代也;苏、柳(永)、辛、姜之词,又一时代也;至于元之杂剧传奇,则又一时代矣。凡此诸时代,各因时势风会而变,各有其特长,吾辈以历史进化之眼光观之,决不可谓古人之文学皆胜于今人也。左氏、史公之文奇矣,然施耐庵之《水浒传》视《左传》、《史记》,何多让焉?'三都'、'两京'之赋富矣,然以视唐诗、宋词,则糟粕耳。此可见文学因时进化,不能自止。唐人不当作商、周之诗,宋人不当作相如、子云之赋——即令作之,亦必不工。逆天背时,违进化之迹,故不能工也。"①在"须讲求文法"一条中,胡适提出了白话文学为正统的观点:"今人犹有鄙夷白话小说为文学小道者,不知施耐庵、曹雪芹、吴趼人皆文学正宗,而骈文律诗乃真小道耳。吾知必有闻此言而却走者矣。"②在《历史的文学观念论》一文中,胡适再次重申其文学史观念:"居今日而言文学改良,当注重'历史的文学观念'。一言以蔽之,曰:一时代有一时代之文学。此时代与彼时代之间,虽皆有承前启后之关系,而决不容完全抄袭;其完全抄袭者,决不成为真文学。愚惟深信此

---

① ② 胡适:《文学改良刍议》,北京:《新青年》,第 2 卷第 5 号,1917 年 7 月 1 日。

理,故以为古人已造古人之文学,今人当造今人之文学。至于今日之文学与今后之文学究竟当为何物,则全系于吾辈之眼光识力与笔力,而非一二人所能逆料也。"①到了 30 年代,胡适回顾那段历史,再一次从理论上做了总结:"旧日讲文学史的人,只看见了那死文学的一脉相承,全不看见那死文学的同时还有一条活文学的路线。他们只看见韩愈柳宗元,却不知道韩柳同时还有几个伟大的和尚正在那儿用生辣痛快的白话来讲学。他们只看见许衡姚燧虞集欧阳玄,却不知道许衡姚燧虞集欧阳玄同时还有关汉卿马东篱贯酸斋等等无数的天才正在那儿用漂亮朴素的白话来唱小曲编杂剧。他们只看见了李梦阳何景明王世贞,至多只看见了公安竟陵的偏锋文学,他们却看不见何李袁谭诸人同时还有无数的天才正在那儿用生动美丽的白话来创作《水浒传》、《金瓶梅》、《西游记》,和《三言》、《二拍》的短篇小说,《劈破玉》、《打枣竿》、《挂枝儿》的小曲子。他们只看了方苞姚鼐恽敬张惠言曾国藩吴汝纶,他们全不看见方姚曾吴同时还有更伟大的天才正在那儿用流丽深刻的白话来创作《醒世姻缘传》、《儒林外史》、《红楼梦》、《镜花缘》、《海上花列传》……历史的进化的文学观用白话正统代替了古文正统,就使那'宇宙古今之至美'从那七层宝座上倒撞下来,变成了'选学妖孽桐城谬种'。"②

(黑龙江大学　吴光正　牡丹江师范学院　罗忆南)

---

① 胡适:《历史的文学观念论》,北京:《新青年》,第 3 卷第 3 号,1917年 5 月 1 日。

② 胡适选编:《中国新文学大系·建设理论集》之《导言》,第 21～22页,上海:上海良友图书印刷公司,1935 年。

"五四"时期的旧典新释（上）

——《诗经》研究

胡适、古史辨派与《诗经》研究的现代转型

　　"五四"新文化运动是一场标志着中国文化摆脱封建形态、走向现代化的思想解放运动，这一时期的中国古典文学研究的基本理论和方法也产生了翻天覆地的变革。"五四"时期的《诗经》研究典型地体现了中国古典文学研究现代化转型的某些基本特点，而《诗经》研究现代转型的开创者当推胡适和以顾颉刚为领袖的古史辨派。

　　胡适是"五四"新文化运动的领袖人物之一，"是现代学术史上开风气的人物，在引进西方科学研究方法上有着不可磨灭的贡献。其对现代学术研究的贡献可概括为以下两点：1. 传统考据方法的科学化；2. 用现代观念诠释传统文化。前者对史料的可信度加以严格审定，在史料排比上注重其内部联系，使乾嘉汉学以来的考据更加系统化、科学化。后者则丰富了人们理解古代典籍的视角，并为古代与现代的沟通架起了一座桥梁。其对整个现代学术史有着深远影响，具体到《诗经》学研究上，更是如此"①。胡适《诗经》研究的基本观点和理念主要体现在《谈谈诗

---

　　① 费振刚主编：《20 世纪中国文学研究·先秦两汉文学研究》，第 84 页，北京：北京出版社，2001 年。

经》、《中国哲学史大纲》第二篇"中国哲学发生的时代"、《诗三百篇言字解》等论著之中,另外,亦散见于《白话文学史》以及胡适日记的一些相关议论之中。

《谈谈诗经》是胡适 1925 年在武昌大学所作的演讲,由刘大杰笔录,发表于《艺林旬刊》第 20 期,后收入《古史辨》第 3 册。在这篇演讲中,胡适指出:"《诗经》不是一部经典……假如这个观念不能打破,《诗经》简直可以不必研究了。因为《诗经》并不是一部圣经,确实是一部古代歌谣的总集。"①关于研究《诗经》的方法,胡适认为:"不外下面两条路:第一,训诂。用小心的精密的科学的方法,来做一番新的训诂工夫,对于《诗经》的文字和方法上都重新注解。第二,题解。大胆地推翻二千年积下来的附会的见解,完全用科学的、历史的、文学的眼光重新给每首诗下个解释。"②正如夏传才评价的那样,"胡适所提出的《诗经》研究的指导理论,是"五四"新文化运动时期所确立的《诗经》研究的纲领"③。在这篇演讲中,胡适还对《诗经》中的少数诗篇做出新解,说《小星》是写妓女生活的最古记载,《葛覃》是描写女工放假急忙要归的情景。对于胡适的新解,周作人展开了严厉的批评:"胡先生说《葛覃》诗是描写'女工人放假急忙要归的情景',我猜想这里胡先生是在讲笑话,不然恐怕这与'初民社会'不合……胡先生只见汉口有些纱厂的女工的情形,却忘记这是两千年前的事了。倘若那时也有女工,那么我也可以说太史坐了火车采风,孔子拿着红蓝铅笔删诗了……守旧的固然是武断,过于求新者也容易流为别的武断。"④羊列荣的看法则在一定程度上

---

①② 胡适:《谈谈诗经》,《古史辨》第 3 册,第 165 页,第 166 页,上海:上海古籍出版社,1982 年。

③ 夏传才:《20 世纪诗经研究的发展》,见《思无邪斋诗经论稿》,第 351 页,北京:学苑出版社,2000 年。

④ 周作人:《谈〈谈谈诗经〉》,北京:《京报副刊》,1925 年 12 月 18 日。

肯定了胡适"戏说"的价值："胡适毕竟不是'在讲笑话'，他对《诗》的草率和随意的'戏说'，着实可以抖落去作为'经典'的《诗经》的一脸矜持和严肃，是很有一种解构的味道的，既可看作是《诗》文本从经学牢笼中刚刚解放出来的一次短暂的放纵，也可以理解为顽皮的学童对刻板的老先生的故意嘲戏，这里面其实有很严肃的动机。"①檀作文对于《谈谈诗经》一文的整体评价代表了 20 世纪 90 年代以后学术界的共识："尽管胡适对具体字词的训诂与诗旨的解释，未必能成为定论，并且招致了许多的商榷意见，但无疑为现代《诗经》学研究指明了方向，划清了与传统经学研究的界线。"②

关于《中国哲学史大纲》第二篇"中国哲学发生的时代"中与《诗经》相关联的部分，檀作文认为有三点值得注意："1. 胡适是根据《诗经》文本自身对诗作出解释，完全抛开了旧注疏，这是现代《诗经》学解诗的根本原则。2. 胡适利用《诗经》来推论当时的社会生活和时代思潮，为《诗经》的研究建立起历史学的取向。3. 胡适对《伐檀》和《硕鼠》的解释已含有社会阶级分析法的因素，这亦是现代《诗经》学的一个重要取向。"③

《诗三百篇言字解》，作于 1911 年 5 月 1 日，原题为《诗经言字解》，载于 1913 年 1 月《留美学生年报》，1921 年收入《胡适文存》卷二，改为今题，1931 年北平朴社出版的《古史辨》第 3 册亦收录。在这篇文章里，胡适"第一次运用现代科学的方法（即他所说的'以经解经，参考互证'）对'三百篇'的'言'字从整体上做了统一训释，后来又在《谈谈〈诗经〉》中对《诗经》中常见的'于'、'以'、'维'等字做了同样的统一训释。胡适的这些文章，除了推

---

① 羊列荣：《20 世纪中国古代文学研究史·诗歌卷》，第 35 页，上海：东方出版中心，2006 年。

②③ 费振刚主编：《20 世纪中国文学研究·先秦两汉文学研究》，第 86 页，第 85 页，北京：北京出版社，2001 年。

进对某些字词的认识之外,更重要的在于对传注和训诂研究的方法论意义"①。

对于胡适《诗经》研究的重大意义和时代局限,赵沛霖的阐发较为深入全面:

胡适以反封建的精神彻底否定了关于《诗经》的经学观念,对传统《诗经》学展开了激烈批判……他把充满迂腐和荒谬的二千余年封建时代的《诗经》学称做一笔"烂账",表现出与传统《诗经》学的彻底决裂精神……胡适所提出的研究《诗经》的途径的最大特点是十分强调现代科学精神、科学方法和现代学术观点,主张把《诗经》研究与现代科学精神、科学方法和现代学术观点结合起来,也就是用它们对传统的《诗经》学加以改造:对于传统的训诂学有必要用现代的科学精神和方法加以驾驭;对诗义的研究必须摆脱传统的穿凿附会的见解,而以现代的学术视角和观点,也就是"社会学的、历史的、文学的眼光"重新加以认识。胡适的这些主张体现了"五四"时期的时代精神和科学精神,同时又吸收了传统中有价值的成分,符合《诗经》学的规律,是完全正确的,也是精辟的。胡适自己也正是从这样两个方面对《诗经》展开研究的。关于第一个方面,他写了《诗三百篇言字解》、《论诗经答刘大白》等论文,对《诗经》中常见的虚词"言"、"终"、"于"、"维"等,通过大量具体例证的比较归纳,总结并辨析其具体的含义和用法,体现了传统训诂考据与现代科学方法的结合。关于第二个方面,即关于作品解题和诗义研究,他写了《谈谈诗经》、《论〈野有死麕〉》等文章,此外,在其他论著中也有所涉及。在对一些诗篇诗义的分

---

① 赵沛霖:《现代学术文化思潮与诗经研究——20世纪诗经研究史》,第 321 页,北京:学苑出版社,2006 年。

析中,他抛开传统的见解,独立思考,大胆地提出了一些新的看法。如对《野有死麇》的分析切中诗义,富有启发性。特别是他运用民俗学和文化人类学的方法和社会的、文学的分析结合起来,更是令人耳目一新,充分反映了他的探索精神和求新精神。这对刚刚摆脱传统束缚的《诗经》研究来说,确实起到了一定的推动作用,胡适因而也成为现代《诗经》研究的先驱者。然而,胡适虽然提出了正确的解诗原则,但他本人并没有认真贯彻遵循……这使他对作品的解读只能是流于浮泛,严重地缺乏深刻性。①

古史辨派是"五四"时期史学研究的一个重要流派,因1926—1941年连续出版《古史辨》丛刊而称名于世,"其主导思想是以疑古的态度清理上古史,以考辨的手段剥开蒙盖于其上的层累的面纱,力图还原到上古史的真相。《诗经》的研究是其组成部分之一"②。"《古史辨》第一集出版于1926年,只有小部分讨论《诗经》的文章。第三集下编完全是讨论《诗经》的,出版于1931年,但其中所收录的则全是20年代的文章和通信,对现代诗经学的发展有很大影响。"③"二三十年代活跃于学术界的'古史辨派'学者,反对尊孔读经,也曾掀起不小的热潮。顾颉刚发表了《论诗经在春秋战国间的地位》、《论诗经所录全为乐歌》、《从诗经中整理出歌谣的意见》,钱玄同发表了《答顾颉刚先生书》等重要文章,顾颉刚又写了《毛诗序之背景与旨趣》,郑振铎写了《论毛诗序》等文力斥《毛诗序》之谬妄,魏建功写了《歌谣表

---

① 赵沛霖:《现代学术文化思潮与诗经研究——20世纪诗经研究史》,第80~90页,北京:学苑出版社,2006年。

② 费振刚主编:《20世纪中国文学研究·先秦两汉文学研究》,第86页,北京:北京出版社,2001年。

③ 夏传才:《20世纪诗经研究的发展》,见《思无邪斋诗经论稿》,第356页,北京:学苑出版社,2000年。

现法之最要紧者重奏复沓》对《诗经》中的歌谣特点作了分析。这许多重要论文,大破经书观念,认定《诗经》全为乐歌,认定《诗经》歌词是文学作品而不是经典,一时在学术界引起的反响很大。'古史辨派'学者的冲击,对于'现代诗学'研究从经学到文学的转变,曾经起过重大的作用。"①

"古史辨派"为什么如此重视《诗经》研究呢？檀作文对此有详赡的论析：

"古史辨派"对《诗经》研究的重视,与其对《诗经》的认识有关。在他们看来,《诗经》是研究上古史最可靠的史料,而且涉及社会生活的各方面,是认识上古社会的一把金钥匙。《诗经》备受"古史辨派"关注的另一个重要原因,在于胡适等人对平民文学的提倡。为配合其社会改革思想及白话文运动,胡适等人大力宣扬民间的文学才是活的有生命力的文学,从而掀起了民间文学研究的高潮。在此风气影响之下,北京大学开展起对民间歌谣的收集和整理的工作。而此期在《诗经》研究方面卓有建树的顾颉刚等人,正是"古史辨派"和民间歌谣研究的灵魂人物。这在研究方法上,给此期的《诗经》研究烙上了两个显著的特征：1. 疑古成为主导思想,极力破坏和廓清封建经学研究的影响；2. 用民间歌谣作比较,并由此认识《诗经》的性质。我们知道宋学的旗帜是"疑古",继承并发扬了宋人疑古精神的"古史辨派"很容易对朱熹的"风诗出于里巷歌谣说"产生强烈认同。1925年,胡适在武昌大学做了一次题为《谈谈诗经》的讲演,明确指出《诗经》不是一部经典,"《国风》是各地散传的歌谣"。早在 1923 年,顾颉刚就在《歌谣周刊》(39 号)上发表了《从诗经中整理出歌谣的意见》一文,指出不但《国风》,即使是

① 洪湛侯:《诗经学史》(下册),第 650 页,北京:中华书局,2002 年。

在《小雅》中，也有不少歌谣。《古史辨》第3册，专收《诗经》研究的论文，"古史辨派"学人大量引用近现代民歌与《国风》作品作比较，频繁地使用"歌谣"与"民间"这样的字眼来指称和评价《国风》作品，从文学史、民俗史、音乐史各个角度努力论证《诗经》作品尤其《国风》是民间作品。"古史辨派"在当时的学术界呈席卷之势，"《国风》民歌说"随之深入人心。①

古史辨派最重要的代表人物是顾颉刚，他的治学理念深受胡适影响，在《诗经》研究方面卓然有成。王以宪从两个方面概括了顾颉刚《诗经》研究的特色和成就。

1. 研究性的文献整理工作

顾颉刚十分重视对《诗经》学史上有影响的诗说进行研究，为此他有目的地进行了一些古籍文献的整理。如对宋学废序派的开山大师郑樵，他不但辑录他的《诗辨妄》成册，也从《六经奥论》中抽绎出有关《诗经》的一卷。他一方面研究郑樵的思想、著述并为之立传，并用现代眼光对郑樵《诗》说进行批评，同时还由此而进一步准备研究"汉儒的诗学和诗经的真相"……又如对宋代另一位怀疑学派大师王柏，他不仅校点重刻出版其所撰《诗疑》，而且对他的功罪与治学方法进行批评与研究。

顾颉刚的资料辑录工作，已不是单纯的文献整理，而是其有目的地进行研究工作的重要组成部分。这种从最基础的工作做起，并进而研究不同学派的思想观念与治学方法，从而提出自己独特见解的考辨方法，无疑对后世《诗》学研究者具有重要的启迪和示范作用。同时，也指明了多角度

---

① 檀作文、唐建、孙华娟：《中国古代诗歌研究论辩》，第33～34页，天津：百花文艺出版社，2006年。

研究《诗经》的方向。

2. 多种方法并用，考辨成果突出

顾颉刚研治《诗经》的目的，是彻底弄清其真相，以扫除历代诗说的谬误。为此他所采用的是历史的考辨与民俗学比较研究的方法，其研究成果集中体现在《古史辨》第三册刊载的两篇长文之中。①

关于古史辨派《诗经》研究的现代特征，赵沛霖概括为四个方面：

1. 第一次把现代意识和现代科学精神正式引入古老的《诗经》学的园地。现代意识和科学精神的引入是建立现代《诗经》学的前提，而最早把它们引入《诗经》研究领域的正是"古史辨派"。现代意识和科学精神是现代学术的灵魂，"古史辨派"对《诗经》学的这一贡献，具有非常重要的意义。

2. 运用现代方法研究《诗经》的初步探索和尝试。随着经学观念的破除，研究方法也开始发生变化。"古史辨派"对《诗经》现代研究方法的探索和尝试主要有以下几个方面：首先，在训诂研究中强调归纳和比较，强调语法，也就是主张从科学规律上把握字词的含义。其次"古史辨派"的学者认为《诗经》是文学作品，因此研究《诗经》的方法必须符合文学的特征，这可以说是"古史辨派"学者的共识。此外，自觉地把当代民歌研究成果和民间文学理论运用于《诗经》研究，是"古史辨派"《诗经》研究方法的另一个重要方面。

3. 具有崇高的使命感和建立新的《诗经》学的远大学术目标。"古史辨派"的学者在猛烈批判旧的《诗经》学的时

---

① 王以宪：《论顾颉刚诗经研究的方法与贡献》，《诗经研究丛刊》第 5 辑，第 247～252 页，北京：学苑出版社，2003 年。

候,清楚地知道他们肩负着建立新的《诗经》学的历史责任。在这方面,可以说,直到"五四"时代为止,中国历史上没有任何一个学派像"古史辨派"那样具有崇高的学术使命感和明确的历史责任感,因而这也就成为"古史辨派"《诗经》学研究的最突出的一个特点。

4. 自由探讨,平等交流,踊跃进行正面学术交锋。"古史辨派"所发动的关于《诗经》的讨论充分体现出自由探讨,平等交流,踊跃进行正面学术交锋的新的学风。迄今为止,在中国古典文学研究史(不单是《诗经》研究史)上,还没有任何一次讨论达到这样的境界。①

古史辨派的《诗经》研究还远远没有达到完善的境地,仍然存在着诸多问题和缺失。羊列荣对古史辨派的检讨多从这个方面着眼。

"古史辨派"初步整合了现代学术的科学与自由精神,完成了对经学诗经学的终结。"后经学"的语境由此形成。但是"古史辨派"所提出的许多观点,应当在"后经学"的语境中得到重新的检讨。比如他们认为《诗》没有经过删改。但是《诗经》的整齐的体例和句式,仍让人相信它应当是经过删改或编订了的。"古史辨派"所建立的民间性视角也并非没有问题。朱东润甚至怀疑:《国风》是否出于民间?比如,《诗》以前及同时之著作,凡见于钟鼎简策者,皆王侯士大夫之作品,何以民间之作止见于此而不见于彼?《关雎》所说的"君子"、"淑女"并非民间之通称,"琴瑟"、"钟鼓"也不是民间之乐器,那么还能说它是"民歌"的代表作吗?后代文化高于前代,如果《国风》是民歌,何以后世的民歌反远

① 赵沛霖:《现代学术文化思潮与诗经研究——20 世纪诗经研究史》,第 65～72 页,北京:学苑出版社,2006 年。

不及它呢？这些疑问终于让朱东润得出了"《国风》不出于民间"的结论……此外，"古史辨派"主张不受汉以来的题解和训诂的束缚而重新解读《诗经》。但是范文澜指出，这种别立新说是需要慎重的，因为《诗》在春秋以前是各国贵族学习政治的必修科目，他们赋诗言志，虽断章取义，但从不发生误解，可见《诗》在当时有一定的诗义和训诂，毛诗郑笺虽有错误，但基本上是有所本的，后世治《诗》者不当"轻率地别立新说"；"说诗不可随意离开训诂"，而就语言上说，"那时代传诗的人对它的了解比两三千年后的人，一般说来，总是要可靠些"。但是"古史辨派"最需要被检讨的正是他们的"疑古主义"。因为它实际上陷入了历史主义和反历史主义的悖论中。"古史辨派"的"疑古主义"是用一个历史否定另一个历史。他们所理解的"后经学"时代的《诗》其实只是"前经学"时代的《诗》，所以用"前经学"时代的《诗》来否定经学时代的《诗》。当顾颉刚们试图彻底地扒去遮蔽在《诗》身上的那些"蔓草和葛藤"时，只想到"赤裸裸"的《诗》才是合法的，却不知盘满"蔓草和葛藤"的《诗经》本身也具有历史的合法性。他们试图用"疑古主义"清洗出一个干干净净的"前经学"时代的《诗三百》，却毫不犹豫地将"经学"时代的经典化的《诗经》当作脏水泼掉了。还有，他们发现了传统非主流诗经学的意义，却否定了主流诗经学的历史价值。总之，他们只承认"前经学"时代是历史，而经学时代似乎就不是历史了。因此，他们对于"前经学"时代的《诗》的态度是历史主义的，但对于经学时代的《诗》的态度却是反历史主义的。①

---

① 羊列荣：《20世纪中国古代文学研究史·诗歌卷》，第37～39页，上海：东方出版中心，2006年。

俞平伯、刘大白的《诗经》解读

　　"五四"时期胡适和古史辨派的《诗经》研究侧重点是在史学方面,方法论方面比较多地依赖于考据法,相对而言,对《诗经》篇章的涵咏赏鉴致力不多。俞平伯和刘大白两位学者一方面积极加入古史辨派组织的关于《诗经》中一些具体作品的讨论之中,另一方面则以对诗意诗味细腻的文学感悟和体会而区别于多数古史辨派学者,在当时的《诗经》研究中自成一格。"俞平伯和刘大白认识到纯考据法在解诗时的不足,与他们自身的文学素养有关,他们都是当时新文学阵营里优秀的诗人,因此对文学的表现方法有深切的体会。鉴于对纯考据派解诗方法的不满,他们开出了以纯文学眼光读《诗经》的一条新路,具体的体现是《读诗札记》和《白屋说诗》的写作……俞平伯和刘大白虽然对顾颉刚等人的研究提出了批评意见,但毕竟只是一个阵营内部的商榷。他们在大的原则上仍是一致的。两家的意见可以视作为'古史辨派'在研究方法上的自我完善和补充,又是现代诗经学完完全全从文学角度说《诗》的开端,实功不可没。"①

　　俞伯平的《读诗札记》初名《茸芷缭衡室读诗札记》,释读《卷耳》、《行露》、《小星》、《野有死麕》、《柏舟》、《谷风》六篇作品。1923 年起,陆续发表于《小说月报》和《燕京学报》,编入《古史辨》第 3 册中,后增订《北门》、《静女》、《载驰》三篇释读,由人文书店 1934 年出版。正如夏传才所言,"这部著作开拓了现代诗经学重新诠释诗篇的新路,俞氏是现代诗经诠释学的先行者"②。赵沛霖认为:"本书注意处理考辨、批评与艺术鉴赏的关

---

　　① 费振刚主编:《20 世纪中国文学研究·先秦两汉文学研究》,第 92～94 页,北京:北京出版社,2001 年。

　　② 夏传才:《20 世纪诗经研究的发展》,见《思无邪斋诗经论稿》,第 354 页,北京:学苑出版社,2000 年。

系,尤其突出艺术形象和感情分析,同时也是最早运用民俗学研究《诗经》中民歌的成功范例,具有开风气之先的作用。"①檀作文结合《读诗札记》解读实例,阐发了俞平伯《诗经》研究的特色:

俞平伯《读诗札记》所言读诗之原则,尤具指导意义。他说诗三百篇非必全是文艺,但我们应当以文艺之眼光读之;治《诗经》者应当考辨与批评并用,但欣赏对于文艺是第一义的,考据和论辨反是第二义的。他又具体指出读《诗经》的三大困难:"《诗》文殊简略,作此释固可,作彼释亦通:其难一。训诂以音声通假本非一途,就甲通乙则训为丙,就甲通丁则训为戊,如丙戊二解并可通,则其间之去取何从?其难二。鸟兽草木则异其名,典章制度则异其法;既图解勿具,亦考订无资:其难三。"这三大障碍是客观存在的,所以"解《诗经》者决不求其别具神通生千载之下去逆千载以上人之志,只求其立说不远乎人情物理,而又能首尾贯串,自圆其说,即为善说《诗》者"。情理与文义是他最看重的,我们可以看出这是受了朱熹的影响。《静女》篇最可见出他对纯考据派的批评,他说:"彤管"无非是投赠情人的表记,诗上说得明明白白,原是没有问题的,就算我们今天不知道彤管是何物,也毫无关系,红色的笔也罢,甚至于读管为菅,与读草菅人命为草"管"人命正相反也罢,皆无伤于诗人之旨。又指出:彤管做什么用的,与彤管在《静女》篇上做什么用的,显然是两个问题,不能混为一谈。彤管不妨两用,古代即有彤管之法,而《静女》仍不妨为淫奔之诗。态度极为通达。《读诗札记》的具体体例是通过对字词的训释,就文本自身求诗之意旨,体会诗中的曲折之情,揣摩其文学表现手

① 赵沛霖:《现代学术文化思潮与诗经研究——20世纪诗经研究史》,第 475 页,北京:学苑出版社,2006 年。

法。其解《邶风·柏舟》篇云："这诗在三百篇中确是一首情文悱恻、风度缠绵、怨而不怒的好诗。五章一气呵成，娓娓而下，将胸中之愁思、身世之畸零婉转申诉出来。通篇措辞委婉幽抑，取喻起兴巧密工细，在素朴的《诗经》中是不易多得之作。我们读到'耿耿不寐，如有隐忧'、'心之忧矣，如匪浣衣'，作者殆有不能言之痛乎？'觏闵既多，受侮不少'、'静言思之，不能奋飞'，殆是弱者之哀嘶乎？'兄弟不可以据'，又'愠于群小'，殆家庭中相煎迫乎？既有不能同流合污、无听不容，又不能降心相从、苍黄反覆，则拊心悲诧信是义命之当然岂有他道乎？综读全诗，怨思之深溢于词表，初不必考证论辩后方始了也。"只此一例，可见一斑。①

1926 年，刘大白在《复旦周刊》发表了《白屋说诗》10 篇，解读《绿衣》、《葛生》、《鸡鸣》、《卷耳》、《陟岵》、《关雎》、《绸缪》、《有狐》、《遵大路》、《柏舟》十篇作品。夏传才认为："刘大白治诗的观点和方法与俞平伯基本相同，而在他的诗解中较突出地注意到诗篇的文学特点，结合作品的起兴、比喻、双声叠韵等艺术手法来解释诗义，也较多地运用民俗学材料，并注意与历代歌谣作类比。"②檀作文评论说："刘大白《白屋说诗》解诗方法与俞平伯同，其特色之一是好以后代的诗歌与《诗经》作比，以此来揭示《诗经》的文学性。如他解《绿衣》篇云：'诗中两个"古人"底"古"字，实在就是现在所谓"故人"底"故"字。'并引潘岳《悼亡诗》、元稹《遣悲怀》作比，将其意旨作悼亡解。又如，他引李商隐'无端嫁得金龟婿，辜负香衾事早期'作比，说《齐风·鸡鸣》'是一位官太太在一个五更头想起她上朝去的丈夫，希望他早点回来，再合

① 费振刚主编：《20 世纪中国文学研究·先秦两汉文学研究》，第93～94 页，北京：北京出版社，2001 年。

② 夏传才：《20 世纪诗经研究的发展》，见《思无邪斋诗经论稿》，第355 页，北京：学苑出版社，2000 年。

她一同睡觉'。"①从中可见刘大白与俞平伯二人《诗经》研究相类似的在文学感觉上的优长。

郭沫若的《诗经》今译和"以诗证史"

1923年,郭沫若的《卷耳集》问世,这是20世纪第一部《诗经》现代汉语新诗诗体译本,选译了《诗经·国风》40篇诗作,因第一首为《卷耳》,故名《卷耳集》。关于译诗的方式,郭沫若说:"我对于各诗的解释是很大胆的……我是纯依我一人的直观,直接在各诗中去追求它的生命……不是纯粹逐字逐句的直译。我译得非常自由,我也不相信译诗定要限于直译。"②《卷耳集》很快在学术界和文坛引起了震动,钟敬文在编入《古史辨》的《谈谈兴诗》一文中既肯定了其重大意义,同时也指出了其译诗不尽传神的问题:"近人郭沫若君采取《诗经》中四十首情歌翻成国语的诗歌,这是一件很有意义的工作。但他把许多摇曳生姿的兴诗多改成了质率鲜味的赋诗,这是很可惋惜的。假若他明白了兴诗的意义,那么,他的成功不更佳吗?"③夏传才在《诗经研究史概要》中高度赞誉了《卷耳集》的成就和贡献:"从民族文化遗产中发掘富有人民性的优美篇章,摈弃几千年封建主义的曲解而赋予它们以新的生命,高声讴歌自由和爱情的欢愉,讴歌对幸福的勇敢追求,就是这本译诗集的基本主题。它选择四十首情诗恋歌,贯穿反封建的精神,反映着"五四"时代青年争取个性解放

---

① 费振刚主编:《20世纪中国文学研究·先秦两汉文学研究》,第94页,北京:北京出版社,2001年。

② 郭沫若:《卷耳集·序》,北京:人民文学出版社,1981年。

③ 钟敬文:《谈谈兴诗》,《古史辨》第3册,第526页,上海:上海古籍出版社,1982年。

和婚姻自由的理想,跳动着思想解放的时代脉搏。它是"五四"的时代产儿……《卷耳集》是一个创造性的尝试。诗人译诗,经过他的再创作,从《诗经》中译出了一本优美的抒情诗集。在这《诗经》研究和流传的历史上,是前无古人的创举。"①洪湛侯在《诗经学史》中对于郭沫若译诗的原则以及翻译实践中的成败得失叙说详明:

> 他承认自己这几十首译诗是受了泰戈尔《园丁集》的影响。至于为什么要翻译这些诗,他说是为了给变成化石的古老的平民文学"吹嘘些生命进去",使我们这个古老的民族重新"苏活转来";他认为我们研究《诗经》,"当今的急务,是在从古诗中直接去感受它的真美,不再与迂腐的古儒作无聊的讼辩"。(《跋》)这些议论,反映出"五四"时期反传统的时代精神。因为作者采用的是意译的方式,译诗的字句并不一定都与原诗相对应。如《君子于役》、《溱洧》、《蒹葭》、《月出》等篇的译文,都只是原诗的一章。《卷耳》一诗,原诗四章,章四句,全篇共计十六句,而译诗却扩充到四十九句之多,如果说是对译,毋宁说是改写。但这篇根据原作译写成的新的诗篇,想象丰富,色彩鲜明,诗意浓郁,可读性、感染力都比较强。时至今日,仍不失为一篇优美的诗作。

> 书中有些译诗,添加的语句太多,渲染过甚,不免滋人疑惑。如《齐风·鸡鸣》朝臣夫妇的对话,这里改成国王和王妃的对话,还说什么"一位国王贪着春睡"等等,都未免发挥过度。

> 所译《蒹葭》第一章译者在前面加上"我昨晚一夜没有

---

① 夏传才:《诗经研究史概要》(增注本),第191~195页,北京:清华大学出版社,2007年。

睡觉,清早往河边上去散步"二句,后面加上"啊,我的爱人呀,你毕竟只是个幻影吗"二句,虽有助于理解原诗,但毕竟有蛇足之嫌。

总之,《卷耳集》是二十世纪第一部《诗经》选译本,它的价值,远远超过了译诗本身。它的出现,不妨看作《诗经》研究从经学研究过渡到文学研究的一个重要信号。①

关于《卷耳集》译文对诗旨和字词含义的把握程度以及对原作的增减和改变等问题,赵沛霖作出了细致全面的分析。

郭氏认为,他所选的这四十首诗都是"男女间相爱恋的情歌"。这个判断基本上是正确的,除极个别的诗篇之外,符合大多数诗篇的性质和内容。这就是说,郭氏一次即恢复了近四十首诗的本来面貌,如果考虑到历史上情歌长期被歪曲所造成的极大混乱,就可以知道,这确实是一件了不起的壮举。

郭氏的译诗章句变化很大,在全部四十首译诗中,除《采葛》、《大车》、《将仲子》、《葛生》、《十亩之间》等少部分译诗与原诗的章句数目相同(也就是句句对应)之外,大多数译诗的句数(即行数)比原诗的章句数目都有所增减。增加的内容,有的属于交代作品的背景,将诗歌的环境具体化;有的属于交代人物关系,帮助理解后面的对话;有的属于加强描绘,使形象更加丰满。

以上这些增减和改变,从翻译的一般标准去看,显然未能很好地忠实于原作,存在很多不规范之处,犯了翻译之大忌。不过,这些问题并非译者的疏忽,而是他有意为之,并有其学术的、时代的和个人的原因:从学术上说,这是《诗经》学术史上的第一个译本,前无古人,没有成例可循,创造

---

① 洪湛侯:《诗经学史》(下册),第803~804页,北京:中华书局,2002年。

过程中出现的问题和不足是可以理解的。①

郭沫若的《中国古代社会研究》撰写于1928—1929年间,是一部"最早把唯物史观运用于《诗经》研究的著作"②,体现出"以诗证史"的研究理念。羊列荣对郭沫若这个方面的主要研究成果进行了精当概括。

> 《诗经》成为他描述中国"奴隶制"之产生、完成及其向"封建制"推移的过程的重要依据。郭沫若从周代的开国史诗中,推出了文王之前的周人的社会状况,后稷发明了农业,公刘时有了铁器,农业发达,形成国家;古公亶父时代,由穴居和游牧业向农业转化;直到文王时代,还处于"亚血族群婚制"社会。他根据《诗经》描述了周代"奴隶制"的生产关系和意识形态:《既醉》、《桑柔》证明世袭的农奴;《七月》、《楚茨》等证明了当时的阶级对立以及农夫即奴隶的状况;《击鼓》、《鸨羽》等还证明农兵合一;《雅》、《颂》诸篇还证明了"奴隶制"意识形态,即人格神的存在和神权政治的建立等。"变风"、"变雅"在郭沫若看来是"奴隶制"宗教思想和社会关系发生动摇的反映:宗教关系的动摇,社会关系的动摇,产业的发展——证明周室东迁是"奴隶制"变为"封建制"的时期。③

檀作文认为,郭沫若以诗证史的《诗经》研究有三方面的特色:"一是自觉而系统地运用马克思主义的唯物史观和阶级分析法;二是对金文材料及出土文物的重视;三是部分地采用了人类学的视角。"④针对郭沫若运用唯物史观进行《诗经》研究的是非

---

① ② 赵沛霖:《现代学术文化与诗经研究——20世纪诗经研究史》,第360～363页,第94页,北京:学苑出版社,2006年。

③ 羊列荣:《20世纪中国古代文学研究史·诗歌卷》,第47页,上海:东方出版中心,2006年。

④ 费振刚主编:《20世纪中国文学研究·先秦两汉文学研究》,第108页,北京:北京出版社,2001年。

功过,赵沛霖的解析周详圆融,具有相当的说服力。

以唯物史观为指导研究《诗经》具有很强的整合性,为多学科并用的综合研究打下了坚实的基础……从方法论的角度看,正是《中国古代社会研究》为对《诗经》的综合研究打下了基础,开辟了综合研究的新方向……就文学作品与其所处时代、社会之间的关系看,《中国古代社会研究》一书力图把"三百篇"还给它所隶属的时代,还给那个时代的特定的社会生活,从时代性质和社会生活的特点出发,在作品与其时代的统一中,对作品进行分析和定位,从而为认识其性质和思想内容找到根据。比如结合社会制度的变革、阶级关系和社会地位的变化考察某些《风》、《雅》诗篇所表达的思想情绪,捕捉历史前进和社会制度的发展变化在作品中所留下的痕迹。这种密切结合社会历史发展和社会制度变化的动态考察,使人们把"三百篇"作为它的时代的有机组成部分,看到它的"活生生"的本来面貌,当然有助于认识作品的思想特征。

所以,本书关于商周社会制度以及在此基础上对《诗经》作品性质和思想内容的论断虽然存在很多错误和不足,但他分析和评价作品的方法,即从时代历史性质和社会现实的特点出发认识作品,基本上还是正确的。这就是说,本书在观点、内容上虽存在严重错误,但对《诗经》研究来说仍不失其方法论的意义。

由于套用现成的理论,忽略特殊性研究,必然要曲解具体材料以"符合"一般原理,以至在对《诗经》作品的解释上出现了很多明显的错误。如谓《邶风·北门》、《王风·黍离》为"对于天的怨望",反映了"宗教思想的动摇",其实诗中呼天,只是表现忧怨和悲伤的强烈,所谓"劳苦倦极,未尝不呼天也;疾痛惨怛,未尝不呼父母也"(《史记·屈原列传》）。并没有什么宗教观念的内涵。同样是《王风·黍离》在另一处又用以证明"当时的农业已经发展到差不多是地无寸隙了！尽管诗人在叫苦连天，然而老百姓的禾黍还是要成长"，更是风马牛不相及。又如谓《小雅·北山》是一首"鼓吹阶级斗争的诗歌，它虽然只是长吁短叹没有说出一个解决的方法来，但这样的社会情景决不是长吁短叹便可以了事的"。其实此诗是小臣怨恨劳役不均的诗歌，反映了统治阶级内部的矛盾，与"鼓吹阶级斗争"是根本不同的两回事。此类例证甚多，兹不一一列举。这类错误反映出作者并没有对作品进行深入、系统的研究，而是主观臆测，牵强附会。无论是以诗证史还是《诗经》今译，郭沫若的《诗经》研究所体现出的都是典型的"五四"精神，自由纵逸，豪气纵横，却不免粗疏随意之弊。①

"五四"时期其他诸家的《诗经》研究

除上述诸家之外，"五四"时期《诗经》研究成绩突出，"在'古史辨派'活跃的前后或同时，尚有一批关于《诗经》概论性质的著作。其中，以谢无量《诗经研究》、蒋善国《三百篇演论》、胡朴安《诗经学》、金公亮《诗经学 ABC》、张寿林《论诗六稿》较有影响。这些著作的体例大抵类似，都是对《诗经》学的相关概念和一般性问题加以梳理探讨，且皆以介绍和普及为目的，至于具体论述，则时有新见"②。

---

① 赵沛霖：《现代学术文化思潮与诗经研究——20世纪诗经研究史》，第99～104页，北京：学苑出版社，2006年。

② 费振刚主编：《20世纪中国文学研究：先秦两汉文学研究》，第111～112页，北京：北京出版社，2001年。

傅斯年的《诗经讲义稿》撰写于 1928 年。"傅斯年是运用'历史语言学'观点和方法研究《诗经》的创始者,主张从《诗经》时代的历史和语言出发解读《诗经》,因此,特别重视语言学和考证学,认为这是研究《诗经》的基础,这一观点在书中《泛论〈诗经〉学》一节有具体论述。傅氏以《诗经》为基本资料研究历史,写有《周初的分封》、《大东小东》和《姜原》等文章。《诗经讲义稿》一书除《诗经》史地研究之外,还广泛涉及《诗经》的体制、题旨、篇义以及研究史等多方面的内容"。① 夏传才对傅斯年的《诗经》研究有这样的评述:

> 他意在继承传统论点中正确的部分并加以发展。如《诗经》三百篇的时代,他认为一半在西周下半期,一半在东周的初、中期,《颂》、《雅》居先,《风》是后来的;《风》、《雅》、《颂》"是以地望之别,成乐系之不同",即因乐之不同、用之不同而分类;以及《商颂》是宋国之诗等等问题,都对旧说有取有舍。其说诗立说不受汉、宋束缚,而审文义,证史籍,考释历史、地理、辨析词语。即使是《小序》的解说也有所取(如《载驰》),这与"五四"时期的大破大立迥然不同。在他的说解中也引述金文和殷墟发现的甲骨卜辞。运用《诗经》资料论析古代史地沿革,他写有《大东小东》、《周初的分封》、《夷夏东西说》(商族的起源),论证商国起源于东北、商周同源。这个见解,经现代继续考古研究,证明是基本正确的。可惜,他的《诗经》研究只不过几年时间,并受时代所限,从总体来看,有成绩,也因不够深入或引援不当,有一些相互矛盾或臆说之处。但他倡导的历史语言考证的研究方法,为实证史学派打了基础。②

---

① 赵沛霖:《现代学术文化思潮与诗经研究——20 世纪诗经研究史》,第 470~471 页,北京:学苑出版社,2006 年。
② 夏传才:《20 世纪诗经研究的发展》,见《思无邪斋诗经论稿》,第364~365 页,北京:学苑出版社,2000 年。

1927 年 7 月，闻一多的《诗经的性欲观》一文发表于《时事新报·学灯》。该文认为"《诗经》的时代还没有脱尽原始的蜕壳"，诗中表现性交是很平常的事。《诗经》表现性欲的方式，可分成五种：（一）明言性交；（二）隐喻性交；（三）暗示性交；（四）联想性交；（五）象征性交。而象征地说到性交，是出于潜意识的主动。①"出于这种认识，他将《召南·草虫》篇'我既觏止'的'觏'字及《郑风·野有蔓草》、《溱洧》篇的'邂逅'释为交媾，将《终风》篇'谑浪笑傲'的'谑'字解作性虐待；又将《诗经》中虹、云、风雨、鱼、鸟等意象都当作性交的象征；说鱼笱是女阴的象征，芄兰是壮阳药，《郑风·大叔于田》是一首象征性交的诗。"②赵沛霖指出："本文在批判和否定以《序》、《传》为代表的将《诗经》神圣化的传统解诗观点时，有些矫枉过正，把被它们否定的一些爱情诗也当作表现性欲和性交的作品看待，显然是错误的。"③羊列荣认为《诗经的性欲观》一文是 20 世纪《诗经》研究文化人类学发端的标志。"闻一多对《诗经》的原型批评，不止于方法论的意义，它还表现了闻一多颠覆传统经学诗经学的强烈动机……闻一多的诗经文化学（原型批评）是建立在弗洛伊德主义的基础上的。但他毕竟没有西方精神分析学家们的临床经验，也不具有像西方文化人类学家们那样通过深入考察原始部落所获得的知识结构……闻一多对《诗经》的原型批评，不止于方法论的意义，它还表现了闻一多颠覆传统经学诗经学的强烈动机……闻一多乃宣布《诗经》就是'好色而淫'的，那让经学家们遮遮掩掩的性爱，在这里终于掀开盖头而赤裸裸地袒露了出

---

① 闻一多：《诗经的性欲观》，北京：《时事新报·学灯》，1927 年 12 月。
② 费振刚主编：《20 世纪中国文学研究·先秦两汉文字研究》，第 95～96 页，北京：北京出版社，2001 年。
③ 赵沛霖：《现代学术文化思潮与诗经研究——20 世纪诗经研究史》，第 232～233 页，北京：学苑出版社，2006 年。

来。他对情诗的弗洛伊德主义诠释,比郭沫若等对《诗》的文学性解读更具有颠覆经常意识形态的力量。"①闻一多的《诗经》研究在 20 世纪 30 年代中期至 40 年代达到高峰,卓然成一代大师,因逸出本节时代界限,故对其成就不予论列。

(黑龙江大学　杜萌若)

① 羊列荣:《20 世纪中国古代文学研究史·诗歌卷》,第 48～49 页,上海:东方出版中心,2006 年。

"五四"时期的旧典新释(中)

——楚辞研究、陶渊明研究

　　本专题主要对"五四"时期的楚辞研究、陶渊明研究情况进行回顾。这一时期古典文学研究的重点,不妨用"穷原竟委"一语概括。所谓"竟委",主要是吸收西方现代文学观念,重视对宋、元以来的小说、曲学进行研究。无论就其产生的时代而言,还是就其在传统文学观念中所处的地位而言,小说、曲学向来被视为古典文学序列的下游或末流。"五四"以后研究者试图从"平民文学"、"通俗文学"、"白话文学"、"国语文学"诸多角度补充文学史,在小说、曲学等研究中投入的精力和获得的成果都超越前人。所谓"穷原",则是集中研究中国文学史上具有"元典"性质的若干典籍,"上薄风骚",楚辞自然成为研究的热点。同时,"五四"时期魏晋南北朝文学或中古文学的研究也相当活跃,陶渊明作为这一时段的代表性诗人,其作品久已成为中国文学的经典,理所当然地受到更多关注。由于楚辞自身包含着较多的争议性问题,我们拟用较多的篇幅介绍此期楚辞研究状况,而对陶渊明研究状况则进行简略的介绍。

"五四"时期楚辞研究概况

　　"五四"时期是现代楚辞学建立的时期。从西汉刘安、司马迁算起,楚辞学已经有两千余年的历史,形成了一些流派,并积淀了深厚的研究成果。自汉代到北宋,在经学方法影响下形成了以章句训释为主导的研究方法;南宋而后,在理学的影响下,又形成了以义理探求为主导的方法。前者的代表性成果如东汉王逸的《楚辞章句》,后者的代表性成果如朱熹的《楚辞集注》,久已成为楚辞研究者不可忽略的著作。明代后期以来,有关楚辞的研究著作数量有了较快的增长;从清代学术的发展趋向看,楚辞迟早会成为研究热点,别的姑且不论,仅仅是楚辞所包含的"考据"性课题就足以吸引清儒投入其中——清儒的楚辞研究也的确取得了不少成绩。但如果从楚辞研究论著数量的变化和研究方法的激变来看,"五四"时期是格外显著的,1922 年可视为现代楚辞学的初始之年。

1922 年,胡适、梁启超先后发表《读楚辞》和《屈原研究》,在学术界引起很大反响,直接促成了研究屈原和楚辞的热潮。一个直观的表现就是此后楚辞学论著,包括单篇论文和学术专著,出现数量上的激剧增长。① 当然,更重要的则是研究方法的变化。姜亮夫在《楚辞今绎讲录·研究楚辞的方法》中提出:"我认为研究楚辞要综合研究","综合研究,这有两层意思:一层是全书的综合研究,原来《楚辞》全书也含许多方面的内容,譬如《天问》中有天文、地理、传说、历史等,《九歌》中有民俗、风习、楚史、楚言等,及大量的草、木、虫、鱼、鸟兽等,而要用社会科学、自然科学的综合知识来研究才能奏功;第二层意思是每个选词也有需要综合各门学科才能得到比较正确的解释"。② 姜亮夫论及的楚辞研究诸种要点、诸种方法,大都能在"五四"时期楚辞学研

---

① 有关 20 世纪早期楚辞学论著的数量,参见周建忠《二十世纪中国楚辞研究著作总目》(岳阳:《云梦学刊》,2001 年第 6 期)及杨金鼎等编《楚辞研究集成·楚辞研究论文选》(武汉:湖北人民出版社,1985 年)附录。

② 姜亮夫:《楚辞今绎讲录》,第 22、26 页,北京:北京出版社,1981 年。

究著作里找到。此期的楚辞研究内容大大超出了章句训诂、义理阐发等,研究的角度也力求实现中、西的交融,实现各种学科的交融。至1926年,游国恩的《楚辞概论》出版,现代楚辞学已经显示出清晰的轮廓。

在列举此期楚辞研究状况之前,有必要对此期参与楚辞问题讨论的学者做一概览。梁启超、马其昶、姚永朴、陈钟凡、范希曾、王蘧常、钱基博、谢无量、鲁迅、胡适、沈雁冰、刘赜、胡光炜(小石)、刘永济等一大批学者,或专门就楚辞问题发表过论文,出版过著作,或涉及楚辞问题时发表过一些比较重要的看法。这些人中,即使年辈较长者,也有所谓“西学”的背景。至于此期表现活跃的游国恩、陆侃如等人,其开始楚辞研究之时还是大学学生。此后深度介入楚辞研究的姜亮夫、闻一多等人,多受过现代高等教育,也多任职于大学。新的教育制度与学术体制,特别是文学史课程的开设、文学史著述活动的展开,对于现代楚辞研究具有明显的推动作用。

首先介绍胡适、梁启超的辞楚研究。胡适并非楚辞研究的专家,但其《读楚辞》一文却对“五四”时期楚辞研究产生了重大影响。此文本是1921年6月胡适在一个读书会上的演讲,后发表于1922年9月3日《努力周报》第18号的副刊《读书杂志》上。在这篇短文开头,胡适表明自己的主张:

> 我很盼望国中研究《楚辞》的人平心考察我的意见,修正他或反证他,总期使这部久被埋没,久被“酸化”的古文学名著能渐渐的从乌烟瘴气里钻出来,在文学界里重新占一个不依傍名教的位置。①

胡适认为,对于《楚辞》,历来的注家主要是从“名教”的立场出

---

① 胡适:《胡适文集》第5册,第66页,北京:人民文学出版社,1998年。以下所引《读楚辞》均出自此书,不另注出。

发,联系着屈原"忠君"的传说来理解的,而没有关注其本身的文学价值。要让《楚辞》"在文学界里重新占一个不依傍名教的位置",就应当打破屈原的传说,割断《楚辞》与"忠臣"屈原的联系。因此,《读楚辞》一文主要论述了两个内容:对于屈原其人、屈原与《楚辞》关系的重新检讨;对于《楚辞》文学价值的概说。

文章第一部分"屈原是谁"首先对屈原的历史存在提出疑问:"屈原是谁?这个问题是没有人发问过的。我现在不但要问屈原是什么人,并且要问屈原这个人究竟有没有。"胡适提出:"第一,《史记》本来不很可靠,而《屈原贾生列传》尤其不可靠。"他根据《史记·屈原贾生列传》有"及孝文崩,孝武皇帝立"的世系错误并提及"孝昭"谥号的两处"可疑",认为《屈贾列传》的作者不可靠。他又认为《屈原列传》"叙事不明",有"五大可疑",从而认定其内容不可靠。

在否定《史记》有关屈原记载的基础上,胡适接下来提出:"第二,传说的屈原,若真有其人,必不会生在秦汉以前。"胡适论证说:"'屈原'明明是一个理想的忠臣,但这种忠臣在汉以前是不会发生的,因为战国时代不会有这种奇怪的君臣观念。"在他看来,是汉儒根据对《楚辞》的"儒教化"的理解,塑造了屈原这一形象。

> 依我看来,屈原是一种复合物,是一种"箭垛式"的人物,与黄帝,周公同类,与希腊的荷马同类……那一小部分的南方文学,也就归到屈原,宋玉(宋玉也是一个假名)几个人身上去……譬如诸葛亮借箭时用的草人,可以收到无数箭,故我叫他们做"箭垛"。

> 我想屈原也许是二十五篇《楚辞》之中的一部分的作者,后来渐渐被认作这二十五篇全部的作者。但这个时候,屈原还不过是一个文学的箭垛。后来汉朝的老学究把那时代的"君臣大义"读到《楚辞》里去,就把屈原用作忠臣的代

表,从此屈原就又成了一个伦理的箭垛了。

胡适对屈原如何由"传说"人物进入史传的过程进行了推测:"大概楚怀王入秦不返,是南方民族的一件伤心的事……当时必有楚怀王的故事或神话流传民间,屈原大概也是这种故事的一部分……但秦亡之后,楚怀王的神话渐渐失其作用了,渐渐消灭了;于是那个原来是做配角的屈原反变成正角了。后来这一部分的故事流传久了,竟仿佛真有其事,故刘向《说苑》也载此事,而补《史记》的人也七拼八凑的把这个故事塞进《史记》去……《屈贾列传》当是宣帝时人补的,那时离秦亡之时已一百五十年了,这个理想的忠臣故事久已成立了。"

在第二节"《楚辞》是什么"中,胡适首先对《楚辞》各篇的作者进行推断,他的结论是:"我们若不愿完全丢弃屈原的传说,或者可以认《离骚》为屈原作的。《九章》中,至多只能有一部分是屈原作的。"除此而外,均非屈原所作。继之,胡适列表说明他对楚辞各篇产生的时代的意见:(1)《九歌》,是"最古的南方民族文学";(2)《离骚》、《九章》的一部分,是"稍晚"的作品,或者即是传说中的屈原所作;(3)《招魂》,产生于"屈原同时或稍后";(4)《卜居》、《渔父》,产生于"稍后(楚亡后)";(5)《大招》、《远游》、《九章》的一部分、《天问》,为"汉人作的"。

在第三节"《楚辞》的注家"中,胡适认为《楚辞》注家汉宋两大派中,"汉儒最迂腐,眼光最低,知识最陋",将《楚辞》也"酸化"了,即处处用忠君忧国的观念去解释《楚辞》。胡适肯定朱熹《楚辞集注》"虽不能抛开屈原的传说,但他于《九歌》确能别出新见解","我们应当比朱子更进一步,打破一切迷信的传说,创造一种新的《楚辞》解"。

在第四节"《楚辞》的文学价值"中,胡适明确提出:"我们须要认明白:屈原的传说不推翻,则《楚辞》只是一部忠臣教科书,但不是文学。""我们必须推翻屈原的传说,打破一切村学究的旧注,从《楚辞》本身上去寻出他的文学兴味来,然后《楚辞》的文学价值可以有恢复的希望。"

胡适《读楚辞》提出的问题,在"五四"时期激起了极大的反响。本来,近代学者廖平(1852—1932)已经先于胡适提出否定屈原的观点。据《廖季平先生学术年表》,廖于1901年即以《楚辞》说《诗》。1906年作《楚辞新解》,认为只有"《渔父》、《卜居》乃为屈子自作",其他则为"屈子所传"。及1918年作《五变记》,则认为《楚辞》"辞意重复,非一人之著述,乃七十博士为始皇所作仙真人诗,采风雅之微言,以应时君命"。大致成书于同一时期的《楚辞讲义》也认为《楚辞》二十五篇皆非屈原所作,是秦博士的作品。① 廖平的《六译馆丛书》(含《楚辞讲义》)出版于1921年,胡适撰写《读楚辞》可能受到其中一些观点的启发,但同为"屈原否定论",胡适之说与廖平之说的意义与影响却有很大差异。这不仅因为胡适当时在思想文化界的特殊地位,而且也因为胡适的理念与方法本身都非廖平可比。

廖平以穿凿附会的方式解读《楚辞》,将《楚辞》视为"经学"的一个支流,服务于其惝恍迷离的"天学";而胡适则恰恰要摆脱汉儒以来的"酸化"解释,恢复《楚辞》的文学价值。胡适强调摆脱儒家观念来理解屈赋,这成为现代楚辞研究中的共识,其效果在《九歌》、《天问》等的研究中最为明显。廖平否定屈原的存在,认为屈赋全为秦博士所作,论证上存在着严重的穿凿附会倾向。胡适认为"传说"的屈原不可能于汉代以前,所依据的是时代观念;而判定屈赋二十五篇不出自屈原一人之手,则是从文学技术等发展进化的角度立论。撇开胡适的具体观点不论,其所强调的历史的、进化的眼光,对后来的研究也产生了极大影响,特别

---

① 黄中模:《现代楚辞批评史》,第一章第一节,武汉:湖北教育出版社,1990年。

是在对《楚辞》各篇作者的认定上，多数研究者都采用了胡适的方法。

《读楚辞》对"五四"时期楚辞研究的最大影响，应当是胡适的"疑古"态度。胡适的"屈原否定论"与古史辨派的学术立场接近；《读楚辞》将屈原归于传说，这与古史辨派疑古辨伪、以故事或传说的眼光看待古史的立场接近；称屈原是"箭垛式"人物，也隐然与古史辨派关于古史"层累地造成"的说法呼应。"五四"时期的楚辞研究可以说是在"疑古"的风气中开始的。

郭沫若在《屈原考》对这种风气进行了解释："最近，有好些学术界的先生们对屈原的存在发生了疑问。据他们研究的结果，认为屈原只是神话中的人物，古代根本就没有这个人。这种推测，本来是十多年来新文化运动的结果。因为由于近代科学的发达，怀疑精神和批判精神急剧进展，人们对古代的一切，都想用另外一副眼光去加以怀疑，加以批判；因此，过去不成问题的东西，许多到现在成为问题了。"①

在"五四"时期，直接著文响应"屈原否定论"的学者不多，到三四十年代也只有丁迪豪（《〈离骚〉的时代及其他》）、许笃仁（《楚辞识疑》）、卫聚贤（《〈离骚〉的作者——屈原与刘安》）、何天行（《楚辞新考》）数人响应。但胡适的观点在刺激屈原生平研究方面影响至深：为了回应"屈原否定论"，此期的研究者必须对屈原生平、事迹等做出更清晰的钩稽、说明，这样，屈原的生年、卒年，任职与去职，流放次数与地点，各作品写作年代等，都成为论争的热点问题。

胡适对于《楚辞》二十五篇作者问题的观点，则直接影响到"五四"时期学者的态度。此文发表以后，《楚辞》各篇作者问题

---

① 褚斌杰：《20 世纪中国学术文存·屈原研究》，第 52 页，武汉：湖北教育出版社，2003 年。

成为研究的热点。在一种"疑古"的氛围中,研究者论述屈原时,不能再直接引用古书记载,而需要对作品一一作出考辨。在"五四"时期,游国恩、陆侃如年辈较后的研究者受胡适观点的影响较大,他们也认为《楚辞》二十五篇中只有少数作品才是屈原所作。

胡适发表《读楚辞》不久,梁启超于1922年11月3日在南京东南大学文学会作了题为《屈原研究》的讲演,其内容在同月18～24日《晨报副镌》上发表。讲演分七节,第一节主要依据《史记·屈贾列传》描述屈原的身世、经历,推测其生卒年;第二节追寻楚辞的兴盛和屈原文学形成的原因,并列举屈原的作品;第三至六节分析"屈原作品里头体现出他的人格",集中而深入地探讨了屈原的"人格"与思想;第七节附论屈原的文学艺术。

文章第二节集中表达了梁启超对楚辞学一系列重要问题的看法。第二节首先解答如下问题:"那时候为什么会发生这种伟大的文学? 为什么不发生于别国而独发生于楚国? 何以屈原能占这首创的地位?"[①]梁启超回答说:

> 第一个问题,可以比较的简单解答。因为当时文化正涨到最高潮,哲学勃兴,文学也应该为平行线的发展……所以优美的文学出现,在时势为可能的。第二第三两个问题,关系较为复杂。依我的观察:我们这华夏民族,每经一次同化作用之后,文学界必放异彩。楚国当春秋初年,纯是一种蛮夷;春秋中叶以后,才渐渐地同化为"诸夏"。屈原生在同化完成后约二百五十年。那时候的楚国人,可以说是中华民族里头刚刚长成的新分子;好像社会中才成年的新青年。从前楚国人,本来是最信巫鬼的民族,很含些神秘意识和虚

---

① 褚斌杰:《20世纪中国学术文存·屈原研究》,第13页,武汉:湖北教育出版社,2003年。以下所引梁氏《屈原研究》均据此书。

无理想,像小孩子喜欢幻构的童话。到了与中原旧民族之现实的伦理的文化相接触,自然会发生出新东西来。这种新东西之体现者,便是文学……至于屈原呢:他是一位贵族,对于当时新输入的中原文化,自然是充分领会……他又是有怪脾气的人,常常和社会反抗。后来放逐到南荒,在那种变化诡异的山水里头,过他的幽独生活。特别的自然界和特别的精神作用相击发,自然会产生特别的文学了。

梁启超主要从南北文学的交融来解释楚辞发达的原因,并从楚国文化特色与屈原自身性格、经历的结合来解释屈原的文学成就。

至于屈原的作品,梁启超认为应据《汉书·艺文志》,定为二十五篇。然而王逸《楚辞章句》所列为《离骚》一篇、《九歌》十一篇、《天问》一篇、《九章》九篇、《远游》一篇、《卜居》一篇、《渔父》一篇,尚有《大招》一篇,计二十六篇,与《汉书·艺文志》不合;《楚辞章句》又将《招魂》视为宋玉之作,与《史记·屈贾列传》"余读……《招魂》"之语不合。梁启超进行辨证,认为:"细读《大招》,明是摹仿《招魂》之作,其非出屈原手,像不必多辩";"《招魂》的理想及文体,和宋玉其他作品很有不同处,应该从太史公之说,归还屈原";"《九歌》末一篇《礼魂》,只有五句,实不成篇。《九歌》本侑神之曲,十篇各侑一神;《礼魂》五句,当是每篇末后所公用。后人传抄贪省,便不逐篇写录,总摆在后头作结。王逸闹不清楚,把他也算成一篇",因此《九歌》只应计为十篇,则屈赋总数仍为二十五篇,与《艺文志》所载吻合。

梁启超对二十五篇的性质做了说明:《离骚》,"当是他最初的作品。起首从家世叙起,好像一篇自传。篇中把他的思想和品格,大概都传出,可算全部作品的缩影"。《天问》,"这篇体裁,纯是对于相传的神话发种种疑问……对于万有的现象和理法怀疑烦闷,是屈原文学思想出发点"。《九歌》,"'九歌'是乐章旧名,不是九篇歌,所以屈原所作有十篇。这十篇含有多方面的趣味,是集中最'浪漫式'的作品"。《九章》,"这九篇并非一时所作……这九篇把作者思想的内容分别表现,是《离骚》的放大"。《远游》,"是屈原宇宙人生观的全部表现,是当时南方哲学思想之现于文学者"。《招魂》,"这篇和《远游》的思想,表面上恰恰相反,其实仍是一贯。这篇讲上下四方,没有一处是安乐土,那么,回头还求现世物质的快乐怎么样呢? 好吗? 他的思想,正和葛得的《浮士德》(Goethe Faust)剧本上本一样;《远游》便是那剧的下本。总之,这篇是写怀疑的思想历程最恼闷最苦痛处"。《卜居》及《渔父》,"《卜居》是说两种矛盾的人生观,《渔父》是表自己意志的抉择。意味甚为明显"。

1923 年,梁启超在清华学校讲课的讲义中,把《楚辞》解题及其读法作为《要籍解题及其读法》的一个组成部分,再次对屈原及楚辞问题进行了集中的探讨。《楚辞解题及其读法》中,对屈原作品篇目的看法稍有不同。这里,他认为《九章》中《惜往日》"疑属汉人拟作,或吊屈原之作",而《九辩》很可能是屈原作品。

总起来说,梁启超在屈原研究中,尊重旧籍所载屈原有赋二十五篇之说,对于屈原其人的有无,屈原行事经历,都尊重旧说,不刻意做翻案文章。他用力较深的是对屈原作品的解读,由于梁启超与屈原之间存在"旷百世而相感"的共通性,由于引进了新的文艺观念,使梁启超对于屈原作品的思想、艺术都有极为深入的剖析和论述。梁启超认为,"研究屈原,应该以他的自杀做出发点",屈原像恋人一样爱着那时候的社会,"他对于他的恋人,又爱又恨,越憎越爱,两种矛盾性日日交战,结果拿自己的生命去殉那'单相思'的爱情","屈原脑中,含有两种矛盾原素:一种是极高寒的理想,一种是极热烈的感情"。梁启超也高度评价屈赋的成就,第一节称:"中国文学家的老祖宗,必推屈原。从前并不是没有文学,但没有文学的专家。如三百篇……顶多不过可以看出时代背景或时代思潮的一部分,欲求表现个性的作品,头一位就要研究屈原。"第七节认为:"屈原以前的文学,我们看得着的只有《诗经》三百篇。三百篇好的作品,都是写实感。实感自然是文学主要的生命,但文学还有第二个生命:曰想象力。从想象力中活跳出实感来,才算极文学之能事。就这一点论,屈原在文学史的地位,不特前无古人,截到今日止,仍是后无来者。""想象力丰富瑰伟到这样,何止中国,在世界文学作品中,除了但丁《神曲》外,恐怕还没有几家能够得上比较哩!""写客观的意境,便活给他一个生命,这是屈原的绝大本领。"

这些论述,突破了王逸以来历代注家的研究方法,以新的角度把握屈原的内心世界及屈赋的艺术特征,开启现代楚辞研究之风。梁启超对"个性"的重视,对"写实感"与"想象力"二要素的说明,"浪漫式"评价的提出,以及将屈赋与世界名著《神曲》、《浮士德》相提并论,都显著地体现出时代特点。现代楚辞研究中一些重要的观点和方法,正是由梁启超开启的。

胡适的《读楚辞》、梁启超的《屈原研究》,研究屈原的观点、重点明显有别。胡适提出要重点研究楚辞的文学趣味,但《读楚辞》本身的重点在于论证历史上有无屈原其人以及屈原作品到底有哪些,偏重于考据;《屈原研究》重点则在于阐释屈原作品。胡适在屈原问题上的看法表现出强烈的"疑古"精神;梁启超在屈原问题上仍基本坚持传统的看法,但对于屈原作品的论述则充满新意。二人的研究既显著不同,又互相补充,共同引导着此期楚辞学的发展。

此外,胡适与梁启超均从"南北文化"关系的角度论述楚辞,也反映出此期楚辞研究的一个特点。本来,地域与文化之间联系的观点在中国古代典籍中早露端倪。在楚辞研究领域,汉代王逸《楚辞章句》中已经相当注意楚辞与南方风俗的关系。宋代黄伯思在《校定楚辞序》中说："盖屈宋诸骚，皆书楚语，作楚声，记楚地，名楚物，顾可谓之'楚辞'。"朱熹《楚辞集注序》中认为屈原"不知学于北方，以求周公、仲尼之道，而独驰骋于变风、变雅之末流"，实际也接触到学术上的南北之分。近代以来的楚辞研究中，从地域文化角度着眼的，以刘师培的《南北文学不同论》和王国维的《屈子文学之精神》二文影响为巨。梁启超关于"南北学派"的区分与王国维是一致的。梁氏《老孔墨以后学派概观》第二节"老子所衍生之学派"中第五部分，论及屈原思想学派。梁氏以为："当时思想界，大体可分为南北两派"。孔子、墨子属北派，"虽所言条理多相反，然皆重现世，重实行"；老子、庄子属南派，"其学贵出世，尊理想"。屈原生在楚国，受南方学术思想的影响，属老子所衍生的学派。"屈子深有得于老氏之学，而其厌世思想，与庄子之乐天思想正殊途同归也。"①胡适称楚辞为"南方文学"，也是从地域文化的特殊性着眼。这在当时已成为楚辞研究的一种风气，如陆侃如、谢无量、游国恩的著作，都对此问题发表过深入的见解。这些南北文化差异的探讨中，先秦民族问题、历史问题、民俗差异问题，甚至原始信仰、神话、巫术等问题，都一一浮现，从而形成了民俗学、神话学、文化人类学等研究方法。

楚辞研究成果举要

以下依时间顺序对"五四"时期楚辞研究情况作简要说明。

胡适于 1922 年发表《读楚辞》之后，在古典文学研究领域引起轩然大波。最早的反应是陆侃如在《读书杂志》第 4 期发表

---

① 梁启超：见《饮冰室合集·专集》第 40，第 11 册，北京：中华书局，1989 年。

《读〈读楚辞〉》一文,反驳胡适否定屈原的观点。此外,《觉悟》上发表了曹聚仁的《对于〈读楚辞〉的商榷》(1922 年 9 月 29 日)、华林的《屈原在美学上的价值》(1923 年 1 月 23 日),《晨报副刊》则发表了钱穆的《屈原考证》(1923 年 1 月 8、10 日)、范希曾的《质考证屈原者》(1923 年 3 月)、陆侃如的《屈原生年考证》(1923 年 3 月 11、12 日)、鸿杰的《屈原生卒年岁考证》(1923 年 3 月 22、24 日),《国学丛刊》第 1 卷第 1 号(1923 年 3 月)上发表了范希曾的《屈原生卒年月及流放地考》。

从不同角度对胡适的观点提出质疑,促成了一系列的楚辞学研究方向的产生。比如,为了理清屈原生平,必然涉及屈原流放地问题的讨论。围绕这一问题,此期就有范希曾的《屈原生卒年月及流放地考》、钱穆的《屈原考证》。这种讨论此后一直延续,发展成为楚辞研究的一个分支——楚辞地理学。

陆侃如的《读〈读楚辞〉》更值得重视。这不仅因为陆氏一文在质疑胡适观点的同时也提出对楚辞的一系列看法,还因为在陆氏整个 20 年代的楚辞研究中具有十分重要的地位。除上述两文外,陆氏先后发表的论文有:《宋玉赋考》(《努力周报·读书杂志》第 17 卷,1922 年 8 月)、《宋玉评传》(《小说月报》第 17 卷号外,1927 年 6 月)、《楚辞的旁支》(《国学论衡》第 1 卷第 2 号,1927 年 9 月)、《楚辞引论》(《暨南大学语言系期刊创刊号》,1928 年 1 月)、《什么是九歌》(《国学月报汇刊》第 1 期,1928 年 1 月)等。发表《读〈读楚辞〉》时,陆侃如还是北京大学的学生。次年,陆氏所著的《屈原》一书由亚东图书馆刊出,这是较早的现代楚辞学专著。后来又由商务印书馆刊出其专著《屈原与宋玉》。

《屈原》包括三部分:《屈原评传》、《屈原集》和《附录》。该书《序例》称:"《屈原评传》中考证占十分之七以上。因为前人对于作品的真伪及时代都不甚注意,故特详细讨论。"①《屈原评传》分"任职与去职"、"初放与遇罚"、"再放与自沉"、"余论"四部分,后附"屈原年表",结合《史记》、《新序》和屈原作品提供的材料,对屈原的生年,各次任职的时间以及《楚辞》各篇的作年和真伪,做了大量的考证。陆氏将屈原生年定为公元前343年,认为屈原任左徒当在怀王十年(公元前319年)左右,任三闾大夫时在怀王十八年(公元前311年)。《屈原集》部分,收屈原作品十一篇。《序例》解释说:"《屈原集》中只有十一篇。因为我对于其余各篇,都认为不是屈原作的。"《屈原集》分上、下,分别收陆侃如认为作于怀王朝的五篇,次第为《橘颂》、《离骚》、《抽思》、《悲回风》、《惜诵》;作于顷襄王朝的六篇,次第为《思美人》、《哀郢》、《涉江》、《怀沙》、《惜往日》、《天问》。《楚辞》中其余十六篇,即《九歌》(十一篇)、《远游》、《卜居》、《渔父》、《招魂》、《大招》,陆氏认为非屈原所作,列入《附录》部分。

在后来出版的《屈原与宋玉》及《中国诗史》中,陆氏对屈原作品的篇数提出了新的看法,认为屈原的作品实际只有《离骚》、《涉江》、《哀郢》、《抽思》及《怀沙》五篇,其余二十篇(《九歌》十一篇,《九章》五篇,《天问》、《远游》、《卜居》、《渔父》四篇),都为托名屈原的伪作。

陆氏在宋玉研究上的发轫之功也值得特别指出。陆氏是"五四"时期对宋玉研究较为用力的学者,于1924年即发表有《宋玉赋考》,1927年将宋玉研究的成果集为《宋玉》一书。陆氏在《宋玉评传·引论》中说:"宋玉——他与屈原同为楚民族文学的柱石。但是,两千年来,好像不曾有过一篇正式的传记,也不曾有过一篇专治他的作品的论文。所以这篇《评传》一方面传其

① 陆侃如:《屈原》,第1页,上海:亚东图书馆,民国12年(1923)。

生平，一方面评其作品——大约这是这种工作的第一次尝试。"①《宋玉》一书分《宋玉评传》、《宋玉集》及《附录》。《宋玉评传》分"引论"、"宋玉的生平"、"宋玉的作品"、"余论"，附"宋玉年表"。《宋玉集》仅收陆氏认为是宋玉作品的《九辩》及《招魂》二篇。《附录》的第三部分为"著者可疑的作品"，录陆氏认为旧题为宋玉所作而陆氏并不认可的作品，计有十二篇：《风赋》、《高唐赋》、《神女赋》、《登徒子好色赋》、《对楚王问》、《笛赋》、《大言赋》、《小言赋》、《讽赋》、《钓赋》、《舞赋》、《高唐赋》。关于宋玉的生平，陆氏的结论是："关于宋玉的生平，只有左列几点我们认为是差近事实的假定：(1)他生年与屈原卒年相近。(2)他与威、怀、襄三王无君臣关系。(3)他与屈原等无师生关系。(4)他做过小臣，与荀卿仕楚时相近。(5)他不久失职，作《九辩》。(6)他作《招魂》当在楚徙都寿春以后。(7)他穷得很。(8)他卒年与楚亡时相近。"

"五四"时期，研究宋玉的成果相对较少。一般学者在辨析《招魂》等少数作品的作者时会连带论及宋玉，如郑沅《招魂非宋玉作说》(《中国学报》第 9 期，1913 年 7 月)、顾颉刚《招魂与大招》(《小说月报》第 16 卷第 5 号，1925 年 5 月)、郑开泰《招魂作者及其时代》(《厦大校刊》第 1 卷第 10 号，1927 年 3 月)。对《九辩》的研究也不多见。对宋玉进行整体研究的，在陆氏之外，仅有刘大白《宋玉赋辨伪》一文(《小说月报》第 17 卷号外，1927 年 6 月)。世传宋玉的作品，除了《楚辞》中的《九辩》及《招魂》两篇外，所传尚有赋十篇：《风赋》、《高唐赋》、《神女赋》、《登徒子好色赋》四篇见于《文选》，《笛赋》、《大言赋》、《小言赋》、《讽赋》、《钓赋》、《舞赋》见于《古文苑》。刘大白从这十篇赋本身的用语、用韵、内容、风格等方面列出五条证据，又据《汉书·艺文志》关

---

① 陆侃如：《宋玉》，第 1 页，上海：亚东图书馆，1929 年。

于宋玉赋的记载、赋体演进的历史等，列出五条旁证，"断定现在所传的宋玉赋十篇，都是后人托古的作品，没有一篇是真的"①。

刘大白对于旧题宋玉作品的看法和陆侃如相同，他们的看法都受到过质疑。结合刘大白的宋玉研究，也就比较容易理解陆氏在宋玉研究方面的缺陷和不足。总之，陆侃如的屈原研究、宋玉研究，一方面采用了新眼光、新方法，另一方面也存在"疑古过甚"的弊端。对于"五四"时期的楚辞研究来说，两方面都颇具标本意义。

1923 年夏，支伟成编著了《楚辞之研究》一书。此书"识语"称"以近代人眼光，直接探讨文学之生命为旨"②。此书分上下两篇。上篇"研究之部"，含《屈原传略》、《屈原文学艺术之评论》、《自屈原文学作品中体现之屈原人格》、《楚辞篇目考》，附《参考书举要》。下篇为"解释之部"，即所谓"加标点、附注释《楚辞全部》"，内容为自《离骚》至《大招》诸篇。各篇前有小题解，如《离骚》："此为屈原最初作品……而其思想人格大概传出，可为全部作品之缩影。"《九歌》："九歌本乐章旧名。屈原所作有十篇，每篇祀一神，最为'浪漫式'之作品。"从书前"识语"到这里题解文字，取自梁启超《屈原研究》的成分很多，对屈原作品篇目的辨析，也多依梁氏之说。第一部分附《参考书举要》称："最近梁启超在东南大学讲演《屈原之研究》，极有见地，尤足取资。"可以说，此书是梁启超观点的细化。同样受到梁启超《屈原研究》影响的，还有梁溪图书馆 1924 年 11 月出版的、南开大学蒋善国编著的《楚辞》。此书正文为屈原作品及宋玉《九辩》，对各篇题旨及段意有极短之解释，是一个比较简单的读本。书前附论文三

---

① 杨金鼎等：《楚辞研究集成·楚辞研究论文选》，第 666 页，武汉：湖北人民出版社，1985 年。

② 支伟成：《楚辞之研究》，上海：国华书局，1947 年。按，周建忠《总目》及《举要》均只列 1937 年泰东书局本，疑有更早版本。

篇,依次为:胡适的《读楚辞》、陆侃如的《读〈读楚辞〉》、徐旭生《天问释义》。这种排列意在批评胡适的"屈原否定论"。三文之后,是作者自作的长文《引言》。《引言》分十个部分,依次为"定名及意义"、"楚辞在艺术界底批评"、"屈平在文学史上底位置"、"屈平作品底次序"、"屈平作品底篇数"、"屈宋以后底作品"、"楚辞各篇底意义"、"楚辞底传述"、"楚辞和三百篇底关系"。《引言》对屈原的论述多取梁启超的观点,如第二部分说:"梁任公先生对于《楚辞》底批评,以屈平为一个热心洁志的人。因为他热心,故恋世;因为他洁志,故愤世厌世。这两样根本相反的观念,交战于中,遂作出这部半浪漫主义底文学来。"重视对屈原人格的分析、屈原作品的艺术探析,在屈原作品篇目问题上较为尊重旧说,这两点使《楚辞之研究》及蒋善国编著的《楚辞》成为梁启超《屈原研究》的嫡裔。

1923 年,谢无量所撰《楚辞新论》一书由商务印书馆刊出。全书约 3 万多字,共六章:"绪论"、"屈原历史的研究"、"《楚辞》的篇目"、"《离骚》新释"、"屈原的思想及其影响"、"楚辞评论家之评论"。《楚辞新论》引人注目的特点,是将《楚辞》视为古老的南方文学的代表,把它放在古代南方学术文化的背景下,同代表北方文学的《诗经》相区别进行研究。谢氏罗列出《诗经》与《楚辞》十种差别,进而总结说:"《诗经》和《楚辞》是不同的,南方文学的思想和北方文学的思想是不同的。""后来批评注释《楚辞》的人,或者用北方的思想来解释他,或者用《诗经》的精神来范围他,岂不错了!"谢氏所谓"北方的思想"主要指儒家思想,而"南方的思想"则指儒家以外各种流派的思想。就反对用"北学"的眼光看待《楚辞》而言,与胡适反对儒家"酸化的"解释的主张呼应。但是,谢氏对南学、北学的区分不尽合理,在论述中表现的崇南抑北的倾向,也流露出他受到当时"打倒孔家店"思想的影响。

《楚辞新论》的另一重点是批驳廖平及胡适以《史记·屈原贾生列传》不可靠为理由否定或怀疑屈原其人的主张。谢氏与廖平同为四川人士，清末、民初曾共事于四川存古书院等处，甚至有人将谢氏目为廖氏弟子，而谢氏却是最早对屈原否定论发难的学者之一。谢氏从古书编集、流传的角度加以辩驳，指出：《史记》或有自相矛盾、杂乱之处，但这不足以成为怀疑《屈传》及屈原本身的依据。他进一步从南方文化及南方文学发展的角度立论，证明屈原其人是绝对有的，其事是绝对可信的。谢氏对楚辞篇目的看法颇有特点。如，他认为《九歌》不过是屈原略加改定而戴名以传，只应"当一种祀神的曲子看待"；《天问》"是屈原游玩祠庙偶然题壁的"，"当时或仅是些断句，后来爱重屈原笔墨，把他汇在一起"。他还认为，刘向古本《离骚经》以下每篇皆有传字，"或者刘向觉得《离骚经》确然是屈原所作，其余也有说是屈原作的，也有说不是屈原所作的，他也难以辨别"，"而《离骚经》一篇犹且不无难解的地方，其余因为流传如此之久，恐怕文句篇目，不免经人杂乱补益。所以刘向分别经传的办法是最有学识的"。同时声明："我的臆说，近于武断。""我仍绝对信任古来的传说，屈原有赋二十五篇是可靠的。"谢氏在屈赋篇目上的游移态度，在当时具有代表性。[①]

1924年，游国恩也投入到楚辞研究之中。至1925年夏，游氏撰成《楚辞概论》[②]，1926年由北新书局出版。撰著此书时，游氏尚就学于北京大学，《楚辞概论》也成为游氏早期学术风格的代表之作。此书分为六篇二十三章。第一篇《总论》五章，依

---

① 关于谢无量的《楚辞新论》，参见刘生良《论谢无量先生的楚辞研究》，西安：《陕西师范大学继续教育学报》，2004年第1期。
② 游国恩《楚辞讲疏长编序》称："余自甲子以来，究心楚辞十余年。……忆昔乙丑之夏，成《楚辞概论》六篇。"见游国恩《楚辞论文集》，第184、186页，上海：古典文学出版社，1957年。

次为"楚辞的名称"、"楚辞与北方文学"、"楚辞与南方文学"、"楚辞与楚国"、"楚辞在文学史上的位置"。第二篇《九歌》三章,依次为"《九歌》的历史与分章"、"《九歌》的作者与时代"、"《九歌》的意义与艺术"。第三篇《屈原》计九章,依次为"屈原传略"、"屈原的作品"、"《天问》"、"《离骚》"、"《九章》"、"《招魂》"、"《大招》"、"《卜居》"及"《渔父》"、"《远游》"。第四篇《宋玉》二章,依次为"宋玉传略及其作品"、"《九辩》"。第五篇《〈楚辞〉的余响》四章,依次为:"总说"、"贾谊及淮南小山"、"庄忌及东方朔"、"王褒、刘向及王逸"。第六篇为《〈楚辞〉的注家》。此外,本书卷首有陆侃如所作的"序言"、作者的"叙例",卷末附"楚辞传注存目"和"本书参考书目索引"。

　　《楚辞概论》是具有开创意义的系统研究楚辞的专著。陆侃如序言称:它"最大的特点,是把《楚辞》当做一个有机体,不但研究他本身,还研究他的来源和去路。这种历史的眼光,是前人所没有的"。在分析楚辞产生与发展的历史时,游国恩以精细的考辨和翔实的资料指出:《楚辞》的产生主要受北方文学、南方文学和楚地民俗歌舞、山川地理的影响。又从四个方面,阐述《楚辞》对后世文学作品的影响。《楚辞概论》另一特点是"对于作者的事迹、作品的时代和地点等问题,一步不肯放松"(陆侃如《序言》)的求实态度。《楚辞概论》考证审慎而精详,如对《大招》、《远游》等篇作者的考论,对《离骚》创作年代的考论等。游国恩又认为:"离骚"是楚国当时一种曲名,即《大招》"劳商"之音转,与后世"牢愁"、"牢骚"相同。这也颇有见地。陆侃如《序言》称"这历史的方法和考据的精神,便构成此书的价值",很能说明该书在方法上的开创意义。

　　对于屈原作品篇目,《楚辞概论》认为《渔父》、《卜居》、《九歌》都不是屈原的作品。但游国恩在《楚辞概论》出版之后继续研究楚辞的过程中,其方法和观点都有所改变。其《楚辞讲疏长编序》回顾《楚辞概论》,说:"虽其考据发明,时有新义,及今观之,谬误固已多矣。"比如在《屈赋考源》中即认为《远游》为屈原所作,并注解说:"曩辨《远游》非屈原所作,未审。"①再到后来《楚辞论文集》下卷《屈原作品介绍》中,对《九歌》的看法也与早期观点完全相反,认为"《九歌》起初本是民间的口头创作,后来才经过屈原写定或修改的。"之所以有这种转变,一个重要的原因是游氏在"五四"时期受"疑古"思想的影响较深。曹道衡、沈玉成论及游氏治学方法时曾说:"观点和方法是时代的产物。""先生早年才华焕发,锋芒毕露,敢于大胆怀疑古人成说和前辈学者的结论,对当时传入的新方法,则勇于吸收也善于吸引。在这一时期的论著中,可以看到'古史辨派'的疑古精神、民俗学的影响。"②实际上,《楚辞概论》出版时,陆侃如所作的《序言》也明确宣称:"疑古是我们的主张,考证是我们的方法。"这种说法颇能概括"五四"时期楚辞研究风气。

这里需要提及鲁迅的楚辞学观点。鲁迅的楚辞学观点见于《汉文学史纲要》。此书本为鲁迅 1926 年、1927 年在厦门大学、中山大学讲授中国文学史课程时编写的讲义,作者生前未正式出版,1938 年编入《鲁迅全集》。在第四篇《屈原及宋玉》中,鲁迅主要表达了以下几点认识:一是认为《离骚》受到北方《诗经》风雅之教的影响;二是受南方本土巫文化的影响;三是受战国纵横家游说习俗的影响;四是认为南北文化交融是孕育《离骚》的文化土壤。此外,对宋玉、唐勒、景差诸人略作论述。本篇所附参考书列举有(日本)铃木虎雄所著《支那文学之研究》卷一《骚赋之生成》、谢无量著《楚辞新论》及游国恩著《楚辞概论》等,由此可见其学术倾向。③ 由于鲁迅的特殊地位,其楚辞观点在新中国成立以后被视为经典之论,很多楚辞论著和文学史教材都

① 游国恩:《楚辞论文集》,第 186 页,上海:古典文学出版社,1957 年。
② 曹道衡、沈玉成:《〈游国恩学术论文集〉编后记》,见《游国恩学术论文集》,第 595 页,北京:中华书局,1989 年。
③ 参见陈桐生:《鲁迅楚辞观的学术渊源》,武汉:《理论月刊》,2004 年第 4 期。

采用了他的观点。

以上所列，主要是对楚辞的整体研究。就单篇作品而论，楚辞各篇的研究成果也有差别。比如《天问》一篇，胡适在《读楚辞》中认为其内容杂凑肤浅，并据此断为后人托名之作，随即引起反驳的意见。《天问》包含着大量的神话、古史资料，由此成为当时古史问题讨论中的一个内容。因此，此期对《天问》的论述也比较突出。早在1922年，徐旭生就发表《天问释疑》(《努力周报·读书杂志》第4卷)，蒙文通于1928年写成《天问本事》讲义，可视为对"五四"时期"热点"研究的延续。

"五四"时期也有一批研究者，其研究方法和研究成果的表达方式较多传统色彩。在当时一些学者的印象中，研究界似乎可以分成"旧派人物"与"新派人物"。苏雪林在《我一生研究楚辞的成绩》中谈道："我说一九二七八(民国十六七年)间，即开始与楚辞发生关系的年代，那是怎么一回事呢？那时陆侃如、游国恩、闻一多等正在文坛活跃，他们对楚辞学尤有兴趣。陆著《屈原》，游著《楚辞概论》，闻仅有教学的讲义，未有成书，但他们均为现代人，具有科学头脑，对楚辞的见解，超过王逸、洪兴祖、朱熹及近代的林云铭、蒋骥等。"另一方面，像刘永济等人，在苏雪林看来即属于"旧派人物"。"我的楚辞研究，他们(按，指刘永济等人)一向视为野狐外道……是连看都不看的。"[①]然而，"新"与"旧"并不截然对立，治学方法比较传统者，其见解不一定恪守旧说。例如，胡小石深受"旧学"熏陶，完成于1922—1924年间的《楚辞辨名》、《屈原赋考讲义》等著作较多地继承着清代朴学的传统。但这并不妨碍他在楚辞研究上的新见。早在1921年，胡小石任教于北京女子高等师范时，即以人神恋爱的新说解释《九歌》中的许多爱情描写；1926年发表《远游疏证》，也认为《远游》

① 苏雪林：《苏雪林自传》，第117页，南京：江苏文艺出版社，1996年。

为汉人所作。这些观点都有别于传统的说法，这也意味着，在"五四"之后的楚辞学界，"新"与"旧"的营垒实际上并不分明。同时，由于楚辞本身包含着许多适宜于传统考据训诂之学处理的课题，在"五四"之后，无论"新"或"旧"的学者都可以在其中找到用武之地，像《屈宋方言考》（李翘著，1925年芬熏馆刻本）这类传统著述仍有其价值。

陶渊明研究简述

陶渊明是传统文学评论中受到关注较多的作家。与前面所述屈原研究相比，陶渊明研究有其自身的特点。《楚辞》与陶集的重要区别之一，是《楚辞》从具体文字的训释到篇章的旨意，再到作家事迹的考辨等，是非异同，层见错出，仅考据性质的研究就足以使研究者穷其一生精力于此；而成为"楚辞学"的学者，也往往需要有精深的考据工夫，于此道无所解者，也往往对《楚辞》研究无从置喙。陶渊明研究中固然存在考据性质问题，但毕竟远不如《楚辞》中之多。魏了翁（鹤山）曾经说过："世之辩证陶氏者，曰前后名字之互变也，死生岁月之不同也，彭泽退休之年，史与集所载之各异也。然是所当考而非其要也。其称美陶公者，曰荣利不足以易其守也，声味不足以累其真也，文辞不足以溺其志也。然是亦近之，而其所以悠然自得之趣则未之深识也。"① 这不仅表明了传统陶渊明研究中的主流态度，也反映出传统陶渊明研究中的实际情况。传统的陶渊明研究重在审音辨味，即对陶诗的内容与风格做深切的体会与论说。既然重在审音辨味，那么，传统的陶学研究大量表现为零散的、评点式的论说；与《楚辞》研究相比，有关专著的数量就远为逊色。这种对比延续

---

① 四库全书本《陶渊明集》卷首"总论"。

到了现代学术研究中。"五四"时期,研究陶渊明的论文、专著数量也较少,也较少专力研究陶渊明的学者。

陶渊明研究界普遍将梁启超的专著《陶渊明》视为现代"陶学"建立的主要标志。在此之前,王国维等人的一些论述较多体现了近代学术精神。比如,王国维在《文学小言》里高度评价过陶渊明的地位;在《人间词话》中,王国维曾举"采菊东篱下,悠然见南山"来说明"无我之境",又举陶渊明、谢灵运与颜延年为例论"隔与不隔"。但是,王国维的研究与梁启超的陶渊明研究存在着相当大的差别:王氏对陶渊明发表的看法是不全面、不系统的,在表达的方式上也更接近传统的评点;梁启超不仅对陶渊明作过完整的研究,而且以完整的理论形态进行表述。梁启超采用的是阐述式的写作:有一个中心论点,进行较为系统的论证。

《陶渊明》1923 年 9 月由商务印书馆出版。此书包括三个部分:"陶渊明的文艺及其品格"、"陶渊明年谱"、"陶集考证"。此书的贡献在于全面、深入地探讨了陶渊明"文艺及其品格",对传统的"忠愤说"、某些具体作品都提出若干新解;在《年谱》中,梁氏提出了陶渊明享年五十六岁说,从而引起了对陶渊明享年问题的持续争论。

《陶渊明》一书的关键是明白地宣示了一种研究的方法。在此书《自序》中,梁启超提出了研究作家的方法:"欲治文学史,宜先刺取各时代代表之作者,察其时代背景与夫身世所经历,了解其特性及其思想之渊源及感受。""批评文艺,有两个着眼点:一是时代心理;二是作者个性。古代作家能够在作品中把他的个性活现出来的,屈原以后,我便数陶渊明……但我以为想研究出一位文学家的个性,却要他作品中含有下列两种条件:第一要'不共'。怎样叫做不共呢?要他的作品完全脱离摹仿的套调,不是能和别人共有……第二要'真'。怎样才算真呢?要绝无一点矫揉雕饰,把作者的实感,赤裸裸的全盘表现……我觉得唐以前的诗人，真能把他的个性整个端出来和我们相接触的，只有阮步兵和陶彭泽两个人，而陶尤为甘脆鲜明。"①这种用个性来评判作家的价值取向，显然是受西方个性观念的影响，开启了现代学者以个性评定作家优劣的先河。而且，这不仅是对研究方法的说明，也同时是对于陶渊明作品的判断，所谓"不共"，所谓"真"，都是对陶渊明诗歌作品的评论。

梁启超重视的是陶渊明的"整个人格"，认为在陶渊明"冲远高洁"背后还有"潜伏的特性"，它是陶渊明"外表特性的来历"。这一"潜伏的特性"，梁启超概括为三点："第一须知他是一位极热烈极有豪气的人"，"是极热血的人，若把他看成冷面厌世一派，那便大错了"，"在极闲适的诗境中，常常露出奇情壮思来"；"第二须知他是一位缠绵悱恻最多情的人"；"第三须知他是一位极严正——道德责任心极重的人"，"一生得力处和用力处，却都在儒学"，"一生品格立脚点，大略近于孟子所说'有所不为'、'不屑不洁'的狷者，到后来操养纯熟，便从这里头发现出人生真趣味来。若把他当做何晏、王衍那一派放达名士看待，又大错了"。梁启超论及"陶渊明那时的时代思潮"，提出："渊明本是儒家出身，律己甚严，从不肯有一毫苟且放荡的举动，一面却又受了当时玄学和慧远一班佛教徒的影响，形成他自己独得的人生见解。"最后，梁启超将支撑陶渊明"高尚的品格和文艺"的"整个的人生观"归结为"自然"和"自由"。在梁启超对陶渊明人格的分析中，比较重要的还有对传统"忠愤"说的否定。梁启超认为陶渊明固然对晋室有眷恋之情，但不能以忠晋愤宋来理解陶渊明，"若说所争在什么姓司马的姓刘的，未免把他小看了"。

《陶渊明年谱》提出并论证了陶渊明享年五十六岁说。陶渊

---

① 梁启超：《饮冰室合集·专集》第96，第1～2页，北京：中华书局，1989年。

明卒于元嘉四年丁卯（427 年），这一点向无争议，故其享年问题也是生年问题。关于享年多少，陶渊明友人颜延之所撰《陶征士诔并序》仅云"春秋若干"；后沈约《宋书·隐逸传》则明言"年六十三"。此后有关陶渊明的记载中，萧统《陶渊明传》、令狐德棻《晋书》本传袭用沈约之说；而《莲社高贤传》、李延寿《南史》只记卒年而无寿数。这样，传统上多据沈《传》推定陶渊明生年为公元 365 年。至南宋，张缜就吴仁杰《陶靖节先生年谱》而作《吴谱辨证》，提出陶渊明可能得年七十六。但此说影响不大。清末吴汝纶倡陶渊明得年五十一岁之说。[①] 梁启超考定陶渊明享年五十六岁（372—427），他重视陶渊明作品的"内证"，从现存陶集中钩出自述年纪的诗文十二例，提出证据八条，与颜《诔》印证。梁启超对陶渊明享年问题的考证，开启了这一问题真正的研究，也引起广泛而长远的争议。五十六岁说提出之后，古直旋创享年五十二岁之说（见下），圣旦著《陶渊明考》一文（《文艺月刊》第 6 卷第 4 期，1934 年）创享年五十九岁之说。可以说，此后陶渊明享年问题一直成为陶学家关注的重点之一。综观梁启超的陶学研究，其影响表现在两个方面：一为方法本身的影响，一为所提出的论题的导向作用，至于观点本身的影响尚在其次。

古直在 20 年代的陶渊明研究也比较值得重视。古直（1885—1959），字公愚，号层冰，广东梅县人。曾任职政界，后任教于广东大学（后改为中山大学）中文系。20 年代初，古直隐于庐山，陶渊明研究主要集中于此期。

古直此期的陶渊明研究论著有《述酒诗笺》（1925 年 5 月，《华国》杂志）、《陶靖节年谱》、《陶靖节诗笺》（1926 年，上海聚珍仿宋书局）及《陶靖节年岁考证》（1926）等。《诗笺》（后改定为

---

① 李文初：《陶渊明享年研究历史的回顾与审视》，九江：《九江师专学报》，2000 年第 1 期。

《陶靖节诗笺定本》，中华书局，1935年刊）用昔人注经的方法注陶，对陶诗的"用事"用力甚多，颇多胜义。

古直在陶渊明研究上影响较大的是提出陶渊明得年五十二岁说。他沿用梁《谱》一些证据，特别是据陶集《祭从弟敬远文》、《祭程氏妹文》等文句立论。他认为，根据《祭从弟敬远文》中"相及龆龀，并罹偏咎"一语，可以推出陶渊明与从弟敬远年龄之差数。敬远"及龀"为年仅七岁，是时陶渊明正"龆（髫）年"，为十二岁，两人相差五岁。再由敬远卒年推出其生年，再得出陶渊明生年。古直的五十二岁说，后来有逯钦立、赖义辉等响应，当时则有陆侃如撰《陶公生年考——跋古层冰〈陶靖节年谱〉》（清华国学院刊物《国学论丛》一卷一号，1927年6月）驳其说。

在梁启超、古直之外，从事陶渊明研究的是"述学社"的一些青年学生或学者，该社成员相当部分也是清华研究院学生。他们的论文主要发表在"述学社"发行的《国学月报》上，这些论文后集中于1928年1月的《国学月报汇刊》一卷"陶渊明号"上。其中陆侃如撰有《陶公的千五百周忌》、《陶公生年考——跋古层冰〈陶靖节年谱〉》，游国恩撰有《一千五百年前的大诗人陶潜》、《陶潜年纪辨疑》，另有储皖峰的《陶渊明与储光羲》、徐嘉瑞的《中国田园诗人陶潜》、杨鸿烈的《陶渊明的人生观》等。这些文章涉及陶渊明的人生观、艺术风格等，但主要还是围绕着陶渊明的生平事迹考辨。其中陆侃如和游国恩的观点比较引人注目。陆侃如对梁启超提出的五十六之说表示赞同，而对古直的五十二岁说进行质疑。（见后）游国恩撰于1926年的《陶潜年纪辨疑》则维护"陶公得年六十有三"的旧说，声称："任公先生既是海内有名的学者，其说又新奇可喜，我恐怕今之浅人、后之通人为他所惑，故不可不辨"，对梁启超所列八条理由逐条辨驳。此文对维护沈《传》、坚持六十三岁说者，影响颇大。

这一时期，进行陶集的整理校注等工作的，除前述的古直之外,尚有丁福保、傅东华等。丁福保有《陶渊明诗笺注》,1927 年由上海医学书局刊出。傅东华选注的《陶渊明诗》也值得留意。此书由商务印书馆 1931 年 4 月刊出,为《万有文库》第一集一千种之一。此书对陶渊明诗作只选录五言,不录四言;经各家证明为伪作者不录,可疑者不录,意义不明者不录;所录作品依"新撰年谱"重新排列次序。此书附有新编年谱,重申"得年六十三岁"之说,对梁启超五十六岁说进行辨驳;谱中以较大篇幅对陶渊明作品进行系年。书前导言,对陶渊明的生平事迹、人生观及作品进行了比较细致深入的分析,不乏新见。比如对陶渊明思想的分析:"陶渊明的诗,全都涵泳在一个'自然'里面。他的作品可描写的是自然的两个方面:一是自然的静态;一是自然的动态。他对这两个方面都有一种深澈的洞见。""他所以代表自然的动态的,就是诗中常见的所谓'运',所谓'化',所谓'大化'、'迁化'、'大钧'等等名词,大概这些观念都是从列子哲学得来的。他基于他的'大钧无私力,万物自森著'的宇宙观,以构成他的'委运'、'凭化'的人生观","却不是那种放浪形骸之外的颓废派","又不是那种讲究清净寂灭的出世派"。另一方面,"这种壮且厉的猛志,始终还潜伏在他的人格的深处。所以他对于历史上的人物,是仰慕荆轲和田子春一流人物的"。对陶渊明诗歌艺术的分析:"就诗论诗,最能扼要的,当莫如朱熹和顾炎武两家之说。"认为顾氏的"真"字和朱子的"自然","确已把陶诗所以伟大所以不朽的原因括尽无遗了"。① 因此,尽管现代学者在论述20 世纪初期陶渊明研究时常常忽略这个选本,实际上这个选本花了相当的气力。而且,在 20 世纪陶渊明研究中占据比较重要地位的"作品系年"工作,在这里也开了头。

此期也有陶渊明评传类著作出版。1920 年,商务印书馆出

---

① 傅东华选注:《陶渊明诗》,前言部分,上海:商务印书馆,1931 年。

版了孙毓修编写的《陶渊明》。此书是《少年丛书》之一种,意在向青少年介绍中外名人事迹,因此研究意义不大。1930 年 1月,上海世界书局出版了胡怀琛编著的《陶渊明生活》。本书例言称:"本书名《陶渊明生活》,性质略等于《陶渊明评传》。""对于渊明的考察,完全立在客观的地位去看他,绝力拿下了自己的眼镜,希望能看出渊明的真面目","这本书很简略,但极便于初学者的阅读"。正文八章:第一章为"结论",第二至八章分别为"渊明的家庭生活"、"县令生活"、"田园生活"、"闲适生活"、"悲愤生活"、"旷达生活"、"文学生活"。书后附录三项:"陶集纪略"、"唐以后宗渊明的诗人"、"陶渊明别传"。此书"绪论"提及当时一些读者对陶渊明的认识,如"大家都知道陶渊明丢了他彭泽县长老爷不做,实行到民间去,实现他的劳农生活",如"以为他是一个'与自然同化的诗人'",如认为"桃花源"是陶渊明的全部思想。作者指出,这些认识是不完整的,而本书的任务则是介绍"陶渊明的全部的生活"、"全部的思想",使读者"能够比较深切地认识陶渊明"。在陶渊明享年问题上,本书取传统的六十三岁说。就整体而言,此书内容存在浮泛之弊,但也有一些比较深入的论述。如第八章"渊明的文学生活":"渊明的诗歌所以能在中国诗歌界里占一个重要的位置,可以简单的两句话来包括。就是:自然化和平民化。"关于"自然化",作者解释说:渊明生于晋宋,独反抗文学创作中趋于不自然的潮流,"自成一家,他却又不是有意要做成一个诗人,只是任其自然而已……这都是随口道出,而不曾用一丝一毫气力……而他所以能偶然得到,就是他的生活能够和'大自然'同化了"。关于"平民化",作者说:"试看他同时候的作者,那几个不是贵族?那几首不是贵族诗?只有陶渊明弃官而隐,躬亲稼穑,他的生活是平民生活,他的诗也是平民诗……这种生活,只有平民能够享受,贵族是没有份的……这种自然、真率、朴质的生活,只有平民能够享受。"①这些地方,颇能显示 20 世纪初叶古典文学研究"话语"的特色。较有深度的评传,在"五四"时期尚未出现,郭银田的《田园诗人陶潜》、萧望卿的《陶渊明批评》,出版时已到 20 世纪 40 年代。

就 20 世纪 20 年代的情况看,陶渊明研究中还值得注意的是一些学者在其他专题论文或专著中对陶渊明的论述。这些论述往往比较简短,但发生的影响却并不小。其中尤以鲁迅、胡适、陆侃如的论述影响为大。

鲁迅对魏晋文学、文化有深刻的研究,作为魏晋时期著名的作家,陶渊明也在鲁迅的关注之列。鲁迅对陶渊明比较集中的论述见于《魏晋风度及文章与药及酒之关系》一文中。此文据鲁迅 1927 年 7 月 23 日、26 日在"广州夏期学术演讲会"上的演讲改定而成。在关于陶渊明的部分,鲁迅以比较的方法,从政治环境、思想文化、社会心理等角度精要地概括了陶渊明的思想及作品艺术特点。一方面,文中讨论了陶渊明的"和平",称:"这'师心'和'使气',便是魏末晋初的文章的特色。正始名士和竹林名士的精神灭后,敢于师心使气的作家也没有了。到东晋,风气变了。社会思想平静得多,各处都加入了佛教的思想。再至晋末,乱也看惯了,篡也看惯了,文章便更和平。代表平和的文章的人有陶潜。他的态度是随便饮酒,乞食,高兴的时候就谈论和作文章,无尤无怨。所以现在有人称他为'田园诗人',是个非常和平的田园诗人。他的态度是不容易学的,他非常之穷,而心里很平静……虽然如此,他却毫不为意,还是'采菊东篱下,悠然见南山'。这样的自然状态,实在不易模仿……陶潜之在晋末,是和孔融于汉末与嵇康于魏末略同,又是将近易代的时候。但他没有什么慷慨激昂的表示,于是便博得'田园诗人'的名称。"另一

---

① 胡怀琛:《陶渊明生活》,第 53～56 页,上海:世界书局,1930 年。

方面,鲁迅又指出陶渊明并非完全的"和平":"但《陶集》里有《述酒》一篇,是说当时政治的。这样看来,可见他于世事也并没有遗忘和冷淡,不过他的态度比嵇康阮籍自然得多,不至于招人注意罢了……据我的意思,即使是从前的人,那诗文完全超于政治的所谓'田园诗人','山林诗人',是没有的……由此可知陶潜总不能超于尘世,而且,于朝政还是留心,也不能忘掉'死',这是他诗文中时时提起的。"最后还特别指出:"用另一种看法研究起来,恐怕也会成一个和旧说不同的人物吧。"在鲁迅看来,论述陶渊明,这两个方面是不能割裂的。30年代鲁迅与朱光潜的关于陶渊明"静穆"问题的论争,也坚持了这种看法。

　　胡适的《白话文学史》中对陶渊明的一些评论也值得重视。此书由新月书店于1928年出版。书中第八章"唐以前三百年中的文学趋势"论述到陶渊明:"陶潜的诗在六朝文学史上可算得一大革命。他把建安以后的一切辞赋化,骈偶化,古典化的恶习都扫除得干干净净。""他生在民间,做了几次小官,仍旧回到民间……他的环境是产生平民文学的环境;而他的学术思想却又能提高他的作品的意境。故他的意境是哲学家的意境,而他的语言却是民间的语言。他的哲学又是他实地经验过来的,平生实行的自然主义,并不像孙绰、支遁一班人只供挥麈清谈的口头玄理。所以他尽管做田家语,而处处有高远的意境;尽管做哲理诗,而不失为平民的诗人。""在那诗体骈偶化的风气最盛的时代竟会跳出一个白话诗人陶潜","足以证明那白话文学的生机是谁也不能长久压抑的"。① 胡适将传统上认为"平淡"、"质朴"的陶诗与"白话文学"、"平民文学"、"平民的诗人"联系起来立论,是当时时代潮流使然。不过,胡适虽然称陶潜为"白话诗人",但

---

① 胡适:《胡适文集》第4册,第104页,北京:人民文学出版社,1998年。

承认陶诗兼具"田家语"与"高远的意境"双重性质,则大致允当,不像此书对其他一些诗人所作的评析那样极端、片面。而所谓"平民文学"等说法,也为不少人所引用,如上文提及的胡怀琛《陶渊明生活》;"白话文学"的说法也对萧望卿《陶渊明批评》有启发。

陆侃如较早参与到陶渊明生卒年等问题的讨论,他的一些观点后来反映到1930年成书的《中国诗史》中。《中国诗史》以专章论述陶渊明,其特色是对有关陶渊明生年、名字、籍贯、世系等异说进行了考辨。关于生年问题,书中总结为四说:"陶潜的生年,是各问题中之最纠纷者。""古直的主张,以为他卒年五十二。然而并没有什么证据昭示我们,且又臆改原文,如《辛丑还江陵》'闲居三十载'改三为二,《游斜川》序'辛丑'改为'乙丑',简直胡闹,当然不能成立。所以四说中以第三说为较可信。这是梁启超的主张。"书中对陶渊明作品的系年及所列陶渊明年表,均依享年五十六岁而定。此外,他认为"返自然"是陶渊明"一生的基本思想",也可看出梁启超说的影响。其分析陶渊明诗歌的方法,是将陶渊明生活分为三个时期,分别论述各期中四言诗与五言诗创作的数量、题材及成就。在当时各种文学史著作中,此书分析考证最为详细。

在总结"陶学"发展史时,一般学者都把注意力放在专题论文及专著上,对当时大量的文学史著作关注极少。实则如上文所言,"审音辨味"一直是"陶学"的重点,一般文学史著作固然较少专门考辨,但其中也可窥见陶学研究中话语的变迁。

曾毅著《中国文学史》第三编第二十章"东晋之诗杰"称:"而征士渊明独于东晋之末,开淡远之宗,是诚疾风之劲草,狂澜之砥柱也。""过江末季,挺生陶公,不啻屈指典午,势将上掩黄初……渊明以名臣之后,丁改玉之交,虽长往不还,而意未忘世,慷慨之志,时形于言……惟是渊明善寻孔颜乐处,自赋归去来以来，爱自然，守丘壑，娱诗酒，忘贫贱，能乐天而无怨天，方入世而非厌世，其与愤时嫉俗之不平家，破弃礼法之方外士，迥乎异矣。故能以光风霁月之怀，写冲淡闲远之致；任天机，主兴会，质而绮，癯而腴，开古今隐逸诗人之宗……诚独步千古者矣。"①此书中论述，多取自前人之论，而后来各种文学史中与其相近甚至词句雷同的也不少。张之纯著《中国文学史》（上卷）第二编第六章"南北朝文学"第二节称："至于陶诗，合于自然，不可及处在真，在景，卓绝千古，不可以时代拘也。"②刘毓盘著《中国文学史》"诗略"部分惟称"陶潜能得真意"③缺乏论述。

顾实编《中国文学史大纲》的论述方式既有传统的说法，也明显吸收了当时流行的"话语"。如称："魏晋以后之诗，始为绮靡丰缛，次成浮诞虚玄，其变化殆已极矣。于是天特降一大伟人，使晋诗见重于百代，是为谁？则陶渊明也……彼仍染受时代之感化，以老庄虚无之道保身全生。然其本来面目，极富于感情，且甚真挚，故虽未为宏大，而其镕铸自成冲澹洒脱之趣，万不可掩也……不愧为亡国遗臣之念，自不可抑制，而常缠绵无尽也。""彼有时或以苦闷之故，豁然大悟，自建其世界观，而保持乐天主义。换言之，则成就主观之考察而后，向自然界，乐天然美，得悠然安送其一生。此其所以为中国之一大诗人，又且为田园诗人之开山祖也。清谈家之多数，未真了悟人生，藉口老庄，故蔑视礼法以自高。然渊明则与之全异，此其所以为真正之诗人也……故肥遁田园，以高尚之意趣，观察天然；以温厚之情感，与之同化。""彼又似有优秀之想像力，盖吾国之诗，殊失之狭义，复无充分运用之机会，然渊明有之者，关于诗人之资格，大值一考

---

① 曾毅：《中国文学史》，第 101～104 页，上海：泰东图书局，1915 年。
② 张之纯：《中国文学史》上卷，第 98 页，上海：商务印书馆，1918 年。
③ 刘毓盘：《中国文学史》，第 29 页，上海：上海古今图书店，1924 年。

察也。一篇《桃花源记》即足以证明之。桃花源者,渊明一家之乌托邦也。此本南方思想家之理想……更构成具体之规模,不能不谓出于渊明想像力之结果也。""更推而论之,渊明于实践方面,尊重道德,乃使彼人格高尚之最大原因也。吾人当于文士品性问题有所议论者,以诗人艺术家,游于美之灵界,故道德必须优良,而排斥夫过作宽恕之论调者也。""如是道德坚固之田园诗人,故或以为渊明者,不过一极古怪无情人也。然此大误也……《闲情赋》)痴情憨态,描写如画,洵非有丰富之想像力者不办。""不用意而自工也……一片天机,兴会为主,笔随意下,毫无滞涩窘束之苦,不烦绳削而自合于规矩。更从体形上而论,则其四言尤有高致,直可追随三百篇之后;五言则体整意洽,并古体之上乘也。"①在依循传统上,其中的一些文句与曾毅所论如出一辙,而在反映潮流上,一些说法又明显吸收了梁启超的观点。

葛遵礼著《中国文学史》称:"魏晋以后之诗,始则绮靡,次则浮诞虚玄,而天生一大伟人,为晋诗百代之重者,则陶渊明是也……渊明虽亦受时势之变化,以老庄虚无之道保其身,然感情本极真挚……不胜亡国遗臣之感。又保其乐天主义以送一生,实为田园诗人之开祖。彼清谈家口假老庄,蔑视礼法,而渊明则有真正高尚之意义。又其于实践方面,最重道德。而想像力亦甚丰富,如《闲情赋》是;想像力又甚优秀,如《桃花源记》是。其诗一片天机,意到笔随,不烦绳削,自合规矩。"②这些论述与上一书基本相同。

徐扬著《中国文学史纲(上册)》称:"他的作品恬淡自然,绝无建安以后的一切辞赋化,骈偶化,雕琢涂饰之弊。他随笔舒写

---

① 顾实:《中国文学史大纲》,第 162～165 页,上海:商务印书馆,1926年。

② 葛遵礼:《中国文学史》,第 40～41 页,上海:上海会文堂新记书局,1930 年。

其所欲写的情思……所以，他的作品实可算是六朝文学史上的一个大革命。"①其论述多依据胡适《白话文学史》立论。

刘大白著《中国文学史》称："陶潜是一个空前的特异的诗人……他所以能成为特异的诗人，因为他有特异的人格；他所以能养成这特异的人格，因为他有特异的人生观。""他底诗文里面，也毫无老庄浮屠底意味；勉强比拟起来，颇有点跟孔门的颜回相像。""他又是一个极爱自由的自由主义者"，"又是一个无政府思想家"。② 而童行白著《中国文学史纲》则称："陶渊明者，南方思想之承继者也。"③所谓"南方思想"主要指老庄思想。20 年代以来，"南方思想"、"南方文学"是文学研究界相当流行的话语。童行白与刘大白虽然在陶潜思想归属上结论相反，但其论述方式都带有鲜明的时代印迹。

从当时文学史中的相对粗线条的论述中，大致可以看到 20 年代陶学研究热点和话语体系。进入 30 年代之后，由于思想文化的变迁，为陶渊明研究提供了新的观念与方法，也有更多学者介入陶学研究。自 1934 年朱自清作长文《陶渊明年谱中之问题》开始，陶学出现了逐渐深化、细密化的趋势。继之，如陈寅恪、逯钦立等人，都可以视为下一阶段的代表性学者。

（中南民族大学　王同舟）

---

① 徐扬：《中国文学史纲》上册，第 50 页，上海：神州国光社，1932 年。
② 刘大白：《中国文学史》，第 235～249 页，上海：大江书铺，1933 年。
③ 童行白：《中国文学史纲》，第 139 页，上海：上海大东书局，1933 年。

"五四"时期的旧典新释（下）

——新文化视野下的中国古典通俗小说研究

经过梁启超、王国维等人的大力倡导和积极实践，中国古典通俗小说研究在清末以降的学术发展中占据了重要地位。随着"五四"新文化运动的深入，新方法、新思想得到了广泛传播，中国古典通俗小说尤其是小说名著（《三国演义》、《水浒传》、《西游记》、《儒林外史》、《红楼梦》、《金瓶梅》等）研究取得了很大进展，被赋予了新的时代内涵，成为建构现代学术体系的重要内容。

科学方法的应用与中国古典通俗小说研究体系的确立

1905 年，王国维在《论新学语之输入》一文中，有感于西方思想源源不断输入中国，概述前后情势的变化说："十年以前，西洋学术之输入，限于形而下学之方面，故虽有新字新语，于文学上尚未有显著之影响也。数年以来，形而上学渐入于中国，而又有一日本焉，为之中间之驿骑，于是日本所造译西语之汉文，以混混之势，而侵入我国之文学界。"①新语不断涌现背后，反映的是清末民初之际思想观念和中国文化结构的变化。随着"五四"

---

① 王国维：《论新学语之输入》，《教育世界》，第 96 期；《王国维学术经典集》上，第 102 页，南昌：江西人民出版社，1997 年。

新文化运动的推进,中西文化互动进一步深入,以新思想、新方法进行学术研究开始成为普遍趋势,成为影响中国 20 世纪学术发展的主要方向。其中,胡适的大力倡导功不可没。对此,熊十力概述说:"在"五四"运动前后,适之先生提倡科学方法,此甚要紧。又陵先生虽首译《名学》,而其文字未能普遍。适之锐意宣扬,而后青年皆知注重逻辑,视清末民初文章之习,显然大变。但提倡之效,似仅及于考核之业,而在哲学方面,其真知慎思明辨者,曾得几何。"①熊十力对"五四"时期方法论"仅及于考核之业"的批驳,主要基于他与胡适学术趣味的不同:熊氏关注哲学理论层面的方法论,胡适注重应用于具体研究的方法论。尽管如此,"五四"以来学术风气的变化,却是显而易见的。

对于研究方法的强调,是胡适治学的显著特点。在《清代学者的治学方法》一文中,胡适认为清代学者治学方法的核心内容是:"(1) 大胆的假设,(2) 小心的求证。假设不大胆,不能有新发明。证据不充分,不能使人信仰。"②以"大胆的假设,小心的求证"概括清代学者的治学方法,其义不一定贴切,然而比照此后胡适的相关论述,却代表了胡适治学方法的核心观念。在《胡适文存一集》的叙例中,胡适曾明确表示:"我这几年做的讲学的文章,范围好像很杂乱——从《墨子·小取篇》到《红楼梦》——目的却很简单。我的唯一的目的,是注重学问思想的方法。故这些文章,无论是讲实验主义,是考证小说,是研究一个字的文法,都可说是方法论的文章。"③胡适所说的"注重学问思想的方法",指的即是"注重事实,服从实证的思想方法","细心搜求事

① 熊十力:《纪念北大五十周年并为林宰平先生祝嘏》,见《国立北京大学五十周年纪念一览》,北京:北京大学出版部,1948 年。

② 胡适:《清代学者的治学方法》,《胡适文存一集》,上海:上海亚东图书馆,1921 年。

③ 胡适:《胡适文存一集》卷 2,上海:上海亚东图书馆,1921 年。

实，大胆提出假设，再细心求证实"。①

　　胡适所提倡"科学方法"的要义，除了"大胆的假设，小心的求证"之外，另一重要观念是"历史演进的方法"。"历史演进的方法"，是胡适关于古史研究的理论总结，同样也适用于文学史的研究。在《古史讨论的读后感》一文中，胡适提出："古史上的故事没有一件不曾经过这样的演进，也没有一件不可用这个历史演进的(evolutionary)方法去研究。"②

　　具体到小说研究，胡适将小说作者、版本研究置于大的历史演进的框架中展开，通过对历史进程中小说故事、版本的演变建构对小说史演进的认识。这种认识，在他为孙楷第《日本东京所见中国小说书目提要》作序（1932 年）时，也有明确的表达："他的成就之大，都由于他的方法之细密。他的方法，无他巧妙，只是用目录之学作基础而已。""孙先生本意不过是要编一部小说书目，而结果却是建立了科学的中国小说史学。"③在胡适看来，小说版本目录的考订，既是建立"科学的中国小说史学"的基础，更是其得以成立的核心内容。小说版本、目录的厘定，隐藏的是对于小说历史演化进程的揭示。

　　从内在精神来说，"大胆的假设，小心的求证"和"历史演进的方法"二者都以文献资料的考订为核心内容。落实到具体研究实践，又以其中国古典通俗小说研究最为引人注目。对此，胡适曾不止一次地作过提示："《红楼梦考证》诸篇，只是考证方法的一个实例"，"不过是赫胥黎、杜威的思想方法的实际应用"。④

----

① 胡适：《我的歧路》，《努力周报》，1922 年第 7 期；《胡适文存二集》卷3，上海：上海亚东图书馆，1924 年。

② 胡适：《古史讨论的读后感》，见《古史辨》第 1 册，上海：上海古籍出版社，1982 年。

③ 孙楷第：《日本东京大连图书馆所见中国小说书目提要》卷首，北京：中国大辞典编纂处，1932 年。

④ 胡适：《介绍我自己的思想》，《胡适论学近著》，上海：商务印书馆，1935 年。

"我所有的小说考证,都是用人人都知道的材料,用偷关漏税的方法,来讲做学问的方法的。譬如讲《红楼梦》","我对它的态度的谨严,自己批判的严格,方法的自觉,同我考据、研究《水经注》是一样的。我对于小说材料,看做同化学问题的药品材料一样,都是材料。我拿《水浒传》、《醒世姻缘》、《水经注》等书做学问的材料……要人间不自觉的养成一种'大胆的假设,小心的求证'的方法"。① 1920—1927 年,胡适先后撰写了关于《水浒传》、《水浒续集》、《红楼梦》、《西游记》、《三国演义》、《三侠五义》、《官场现形记》、《儿女英雄传》、《海上花列传》和《镜花缘》等 10 种通俗小说的序文或考证文章。在这些考证论文中,胡适以具体研究实践充分演绎了"注重事实,服从实证"和"历史演进的方法"的治学方法。

在胡适的中国古典通俗小说研究历程中,写于 1920 年的《〈水浒传〉考证》是其小说考证研究的发端之作。在这篇论文中,胡适第一次将其科学的研究方法具体运用到中国古典通俗小说研究中。在对金圣叹评改《水浒传》的做法予以批驳之后,胡适提出了自己研究《水浒传》的学术理念:

> 我既不赞成金圣叹的《水浒》评,我既主张让读书的人自己直接去研究《水浒传》的文学,我现在又拿什么话来做《水浒传》的新序呢?

> 我最恨中国史家说的什么"作史笔法",但我却有点"历史癖";我又最恨人家咬文嚼字的评文,但我却又有点"考据癖"! 因为我不幸有点历史癖,故我无论研究什么东西,总喜欢研究他的历史。因为我又不幸有点考据癖,故我常常爱做一点半新不旧的考据。现在我有了这个机会替《水浒

---

① 胡适:《治学方法》,见陈平原选编《胡适论治学》,合肥:安徽教育出版社,2006 年。

传》做一篇新序,我的两种老毛病——历史癖与考据癖——不知不觉的又发作了。

　　我想《水浒传》是一部奇书,在中国文学占的地位比《左传》、《史记》还要重大的多;这部书很当得起一个阎若璩来替他做一番考证的工夫,很当得起一个王念孙来替他做一番训诂的工夫。我虽然够不上做这种大事业——只好让将来的学者去做——但我也想努一努力,替将来"《水浒传》专门家"开辟一个新方向,打开一条新道路。

　　简单一句话,我想替《水浒传》做一点历史的考据。①

胡适谦称"够不上做这种大事业",其内心实在是将自己当作中国古典通俗小说研究领域的阎若璩和王念孙。他试图通过考证、训诂的方法"替《水浒传》做一点历史的考据",为今后的《水浒传》研究确立基本思路。这也是胡适对自己"大胆的假设,小心的求证"治学方法对新时期学术研究所作贡献的期待。

　　而将胡适对《水浒传》所作"历史的考据"连缀成文的,是他关于《水浒传》成书是历史演进的基本看法:"《水浒传》不是青天白日里从半空中掉下来的,《水浒传》乃是从南宋初年(西历十二世纪初年)到明朝中叶(十五世纪末年)这四百年的'梁山泊故事'的结晶。"对于南宋以降各种历史、文学文献中"水浒故事"演变轨迹的勾勒,成为构成胡适《〈水浒传〉考证》的核心内容。以此为基础,胡适提出展开《〈水浒传〉考证》"历史的考据"的基旨:

　　这种种不同的时代发生种种不同的文学见解,也发生种种不同的文学作物——这便是我要贡献给大家的一个根本的文学观念。《水浒传》上下七八百年的历史便是这个观念的具体例证。不懂得南宋的时代,便不懂得宋江等三十

─────────

① 胡适:《〈水浒传〉考证》,见《中国章回小说考证》,第9页,合肥:安徽教育出版社,1999年。

六人的故事何以发生。不懂得宋、元之际的时代，便不懂得水浒故事何以发达变化。不懂得元朝一代发生的那么多的水浒故事，便不懂得明初何以产生《水浒传》。不懂得元明之际的文学史，便不懂得明初的《水浒传》何以那样幼稚。不读《明史》的功臣传，便不懂得明初的《水浒传》何以于固有的招安的事之外又加上宋江等有功被谗遭害和李俊、燕青见机远遁等事。不读《明史》的《文苑传》，不懂得明朝中叶的文学进化的程度，便不懂得七十回本的《水浒传》的价值。不懂得明末流贼的大乱，便不懂得金圣叹的《水浒》见解何以那样迂腐。不懂得明末清初的历史，便不懂得雁宕山樵的《水浒后传》。不懂得嘉靖（当作"嘉庆"）、道光间的遍地匪乱，便不懂得俞仲华的《荡寇志》。——这叫做历史进化的文学观念。①

所谓"历史进化的文学观念"，就是在历史演进的不同情境中理解小说故事的变迁。其对小说故事演变的理解，是建立在相关事实的考订基础之上的。《〈水浒传〉考证》之外，胡适关于《水浒传》的考证文章尚有《〈水浒传〉后考》（1921年）、《百二十回本〈忠义水浒传〉序》（1929年）和《〈水浒续集两种〉序》（1923年）。在《〈水浒传〉后考》中，胡适进一步强调："如果我们能打破遗传的成见，能放弃主观的成见，能处处尊重物观的证据，我们一定可以得到相同的结论。"并且认为，即便其考证的结论并不一定正确，"但我自信我这一点研究的态度是决不会错的"。②对于自己的研究方法，胡适是抱着乐观积极的态度的。此后，他的关于中国古典通俗小说的一系列考证文章，都是在这一思路的基础上展开的。

---

①② 胡适：《〈水浒传〉考证》，《中国章回小说考证》，第45页，第67～68页，合肥：安徽教育出版社，1999年。

胡适《〈水浒传〉考证》的发表，"引起了一些学者的注意，遂开了搜求《水浒传》版本的风气"①。到胡适作《百二十回本〈忠义水浒传〉序》为止，学术界值得注意的关于《水浒传》版本、故事源流的研究有鲁迅的《中国小说史略》中的相关论述、俞平伯的《论〈水浒传〉七十回古本的有无》（《小说月报》1928 年第 19 卷第 4 号）和李玄伯的《读〈水浒传〉记》（北京燕京印书局 1925 年重印百回本《水浒传》卷首）。1929 年 6 月，胡适作《百二十回本〈忠义水浒传〉序》，从学术史的角度出发，对三人的相关考证作了评述，并在此基础上对《水浒传》版本研究作了进一步的推进。

尽管胡适一再强调自己研究中国古典通俗小说是为了倡导"大胆假设，小心求证"的研究方法，但就对中国古典通俗小说研究的影响来看，其理论与方法相结合的研究实践，实是确立了"五四"以后中国古典通俗小说研究的学术体系和基本方向。用郑振铎的话说，即是中国古典通俗小说研究开始由评点、鉴赏式的漫谈，走向方法严谨、逻辑严密的学术研究。②

"五四"时期，胡适强调以"大胆的假设，小心的求证"和"历史演进的方法"开展中国古典通俗小说研究，在学术界产生了很大影响。沿此思路，这一时期的中国古典通俗小说名著研究，在作者、版本等问题的考证和小说故事演进轨迹的描述两方面，取得了重要突破。其中，以郑振铎的研究最为突出。

1922 年，郑振铎在《新文学的建设与国故的新研究》一文中，认为要建设新的文学，需要对"国故"进行"一种新的研究"，其具体思路，即是胡适的"整理国故"精神和"注重事实，服从实证"的治学方法。

① 胡适：《百二十回本〈忠义水浒传〉序》，《中国章回小说考证》，第 74 页，合肥：安徽教育出版社，1999 年。
② 郑振铎：《研究中国文学的新途径》，《中国文学研究》上，第 1～3 页，上海：上海书店，1981 年。

一、我们要打翻这种旧文学观念,一方面固然要把什么是文学、什么是诗,以及其他等等的文学原理介绍进来,一方面却更要指出旧的文学的真面目与弊端之所在,把我们所崇信的传统信条都一个个的打翻了。二、我以为我们所谓新文学运动,并不是要完全推翻一切中国固有的文艺作品。这种运动的真意义,一方面在建设我们的新文学观、创作新的作品,一方面却要重新估定或发现中国文学的价值,把金石从瓦砾堆中搜找出来,把传统的灰尘从光润的镜子上拂拭下去……这种工作,都需要一种新的研究。我们现在的整理国故的呼声,所要做的便是这种事。总之,我的整理国故的新精神便是"无征不信",以科学的方法来研究前人未开发的文学园地。①

1927年,郑振铎撰写《研究中国文学的新途径》一文,进一步提出,中国文学研究要走上"新路"开辟新的途径,须经过连接新旧路之间的"两段大路",确立新的研究方法和研究观念。

一段路叫做"归纳的考察",一段路叫做"进化的观念"。这两段大路无论什么人,只要他是一个研究者,都要走的"必由之路",没有捷径,也没有旁道、支径可以跨越过他们的,所谓垦殖的耙犁与镰刀,也便是他们。原来这两个主要的观念,归纳的考察与进化,乃是近代思想发达之主因,虽然以前文学上很少的应用到他们,然而现在却已成为文学研究者所必须具有的观念了。②

在郑氏看来,中国文学研究只有在确立了"归纳的考察"和"进化的观念"两种观念以后,才能开辟新的研究途径和研究领域,为

---

① 郑振铎:《新文学的建设与国故的新研究》,上海:《小说月报》,第14卷第1号。

② 郑振铎:《研究中国文学的新途径》,《中国文学研究》上,第7页,上海:上海书店,1981年据商务印书馆1927年复印本。

中国文学研究带来新的面貌。

接下来,郑氏具体论述了"归纳的考察"和"进化的观念"对于开辟中国文学研究新途径的重要意义。他论"归纳的考察"说:

> 文学的研究之应用到归纳的考察,是在一切的科学之后。有了这样的研究方法与观念,便再不能称臆的漫谈,不能使性的评论了。凡要下一个定论,凡要研究到一个结果,在其前,必先要在心中千回百折的自喊道:
>
> "拿证据来!"
>
> 等到证据搜罗得完备了,等到把这些证据或材料归纳得有一个结果了,于是他的定论才可告成立,他的研究才可告终结。所以他们不轻信,他们信的便是真实的证据;他们不轻下定论,他们下的定论便是集合了许多证据的归纳的结果。
>
> ……
>
> 在胡适的《红楼梦考证》上,更可见归纳法之如何应用得最好。
>
> ……
>
> 这个归纳的观念真是一个重要的基本观念,发见于我能学的研究上的。有许多未决的文学问题都可以用了这个方法去解决;用了这个方法去解决的事件,其所得到的结果,至少是"虽不中不远矣",决不会有以前"红学家"那末样的附会的结语与研究的。①

他论"进化的观念"说:

> 文学史上的许多错误,自把进化的观念引到文学的研

---

① 郑振铎:《研究中国文学的新途径》,《中国文学研究》上,第7～9页,上海:上海书店,1981年据商务印书馆1927年复印本。

究上以后,不知更正了多少。达尔文的进化论,竟不意的会在基本上改革了人类的种种错谬的思想。

显然,郑振铎所谓的"归纳的考察"和"进化的观念",是直承胡适"注重事实,服从证据"和"历史演进"的科学方法。以此为基础,郑氏总结了三条研究中国文学的新途径:一、中国文学的外化考,研究中国文学究竟在历代以来受到外来的影响有多少,或其影响是如何样子;二、新材料的发见,如佛曲、弹词、鼓词、皮黄戏等;三、中国文学的整理,围绕不同文体和主题进行的各种资料整理工作。① 方法、观念不同,研究的侧重点自然也就有所差异。

郑振铎写于上世纪二三十年代的《〈水浒传〉的演化》、《〈三国演义〉的演化》、《〈西游记〉的演化》、《〈岳传〉的演化》等文,鲜明地体现了以"历史演进的方法"展开文学研究的观念。

《〈水浒传〉的演化》一文分九个部分,可以说是一篇关于《水浒传》的故事、版本源流考。作者从"水浒故事"源头说起,以时间先后为序,依次对《宋史》、《大宋宣和遗事》、龚圣与《宋江等三十六人赞》进行了对比分析,对元明戏曲中的"水浒故事"进行了系统梳理,对《水浒传》原本进行推断性考证,比较了嘉靖本与施耐庵原本间的差异,对嘉靖本以后的各种《水浒传》版本作了版本目录学的比较分析,讨论《水浒传》的繁本、简本问题,比较杨定见本一百二十回《水浒传》与嘉靖本《水浒传》的差别,讨论金圣叹对《水浒传》的评改。文章末尾,作者对全文内容作了简单概述。

(一)《水浒传》的底本在南宋时便已有了,但以后却经过了许多次的演变,作者不仅一人,所作不仅一书。其故事

---

① 郑振铎:《研究中国文学的新途径》,《中国文学研究》上,第12~19页,上海:上海书店,1981年据商务印书馆1927年复印本。

跟了时代而逐渐放大，其描写技术也跟了时代而逐渐完美。

（二）《水浒传》的作者的最早的作品（在南宋），已绝不可得见。其后有施耐庵（在元代），其所写著的《水浒传》，今也已绝难得到。元末明初，有罗贯中，依据施氏之作，重为编次。罗氏这部书便是许多今本《水浒传》之所从出。但罗书今亦未得见，根据种种理由，略可知其书的内容大概。又其一部或全部的原文，似仍存在各种简本《水浒传》中。

（三）嘉靖间郭勋（？）将罗书重加润饰改编，大异其本来面目，使之成为一部极伟大的名著。于罗本事迹之外，又加入征辽一节，共成百回。

（四）万历间余象斗又取罗氏原书刊行，同时并加入郭氏所增的征辽一节，和他自己所增的征田虎、征王庆二节。水浒故事至此已加无可加。

（五）天启、崇祯间，杨定见又取郭氏本刊行，而加以余氏所增的田、王二节故事。这二节故事并不依据余氏本文，却由他自己加以润改，共定为一百二十回。这是最完备的一部《水浒全书》。

（六）此外，崇祯时有熊飞刊行一百十五回《水浒》，与《三国》合称《英雄谱》；同时又有五湖老人三十卷本《水浒》出现。但皆系简本，与余象斗全本大抵相同。顺治间有金人瑞批评七十回本出现，系割取郭氏本的前七十一回自为一书。但其影响极大。

（七）在这许多本子中，最重要的是罗本、郭本、余本、杨本。在许多作者或编者中，最重要的作者或编者是施耐庵、罗贯中、郭勋（？）、余象斗、杨定见。施是今知的最早的作者；罗是写定今本《水浒传》的第一个祖本的人；郭是使《水浒》成为大名著的人；余是使《水浒》成为第一全本的人；杨是编定最完备的《水浒》全本的人。

（八）水浒故事的逐渐扩大的经过，可列为左图（图略）。郭本＝罗本放大＋征辽。余本＝罗本＋征辽＋征田虎＋征王庆。杨本＝郭本＋余本中征田虎、王庆二部分的放大。

（九）《水浒传》重要版本、产生的时代及其相互间的关系，可列为左表（表略）。①

郑振铎充分发挥了"大胆的假设，小心的求证"的科学精神，其对《水浒传》故事、版本源流演变的考证，虽有部分事实作为依据，但更多的结论仍属推测性的判断，缺乏必然直接的证据作为支撑，其中（四）、（五）、（六）等部分关于《水浒传》各种版本间演变情况的论证，假设多而求证少。

《〈水浒传〉的演化》之外，郑振铎还有《〈三国演义〉的演化》、《〈西游记〉的演化》、《〈岳传〉的演化》等文，遵循的都是"历史演进法"的研究思路。1932年8月15日，鲁迅在给台静农的信中，概括郑振铎的治学方法说："盖用胡适之法，往往恃孤本秘笈，为惊人之具。"②从个人研究的趣味和学识来说，鲁迅与胡适所展开的是中国小说研究的两种不同路数，其间差别，正如陈平原在《作为文学史家的鲁迅》一文中所说："以一位小说大家的艺术眼光，来阅读、品味、评价以往时代的小说，自然会有许多精到之处。或许是鲁迅的《古小说钩沉》太出色了，人们往往忘了其独到的批评而专注于其考据实绩。其实史料的甄别与积累必然后来居上，鲁迅《中国小说史略》之难以逾越，在其史识及其艺术感觉。胡适是最早高度评价这部'开山的创作'的，可所谓'搜集甚勤，取材甚精，断制也甚谨严'，基本仍限于考据。这与胡适本

---

① 《郑振铎文集》第5卷，第144～146页，北京：人民文学出版社，1988年。

② 《鲁迅全集》第12卷，第102页，北京：人民文学出版社，1981年。

人的学术趣味有关。在本世纪中国学者中,对中国小说研究贡献最大的莫过于鲁迅和胡适,前者长于古小说钩沉,后者长于章回小说考证。不过,在小说史的总体描述以及具体作家作品的评价上,胡适远不如鲁迅,其中一个重要原因是文学修养及创作经验的差别。像鲁迅这样'学'、'文'兼备的学者,无疑是文学史研究的最佳人选。这点鲁迅心里明白,屡次提及撰写文学史计划,正是认准'可以说出一点别人没有见到的话'。"①史料的钩沉、辨别,版本的排比,是胡适小说研究的根本兴趣;而在鲁迅,小说文献的辨析并非小说研究的最终目的,其学术趣味在于小说批评。郑振铎沿袭胡适的学术路径,虽然相关研究不乏精彩的考辨,其研究旨趣却不能完全得到鲁迅的欣赏。②

　　"五四"时期中国古典通俗小说名著研究成果的取得,有很大一部分是在胡适"注重事实,服从证据"和"历史演进的方法"的治学路径影响下取得的。其中如马廉《旧本〈三国演义〉版本的调查》(《中山大学图书馆报》,1929 年第 7 卷第 5 期),蒋瑞藻《小说考证续编》(商务印书馆,1924 年),胡瑞亭《施耐庵世籍考》(《新闻报》,1928 年 11 月 8 日),吴晗(署名辰伯)《清明上河图与〈金瓶梅〉的故事及其衍变》(《清华周刊》,第 36 卷第 4、5 期合刊,1931 年),吴晗《清明上河图与〈金瓶梅〉的故事及其衍变·补记》(《清华周刊》第 37 卷,第 9、10 期合刊)等,是其中具有代表性的著述。

　　胡适以"大胆的假设,小心的考证"和"历史演进的方法"为

---

①　陈平原:《文学史的形成与建构》,第 30 页,南宁:广西教育出版社,1999 年。

②　作为证据,鲁迅在 1935 年为《中国小说史略》日译本作序,提及十年来小说史研究的进展,"郑振铎之考证《西游记》"(指《〈西游记〉的演化》一文)即其中之一。参见《鲁迅全集》第 6 卷,第 347 页,北京:人民文学出版社,1981 年。

核心的治学方法,因为中国小说文献所具有的极大拓展空间而成为中国小说研究最为有效的研究路数:任何关于某部小说的文献钩稽,都能成为该领域带有原创性和开拓性的研究。作为新开拓的研究领域,在20世纪的中国古典通俗小说研究中,从事小说作者、版本实证研究的群体规模更大,取得的成就也相应更高。注重中国古典通俗小说作者、版本等的考证,注重故事演变历史脉络的梳理,成为了此后数十年中国古典文学研究的基本思路。

新思想的流行与中国古典通俗小说的现代解读

清末民初之际,随着中西文化互动的进一步展开,西方的新思想、新观念开始涌入中国,对传统的思想文化观念产生了巨大冲击。具体到中国小说研究领域,以新思想、新观念对中国古典通俗小说进行现代解读的论述开始成为新的研究趋势。以黄人《中国文学史》中"明清章回小说"节为例。黄人对于明清章回小说的解读,大多是以清民之际新思想进行比附。如他认为《金瓶梅》是"家庭小说"之"最著者",认为《水浒传》是宣扬"社会主义"的小说,等等。此外,如平子《小说丛话》(《新小说》1904年第8号)认为《金瓶梅》是"描写当时社会情状"的"社会小说";浴血生将《镜花缘》视做提倡女权主义的小说;阿阁老人《说小说》将西游故事比附为出洋留学以图强国保种的维新运动;定一《小说丛话》认为《水浒传》是一部表现"民主、民权之萌芽"的小说;王钟麒《论小说与改良社会之关系》认为《水浒传》是一部"社会主义之小说";燕南尚生《水浒传命名释义》认为《水浒传》的创作,是因为施耐庵"生在专制国里,俯仰社会情状,抱一肚子不平之气,想着发明公理,主张宪政,使全国统有施治权,统居于被治的一方面,平等自由,成一个永治无乱的国家"。显然都超越了明清章回小说产生的时代背景，而带有浓厚的近代思想意识。

"五四"运动前后，随着西学东渐的进一步深入，以新的思想观念进行学术研究开始受到越来越多学者的注意。胡适在《逼上梁山——文学革命的开始》(1933年12月)一文中，总结"五四"以来文学发展的道路说："我曾彻底想过：一部中国文学史只是部文字形式(工具)新陈代谢的历史，只是'活文学'随时起来代替了'死文学'的历史。文学的生命全靠能用一个时代的活的工具来表现一个时代的情感与思想。工具僵化了，必须另换新的、活的，这就是'文学革命'。"①一方面，"五四"学者积极引进西方文学观念，以此作为中国新文学发展的指引；另一方面，他们又将这种新的思想观念、文学理论"历史化"，以之作为重新建构中国古典文学研究的学术体系和阐释系统的基本观念。以至于郑振铎1929年作《且慢谈所谓"国学"》一文，提出："我们如要求中国的生存，建设与发展，则除了全盘的输入与容纳西方的文化之外，简直没有第二条可走，在思想上是如此，在文艺上是如此，在社会上也是如此。我们要求生存要求新的东西，要求新的生命力，我们便应当毫不迟疑的去接受西方文化与思想，便应当毫不迟疑的抛弃中古期的迷恋心理与古代的书本，而去取得西方的科学与文明。"②

就中国古典通俗小说名著研究而言，新方法应用产生的研究著述，多与作者、版本的考证或者故事的演进有关；而新的社会文化思潮的流行，则赋予了古老的小说命题以新的时代内涵，对小说主题、情节、人物的解析随之也带上了新文化的色彩。

"写实主义"的批评思路，是"五四"时期小说批评最常见的

---

① 胡适：《逼上梁山——文学革命的开始》，上海：《东方杂志》，1934年第31卷第1期。

② 郑振铎：《且慢谈所谓"国学"》，上海：《小说月报》，第20卷第1号，1929年1月。

路数。将现代社会生活内容与中国文学所描写的生活场景对应起来,是"五四"学者展开中国小说研究的普遍做法。这一时期的中国古典通俗小说研究,也不可避免地带有浓厚的时代特色。其中,以对《水浒传》、《金瓶梅》、《红楼梦》等小说的解读最为突出。

胡适、陈独秀等人提倡"文学革命",在中国古典文学中发掘白话文学的源流,以现代眼光讨论中国古典通俗小说,成为新文学建设的重要内容。1917 年 6 月,陈独秀在给胡适的信中,从现实性层面对《金瓶梅》进行阐释,第一次提出了《红楼梦》脱胎于《金瓶梅》的看法。

> 足下及玄同先生盛称《水浒传》、《红楼梦》等为古今说部第一,而均不及《金瓶梅》,何耶? 此书描写恶社会,真如禹鼎铸奸,无微不至。《红楼梦》全脱胎于《金瓶梅》,而文章清健自然,远不及也。乃以描写淫态而弃之耶? 则《水浒》、《红楼》又焉能免?①

明清以降的《金瓶梅》评论中,"诲淫"说一直是主流。1908年,王钟麒发表《中国三大小说家论赞》(《月月小说》第 2 卷第 2 期),肯定《金瓶梅》在揭露社会黑暗现实方面的思想意义,较早以现代小说观念否定传统的"淫书说"。"五四"前后,随着西方文学观念的引入,传统的"诲淫"说尽管仍然存在于《金瓶梅》的研究当中②,但小说的现实主义倾向得到了充分地发掘。1924年,鲁迅在《中国小说史略》和《中国小说的历史的变迁》两书中,从小说的现实性立论,将《金瓶梅》称做"世情书",第一次全面系

---

① 陈独秀:《答胡适之》,北京:《新青年》,第 3 卷第 4 号,1917 年 6 月。

② "五四"以后仍然将《金瓶梅》视做"诲淫"之作的,如谢无量《明清小说论》(郑振铎编《中国文学研究》,商务印书馆,1927 年)认为,《金瓶梅》是"古来房中书的变相。那种单纯无意识的兽欲的描写,可见作者胸襟,煞是卑俗,说不上有何等文学的意义"。

统地从"世情"的角度对《金瓶梅》加以论述,大大提高了《金瓶梅》在中国古典通俗小说中的地位。

1927 年,郑振铎出版《文学大纲》,明确提出《金瓶梅》是一部"很伟大的写实小说"。

> 《金瓶梅》的出现,可谓中国小说发展的极峰。在文学成就上来说,《金瓶梅》实较《水浒传》、《西游记》、《封神传》为尤伟大……在始终始终未尽超脱过古旧的中世纪传奇式的许多小说中,《金瓶梅》实是一部可诧异的伟大的写实小说。①

后来在《插图本中国文学史》中,郑氏进一步发挥:"它(即《金瓶梅》)不是一部传奇,实是一部名不愧实的最合于现代意义的小说……它是一部纯粹写实主义的小说。"②并于 1933 年写成《谈〈金瓶梅词话〉》一文,以现代社会学家的眼光,赋予《金瓶梅》描写的社会生活以时代新意。③ 影响所及,20 世纪 30 年代以后,社会现实反映说成为《金瓶梅》研究中的主流观念,并一直影响到当下的《金瓶梅》研究。④

"五四"时期,以新的思想观念应用于小说研究,《金瓶梅》之外,《水浒传》是其中较为突出的例子。究其原因,部分在于《水浒传》以一群英雄人物为反抗社会不平而聚义为核心内容,与"五四"时期的社会现实有颇多契合之处。其中,陈独秀《水浒传

---

① 郑振铎:《中国小说的第二期》,《文学大纲》,上海:商务印书馆,1927 年。

② 郑振铎:《长篇小说的进展》,《插图本中国文学史》,北京:朴社出版部,1932 年。

③ 郑振铎:《谈〈金瓶梅词话〉》,《文学》创刊号,1933 年。收入《郑振铎文集》第 5 卷,北京:人民文学出版社,1988 年。

④ 30 年代较为重要的成果,有吴晗(署名辰伯)《清明上河图与〈金瓶梅〉的故事及其演变》(北京:《清华周刊》第 36 卷第 4、5 期,1931 年),阿丁《〈金瓶梅〉之意识及其技巧》(上海:《天地人》半月刊,1936 年第 4 期)等。

序》(上海亚东图书馆,1924 年第 3 版卷首)、谢无量《平民文学
之两大文豪》(商务印书馆,1923 年;1930 年再版,改题《罗贯中
与马致远》)是典型代表。潘力山《水浒传之研究》概括陈、谢二
人的研究说:

> 论他的思想的,现在有两人:一为陈独秀,一为谢无量。
> 陈独秀说:"《水浒》的思想,在下面几句诗中:'赤日炎炎似
> 火烧,野田禾稻半枯焦。农夫心内如汤煮,公子王孙把扇
> 摇。'"(见所著《水浒传序》)谢无量说:"《水浒》的思想,是鼓
> 吹一种武力的政治结社,宋江是《水浒》上第一个代表的人
> 物。江州题壁诗词,可以代表他的思想。诗词如下:'自幼
> 曾攻经史,长成亦有权谋。恰如猛虎卧荒丘,潜伏爪牙忍
> 受。不幸刺文双颊,那堪配在江州。他年若得报冤仇,血染
> 浔阳江口。''身在山东心在吴,飘蓬江海漫嗟呼。他时若遂
> 凌云志,敢笑黄巢不丈夫。'《水浒》当中,特别称许宋江和柴
> 进。他的意思,是赞成平民阶级和中等阶级联合起来办革
> 命的事业。"(见所著《平民文学之两大文豪》)①

潘力山一针见血地指出,陈、谢二人的评述,"主观的色彩太浓重
了"。他具体论述说:

> 续七十回以后的作者和《水浒》批评家金圣叹想把《水
> 浒》挪来"忠义化"。陈独秀和谢无量想把《水浒》挪来"社会
> 主义化","平民革命化"。古今的办法虽然相反,然而他们
> 主观的色彩之重,却是一样。陈独秀自己是个社会党人,碰
> 见书中偶然有一首诗,好像扯得到他的主义上去,便顺手拈
> 来,作为全书的骨干。其实书中的诗,岂止这一首,拿别一
> 首来好不好呢?

---

① 潘力山:《水浒传之研究》,见郑振铎《中国文学研究》下,上海:上海
书店 1981 年据商务印书馆 1927 年复印本。

20世纪中国古典文学学科通志

第一卷

谢说也未免时髦一点。甚么"武力的政治结社",甚么"平民阶级和中等阶级联合起来办革命的事业",这些想法,他们梦也未梦见过,恐怕连几年前的谢先生,也未必作如此想。

潘氏的看法,是颇具眼光的。分析一部小说的主题思想,显然不能像陈独秀、谢无量那样仅根据小说中的一两首诗词来加以概括。

接下来,潘文从小说中的人物和情节出发,反陈、谢之道而行,对《水浒传》的思想极力予以贬斥:

但谢先生以宋江做《水浒》上第一个代表人物,又以"江州题壁诗"代表宋江的思想,却是最妥当的见解。不过"江州题壁诗"我们反复看去,只看得出他年得志,杀人报仇的意思;并无别的伟大思想在内。他说:"若得报冤仇,血染浔阳江口",是何等凶险的口气啊!"黄巢杀人百万",也就可以了;他还敢笑他不丈夫,他那一种凶焰真是不可逼视了。宋江是书中一个最温和的人;他的气象,已经如此。其余杀人放火如李逵杀害小衙内一类的情形,我们曾经养过小孩子的人,真是不忍卒读。尤其是孙二娘夫妇所做卖人肉的勾当,我们觉得非野蛮人干不出来的事。——现在的匪徒,只抢财物;那样残忍的事,还不多见——著者却津津乐道,许为豪杰。可以见他的思想之凶残了。自然,官逼民反的精神,是书中反复致意的。但反了之后,也只有等候朝廷招安一条路;没有企图甚么"革命事业"。

……无论有无七十回以后的事,而宋江等想受招安的意思,在前七十回已经充分表现了。须知宋江等并不是如现在之真正社会党人,无政府党人,怀抱一种理想,约集同志,到一处去实行的。只"为被官司所迫,不得已啸聚山林,权借梁山泊避难,专等朝廷招安"的。他们是"为被官司所迫"，是"不得已啸聚山林"，是"权借梁山泊避难"，并且口口"仁义"，句句"替天行道"，与别的绿林怀着"要得官，杀人放火受招安"的意思的，诚然有些不同。然而他们是"专等朝廷招安"的，却也不能加以甚么"主义"，甚么"革命"的美名词。

谢无量说：自来有两种超人的思想：一种是精神上的超人，一种是体质上的超人，是野蛮人和小孩的思想。至于成人和文明人，是断不会有的。我们试看外国乌托邦一类的小说，总是描写精神智力的伟大，曾见有几个描写体质上的超人的？就此而论，《水浒》的思想，是极幼稚的了。

对于陈、谢二人以现代观念附会水浒起义的做法，潘力山所作的辩驳是具有说服力的。然而，作为"五四"时代的学者，潘氏的批驳，其立足点仍是基于对"五四"新文化、新思想的理解。所不同的是，谢、陈二人由宋江等人行为得出的看法是一种新的社会革命思想；而在潘力山看来，宋江等人的行为，离真正意义上的革命党人、社会党人的革命事业相去甚远。

"五四"时期，以新的思想观念和理论方法对明清小说作整体上解读的论著中，谢无量的《明清小说论》具有代表性。谢文借用美国实验主义哲学家哲姆斯（William James）关于哲学的分类，将明清小说分为硬心肠的（tough-minded）和软心肠的（tender-minded）。按此分类，谢氏将元末罗贯中创作的《三国演义》等作品归入前者，将明清以来的小说归入后者，并概括二者的区别说："甲、硬心肠小说是：（一）悲剧的；（二）否认道德的；（三）否认法律的；（四）打破现状的；（五）创造未来的。乙、软心肠的小说，全然与硬心肠相反，是：（一）喜剧的；（二）粉饰道德的；（三）服从法律的；（四）维持现状的；（五）非创造的。"其立论的基础，明显带有现代色彩，体现了"五四"以来研究者以新思想、新学说解读中国古典通俗小说的普遍倾向。

文学是人心的鼓吹。小说尤其是人生社会的写真,占文学的重要部分。一时代的文学,必与一时代的思想需要,相应而生。在太平的时候,社会的环境习惯,已铸成一种牢不可破的硬壳。一般文学家,大半伏伏贴贴,在这固定范围内讨生活。他那文学,虽时有雕虫刻篆的小巧,无非随顺装点社会的缺失,那有什么创造的精神呢?必要等到人心觉得非常不安,及社会的危险不可忍耐的时候,才往往有一种文学革命,为社会革命的先锋。①

论及《三国演义》,谢氏说道:

就是元朝罗贯中的小说,也因为那时异族入主中国,全社会受了非常的刺激。罗贯中出来讲些历史故事,提倡武力的政治结社。他极力描摹那种好汉勇士的侠义行为和浑仑气象,实际煽动平民阶级起来革命。他那副硬心肠,至今犹跃跃纸上。确是应时势而生的小说家。②

认为罗贯中为"应时势而生的小说家",或许不无道理,但认为《三国演义》写历史发展进程中的那些英雄人物,目的是"煽动平民阶级起来革命",很难说是罗贯中写作的目的,更大程度上只是作为"五四"时期学者谢无量以自身时代的历史状况对《三国演义》做出的现代解读。

谢文以"五四"新思想对明清小说展开论述,与其指导当下小说创作的出发点密不可分。

我们不要《红楼梦》那种狐媚气,不要《儒林外史》那种头巾气,不要那无益的超人思想;不要那无意识的太史公笔法。要整个的抛弃明清小说的柔性化。不需再旨婉词微的徘徊歧路,不须再讽一劝百的掩耳盗铃。竟要堂堂正正,老

---

① ② 谢无量:《明清小说论》,见郑振铎《中国文学研究》下,上海:上海书店 1981 年据商务印书馆 1927 年复印本。

老实实,了解民间所受外界各种压迫之真相,深抉人心一切秘密之蕴奥。十分精密周到,毫不客气,大声疾呼来警醒群众。现在冥顽不灵的中国,那轻描淡写的讽刺,是用不着的了。所以新小说家,简直要笔则笔,削则削。由消极的态度变为积极的态度,由描写个人生活的变为描写社会生活的,由沉静幽暗的变为热烈光明的——无非是由软心肠的变为硬心肠的。这才能起明清小说之衰,这才能承继硬心肠小说之元祖罗贯中哩。①

其评论的立足点,是要通过发掘中国古典通俗小说中具有现代意义的精神内涵,引导当下的小说创作,为正在展开的社会政治革命服务,反映社会政治中存在的种种不合理现象,唤醒一般社会民众反抗黑暗、压迫的觉悟,进而揭示中国社会历史发展的方向。这一做法,也是"五四"时期中国古典通俗小说研究的主要倾向之一。

以上从两个方面对"五四"时期中国通俗小说研究状况所作的概述,虽没有囊括其时关于中国小说的全部研究成果,却基本反映了"五四"以来中国小说研究的主要趋势。在新旧两种文化交汇的历史时期,中国小说研究不可避免地体现出社会文化转型的历史特征,或以新的方法整理中国古典通俗小说的历史文献和演进轨迹,或以新的思想观念对中国小说文本进行解读。"五四"时期中国古典通俗小说研究中所包含的理论方法和学术观念,是构成现代小说史、文学史和学术史的重要内容。

(武汉大学　余来明)

---

① 谢无量:《明清小说论》,见郑振铎《中国文学研究》下,上海:上海书店1981年据商务印书馆1927年复印本。

"五四"后古典文学学科中的女性视角

女性视角的发生及其社会文化背景

20世纪初,有一批女性如何香凝、单士厘、秋瑾、陈撷芬等,先后因各种机缘赴日本留学游历。她们或以自己的言行反抗旧思想旧制度,或著书立说,或提倡女学,或创办报刊,或参加反清革命,或宣传妇女解放,一时间,知识女性的觉醒蔚然成风。

至"五四"运动前后,民主科学与反帝反封建成为时代思想的主题,妇女解放则是这一主题中的一个方面。随着新文化运动的展开,对妇女问题的讨论也盛况空前。1917年2月1日,《新青年》第2卷第6号开辟"女子问题"专栏;1919年7、8月《星期评论》第8、9号发起"女子解放从哪里做起"的讨论;1919年10月15日,《少年中国》第1卷第4期刊出"妇女号";1919年5月4日北京《晨报》开辟"妇女问题"专栏,等等。讨论的问题涉及妇女解放、伦理道德、男女社交、婚姻家庭、女子教育、女子独立、废除娼妓等等。参加讨论的人士也身份各异,共产主义者、学者、作家、教育家、新女性,他们从不同的角度思考和探讨着妇女问题:介绍西方思想及西方妇女生活状况,批判封建的女性观念,寻找女性解放的方法途径。

如关于妇女解放,有吴虞的《女权平议》(1917年6月1日,《吴虞文录》)、李大钊的《战后之妇人问题》(1919年2月15日,《新青年》第6卷第2号)、田汉的《第四阶级的妇人运动》(1919

年10月,《少年中国》第1卷第4期)、向警予的《女子解放与改造的商榷》(1920年5月,《少年中国》第2卷第2期)等;关于伦理道德,有胡适的《贞操问题》(1918年7月15日,《新青年》第5卷第1号)、鲁迅的《我之节烈观》(1918年8月15日,《新青年》第5卷第2号)、李大钊的《物质变动与道德变动》(1919年12月1日,《新潮》第2卷第2号)、瑟庐的《从七出上来看中国妇女的地位》(1922年4月1日,《妇女杂志》第8卷第4号)等;关于男女社交,有徐彦之的《男女交际问题杂感》(1919年5月4日,《晨报》)、沈雁冰的《男女社交公开问题管见》(1920年2月5日,《妇女杂志》第6卷第2号)和《再论男女社交问题》(1921年9月28日,上海《民国日报》副刊《妇女评论》第9期)等;关于婚姻家庭,有鲁迅的《随感录四十》(1919年1月15日,《新青年》第6卷第1期)、张闻天的《离婚问题》(1920年1月,《少年世界》第1卷第8期)等;关于女子教育有蔡元培《李超女士追悼会之演说词》(1919年12月13日,《北京大学日刊》第506号)、周炳林的《开放大学与妇女解放》(1919年10月,《少年中国》第1卷第4期)、邓春兰的《我的妇女解放之计划同我个人进行之方法》(1919年10月,《少年中国》第1卷第4期)、徐彦之的《北京大学男女共校记》(1919年4月15日,《少年世界》第1卷第7期)等。

在这种社会大潮的影响下,古典文学学科中也随之多了一个新视角,即女性视角。

女性视角的文学史写作

"五四"时期重要的女性文学史主要有:谢无量的《中国妇女文学史》,梁乙真的《清代妇女文学史》、《中国妇女文学史纲》以及谭正璧的《中国女性的文学生活》。

谢无量(1884—1964)，名大澄，字仲清，四川乐至人。早年入上海南洋公学，受教于蔡元培，后历任安徽公学、广东大学、东南大学、上海公学、四川大学、中国人民大学教授，《京报》主笔，川西博物馆馆长、中央文史馆副馆长。

1916年，谢无量的《中国妇女文学史》由中华书局出版，是中国"妇女文学史"的开山之作。

谢无量在绪言中阐述了编撰此史的动机：

> 夫男女先天之地位，既无有不同，心智之本体，亦无有不同。则凡百事之才能，女子何遽不若男子？即以文学而论，女子固亦可与男子争胜。然自来文章之盛，女子终不逮于男子者，莫不由境遇之差，有以致之。考诸吾国之历史，惟周代略有女学，则女子文学，较优于余代。此后女学衰废。惟荐绅有力者，或偶教其子女，使有文学之才。要之，超奇不群者，盖亦仅矣。今世女学稍稍为教育界所注意，使益进其劝励之方，加以岁月，自不难与欧美相媲。男女终可渐几于同等，非特文学一事而已。

绪言中还说到此书的体制：

> 起自上古，暨于近世，考历代妇女文学之升降，以时系人，附其制作。合者固加以甄录，伪者亦附予辨析。固将会其渊源流别，为自来妇女文学之总要。惟古时妇人专集，多就亡佚，清世可考者较多，故兹编至明而止，清以下当别采集以为续篇也。

绪言中特别提到《诗经》：

> 旧选咸不录《诗经》，此是妇女文学之祖，如何可阙？故考四家义，确知其何人所作者，并以入录。后世谓《诗经》多妇人矢口成章，然是说晚出，非古义，又不知谁何作者，殆未可从矣。

全书分为上古、中古、近世三编。第一编上古妇女文学，分为两章:妇女文学之渊源、周之妇女文学。第二编中古妇女文学,分为上中下三部分,上编六章:汉之宫廷文学、妇女与五言诗之渊源、班昭、徐淑、蔡琰、汉代妇女杂文学;中编九章:魏之妇女文学、晋世妇女之风尚、左九嫔、子夜与乐府诸体、苏蕙回文诗、晋之妇女杂文学、宋齐妇女文学、梁陈妇女文学、北朝妇女文学;下编七章:唐之宫廷文学、武则天、五宋与鲍君徽、唐之女冠文学、薛涛与娼妓文学、唐之妇女杂文学、五代妇女文学与花蕊夫人。第三编近世妇女文学,分上下两部分,上编六章:宋之宫廷文学、李易安、朱淑真、宋妇女之词、宋之妇女杂文学、辽之妇女文学;下编十章:元之妇女文学、明之宫廷文学、朱妙端、陆卿子与徐小淑、文氏之拟骚、沈宛君与叶氏诸女、方维仪、明代闺阁文学杂述、明之娼妓文学、许景樊。

全书用文言写成。在叙述时通常是以作者为纲,对于较重要的作者一般是先略述其生平,然后交待其作品篇、集存佚情况,然后稍录其代表作。相对次要以及同时或同类作者,往往只列其姓名举其篇目,或有限地摘录代表作。在综述性的章节里,一般是先扼要介绍一个时期或一种"现象"的概况,然后逐一考录作者作品。总体看来,除了第一编之第一章论述性文字稍多以外,编者的论述、分析、评价性语言可谓"惜墨如金",难得一见。①

《中国文学史学史》认为此书价值有三:

其一,当二十世纪初期,中国古代文学研究的科学化进程尚处于起步阶段,国内学者的"文学史"意识、学术理念及其研究都还相对粗浅薄弱的时候,谢氏不仅率先注意并提出"妇女文学"问题,而且第一次将之上升到"史"的高度进

① 董乃斌、陈伯海、刘扬忠:《中国文学史学史》,第518页,石家庄:河北人民出版社,2003年。

行整理叙述,这本身就表明了著者的文学识见、开拓精神,即便在今天看来,其创新气质和开辟精神依然生动可感,不可多得……其二,在没有先例的情况下,凭个人之力,搜罗爬梳,采集叙述,为中国妇女文学史的创建做了大量的基础性工作,功不可没……其三,给"妇女文学"以"史"的名义,这对妇女文学的地位是历史性的改变和提高,同时也使那些以往不为学界所重的材料获得了生机。①

谢无量以后,妇女文学史著作取得突出成就的是梁乙真,其《清代妇女文学史》成于 1925 年,1927 年 2 月由中华书局印行。梁乙真在卷前《自序》中说:

> 襄余读书京师,暇辄往图书馆,横披纵览,心有所得则书之。计二三年中,所涉猎妇女文学书籍,不下数百种,所记笔记,亦裒然成帙矣。每蓄志编著《妇女文学史》,顾以功课之累,迄未果行;虽然,此意固未泯也。

另外,梁还在序中说:

> 中国之妇女文学,自来无史,有之,则始见于谢无量先生之《中国妇女文学史》。惟谢书叙述仅至明而止,清以下无有也。吾书虽以赓续谢书而作,然编辑之体例,不与谢书尽同也。

中华书局在《清代妇女文学史》的宣传词中说:

> 本书承谢无量《中国妇女文学史》后,专述清代妇女文学。材料搜罗极富:举凡汉、满、闺阁、名媛、娼门、女冠,以及难女、丐妇,都三百余人,其文学有价值者,无不收辑。叙述极有系统:明清绝续之际,文学蝉蜕,述为第一编;嗣王渔洋、袁随园、方芷斋、阮芸台等,先后出而鼓吹倡导,蔚蔚妇

---

① 董乃斌、陈伯海、刘扬忠:《中国文学史学史》,第 518~519 页,石家庄:河北人民出版社,2003 年。

女文学极盛时代,述为第二编;陈颐道出,鼓吹倡导之力,不减袁阮,妇女文学,亦颇可观,述为第三编;自后以至清末,述为第四编;此外,妇女文学家之有诗而无史者,则杂述为第五编。末附清代妇女著作家表及人名索引表,以便读者参考检查。①

1932年开明书店又出版了梁乙真的《中国妇女文学史纲》。梁乙真在例言中说:

> 本书系将中国历代女作家及其作品加以系统的整理,上起周代,下迄清末,并详其史实,辨其源流,为一种文学史与文学读本之混合书……本书于叙述中国妇女文学源流中,注重标示中国各种文学之优点劣点,及各作家之作风有无受他家(指男文学家)之影响与暗示……本书叙述时侧重于平民的及无名作家之作品。对于贵族的及宫廷文学,则多从简略。

全书分为七章:古代妇女文学之渊源、汉代妇女作家之盛、魏晋六朝平民文学之勃兴、唐代妇女文学之转变、五代宋辽妇女文学之中衰、元明妇女文学之复兴、清代妇女文学之极盛。

除系统介绍论述各朝女性文学作品外,现代女性意识也不时可见。如评《召南·行露》篇:"读其诗,可以知申女乃具有反抗性之一女子也。'虽速我讼,亦不女从',其强项乃如此。为男子者,无所施其技矣。"②又如论《鄘风·柏舟》篇:

> 此诗乃写女子不满于父母之命、媒妁之言、包办式婚姻而提严重抗议者也。首二句与《邶风·泛彼柏舟》相同。次言以己之年貌,应得相当配偶,而母竟不谅之,强与议婚。

---

① 董乃斌、陈伯海、刘扬忠:《中国文学史学史》,第521页,石家庄:河北人民出版社,2003年。

② 梁乙真:《中国妇女文学史纲》,第15页,上海:上海书店出版社,1990年。

但终身大事,虽死亦不能遵母命。此全诗之大意焉。《毛诗序》以为共姜守寡,矢志不嫁,后世遂以"柏舟"二字比寡妇之有节操者,其去古乃益远矣。①

在对班昭《女诫》进行总结时说:"昭书自今观之,可谓集妇女'奴隶道德'之大成矣。"②叙武则天道:

> 武则天者,中国数千年女界中一大怪杰也。论其才足以笼络当代名臣贤相,为我所用。推其智,可以奔走一时学士词人,供其役使。以至其极,竟移唐祚者垂二十余年。观其措置布施,宁非一手段灵敏之一大政治家哉?唐兴文雅之盛,武后之功多矣。③

书中盛赞广收女弟子的袁枚:"一时红粉,俱拜门墙,盖自古以来,提倡妇学之力,未有如袁枚者也。"④

在谢无量的《中国妇女文学史》和梁乙真的《清代妇女文学史》出版后,1930 年,光明书局出版了谭正璧的《中国女性的文学生活》。

谭正璧,1901 年生于上海,7 岁入私塾,后改入初级小学。14 岁进商店学徒,后在家自学,其间大量涉猎经、史、子、集及小说、弹词等。1919 年考入江苏省第二师范学校,师从著名汉学家朱香晚和严良才。1923 年春入上海大学中文系读书,后因经济原因辍学,在上海澄衷女校任教。他的数种文学史著作都是在此期间为教学而作。1928 年起任省立上海中学乡村师范部语文教师,《中国女性的文学生活》即作于这一时期。

谭正璧的《中国女性的文学生活》内容上与谢梁二人的著作不同。他在自序中说:

> 谢梁二氏,其见解均未能超脱旧有藩篱,主辞赋,述诗

---

①②③④ 梁乙真:《中国妇女文学史纲》,第 21 页,第 73 页,第 192 页,第 404 页,上海:上海书店出版社,1990 年。

词,不以小说戏曲弹词为文学,故其所述,殊多偏窄。本书则以时代文学为主。例如自宋而后,小说戏曲弹词居文坛正宗,乃专著笔于此。

全书分为七章:叙论、汉晋诗赋、六朝乐府、隋唐五代诗人、两宋词人、明清曲家、通俗小说与弹词。

在思想上,谭正璧的《中国女性的文学生活》则与前二者有相同的出发点:

> 女性地位之窳弱,自古云然。社会学家知其意,乃有研究女性问题之创,解放之声,亦随之以起。夫女性而成问题,女性之不幸也;为男性者,当本"同为人类,悲乐与共"之旨而扶掖之,赞勉之。今乃不此之务,反从而非嗤之;若昔张若谷氏编杂志《女作家》,或讥其以何不另编《男作家》而只取悦女性。呜呼,有见本书而讽以何不另编男性文学史者乎!我将以此觇国人对于女性问题所抱之真态度,更以估海内学者知识程度之轩轻如何也……所谓女性文学史,实为过去女性努力于文学之总探讨,兼于此寓过去女性生活之概况,以资研究女性问题者之参考;成绩之良窳不问焉。故女性文学史者,女性生活史之一部分也。但历来人人均知女性生活之殊异于男性,独对于文学乃歧视之,颇令人不解其故。由是言之,则本书之作,谁云其可已哉?①

在介绍邱心如及其《笔生花》时,谭正璧说:

> 在以前的中国,每一个像样的女子都在小脚的时代,只要是一个女子就很可怜;但是即使处于这样的反动思想之下,每一个可怜女子都有她的希望。于是乎在这里面,也不免有几个胆量虽小而极有野心的女文学家,就要去设想着

---

① 谭正璧:《中国女性文学史话·初稿自序》,第7页,天津:百花文艺出版社,1984年。

一切以女性为中心之后的种种得意情形了。不过她们仍旧挣不脱数千年来男性中心社会所造成的道德观念,她们理想中的"女样",不是古今无二的大政治家武则天,而是改扮男装以取得功名的冒牌男性黄崇嘏,所以最后还是希望雌伏闺中,甘心做男性的良妻贤母。这种不彻底的理想,盘桓在普通一般知书识字的女子的脑子里,造成了她们畸形的意外的物质的奢望,从不曾引起她们对于自身地位的觉悟。这在作者却是一个大失败!但我们也该原谅,作者思想之所以不能彻底,完全是时代的关系。当时的一般男子尚不知臣屈婢伏于外族之前为可耻,女性独能感觉到这样,已经至少要比男性高明一等了。①

书中还总结清代女性的通俗小说及弹词道:

> 在男性中心的社会里,女性素来站在倒楣的地域。有志气的女性,她们不相信女性天生不及男性,所以陈端生要作《再生缘》,邱心如要作《笔生花》,用以表示女性特别的伟大。《天雨花》和《凤双飞》虽不是以女性为中心的作品,但是书里所表现的女性,却和男子站在同等地位,有同样的见识和才能。②

此书1931年再版,1934年三版时,谭正璧对此书进行增改修订,更名为《中国女性文学史》,仍由光明书局出版。1984年,又改名为《中国女性文学史话》,由百花文艺出版社出版。

除上述女性文学史外,还有一部史论结合的《中国妇女与文学》,陶秋英著,北新书局1933年出版,书前有姜亮夫序。

姜序一方面论述了文学对于中国女性的独特意义:

> 在这种普遍的社会意识之下,偶然地有几个女子把她

---

① ② 谭正璧:《中国女性文学史》,第380~381页,第394页,天津:百花文艺出版社,1991年。

们心里所欲言而敢言的话,寄之于诗词小说,我们于是可以看出女子在历史上的生活情形:倘若她们是个被压迫而在挣扎中的女子,她们的呼声,每字每句都是纯真的情调——因为她们无这种时间来学男子说假话——假使为了某种束缚而说句"违心之言",更足见其内心之可悲。所以妇女文学成为真真的妇女生活的写真……倘若她们是个能反抗环境的女子,她们的呼声,每字每句都是纯真的爱情,即使有时违反了社会而说句"逆天罪语",更足见其情感之真切,所以妇女文学成为真真的妇女生活的写真!

另一方面,姜序也指出《中国妇女与文学》的独特价值:

> 在中国已往的什么闺秀词等等的书,大半仅是表示某家某姓的"才女才妇",某家某姓的"一门风雅",他们是根本想不到"这是妇女生活史",这是男性社会压迫下的呼声……秋英这部书的写法,她不仅了解中国妇女生活的整个,并且了解它的基质,并且了解它的前因后果,并且了解文学的真价值! 我们读了以后,先知道中国妇女的真实地位与其降落的原因,然后我们才真实的了解了所谓"中国妇女文学"。①

陶秋英在绪论中说:

> 中国妇女是可怜的妇女……在讨论中国妇女的文学之前,我们先要知道中国妇女是究竟怎样的情形,她们所受到的社会影响是什么? 因着那种社会影响而受到的教训——教育——是什么? 以及她们对于文学的兴趣怎样? 然后我们看她们的作品怎样? 然后我们怎样希望今后的妇女文学? ——这是本篇的前因后果。②

---

① 陶秋英:《中国妇女与文学·序》,第4页,上海:北新书局,1933年。
② 陶秋英:《中国妇女与文学》,第3页,上海:北新书局,1933年。

全书分为六章:绪论、中国守法社会及儒家伦理思想与中国妇女、中国妇女教育及妇女在文学上的兴趣、中国妇女与文学关系的启始、各种文体的几个代表作家、结论。其中"各种文体的几个代表作家"又分为五部分:赋、书牍、诗词、散文、弹词小说。

女性视角的作家研究与作品整理

一、关于贺双卿

张寿林撰写的《贺双卿》于1926年1月发表在《晨报》副刊第52期上,介绍了贺双卿的生平和创作,分析了《雪压轩词》的审美特征。1927年,张寿林将贺双卿作品整理成集,即《雪压轩集词》,由北平文化书社出版。书前有张寿林自序,书后有何文坻跋。跋中说:

> 客岁在京,读家藏《艺海珠尘》,中有董东亭《东皋杂抄》,读至"双卿"一条,而喜其词之真情流露,悲怆绝世,且叹其运之蹇也。掩卷凄然,不忍复读。适书簏中有旧购《欠愁集》,叙双卿事极详,盖沈宗畴姬人,拜鸳女史录自史震林《西青散记》者,因觅得散记共读之。散记叙事详赡,文词亦美妙可诵,盖与有明张宗子陶庵梦忆同长。颇赞双卿之作非凡品,为文彰之。乃先后各录其诗词,裒然成帙,共议剞劂,与世共赏。继以措资无从,荏苒至今。昨寿林弟来,谈次始悉渠稿已付梓人,杀青有日,实用欣幸!第有憾者,双卿生年未悉,而董东亭又谓为"张庆青",董说缪荃孙先生《双卿词序》(见《艺风堂文集》)曾辨其伪,谓为传闻之误。然词名"雪压轩"始自黄韵删,亦苦不知何据。窃谓双卿事迹,记之者或不仅散记与《东皋杂抄》两种,如能考之散记所记诸人如曹学诗等之著述,或可得其鳞爪。缪小山序双卿

词曰："其词闺秀罕见其俦,即散记中所载诗词亦不能不让其独树一帜,此其所以可传也。"兹录之,以饷爱读双卿词者。①

《雪压轩集》收雪压轩词14首,雪压轩诗7题23首,附有张寿林的《贺双卿及其词》,即《贺双卿》。此文序中说:

> 近来,我自个儿也不知道是受了谁的启示,总觉得女孩儿家顶可怜了……当我读了朱淑贞的《断肠集》并及贺双卿的《雪压轩集》,却真是使得我掉泪。呵,这年头可真比那时更凄凉虚伪,叫我不得不把她们捧在世间数十万自私的男子之前。请他们对着自己柔丽的女人想一想……在数十年以前,我们中州的女孩儿家,还是幽居在她们的深闺,崇守"女子无才便是德"的闺训,不敢从事于学问的诵习与研讨;但是有一小部分的女子,她们自身既然极富于文学的天才,更偶然能得到一种学习的机会,于是她们绮丽的才思,便不期然而焕发了。然而可怜她们只敢去吟风咏月,连抒情的诗词也不敢多做,否则便要受人们的讥议与讽笑。

文章分上、中、下三部分。上篇阐述了作者的女性观念,为女性无机会展示才华而不平,为女性要做旧式婚姻的牺牲品而不平。中篇介绍贺双卿生平,其参照和考查的资料主要有史震林《西青散记》、拜鸾女士《欠愁集》、董潮《东皋杂抄》等。下篇论述贺双卿词的思想感情和艺术特征,说道:

> 总括以上所论,我觉得双卿的词有可以注意的两点。第一,顾颉刚先生说:"双卿诗词,哝哝絮絮,似小儿女谈情诉苦,极真率,极悲哀",这几句话确实为双卿词的评。在中国的诗词中,很不易找到真情流露的文字,而双卿的词,全是她自个儿深蕴的浓挚的实感,从心底流出的声音,所以没

---

① 张寿林校辑:《雪压轩集》,北京:北京文化学社,1927年。

有一首不使我们感动。第二,双卿没有受中国文学的流毒,她不是想传名的文士,更不是虚伪的诗人,她只知道写她自个儿内心所不得不写的情绪,所以她不知道去模仿,更不知道去雕饰,但这样反使她的诗词成功而且不朽了。

徐志摩曾将《雪压轩集》拿给胡适看。胡适写有《贺双卿考》[①],提出了对贺双卿名字、出生地、年龄、事迹等五点怀疑,指出:

> 《散记》记双卿的事多不近情实,令人难信⋯⋯所以我疑心双卿是史震林悬空捏造出来的人物。后人不察,多信为真有其人,甚至于有人推为清朝第一女词人。其实史震林的《西青散记》四卷,除了两篇游山记之外,大都是向壁虚造的才子佳人鬼话。《散记》的前半专记史震林一班朋友扶乩请来的女仙的诗词,一一皆有年月日,诗词也很有可读的。双卿正是和《散记》里的"娟娟仙子"、"碧夜仙娥"、"白罗天女"、"清华神女"、"琅玕神女"同一类的人物。

二、费善庆、薛凤昌《松陵女子诗征》

1918年,吴江费氏花萼堂印行了费善庆、薛凤昌编纂的《松陵女子诗征》,共十卷,其中第十卷为"待征录",有人名而无作品。

费善庆的后叙说:

> 余刊《垂虹诗胜》后二年中,表弟薛君公侠助余搜讨成《松棱女子诗征》十卷,携稿示余,不禁大喜过望。而窃佩其搜讨之勤且勇也。曩者余尝谓女子之行谊文章亦从来采风者所不遗。治道不古,辎轩简出,壶内之言行郁不得彰久矣。而征文考献者又率抑阴扶阳,置妇言于不足齿数。因之泯灭无闻而终古不能省录者愈多,长逝者安所托命耶?余甚悯焉,乃掇其行谊之卓绝、文艺之可征者纂为"松陵女

---

①《胡适文存三集》,第537页,合肥:黄山书社,1996年。

士汇编"。公侠见之颇以为是,而犹病其简略。曰:"何不广之,为《松陵女子诗征》。"余以征求不易有难色,曰:"若任刊我当为若足成之余。"慨然诺,遂写录所有者数百家以诒之。自是,公侠随在搜访,时有所获。不四五年,所得家数几逾倍,篇什且数倍焉,则其勤且勇为何如乎。①

薛凤昌在例言中说:

> 数年前中表兄费子伯缘有松陵女士汇录之辑,载其行谊,间及篇章,虽有裨于文献,窃自病其简略,乃复时相商榷,广为诗征……五易星霜,积稿数寸,始宋迄今,都二百七十三人,得诗二千余首……此编专集女子,选例自宜从宽,凡得专集者则务撷其精华而篇什之数不限也,若仅存数首者,则尽录之而瑕瑜之见不存也。至集外之作,尤网罗不敢遗,盖文献沦亡之日,苟严删削,遗逸更多,返诸旁搜远绍之初衷。②

金祖泽的序中说:

> 风始之化基于二南,而关雎鹊巢以下诸篇,上自后妃夫人,下逮游女庶妾,莫不扢雅扬风,发情止义,即夷考列国之风,妇女言情之作亦十居三四焉。自是以后,唐山房中之奏班姬纨扇之吟,刘氏椒花之颂苏蕙回交之什,虽代有作者而流传綦尠,乌乎!岂周以前之女子秀而文,周以后之女子乔而野哉?世衰道丧,阴教不修。公宫三月,久废妇言之教,斯干百堵,仅详酒食之议。声丝不韵,蘋藻无印,抑有由焉。③

三、施淑仪《清代闺阁诗人征略》

施淑仪,1877 年生,字学诗,江苏崇明人。毕业于香港中文

---

①②③ 费善庆、薛凤昌:《松陵女子诗征》,吴江费氏华鄂堂铅印本,1918 年。

大学,"少有诗名。归蔡南平,早寡。清末任崇明尚志女校校长,民国二年改任学监,开崇明女学风气。有《湘痕吟草》、《冰魂阁集》,辑《随园女弟佚闻》二卷"①。1920 年任崇明县女子师范学校校长。她的《清代闺阁诗人征略》是一部清代女作家的传记著作。施淑仪在例言中说:

> 是编体例仿厉樊榭《玉台书史》、张南山《诗人征略》而变通之,先详姓氏、里居、著述,次列事迹,而分注所引书名于下。凡本文所未尽者,或采遗闻,或录序跋,或遇隽句别有会心,或以议论独抒所见,低一格加某某案以别之。

> 是编专载有清三百年中闺秀,起于顺治、下迄光绪,至明季闺秀甲申后尚生存于世者亦录之。惟闺秀无科名仕宦可考,其年辈界在疑似间者,不无搁入,若确知其生卒皆在明时,则虽甚有名如叶小鸾、翁孺安辈,概不著录。

> 是编偏重文艺,凡诗文词赋书画考证之属,有一艺专长足当闺秀之目者皆录之,非是,虽有佳言懿行,概不著录。

> 是编所采诗文家以有专集行世及入选于诸大总集者为断,美术家以经前辈通人论定者为断,杂著以世有传本为断,惟沈云英仅以《春秋胡传》教授,别无著述传世,以其为稀世女杰,破格录之。

> 是编以事迹为主,与选诗不同,凡见其诗而未见其事迹者,姑从阙,盖非有所轩轾于其间也。

> 是编略依时代为次,或母女姑媳相从,或以诗派相近及同社同门者为类,不拘一例,阅者谅之。

> 是编本属于文学史,恽珍浦之《正始集》、汪小韫之《明三十家诗选》皆附录其选诗例言,以资参考。

> 是编所采诸家诗话,凡有诗无话者自不当录,惟除此零

---

① 蒋寅:《清诗话考》,第 657 页,北京:中华书局,2005 年。

章断句之外未见事实,则间有采之以存其人者。至诗话所收全篇,初稿悉载入,嗣以篇幅太冗,大加删剟,但亦有不忍割爱者,仍未尽删除。

闺秀言行有失之迂旧不合现代生活,或流于迷信不脱神权思想者,是编仍照原书甄录,以存其真。

闺秀有姓氏事迹而名字无传者,初稿未及按照时代编入各卷,将来拟另编一卷,附于全书之后,但姑就已经抄摘者编纂,不复旁收博采。

值得注意的一则说:

恽氏《正如集》以黄忠端、祁忠敏殉节,前朝不录蔡、商两夫人诗,不知著述乃个人之事,与夫无与。两夫人能以文学美术传世,不为两公忠节所掩,正女界绝大光荣。且恽氏采黄梨洲母姚淑人诗,梨洲之父忠端公尊素殉阉难,前于漳浦山阴二十年,淑人年辈亦远在蔡、商之前,于体例亦未为画一。恽氏当日未明男女平权之理,以为妇人从夫,自应不选,今既认女子亦具独立人格,故仍从甄录。①

这部《清代闺阁诗人征略》共十卷,补遗一卷,收录作家1161位。梁乙真的《清代妇女文学史》在篇末附有清代妇女著作家表,梁称"此表所列,多资于施学诗女士《清代闺阁诗人征略》"。

四、单士厘《清闺秀艺文略》

单士厘(1858—1945),女,字受兹,萧山城厢镇人,生于书香门第,自幼勤奋好学,博学能文。其夫钱恂,是清朝外交官,为维新派中知名人士。清光绪二十五年(1899 年),以外交使节夫人的身份旅居日本,很快学会日语,能在无译员时,代任口译。二十九(1893)年,离日本赴俄,后又遍历德、法、英、意、比等国,直到宣统元年(1909)冬才回国。单士厘敢于冲破封建礼教束缚,

---

① 施淑仪:《清代闺阁诗人征略》卷首,上海:商务印书馆,1922年。

从深闺走向世界。在随夫遍游亚、非、欧三大洲的十年中，把海外的所见所闻写成《癸卯旅行记》、《归潜记》二书。二书文笔流畅，叙事抒情感情真切，是我国最早的女子出国游记。单士厘在《归潜记》一书的《章华庭四室》和《育新》两篇中，还系统地介绍古希腊、古罗马的神话，是最早把欧洲神话介绍到中国的人。单士厘一生著作较多，除《癸卯旅行记》、《归潜记》是她的代表作外，尚有《清闺秀艺文略》、《正始再续集》、《受兹室诗稿》、《家政学》等。

作者在《清闺秀艺文略》凡例中说：

> 有清一代艺文今史稿尚缺误，而不患他日无详编。独闻言罕外出，久且弥湮。往夫子在时，恒购女史专集及诗话征略等见贻，嘱为记载。戚旧相闻，亦复远道寄示，爰识其名姓氏，然而略未备也。

> 断代出入为难，上以入关为限，而前史有未收者，下以辛亥为断，而鼎易之初，正多懿作，则敢滥也无取过严。

> 至于小说弹词之属，常例隐名，作者自有用心，更无论传之多歧而鲜信，亦发之有所不忍耳。

《清闺秀艺文略》共四卷，以作品为条目，先列著作名称，下标作者名字，籍贯，时而有"士厘曰"，细述作者生平。如"《绣余吟》"条为：

> 《绣余吟》，冯思慧，字睿之，顺天大兴人。刘秉恬继室。士厘曰：思慧为吴慎仪女。本姓骆，幼育于从母胡慎容，故姓冯。或曰思慧为胡慎容女。慎容夫亡无子，只一女，慎仪抚为己女。按《正始》称兰早寡，孤子亦卒，为闺塾师，历四十年。是后说非也。思慧胞妹骆思敏能诗无集，母胡慎仪有《石兰集》，从母慎容有《红鹤山庄集》。

单士厘在跋中说：

> 此稿十余年前嗣弟单丕曾取载于浙江图书馆馆报中，

固未整理也。翌年冬，舍弟逝世，修整之功遂辍。而近年间见闻所及，颇得多人增著录三分之一，又以前后生卒时代不能一一确知，乃依广韵编次人名。写付排印中途，又遭印刷局罢闭之厄，爰手抄数部，拟存入南北图书馆，俾不致湮没而已，亦借以消遣余年。惟有清一代，土地之广，人民之多，三百年间闺阁著述家裒只此数，挂一漏万，实深疚心，以后倘能延风烛年，续有闻见，当接续记载，耄年目昏，脱漏错误不知凡几，阅者谅之。

胡适在 1928 年曾为《清闺秀艺文略》作序，题为《三百年中的女作家》①，收入《胡适文存三集》。

他说：

单不庵先生把他的姐姐钱夫人士厘女士的《清闺秀艺文略》五卷送给我看，问我愿不愿做一篇序。我看了这部书，很有点感想，遂写出来请钱夫人和不庵先生指教……这部《闺秀艺文略》目录起于明末殉难忠臣祁彪佳的夫人商景兰，讫于现代生存的作者，其间不过三百年，而入录的女作家共有二千三百十人之多……钱夫人十年的功力便能使我们深信这三百年间有过二千三百多个女作家，这是文化史上的一大发现，我们不能不感谢她的。

同时，胡适也由此书所记发现了一些就女性而言较为悲观的方面：

这三百年中女作家的人数虽多，但她们的成绩都实在可怜的很。她们的作品绝大多数是毫无价值的。这是我们分析钱夫人的目录所得的最痛苦的印象。②

胡适指出造成这种结果的是"这个畸形的社会"，"不肯教育

①② 胡适：《胡适文存三集》，第 530～536 页，第 533 页，合肥：黄山书社，1996 年。

女子,女子终不能有大成就,不许女子有学问,女子自然没有学术上的成绩可说;不许女子说真话,写真情,女子的作品自然只成为不痛不痒的闺阁文艺而已"。

此外,胡适也指出了此书在著述过程中存在的缺陷:

> 第一,各书皆未注明出处。第二,作家年代有可考见者,若能注明,当更有史学价值。第三,各书之下若能注明"存"、"佚"、"知"、"见",也可增益全书的用处……这三百年中,有些女子著作了不少小说、弹词……钱夫人若收集这一类著作考订作者的真姓名的年代籍贯,列入这部闺秀文献志里,便可使这部书更完全,而后人对于这三百年的文艺真相也可以更明了了。①

五、王蕴章《然脂余韵》等女子诗话

王蕴章《然脂余韵》,"盖取有清一代闺秀诸作撮录而成"。王蕴章(1884—1942),字莼农,"别号西神残客,江苏无锡人。16岁中举人。清季任英文教师,后应聘于商务印书馆为编辑。编《小说月报》,兼《妇女杂志》。著《女艺文志》"②。他的《然脂余韵》最初散载于涵芬楼出版之各月刊中,1918年由商务印书馆出版。

王蕴章在自序中说:

> 吾宗西樵有《然脂集》之选……尝有意续之而未逮。比年佣书于涵芬楼,楼中富藏书,戢搜所及,不加诠次,断自清初,以迄近季,断章零句,录之或无所表暴,而玉情瑶韵,蔚成佳话者亦录之,传姓氏,志梗概,存什一于千百也。③

---

① 胡适:《胡适文存三集》,第 535 页,合肥:黄山书社,1996 年。
② 蒋寅:《清诗话考》,第 655 页,北京:中华书局,2005 年。
③ 蔡镇楚:《中国诗话珍本丛书》第 22 册,第 5~6 页,北京:北京图书馆出版社,2004 年。

蒋寅《清诗话考》叙此书：

> 虽钞撮前人书如《闺秀正始集》等为多，然遇手稿、钞本、书简等必甄录亡佚，又载同时闺秀之作颇多，以资料言较他家诗话为尤丰富也。徐彦宽跋称其"卓然集清三百年闺秀诗词话之大成"，洵未为过。①

除此，"五四"时期的女性诗话还有：

金燕撰《香奁诗话》（1915 年上海广益书局铅印本），"卷上收闺秀三十三人，卷中收妓女十八人……卷下载诗尼七人，女冠一人。文字以记载为主，非论诗之作"②。

雷瑨、雷瑊辑《闺秀诗话》16 卷，1922 年上海扫叶山房石印本。

> 雷瑨字君曜，雷瑊字君彦，江苏华亭人。雷瑨曾任《文艺杂志》主编，辑有《五百家香艳诗》、《清人说荟》。雷瑊事迹未详。自序云："甲寅之夏，足患湿疾甚苦，经月不能步履，郁伊无聊，时与吾弟君彦取各家诗集及笔记诗话诸书，随意浏览，以消永昼。见有涉闺秀之作，则别纸录之。四方朋好，又时贻书，以闺秀诗录示，或专集，或一二零章断句，有仅具姓氏者，亦有遗闻逸事足资谈柄者。每有所得，辄付管城子记之，不分时代，不限体格，大旨以有清一代闺秀诗为断，元明间闺媛名著，偶亦附入焉。阅一年为乙卯夏，成书十六卷，得闺秀一千三百余人。"其书大体抄录故籍，多叙述生平及采诗而少品评，所采迨同时狄平子《平等阁笔记》、杨钟羲《雪桥诗话》及报章杂志，末附论其母孙太夫人诗一条。目录于各人名下缀其诗集名，颇为独特。③

雷瑨辑《青楼诗话》二卷，与《闺秀诗话》同时，同为扫叶山房

---

①②③ 蒋寅：《清诗话考》，第 656 页，第 656 页，第 657 页，北京：中华书局，2005 年。

印。《清诗话考》说:此书"采录唐薛涛以降妓女能诗者事迹,不仅为风尘中佳话,亦藉以考见青楼女子与文学之关系……此书之作实为妓女文学史之先声,惟采辑未广,编次无序为可憾耳。"①

女性视角的古典文学评论

一、胡适古典文学批评中的女性视角

前面提到胡适的《贞操问题》,文中谈及《儒林外史》:

> 《儒林外史》里面的王玉辉看他女儿殉夫死了,不但不哀痛,反仰天大笑道:"死得好,死得好!"王玉辉的女儿殉已嫁之夫,尚在情理之中。王玉辉自己"生这女儿为伦纪生色",他看他女儿死了反觉高兴,已不在情理之中了。②

1923年2—5月胡适作《〈镜花缘〉的引论》,文章有四部分:一、李汝珍;二、李汝珍的音韵学;三、李汝珍的人品;四、《镜花缘》是一部讨论妇女问题的书。引论说:

> 我们要问,著者自言"穷探野史,尝有所见",究竟他所见的是什么? 我的答案是:李汝珍所见的是几千年来忽略了的妇女问题,他是中国最早提出这个妇女问题的人,他的《镜花缘》是一部讨论妇女问题的小说。他对于这个问题的答案是,男女应该受平等的待遇,平等的教育,平等的选举制度。这是《镜花缘》著作的宗旨。③

---

① 蒋寅:《清诗话考》,第656~657页,北京:中华书局,2005年。
② 胡适:《贞操问题》,见《"五四"时期妇女问题文选》,第107页,北京:三联书店,1981年。
③《胡适古典文学研究论集》,第1126页,上海:上海古籍出版社,1988年。

三千年的历史上，没有一个人曾大胆的提出妇女问题的各个方面来作公平的讨论。直到十九世纪的初年，才出了这个多才多艺的李汝珍，费了十几年的精力来提出这个极重大的问题。他把这个问题的各方面都大胆的提出，虚心的讨论，审慎的建议。他的女儿国一大段，将来一定要成为世界女权史上的一篇永永不朽的大文；他对于女子贞操，女子教育，女子选举等等问题的见解，将来一定要在中国女权史上占一个很光荣的位置。①

1925年，胡适为《儿女英雄传》作序。序中说：

> 这部书又要写"儿女英雄"两个字……作者究竟也还脱不了那"世上人"的俗见。他写的"英雄"，终脱不了那"使气角力"的邓九公、十三妹一流人。他的"儿女"也脱不了那才子佳人夫荣妻贵的念头。这书的前半写十三妹的英雄……这里的十三妹竟成了"超人"了！"超人"的写法，在《封神传》或《三宝太监下西洋》或《七剑十三侠》一类的书里，便不觉得刺目；但这部书写的是一个近代的故事，作者自言要打破"怪、力、乱、神"的老套，要"以眼前粟布为文章"，怎么仍要夹入这种神话式的"超人"写法呢？

胡适批评《儿女英雄传》对十三妹的描写前后不一，说：

> 这样一个"超人"的女英雄在这书的前半部里曾对张金凤说：你我不幸托生个女孩儿，不能在世界上烈烈轰轰作番事业也得有个人味儿。有个人味儿，就是乞婆丐妇，也是天人；没些人味儿，让他紫诰金闺，也同狗彘。小姐又怎样？大姐又怎样？（第八回）这是多么漂亮的见解啊！然而这位"超人"的十三妹结婚之后，"还不曾过得十二日"，就会行这

---

① 《胡适古典文学研究论集》，第1145～1146页，上海：上海古籍出版社，1988年。

样的酒令:赏名花:名花可及那金花? 酌旨酒:旨酒可是琼
林酒? 对美人:美人可得作夫人? (第三十回)这位"超人"
这一跌未免跌的太低了罢? 其实这并不是什么"超人"的堕
落;这不过是那位迂陋的作者的"马脚毕露"。这位文康先
生哪里够得上谈什么"人味儿"与"超人"味儿? 他只在那穷
愁潦倒之中做那富贵兴隆的甜梦,想着有乌克斋、邓九公一
班门生朋友,"一帮动辄是成千累万",梦想着有何玉凤、张
金凤一类的好女子来配他的纨绔儿子,梦想着有这样的贤
惠媳妇来劝他的脓包儿子用功上进,插金花,赴琼林宴,进
那座清秘堂! 一部《儿女英雄传》里的思想见解都应该作如
是观:都只是一个迂腐的八旗老官僚在那穷愁之中作的如
意梦。①

1926 年,胡适作《〈海上花列传〉序》:

> 前人写妓女,很少能描写他们的个性区别的。十九世
> 纪的中叶(1848)邗上蒙人的《风月梦》出世,始有稍稍描写
> 妓女个性的书。到《海上花》出世,一个第一流的作者用他
> 的全力来描写上海妓家的生活,自觉地描写各人的"性情,
> 脾气,态度,行为",这种技术方才有充分的发展。②

二、谢晋青的《诗经之女性的研究》

1924 年,商务印书馆出版了谢晋青的《诗经之女性的研
究》。谢晋青在《绪言》中说:

> 我这次是想在《诗经》中,发掘古代妇女问题的,并不是
> 做考据的工作。在意义方面,我们总以诗底本义为归宿,那
> 些不可靠的头脑不清的误解,我们是一概不取。在艺术方

---

① 胡适:《胡适文存三集》,第 375 页,合肥:黄山书社,1996 年。
② 胡适:《胡适古典文学研究论集》,第 1221 页,上海:上海古籍出版
社,1988 年。

面,我们总以普遍而真挚的平民主义为归宿,那些不自然的附会穿凿,我们也一概排斥。

全书分为十个部分:一、绪;二、周南召南;三、邶风;四、鄘风;五、卫风;六、王风;七、郑风;八、齐风至秦风;九、陈风以下;十、结论。全书的论述都贯穿着女性的视角,如第三部分"邶风"的小标题为:写女性失恋的《柏舟》;写母性爱的《燕燕》、《凯风》;写恋爱问题的《雄雉》、《匏有苦叶》、《静女》。第五部分"卫风"的小标题为:写贵妇人底女性美的《硕人》;写女性失恋的《氓》;写恋爱问题的《伯兮》、《木瓜》,等等。对具体诗篇的论述也是如此,如论《螽斯》:"这是一篇较纯粹的象征派诗,以善生子的螽斯,比喻美的妇女,很可以表现中国人底女性观。"①

梁乙真的《中国妇女文学史纲》中说:"谢晋青《诗经之女性的研究》,谓'十五国风存诗一百六十篇,其中有关妇女问题者八十五篇',若就宋人训诗'国风男女之词多淫奔自述之诗'一语观之,则古之妇人,矢口成章,女子之作,国风中盖居其大半矣(此说章学诚最反对之,见《文史通义·妇学篇》)。"②

三、潘光旦的冯小青研究

潘光旦,别号中昂,江苏省宝山县人。1913—1921年在清华大学读书,1922年赴美国留学,1926年回国,先后在多所大学任教,讲授心理学、遗传学、西洋社会思想史、中国儒家社会思想等课程。

1924年,潘光旦的《冯小青考》发表在《妇女杂志》上,分为"小青事略"、"小青真伪考证"两个部分。文章梳理了支如增、张潮、陈文述、张岱等人对小青的记述,认为"小青为明季女子,或

① 谢晋青:《诗经之女性的研究》,第19页,北京:商务印书馆,1924年。

② 梁乙真:《中国妇女文学史纲》,第12页,上海:开明书店,1932年。

言姓冯氏。万历二十三年(1595年)生于扬州。万历三十八年嫁与杭州冯姓作妾。万历四十年(1612年)病瘵死。得年十八岁"①,又由明末清初诗人李舒章、施愚山、陆丽京等人诗文而考小青其人其事皆应实有。

1927年,潘光旦在《冯小青考》的基础上,又进行加工修订,易名为《小青之分析》,且有闻一多特地为小青作的《对镜》画一幅,交新月书店出版。这个单行本除对小青性心理变态作了深入地探讨外,还补写了《精神分析派之性发育观》,余论二、附录二、附录三及插图若干。潘光旦在此版叙言中说:

> 本篇初稿成于一九二二年,二年后,曾寄登《妇女杂志》,题名曰《冯小青考》。唯当时仓促成文,于小青之性心理变态,未能分析详尽;且《妇女杂志》编辑将附录之小青作品抽去,以致读者无从参证,心滋憾焉。今秋新月书店余上沅先生以书稿见嘱,爰取旧有关于小青之材料重加厘定,于其性心理变态,复作详细之探讨。既成,较旧作多至四五倍。

1929年,此书再版,改名为《冯小青——一件影恋之研究》。以后潘光旦又在《人间世》发表了《小青考证补录》(上、下篇)、《书冯小青全集后》(上、下篇)等。

《小青之分析》除引言外有六个部分:精神分析派之性发育观,自我恋,小青之影恋,小青之死与其自觉程度,小青自我恋之病源论,小青变态心理之余波。引言及第一部分介绍了弗洛伊德以及巴鲁的性心理学说,自我恋部分认为希腊神话中奈煞西施(Narcissus)的影恋与小青相类,乃自我恋之一种。第三部分则通过小青传中之言行及小青作品论证小青之影恋。

> 或曰:世间顾影自怜之男女,所在而是,何以知小青之顾影自怜为变态的而非偶然的? 曰:有数说焉。第一在一

---

① 潘光旦:《冯小青性心理变态揭秘》,第3页,北京:文化艺术出版社,1990年。

"辄"字,亦在"时时"二字,以示其决非偶然之行为。二曰与影对语;盖显然以影为有人格之对象,故从而与之问答,且絮絮叨叨,不仅一二语而已。三曰人见即止;普通情人相会,雅不乐第三者阑入;女奴为小青幽居中惟一伴侣,宜甚相稔,而小青竟不以其窥探为然,岂亦以情人视己影耶?四曰形容惨淡。一般之顾影自怜者顾影而乐,而小青则反之;殆一泓秋水,可望而不可接之味况,已有不堪消受者在,外此无以解释也。①

在第五部分中,作者论述小青性心理变态的原因说:

> 小青适冯之年龄,性发育本未完全;及受重大之打击,而无以应付,欲性之流乃循发育之途径而倒退,其最大部分至自我恋之段落而中止;嗣后环境愈劣,排遣无方,闭室日甚,卒成影恋之变态。②

第六部分中则认为小青在影恋之前亦有恋母与同性恋倾向,而且有弗洛伊德所谓"夸大狂"之病症:夸大狂者的自大和猜疑是小青发生自我恋的性格基础。

除小青研究而外,潘光旦还有《女子作品与精神郁结》(附录二),由《销魂词》的遣词用字来研究中国古代女子的精神状态及其原因。潘光旦在文章开篇写道:

> 读女子作品,每讶其辞意之消极,而未敢必其消极之程度也。五年前偶见近人毕振达选钞之清代女子诗余,题曰《销魂词》,都95家,为词234首。每阅一首,辄录其意涉消极之字或名词,并志其所见之频数。为便于参考计,复归纳之为:(一)刺激;(二)有机状态;(3)情绪状态;(4)反动与行为四类。③

随后作者对这四类字词进行了分别统计,如"刺激"类有:

---

① ② ③ 潘光旦:《冯小青性心理变态揭秘》,第29页,第42页,第62页,北京:文化艺术出版社,1990年。

"空虚"27次,"天涯"24次,"深院"11次,"花谢"56次等等。对于统计结果,潘光旦说:"二百三十余首词中,意义消极之字竟在一千六百以上,不可谓不多矣。"①对于这种状态的原因,潘光旦认为在自己之成见、选词者之成见外,还在于"作词者之体气虚弱与精神郁结"。

> 唯其体气虚弱,故平时每觉"慵","懒","困","倦"。及遇有比较强烈之刺激,即觉"不胜","不禁","不堪","无奈","无计"。甚者且"恹恹"成"病",而"瘦"比黄花也。唯其体气虚弱,精神郁结,故其应付环境中之刺激时,有特殊之选择;若者宜容受,若者宜避免,其有机状态每预为之地。刺激有属空间者,有属时间者,有属气候者,有属天然景物者,有属事物之动静状态者:要唯消极者是受。又唯其生理与心理状态之特殊,故其发为情感与反动亦多消沉闭室:一个愁字多至一百十余起,即平均每二首必有一字;啼,哭等字凡五十八起,平均每四首必有一字;而锁门,掩闺,闭帘栊等几成词人日常生活中富有意味之活动,则尤可注意者也。

> 女词人精神生活之不积极,局部或为我华种族之体质使然……然此为种族生理之常态,不足以完全解释词人之精神状态也……性发育与生活之愆期、缺陷,与不适当,或可与我辈以比较概括之解释。②

在《女子生活与性心理变态》一文中,潘光旦则将这种视角扩大至普遍的中国女性。他说:

> 自来我国社会对于女子之态度,读者知之稔矣。一言以蔽之曰:不谅解。教育阶级中,拘泥之道学家以女子为不祥,佻达之文学家以女子为玩物;即女子自身,亦不惜以不

---

①② 潘光旦:《冯小青性心理变态揭秘》,第65页,第66页,北京:文化艺术出版社,1990年。

祥之物可玩之物自贬,一般社会之视听评论更不足道矣。一弱女子不幸而生长其间,偶有先天健可,发育得宜,合乎常态者,终至于反常变态,因而捥戾以死,其先天屏弱,发育失常者,尤不待论,弥可哀已。不佞尝就清代女子词选作一浅近之观察,觉中国女子之体力脆弱,精神郁结者,为数必大,而智识阶级中之女子为尤甚。此其原因大都与性生理或性心理之不能自然发展有密切关系。①

四、顾颉刚的孟姜女故事研究

顾颉刚在 1921 年到 1927 年间曾做过孟姜女故事研究。"顾师研究孟姜女的故事,开始于一九二一年冬天。那时他正在研究《诗经》,辑集郑樵的《诗说》。"②诗经文献中对孟姜女的注释等引起了顾颉刚的注意,于是他开始收集孟姜女的资料。

"1924 年 11 月,顾颉刚因《歌谣》周刊之邀,写出一万二千字的《孟姜女故事的转变》,刊于《歌谣》第 69 期。该文纯是纵向材料的排列,将孟姜女故事从春秋到北宋的发展过程,大致理出了个系统。"③文章虽是从历史的和民俗的角度出发,却也在客观上体现了女性意识的价值。如在阐述孟姜女故事在唐代的演变时说:

> 唐代的时势怎样呢?那时的武功是号为极盛的,太宗、高宗、玄宗三朝,东伐高丽、新罗,西征吐蕃、突厥……兵士终年劬劳于外,他们的悲伤,看杜甫的《兵车行》、《新婚别》诸诗均可见。他们离家之后,他们的妻子所度的岁月,自然

---

① 潘光旦:《冯小青性心理变态揭秘》,第 48～49 页,北京:文化艺术出版社,1990 年。
② 王煦华:《孟姜女故事研究集·序》,见《孟姜女故事研究集》,第 1 页,上海:上海古籍出版社,1984 年。
③ 陈平原:《中国文学研究现代化进程二编》,第 71 页,北京:北京大学出版社,2002 年。

更是难受。她们魂梦中系恋着的，或是在"玉门关"、或是在"辽阳"，或是在"渔阳"，或是在"黄龙"，或是在"马邑、龙堆"，反正都是在这延亘数千里的长城一带。长城这件东西，从种族和国家看来固然是一个重镇，但闺中少妇的怨毒所归，她们看着便与妖孽无殊。谁人是逞了自己的野心而造长城的？大家知道是秦始皇。谁人是为了丈夫惨死的悲哀而哭倒城的？大家知道是杞梁之妻。这两件故事由联想而并合，就成为"杞梁妻哭倒秦始皇的长城"……她们大家有一口哭倒长城的怨气，大家想借着杞梁之妻的故事来消自己的块垒，所以杞梁之妻就成为一个"丈夫远征不归的悲哀"的结晶体。①

顾颉刚对孟姜女故事的研究引起了学术界的广泛关注，也掀起了一股孟姜女研究的热潮。1925 年 6 月，《歌谣》杂志发行《孟姜女专号》。1926 年，顾颉刚在为《古史辨》第一册写自序时，本欲总结自己对孟姜女的研究，以此来为研究古史的方法举一旁证，但因下笔后篇幅过长，后将此部分单独作为《孟姜女故事研究》，发表于 1927 年《现代评论二周年增刊》上。此文分三个部分。第一部分：孟姜女故事历史的系统；第二部分：地域的系统；第三部分：研究的结论。

> 民众的感情中了充满着夫妻离别的悲哀，故有捣衣寄远的诗歌，酝酿为孟姜女寻夫送衣的故事；有登高望夫的心愿，酝酿为孟姜女筑台望远的故事（以及谢氏等望夫化石的故事）；有骸骨撑拄的猜想，酝酿为孟姜女哭崩长城滴血觅骨的故事。所以我们与其说孟姜女故事的本来面目为民众所演变，不如说从民众的感情与想像中建立出一个或若

---

① 顾颉刚：《孟姜女故事研究集》，第 17 页，上海：上海古籍出版社，1984 年。

干个孟姜女来。孟姜女故事的基础是建设于夫妻离别的悲哀上,与祝英台故事的基础建设于男女恋爱的悲哀上有相同的地位。

就这件故事的意义上回看民众与士流的思想的分别。杞梁妻的故事,最先为却郊吊;这原是知礼的智识分子所愿意颂扬的一件故事。后来变为哭之哀,善哭而变俗,以至于痛哭崩城,投淄而死,就成了纵情任欲的民众所乐意称道的一件故事了。它的势力侵入了智识分子,可见在这件故事上,民众的情感已经战胜了士流的礼教。后来民众方面的故事日益发展,故事的意义也日益倾向于纵情任欲的方面流注去:她未嫁时是思春许愿的,见了男子是要求在杨柳树下配成双的,后来万里寻夫是经父母翁姑的苦劝而终不听的;秦始皇要娶她时,她又假意绸缪,要求三事,等到骗到了手之后而自杀。但这件故事回到智识分子方面时,就又变了一个面目,变得循规蹈矩了:她的婚姻是经父母配合的,丈夫行后她是奉事寡姑而不敢露出愁容的,姑死后是亲自负土成坟而后寻夫的;到后来也没有戏弄秦始皇的一段事。因为两方面的思想有这样的冲突,所以一个知礼的杞梁之妻会得变成了自由恋爱的主张者,敢把自己的生命牺牲于爱情之下;但又因智识分子的牵制,所以虽有崩城的失礼而仍保留着却郊吊的知礼,虽有冒险远行的失礼而仍保留着尽孝终养的知礼。我们只要一看书本碑碣上的记载,便可见出两败俱伤的痕迹;倒不如通行于民众社会的唱本口说保存得一个没有分裂的人格了。①

---

① 顾颉刚:《孟姜女故事研究集》,第69～73页,上海:上海古籍出版社,1984年。

五、《红楼梦》评论

胡适作《红楼梦考证》后，人们纷纷开始从新的角度、用新的方法研究红楼梦。比如发表在《小说月报》第十一卷第六号（1920年6月25日版）上的佩之的《红楼梦新评》。佩之认为《红楼梦》是为批评社会而作：

> 作者所提出的几个问题，如婚姻问题，纳妾问题，子女教育问题，弄权纳贿问题，作伪问题等，都是社会上极重要的问题，所以说他是只有批评社会四个字，作他的主义。①

对书中女性人物，佩之也有评论，其中属女性视角的如：

> 袭人是从来批评家所最厌恶的。厌恶的原因，是因为再嫁！我要问，"再嫁是他罪名么？"依旧道德上说，他只一个丫头，又没有堂皇正大的许给宝玉做妾，便是有什么关系，也没有守节的理由。从新道德一方面说，这是不成问题。嫁人是他的自由，有关系的人，已做了和尚，守着他做甚。

又评鸳鸯道：

> 到不得已的时候，战不过万恶的社会，除了自杀，还有什么法子呢？②

1934年，开明书店出版了"洁本《红楼梦》"，茅盾在1933年5月为此书做了《洁本〈红楼梦〉导言》，论述了《红楼梦》与此前小说的种种不同，其中之一就是《红楼梦》的女性描写。他说：

> 《红楼梦》是写"男女私情"的。《红楼梦》以前，描写男女私情的小说已经很多了，可是大都把男人作为主体，女子作为附属；写女子的窈窕温柔无非衬托出男子的"艳福不浅"罢了。把女子作为独立的个人来描写，也是《红楼梦》创始的……《红楼梦》中那些女子都是活生生的人，都是作者

---

① ②《红楼梦研究稀见资料汇编》，第50页，第58页，北京：人民文学出版社，2001年。

观察得的客观的人物,而不是其他"才子佳人"小说里那些作者想像中的"美人儿"。这一点,也是曹雪芹所开始的"新阶段",但后来人并没能够继续发展。①

六、其他

林语堂的《吾国与吾民》(又名《中国人》),出版于 1935 年。第五章的题目为"妇女生活",从不同的方面对中国古代典籍中的女性意识分别进行论述。如论女性之从属地位:

> 通观《诗经》中所收之"国风",吾人殊未见女人有任何退让隐避之痕迹。女子选择匹偶之自由,如今日犹通行于广西南部生番社会者,古时亦必极为流行……《诗经》中还有许多女子偕恋人私奔的例证,婚姻制度当时并未成为女性的严重束缚若后代者。②

如论婚姻与家庭:

> 所谓"被压迫女性"这一个名词,决不能适用于中国的母亲身份和家庭中至高之主脑。任何人不信吾言,可读读《红楼梦》,这是中国家庭生活的纪事碑。你且看看祖母贾母的地位身份,再看凤姐和她丈夫的关系,或其他夫妇间的关系(如父亲贾政和他的夫人,允称最为正常的典型关系),然后明白治理家庭者究为男人抑或女人……③

其第七章的题目为"文学生活",对某些文学样式或作品的论述中也涉及女性意识,如"小说"标题下论《红楼梦》道:"凤姐的泼辣,妙玉的灵慧,一个有一个的性格,一个有一个的可爱处,每个各代表一种特殊的典型。"④

---

① 茅盾:《茅盾古典文学论文集》,第 507~508 页,上海:上海古籍出版社,1986 年。
②③④ 林语堂:《吾国与吾民》,第 120 页,第 128 页,第 259 页,西安:陕西师范大学出版社,2002 年。

徐珂所作《天足考略》(《天苏阁丛刊》之一种)，为近世研究妇女不缠足名作。徐珂，《清稗类钞》作者，字仲可，浙江钱塘人，同治八年举人。1895年参与公车上书，清末参加南社。后绝意仕进，应乡举同年、挚交张元济之邀，任商务印书馆编辑，编辑了包括《辞源》在内的一大批颇具影响的出版物。

著《天足考略》时有一些零散材料遗留下来，徐珂将其编成《知足语》，在序中说：

> 时彦谓之天足者，以其不假矫揉造作，由于天然耳。珂曩有《天足考略》、《天足考略补》之作。今复有此，则于篗衍丛残中得之，有为《考略》所未载者，不忍传诵，因名之曰《知足语》。

在《知足语》中，徐珂收集了宋元明清诗歌中描述妇人劳作生活之苦者，如苏轼《吴中田妇叹》、吴可《田家女》等。

（黑龙江大学　董晓玲）

"五四"前后的俗文学研究(上)

——"五四"前后(1918—1937)俗文学运动的历史轨迹

中国学者对"不登大雅之堂"①的俗文学的关注和研究起源于敦煌藏经洞讲唱文学的面世,并在北京大学歌谣运动的倡导下成为一项神圣的学术事业,其间历程颇为曲折艰难。本文拟对 1918 年到 1937 年的俗文学运动的发展轨迹加以清理,既彰显其发展轨迹,又总结其历史成就。

自从日本学者第一次用"俗文学"一词指称敦煌的讲唱文学以来,俗文学便逐渐得到学术界的关注,并以"民间文艺"的名目成为民俗学运动关注的中心。那个时代的媒体很敏锐地关注到了这一现象:"以前我国民俗学""以民间文艺为主,而社会风俗习尚居其次焉","盖此运动之倡导者多为文学家、史学家,缺乏民俗学、人类学、民族学、社会学之理论基础,眼光较为狭窄,其结果事实多而理论少,琐屑之材料多而能作比较研究者少";而杨成志"留欧归来,于民俗学、民族学之造诣益深",《民俗》复刊号第一卷第一期"内容之丰富质量之高远超过《民间文艺》和《民俗周刊》"。这一转变,已经是 1936 年,距民俗学运动发生近二

---

① 小说、戏曲研究家、收藏家马廉将其书斋命名为"不登大雅之堂"、藏书命名为"不登大雅堂文库"。

十年后的事情了。① 运动的参与者也不讳言这一点。运动的发起者刘复收集歌谣就是为了给新诗创作提供借鉴。钟敬文《数年来民俗学工作的小结账》也指出"民俗学包括（1）信仰与行为；（2）习惯；（3）歌谣故事及俗语"②。1935 年，胡适在《歌谣周刊复刊词》中依然指出："我以为歌谣的收集与保存，最大的目的是要替中国文学扩大范围，增添范本。""所以我们现在做这种整理流传歌谣的事业，为的是要给中国新文学开辟一块新的园地。"③因此，俗文学研究的历史进程实际上就是民俗学运动的历史进程；要了解"五四"时期以来的俗文学研究，必须首先关注这一"中国现代知识分子思想史上最可纪念的事件之一"④。这一事件经历了北京大学、中山大学和中央研究院三个机构的倡导，并显著地体现为三个时期。"中国的民俗学运动，导源于民国七年北京大学歌谣研究会及风俗调查会。然此为发轫时期，迨至民国十六年末中山大学语言历史研究所的民俗学会成立后（参阅《民俗学会一年来的经过》，中大语言历史学研究所年报，1，16，1929），可算是努力传播的时期。"⑤中央研究院历史语言研究所民间文艺组的建立则意味着俗文学已经在中央一级学术机构中取得了学术地位。

①《民俗复刊号第一卷第一期——兼评我国民俗学运动》，天津：《大公报》"古通今"，1936 年 11 月 14 日；转引自杨成志：《民俗学会的经过及出版物目录一览》，广州：《民俗》复刊号，第 1 卷第 1 期，1936 年；《民间文艺参考资料》第 3 编，1962 年。

② 钟敬文：《数年来民俗学工作的小结账》，广州：《民俗周刊》，第 2 期，1928 年 3 月 28 日。

③ 苑利：《二十世纪中国民俗学经典·学术史卷》，第 302、304 页，北京：社会科学文献出版社，2002 年。

④ 洪长泰著，董晓萍译：《到民间去》，第 1 页，上海：上海文艺出版社，1993 年。

⑤ 杨成志：《民俗学会的经过及出版物目录一览》，广州：《民俗》复刊号，第 1 卷第 1 期，1936 年；《民间文艺参考资料》第 3 编，1962 年 10 月。

北京大学时期

俗文学研究作为民俗学运动的一个主要组成部分,肇始于北京大学的歌谣运动,运动的契机是刘复和沈尹默的一次谈话。刘复后来回忆时指出:"这已经是九年前的事了。那天正是大雪之后,我和尹默在北河沿闲走着,我忽然说:'歌谣中也有很好的文章,我们何妨征集一下呢?'尹默说:'你这个意见很好。你去拟个办法,我们请蔡先生用北大的名义征集就是了。'第二天我就把章程拟好,蔡先生看了一看,随即批交文牍处印刷五千份,分寄各省官厅学校。中国征集歌谣的事业,就从此开场了。"①

蔡元培的《校长启事》发表于 1918 年 2 月 1 日《北京大学日刊》第 61 号:"教职员及学生诸君公鉴:本校现拟征集全国近世歌谣,除将简章刊载日刊,敬请诸君帮同搜集材料。所有内地各处报馆、学会及杂志社等,亦祈各就所知,将其名目、地址函交法科刘复君,以便邮寄简章,请其登载。此颂,公绥。(简章见本日纪事栏内)蔡元培敬白。"②

《北京大学征集全国近世歌谣简章》共有十条,介绍了征集目的、范围、方法和相关负责人:一、本大学拟于相当期限内刊印左列二书:(一)《中国近世歌谣汇编》,(二)《中国近世歌谣选粹》。二、其材料之征集用左列二法:(一)本校教职员学生各就闻见所及自行搜集。(二)嘱托各省官厅转嘱各县学校或教育团体代为搜集。三、规定时期自宋以及于当代。四、入选

---

① 刘复:《国外民歌译自序》,《刘半农国外民歌译》,北京:北新书局,1927 年。

② 蔡元培:《校长启事》,北京:《北京大学日刊》,第 61 号,1918 年 2 月 1 日。

歌谣当具左列各项资格之一:(一)有关一地方一社会或一时代人情风俗政教沿革者;(二)寓意深远有类格言者;(三)征夫野老游女怨妇之辞不涉淫亵而自成趣者;(四)童谣谶语似解非解而有天然之神韵者⋯⋯八、此项征集由左列四人分任其事:沈尹默主任一切并编辑《选粹》,刘复担任来稿初次审订并编辑《汇编》,钱玄同、沈兼士考订方言⋯⋯十、定民国八年六月三十一日为征集截止期,九年十二月三十一为编辑告竣期,十年本校二十五周纪念日为《汇编》、《选粹》两书出版期。①

其中六之十一还指出,稿件寄交北京东安门北京大学法科刘复收,可见刘复是实际的经办人。1918年5月20日《北京大学日刊》指出:"刘复教授所编订之歌谣选,已定由日刊发表,自本日始,日刊一章。"②1918年5月22日《北京大学日刊》公布征集全国近世歌谣之又一办法:"特刊就简章一百份,行文各省长公署,行知教育厅,转各县教育机关代为征集,俟征集后,由各省长公署汇寄本校。"③1918年9月21日《北京大学日刊》说明"征集歌谣之进行":"由刘复、周作人两教授担任撰译关于歌谣之论文及记载,随时由本日刊发表。"④1920年2月3日《北京大学日刊》指出:"本校歌谣征集事务前由刘复教授管理,顷因刘复教授留学欧洲,所有本处事务已移交周作人教授接管。"⑤从1918年5月20日至1919年5月22日,《北京大学日刊》共刊登歌谣148首;此外,《日刊》还发表有刘半农、周作人、关延龄、常惠、罗家伦、沈兼士关于歌谣的讨论文章。

①《北京大学征集全国近世歌谣简章》,北京:《北京大学日刊》,第61号,1918年2月1日。

②《本校纪事》,北京:《北京大学日刊》,1918年5月20日。

③《本校纪事》,北京:《北京大学日刊》,1918年5月22日。

④《本校纪事》,北京:《北京大学日刊》,1918年9月21日。

⑤《歌谣征集处启事》,北京:《北京大学日刊》,1920年2月3日。

　　刘复出国留学后,中国第一个俗文学、民俗学学术团体——歌谣研究会成立。1920 年 12 月 15 日《北京大学日刊》刊出《北京大学歌谣征集处启事》,发起歌谣研究会,征求会员,发起人为沈兼士、钱玄同、周作人。1920 年 12 月 18 日《北京大学日刊》刊出启事:"本会定于本月二十二日(星期三)下午二时,在第一院国文学系教授会开第一次会议,届时务请会员诸君到会,特此奉闻,不另专函通知。"①12 月 19 日,北京大学歌谣研究会正式成立,由沈兼士、周作人负责。1922 年 11 月,北京大学研究所国学门成立,沈兼士任主任,歌谣研究会隶属其下,周作人任主任。其间经过,容肇祖曾作过回顾:"民国八年五四运动以后,进行暂为停顿。随后刘复、沈尹默二先生都出国留学去了,缺人主持,事务更不能发展。九年十二月,本定为编辑告竣期的,而以乏人整理之故,《汇编》及《选粹》的出版,更杳茫无期。幸而大家不忘这事,十二月十九日,遂成立歌谣研究会,管理其事,由沈兼士、周作人二先生主任,但是十年春天因为经费问题,闭校数次,周先生又久病,这两年里几乎一点都没有举动。十一年研究所国学门成立,沈兼士先生主任其事。歌谣研究会即归并于研究所国学门,于是重新进行,仍由周作人先生主持其事,登报征集,并刊印简章,分寄各省教育厅,请其转请各县的学校,并委托私人朋友及各同乡团体,代为收集。"②北大歌谣研究会主要会员有容庚、容肇祖、刘经庵、刘策奇、王森然、傅振伦、刘半农、林语堂、董作宾、章洪熙、张四维、卫景周等人。从民国 11 年 12 月到民国 13 年 2 月,收到歌谣谚语谜语歇后语11191首。民国 13 年 1 月 30 日,周作人提议将歌谣研究会改为民俗学会,仍用原名,但扩大范围,一切方言、故事、神话、风俗的材料,均在收集之列。

---

① 《歌谣研究会启事》,北京:《北京大学日刊》,1920 年 12 月 18 日。

② 容肇祖:《北大歌谣研究会及风俗调查会的经过》,广州:《民俗》,第 15~16、17~18 期。

后来,北京大学又成立了两个相关的学会。民国12年5月14日研究所国学门召开"风俗调查会"筹备会,24日成立风俗调查会。其《征求会员启事》指出:"风俗为人类遗传性与习惯性之表现,可以觇民族文化程度之高下;间接即为研究文学、史学、社会学、心理学之良好材料。"容肇祖指出:"这会的成立,加厚了歌谣研究的力量不少。我就是因调查风俗而注意去收集歌谣的一人。"①因歌谣研究每每牵涉方言研究,所以民国13年1月26日又成立了方言调查会。关于这两个会设立的缘起,顾颉刚后来在为《广州儿歌甲集》作序时作了回顾:"要研究歌谣,必须有歌谣的材料,又必须有帮助研究歌谣的材料。北京大学设立了歌谣研究会后,所以继续设立风俗调查会、方言调查会,就是希望觅得这些帮助研究的材料,来完成歌谣的研究。但这些帮助研究的材料一经独立之后,又需要许多他种帮助研究的材料了。"②

从歌谣征集处成立到歌谣研究会成立,共收集到歌谣约二三千首,涉及二十二省;歌谣研究会成立后,鉴于材料太少、整理困难,于是改出专书为出刊物。民国11年12月17日,北京大学二十五周年成立纪念日,《歌谣》周刊第一期出版,沈兼士撰《歌谣周刊缘起》,周作人撰《歌谣周刊发刊词》。第一期由周作人、常惠担任编辑,后来又增加了几个人:"《歌谣周刊》是歌谣研究会主编的,编辑最出力的是常惠先生、顾颉刚先生、魏建功先生、董作宾先生一班朋友。"③其《发刊词》指出:"本会汇集歌谣

---

① 容肇祖:《北大歌谣研究会及风俗调查会的经过》,广州:《民俗》,第15~16、17~18 期。

② 顾颉刚:《〈广州儿歌甲集〉序》,见叶春生主编《典藏民俗学丛书(1928—1930)》,第 534 页,哈尔滨:黑龙江人民出版社,2003 年。

③ 胡适:《歌谣周刊复刊词》,见苑利主编《二十世纪中国民俗学经典·学术史卷》,第 300 页,北京:社会科学文献出版社,2002 年。

的目的有两种,一是学术的,一是文艺的。""我们相信民俗学的研究,在现今的中国确是很重要的一件事业。""歌谣是民俗学上的一种重要的资料,我们把他辑录起来,以备专门的研究:这是第一个目的。再由文艺批评的眼光加以选择,编成一部国民心声的选集。""还在引起将来的民族的诗的发展:这是第二个目的。"①这一时期歌谣征集的方法也发生了一些改变。周作人建议:"歌谣性质并无限制;即语涉迷信或猥亵者,亦有研究之价值,当一并录寄,不必先由寄稿者加以甄别。""我们希望投稿者不必自己先加甄别,尽量的录寄,因为在学术上是无所谓卑猥或粗鄙的。"②1923年12月,《歌谣周刊》一周年纪念增刊发表《猥亵的歌谣》;1925年10月,周作人与钱玄同、常惠还在《语丝》第48期上发表《征求猥亵的歌谣启》。这都体现了歌谣征集方针的转变。《歌谣周刊》第49号起,兼登方言、民俗论著。《周刊》第53号声明《歌谣周刊》自第49号起实在是民俗周刊了。民国13年第62号《周刊》编辑方针发生重大改变:(1)扩充采集范围(每期内容,分载论文选录专集杂件征题各门。除谣、谚、谜语外,对于风俗、方言、故事、歌谣等材料,亦广事搜求,随时发表)。(2)改良征求方。(3)附带出版丛书。(4)随时发刊专号。周刊后归并于1925年10月14日创刊的《北京大学研究所国学门周刊》。自民国14年10月至15年8月,共出24期,歌谣、风俗、方言占一大部分,此外还包括考古学会、明清史料整理会及国学门编辑室的论文。后来由于经费问题,改为月刊,出四期。《歌谣周刊》自创办至1937年6月,共出版150期。

除了编辑刊物,歌谣学运动同仁还编辑撰写了不少著作。当时总共征集13908首,除收到的歌谣分省汇录外,《周刊》出至

---

①②周作人:《歌谣周刊发刊词》,北京:《歌谣周刊》,第1期,民国十一年(1922)12月17日。

96 期,分装合订本四册,增刊一册。编辑成书的有歌谣丛书:顾颉刚《吴歌集(甲集)》(北京大学研究所国学门歌谣研究会1926年出版),常惠《北京歌谣》,刘经庵《河北歌谣》,白启明《南阳歌谣》,台静农《淮南情歌》第一、第二辑,常惠《山歌一千首》,孙少仙《昆明歌谣》、《直隶歌谣》;歌谣小丛书:董作宾《看见她》(1924),常惠《北京谜语》、《北京歇后语》、《谚语选录》;故事丛书:顾颉刚《孟姜女故事的歌曲甲集》、《孟姜女故事研究集》(后由中山大学民俗学会出版)。

北京大学的歌谣学运动受到种种因素的制约,最后由于政局原因而解体。首先是观念的制约。顾颉刚后来回忆说:"前数年,我们在北京大学发表这类的文字时,常听到他人的责备,或者笑我们不去研究好好的学问而偏弄些不登大雅之堂的东西,或者叹息我们的'可怜无益费精神'!"①其次是经费的制约。顾颉刚指出:"我最悲伤的,北京大学自从成立歌谣研究会以来,至今十年,收到的歌谣谚语二万余首,故事和风俗调查有数千篇,但以经费不充足的缘故,没有印出来。凡是不到北京大学的人便没有看见的机会,有了同没有一样!两年前,厦门大学开办国学研究院,招我们去,我们去的半年之中,在厦门、泉州、福州等处搜罗的风俗物品也有数百件。但给我们同情的人太少了,我们走了之后,说不定大家以为这是儿戏的举动,把这些东西丢弃在灰堆上了,或者烧了!"②最后是政局的影响。1926年秋,北京大学改组,同人星散;收集到的资料,除了已经出版的,其余书稿均丢失了。

---

① 顾颉刚:《〈孟姜女故事研究集(第一册)〉自序》,见叶春生主编《典藏民俗学丛书(1928—1930)》,第30页,哈尔滨:黑龙江人民出版社,2003年。
② 顾颉刚:《〈闽歌甲集〉序》,见叶春生主编《典藏民俗学丛书(1928—1930)》,第805页,哈尔滨:黑龙江人民出版社,2003年。

中山大学时期

　　1926 年秋，沈兼士、林语堂、顾颉刚、容肇祖、孙伏园、丁山、章廷谦、黄坚、潘家洵等来到厦门大学教书，沈兼士、顾颉刚、容肇祖等发起成立风俗调查会，但由于复杂的人际关系、学潮等原因，这个风俗调查会不久就无形中解体了。1927 年，顾颉刚、容肇祖等人来到中山大学，创造了民俗学、俗文学运动史上的第二次辉煌。

　　1927 年，傅斯年和顾颉刚创办中山大学语言历史学研究所；1928 年 12 月 25 日，顾颉刚与余永梁拟《本所计划书》，分语言、历史、考古和民俗四项，特意指出计划的重要："中国从前的学术界，大半没有一种设计，糜费了许多时间精力，还弄得乌烟瘴气。"[①] 杨成志后来回忆道："语言历史学研究所的工作，以语言、历史、考古、民俗四学会的研究及出版为主干。当时民俗学会的会员，本所的教职员——傅斯年、顾颉刚、董作宾、容肇祖、余永梁、黄仲琴、钟敬文、杨成志、刘万章、魏应麒、夏廷域、何思敬、崔载阳、庄泽宣为基础外，尚有校外诸人士，如丘峻、谢云声、娄子匡、赵简子、刘培之、钱南扬、罗香林、袁洪铭、叶德均、张清水、萧汉、周振鹤、翁国梁、招北恩、容媛、黄诏年、温仇史、王翼之等先后加入。各会员均有其著述发表。"[②]

　　1927 年 11 月，顾颉刚与何思敬等人在语言历史研究所内发起成立民俗学会。主持学会的人，是顾颉刚、何思敬、容元昭、

---

　　① 顾颉刚、余永梁：《本所计划书》，广州：《中大周刊》，第 6 集第 62、63、64 号合刊。

　　② 杨成志：《民俗学会的经过及出版物目录一览》，广州：《民俗》复刊号，第 1 卷第 1 期，1936 年；《民间文艺参考资料》第 3 编，1962 年。

余永粱、钟敬文、刘万章诸先生。1928年12月24日，顾颉刚致函校长推举容肇祖为民俗学会主席。民俗学会章程共8条："（一）本会定名为国立中山大学语言历史学研究所民俗学会；（二）本会以调查、搜集及研究本国之各地方、各种族之民俗为宗旨，一切关于民间的习俗、习惯、信仰、思想、行为、艺术皆在调查搜集研究之列；（三）凡赞同本会宗旨并愿协助本会进行者皆得为会员；（四）本会设主席一人，处理一切事务，有审订定期刊物及丛书编印之权……"章程共提出了"工作和设备"方面的9项任务，即：做两粤各地系统的风俗调查；西南各小民族材料之征集；征求他省风俗、宗教、医药、歌谣、故事等材料；风俗模型之制造；抄辑纸上之风俗材料；编制小说戏剧歌曲提要；编印民俗学丛书及图片；扩充风俗物品陈列室为历史博物馆风俗部；养成民俗学人才。①

　　民俗学会按照章程积极开展各项活动。1926年暑假，顾颉刚就编成《北京孔德学校图书馆所藏蒙古车王府曲本分类目录》。到中山大学后，顾颉刚便派员抄录车王府曲本。1928年3月27日，顾颉刚与学校商定民俗学会传习班事，至6月10日，所内同时开设有民间文学和民俗学课程；1928年3月底，顾颉刚布置风俗物品陈列室，对外开放；1928年7月，组织人员赴韶关、云南、琼州等地作实地的考察。1928年4月23日民俗学传习班开始上课，学生22人。开设了如下一些课程：何思敬《民俗学概论》，庄泽宣《民间文学与教育》，顾颉刚《整理传说的方法》，汪敬熙《心理学与民俗学》，崔载阳《民俗心理》，刘奇峰《希腊神话》，马太玄《关于中国风俗材料书笈的介绍》、《中印故事的比

---

① 杨成志：《民俗学会的经过及出版物目录一览》，见中山大学研究院文科研究所《民俗》复刊号，第1卷第1期，1936年；中国民间文艺研究会研究部编：《民间文艺参考资料》第3编，1962年。

较》,容肇祖《北大歌谣研究会及风俗调查会经过》,余永梁《殷周时代风俗断片》,陈锡襄《搜集风俗材料的方法》,钟敬文《歌谣概论》,杨成志《民俗学问题格》。①

民俗学会创办了刊物。1927年10月16日,顾颉刚在傅斯年处开会,商议出版《国立中山大学语言历史学研究所周刊》、《图书馆周刊》、《歌谣周刊》。1927年11月1日,《国立中山大学语言历史学研究所周刊》和《民间文艺》(即原来计划的《歌谣周刊》)创刊。《民间文艺》周刊出至第12期,由董作宾与钟敬文编辑,主要刊发故事、传说、歌谣、谜语、谚语、趣事、风俗、研究和通讯等方面的内容。民国17年3月21日,由《民间文艺》改版的《民俗周刊》创刊。顾颉刚1928年3月7日写的《民俗发刊词》说明了其中缘由:"因放宽范围,收集宗教风俗材料,嫌原名不称,故易名《民俗》而重为发刊词。"②周刊由容肇祖(大多数时间)、钟敬文、刘万章担任编辑,出至123期停刊。总计刊出民间故事180多篇、传说112篇、歌谣160篇、谜语38条、谚语9条、民间趣事27则、风俗130则、信仰37则、研究300多篇、通讯26则。1936年9月5日,杨成志创办《民俗》季刊,至1943年5月出至第2卷第3、4期合刊,以风俗为主,改变了以往以民间文艺为主的面貌。

顾颉刚总结北京大学歌谣运动的教训,主张大量刊布丛书,以期薪火传承。他不止一次地强调这一点。为谢云声《闽歌甲集》作序时指出:"我最悲伤的,北京大学自从成立歌谣研究会以来,至今十年,收到的歌谣谚语有二万首,故事和风俗调查有数千篇,但以经费不充分的缘故,没有印出来……所以到了中山大

---

① 杨成志:《民俗学会的经过及出版物目录一览》,《民俗》复刊号,第1卷第1期,1936年;《民间文艺参考资料》第3编,1962年。

② 顾颉刚:《民俗发刊词》,广州:《民俗周刊》,第1期,民国十七年(1928)3月21日。

学之后,发起民俗学会,就主张把收到的材料多多刊印,使得中山大学所收藏的材料成为学术界中公有的材料……即使我们这个团体遭遇不幸,但这些初露的材料靠了印刷的传布是不会消亡的了;这些种子散播出去,将来也许成为长林丰草呢。"①在为《广州儿歌甲集》作序时强调:"本校民俗学会初事兴办,我们深深地祝颂它的发达。因为以前北大所藏,困于经费,未能印出,大家要见这种材料很不容易,所以我主张出刊物,使得这些材料不但为我们学会的材料而为学术界公有的材料。更希望各地的人看了我们的工作,都肯把自己在家乡最感趣味的民间文艺尽量地搜集,遍成专册,寄给我们出版。"②

　　1927 年 11 月 8 日,民俗学会刊出预告:"民俗学(Folklore)的研究,在外国早已成为一种独立的学科。可是这门学问,在我国尚没有很多人注意到。现顾颉刚、董作宾、钟敬文诸人,因组织民俗学会,专从事于民俗学材料之搜集与探讨。该会为求达到广大搜求与研究的功效,极望国内外的同志,加入该会合作。闻该会已着手编印丛书,计最近付印及将付印者,有下列各种:《孟姜女故事研究》(顾颉刚著作)、《妙峰山》(顾颉刚著述)、《东岳庙》(顾颉刚等著述)、《中国歌谣概论》(董作宾著)、《民间文艺丛话》(钟敬文著)、《粤讴》(刘万章等改编)、《河南谜语类编》(白启明编辑)、《陆安传说集》(静闻编述)、《狼獐歌》(刘乾初等翻译)、《看见她》(董作宾著述)、《歌谣论文集》(钟敬文编)、《畲歌》(静闻编辑)。"③1928 年 1 月 29 日,顾颉刚作《民俗

　　① 顾颉刚:《谢云声〈闽歌甲集〉序》,见叶春生主编《典藏民俗学丛书(1928—1930)》,第 805～806 页,哈尔滨:黑龙江人民出版社,2003 年。
　　② 顾颉刚:《〈广州儿歌甲集〉序》,见叶春生主编《典藏民俗学丛书(1928—1930)》,第 535 页,哈尔滨:黑龙江人民出版社,2003 年。
　　③《民俗学会刊行图书》,广州:《民俗周刊》,第 2 期,1927 年 11 月 8 日。

学会小丛书弁言》,指出:"民俗可以成为一种学问,以前人绝不会梦想到。""现在我们的眼睛已为潮流所激荡而张开了。""我们为了不肯辜负时代的使命,前已发刊《民间文艺周刊》。此外,风俗宗教等材料也将同样地搜集和发表。这部小丛书便是我们努力中的一种。"①语言历史研究所直到 1928 年 3 月 27 日才正式召开第一次会议,讨论各学科的丛书计划。顾颉刚首先在会议上提出筹办事宜,会议议决:定名为《语言历史学丛书》,设总编辑一人,举顾颉刚先生担任之。下分五类,每类各设编辑若干人,民俗学编辑由何思敬、顾颉刚、钟敬文诸先生担任。

民俗学会出版的民俗丛刊种类繁多。关于民俗研究的:杨成志、钟敬文《印欧民间故事型式表》,民国 17 年 3 月。赵景深《民间故事丛话》,民国 19 年 2 月。杨成志《民俗学问题格》,民国 17 年 6 月。崔载阳《初民心理与各种社会制度之起源》,民国 18 年 4 月。魏应麒《福建三神考》,民国 18 年 5 月。容肇祖《迷信与传说》,民国 18 年 8 月。顾颉刚《孟姜女故事研究》第一册,民国 17 年 4 月;第二册,民国 18 年 1 月;第三册,民国 17 年 6 月。姚逸之《湖南唱本提要》,民国 18 年 3 月。钟敬文《楚词中的神话和传说》,民国 19 年 2 月。关于歌谣的:谢云声《台湾情歌集》,民国 17 年 4 月。刘万章《广州儿歌集》,民国 17 年 6 月。谢云声《闽歌甲集》,民国 17 年 7 月。刘乾初、钟敬文《狼獞情歌》,民国 17 年 4 月。王翼之《吴歌乙集》,民国 17 年 6 月。娄子匡《绍兴歌谣》,民国 17 年 8 月。叶德均《淮安歌谣》,民国 18 年 7 月。魏应麒《福州歌谣甲集》,民国 18 年 6 月。张乾昌《梅县童歌》,民国 18 年 12 月。黄诏年《孩子们的歌声》,民国 17 年 7 月。白寿彝《开封歌谣集》,民国 18 年 5 月。陈元柱《台山歌

---

① 顾颉刚:《民俗学会小丛书弁言》,见叶春生主编《典藏民俗学丛书(1928—1930)》,第 3 页,哈尔滨:黑龙江人民出版社,2003 年。

谣集》,民国 18 年 4 月。丘峻《情歌唱答》,民国 17 年 8 月。丘峻"歌谣专号"(一),《民俗周刊》第 48 期,民国 18 年 2 月 21 日;"歌谣专号"(二),《民俗周刊》第 49～50 期会刊,民国 18 年 3 月。关于故事或传说的:清水《海龙王的女儿》,民国 18 年 8 月;"祝英台故事专号",《民俗周刊》第 93～95 期合刊,民国 19 年 2 月;"传说专号",《民俗周刊》第 47 期,民国 18 年 2 月。刘万章《广州民间故事》,民国 18 年 10 月。娄子匡、陈德长《绍兴故事》,民国 18 年 10 月。吴藻汀《泉州民间传说》,民国 18 年 11 月。萧汉《扬州的传说》,民国 17 年 7 月。钱南扬《祝英台故事集》,民国 12 年 5 月;"故事专号",《民俗周刊》第 51 期,民国 18 年 3 月;"传说专号",《民俗周刊》第 47 期,民国 18 年 2 月 13 日;"王昭君专号",《民俗周刊》第 121 期,民国 22 年 5 月;"山海经研究专号",《民俗周刊》第 116～118 期合刊,民国 22 年 3 月;"祝英台故事专号",《民俗周刊》第 93～95 期合刊,民国 19 年 2 月。关于谜语:钱南扬《谜史》,民国 16 年 11 月。刘万章《广州谜语》,民国 17 年 1 月。白启明《河南谜语》,民国 16 年 12 月。王鞠侯《宁波谜语》,民国 17 年 1 月;"谜语专号",《民俗周刊》第 96～99 期合刊,民国 19 年 2 月。关于风俗信仰:顾颉刚、刘万章《苏粤的婚丧》,民国 17 年 4 月。周振鹤《苏州风俗》,民国 17 年 7 月。顾颉刚《妙峰山》,民国 17 年 9 月。奉宽《妙峰山琐记》,民国 18 年 12 月;"神的专号"(一),《民俗周刊》第 41～42 期合刊,民国 18 年 1 月;"神的专号"(二),《民俗周刊》第 60～61 期合刊,民国 18 年 5 月;"神的专号"(三),《民俗周刊》第 43 期,民国 18 年 1 月;"槟榔专号",《民俗周刊》第 43 期,民国 18 年 1 月;"疍户专号",《民俗周刊》第 73 期,民国 18 年 9 月。罗香林"广东民族专号",《民俗周刊》第 63 期,民国 18 年 8 月;"中秋专号",《民俗周刊》第 32 期,民国 17 年 10 月;"旧历新年专号",《民俗周刊》第 53～55 期合刊,民国 18 年 4 月。

中山大学的民俗学运动、俗文学运动由于人际、观念等方面的原因最终解体。早在北京大学歌谣运动期间,周作人发表《关于猥亵的歌谣》(《语丝》第 99 期,1926 年 10 月 2 日),指出:由于社会压力,收集猥亵的歌谣,收集者有顾虑,公开后会遭查封,编者会受迫害。这种顾虑在中山大学民俗学运动中应验了。1928 年,钟敬文经手付印宣扬猥亵的民歌,遭到学校解聘;1930年,由于有"成为宗教迷信宣传品的嫌疑",容肇祖停办《民俗周刊》,容肇祖本人离校,民俗学会改由何思敬负责,改称"民俗学组",工作陷于停顿;1932 年重新恢复民俗学会,但 1934 年,南京政府依然认为民俗学家在搞复活迷信的活动。民俗学运动的解体还存在着学术理念上的问题。民俗学丛书出版不被理解,出到一、二册,傅斯年认为无聊浅薄,出到三四册,伍叔傥请校长设立出版审查委员会来限制,出到七、八册时,戴季陶以《吴歌乙集》有秽亵内容解聘钟敬文。1928 年 8 月 20 日,顾颉刚在致胡适信中谈到了其中缘由:"即使民俗学会中不应出秽亵歌谣,其责亦在我而不在敬文。今使敬文蔽我之罪,这算什么呢!岂不是项庄舞剑,意在沛公! 又岂不是太子犯法,黥其师傅。"傅斯年反对的理由是:"大学出书应当是积年研究的结果";而顾颉刚则认为傅的话"在治世说是对的,在乱世说是不对的;在一种学问根基打好的时候说是对的,在初提倡的时候说是不对。现在的人,救世不遑,哪有人能做积年的研究。所以拿了这个标准来看,现在讲不到出版。""民俗学是刚提倡,这一方面前无凭借,所以我主张有材料就可印。"①更主要的一个原因是主将顾颉刚为寻求更理想的学术环境为摆脱复杂的人际关系而北上燕京大学。关于顾颉刚离开中山大学的缘由,顾颉刚在致友人和校长

---

① 参见顾潮:《历劫终教志不灰——我的父亲顾颉刚》,第 124 页,上海:华东师范大学出版社,1997 年。

的信中有详细交代。1928 年 2 月 1 日致周予同信指出:"自到粤以来,教了三种功课,兼了三个主任,办了两种刊物,理了十间屋子的书,惫矣惫矣,即一刻之闲亦不可得矣。"1928 年 8 月 20 日致胡适信也说:"去年还有两册笔记,今年竟无一字了。"1929 年 7 月 28 日,致中山大学校长戴季陶、朱家骅信指出:"我的努力办事,只使我在研究所中权力增高,成为不得下台之势,不会使我忽得暇闲,重理旧业的。若是不得下台,则我生将永在与人交涉之中,如何还能使得自己学问进步。况且我之为人颇有些捐木梢的勇气,不作则已,一作事则必用全力为之,这便是使得同侪讨厌的一件事,于是对我屡屡有所攻击……我本是不想办事的,我何必使得别人不快呢。"①

中央研究院历史语言研究所时期

1927、1928 年蔡元培先后被任命为大学院院长、国立中央研究院院长,重视民俗学工作。民国"十七年一月,国立中山大学文科主任、中华民国大学院中央研究院筹备委员傅斯年,向大学院院长蔡元培陈述语言学及历史学之重要,建议中央研究院设置历史语言研究所。三月,中华民国大学院聘傅斯年、顾颉刚、杨振声为中央研究院历史语言研究所常务筹备员。同时,由大学院委托国立中山大学,筹备建立中央研究院历史语言研究所。四月,历史语言研究所筹备处正式成立"②。"设筹备处于广州。其主要之工作为购置图书仪器,延聘专门人才,同时并举

① 参见顾潮:《历劫终教志不灰——我的父亲顾颉刚》,第 125 页,上海:华东师范大学出版社,1997 年。
② 王懋勤:《中央研究院历史语言研究所大事年表》,台北:《中央研究院历史语言研究所四十周年纪念特刊》,第 1~2 页。

办:(1)洛阳及安阳之古迹调查;(2)云南人类学知识调查;(3)泉州采集文献;(4)川边民物学调查。"①10月,在傅斯年主持下,中央研究院历史语言研究所正式成立。

傅斯年在拟订筹备办法中谈到"民俗材料的征集":"此类材料,随征集,随整理,择要刊布。"1928年10月1日,史语所民间文艺组成立。该组"设于北平,由研究员刘复为组主任。研究范围包括歌谣、传说、故事、俗曲、俗乐、谚语、谜语、歇后语、切口语、叫卖声等,凡一般民众以语言、文字、音乐等表示其思想情绪之作品一律加以汇集研究"②。刘复草拟工作计划:"拟于一、二年内,以汇集资料,并整理已得材料为主要工作。俟材料稍丰,再作比较及综合研究。"初期的具体计划包括:刘复、李家瑞编《刻本民间俗曲总目》,常惠编《北平俗曲选》,李家瑞《北平俗曲略》,刘复、李家瑞编《宋元以来俗字谱》、《全国歌谣总藏》。③

中央研究院历史语言研究所民间文艺组最大的俗文学工程就是俗曲的收集和整理。《敦煌掇琐》作为中央研究院历史语言研究所专刊之二出版;刘复、李家瑞等编《中国俗曲总目稿》作为中央研究院历史语言研究所单刊甲种之九,于1932年出版。同时,李家瑞完成了《北平俗曲略》,将北京的俗曲分为说书、戏剧、杂曲、杂耍、徒歌五种。刘复、李家瑞等编《中国俗曲总目稿》,著录俗曲6000多种,地域涉及11省,而以河北、江苏、广东为多。

---

① 董作宾:《国立中央研究院历史语言研究所略史》,台北:《中国文字》第9册,第2~3页。

② 王汎森:《刘半农与史语所的民间文艺组》,见杜正胜、王汎森主编《新学术之路——中央研究院历史语言研究所七十周年纪念文集》,第124页,台北:"中央研究院历史语言研究所",1998年。

③ 中央研究院傅斯年图书馆藏史语所档案,转引自王汎森《刘半农与史语所的民间文艺组》,见杜正胜、王汎森主编《新学术之路——中央研究院历史语言研究所七十周年纪念文集》,第131~133页,台北:"中央研究院历史语言研究所",1998年。

刘复在序中回顾了俗曲收集的过程："俗曲的搜集,虽然是北京大学歌谣研究会开的端,而孔德学校购入大批车王府曲本,却是一件值得纪念的事。那是民国十四年秋季,我初回北平,借住该校。一天,我到马隅卿先生的办公室里,看见地上堆着一大堆的旧抄本。我说:'那是什么东西?'隅卿说:'你看看,有用没有?'我随后检几本一看,就说:'好东西!学校不买我买。''既然是好东西,那就只能让学校买,不能给你买。''那亦好,只要不放手就是。'后来该校居然以五十元买成,整整装了两大书架,而车王府曲本的声名,竟喧传全国了。""我们研究民间文学,从民国六年冬季开始征集歌谣起,到现在还不满十五年。在这个很短的时期之中,我们最初所注意的只是歌谣,后来就连俗曲也同样看重,甚而至于看得更重些。""歌谣与俗曲的分别,在于有没有附带乐曲:不带乐曲的如'张打铁,李打铁',就叫做歌谣;附乐曲的如'五更调',就叫做俗曲。所以俗曲的范围是很广的:从最简单的三句五句的小曲起,到长篇整本,连说带唱的大鼓书,以至于许多人合同扮演的蹦蹦戏,中间有不少的种类和阶级。"[1]中央研究院俗曲收集工作经历了一个比较长期的过程。1928年,中央研究院社会调查研究所购买到大批清代与民国初书坊所抄或出版的曲艺原刊本。同时,民间文艺组开始工作:"北平孔德学校所藏蒙古车王府曲本,现已商得该校同意,着手借抄。""右项曲本均随钞随校,并每校一种,随手作一提要,由刘复、李家瑞二人任其事,将来拟模仿清黄文旸《曲海总目提要》之例,汇为《车王府俗曲提要》一书。""常惠十年来所汇集之现行俗曲七百余种,现已商请让归本组,由李薦侬担任分类及编目,并仍由常惠

---

[1] 刘复序,见刘复、李家瑞等编:《中国俗曲总目稿》上册,第1页,台北:文海出版社,1973年。

担任继续汇集。其属于北京者，常惠拟另行提出，作系统的研究。""右项曲本亦由刘复、李家瑞担任提要，将来拟汇为《现行俗曲提要》一书；其音乐上的研究，仍由郑祖荫、刘天华任之。"在编辑《中国俗曲总目稿》的过程中，史语所还购得不少俗曲。① 这一工作历时三年："我们从民国十七年冬开始工作，一面编目，一面采访搜集，到现在排印完毕出版，费了三年多工夫，而所成就的，只是这一本目录。""在第一年中帮我工作的是李荐侬、刘澄清两君，第二年以后直到出版，是李家瑞君，常惠君在开始时也从旁协助，我对于这四位应当在此地诚恳致谢。"②

1937年抗日战争爆发，中央研究院迁往四川李庄，历史语言研究所收集的这些民间俗曲也被搬运到大后方。这批资料一度被认为被日本军队炸沉于长江中，但实际上它一直随着历史语言所搬迁至台湾，收藏于台北中央研究院傅斯年图书馆。1973年，曾永义教授等对这批俗文学资料进行整理，分戏剧、说唱、杂曲、杂耍、徒歌、杂著六大属，137类，10801种，14860目。直到最近，台湾学者才将这批材料整理出版，命名曰《俗文学丛刊》。

到了1937年，郑振铎的《中国俗文学史》出版，标志着中国俗文学运动已经在学术界确立了自己的学术地位，俗文学观念已经深入人心。后来，赵景深发起了第一个以"俗文学"命名的"中国俗文学研究会"。当时的报纸副刊纷纷登载俗文学论文，

---

① "中央研究院"傅斯年图书馆藏史语所档案，转引自王汎森：《刘半农与史语所的民间文艺组》，见杜正胜、王汎森主编《新学术之路——中央研究院历史语言研究所七十周年纪念文集》，第124页，台北："中央研究院历史语言研究所"，1998年。

② 刘复序，见刘复、李家瑞等编《中国俗曲总目稿》上册，第1页，台北：文海出版社，1973年。

尤其是港字号、沪字号、平字号俗文学专栏（即民国三十年春戴望舒主编的香港《星岛日报》"俗文学"、民国三十五年《中央日报》副刊沪字号"俗文学"、民国三十六年傅芸子编辑的"平"字号《俗文学》专栏）刊登了大量的俗文学论文。从关家铮收集的目录来看，研究的范围已经囊括了俗文学的方方面面。[1]

开风气之先

俗文学运动是一项开风气之先的学术运动，其间受到的阻力必然不少。为了给俗文学运动提供学理依据，运动发起者和参与者都把俗文学当成平民文学加以肯定，以顺应历史潮流。《歌谣》主编常惠在《我们为什么研究歌谣》中指出，歌谣是民众艺术，是"平民文学的极好材料"，研究、提倡歌谣，是一定要知道"那贵族的文学"从此"不攻自破"，收集歌谣得亲自"到民间去"。[2] 曾任《歌谣周刊》编辑的董作宾在《为〈民间文艺〉敬告读者》一文中指出："从历史上演成的一种势力，使社会分出贵族和平民的两个阶级，不但他们的生活迥异，而且文化悬殊。无疑义的，中国两千年来只有贵族的文化。""民间文艺，是平民文化的结晶品：我们要了解我们中国的民众心理生活语言思想风俗习惯等，不能不研究民间文艺；我们要欣赏活泼赤裸裸有生命的文学，不能不研究民间文艺；我们要改良社会，纠正民众的谬误的观念，指导民众以行为的标准，不能不研究民间文艺。因此，我们有三种目的：学术的、文艺的、教育的。"他向全社会呼吁："打

---

[1] 关家铮：《二十世纪俗文学周刊总目》，济南：齐鲁书社，2007 年。
[2] 常惠：《我们为什么研究歌谣》，见钟敬文编《歌谣论集》，第 303～312 页，上海：上海书店，1989 年影印本。

破传统的腐化的贵族文艺的旧观念,用研究学术的精神来探讨民间文艺,用批评文艺的眼光来欣赏民间文艺,用改良社会的手段来革新民间文艺。"①顾颉刚 1928 年 3 月 20 日在岭南大学发表《圣贤文化与民众文学》的演讲,指出:"八年前的新文化运动,其实'只有几个教员学生做工作','打破以贵族为中心的历史打破以圣贤文化为固定生活方式的历史',对民众的文化、历史加以揭发和表彰。""以前对于圣贤文化,只许崇拜,不许批评;我们现在偏要把它当作一个研究的对象。以前对于民众文化,只取'目笑有之'的态度;我们现在偏要把它平视,把它和圣贤文化平等研究。"②他在《民俗》发刊辞中呼吁:"我们要站在民众的立场来认识民众","我们要检讨各种民众的生活民众的欲求来认识整个的社会","我们自己就是民众,应该各各体验自己的生活","我们要把几千年埋没着的民众艺术民众信仰民众习惯一层一层地发掘出来,我们要打破以圣贤为中心的历史,建设全民众的历史。"③

俗文学在整理国故运动中还被提到了"国学"的高度。胡适就指出:"在历史的眼光里,今日民间小儿女唱的歌谣,和《诗》三百篇有同等的位置;民间流传的小说,和高文典册有同等的位置。""总之,我们所谓'用历史的眼光来扩大国学研究的范围',只是要我们大家认清国学是国故学,而国故学包括一切过去的

① 董作宾:《为〈民间文艺〉敬告读者》,广州:《民间文艺》,第 1 期,1927 年 11 月 1 日;苑利主编:《二十世纪中国民俗学经典·学术史卷》,第 295、296、297 页,北京:社会科学文献出版社,2002 年。

② 顾颉刚:《圣贤文化与民众文学》(钟敬文记录整理),广州:《民俗》,第 5 期,1929 年 4 月 17 日。

③ 顾颉刚:《〈民俗〉发刊辞》,广州:《民俗周刊》,第 1 期,1928 年 3 月 21 日;苑利主编:《二十世纪中国民俗学经典·学术史卷》,第 299 页,北京:社会科学文献出版社,2002 年。

文化历史……过去种种,上自思想学术之大,下至一个字一支山歌之细,都是历史,都属于国学研究的范围。""国学的使命是要使大家懂得过去的文化史,国学的方法是要用历史的眼光来整理一切过去的文化的历史,国学的目的是要做成中国文化史;国学的系统的研究,要以此为归宿。无论时代古今,无论问题大小,都要朝这一个方向走。"①

民国学者对俗文学的认识是在运动中逐渐走向深入的。当时收集这些材料,主要是为了新文学的创作。容肇祖后来回忆道:"五四以后,我进北京大学,一些老师提倡搜集活的新文学,编辑新国风的问题,这是搜集现代歌谣的起源……新国风是五四以后提倡新文学新诗歌而开发的一个新园地。它提出了创作新诗要和民间歌谣结合,使新诗接近人民。"②随着研究的深入,俗文学运动的资料收集和研究范围都在扩大。不久,歌谣研究会刊登启示:"歌谣本是民俗学中之一部分。我们要研究它是处处离不开民俗学的;但是我们现在只管歌谣,旁的一切属于民俗学范围以内的全部抛弃了,不但可惜而且颇困难。所以先注重在民俗文艺中的两部。"③顾颉刚后来的回忆道出这一启事刊登的原委:"当民国八九年间,北京大学初征歌谣时,原没有想到歌谣内容的复杂,数量的众多,所以只希望于短时间内编成《汇编》及《选粹》两种。《汇编》是中国歌谣的全份,《选粹》是用文学眼光抉择的选本。因为那时征求歌谣的动机不过想供文艺界的参考,为《白纻歌》、《竹枝词》等多一旁证而已。""不料一经工作,昔日的设想再也支持不下。五六年中虽然征集到两万首,但把地

---

① 胡适:《〈国学季刊〉发刊宣言》,北京:《国学季刊》创刊号,1923 年 1 月。

② 容肇祖:《忆〈歌谣〉与〈民俗〉》,北京:《民间文学》,1962 年第 6 期。

③ 转引自王文宝:《中国民俗学史》,第 198 页,成都:巴蜀书社,1995 年。

图一比勘就知道只有很寥落的几处地方供给我们材料,况且这几处地方的材料尚是零星的,哪里说得《汇编》。歌谣的研究只使我们感觉到它在民俗学中的地位比在文学中的地位更为重要,逼得我们自愧民俗学方面的知识的缺乏而激起努力寻求的意愿,文学一义简直顾不到,更哪里说得到《选粹》。"①"我为要搜集歌谣,并明了它的意义,自然地把范围扩张得很大:方言、谚语、谜语、唱本、风俗、宗教,各种材料都着手搜集起来。我对于民众的东西,除了戏剧之外,向来没有注意过,总以为是极简单的,到了这时,竟愈弄愈觉得里面有复杂的情状,非经过长期的研究不易知道得清楚了。这种的搜集和研究,差不多全是开创的事业,无论哪条路都是新路,使我在这寂寞独征之中更激起拓地万里的雄心。"②顾颉刚曾受学术观念的制约放弃了俗曲的收集和研究。"当北京大学搜集歌谣之后,我就注意到地摊上的唱本,曾在苏州收集四次,得到二百册。那时嘱我的表弟吴立模君为它作一叙录,记载其格式与事实……不幸北大同人只要歌谣,不要唱本,以为歌谣是天籁而唱本乃下等文人所造作,其价值高下不同。这写出的一点稿子就搁了起来,而吴局长也不高兴续作了。但他们反对唱本的意思,我总觉得不服。"③后来,顾颉刚"多到了几处地方,看见各地方的形形色色的唱本,屡屡打动我去搜集的兴味。我总觉得它们是一种可以研究的东西,倘使我们不注目于文章的好坏上而注目于民俗的材料上,那么唱本的

---

① 顾颉刚:《〈福州歌谣甲集〉序》,见叶春生主编《典藏民俗学丛书(1928—1930)》,第 1709 页,哈尔滨:黑龙江人民出版社,2003 年。

② 顾颉刚编著:《古史辨》第 1 册自序,第 39 页,北京:朴社,民国十五年(1926)。

③ 顾颉刚、吴立模:《苏州唱本叙录》,南京:《开展月刊》第 10 卷第 11 期,民国二十年(1931)7 月;上海:《民俗学丛书》第 17 册《民俗学集镌》,第 109～130 页。

内涵实在比歌谣复杂。歌谣固然有天趣，但是它大都偏向于抒情方面；要在里边求出民间的风俗习惯宗教信仰以及民众脑中的历史，它实在及不上唱本。唱本是民众里的知识阶级作成的，他们尽量把自己所有的知识写在唱本里，他们会保存祖先口传下来的故事，他们会清楚地认识下层社会的生活而表现他们的意欲要求，他们会略具戏剧的雏形而使戏剧作家有取资的方便"①。

这种运动对当时社会的触动是比较大的。反应最快的是书商。"北平书贾的感觉，比世界上任何动物都敏锐！自此以后，俗曲的价格，逐日飞涨：当初没人过问的烂东西，现在都包在蓝布包袱里当宝贝，甚至于金镶玉订起来，小小一薄本要卖两元三元。这对于我们有志搜集的人，当然增加了不少的困难；但中央研究院历史语言研究所在这两三年中居然还能买到不少，这是我们很可以引为自豪的。"②其次是媒体和出版社。1920 年 10 月，北京《晨报》开辟歌谣专栏，刊登顾颉刚搜集的吴歌，《少年》、《新生活》也刊载歌谣作品，社会上发表歌谣谚语已成一种社会风气。"总之，十年来中国民俗学运动，统计各地十余团体，刊物达十余种，丛书凡二百种，及北新、开明、世界、商务、中华诸书局出版的民俗学书本，又正如春笋怒发的结果，我们不能不说一句，多是直接或间接与中大民俗学会有关联的吧。"③

俗文学的这些运动最终都可以说是夭折了，但这个运动却改变了整个学术格局。参与者对此做了较为中肯地评价："现在

---

① 顾颉刚：《〈湖南唱本提要〉序》，见叶春生主编《典藏民俗学丛书（1928—1930）》，第 1341 页，哈尔滨：黑龙江人民出版社，2003 年。

② 刘复序，见刘复、李家瑞等编《中国俗曲总目稿》上册，第 1 页，台北：文海出版社，1973 年。

③ 杨成志：《民俗学会的经过及出版物目录一览》，广州：《民俗》复刊号，第 1 卷第 1 期，1936 年。

北大的这种工作已停止,北大的名称已取消。然而好的是北大歌谣、风俗的研究的种子散布在各地。即本校(即中山大学)中,亦不乏北大歌谣研究会及风俗调查会的会员。如顾颉刚先生、董作宾先生、陈锡襄先生、钟敬文先生,皆是曾经努力帮忙过,做过工作的。民国 17 年 5 月 28 日。"[1]"可是北京大学的人运动了这几年,虽然受了政潮的压迫以至消沉,终于薪尽火传,这个运动扩大到全国了。最显著的,便是中山大学语言历史学研究所出版的《民俗周刊》和《民俗丛书》,接续了这个运动。其他杂志里日报里,也有数首以至数十首的登载,无论是文学家民俗家教育家,对于歌谣是一例地注意了。"[2]"由(中山大学)民俗学会的影响,各地对民俗学具兴趣的同志们,继起有厦门、福州、汕头、揭阳、浙江鄞县民俗学会的分设及杭州中国民俗学会的建立,这十年来,尽可说民俗学的研究,在中国学术上树起一根新旗帜的时期。"[3]尤其值得一提的是 1930 年杭州中国民俗学学会的成立。该会由钟敬文、娄子匡主持,根本会员俱系中大民俗学会的分子。他们曾刊行《民俗周刊》至六十余期,后又改为《民间月刊》。他们在《开展月刊》出了《民俗学专号》,又继续刊行《民俗学集镌》一二辑及丛书多种。后来钟敬文赴日,又不忍间断,在《艺风》月刊特辟一民俗园地,自己担任编辑。

俗文学运动充满着艰辛和挫折。北京大学的歌谣学运动是很寂寞很艰难的。妙峰山调查的参与者事后在中山大学出版相关调查资料时指出:"因为北京大学的经费太艰窘,所以这些报

---

① 中国民间文艺研究会研究部:《民间文艺参考资料》第 3 编,1962 年。

② 顾颉刚:《〈台州歌谣集〉序》,见叶春生主编《典藏民俗学丛书(1928—1930)》,第 1535 页,哈尔滨:黑龙江人民出版社,2003 年。

③ 杨成志:《民俗学会的经过及出版物目录一览》,广州:《民俗》复刊号,第 1 卷第 1 期,1936 年;《民间文艺参考资料》第 3 编,1962 年。

告文字竟没有汇合了出一个专册的可能。现在靠着中山大学的力量，得编入《民俗丛书》，使这许多调查得来的材料及讨论出来的意义不至湮没失传，我真是非常的快乐。""自从北京大学提倡民间文学和民俗学以来，已有十年了，但始终受着财力的束缚，只能望同志们帮忙，赠给他们一些材料；正式的调查工作大约只有这一次。这一次的调查费用仅仅领到五十元，所以调查日期也仅仅容许三天。"①容肇祖在序中指出："在现在看来，研究民俗和实行民俗调查，当然不像三年前那样的单调及寂寥。"②顾颉刚受国学门风俗调查会的委托调查进香风俗，针对可能出现的责难，指出："在社会运动上着想，我们应当知道民众的生活状况"；"在研究学问上着想，我们应当知道民众的生活状况"。③"前数年，我们在北京大学发表这类的文字时，常听到他人的责备，或者笑我们不去研究好好的学问而偏弄些不登大雅之堂的东西，或者叹息我们的'可怜无益费精神'！现在我们发刊这类集子，少不得又惹起正统学者的鄙薄。但是，我们安心，一种学问在创始的时候不能得到一般人的了解是很寻常的。"④受到这些制约，许多意识到的科研活动就只有放弃了。比如，"当北京大学征集歌谣之后，我就注意到小摊子上的唱本……我曾经在几个摊子上买了几次全份，删去重复，得二百余册。""但是当我整理这类唱本时，许多朋友不以为然。他们说：'歌谣是儿童妇

---

① 顾颉刚：《〈妙峰山〉自序》，见叶春生主编《典藏民俗学丛书（1928—1930）》，第 1010 页，哈尔滨：黑龙江人民出版社，2003 年。

② 容肇祖：《〈妙峰山〉序》，见叶春生主编《典藏民俗学丛书（1928—1930）》，第 1007 页，哈尔滨：黑龙江人民出版社，2003 年。

③ 顾颉刚：《〈妙峰山进香专号〉引言》，见叶春生主编《典藏民俗学丛书（1928—1930）》，第 1016、1017 页，哈尔滨：黑龙江人民出版社，2003 年。

④ 顾颉刚：《〈孟姜女故事研究集（第一册）〉自序》，见叶春生主编《典藏民俗学丛书（1928—1930）》，第 30、31 页，哈尔滨：黑龙江人民出版社，2003 年。

女们矢口而成的,合于天籁,文学趣味很丰富。唱本则是下等作家特地做出来为营业之用,价值不高,何苦在这一方面去费精神呢.'因为这个缘故,我的工作便以得不到同情而停顿。就是已写成的《苏州唱本叙录》若干条也没有地方发表。"①

(黑龙江大学　吴光正)

---

① 顾颉刚:《〈湖南唱本提要〉序》,见叶春生主编《典藏民俗学丛书(1928—1930)》,第 1341 页,哈尔滨:黑龙江人民出版社,2003 年。

"五四"前后的俗文学研究(中)

——顾颉刚的孟姜女研究

俗文学运动中一个最突出的成就便是顾颉刚的孟姜女研究。他的孟姜女研究是和古史研究密切相关的,甚至可以说是为古史研究服务的。不管出发点如何,顾颉刚在这两大领域都开创了新的研究范式,吸引了大批追随者,影响了学术史的历史进程。

《古史辨》的产生

顾颉刚说过,他的学术道路是时势、个性、境遇造就的。本节拟从疑古思潮的形成,"层累的古史"说的提出,《古史辨》的出版以及上古史教学的开展四个层面还原当时的历史语境。

顾颉刚从小接受了严格的家庭教育和私塾教育,熟读五经,但从小就培养了浓厚的怀疑精神。其疑古思想的形成首先得益于阅读中的独特感悟。1910年,"到了十七岁那一年,始借到一部浙江书局(《古今伪书考》)的单行本。不料读了之后,我的头脑里忽然起了一次大革命。这因为我的'枕中鸿宝'《汉魏丛书》所收的书……被他一阵地打,十之八九都打到伪书堆里去了。我向来对于古人著作毫无发生问题的,到这时都引起问题来了。""我在二十岁以前,所受的学术上的洪大的震荡只有两次。

第一次是读了一部蓝本《书经》，又读了一篇《先正事略》中的《阎若璩传》。第二次就是这一回，翻看了一部《汉魏丛书》，又读了一本《古今伪书考》。我深信这两次给予我的刺激，深深地注定了我的毕生的治学的命运，我再也离不开他们的道路了！"①

顾颉刚还在欣赏和收集俗文学的过程中发现了俗文学的演变规律，这种规律为他日后用研究俗文学的方法来研究古史是有很大启迪作用的。民国二年（1913年），20岁的顾颉刚考进北京大学预科，花了两年时间听遍了北京的戏剧，"认识了故事的格局，知道故事是会得变迁的，从史书到小说已不知道改动了多少，从小说到戏剧又不知改动了多少，甲种戏和乙种戏同样写一件故事也不知道有多少点的不同。一件故事的本来面目如何，或者当时有没有这件事实，我们已不能知道了，我们只能知道在后人想象中这件事是如何的分歧的。""我看了两年多的戏，惟一的成绩便是认识了这些故事的性质和格局，知道虽是无稽之谈原也有它的无稽的法则。"民国七年（1918年）休学回家，看到《北京大学日刊》上的歌谣，于是收集歌谣消遣，结果却发现："歌谣也和小说戏剧中的故事一样，会得随时随地变化。同是一首歌，两个人唱着便有不同。就是一个人唱的歌，也许有把一首分成大同小异的两首的。有的歌，因为形式的改变以至连意义也随着改变了。"②

顾颉刚这些来自书本和实践中的感受决定了他今后的研究方向和研究方法，但这仅仅是一种感悟，由感悟走向理论自觉则得益于当时的学术氛围。最早对顾颉刚发生影响的学术大师是章太炎和康有为。民国二年的冬天，章太炎先生在化石桥共和

① 顾颉刚：《伪书考序》，转引自（马来西亚）郑良树《顾颉刚学术年谱简编》，第10～11页，北京：中国友谊出版公司，1987年。

② 顾颉刚：《古史辨》第1册自序，第22页、第37页，北京：朴社，1926年。

党本部开国学会讲学,攻击今文家的"通经致用",顾颉刚前往听讲,受到很大的启发。民国三年(1914 年)又听了章太炎弟子的课程,决定"随从太炎先生之风,用了看史书的眼光去认识六经,用了看哲人和学者的眼光去认识孔子。"从此萌生了四个题目:"(1) 何者为学;(2) 何以当有学;(3) 何以有今日之学;(4) 今日之学当如何。这四个题目花去了民国三年到六年的时间,从此敢于大胆作无用的研究,不为一班人的势利观念所笼罩了。"①后来又阅读了康有为的著作,对他的辨伪工作很欣赏,但认为他只把辨伪当做手段把改制当了目的,是为运用政策而非研究学问。

直接推动顾颉刚形成"层累的古史说"的是胡适和钱玄同。民国六年(1917 年),胡适在北京大学讲哲学史,第一章便是《中国哲学结胎的时代:〈诗经〉的时代》,这对顾颉刚产生了巨大的震动:"我的上古史靠不住的观念,在读了《孔子改制考》之后,又经过这样地一温,但如何可以推翻靠不住的上古史,这个问题在当时绝没有想到。"②民国九年(1920 年)夏天,毕业留校,在图书馆任编目。秋天,胡适《水浒传考证》的方法使得他想到可以用这种方法来研究戏剧中的故事,胡适研究井田制的方法和研究《水浒传》的方法一样,这使得他想到研究古史也尽可以应用研究故事的方法,将其积累的层次揭示出来:"那数年中,适之先生发表的论文很多,在这些论文中他时常给我以研究历史的方法,我都能深挚地了解而承受;并使我发生一种自觉心,知道最合我的性情的学问乃是史学。""九年秋间,亚东图书馆新式标点本《水浒》出版,上面有胡适之先生的长序,我真想不到一部小说的著作和版本的问题,会得这样的复杂,它所本的故事的来历和

①② 顾颉刚:《古史辨》第 1 册自序,第 24 页、第 25 页,第 36 页,北京:朴社,1926 年。

演变,又有这样多的层次的……自从有了这个暗示,我更回想起以前做戏迷时所受的教训,觉得用了这样的方法,可以讨究的故事真不知道有多少……同时,又想起本年间适之先生在《建设》上发表的辩论井田的文字,方法正和《水浒》的考证一样,可见研究古史也尽可以应用研究故事的方法……我们只要用了角色的眼光去看古史中的人物,便可以明白尧舜们和桀纣们所以成了两极端的品性,做出两极端的行为的缘故,也就可以领略他们所受的颂誉和诋毁的积累的层次。只因我触了这一个机,所以骤然得到一种新的眼光,对于古史有了特殊的了解。但是那时正在毕业之后,初到母校图书馆服务,很想整理书目,对于此事只是一个空浮的想象而已。"①民国九年冬天,顾颉刚替胡适查找姚际恒《古今伪书考》,受命标点该书补贴生活;顾颉刚却决定注释该书,就在注释该书的过程中了解了古今造伪辨伪的情况,发起编辑《辨伪丛刊》,激起了推翻伪史的壮志。他回忆道:"自从读了《孔子改制考》后,到现在始有推翻古史的明了的意识和清楚的计划:第一,要一件一件地去考伪史中的事实是从哪里起来的又是怎样变迁的。第二,要一件一件地去考伪史中的事实,这人怎样说那人又怎样说把他们的话条列出来,比较看着,同审官司一样,使得他们的谎话无可逃遁。第三,造伪的人虽彼此说得不同,但终有他们共同遵守的方式,正如戏中的故事虽各个不同,但戏剧的规律都是一致的,我们也可以寻出他们造伪的义例来。"②民国十年(1921年)1月,读胡适寄来的崔述的《先正事略》,惊讶他的辨伪工作,但同样认为他的辨伪是手段,目的在于驱除妨碍圣道的东西。同时,为胡适作《红楼梦考证》查找资料,从曹家的故事和《红楼梦》的本子里,又感受到史实与传说的变

---

① ② 顾颉刚:《古史辨》第1册自序,第40~41页,第43页,北京:朴社,1926年。

迁情状的复杂。钱玄同赞同胡适与顾颉刚的《辨伪丛刊》计划而与顾颉刚见面，从此两人互相通信，讨论辨伪问题，顾颉刚辑录《诗辨妄》后认同了钱的经书本身及注释需要辨伪的观点，写下了一批论文。民国十年秋，研究所国学门马幼渔、沈兼士聘顾颉刚为研究所国学门兼任助教，顾颉刚读了罗振玉和王国维的著述，触动了读考古书的情怀，用以建设也用以破坏古史。民国十一年（1922年）春，归家，胡适介绍其编撰《中学本国史教科书》，最终没有编成。他准备将《诗》、《书》、《论语》中的材料整理出来，写成《最早的上古史的传说》，却发现了"尧舜禹的地位问题"，于是建立了一个假设："古史是层累地造成的，发生的次序和排列的系统恰是一个反背。"①民国十一年年底，就职商务印书馆，清理《尚书》中的古史材料，发现西周人的古史观念实在只是神道观念，这种神道观念和后出的《尧典》等篇的人治观念是迥不相同的，认为古史中的政治观念的变迁就是政治现象从神权转移到人治的进步。

民国十二年（1923年），"古史层累地造成"说首次对外公开，并引发了一场大辩论。2月，钱玄同寄给顾颉刚一封长信《与顾颉刚论〈诗〉说及群经辨伪书》，讨论经部的辨伪。顾颉刚读后感到非常兴奋，于是把一年来的积累古史的见解全部写给了钱。4月中，胡适到上海编辑《读书杂志》，向顾颉刚约稿。顾颉刚把那封信加了个导论性的《前文》，题曰《与钱玄同先生论古史书》，给了胡适，胡适把该文发表在《读书杂志》第9期（民国十二年5月6日）。顾颉刚在信中指出："时代越后，知道的古史越前；文籍越无征，知道的古史越多。"在《前文》中，顾颉刚作了申论："我二年以来，蓄意要辩论中国的古史，比较崔述更进一步。"认为崔著书的目的是要替古圣人揭出他们的圣道王工，辨伪只

① 顾颉刚：《古史辨》第1册自序，第52页，北京：朴社，1926年。

是一种手段;所以他只是儒者的辨古史而不是史家的辨古史,他要从古书上整理出古史迹来也不是稳妥的办法。"我们现在既没有'经书即信史'的成见,所以我们要辨明古史,看史迹的整理还轻而看传说的经历却重。凡是一件史事,应当看它最先是怎样的以后逐步的变迁是怎样的。""我很想做一篇层累地造成的中国古史,把传说中的古史的经历详细一说。这有三个意思:第一,可以说明'时代愈后传说中的古史愈长'。如这封信里说的,周代人心目中最古的人是禹,到孔子时有尧舜,到战国时有黄帝神农,到秦有三皇,到汉以后有盘古等。第二,可以说明'时代愈后传说中的中心人物愈放愈大'。如舜在孔子时只是一个无为而治的圣君,到《尧典》就成了一个'家齐而后国治'的圣人,到孟子时就成了一个孝子的模范了。第三,我们在这上却不能知道某一件事的真确的状况,但可以知道某一件事在传说中的最早的状况。我们即不能知道东周时的东周史,也至少能知道战国时的东周史;我们即不能知道夏商时的夏商史,也至少能知道东周时的夏商史。"①钱玄同在《读书杂志》第 10 期(民国十二年 6月 10 日)发表《答顾颉刚先生书》,称赞顾颉刚"层累地造成的中国古史"这个意见,是"精当绝伦";并指出儒家《六经》与孔丘无涉:"《诗》是一部最古的总集,《书》似乎是三代时候底文件类编或档案汇存,《仪礼》是战国时代胡乱抄成的伪书,《周礼》是刘歆伪造的,两《戴记》中十分之九都是汉儒所作的,《易》是生殖器崇拜时代底东西,《乐》本无经,《春秋》的价值和《三国演义》差不多。"②《读书杂志》第 11 期(民国十二年 7 月 1 日)发表刘掞藜《读顾颉刚君与钱玄同先生论古史书》,质疑顾和钱的观点,指出:"顾君疑古的精神是我很表同情的;不过他所举的证据和推

---

①② 顾颉刚:《古史辨》第 1 册,第 59～60 页,第 67 页,北京:朴社,1926 年。

想,是很使人不能满意的。"①同期发表的胡堇人《读顾颉刚先生论古史以后》指出:"我以为古史虽然庞杂,但只限在尧舜以前,若尧舜以后的史料,似乎比较稍近事实。"②顾颉刚同期发表《答刘胡二先生书》,承认自己文章的疏漏,表示将写出详细意见,在一两个月内刊载,并提出了推翻非信史的四大标准:打破民族出于一元的观念,打破地域向来一统的观念,打破古史人化的观念,打破古代为黄金世界的观念。《读书杂志》第 12 期(民国十二年 8 月 5 日)又发表钱玄同《研究国学应该首先知道的事》,批评对方信经。"看了胡、刘二君的文章而联想到现在研究国学的人有三件应该首先知道的事……(1)要注意前人辨伪的成绩;(2)要敢于疑古;(3)治古史不可存'考信于六艺'之见。"③《读书杂志》第 12~16 期(民国十二年 8 月 5 日—12 月 2 日)发表顾颉刚《讨论古史答胡刘二先生》,从六个方面就禹的问题回应,并计划再分 4 期答复。《读书杂志》第 13~16 期(民国十二年 9 月 2 日—12 月 2 日)刊载刘掞藜《讨论古史再质顾先生》,主要谈了两个问题,即关于顾颉刚先生所持古史态度的讨论、讨论禹是否有天神性。此外,《读书杂志》第 14 期、15 期、17 期,分别刊登启事三则,表示欢迎、暂停。《读书杂志》第 18 期(民国十三年 2 月 21 日)发表胡适《古史讨论的读后感》,对论战双方展开评点。胡适毫不掩饰对顾颉刚的偏袒,指出顾颉刚的方法可以概括为下列的方式:"(1)把每一件史事的种种传说,依先后出现的次序排列起来。(2)研究这件史事在每一个时代有什么样子的传说。(3)研究这件史事的渐渐演进:由简单变为复杂,由陋野变为雅驯,由地方的(局部的)变为全国的,由神变为人,由神话变为史事,由寓言变为事实。(4)遇有可能时解释每一次演变的

---

① ② ③ 顾颉刚:《古史辨》第 1 册,第 92 页,第 92 页,第 102 页,北京:朴社,1926 年。

原因。"胡适称顾颉刚的研究方法为剥皮主义,指出自己研究井田制度就采用了这种方法。"以上所说,不过是我个人的读后感。内中颇有偏袒顾先生的嫌疑,我也不用讳饰了。"①

顾颉刚提出古史层累说后,学界毁誉交加。无论是师友的帮助还是论敌的驳难,顾颉刚都怀着深深的感激之情。"我非常感谢适之、玄同两先生,他们给我各方面的启发和鼓励,使我敢于把违背旧说的种种意见发表出来,引起许多同志的讨论。这个讨论无论如何没有结果,总算已向学术界提了出来,成为学术界上的公同的问题了。我又非常地感谢刘楚贤(掞藜)、胡堇人、柳翼谋(诒徵)诸先生,他们肯尽情地驳诘我,逼得我愈进愈深,不停歇于浮浅的想象之下就算满足了。"②1936年,顾颉刚为刘掞藜《晋惠帝时代汉族之大流徙》撰写《前言》,对刘、胡二人的逝世满怀悲怆:"民国二十四年十月七日,接到刘先生于阴历七月初八日逝世的讣闻,使我不怡累日……还有一个不幸的消息,乘便报告给读者,那位和刘先生同时驳诘我们古史说的胡堇人先生,也于数年前逝世了。我没有得着他的讣闻,不知道他的死期,但心中的难堪是一样的。十三年不是一个长时期,而故交之零落已如此,造物者真太残忍了!"③

论战停止后,朴社同人建议顾颉刚把相关文字汇集出版,但由于一篇主要的辩论文字没有完稿,一拖再拖。民国14年夏天,上海一书肆抢先把相关文字编辑成《古史讨论集》出版了。受到同人埋怨后,顾颉刚才决定将论战文字结集出版。1925年9月,《古史辨》第一册编撰完成,发稿付印。第一册包括三编:

---

① 顾颉刚:《古史辨》第1册,第193页,北京:朴社,1926年。
② 顾颉刚:《古史辨》第1册自序,第3页,北京:朴社,1926年。
③ 顾颉刚:《刘掞藜〈晋惠帝时代汉族之大流徙〉前言》,北京:《禹贡半月刊》,第4卷第11期。

上编是在《读书杂志》中作辩论以前与适之、玄同两先生往返讨论的信札，中编所录是在《读书杂志》所发表的，下编除二篇外全是《读书杂志》停刊以后的通信及论文。顾颉刚从 1926 年 1 月 12 日开始草拟序言，至 4 月 20 日草毕，把序写成了一篇长文，回顾了自己的整个治学历程。因此《古史辨》推迟至 1926 年 6 月才出版。顾颉刚的序文博得读者同情，报纸广为宣传，销路大增，一年内再版 10 次，从而奠定了朴社的经济基础。该书在学术界也产生了很大的反响，学者们纷纷发表书评予以肯定。周予同指出："自我读了颉刚的《古史辨》，我的确从内心里受到深切的感动，我倦眼为之一振，而我藏在内心从未发表的意见也居然得了一位实行者。"[①]胡适认为："这是中国史学界的一部革命的书，又是一部讨论史学方法的书。此书可以解放人的思想，可以指示做学问的途径，可以提倡那'深澈猛烈'的真实的精神。治历史的人想整理国故的人想真实地做学问的人，都应该读这部有趣味的书……故在中国古史学上，崔述是第一次革命，顾颉刚是第二次革命，这是不须辩护的事实。"[②]这些评价确定了顾颉刚在古史研究界的地位。

在顾颉刚的领导下，《古史辨》一直在出版续集。在这些续集中，顾颉刚都写有序言，一方面说明论文集的内容，另一方面则阐释自己的治学思路。1930 年 8 月，朴社出版顾颉刚编著《古史辨》第二册，该书上编谈古史问题，中编谈孔子和儒家问题，下编则是关于《读书杂志》中古史论文和《古史辨》第一册的批评。他在序言中承认了一项错误，回应了四项"求全之毁"，拒绝了一项"不虞之誉"，然后指出："我的理想中的成就，只是作成

---

① 周予同：《顾著〈古史辨〉的读后感》，上海：《文学周报》，第 233 期，1926 年 7 月 11 日。
② 胡适：《介绍几部新出的史学书》，北京：《现代评论》，第 4 卷第 91、92 期，1926 年 9 月 4 日、11 日。

一个战国秦汉史家；但我说自任的也不是普通的战国秦汉史，乃是战国秦汉的思想史和学术史，要在这一时期的人们的思想和学术中寻出他们的上古史观念及其所造作的历史来。我希望真能作成一个'中古期的上古史说'的专门家，破坏假的上古史，建设真的中古史。所以我的研究范围大致如下：(1)战国秦汉人的思想及这些思想的前因后果；(2)战国秦汉间的制度及这些制度的前因后果；(3)战国秦汉间的古史和故事的变迁；(4)战国以前的书籍的真面目的推测；(5)战国秦汉间出来的书及古书在那时的本子；(6)战国秦汉人讲古籍讲错了的地方及在此错解之下所造成的史事……所以我的工作，在消极方面说，是希望替考古学家做扫除的工作，使得他们的新系统不致受旧系统的纠缠；在积极方面说，是希望替文籍考订学家恢复许多旧产业替民俗学家辟出许多新园地。"[1]1931年11月，顾颉刚编著的《古史辨》第三册由朴社出版。他在《自序》中指出："上编是讨论《周易》的，下编是讨论《诗三百篇》的，多数是这十年来的作品，可以见出近年的人们关于这二书的态度。其编次的次序，以性质属于破坏的居前，属于建设的居后。于《易》则破坏其伏羲神农的圣经地位而建设其卜筮的地位；于诗则破坏其文武周公的圣经地位而建设其乐歌的地位。""这一册的根本意义，是打破汉人的经说。"[2]1933年3月，罗根泽编著的《古史辨》第四册由朴社出版。顾颉刚在序言中回顾了自己的治学历程："我的研究古史的经历甚简单。幼年读过几部经书；那时适值思想解放的运动，使得我感到经书中有不少可疑的地方。其后又值整理国故的运动，使得我感到这方面尽有工作可做。因为年轻喜事，所以一部分的材料尚未整理完工而议论先已发表。遭逢时会，我所

① 顾颉刚：《古史辨》第2册自序，第6页，北京：朴社，1930年。
② 顾颉刚：《古史辨》第3册自序，第1页，北京：朴社，1931年。

发表的议论想不到竟激起了很多人的注意，盗取了超过实际的称誉。"他感觉到古史研究工程的庞大无比没有尽头，希望学界同人分工合作，于是请罗根泽编第四册。① 1934 年，顾颉刚自编《古史辨》第五册由朴社出版。该书上编讨论汉代今古文学的本子问题，下编讨论的是阴阳五行问题。1938 年，《古史辨》第六册由罗根泽编成，由开明书店出版，主要讨论先秦诸子问题。1940 年，上海开明书局出版《古史辨》第七册，该册由吕思勉和童书业主编，分上中下三编，专门讨论古史各地传说。直到1941 年，还请饶宗颐编撰第八册，6 月完成拟目，计划在该年年底由开明书店出版。

顾颉刚的古史观在学界产生了巨大的反响，许多学校请他开设"中国上古史研究"，顾颉刚从此开始了传道授业解惑的历程，编写系统的讲义，培养了一大批弟子。在《古史辨》第四册《自序》中，顾颉刚回顾了自己开课的历程："自从发表了几篇古史论文之后，人家以为我是专研古史的，就有几个大学邀我去任'中国上古史'的课，我惟有逊谢……民国十六年的秋天，我到广州中山大学。到的时候已开课了，功课表上已经排上了我的'中国上古史'了。而且学生的选课也选定了。这把我急得非同小可……没有办法，只得不编讲义而专印材料，把许多零碎文字钞集一编，约略组成一个系统。""为了北平的环境适宜于研究，所以十八年就回到这旧游之地来，进了燕京大学。来的时候，'中国上古史研究'的课目也早公布了，幸而我有了两年来的预备，不致像那时般发慌。但年前编的是些零碎材料，没有贯穿的，现在则不该如此了。计划的结果，拟就旧稿改为较有系统的叙述，凡为三编：甲编——旧系统的古史；乙编——新旧史料的评论；

---

① 罗根泽：《古史辨》第 4 册，第 2 页，北京：朴社，1933 年。

丙编——新系统的古史。""可惜在燕大编的《上古史讲义》只成了《帝系考》的一部分。"①1930年寒假,顾颉刚开始编撰《中国上古史研究讲义》,开始于《世经》,终于《潜夫论》。

俗文学研究的足迹

顾颉刚的俗文学(民俗学)研究可以分为北京大学时期、中山大学时期和燕京大学时期。北京大学时期是作为参与者出现的;中山大学时期是作为倡导者和组织者出现的;燕京大学时期由于研究兴趣转向古史,逐渐淡出民俗学、俗文学研究。

北京大学时期,顾颉刚参与俗文学研究的主要业绩是歌谣和故事的收集和研究。1919年,顾颉刚受北京大学歌谣学运动的影响,发动家属收集吴歌。他在《吴歌甲集自序》中回忆了当时的情景:"当民国六年时,北京大学开始征集歌谣,由刘半农先生主持其事。歌谣是一向为文人学士所不屑道的东西,忽然在学问界中辟出这一个新天地来,大家都有些诧异。那时我在大学读书,每天在校中《日刊》上读到一二首,颇觉得耳目一新,但我自己是从小不会唱歌的,虽是听小孩子唱的还有几首能够记得,可是真不多,所以不曾投稿。民国七年,先妻病逝,我感觉到了剧烈的悲哀,得了很厉害的神经衰弱的病,没有一夜能够得到好好的睡眠,只得休了学在家修养……就从我家的小孩子的口中搜集起,又渐渐推至邻家的孩子,以及教导孩子唱歌的老妈子。我的祖母幼年时也有唱熟的歌,在太平天国占了苏州之后又曾避至无锡一带的乡间,记得几首乡间的歌谣,我都抄了。我的朋友叶圣陶、潘介泉、蒋仲川、郭绍虞诸先生知道我正在搜集歌谣,也各把他们自己知道的写给我,所以我一时居然积到了一

① 罗根泽:《古史辨》第 4 册,第 3 页、第 4 页,北京:朴社,1933 年。

百五十首左右。""八年五月,我妻殷履安嫁来;我告诉她这件事,她也很高兴,当七月归宁到甪直镇的时候,就从她的家中搜集到四五十首,于是我的箧中的吴歌有了二百首了。大约从八年二月到九月,这八个月中,是我出力搜集歌谣的时候,我总喜欢把事情的范围扩大,一经收集了歌谣,就并收集谚语,一经收集了谚语,又联带收集了方言方音,这一年中随手的札记,竟积到了十余册……我对于歌谣的工作的时间,实在仅仅是这八个月。""民国九年,郭绍虞先生担任撰述《晨报》的文艺稿件,他要求我把这些材料发表,我道:'我实在没有工夫,你若要把他发表,只要你替我钞出就是了。'他果然一天钞出几首,登入《晨报》。这时报纸上登载歌谣还是创举,很能引起人家的注意,于是我就以搜集歌谣出了名,大家称我为研究歌谣的专家,我受了这不期的称誉,屡次激起强烈的羞愧。"①1920 年 11 月,顾颉刚在《晨报》发表《吴歈集录序》。1924 年 10 月、11 月、12 月,《吴歌甲集》卷上、卷下连载于《歌谣周刊》第 64、65、67、68、70、71、72 期。"这一部分材料,在《周刊》上连续登载了近一年,得到许多师友的帮助和审正,虽然仍有种种不惬意的地方,总算整理过一次了。从此以后,如稍得暇闲,便当接钞《乙集》,陆续在《周刊》上发表。到《乙集》出版时,我在六年前搜集到的歌谣也完了。"②1926 年 3 月《吴歌甲集》由北京大学研究所国学门歌谣研究会出版,为该丛书第一种。该书分序文、正文和附录三部分,附录收有顾颉刚《写歌杂记》、《歌谣中标字的讨论》,魏建功《读歌杂记》、《吴歌声韵类》,钱玄同《苏州注音字母草案》。沈兼士、胡适、钱玄同、刘复为该书作序,对这一开创性的工作给予肯定:"前年,颉刚做出孟姜女考证来,我就羡慕得眼睛里喷火,写信给他说:'中国民

---

① ② 顾颉刚:《〈吴歌甲集〉自序》,见顾颉刚编《吴歌甲集》,上海:上海文艺出版社,1990 年影印本。

俗学上第一把交椅,给你抢去坐稳了。'现在编出这部《吴歌集》,更是咱们'歌谣店'开张七八年以来第一件大事,不得不大书特书的。"①"这《吴歌甲集》,是咱们现在印的专集的第一部。颉刚先生!您做这事的是首开风气者,阙功真不细呀!……从今以后,搜访无餍,层出不穷,民间歌谣,方言文学,蔚为大观,猗欤盛哉。"②"我们很热诚地欢迎这第一部吴语文学的专集出版。颉刚收集之功,校注之勤,我们都很敬佩。他的《写歌杂记》里有许多很有趣味又很有价值的讨论,可以使我们增添不少关于《诗经》的见识。"③

　　诚如胡适在序言中指出的那样,顾颉刚的歌谣研究是为了探询研究《诗经》的方法。1921 年,顾颉刚辑录郑樵《诗辨妄》连带研究《诗经》和搜集郑樵事实,发现近代的史籍和近人的传记也靠不住,清人的考据只是一个开头,于是感到需要把汉学和宋学一起推翻,赤裸裸地看出它的真相来。"到了这个时候再读《诗经》的本文,我也敢用了数年来在歌谣中得到的见解,作比较的研究了。"如《诗经》中两首《谷风》是一首诗的分化,一在《邶风》,一在《小雅》,乃是由于声调不同而分列,并不是经学家认为的一是说"夫妇失道",一是说"朋友道绝"。"但这些东西若没有歌谣和乐曲作比较时,便很不容易看出它们的实际来,很容易给善作曲解的儒者瞒住了。"④1922 年春,顾颉刚致函钱玄同:"我

---

① 刘复:《吴歌甲集序》,见顾颉刚编《吴歌甲集》,上海:上海文艺出版社,1990 年影印本。

② 钱玄同:《吴歌甲集序》,见顾颉刚编《吴歌甲集》,上海:上海文艺出版社,1990 年影印本。

③ 胡适:《吴歌甲集序》,见顾颉刚编《吴歌甲集》,上海:上海文艺出版社,1990 年影印本。

④ 顾颉刚:《古史辨》第 1 册自序,第 48 页、49 页,北京:朴社,1926年。

20世纪中国古典文学学科通志

第一卷

616

想做一篇《歌谣的转变》，说明《唐风》中的《杕杜》和《有杕之杜》同是一首乞人之歌，《邶风》中的《谷风》和《小雅》中的《谷风》同是一首弃妇之歌，《小雅》中的《白驹》和《周颂》中的《有客》同是一首留客之歌，只是一首的分化，不是个别的两首。从此可以证明'风'和'雅'、'颂'只是大致的分配，并没有严密的界限。"①后来又致函胡适，报告编撰《诗辨妄》等三书，其第三书为《汉儒的诗学和诗经的真相》，"非一时所能作"，"逐篇发表，等一二年后再集为一种书"。②1923年2月5日，复钱玄同函："到上海后，振铎要我做一篇关于《诗经》的论文，我就拟定了《〈诗经〉的厄运与幸运》的题目，预备把《诗经》的经历详细一说。"③这篇文章于1923年2月完成，3月连载于《小说月报》，后又改为《〈诗经〉在春秋战国间的地位》，收入《古史辨》第三册。他在前言指出："《诗经》是一部文学史……就应该用文学的眼光去批评它，用文学书的惯例去注释它，才是正办……因为两千年来的《诗》学专家闹得太不成样子了，它的真相全给这一辈人弄糊涂了……说明《诗经》在历来儒者手里玩弄，好久蒙着真相，并且屡屡碰到危险的厄运，和虽是一重重的经历险境，到底流传到现在，有真相大明于世的希望的'幸运'。"④在以上思路的指导下，顾颉刚写了一系列关于《诗经》和歌谣的论文，如1923年就有如下一些论文:《诗考》、《读诗随笔》(《小说月报》第14卷第1期);《诗沈》(《小说月报》第14卷第2期);《刺诗》、《钱镠的歌》(《小说月报》第14卷第3期);《硕人》(《小说月报》第14卷第4期);《古诗与乐歌》(《小说月报》第14卷第6期);《从〈诗经〉中整理出歌谣的意见》(《歌谣周刊》12年12月26日)。他在一系列文章中，探

①②③顾颉刚:《古史辨》第1册，第45～46页，第49页，第53页，北京:朴社，1926年。

④顾颉刚:《古史辨》第3册，第309、310页，北京:朴社，1931年。

讨的是如何用歌谣的眼光去看《诗经》以及《诗经》中到底有多少歌谣:"《诗经》中有一部分是歌谣,这是自古以来就知道的。但因为从前的读书人太没有歌谣的常识,所以不能懂得它的意义。不懂得而竟要强做解释,这就不免说出外行话来了。"①"用了这个眼光去看古人的说《诗》的文字,就觉得他们的说话真是支离灭裂的到了极度。"②"《诗经》三百零五篇中,到底有几篇歌谣,这是很难说定的……《国风》中固然有不少的歌谣,但非歌谣的部分也实在不少……《小雅》中非歌谣的部分固然多,但歌谣也是不少……《大雅》和《颂》可以说没有歌谣……再有一个意思,我以为《诗经》里的歌谣都是已经成为乐章的歌谣,不是歌谣的本相。"③"《诗经》所录是否全为乐歌,这在宋代以前是不成问题的……自宋以来,始有人怀疑内有一部分诗是徒歌。前年我在《歌谣周刊》中曾说《诗经》所收的民间徒歌已经全由乐工改为乐章,魏建功先生反对这个意思,著论驳了。现在我把这个问题根本讨论一下,试作一个解答。"④

　　1923 年 11 月,顾颉刚回北京大学研究所工作,接替生病的常惠担任《歌谣周刊》编辑,成为《歌谣周刊》的主撰人,并积极参与歌谣学会的民俗学活动。顾颉刚这期间除了从事吴歌和孟姜

---

　　① 顾颉刚:《野有死麇(吴歌甲集写歌杂记之三)》、《褰裳(吴歌甲集写歌杂记之四)》,《歌谣周刊》,第 91 号,1925 年;顾颉刚:《古史辨》第 3 册,第 439~441 页、449~451 页,北平:朴社,1931 年。

　　② 顾颉刚:《起兴(吴歌甲集写歌杂记之八)》,北平:《歌谣周刊》,第 94 号,1925 年;顾颉刚:《古史辨》第 3 册,第 672~677 页,北平:朴社,1931 年。

　　③ 顾颉刚:《从〈诗经〉中整理出歌谣的意见》,北京:《歌谣周刊》,第 39 号,1923 年 12 月 26 日;顾颉刚:《古史辨》第 3 册,第 589~592 页,北平:朴社,1931 年。

　　④ 顾颉刚:《论〈诗经〉所录全为乐歌》,北京:《国学周刊》,1925 年第 10~12 期。

女研究外,还撰写了大量的俗文学、民俗学研究论著,仅 1924 年就有如下一些论文见诸报刊:《〈老残游记〉之作者》、《采桑娘》(《小说月报》第 15 卷第 3 号,3 月 10 日);《诗与史》(《小说月报》第 15 卷第 4 号,4 月 10 日);《东岳庙的七十二句》、《两个出殡的导子帐》(《歌谣》第 50 期、52 期,4 月);《各种方言标音实例(苏州音)》、《一个"全金六礼"的总礼单》(《歌谣周刊》第 55 期、56 期,5 月);《秦腔》(《小说月报》第 15 卷第 5 号,5 月 10 日);《一个光绪十五年的食目》、《北京东岳庙游记》(《歌谣》第 58、61 期,6 月);《楚辞》、《明清戏价》、《〈官场现形记〉之作者》(《小说月报》第 15 卷第 6 号,6 月 10 日);《〈西青散记〉的"双卿"》(《小说月报》第 15 卷第 11 期,11 月 10 日)。顾颉刚在歌谣学会的另一件重要工作是参与妙峰山民俗调查。1925 年 5 月初,顾颉刚和容庚、孙伏园等人进行妙峰山调查,为期三天。调查结果刊登于孙伏园任主笔的《晨报》副刊,题为《妙峰山进香专号》,历时五个月才登载完毕。5 月 5 日,顾颉刚撰写《〈妙峰山进香专号〉引言》,随后在《晨报》专号上发表《妙峰山的香会》。

顾颉刚在中山大学并没有呆多长时间。1927 年 4 月赴中山大学,与傅斯年共事;5 月,奉中山大学之命,赴上海、北京等地购书;10 月,抵粤,担任中山大学历史系教授兼历史系主任、图书馆中文部主任,并实际主持语言历史学研究所工作;1928年春,接到燕京大学聘书,经学校挽留后答应再留半年;1929 年 2 月,乘戴季陶、朱家骅两校长不在学校时以请假的方式离开广州,赴北平,拟在半年中为中山大学聘请到一位研究所兼历史系主任。4 月,返回广州。5 月,返回北平,转任燕京大学国学研究所研究员,兼历史系教授。9 月,就职燕京大学。

顾颉刚作为中山大学民俗学和俗文学运动的组织者做出了卓越的贡献。顾颉刚到中山大学后,傅斯年要他一起同办历史语言研究所;1927 年 11 月,顾颉刚与何敬思等人联合创设民俗学会,列为语言历史学研究所学会之一。1928年11月,傅斯年辞去中山大学历史语言研究所主任一职,由顾颉刚代理;12月,不得不正式就职,并于12月25日,与余永梁合作,撰成《本所计划书》,分语言、历史、考古和民俗四项。1929年,向学校推荐容肇祖为民俗学会主席,以专责成。2月,请商承祚代理研究所主任,嘱其保存两种刊物。他在1928年2月27日致胡适信中指出:"所虽未正式成立","而已有房子、书籍、职员、出版物,同已经成立一样。这一方面孟真全不负责,以致我又有实无名地兼了研究所主任"①。可见,顾颉刚一直是研究所和民俗学会的实际负责人。顾颉刚在研究所和民俗学会中开展了一系列的工作:1927年10月16日,在傅斯年处开会,商议出版《国立中山大学语言历史学研究所周刊》、《图书馆周刊》、《歌谣周刊》(后改《民间文艺》);1927年11月1日,《国立中山大学语言历史学研究所周刊》和《民间文艺》创刊,顾颉刚担任《周刊》第一期编务,并作《周刊》发刊词:"我们要实地搜罗材料,到民众中寻方言,到古文化的遗址去发掘,到各种的人间社会去采风问俗,建设许多新的学问。"②1927年11月8日,学会议决刊行丛书;1928年3月,将中大同事钟敬文、董作宾所编《民间文艺》扩充为《民俗》周刊,作发刊词;1928年1月29日,作《民俗学小丛书弁言》,兴奋地指出,民俗成为一种学问,以前人决不会梦到,现在我们的眼睛已为潮流所激荡而张开了;语言历史研究所直到1928年3月27日才正式召开第一次会议,讨论各学科的丛书计划。会议议决:定名为《语言历史学丛书》,设总编辑一人,由顾颉刚担任;下

---

① 顾颉刚民国十七年2月27日致胡适信,转引自顾潮:《历劫终教志不灰——我的父亲顾颉刚》,第20页,上海:华东师范大学出版社,1997年。

② 广州:《国立中山大学语言历史学研究所周刊》,第1期,民国16年11月1日。

分五类,每类各设编辑若干人,民俗学编辑由何思敬、顾颉刚、钟敬文诸先生担任。1928 年 3 月 27 日,与学校商定民俗学会传习班事,并开设"顾颉刚整理传说的方法";1928 年 3 月底,布置风俗物品陈列室,对外开放;1928 年 7 月,组织人员从事调查。

在中山大学的几年中,顾颉刚不遗余力地倡导民俗学和俗文学的研究。早在中山大学命其买书时,顾颉刚就萌生了开启俗文学民俗学研究风气的豪情。他在 1927 年 4 月 28 日致胡适的信中说道:"我买书的计划,除普通书外,要收地方志、家谱、档案、科举书、迷信书、唱本、戏本、报纸等。"①他"总计购得书籍约十二万册,计丛书约一百五十种,地方志约六百种,科举书约六百种,家谱约五十种,考古学书约二百五十种,近代史料约八百种,民间文艺约五百种,民众迷信约四百种,又碑帖约三万张"②。他撰写了大量的文章呼吁人们研究民俗研究民众文艺:"我们要站在民众的立场来认识民众","我们要检讨各种民众的生活民众的欲求来认识整个的社会","我们自己就是民众应该各各体验自己的生活","我们要把几千年埋没着的民众艺术民众信仰民众习惯一层一层地发掘出来","我们要打破以圣贤为中心的历史建设全民众的历史"。③"我觉得我们民俗学会亟应举办的事,就是离开了书本的知识而到各处去实地调查。""这些地方志的基础不建筑于民众上,不能算是真正的地方志。"将来"在平民的图书馆里藏着平民的记载"。④

顾颉刚吸取北京大学时期的教训,利用中山大学较为雄厚

①《胡适来往书信选》上册,第 430 页,北京:中华书局,1979 年。

②《学术界信息》,广州:《中大周刊》,第 1 集第 3 期。

③ 顾颉刚:《〈民俗〉发刊辞》,广州:《民俗周刊》第 1 期,1928 年 3 月 21 日;苑利主编:《二十世纪中国民俗学经典·学术史卷》,第 299 页,北京:社会科学文献出版社,2002 年。

④ 顾颉刚:《〈苏州风俗〉序》,见叶春生主编《典藏民俗学丛书(1928—1930)》,第 725、726 页,哈尔滨:黑龙江人民出版社,2003 年。

的资金组织民俗学俗文学资料和著作的出版工作,其重要成果就是大型民俗学丛书的出版。顾颉刚把在北京大学时期的一些著述也放到丛书中出版:顾颉刚《孟姜女故事研究》第一册(1928年4月)、第二册(1929年1月)、第三册(1928年6月),顾颉刚、刘万章《苏粤的婚丧》(1928年4月),顾颉刚《妙峰山》(1928年9月)。顾颉刚为推动民俗学俗文学资料的搜集、研究和出版,先后为相关研究作了大量的序跋,以示肯定和支持:《吴歌丙集刊前语》(1928年1月21日,《民间文艺》第11、12期)、《广州儿歌甲集序》(1928年7月25日)、《苏州风俗序》(1928年8月22日)、《序闽歌甲集》(1928年9月5日)、《关于谜史》(1928年9月5日)、《传说专号序》(1929年2月13日)、《台山歌谣集序》(1929年3月6日)、《福州歌谣甲集序》(1929年3月6日)、《湖南唱本提要序》(1929年6月12日)、《泉州民间传说序》(1929年7月3日)、《妙峰山琐记序》(1929年7月24日)。从这些序跋中,我们可以发现顾颉刚是俗文学资料、论著出版的主要组织者。如顾颉刚在序中指出:"《谜史》竟依了我的请求而在我们民俗学会出版了。"[1]"于是请于中大当局,这部书就和我们的《妙峰山》同收在《民俗丛书》里了。"[2]实际上,好多作者的序跋都流露出顾颉刚在材料出版中所起到的重要作用。如"承王独清君高兴地为这本小书写了一篇序言,颉刚兄又坚要我们将它印出来"[3]。"谢谢颉刚先生的追促与蘩君的鼓舞"[4]。"这个《祝英台故事专号》,是钱南扬先生编集的。这个专号,自然是钱先生

① 顾颉刚:《〈谜史〉序》,见叶春生主编《典藏民俗学丛书(1928—1930)》,第569页,哈尔滨:黑龙江人民出版社,2003年。

② 顾颉刚:《〈妙峰山琐记〉序》,广州:《民俗周刊》,第69、70期合刊。

③ 钟敬文:《〈狼獐情歌〉译者底话》,见叶春生主编《典藏民俗学丛书(1928—1930)》,第98页,哈尔滨:黑龙江人民出版社,2003年。

④ 钟敬文:《自写在〈民间文艺丛话〉之前》,见叶春生主编《典藏民俗学丛书(1928—1930)》,第230页,哈尔滨:黑龙江人民出版社,2003年。

继续顾颉刚先生孟姜女故事的工作而成功,并且这专号又是顾先生到杭州时来信说及钱先生有这一大堆稿子,因此我催促他编成的。"①

顾颉刚的工作得到了校长朱家骅的支持,申请所需设备费用、印刷费用均得到批准。但是中山大学的一些同事包括好友傅斯年由于观念乃至人际方面的原因,并不支持丛书的出版。所以在这批序跋中,顾颉刚既要宣扬俗文学民俗学研究的重大意义,又要应对来自同事的质疑乃至指责。他一再强调原始材料对于研究民众生活的重要性。"民间传说,是民众们的历史。""总而言之,我们若要接近民众,为他们谋福利,或要研究民众,解释他们的一切事实,那么他们的传说都是极重要的材料。"②"我们要认识民众文艺也罢,要认识民众心理也罢,反正不能不去寻找材料。从最真切的材料上加以最精细的整理,方能有最公允的批评。我们现在要打好民俗学的根底,只有先去努力搜集材料,而又尽量流通。"③与此同时,顾颉刚反省北京大学的失败,强调出版资料供给全国学术界以求学术的发达和薪火传承。"本校民俗学会初事兴办,我们深深地祝颂它的发达。因为以前北大所藏,困于经费,未能印出,大家要见这种材料很不容易,所以我主张出刊物,使得这些材料不但为我们学会的材料而为学术界公有的材料。更希望各地的人看了我们的工作,都肯把自己在家乡最感趣味的民间文艺尽量地搜集,编成专册,寄给我们

---

① 容肇祖:《〈祝英台故事集〉序》,见叶春生主编《典藏民俗学丛书(1928—1930)》,第 2639 页,哈尔滨:黑龙江人民出版社,2003 年。

② 顾颉刚:《〈泉州民间传说〉序》,见叶春生主编《典藏民俗学丛书(1928—1930)》,第 2291 页,哈尔滨:黑龙江人民出版社,2003 年。

③ 顾颉刚:《〈广州谜语〉序》,见叶春生主编《典藏民俗学丛书(1928—1930)》,第 1153 页,哈尔滨:黑龙江人民出版社,2003 年。

出版。"①他还从学术分工和学术进程的角度强调印刷基本资料的重要性。"大凡学术有两方面：一方面是理论，一方面是应用。""我们中山大学语言历史研究所中附设的'民俗学会'，是集合许多有志研究民俗学的人共同组成的。民俗学是这一班人自己选定的工作，自己承担的任务。这一班人不说致用，因为依照分工的道理，接触实际社会的应当另有一班人。他们对于实际社会，只负供给材料的责任。他们确信担负了这个责任，一定可以使'到民间去''唤起民众'的朋友得到多量的方便。"②顾还不断解释出版资料性的著作是研究的基础。"所以在研究学问上，搜集材料是第一步。整理材料，求出其系统是第二步。""何以一定要把这些材料印出来？因为这是保存材料的一个最好的方法，又是提起别人研究兴趣的一个最好方法，也是供给别人研究材料的一个最好方法。"③"我们现在提倡民俗学，为的是这是以前的人所没有开发的宝藏，而给我们首先发见，我们眼见得将有无数的珍珠美玉落入自己的手中，禁不住心头一阵阵的高兴，喊了出来，希望激起许多人的同情，来一同开发这个宝藏。""凡是一种学问的建立，总需要有丰富的材料。有了丰富的材料方才可以引起人家的研究兴味，也方才可以使人家研究时有所凭藉。""实在今日的民俗学，还是在搜集材料的时代，不是在研究的时代。"他甚至以罗振玉公布出版甲骨开辟文字学和史学上的新天地来回应无限制地印刷的指责。④

① 顾颉刚:《〈广州儿歌甲集〉序》,见叶春生主编《典藏民俗学丛书(1928—1930)》,第 535 页,哈尔滨:黑龙江人民出版社,2003 年。

② 顾颉刚:《杨成志〈民俗学问题格〉序》,见叶春生主编《典藏民俗学丛书(1928—1930)》,第 435、436 页,哈尔滨:黑龙江人民出版社,2003 年。

③ 顾颉刚:《〈福州歌谣甲集〉序》,见叶春生主编《典藏民俗学丛书(1928—1930)》,第 1710 页,哈尔滨:黑龙江人民出版社,2003 年。

④ 顾颉刚:《〈闽歌甲集〉序》,见叶春生主编《典藏民俗学丛书(1928—1930)》,第 805、806 页,哈尔滨:黑龙江人民出版社,2003 年。

30 年代,顾颉刚还做了一些民俗学和俗文学工作,此后由于研究兴趣发生改变,顾颉刚除了关注孟姜女的研究外,基本上没有再从事这方面的研究。1936 年 5 月 16 日,顾颉刚发起成立风谣学会,主要成员有顾颉刚、方纪生、沈从文、胡适、钱玄同等。该会通过了《风谣学会组织大纲》,办了三个刊物。这三个刊物是:1936 年 10 月 8 日在南京《中央日报》创办的《民风周刊》,与徐芳、方纪生共同编辑,共出 42 期;1936 年 11 月 3 日,在北京《民声报》创办的《民俗周刊》,由方纪生编辑,出了十几期;1937 年 6 月 6 日,在北京《晨报》创办的《谣俗周刊》,出了 6 期。1935 年,北大文科研究所决定恢复歌谣研究会,聘请周作人、魏建功、罗常培、顾颉刚、常惠、胡适诸位先生为歌谣研究会会员。此外,顾颉刚还陆续发表了一些论文。如,1931 年 6 月 12 日,与吴立模合作完成《苏州唱本叙录》,发表于 7 月份出版的《开展月刊》第 10 卷第 11 期;1933 年 7 月在《文学》第 1 卷第 1 期发表《〈鸣凤记〉中的吴歌》、《明俗曲琵琶调》;1934 年 1 月在《文学季刊》第 1 卷第 1 期发表《王思任拟歌谣》、《北平说书分类》、《厢与边》、《梁章钜记秦腔》;1934 年 8 月在《文学》第 2 卷第 6 期发表《滦州影戏》(石兆原代作,顾改定);1937 年 4 月 3 日发表《苏州近代乐歌》,介绍了苏州宣卷,见《歌谣周刊》第 3 卷第 1 期;1935 年 8 月 14 日,校点冯梦龙《山歌》毕,撰序文一则,列为《民俗丛书》第二种出版。

顾颉刚的民俗学、俗文学研究是服务于他的古史研究的。在 1926 年写的《古史辨》第一册自序中,顾颉刚作了仔细的交代。"以前我爱听戏,又曾搜集过歌谣,又曾从戏剧、歌谣中得到研究古史的方法,这都已在上面说过了。但我原来单想用了民俗学的材料去印证古史,并不希望即向这一方面着手研究。"他在民俗学方面的所有调查都是为了古史研究这一目的。"对苏州和北京东岳庙的考察,知道各地方的神道虽同属于道教之下但并没有统一;对历史进行考察,知道道教成立前的神道具有人性,佛教输入后的神道只有神性。"因此,作者认为:"这一方面的研究如可有些结果,必能使古史的考证得到许多的便利。""社会的研究是论禹为社神引起的。社会(祀社神之集会)的旧仪,现在差不多已经停止,但实际上,乡村祭神的结会、迎神送祟的赛会、朝顶进香的乡会,都是社会的变相。我见到了这一层,所以很想领略现在的社会的风味,希望在里边得到一些古代的社祀的暗示。""14 年风俗调查会妙峰山之行,这使我对于春秋时的祈望战国后的封禅得到一种了解。我很愿意把各地方的社会的仪式和目的弄明白了,把春秋以来的社祀的历史也弄清楚了,使得二者可以衔接起来。""歌谣方面,因《歌谣周刊》的撰稿的要求、研究《诗经》的比较的需要,以及搜集孟姜女故事的连带关系,曾发表了不少篇文字。七八年前笔受的苏州歌谣,也先写定了一百首,加上了注释,编成《吴歌甲集》一种。""老实说,我对于歌谣的本身并没有多大的兴趣,我的研究歌谣是有所为而为的:我想借此窥见民歌和儿歌的真相,知道历史上所谓童谣的性质究竟是怎样的,《诗经》上所载的诗篇是否有一部分确为民间流行的徒歌。关于下一问题,我已于《论〈诗经〉所录全为乐歌》一文中作一个约略的解答。""关于上一个问题,我们可以知道历史上所谓应验的童谣一半是有意的造作一半是无意的误会。""我自己知道,我的研究文学的兴味远不及我的研究历史的兴味来得浓厚,我也不能在文学上有所主张,使得歌谣在文学的领土里占得它应有的地位:我只想把歌谣作我的历史的研究的辅助。"①

① 顾颉刚:《古史辨》第 1 册自序,第 66～77 页,北京:朴社,1926 年。

孟姜女故事研究的历史进程

顾颉刚1929年9月就职燕京大学后就基本上淡出了民俗学和俗文学研究,但是,孟姜女故事研究却一直没有放下,直到他逝世时还在整理校对样稿。可以这么说,他开创了故事研究的新格局,但由于政治的干扰,他的孟姜女故事研究有始无终,给学术界留下了深深的遗憾。

顾颉刚关注孟姜女故事缘起于他对古籍的辑录和点读。1921年冬天,顾颉刚辑集郑樵的《诗辨妄》,在《通志·乐略》中读到论《琴操》的一段话,知道孟姜女故事由经传中的数十言演变成了稗官的万千言;过了一年多,顾颉刚点读姚际恒《诗经通论》,见到以"孟姜"称美而贤的齐国女子,知道"孟姜"是一种通称,于是立《孟姜女故事》专册,辑录相关资料,慢慢整理出了一个变迁的线索。1923年冬天,上海《文学周报》社出百期纪念特刊,由于顾颉刚预备北上,于是将收集的材料委托吴立模作文。吴立模在1923年12月1日撰写出《孟姜女故事的转变》,发表于文学研究会会刊《星海》上。该文后有颉刚1923年12月3日跋:"我久欲做一部《故事转变录》,只是得不到时间,不知何时才可动笔。近与吴秋白先生同寓,把这一层意思告诉了他,他很欣然,就把孟姜女的故事作成了这一篇。可惜我将北行,不获与秋白共做此事,甚以为恨。"①1924年暑假顾颉刚偶然翻阅京汉铁路局出版的《燕楚游骖录》,阅读董彦堂的河南唱本,发现纵的变异。他在郑孝观《〈畿辅通志〉中的孟姜女》一信的按语中指出:"我的研究孟姜女故事的兴致,纵的方面由《诗经》"彼美孟姜"引

---

① 顾颉刚:《孟姜女故事研究集》第2册,见叶春生主编《典藏民俗学丛书(1928—1930)》,第1194页,哈尔滨:黑龙江人民出版社,2003年。

起,横的方面实由《燕楚游骖录》徐水县孟姜庙条引起。去年夏间,偶翻《游骖录》,得见所引《畿辅通志》诸条,使我知道各地的孟姜女故事尽有不同,因此激发我着手整理的野心。今承郑先生的好意,在《畿辅通志》中抄了与我,极感。"①

促使顾颉刚将自己关于孟姜女故事变迁的思考写成专文的契机则是1924年冬北京大学歌谣学会《歌谣周刊》计划出歌谣故事研究的专号。1924年11月23日,北京大学《歌谣》周刊第69号刊出《孟姜女故事的转变》,虽然只写到南宋初,却占了一个专号。主要内容包括:"杞梁之妻"最早见载于《左传·襄公二十三年》,杞梁战死;战国前是不受郊吊,在西汉以前是悲歌哀哭,西汉后期至于六朝末,故事的中心变为"崩城";唐代演变为哭崩秦长城,成了"旷妇怀征夫";杞梁之妻的大名直到南宋始由民众的传说中发现出来。

顾颉刚本来是想把《孟姜女专号》分成三期,在第三期中把全文登完。但是,由于时间的关系和材料的问题,这个计划并没有实现:"《孟姜女专号》,到今已是第五次了,但论文还没有续作,这真是对于读者诸君极端抱歉的。所以这样之故,一来是我太忙,找不到几个整天的空闲;二来是材料愈积愈多,既不忍轻易结束,尤不敢随便下笔。""整篇的论文将来固是要做,但在各项小问题的材料未整理时,打算暂时停顿。自专号第六次起,每期登出短篇论文一篇或二篇,为整理小问题之用,并为结集长篇论文的预备。论题甚多,就现在想到的胪列于下:杞梁妻哭崩之长城;杞梁妻的哭崩梁山(只完成这两个);送寒衣的来源;孟姜女名字的来源及其转变;孟姜女之夫的名字的转变;孟姜女的成婚;新婚的别离;杀人压胜的传说;神话中的孟姜女;孟姜女故事与各省区(附孟姜女故事地域图);山海关的孟姜女;潼关的孟姜女;同官县的孟姜女;徐水县的孟姜女;澧州的孟姜女;广东广西的孟姜女;江苏浙江的孟姜女;元曲中的孟姜女;孟姜女的戏剧;孟姜女歌曲与闺怨诗;孟姜女与他种故事的比较;孟姜女故事分类表;孟姜女故事演进图;孟姜女研究引用书说明。① 顾颉刚改变主意的原因是:"那知我还未动笔做中篇,而投寄的唱本宝卷小说传说戏剧歌谣诗文……已接叠而至,使我目迷五色耳乱五声,感到世界的大,虽是一件故事,也不是我一个人的力量所能穷其涯迹,于是把我作文的勇气竟打消了。"②到了1928年,顾颉刚还是没有决心把这个故事作完:"我非常感谢北京大学《歌谣周刊》的帮助,使得我有和同志接近的机会。这两篇文字,第一篇只作成了上一半。当这半篇写清时,自己觉得很满意,几乎要喊出'可以找到的材料都给我找到了'。但过了些日子,误谬之处渐渐出现了,脱漏的地方出现得不少了,而宋以后的材料越来越多,更不容易处理,因此,剩下的半篇再也写不下去。第二篇则只是一个极简略的结账,任何材料都加以节缩,许多应说的话竟没有说。这数年中,常有一个整篇文字的格局在心头鼓荡着,既要求写,又不敢写。一则牵涉问题太多,一则材料层出不穷。""因为这样,所以我不愿意把这个问题作一个轻易的结束。我希望先出若干册《孟姜女材料集》,又出若干册《孟姜女故事研究集》,逐步逐步地整理,到'可以找到的材料'大略完备时,再沟通为一部系统的著作。这本书,就算做研究集的第一册。"③

---

① 顾颉刚:《启事》,广州:《歌谣周刊》,第76号,1925年;《孟姜女故事研究集》第2册,1929年1月,见叶春生主编《典藏民俗学丛书(1928—1930)》,第1195~1196页,哈尔滨:黑龙江人民出版社,2003年。

② 顾颉刚:《孟姜女故事研究集》第2册,见叶春生主编《典藏民俗学丛书(1928—1930)》,第1200页,哈尔滨:黑龙江人民出版社,2003年。

③ 顾颉刚:《〈孟姜女故事研究集(第一册)〉自序》,见叶春生主编《典藏民俗学丛书(1928—1930)》,第29页,哈尔滨:黑龙江人民出版社,2003年。

顾颉刚在北京大学歌谣运动期间充分利用《歌谣周刊》这个阵地,以专号的方式从事孟姜女故事的研究。1925年10月,北京大学国学门出版《国学门周刊》,原属于歌谣研究会的《歌谣周刊》并入该周刊,顾颉刚撰写《孟姜女故事研究集第二次开头》对《孟姜女专号》作了回顾和展望:"《孟姜女故事专号》在《歌谣周刊》上发表了九次。现在《歌谣周刊》并入《国学周刊》,这个故事的研究文字就要在这个新周刊上作长期登载的材料了⋯⋯我苦于事忙,不能用全副的精力做这项研究。但我决计把我的精力分出一部分放在这里,使我在长时期之中作不断的研究。现在拟每星期写些入《国学周刊》,字数少则三千,多则五千。论文一个月作一篇。材料方面,现在自己搜集到的和他人寄赠来的都很多,预料在三年之内不致缺稿。"①1924年12月至次年6月,《孟姜女专号》共出了9个专号,80版,约12万字,包括材料和通信,其中的8首歌曲编为《孟姜女故事的歌曲甲集》,由歌谣研究会出版。《歌谣周刊》扩张为《北京大学研究所国学门周刊》后,顾颉刚继续担任编辑,《孟姜女专号》又接着出了7期。后来,顾颉刚将周刊上发表的论文编为《孟姜女故事研究集(第二册)》,予以出版。这些论文包括:顾颉刚《杞梁妻哭崩的城》(1925年5月28日)、顾颉刚《杞梁妻的哭崩梁山》(1925年4月9日)、顾颉刚《孟姜女十二月歌与放羊调》(1925年4月24日)、郑宾于《孟姜女在〈元曲选〉中的传说》(《国学门周刊》第二期)、钱肇基《黄世康〈秦孟姜碑文〉考》、郑鹤声《孟姜女事迹考略》、涂玉诺《孟姜女边塞风沙》等。

顾颉刚利用刊物的便利号召所有的读者帮助收集材料,吸引了一大批人来关注孟姜女故事的流变,甚至吸引了一大批人

① 顾颉刚:《孟姜女故事研究二集》,见叶春生主编《典藏民俗学丛书(1928—1930)》,第1198~1200页,哈尔滨:黑龙江人民出版社,2003年。

参与研究,不仅扩大了俗文学运动的影响,而且开创了合作研究的范例。《歌谣周刊》第 69 号首次刊载《孟姜女专号》就附录有顾颉刚的《附记》:"读者如有材料供给我,请送本校三院研究所国学门歌谣研究会转交,13 年 11 月 19 日。"此后,顾颉刚多次发表征求信息:"读者诸君如有新的材料见到,或有旧的材料回想到,均请随时采集写录,寄至北大三院歌谣研究会转交。至于他种故事可以与孟姜女故事比较的,或可以说明孟姜女故事的,亦一例搜采寄下。"[1]"希望本刊的读者都肯给我以一种帮助,无论看到什么材料,都寄给我;无论想到什么意见,也就告诉我。材料不要怕奇怪也不要怕复沓,因为奇怪是传说的本相,而复沓之中也尽有创见可寻。"[2]他还在《孟姜女故事研究》第一册上发表请求:"我对于同志们要作几项请求。孟姜女故事的材料请随时随地替我搜求;不要想'这类小材料无足轻重',或者说'这种普通材料,顾某当已具备了'。""因为从很小的材料也许可以得到很大的发现,而重复的材料正是故事流行的说明。"在第二册上发表征求信息:"孟姜女骨牌、钱曾《读书敏求记》卷二著录有《孟姜女集》、孟姜女纺花的照片和说明;崔灵芝哭长城的剧本、《万里侯》的剧本、花的唱春调的乐谱、孟姜女歇后语、孟姜女绣品和绣品的照片;孟姜女在葫芦中出生的故事、波兰华骚美术馆内孟姜女画的照片及说明。"在第三册的钟敬文《懊侬歌中的崩城》一文的按语中也表示:"希望陕西方面的同志能搜集一点材料寄予我们。"[3]对于来自社会各界的帮助,顾颉刚表达了由衷

---

[1]《顾颉刚启事》,北京:《歌谣周刊》,第 76 号。

[2] 顾颉刚:《孟姜女故事研究的第二次开头》,见北京大学研究所编《国学门周刊》,第 1 期;叶春生主编《典藏民俗学丛书(1928—1930)》,第 1200 页,哈尔滨:黑龙江人民出版社,2003 年。

[3] 叶春生主编:《典藏民俗学丛书(1928—1930)》,第 30、1253、368 页,哈尔滨:黑龙江人民出版社,2003 年。

的感激之情:"我敢说,若(不)是我发表了第一篇孟姜女研究论文之后复有人和我通信,我至今还是在黑弄里摸着,我决不会发见这许多条新路,我决不会吸着这些清爽的空气。""我无论如何不敢忘记这几十位同志给我的恩惠。我的研究孟姜女故事将来也许完成到七八分(十分完成的事世界上没有的),但若没有诸位同志给与许多指示,我只有比顾亭林们考据孟姜女故事的文字多走上一步罢了。我们的成绩依然是限于书本,乃是民众们一层一层地造成之后而给士大夫们借去的。幸赖诸同志的指示,使我得见各地方的民众传说的本来面目。""必须多看民众传说的本来面目,才说得上研究故事。"①多年以后,魏建功高度评价了顾颉刚开创的这一研究模式:"专号成绩丰富多彩的是顾颉刚先生主编的《孟姜女》。顾先生用研究史学的方法、精神来对旧社会认为'不登大雅之堂'的故事传说进行研究,一时成了好几十位学者共同的课题,有帮助收集歌谣唱本鼓词宝卷和图画、碑版的,有通讯分析讨论故事内容的。远在巴黎留学的刘复教授见到专号,忙忙抄回伯希和拿走的敦煌卷子里唐人《云谣集》《虞美人》词中有关孟姜女的资料,很令人兴奋。从那时起,人们对现行故事传说的源远流长,认识更加明确。《孟姜女》共出过九期,最典型地体现了人们自发自愿、肯想肯干互相启发不断影响的范例。"②

顾颉刚曾在很多场合对自己的研究理路做了揭示。他在1925年《答李玄伯先生》一文中指出自己"研究古史愿意担任两项工作:(一)用故事的眼光解释古史的构成的原因;(二)把古今的神话与传说为系统的叙述。"在这种理念的指导下,顾颉刚

---

① 顾颉刚:《〈孟姜女故事研究集(第三册通讯)〉小序》,见叶春生主编《典藏民俗学丛书(1928—1930)》,第 327 页,哈尔滨:黑龙江人民出版社,2003 年。

② 魏建功:《〈歌谣〉四十年》,北京:《民间文学》,1962 年第 2 期。

一再强调研究故事变迁的规律:"实在的孟姜女的事情,我是一无所知,但我也不想知道……我们要在全部的历史中寻出这一故事变化的痕迹与原因。"①他对孟姜女故事历史的系统、地域的系统进行清理后得出自己研究的结论:第一,就历代的文化中心上看这件故事的迁流的地域;第二,就历代的时势和风俗上看这件故事中加入的分子;第三,就民众的感情与想象上看这件故事的酝酿力;第四,就传说的纷异上看这件故事的散乱的情状;第五,就传说的自身解释上看这件故事的变迁的样子;第六,就这件故事的意义上回看民众与士流的思想的分别。"从以上诸条看来,我们可以知道一件故事虽是微小,但一样地随顺了文化中心而迁流,承受了各时各地的时势和风俗而改变,凭藉了民众的情感和想象而发展。我们又可以知道,她变成的各种不同的面目。有的是单纯地随着说者的意念的,有的是随着说者的解释的要求的。我们更就这件故事的意义回看过去,又可以明了它的各种背景和替它立出主张的各种社会。"②在这种理念的指导下,顾颉刚一再强调自己的孟姜女故事研究是用传说来比拟古史。1926年春,他在《古史辨自序》中指出:"将二年来搜集到的孟姜女故事分时分地开一篇总账,为研究古史方法举一旁证的例。"所以,当他把孟姜女故事演变的趋势和规律作了初步勾勒后便指出:"我们懂得了这件故事的情状,再去看传说中的古史,便可见出它们的意义是一样的。孟姜女的生于葫芦或南瓜中,不即是伊尹的生于空桑中吗?范喜郎为火德星转世死后归复仙班,不即是传说的'乘车维骑箕而比于列星'吗?……我们若能了解这一个意思,就可历历看出传说中的古史的真相,而不至再为学者们编定的古史所迷误。"③

　　①②③ 叶春生主编:《典藏民俗学丛书(1928—1930)》,第1201页,第87页,第87~88页,哈尔滨:黑龙江人民出版社,2003年。

对于这一研究,顾颉刚感到非常地满意。他说:"各种学问都是相互关联的,他种学问如不能进步到相当程度,一种学问必不会有独特的发展。同样,一种学问里面的许多问题也是相互关联的,他项问题若没有人去研究,一项问题也决不会研究得圆满。我的研究孟姜女故事,本出偶然,不是为了这方面的材料特别多,容易研究出结果来。至于现在得有许多材料,乃是为我提出了这个问题,才透露出来的。这种民众的东西,一向为士大夫阶级所压伏,所以不去寻时,是'无影无踪';但又立国之久,地方之大,风俗之殊异,所以着手搜求时便会无穷无尽……这类故事如果有人去专门研究,分工合作,就可以画出许多图表,勘定故事的流通区域,指出故事的演变法则,成就故事的大系统。我的孟姜女研究既供给了别的故事研究者以型式和比较材料,而别的故事研究者也同样地供给我,许多不能单独解决的问题都有解决之望了,岂不大快!"①

孟姜女研究在当时的学术界产生了巨大的震动。钟敬文指出:"像先生这样整理的方法,是对于中国现在学术界很有裨益的工作,尊作在工程上有无完全奏效,还好似比较次要一点的问题。"刘复称赞道:"在《歌谣》六十九号中看见你的孟姜女一文的前半篇,真教我佩服得五股投地。你用第一等史学家的眼光与手段来研究这故事;这故事是二千五百年来一个有价值的故事,你那文章也是二千五百年来一篇有价值的文章。"②顾颉刚1926年4月完成的《古史辨自序》又对孟姜女故事做了思考,后

---

① 顾颉刚:《〈孟姜女故事研究集(第一册)〉自序》,见叶春生主编《典藏民俗学丛书(1928—1930)》,第 30、31 页,哈尔滨:黑龙江人民出版社,2003 年。

② 顾颉刚:《孟姜女故事研究集(第三册通讯)》,见叶春生主编《典藏民俗学丛书(1928—1930)》,第 331、339 页,哈尔滨:黑龙江人民出版社,2003 年。

来听从朋友建议,单独成文,名曰《孟姜女故事研究》(1927 年 1 月《现代评论》一周年增刊)。钟敬文"校后附写"中指出:"颉刚几年来最受人家称许的工作,谁都要知道是那部开中国新史学研究的纪元之《古史辨》。诚然,《古史辨》的工程,是值得吾人赞美的。虽然现在尽有人仍想用传统的思想与律例,来压迫这新苗芽的正当的学术研究,但在高明人的眼里,他们这种论调与手腕,只在表示着自己的着魔太深,离开这个时代太过遥远罢了。话虽如此说,但《古史辨》最大的价值,是在他的方法,而非本身的成绩。""但是,颉刚于《古史辨》之外,确已有个很成功的工作,这就是孟姜女故事的研究。在一班人看来,这是一件价值很低,甚至于无聊或下流的工作亦未可知。但我却十分宝贵他这个工作,以为他已经先抢夺了《古史辨》的成功而成功。""当数年前,《歌谣周刊》在预告着将出《孟姜女故事专号》时,我以为这个题目之下,至多只能让什么人写了一篇几千字考证或论述文章而已。及见了颉刚那篇洋洋万余字的大作——即本集里所收的第一篇——不禁为惊诧不置。以为这小小的故事,他竟这样的认真做起来,而解说的精当,尤使人钦羡呼叫。自那时起,我决意尽一己可能的力量,在材料上给予他一些帮助,并一面催促他把下篇写作了出来。""我们现在一披读这两篇文章,谁都要感觉到他取材的浩淼和议论的精审。这并不是无因而致然。""缘故就在努力与谦虚之与否而判断。"①

　　到了中山大学后,顾颉刚接受北京大学歌谣运动的教训,又利用中山大学雄厚的研究经费,终于将孟姜女故事研究的成果结集出版。1928 年 4 月,《孟姜女故事研究集(第一册)》出版,

---

　　① 钟敬文:《〈孟姜女故事研究集(第一册)〉校后附写》,见叶春生主编《典藏民俗学丛书(1928—1930)》,第 89～90 页,哈尔滨:黑龙江人民出版社,2003 年。

收录《孟姜女故事的转变》和《孟姜女故事研究》两篇论文,对孟姜女故事的历史系统和地域系统做了研究;1928 年 6 月,《孟姜女故事研究集(第三册通讯)》出版,该书汇编了 1924—1925 年民俗学爱好者和研究者通过信函寄给顾颉刚的关于孟姜女研究的资料;1929 年 1 月,《孟姜女故事研究集(第二册)》出版,该书收录的是专号上发表的论文,第三册收录的内容是各地学者读者和顾颉刚关于孟姜女的通讯。这些通讯是第一次披露,顾颉刚还在一些通讯中加了按语。这些通讯包括:钟敬文《广东海丰的孟姜女传说》、钟敬文《李白诗中的崩山之说》、钟敬文《〈小浮梅闲话〉中之孟姜女与范夫人》、刘策奇《〈曹娥碑〉中之哀美》、郭绍虞《文人的兴会与传说》、伍家宥《临澧与澧县的孟姜女古迹》、何植三《诸暨与上虞的孟姜女歌曲》、涂光熙《平湖的孟姜女歌》、学生界一分子《吴中唱春调的孟姜女哭夫》、刘复《敦煌写本中之孟姜女小唱》、钟敬文《〈情史〉及〈戏曲大全〉中之孟姜女》、魏建功《杞梁姓名的递变与哭崩之城的递变》、钱肇基《〈南曲谱〉及民众艺术中之孟姜女》、钟敬文《送寒衣的传说与俗歌》、钱肇基《〈孟姜女鼓词〉与〈听稗〉鼓词》、郑孝观《〈畿辅通志〉中的孟姜女》、周作人《山海关孟姜女墓》、钟敬文《〈筑城曲〉与贯休诗》、钱肇基《〈南曲谱〉一词两见之理由》、郭绍虞《〈万卷堂书目〉中的〈孟姜女集〉》、容庚《曹娥碑之真迹与拓本的问题》、钟敬文《儂侬歌中的崩城》、何植三《曹娥江铁桥的传说》、沈兼士《安肃县的浣衣塘》、程树德《〈雕玉集〉中的杞良妻滴血》、程树德《绥中县的孟姜祠》、崔渔汀《挡子填河口的故事及其他》、宁恕《汉口的五仙女临凡剧》、钱肇基《万喜良的石像》、郑孝观《〈广列女传〉中的杞植妻和杞梁妻》、段井心《福州儒家班演唱的孟姜女》、谷凤田《孟姜女故事与〈美孟姜〉歌》、马祥符《胶东道的孟姜女古迹》、钟敬文《福佬民族的孟姜女传说及其他》、郑孝观《哭泉孟姜女祠记及其他》、谷凤田《〈乾城歌阕〉中的孟姜女哭长城》、郭绍虞《上海城墙内的范喜良石像》、钱南扬《目连戏与四明文戏中的孟姜女》。

顾颉刚的孟姜女研究计划庞大，最终却由于政治原因未能完成。由于抗战爆发，收集的资料大部分毁于战火。1949年后，姜又安帮助整理故事资料达10年之久，总计约百万字，贺次君帮助做《孟姜女故事资料解释》。顾颉刚1966年3月1日日记指出："予卅年前所搜集之孟姜女故事资料，半失于抗日战争中，十年来承又安为我继续搜集，其量视前为丰，又得次君为之作注，更便研究，因拟竭数日翻览一遍。终日看又安送来之贺次君所作《孟姜女资料解释》，未毕。"同年3月2日下午日记云："续看贺次君所作《孟姜女故事资料解释》。"3月3日日记又云："终日续看《孟姜女故事资料解释》，仍未迄。"则可知顾颉刚在60年代还在继续着孟姜女故事的研究。可惜的是同年11月16日的日记却表明一切努力再次遭毁灭性打击："得又安信，知其所整理《孟姜女资料集》放在燕秋家，当燕秋家被抄，人被驱逐时，稿件堆在院里，当作废纸，及今两月，已不堪问。当此搜集五十年，整理十载，共约百万字之稿废于俄顷，可胜叹惜。"①

1984年，上海古籍出版社出版顾颉刚编著的《孟姜女故事研究集》，这是顾颉刚孟姜女研究的最后纪录。该研究集由王煦华协助整理，在整理的过程中，在上海图书馆发现了明代关南汪兆龙重刊本《忠烈小传》，惊喜地发现里面收有搜寻多年的《孟姜女集》，可惜顾颉刚校订到第三册时便去世了。王煦华在整理其遗稿时发现了《孟姜女故事资料集目录》初稿，上有顾颉刚的红字批注。这个目录包括：甲、文人著录：一、典籍，二、诗文，三、小说；乙、民间流传：一、传说，二、歌谣，三、乐歌：（一）小调；（二）宗教曲（戏剧）；丙、学者考辨。王煦华将顾颉刚的遗稿编

① 王煦华：《〈孟姜女故事研究集〉序》，见顾颉刚《孟姜女故事研究集》，第5页，上海：上海古籍出版社，1984年。

为研究集的第四册予以出版。这些内容包括:《唐代的孟姜女故事的传说》(1925年10月底至11月初的初稿)、《孟姜女故事的歌曲甲集弁言》(写于1925年8月1日,内中有云:《歌谣周刊》登出的8篇,依现在搜集的看来可编4集,歌曲以外的材料,俟略整理,也拟分集刊行)、《孟姜女故事材料目录说明》(天津《益世报·读书周刊》1935第8期;内中提到:继续辑录资料,写一本《孟姜女故事考》)、《孟姜女故事笔记辑录》(写于1935年7月19日)。从这些遗稿中,我们发现顾颉刚孜孜不倦地从事着孟姜女故事的研究。

这个结果恐怕是早年的顾颉刚万万没有想到的。早在30年代,顾颉刚曾说:"我很想俟孟姜女故事考明之后,再着手考舜的故事。这一件故事是战国时最大的故事(战国以前以禹的故事为最大,可惜材料很少,无从详考),许多古史上的故事都以他为中心而联结起来了。后世儒者把其中的神话部分删去,把人事部分保存,就成极盛的唐虞故事。"①写到这里,不禁为学者的命运发一浩叹。

(黑龙江大学　吴光正)

---

① 顾颉刚:《古史辨》第1册自序,第70页,北京:朴社,1926年。

"五四"前后的俗文学研究(下)

——郑振铎的俗文学研究

郑振铎(1898—1958),笔名西谛、郭新源,福建长乐人,著名作家、文学史家、藏书家。早年从事编辑工作,主编《小说月报》、《文学》、《文学季刊》、《文艺复兴》等刊物,1931年起先后任教于清华大学、燕京大学、暨南大学。他特别注重收集、抢救、整理、刊布古籍,尤其是俗文学资料。他的《文学大纲》、《插图本中国文学史》、《中国俗文学史》、《中国文学研究》、《中国文学论集》、《佝偻集》、《短剑集》、《困学集》、《郑振铎古典文学论文集》等论著为中国俗文学的研究开辟了新天地。

俗文学观念的形成

郑振铎没有直接参与北京大学、中山大学、中央研究院历史语言研究所的民俗学、俗文学运动,但却在民俗学、俗文学运动的大氛围中为俗文学的研究做出了巨大的贡献。① 民俗学、俗文学运动中的大部分学者习惯于使用"民间文学"这个概念,郑

---

① 郑振铎主编的刊物大量刊发俗文学研究成果,顾颉刚不少论文即刊发在《小说月报》上;而《插图本中国文学史》则在顾颉刚负责的朴社出版。

振铎则始终坚持使用"俗文学"这个概念。这两个概念的性质比较接近,但内涵和外延存在着差别,后者的内涵和外延要大得多。郑振铎坚持对民间文学作广义的理解,到 50 年代,他还指出:"关于这一点,我和钟敬文先生经常吵架。"①可以说,俗文学的大致内涵是由郑振铎完善的。

第一次使用"俗文学"这一概念的是日本近现代中国学奠基人之一狩野直喜(1868—1947)。1916 年,他在研究敦煌文书中那些说唱文学时使用了这个概念:"治中国俗文学而仅言元明清三代戏曲小说者甚多,然从敦煌文书的这些残本(指《唐太宗人冥记》)察看,可以断言,中国俗文学之萌芽,已显现于唐末五代。至宋而渐推广,至元更获一大发展。"由此可知,俗文学包括小说、戏剧和说唱文学。②

应该说,俗文学地位的确立在很大程度上仰仗于敦煌俗文学的力量。傅芸子说:"夫俗文学者,向为吾国士大夫所不齿,谥为鄙陋卑俗,毫无研究价值;乃自敦煌俗文学发见以来,始引起世人之注意。直至五四后,国语文学运动勃兴,俗文学之研究,亦随之兴起。至今俗文学已成为中国文学史上主要的成分,并且成为中国文学史的中心。吾人夷考其故,实皆由于敦煌俗文学之力有以造成之。此种敦煌俗语文学可谓'敦煌学'之一部分,其新材料与新问题,固亦可谓今日世界学术新潮流之一支流也。"③

---

① 《记民间文学在京专家座谈会》,北京:《民间文学》,1957 年 5 月。

② 狩野直喜:《中国俗文学史研究的材料》,《艺文》,第 7 卷第 1、3 期,1916 年;严绍璗:《狩野直喜和中国俗文学的研究》,《学林漫录》第 7 集,北京:中华书局,1983 年。

③ 傅芸子:《敦煌俗文学之发见及其展开》,北京:《中央亚细亚》,第 1 卷第 2 期,民国 30 年 10 月;又载傅芸子:《正仓院考古记白川集》,第 191 页,沈阳:辽宁教育出版社,2000 年。

当时的许多学者是从白话文学、平民文学的角度来界定俗文学的。胡适就是一个显著的例子。他在《国语文学史》、《白话文学史》中指出,白话文学包括民间文学、俗文学、文人文学,一切新文学的来源都在民间。他在 1928 年的《白话文学史》前言中一再使用"俗文学"这一概念:"这六年之中,国内国外添了不少的文学史料。敦煌石室的唐代写本的俗文学,经罗振玉先生、王国维先生、伯希和先生、羽田亨博士、董康先生的整理,已有许多篇可以供我们的采用了。我前年(一九二六)在巴黎、伦敦也收了一点俗文学的史料。这是一批很重要的新材料。""日本方面也添了不少的中国俗文学的史料",如《游仙窟》、《唐三藏取经诗话》、全相平话、吴昌龄西游记、明人小说等。"国内学者的努力也有很可宝贵的结果",如《京本通俗小说》、董康翻刻的杂剧与小说、《太平乐府》、《阳春白雪》、《白雪遗音》以及自己的小说考证和鲁迅的小说史。"近十年内,自从北京大学歌谣研究会发起收集歌谣以来,出版的歌谣至少有一万首以上。在这一方面,常惠、白启明、钟敬文、顾颉刚、董作宾……诸先生的努力最不可磨灭。这些歌谣的出现使我们知道真正平民文学是个什么样子。——以上种种,都是近年国内新添的绝大一批极重要的材料。"胡适的这些举例,基本上把俗文学的类别作了概括。① 此后的一些文学史尤其是白话文学史,如凌独见《新著国语文学史》、周群玉《白话文学史大纲》、徐嘉瑞《中古文学概论》、曹聚仁《平民文学概论》、洪亮《中国民俗文学史略》等,基本上是按照这个内涵和外延来论述俗文学。徐嘉瑞把文学分为贵族文学和平民文学,并以贵族文学和平民文学区分文学样式,认为平民化的文学成就最高,唐代文学是单纯民间文学向平民化文学转折的关键。他所论述的平民文学包括乐府、宋词曲、元北曲、明南曲一部、清秧歌等。② 曹聚仁眼中的平民文学包括诗歌、戏曲、小

---

① 胡适:《白话文学史》,第 6、7 页,合肥:安徽教育出版社,1999 年。
② 徐嘉瑞:《中古文学概论》上册,上海:亚东图书馆,1924 年。

说三种类型,洪亮眼中的民俗文学则包括歌谣、小说、戏曲。①

相当一部分学者尤其是民俗学运动中的一些学者则是从民间文学、民俗学的角度来关注跟俗文学有关的内容。1921 年,胡愈之给民间文学定义:"民间文学的意义,与英文的 Folklore 德文的 Volkskunde 大略相同,是指流行于民族中间的文学。"它具有"两个特质:第一创作的人乃是民族全体,不是个人;第二民间文学是口述的文学(Oral Literature),不是书本的文学(Book Literaure)"。民间文学包括故事、歌谣、小曲等。② 民俗学运动中的学者喜欢使用"民间文学"、"民众文艺"一类的概念。如:"我批阅这《吴歌乙集》……这真是纯粹的民间文学,最有价值的了,所以我们要考察风俗研究民情,不能不先研究这民众情感流露得最真切而最丰富的民间文学——歌谣。"③"自从北京大学提倡民间文学和民俗学以来,已有十年了","我们要认识民众文艺也罢要认识民众心理也罢,反正不能不去寻找材料。从最真切的材料上加以最精细的整理,方能有最公允的批评。我们现在要打好民俗学的根底,只有先去努力搜集材料,而又尽量流通"。④"其实民间通行的文学,就是培养成民间的思想、感情、信仰、意志、行为的一种模型。谈改造社会的,就是要改造这些模型;而研究民俗学者,便得要找求这种材料以备研究某种社

---

① 曹聚仁:《平民文学概论》,上海:梁溪图书馆,1926 年;洪亮:《中国民俗文学史略》,上海:群众图书公司,1934 年。

② 胡愈之:《论民间文学》,上海:《妇女杂志》,第 7 卷第 1 号,1921 年 1 月。

③ 张新伯:《王翼之〈吴歌乙集〉代序》,见叶春生主编《典藏民俗学丛书(1928—1930)》,第 401 页,哈尔滨:黑龙江人民出版社,2003 年。

④ 顾颉刚:《〈妙峰山〉自序》,《〈广州谜语〉序》,分见叶春生主编《典藏民俗学丛书(1928—1930)》,第 1010、1153 页,哈尔滨:黑龙江人民出版社,2003 年。

会及人民的思想感情信仰意志行为的起源及其关系。"①1935年,钟敬文撰文呼吁建立民间文艺学,对民间文学的特性进行了界说,指出民间文学"彻头彻尾地是集团的创作品"、"是纯粹地以流动的语言为媒介的文艺,就是所谓'口传的文艺'"、"是民众维持生存的一种卑近而重要的工具",具有"类同性"和"朴素性"的特质。② 钟敬文 30 年代在江苏无锡教育学院开设"民间文学"课程,曾把以前的研究文章编辑成《中国民间文学探究》。他在 1934 年写的自叙中指出:"这集子里所收的十多篇文章,它们所探究的对象,虽然大体上只有一个——民间文学,析言之,神话、传说、民间故事、歌谣等。"应该说,这段话概述了民间文学的体裁范围。③ 1930 年,杨荫深的《中国民间文学概说》由上海华通书局出版,将民间文学分为三类:故事(包括神话、传说、趣话、寓言)、歌谣(包括童谣、山歌、时调、谜语)和唱本(包括唱词、唱曲)。很显然,这是一个折中的分类,即将唱本也归入民间文学了。

郑振铎一直使用"俗文学"这一概念,间或也使用"大众文学"、"民间文艺"。1929 年,郑振铎在《小说月报》第 20 卷第 3 期发表《敦煌俗文学》一文,高度赞扬敦煌俗文学的发现对于文学史研究的意义,从此一直使用"俗文学"来指称自己的研究。30 年代,郑振铎还使用了"大众文学"这一概念。"所谓'大众文学',乃是所谓'未入流'的平民文学,或'不登大雅之堂'的草野

----

① 容肇祖:《〈湖南唱本提要〉序》,见叶春生主编《典藏民俗学丛书(1928—1930)》,第 1137 页,哈尔滨:黑龙江人民出版社,2003 年。

② 钟敬文:《民间文艺学的建设》,《艺风》,第 4 卷第 1 期,1936 年 1 月;《钟敬文民间文学论集》下册,第 3~7 页,上海:上海文艺出版社,1985 年。

③《钟敬文民间文学论集》下册,第 399 页,上海:上海文艺出版社,1985 年。

文学的别名。从来文人学士们对大众文学是颇加歧视的；有一部分大胆的放荡不羁的文人们也尝试要采用了她们的形式与内容，然而往往终于不敢公然地提倡着。""然而大众文学在中国文学上的影响是很大的；她生于草野，却往往由草野而攀登了庙堂。她本是大多数劳苦的民众的所有物，却终于常成了文人学士们的新文体的来源。""在几千年来的威逼利诱蹂躏扫荡的种种打击之下，大众文学是久已被封锁于古旧的封建堡垒里，其所表现的，每每是很浓厚的封建的农村社会里所必然产生的题材、故事或内容，充满了运命的迷信，因果报应的幻觉。""在技巧、描写的一面讲来，我们旧社会的大众文学，也是渲染着很深刻的古典文学的余毒的。""过去的老式的大众文学，是那么的迂腐、有毒，要不得。"①他在《大众语文学的遗产》中说："仿胡适《白话文学史》例：只要是白话的，就不问什么诗文，都可摇身一变而成名作，不问什么不知名的作家，都可以被选择出来，作为那时代的代表人物，那末从前的大众语的作家和他们的作品将来难保没有这样飞黄腾达的一天。"②这些话在《中国俗文学史》中依然存在，由此可以知道，他所说的"大众文学"、"大众语文学"，指的就是"俗文学"。他在1933年还写了一篇《民间文艺的再认识》，提出了研究民间文艺的三个步骤："我们应该开始工作。第一步，把各地的唱本、小剧本，以及其他凡有文字写下来印出来的东西，全部搜集起来，成立一个民间文艺的图书馆，作为一个应用的和研究的基础。""第二步，应该有若干人在人民大众的口头上搜集若干流行的歌曲而把他们写了下来。""第三步，把搜集到的

---

① 郑振铎：《大众文学与为大众的文学》，写于1933年11月30日，见郑振铎《中国文学研究》下册，第188、189页，北京：人民文学出版社，2000年。

② 郑振铎：《大众语文学的遗产》，《文学》，第3卷第4号，1934年10月；《郑振铎古典文学论文集》，第86页，上海：上海古籍出版社，1984年。

材料,加以研究,加以拟作,把新的精神和内容放了进去。"①显然,他是在广义上使用"民间文艺"这个概念的。

郑振铎最后大致完善了"俗文学"的概念。1937 年,郑振铎《中国俗文学史》由商务印书馆(长沙)出版。郑振铎在该书第一章《何谓俗文学》中对"俗文学"的定义、地位、特质和类别进行了系统的界说。何谓"俗文学"?"'俗文学'就是通俗的文学,就是民间的文学,也就是大众的文学。换一句话,所谓'俗文学'就是不登大雅之堂不为学士大夫所重视,而流行于民间,成为大众所嗜好所喜悦的东西。""凡不登大雅之堂凡为学士大夫所鄙夷所不屑注意的文体都是'俗文学'。"他还指出:"'俗文学'不仅成了中国文学史主要的成分,且也成了中国文学史的中心。""中国的'俗文学',包括的范围很广。因为正统的文学的范围太狭小了,于是'俗文学'的地盘便愈显其大。差不多除诗与散文之外,凡重要的文体,像小说、戏曲、变文、弹词之类,都要归到'俗文学'的范围里去。""第一,因为正统的文学的范围很狭小——只限于诗和散文——所以中国文学史的主要的篇页,便不能不被目为小道的'俗文学'所占领。""第二,因为正统文学的发展和'俗文学'的发展是息息相关的,许多的正统文学的文体原都是由'俗文学'升格而来的。"关于俗文学的特质,他指出:俗文学是"大众的、无名的集体的创作、口传的、新鲜的但是粗鄙的、想象力往往是奔放的,非一般正统文学所能梦见,其作者的气魄往往是很伟大的,也非一般正统文学的作者所能比肩。但也有其种种的坏处,许多民间的习惯与传统的观念,往往是极顽强的粘附于其中。""勇于引进新的东西,包括外来的事物外来的文体。"②他按

---

① 郑振铎:《中国文学研究》下册,第 209 页,北京:人民文学出版社,2000 年。

② 郑振铎:《中国俗文学史》,第 1、15、16、17 页,上海:上海人民出版社,2006 年。

照文体把俗文学分成了五类：第一类诗歌，包括民歌、民谣、初期的词曲等。第二类小说，所谓俗文学里的小说，是专指话本，即以白话写成的小说，分为短篇小说即宋代所谓的小说，长篇小说即宋代所谓讲史，中篇小说。第三类戏曲，包括戏文、杂剧、地方戏。第四类，讲唱文学，包括变文、诸宫调、宝卷、弹词、鼓词。第五类，游戏文章，这是俗文学的附庸。显然，他把神话、传说和故事剔除出了俗文学的范畴。该书共 14 章，除了第一章《何谓俗文学》外，依次论述了古代的歌谣，汉代的俗文学，六朝的民歌，唐代的民间歌赋、变文，宋金的杂剧词、鼓子词与诸宫调，元代的散曲，明代的民歌、宝卷、弹词、鼓词与子弟书，清代的民歌。由于篇幅所限，作者没有叙述小说和戏剧。"在这里，如果把俗文学的一切部门都加以讲述，是很感觉到困难的。恐怕三四倍于现在的篇幅，也不会说得完。故把最重要的两个部门，即小说和戏曲，另成为专书，而这里只讲述到小说戏曲以外的俗文学。但也已觉得并不是一件容易的事了。"①

郑振铎的俗文学概念得到学术界一些学者的认可。1946 年 2 月，世界书局出版了杨荫深的《中国俗文学概说》。该书第一章《绪论》指出俗文学是通俗的文学、平民的文学、白话的文学，然后把俗文学分为歌曲（包括谣谚，一种短小的土歌；民歌，分情歌、生活歌、时令歌、滑稽歌；俗曲）、小说（包括话本和章回小说）、戏剧（包括杂剧、院本、戏文、皮黄戏、地方戏）和唱词（包括变文、诸宫调、宝卷、弹词、鼓词、相声），也把神话、传说、故事剔除出了俗文学的范畴。显然，杨荫深的俗文学概念和分类体系深受郑振铎的影响。

尽管经过了相当长一段时间的探讨，"俗文学"依然是一个

---

① 郑振铎：《中国俗文学史》，第 26 页，上海：上海人民出版社，2006 年。

疆域比较含混的概念。吴晓铃在 1948 年下的定义依然是含混的："我们所谓的俗文学,简单地说来,是通俗的文学,是语体的文学,是民间的文学,是大众的文学。""元人杂剧的大部分是俗文学,明清杂剧便算不得。宋元戏文差不多都是俗文学,明清的传奇便很成问题。"①1949 年以后,"民间文学"在权利话语的支配下一统天下,郑振铎也成了"中国民间文艺研究会"副主席,他不得不改用"民间文学"一词。他指出:"中国文学的发展也自有其几个特殊之点。第一是,民间文学的影响,特别巨大。许多宏伟的文体和伟大的作家都是从民间文学那里受到影响,得到典范的。"②尤其是 1957 年由作家出版社出版的研究论文汇编《中国文学研究》特列第四卷《词曲与民间文学》,将"民间文学"和小说、戏剧并列,显然不是把民间文学当做广义概念即俗文学概念来理解了。直到今天,"俗文学"依然是一个定义含混疆域不清的概念。

旧文学的整理

"五四"新文化运动中,郑振铎第一个提出整理旧文学,大力倡导整理俗文学资料。他注重收集、著录和出版俗文学资料,不仅为自己的文学史写作提供了方便,而且抢救了一大批珍贵资料,为学术界提供了难得的第一手资料。

"五四"新文化运动的健将陈独秀、刘半农、钱玄同、周作人等人基本上否定了整个古典文学,而郑振铎则第一个提出了整理旧文学的主张。在他的主导下,1920 年的《文学研究会简章》

---

① 吴晓铃:《俗文学者的供状》,北京:《华北日报》,1948 年 6 月 4 日。
② 郑振铎:《中国文学的历史分期》,《文学研究》,1958 年第 1 期;《郑振铎古典文学论文集》,第 24 页,上海:上海古籍出版社,1984 年。

称："本会以研究介绍世界文学，整理中国旧文学，创造新文学为宗旨。"同期刊载的《小说月报·改革宣言》指出："同人认为西洋文学变迁之过程有急须介绍与国人之必要，而中国文学变迁之过程则有急待整理之必要。""中国旧有文学不仅在过去时代有相当之地位而已，即对于将来亦有几分之贡献，此则同人所敢确信者，故甚愿发表治旧文学者研究所得之见，捭得与国人相讨论。"同期还发表有郑振铎的《文艺丛谈》："现在中国的文学家有两重的重大的责任：一是整理中国的文学；二是介绍世界的文学。""中国的旧文学最为混乱。《四库全书总目》别集部所列，多不足为凭，其分类亦未恰当，且尤多遗漏，伟大的国民文学，如《水浒》、《三国演义》、《西游记》等一概不录——《四库总目》内本就不列'小说'一门——非以现代的文学的原理，来下一番整理的功夫不可。且中国更多'非人'的文学，也极须整理而屏斥之。"①后来，郑振铎在多个场合多次倡导上述观点。1921 年 5 月，《文学旬刊》创刊号出版，他在《宣言》中指出："我们确信文学的重要与能力。我们以为文学不仅是一个时代、一个地方或一个人的反映，并且也是超于时与地与人的；常常是立在时代的前面，为人与地的改造的原动力的。"②因此，《体例》表示要发表讨论旧文学的文章；后来又在第 4 期发表《新旧文学的调和》，认为"中国古代的文学作品有许多是有文学上的价值的"；"现在自命为国粹派的，却连国粹也不明白的"；"新文学的目的，并不是给各民族保存国粹……新与旧的攻击乃是自然的现象，欲求避而不可得的。"③后来，黄庐隐发表《整理旧文学与创造新文学》，以示呼应，认为要想创造新文学，不能不先知道旧文学。1921 年

---

① 上海：《小说月报》，第 12 卷第 1 号，1921 年 1 月 10 日。
② 郑振铎：《文学旬刊》创刊号《宣言》，1921 年 5 月。
③ 郑振铎：《新旧文学的调和》，上海：《文学旬刊》，第 1 卷第 4 期，1921 年 5 月。

10月1日,郑振铎在《文学旬刊》发表《整理中国文学的提议》,指出整理的范围可分为九类,即诗歌(包括民间歌谣)、杂剧传奇(包括弹词)、长篇小说、短篇小说、笔记小说、史书传记、论文、文学批评、杂著等。在谈论整理的方法时,郑振铎指出:"我们站在现代,而去整理中国文学便非有:(一)打破一切传袭的文学观念的勇气;(二)近代的文学研究的精神不可了。"①所谓近代的文学研究精神,就是美国文学理论家莫尔顿在《文学的近代研究》中提到的"文学统一的观察"、"归纳的研究"、"文学进化的观念"。1922年7月8日,文学研究会南方会员年会的议题便是"中国文学的整理——范围与方法"。1927年,他在《小说月报》之《中国文学研究号卷头语》中用一个故事作比喻,反对古代文学研究中极端肯定和极端否定的两种倾向,主张客观辨证地研究中国文学。需要特别强调的是,郑振铎所谓的"旧文学"包括俗文学。

俗文学的研究是从孤独中走向辉煌的。1956年,郑振铎在为自己的俗文学研究论文集作序时道出了其中的甘苦:"在对小说、戏曲和民间文学的研究方面,尤为'独学无侣'。那时,我在上海,这一类的书是图书馆所不收的,一部部都得自己搜集起来,因此便养成了喜欢买书的习惯。后来到了北京,遇见马隅卿诸先生,方知道从事于搜集小说戏曲的,在北京还不乏同道的人们。"②郑振铎从20年代开始,不遗余力地从事俗文学的收集,并且在大量的文章中交代自己收集俗文学的经过和感受,呼吁全社会重视俗文学。1933年12月10日,他在《记一九三三年间的古籍发现》一文中指出:"'影词'是未被注意的文体之一。

① 郑振铎:《整理中国文学的提议》,上海:《文学旬刊》,第51期;《时事新报纸》,1922年10月1日。

② 郑振铎:《中国文学研究》,北京:作家出版社,1957年;郑振铎:《中国文学研究》,北京:人民文学出版社,2000年上下册本。

在上海期间,曾把石印本的影词搜集到五六十种。大约石印的,已尽于此数。今年某滦州影戏班散去,其脚本扫数出售。中央研究院历史语言研究所得其一部分,我亦得其一部分。"文章最后还说道:"写完了本文,读了一遍,觉得好笑:几乎似在记载个人的1933年的购书经过。"①在《三十年来中国文学新资料发现记》一文中,他多次提到收藏各种俗文学的经过:"这几年来,宝卷渐渐的有人在收集;以前只算是善书,除了印送之外是没有人要的,收藏家更不用说是不会着眼于此了。我七八年前尝在上海搜求到百十种宝卷,但皆为新印本,或石印本。前年到了北平,方才发见有刊刻样式甚古的梵箧本的宝卷。""弹词的收集,也只是十年来的事。我在南方藏得不少,曾编有个草目(见十六年《小说月报》号外《中国文学研究》)。丁在君先生在北平,听说也致力于收购弹词,然未见其目。""六年前,我在上海的时候,尝委托各地商务印书馆代为搜集此类唱本。汪馥泉先生也以其所得赠送给我,此外又托书贾们在扬州搜集到二百余本。总计从汕头、福州到沈阳、汉口各地之所得,总在一万本左右。刚要分出一部分工夫,为之整理编目,而沪变突起,此一万余种的小唱本遂荡为云烟,存者百不及一。"②

郑振铎的俗文学资料收集工作虽然历经劫难损失了很多,但保存下来的依然可观。郑振铎逝世后,家属按照遗愿把他的藏书捐献给了国家。根据国家图书馆整理的《西谛书目》可知,郑振铎最后收藏的俗文学典籍计有:"小说类"682种、"曲类"677种、"弹词鼓词类"289种、"宝卷类"91种。郑尔康指出:"父亲的藏书以历代诗文集、戏曲、小说、说词、宝卷、民间文艺、版画和各种经济史料为主,范围十分广泛。除去毁于战乱及生活所

①② 郑振铎:《中国文学研究》下册,第461、465页,第477～488页,北京:人民文学出版社,2000年。

迫卖掉的以外,总数仍近十万册。就其数量质量而言,在二十世纪中国堪称首屈一指。这批丰富的藏书,都是父亲毕生节衣缩食辛勤劳动所得。"①

　　郑振铎不断地根据考察所见和收集所得,撰写专题论文,向学术界披露俗文学的信息。1957 年作家出版社出版了他的论文集《中国文学研究》,其中第六卷就是《中国文学新资料的发现》,收集了 20 年代以来发表的一系列关于俗文学材料发现、问世的文章。在这些文章中,他一方面介绍俗文学作品,一方面呼吁学术界加强收集和研究。1927 年 8 月 15 日,他在《巴黎国家图书馆中之中国小说与戏曲》一文中介绍了巴黎国家图书馆所见的 25 种长篇小说、7 种短篇小说、6 种戏曲,以及数种唱本,并指出:"此次欧行目的之一,便是到各国的重要图书馆中,阅读他们收藏的中国书,尤其注意的是小说和戏曲。国内的图书馆,可以屈指而数,所藏大抵以普通古书为多。如欲专门研究一种东西,反不如几个私人藏书楼之收罗宏富。小说戏曲,更是国内图书馆不注意的东西,所以要靠几个国内图书馆来研究中国的小说戏曲,结果只有失望。""在巴黎的国家图书馆里,竟见到了不少的中国的小说与戏曲。于是本只想在那里小住几天的巴黎城,竟使我流连了几个月。""愿这一篇小小的报告,可以使国人注意到许多向来不注意的作品。如果有一部分藏书家因此而从灰尘层积的书籍中把他们理出来,或把他们翻印出来介绍给世人,则不独我个人的荣幸,亦是凡研究中国小说与戏曲者的幸福。"②1933 年 12 月 10 日,在《记一九三三年间的古籍发现》一

　　① 郑尔康:《西谛书目新版序》,见郑振铎《西谛书目》,北京:北京图书馆出版社,2004 年。

　　② 郑振铎:《巴黎国家图书馆中之中国小说与戏曲》,上海:《小说月报》,1927 年 11 月;《中国文学研究》下册,第 399、401、402 页,北京:人民文学出版社,2000 年。

文中,他指出"本文所记载的却以'四库'以外的佛经、词曲、小说为主体。一则……小说、佛经一类的著作,则迄未有人加以重视,到今日方才被看作研究的对象。二则我个人对于小说、戏曲以及词和散曲一类的著作,比较得注意些;而于佛藏的研究,也颇感兴趣……三则,因了十年来以小说戏曲佛经为研究的专业者日多,注意力所及,虽穷乡僻壤,烂纸破书,亦无不搜罗及之。"①该文还介绍了俗文学典籍的行情:《金瓶梅词话》为北平图书馆所得,价至一千八百金;嘉靖本《三国演义》初出时,有人曾出千金而书肆尚未肯售让;宣德本的周宪王《诚斋乐府》十余册(凡二十五剧),亦售至二千金。这也表明俗文学逐渐得到社会的重视。后来,他又发表《三十年来中国文学新资料发现记》,系统介绍了三十多年来全国俗文学发现、收藏的概况。具体谈到词集、敦煌文献变文、宝卷、弹词、鼓词、歌谣、小唱本、诸宫调、戏曲、散曲和小说的发现和收藏情况。与此同时,他还在文章中宣称:"把诸正史的《文苑传》和各时代的文选,当作了研究的基础的,这样一个'草创'的时代是已经远远地被抛却在后面了。今日所要走的,乃是就许多新发现的资料的出现而将文学史的局面重为审定的一条大道。""有许多不被昔人所注意的名著,如今是受着盛大的欢迎。有许多已久被忘却在尘土堆里的要籍,如今是开始被发现其重要。有许多不曾被文人们所接触的野生的文艺,如今是要第一次的被搜采被研究。有许多的辛勤苦作的伟大的文人们,有许多的天才绝顶的作家们,向来不曾被那一班修史的史臣们或正统派的士大夫们所回眸一顾的,如今也要轮到他们脱颖而出,占领着文坛的重要的一角坫地了。""因了新材料的不断发现,对于已有的材料的感念,也便连带的发生了不

---

① 郑振铎:《中国文学研究》下册,第 435、436 页,北京:人民文学出版社,2000 年。

同的观点,也会得到了与前不同的新考察与价值。"①

郑振铎不断地根据考察所见和收集所得,编写书目、提要、解题,系统介绍俗文学的典籍。初步统计,他在这方面的著作有如下一些:《关于〈诗经〉研究的重要书籍介绍》(《小说月报》1923年3月号)、《中国的戏曲集》(《小说月报》第14卷第1号,1923年1月)、《中国文学研究的重要书籍介绍》(《小说月报》1924年1月号)、《中国文学名著叙录出版预告》(《小说月报》1927年号外《中国文学研究》)、《佛曲叙录》(《小说月报》1927年号外《中国文学研究》)、《西谛所藏弹词目录》(《小说月报》1927年号外《中国文学研究》)、《中国戏曲的选本》(《小说月报》第17卷号外,1927年6月)、《关于中国戏曲研究的书籍》(《小说月报》1923年7月号)、《元曲叙录》(《小说月报》1930年1月起连载)、《论刊全相平话五种》(《北斗》第1卷第1期,1931年9月)、《元明以来杂剧总录序》(1934年《文学季刊》)、《中国小说提要》(《时事新报鉴赏周刊》1925年5月开始连载)、《清初到中叶的长篇小说的发展》(《申报月刊》第3卷第7、8号,1934年7、8月)。抗战时期,郑振铎还写有《西谛所藏善本戏曲目录》、《西谛所藏散曲目录》。在这些论著中,郑振铎还常常强调收藏经历,并且指出文章所载大都是根据收藏写成的,开一代风气之先。"为弹词作目录,恐将以此为第一次。弹词的重要,决不下于小说与戏曲,其中几部著名的作品也可与小说戏曲中之最好者相提并举。但在今日以前,似没有什么人注意到这一类的文艺著作。数年来,我曾在上海、苏州、杭州、南京、扬州各处,陆续的搜罗了百余种的弹词,今先编成这个目录。"②"佛曲为流行于南方

---

① 郑振铎:《中国文学研究》下册,第468页,北京:人民文学出版社,2000年。

② 郑振铎:《西谛所藏弹词目录》,《中国文学研究》下册,第247页,北京:人民文学出版社,2000年。

的最古的民间叙事诗之一种；弹词及鼓词等，俱从此演变而成。"
"今将我个人所得到的佛曲，作为提要如下。"①"散曲自来无专
目，有之自此目始。余喜收藏宋元以来歌词剧本，因并及散曲
焉。积三十年，以所得写为此目，不意竟成一帙，物集于所好，信
不诬也。"②

　　郑振铎还根据收集的材料进行俗文学的选遍校勘出版工
作。他在《文学研究会丛书·缘起》中指出，文学是"人生的镜
子"，"是人们的最高精神与情绪的流通的介绍者"；编辑丛书"就
是一方面想打破……对于文学的谬误与轻视的因袭的见解；一
方面想介绍世界的文学，创造中国的新文学，以谋我们与人们全
体的最高精神与情绪的流通"。③ 打破对于文学的谬误与轻视
的见解，就是要重视历来被轻视被忽略的俗文学。1925 年，郑
振铎从周氏言言斋发现清代华广生编的俗曲、马头调等民间歌
谣集《白雪遗音》，于是利用为《时事新报》主编《鉴赏周刊》的机
会，从 5 月开始连载《白雪遗音选》。到了 12 月，将该书交由上
海鉴赏社出版。他在序中高度评价该书："此书的价值实较所有
无病而呻的古典派无生命的诗集、词集高贵得多。虽然也许有
一部分不大好的东西，然一大部分却可算是好的，真实的，不下
于《读曲歌》、《子夜歌》，不下于《国风》里的好诗。"④唐弢在《西
谛先生二三事》中认为该书的出版开一代风气之先，从此印行民
间情歌成为一时风气。1926—1928 年，商务印书馆出版了郑振

　　① 郑振铎：《佛曲叙录》，《中国文学研究》下册，第 213 页，北京：人民
文学出版社，2000 年。
　　② 郑振铎：《跋所藏散曲目》，上海：《救亡日报》，1937 年 10 月 28 日；
《郑振铎古典文学论文集》，第 868 页，上海：上海古籍出版社，1984 年。
　　③ 郑振铎：《文学研究会丛书缘起》，见贾植芳等编《文学研究会资料》
中册，第 569、570 页，郑州：河南人民出版社，1985 年。
　　④ 郑振铎：《〈白雪遗音选〉序》，《白雪遗音选》，上海：鉴赏社，1925 年。

铎主编的《中国短篇小说集》。其中第一集收的是唐人传奇,第二集(上下编)收的是宋至明的短篇小说,第三集(上册)收的是清之短篇小说。郑振铎30年代俗文学出版的最大举措是1935年开始主编《世界文库》,并陆续由世界书局出版。在这套丛书当中,他将大量的俗文学作品列入世界名著予以出版。像《云谣集杂曲子》、《王梵志诗》、《刘知远传》、《东调选》、《西调选》、《八相变文》、《大目犍连冥间救母变文》、《维摩诘经变文》、《舜子至孝变文》、《王昭君变文》、《金瓶梅词话》、《喻世明言》、《醒世恒言》、《警世通言》、《斩鬼传》、《捉鬼传》、《杀狗记》、《孝子寻亲记》、《赵氏孤儿》、《娇红记》、《诈尼子调风月》、《投笔记》、《钱大尹智勘绯衣记》、《西游记杂剧》、《白兔记》、《中山狼院本》、《中山狼杂剧》、《东窗事发》、《赵匡义智娶符金定杂剧》、《岳飞破虏东窗记》等俗文学作品,都被列为世界名著出版,给当时的读者造成了巨大的震撼。茅盾在世界书局宣传用样本上大加称赞:"看了《世界文库》第一集的目录,非常高兴。'中国之部'收了许多传奇,其中有三十多种罕见的秘本,重要名著又注重最近于原本的抄本或刻本,且加初步的整理。"①此外,郑振铎还将收藏的大量作品尤其是孤本秘籍公开出版。如,1930年3月,自费影印明三径草堂本《新编南九宫词》;1931年,与赵万里、马廉发现天一阁明抄本《录鬼簿》,并予以出版;1931年3月,影印《清人杂剧初集》;1934年,出版《长乐郑氏汇印传奇》第一集。他常常在相关的序跋中交代出版经过,呼吁学术界展开相关研究:"清剧初集之告成,为功非易。发愿刊行,盖在五载之前;规划出版,亦近一年。典书为活,碌碌少暇,而事此不急之务,虽云结习难忘,未免落伍贻讥矣。然时代之生活历史留痕于文艺作品,最深且真,刊布罕见之作,其作用盖不独有裨于文艺研究者已也。且剧

---

① 陈福康:《郑振铎论》,第441页,北京:商务印书馆,1991年。

曲之探讨,为时最晚;得书之难,尤为学人所共叹。年来剧集间有流通,大抵偏重古作,于时代最近之清剧,乃尠有措意及之者。然三百年来,名隽之篇不少。即浅凡之什,亦往往足窥时代之内蕴。全刊清剧,意盖在斯。"①

在俗文学的收集、出版方面,郑振铎最为自豪的也是贡献最大的工作就是《脉望馆钞校本古今杂剧》的发现和抢救。他在1956年10月写的《劫中得书记》中指出:"自民国十八年十月间出版的《国立北平图书馆月刊》(第三卷第四号)里载有丁初我的《黄荛圃题跋续记》发现黄氏的《古今杂剧跋》,得知也是园藏《古今杂剧》还存在人间的消息。终于在民国二十七年五月从陈乃乾的电话中得知此书的消息。"他想尽一切办法稳住书商,最后向国民政府求救,用9000金购得64册抄本刻本元明杂剧二百四十二种,避免了珍贵遗产外流。"这弘伟丰富的宝库的打开,不仅在中国文学史上增添了许多本的名著,不仅在中国戏剧史上是一个奇迹,一个极重要的消息,一个变更了研究的种种传统观念的起点,而且在中国历史、社会史、经济史、文化史上也是一个最可惊人的整批重要资料的加入。这发现,在近五十年来,其重要,恐怕是仅次于敦煌石室与西陲的汉简的出世的。"②

文学史的撰写

郑振铎所谓旧文学的整理当然还包括对旧文学尤其是俗文学的研究。他自20年代开始撰写一系列俗文学论著,先后启动

---

① 郑振铎:《清人杂剧初集跋》,《郑振铎古典文学论文集》,第1004页,上海:上海古籍出版社,1984年。

② 郑振铎:《跋脉望馆钞校本古今杂剧》,《郑振铎古典文学论文集》,第929页,上海:上海古籍出版社,1984年。

四部文学史的撰写。除了一部由于政治原因外出避难而夭折外，其余三部都影响了文学史的撰写风貌，产生了巨大的影响。《文学大纲》是一部世界文学史巨著。该书 1923 年下半年开始撰写，1925 年 1 月起在《小说月报》连载，至 1927 年 1 月。全书共四卷，第一卷出版于 1926 年底，第四卷出版于 1927 年 10 月。至 1931 年 4 月，商务印书馆印行了三版。1939 年 8 月，又出了国难后第一版。该书的中国文学史部分约 20 万字，对中国学者的启迪很大。1935 年出版的谭正璧《新编中国文学史》就大量取材于《文学大纲》，谭正璧《本书的重要参考书一览》所列的第一本书便是《文学大纲》。1928 年 10 月，郑振铎在复旦大学讲授文学史，讲稿从 1929 年 3 月号的《小说月报》开始连载，共有五章；1930 年 5 月，商务印书馆将这些内容予以出版，命名曰《中国文学史（中世卷第三篇上）》。该书共五章，即《词的起源》、《五代文学》、《敦煌的俗文学》、《北宋词人》、《南宋词人》，总共约 17 万字。这部文学史由于作者出国避难而夭折，根据遗稿《中国文学史草目》可知，这部文学史总体框架如下：上古至西晋末年为古代卷，三篇，一篇一册；东晋初至明正德年间为中世卷，四篇，每篇各二册；明嘉靖初至"五四"前为近代卷，分三篇，第一篇三册，第二、三篇各一册。1931 年 9 月，郑振铎离开商务印书馆，赴燕京大学授课，并搜集中国文学史材料。1932 年 5 月写定《插图本中国文学史·例言》，6 月完成《插图本中国文学史·自序》，7 月编定样本，交北平朴社出版部印行。1933 年 2 月，朴社广告宣称："《插图本中国文学史》出版了：这是一部最完备的《中国文学史》，也是一部最美丽的《中国文学史》……全书凡一千四百余面，分订四厚册，并附送《年表》一册；插图共一百四十余，用蜜色铜板纸精印。全书实价六元，外埠邮费加一。可以说是廉价无比！自发售预约以来，购者涌集。现第一、二、三册已出版，第四册亦不日出,在两个月内,可以全出。朴社谨白。"①1934年,郑振铎开始写作《中国俗文学史》,1936年底完成。

郑振铎是一个理论意识很强的学者,他的论文集《中国文学研究》第五卷《中国文学杂论》,专门谈论中国文学研究的方法和整理文学遗产的问题,尤其是《整理中国文学的新途径》一文是文学史研究的纲领性论著。郑振铎进行文学史撰写时有着一以贯之的文学史理念,那就是倡导纯文学史观和俗文学史观。前者使得他的文学史从学术史中剥离出来,后者使得他的文学史疆域得到了极度扩张。早在1921年,郑振铎就发表文章探讨文学史的疆域问题:"我要求一部《中国文学史》,但哪里有呢? 我尽我力之所能,在各图书馆中把所有的《中国文学史》都找到,你看! 所有的不过是:(一)《中国大文学史》(谢无量著,中华书局出版);(二)《中国文学史》(曾毅撰,泰东图书局出版);(三)《中国文学史要略》(朱希祖著,北京大学印);(四)《中国五千年文学史》(日本古城贞吉著,王璨译。私人出版);(五)《中国文学史》(林传甲著,奎垣学校发行);(六)《中国文学史》(王梦曾编,商务印书馆出版);(七)《中国文学史》(张之纯编,商务印书馆出版);(八)《中国文学史》(葛祖兰编,会文堂出版);(九)《中古文学史》(刘申叔著,北京大学出版部出版)。没有了! 中文的《中国文学史》尽于此了。而就此寥寥可数的几本书中,王梦曾、张之纯及葛尊祖三人所编的中学师范的用书,浅陋得很,林传甲著的,名目虽是《中国文学史》,内容却不知道是些什么东西! 有人说,他都是《四库提要》上的话,其实,他是最奇怪——连文学史是什么体裁,他也不曾懂得呢! 王璨的一本是翻译日本人的,朱希祖的一本则太简略,他自己说,这书'与

---

① 罗根泽:《古史辨》第4册所刊《插图本中国文学史》广告,北京:朴社,1933年2月。

余今日之主张,已大不相同……且其中疏误漏略,可议必多,则此书直可以废矣。'只有谢无量与曾毅的二书,略为可观。曾毅的较谢无量的还好些。然二书俱不完备,也没有什么自己的主张与发见。刘申叔的一本则是一个朝代的,且也没有新的见解。""所以我要求一部中国文学史之前,还要求先能有一部分的人尽力介绍文学上的各种知识进来,一部分的人从事于中国文学的片段的研究或整理。"①这段话对以往的"文学史"论著进行了批评,认为他们把"文学史"写成了"学术史",其中心意思是要辨析"文学"的含义,从中国文学史的自身轨迹中写出一部真正的文学史。他的这一观念贯彻到了他的《文学大纲》的写作中。该书中国文学部分主要论述诗赋、小说、戏曲和有文学色彩的史学、哲学著作,是一部真正的纯文学史。在《插图本中国文学史》的《叙论》中,郑振铎对"文学"、"文学史"进行了阐释,再次表示要将"非文学"的东西剔除出文学史。"文学史的主要目的,便在于将这个人类最崇高的创造物——文学在某一个环境、时代、人种之下的一切变异与进展表示出来;并表示出:人类的最崇高的精神与情绪的表现,原是无古今中外的隔膜的。其外型虽时时不同,其内在的情思却是永久的不朽的在感动着一切时代与一切地域与一切民族的人类的。""这个疆界的土质是情绪,这个疆界的土色是美。文学是艺术的一种,不美,当然不是文学;文学是产生于人类情绪之中的,无情绪当然更不是文学。""我们第一件事,便要先廓清了许多非文学的著作,而使之离开文学史的范围之内,回到经学史、哲学史或学术思想史的他们自己的领土中去。"②

---

① 郑振铎:《我的一个要求》,上海:《文学旬刊》,1921 年 9 月 11 日;《中国文学论集》,1934 年 3 月;《郑振铎古典文学论文集》,第 36～37 页,上海:上海古籍出版社,1984 年。

② 郑振铎:《插图本中国文学史》,第 4、5、6 页,上海:上海人民出版社,2005 年。

郑振铎不遗余力地倡导俗文学研究,主张用俗文学的材料来扩充文学史的疆域,甚至认为俗文学是中国文学史的中心。在一系列的论述中,郑振铎关注俗文学在文学史中的地位。他在《小说月报》的《中国文学研究专号》上发表《研究中国文学的新途径》,倡导俗文学研究。他谈到的第三条研究中国文学的新途径便是,把需要整理的文学分为总集及选集、诗歌、戏曲、小说(短篇和长篇、童话及民间故事集)、佛曲、弹词及鼓词、散文集、批评文学、个人文学(回忆录等)、杂著等。他在《中国文学研究的重要书籍介绍》一文中系统谈到了247部作品。"这里所录的是:重要的诗歌、戏曲及散文的总集;重要的小说、戏曲、诗文的作品;以及重要的研究诗歌戏曲小说等源流及内容的书籍,几部较好的文学史。"在他看来,曾毅、谢无量、朱希祖和盐谷温的《中国文学概论》四种文学史"为较有系统的中国文学史。朱希祖的一本,很简括,曾毅的一本也很好。盐谷温的一本,则本非文学史的体裁,但论中国小说戏曲及诗歌的源流的一部分很好——虽然不大完备"①。他在《评 Giles 的中国文学史》中批评这位外国学者的文学史存在疏漏、滥收、详略不均、编次非法等问题,却大加赞赏"全书中最可注意之处:(一)是能第一次把中国文人向来轻视的小说与戏剧之类列入文学史中;(二)能注意及佛教对中国文学的影响。这两点足以矫正对于中国文人的尊儒与贱视正常作品的成见,实是这书的唯一的好处。"②他的《文学大纲》中国文学部分包括如下一些章节:第七章:诗经与楚辞;第八章:中国最初的历史家与哲学家;第十章:汉之赋家历史家与论

① 郑振铎:《中国文学研究的重要书籍介绍》,上海:《小说月报》,第 15卷第 1 号,1924 年 1 月;《郑振铎古典文学论文集》,第 39、60 页,上海:上海古籍出版社,1984 年。

② 郑振铎:《评 Giles 的中国文学史》,《中国文学论集》,1934 年 3 月;《郑振铎古典文学论文集》,第 35 页,上海:上海古籍出版社,1984 年。

文家;第十一章:曹植与陶潜;第十三、十四章:中世纪的中国诗人(上、下);第十七、十八章:中国小说的第一期、中国戏曲的第一期;第二十三、二十四章:中国小说第二期、中国戏曲第二期;第二十九章:18世纪的中国文学;第四十四章:19世纪的中国文学;第四十六章:新世纪的文学:吴沃尧、吴梅、林纾、严复以至"五四"新文化运动开始;附录:年表。这个目录中有一半的篇幅是论述俗文学的,这在当时的文学史论著中是极为罕见的。更值得注意的是,《文学大纲》还引述了清光绪年间敦煌石室里发现的钞本小说数种和刚发现的《京本通俗小说》、《大唐三藏取经诗话》,这表明郑振铎对俗文学材料的敏感和重视。在《中国文学史(中世卷第三篇上)》中,作者一再强调,在文学上最可注意者则为俚曲、小说及俗文、变文、古代文学抄本。"发现了王梵志等佚作,发现了大量俗文学作品,使人知道小说、弹词、宝卷、民间小曲的来源";"这是中国文学史上的一个绝大的消息,可以因这个发现而推翻了古来无数的传统见解。""他们本身既是伟大的作品,而其对于后来的影响,又绝为伟大。我们对于它们绝不应该忽视。"他还论述了变文对宝卷和弹词的直接影响、对小说戏曲的间接影响,并认为"宝卷在今日尚未成为一种公认的文学的著作,然而其中也有不少是可以列于文学名著之中而无愧的。"①陈子展在《最近三十年中国文学史》第八章中指出,郑振铎的这些论述具有开创性。在《插图本中国文学史》的《自序》、《例言》和《绪论》中,郑振铎大力宣扬他的俗文学史观:"因为如今还不曾有过一部比较完整的中国文学史,足以指示读者们以中国文学的整个发展和整个的真实的面目的呢。中国文学自来无史,有之当自最近二三十年始。然这二三十年间所刊布的不

---

① 郑振铎:《中国文学史(中世卷第三篇上)》,上海:商务印书馆,1930年。

下数十部的中国文学史,几乎没有几部不是肢体残废,或患着贫血症的……许多中国文学史却正都是患着这个不可原谅的绝大缺憾。唐、五代的许多变文,金元的几部诸宫调,宋明的无数的短篇平话,明清的许多重要的宝卷弹词,有哪一部中国文学史曾经涉笔记载过?不必说是那些新发现的与未被人注意的文体了,即为元明文学的主干的戏曲与小说,以及散曲的令套,他们又何尝曾注意及之呢?即偶然叙及之的,也只是以一二章节的篇页,草草了之。每每都是大张旗鼓的去讲河汾诸老,前后七子,以及什么桐城、阳湖。难道中国文学史的园地,便永远被一般喊着'主上圣明臣罪当诛'的奴性的士大夫们占领着了么?难道几篇无灵魂的随意写作的诗与散文,不妨涂抹了文学史上的好几十页的白纸,而那许多曾经打动了无量数平民的内心,使之歌使之泣使之称心的笑乐的真实的名著,反不得与之争数十百行的篇页么?这是使我发愿了十余年,积稿也已不少,今日方得整理就绪,刊行于世,总算可以自慰的事。""二、许多中国文学史,取材的范围往往未能包罗中国文学的全部……近十几年来,已失的文体与已失的伟大的作品的发现,使我们的文学史几乎要全易旧观。决不是抱残守缺所能了事的。若论述元杂剧而仅著力于《元曲选》,研究明曲而仅以《六十种曲》为研究的对象,探讨宋元话本,而仅以《京本通俗小说》为探讨的极则者,今殆已非其时。本书作者对于这种新的发见,曾加以特殊的注意。故本书所论述者,在今日而论,可算是比较完备的。""三、因此,本书所包罗的材料,大约总有三分之一以上是他书所未述及的;像唐五代的变文,宋元的戏文与诸宫调,元明的讲史与散曲,明清的短剧与民歌,以及宝卷、弹词、鼓词等等皆是。""同时重要的却是要把文学史中所应述的纯文学的范围放大,于诗歌中不仅包罗五七言古律诗,更要包罗着中世纪文学的精华——词与散曲;于散文中,不仅包罗着古文与骈文等等,也还包罗着被骂为野狐禅等等的政论文学、策士文学，与新闻文学之类；更重要的是，于诗歌散文二大文体之外更要包罗着文学中最崇高的三大成就——戏剧、小说与变文（即后来之弹词、宝卷）。这几种文体，在中国文坛的遭际，最为不幸。他们被压伏在正统派的作品之下，久不为人所重视，甚至为人所忘记，所蔑视。直到了最近数十年来方才有人在谈着。"①俗文学材料的不断发现和搜集，最终"促使我更有决心去完成这个工作。——这工作虽然我在十五六年前已经在开始准备着"。"我相信，这工作并不浪费。——不仅仅在填补了许多中国文学史的所欠缺的篇页而已。"这个工作便是《中国俗文学史》的出版。②

学术界准确地把握了郑振铎的文学史观，对他的贡献做出了评价。对于《文学大纲》，佩书认为："其中最能使人满意的，便是关于中国文学这一部分的文字。以前编中国文学史的人，往往将许多不相干的东西插进去，有些弄得像学术史，有些弄得像文体史，本书一洗此弊，使从事研究中国文学史得于此有所遵循。编者这一部分的文字，全是自己从国故中斩荆披棘地整理出来的，有许多地方都有他独创的见解。"③朴社为《插图本中国文学史》做了如下广告："在郑先生这部《插图本中国文学史》出版之前，没有一部文学史是曾经有过那末广大的范围，甚至包括到从来不曾有人注意到的变文、宝卷、弹词以及许多的民歌集的；也从未有那末样的企图，要附入那末许多的美丽的插图，以增加读者的兴趣的。这可以说是空前的一部重要的著作，第一次将那末广漠无垠的中国文学的坛地整个的呈露于读者之前的。他的文笔又是那样的动人，竟使一部枯燥无味的文学史成

---

① 郑振铎：《插图本中国文学史》，上海：上海人民出版社，2005 年。

② 郑振铎：《中国俗文学史》，第 28 页，上海：上海人民出版社，2006年。

③ 佩书：《文学大纲》，上海：《一般》，第 2 卷第 1 期，1927 年。

了可读的东西。"①1935 年,《人间世》在学术界读书界发起推荐"五十年来百部佳作",周一鸿指出:"以前的文学史只注意正统的文字。这书(《插图本中国文学史》)于变文、戏剧和宝卷,叙述最详,是最大的特点。附了许多插图,在《中国文学史》中还是创举。量的方面,也推第一。"②《中国俗文学史》出版后,学术界认为这本书是一部填补空白的力作:"这一部著作,起自先秦,下迄清末,从大体说来,确是关于中国俗文学的非常完善的本子,尤其是许多参考书,为平常所不易搜求的,所以,材料丰富,引证广博。"③"不特搜罗宏富,见解也是卓越的。""有此一章(六朝民歌),便可不必翻检浩繁的乐府诗集了。"这一章以下是"最精彩的,因为著者提供给我们所不曾见过的。这些都是作者自己用重价买来的,现在都毫不吝啬地公开给读者来共同研讨了"。④

郑振铎要求文学研究和文学史的撰述采用"归纳的方法",做到"无信不征",把文学史写成"信史"。在《小说月报》的《中国文学研究号》刊载的《研究中国文学的新途径》一文中,他提倡科学的研究而非随意的鉴赏,认为:"我们要走新路,先要经过接连着的两段大路:一段路叫做'归纳的考察',一段路叫做'进化的观念'。""自归纳的考察方法创立后,'无信不征'便成了诸种学者的一个信条。""有了这样的研究方法和观念,便再不能逞臆的漫谈,不能使性的评论了,凡要下一个定论,凡要研究到一个结果,在其前,必先要在心中千回百折的自喊道:拿证据来!"他认

---

① 罗根泽:《古史辨》第 4 册扉页广告,北京:朴社,1933 年。

② 周一鸿语,转引自陈福康《郑振铎论》,第 587 页,北京:商务印书馆,1991 年。

③ 曾迭:《关于〈中国俗文学史〉之"弹词"部分的讨论》,转引自陈福康《郑振铎论》,第 598 页,北京:商务印书馆,1991 年。

④ 赵景深:《中国俗文学史》,转引自陈福康《郑振铎论》,第 598 页,北京:商务印书馆,1991 年。

为，胡适的《红楼梦考证》就是一个成功的范例。① 在《新文学之建设与国故之新研究》一文中，他"主张在新文学运动的热潮里，应有整理国故的一种举动"。理由有二："第一，打破旧的文艺观念，指出旧的文学的真面目与弊病之所在。""第二，我以为我们所谓新文学运动，并不是要完全推翻一切中国固有的文艺作品"，小说戏剧等应该继承。近来讨论国故的通病有三："一、没有新的见解；二、太空疏而无切实的研究态度；三、喜引欧美的言论以相附会。"因此，"我的整理国故的新精神便是：无征不信，以科学的方法，来研究前人所未开发的文学园地"。② 正因为如此，郑振铎在文学研究和文学史撰述中特别强调事实的考定。他强调对作家生卒年和文学史实的考证。他在《小说月报》连载《中国文学者生卒考》、《现代世界文学者略传》，为撰写《文学大纲》做准备工作。他赞同普斯那特（Posnett）"文学依靠于当代的生活与思想"的观点，指出"我们本没有一本创作性的《中国文学史》"，没有一本文学史注意生卒年。③ 他的文学史著作都附录有《年表》，《插图本中国文学史》还在《例言》中强调："本书的论述着重于每一个文学运动，或每一种文体的兴衰，故于史实发生的详确的年月，或未为读者所甚留意，特于全书之末，另列'年表'一部，以综其要。"④他强调对史料进行辨析，反对附会之说。他指出："文学的研究着不得爱国主义的色彩，也着不得'古是最

① 郑振铎：《研究中国文学的新途径》，《中国文学研究》下册，第 280、281 页，北京：人民文学出版社，2000 年。
② 郑振铎：《新文学之建设与国故之新研究》，上海：《小说月报》，第 14 卷第 1 号，1923 年 1 月；《郑振铎古典文学论文集》，第 83、85 页，上海：上海古籍出版社，1984 年。
③ 郑振铎：《中国文学者生卒考自叙》，上海：《小说月报》，第 15 卷第 1 号，1924 年 1 月；《郑振铎古典文学论文集》，上海：上海古籍出版社，1984 年。
④ 郑振铎：《插图本中国文学史》，上海：上海人民出版社，2005 年。

好的'、'现代是最好的'偏见。然而有了这种偏见,或染了这个色彩的人却不在少数。"①"还有一件事我们不能不注意,那便是史料的辨伪……史料的谨慎的搜辑,在中国文学史的编纂中,因此便成了重要的一个问题。"②这一观点贯穿于他的文学史写作之中。"我们要研究《诗经》,便非先使这一切压盖在《诗经》上面的重重叠叠的注疏集传的瓦砾,爬扫开来,而另起炉灶不可。"③《文学大纲》论述《诗经》的文学价值时也特意指出要冲破历代儒家设置的种种迷障,尤其反对《荆钗记》、《琵琶记》、《牡丹亭》、《西游记》、《红楼梦》等作品的附会性解读,要求"一句句的加解释,一节节的加剖析",反对"使完整的文艺作品成为肢解的佛经道书,或《大学》《中庸》,使如无瑕的莹玉似的巨著,竟蒙上了三寸厚的尘土,不能见其真的文艺价值"。"我们要见《西游记》的真面目,便非对于一切的谬解都扫除了、廓清了不可。"④

正因为如此,郑振铎在文学史研究和撰述尤其是俗文学史的研究和撰述中特别强调材料的发现和收集。在《整理中国文学的新途径》一文中,他认为第二条途径便是新材料的发现,而且大部分是俗文学材料的发现。在文学史的写作过程中,他一再感叹的"得书之难,于今为甚"(《插图本中国文学史·例言》)、"材料的不易得到"(《中国俗文学史·绪论》),而材料的收集往往是一个新的发现,得出铁板钉钉式的坚实结论,甚至要修正许

---

① 郑振铎编:《文学大纲》,叙言部分,桂林:广西师范大学出版社,2003年。

② 郑振铎:《插图本中国文学史》,绪论部分,上海:上海人民出版社,2005年。

③ 郑振铎:《读毛诗序》,《中国文学研究》上册,第11页,北京:人民文学出版社,2000年。

④ 郑振铎:《文学大纲》下册,第59页,桂林:广西师范大学出版社,2003年。

多旧有的结论。"但这种新的资料,自小说、戏剧以至宝卷、弹词、民歌等等,因为实在被遗忘得太久了的原故,对于他们的有系统的研究与讲述便成了异常困难的工作。我们常常感到,如今在编述着中国文学史,不仅仅是在编述,却常常是在发见。我们时时的发见了不少的已被亡失的重要的史料,例如敦煌的变文、《元刊平话五种》、《永乐大典戏文三种》之类……这种发见还在继续进行着……这使我们编述中国文学史感觉到异常困难。因为新材料的不绝发见,便时时要影响到旧结论的变更与修改;但同时却又是感觉到异常的兴奋。"①"第一,是材料的不易得到。著者在十五六年来,最注意于关于俗文学的资料的收集。在作品一方面,于戏曲、小说之外,复努力于收罗宝卷、弹词、鼓词以及元、明、清的散曲集;对于流行于今日的单刊小册的小唱本、小剧本等等,也曾费了很多的力量去访集。'一·二八'的上海战事,几把所有的小唱本、小剧本以及弹词、鼓词等毁失一空。四五年来,在北平复获得了这一类的书籍不少。壮年精力,半殚于此。然同好者渐多。重要的图书馆,也渐已知道注意搜访此类作品。今所讲述的,只能以著者自藏的为主,而间及其他各公私所藏的重要者。""第二,尤为困难的是,许多的记述,往往都为第一次所触手的,可依据的资料太少;特别关于作家的,几乎非件件要自己去掘发的,去发现不可。而数日辛勤的结果,往往未必有所得。即有所得,也不过寥寥数语而已。惟因评断和讲述多半为第一次的,故往往也有些比较新鲜的刺激和见解。"②

郑振铎强调用进化论的视野来进行文学史的研究和撰述。他在《小说月报》的《中国文学研究号》上发表《研究中国文学的

① 郑振铎:《插图本中国文学史》,第6~7页,上海:上海人民出版社,2005年。

② 郑振铎:《中国俗文学史》,第26页,上海:上海人民出版社,2006年。

新途径》,提倡科学的研究而非随意的鉴赏,指出研究中国文学的新途径之二便是使用进化的观念,"文学史的许多错误,自把进化论的观念引到文学的研究上以后,不知更正了多少"①。1956 年,他在为自己的论文集作序时还不无忏悔地指出:"三十多年来,我写了不少有关中国文学的论文,尤以有关小说戏曲的为多。但限于学力,许多问题都没有深入地探究过,且受了从西方输入的进化论的影响,也想在文学研究方面运用这样的'进化论'的观念。"②在这种观念的支配下,郑振铎强调从历史发展的角度描述文学史的变迁,尤其是注重文学运动、文学流派、文学体裁的发展变迁。关于这一点,他在文学史著作中做过详尽的表述:"他书大抵抄袭日人的旧著,将中国文学史分上古、中古、近古及近代的四期,又每期皆以易代换姓的表面上的政变为划界……本书就文学史上的自然的进展的趋势,分为古代、中世及近代的三期,中世文学开始于东晋,即佛教文学的开始大量输入的时期;近代文学开始于明代嘉靖时期,即开始于昆剧的产生及长篇小说的发展之时。每期之中,又各分为若干章,每章也都是就一个文学运动,一种文体,或一个流派的兴衰起落而论述的。"③"有一部分的俗文学,久已散佚,其内容未便悬断,便影响到一部分的结论的未易得到。但著者在可能的范围之内必求其讲述的比较的有系统,尤其注意到各种俗文学的文体的演变与其所受的影响。"④正因为郑振铎关注文学的进化,所以在文学史研究和撰述中特别关注影响文学演进的原因。在他看来,"一

<hr>

① 郑振铎:《中国文学研究》下册,第 283 页,北京:人民文学出版社,2000 年。

② 郑振铎:《中国文学研究》上册,第 3 页,北京:人民文学出版社,2000 年。

③ 郑振铎:《插图本中国文学史》,例言部分,上海:上海人民出版社,2005 年。

④ 郑振铎:《中国俗文学史》,第 27 页,上海:上海人民出版社,2006 年。

种文学形式的产生,其原动力不外两点,一是外来的影响,一是民间的创始"①。正因为如此,他特别指出民间创始的俗文学对文学史的影响:"有一个重要的原动力,催促我们的文学向前发展不止的,那便是民间文学的发展。原来民间文学这个东西,是切合于民间的生活的。随了时代的进展,他们便也时时刻刻的在进展着。他们的型式,便也是时时刻刻在变动着,永远不能有一个一成不变或永久固定的定型。又民众的生活又是随了地域的不同而不同的,所以这种文学便也随了地域的不同而各有不同的样式和风格。""原来,我们的诗人们与散文家们大部分都是在'拟古'的风气中讨生活的。然另一方面,却有许多不为人知的先驱者在筚路蓝缕的开辟荆荒,或勇敢的接受了外来文学的影响,或毫不迟疑的采用了民间创作的新式样。虽时时受到迫害,他们却是不馁不悔的。这使我们的文学乃时时的在进展,时时有光荣的新巨作,新文体的产生。""对于这些重要的进展的消息,乃是著者所深切的感到兴趣的。"②也正因为如此,郑振铎引用胡适"因为不肖古人所以能代表当世"的观点,把俗文学当做最能代表时代的文学加以肯定:"他们产生于大众之中,为大众而写作,表现着中国过去最大多数人民的痛苦和呼吁,欢愉和烦闷,恋爱的享受和别离的愁叹,生活压迫的反响,以及对于政治黑暗的抗争;他们表现着另一个社会另一种人生另一面的中国,和正统文学、贵族文学、为帝王所养活着的许多文人学士们写作的东西所表现的不同。只有在这里,才能看出真正的中国人民的发展、生活和情绪。中国妇女们的心情,也只有在这里才能大

① 郑振铎:《中国小说的分类及其演化的趋势》,上海:《学生杂志》,第17卷第1号,1930年1月;《郑振铎古典文学论文集》,第337页,上海:上海古籍出版社,1984年。
② 郑振铎:《插图本中国文学史》,第9、10页,上海:上海人民出版社,2005年。

胆地称心地不伪饰的倾吐着。"①

郑振铎的文学史研究和撰述具有很强的比较文学立场。这种立场在他的第一部文学史著作《文学大纲》中就已经确立。作为一部世界文学史,作者在论述中国文学史时常常采用比较的方法来彰显中国文学的特点。他提到东西方民歌、民间传说的相同处。他将唐代《目连救母》和《神曲》、《镜花缘》和《格列佛游记》、中山狼戏剧和朝鲜及南斯拉夫的相关故事进行比较。他尤其自豪地指出:"中世纪的欧洲文学,可算是在黑暗的时代,重要的作家极少,不朽的名著,除了《神曲》及诸国民歌外,也并不多见;但在这个同一的时代,中国的文学,却现出十分绚烂的光华,重要的诗人产生了不少,不朽的名著也时时的出现于各时代的文坛里,到了中世纪的末期,且有伟大的小说家及戏曲家的出现。(在这个时候,欧洲的小说家还没有一个出现。)"②《插图本中国文学史》也存在着广博的中西比较,论述精当。如用民俗学家安德路莱恩的类型学分析鹅女郎故事,分析印度文学的影响,研究戏曲的缺类等。尤其值得注意的是,郑振铎非常注重印度文学对中国文学的影响。在《研究中国文学的新途径》一文中,他将"中国文学的外来影响"作为研究中国文学的第一个新途径,指出:"我们重要的民间文学,如弹词、佛曲与鼓词,也都是受印度影响而发生的。""这都是仅仅略为提一提,然而已足使迷信国粹的先生们吃了一个大惊。"③"我们的文学也深深受外来文学——特别是印度文学——的影响。这无庸其讳言之。没有了

---

① 郑振铎:《中国俗文学史》,第 28 页,上海:上海人民出版社,2006年。

② 郑振铎:《文学大纲》,第 295 页,桂林:广西师范大学出版社,2003年。

③ 郑振铎:《中国文学研究》下册,第 288、289 页,北京:人民文学出版社,2000 年。

他们的影响,则我们的文学中,恐怕难得产生那末伟大的诸文体,像变文等等了。"①更有甚者,他还把印度文学的影响作为中国文学史分期的一个重要指标,把东晋到明嘉靖时期的文学定义为受佛教影响的中世文学。

到了50年代,他依然撰文指出:"中国文学的发展也自有其几个特殊之点。第一是,民间文学的影响,特别巨大……第二是,少数民族文学的影响也给汉文学的发展以很大的推动力……第三是,外来文学的影响,特别是印度文学的影响,在我们文学史上也起了很大很好的作用。"②他早年对域外民间文学做过翻译和介绍,熟悉民俗学和文化人类学理论:1922年1月,《儿童世界》创刊号发表王尔德《快乐王子》;1925年,商务印书馆出版《印度寓言》、《莱森寓言》、《天鹅童话集》(与妻子高君箴合作);同年,《小说月报》发表他翻译的《印度寓言》、《莱森寓言》、《高加索寓言》、《安徒生寓言》;1927年,在伦敦接触到弗雷泽译注的《神话集》、《波赛尼亚斯的希腊纪事》和《金枝》;1934年4月,商务印书馆出版M. R. Cox《民俗学浅论》;后来,又编译《民俗学概论》(毁于"一·二八"战火);1927年,在大不列颠博物馆看到敦煌变文等重要史料。这一切,对于郑振铎关注俗文学,用民俗学人类学方法研究古典文学,都产生了重要的作用。

郑振铎强调独立撰述文学史,在史实清理过程中自铸新词。1921年,他表达了对现行文学史的强烈不满。他在《研究中国文学的新途径》一文中指出,中国文学是"未经垦殖的大荒原:中国文学的研究简直没有上过正轨",并且开列出了需要进行研究或整理的各个方面:关于作品的研究、关于作家的研究、关于时

---

① 郑振铎:《插图本中国文学史》,绪论部分,上海:上海人民出版社,2005年。

② 郑振铎:《中国文学的历史分期》,北京:《文学研究》,1958年第1期;《郑振铎古典文学论文集》,第24页,上海:上海古籍出版社,1984年。

代的研究、关于文体的研究、关于综叙全部中国文学之发展的文学史、辞书类书百科全书、参考书目研究指导。① 在《插图本中国文学史》的《例言》中，作者指出："一、中国文学史的编著，今日殆已盛极一时；三两年来，所见无虑十余种，惟类多因袭旧文。即有一二独具新意者，亦每苦于材料的不充实。本书作者久有编述一部比较能够显示出中国文学的真实的面目的历史之心，惜人事倥偬，仅出一册而中止（即商务印书馆出版的《中国文学史（中世卷第三编上）》）。"并进一步指出自己的著作"强调个人的撰述"，"不欲多袭前人的论断"。② 郑振铎的文学史确实是建立在长期的个案研究基础上的，所有的观点建立在原材料的阅读、分析和提炼的基础上。

郑振铎在三十年的时间里，孜孜不倦地从事古代文学尤其是俗文学的研究。1956 年，他将这些论文编辑成《中国文学研究》，分为 4 册，于 1957 年由作家出版社出版。他在序中对自己的研究作了总结。"三十多年来，我写了不少有关中国文学的论文，尤以有关小说戏曲的为多……我曾经把这些论文，编成了五本集子：《中国文学论集》出版于 1929 年，《佝偻集》出版于 1934 年，《短剑集》出版于 1936 年，《困学集》出版于 1940 年。还有一部《秋水集》，已经编好交给书店，但始终不曾出版。此外，没有收入这几个集子的文章也有不少篇。现在，把这五个集子里所收的，和在这五个集子以外的有关中国文学的论文，一共有八十多篇，编为这个新的集子《中国文学研究》，重行印出。""这个集子共分为六卷。第一卷是古代文学研究，以有关《诗经》的论文为主，而附以《民族文话》。第二卷为小说研究，以《水浒传》、《三

① 郑振铎：《中国文学研究》下册，第 277 页，北京：人民文学出版社，2000 年。

② 郑振铎：《插图本中国文学史》，例言部分，上海：上海人民出版社，2005 年。

国演义》、《金瓶梅词话》、《西游记》、《岳传》及'三言''二拍'等的文章为主。第三卷是戏曲研究,以有关元代杂剧、《西厢记》以及《词林摘艳》、《琵琶记》等的文章为主,并附《缀白裘索引》。第四卷是词曲与民间文学研究,以有关词、散曲、民歌、变文、宝卷、弹词与民间故事等的论文为主……第五卷是中国文学杂论,包括若干有关中国文学研究的方法,和文学遗产的问题,及有关林琴南、梁任公的研究等论文。第六卷是中国文学新资料的发现。"①郑振铎逝世后,上海古籍出版社于 1984 年又出版了《郑振铎古典文学论文集》,又收集了《中国文学研究》中漏收的一些作品。

值得注意的是,郑振铎不仅自己研究俗文学,作为出版家和编辑,他还刊发了一系列俗文学研究论著。他在三个刊物上办过"中国文学研究"专号,倡导俗文学的研究。1927 年的《小说月报》号外《中国文学研究》刊发了大量的俗文学研究论著:《卷头语》、《研究中国文学的新途径》、《武松与其妻贾氏》、《中山狼故事之变异》、《螺壳中之女郎》、《宋人词话》、《鲁智深的家庭》、《明代之短篇小说》、《中国戏曲之选本》、《日本最近发现之中国小说(元刊平话、西游记杂剧、喻世明言、醒世恒言)》、《佛曲叙录》、《西谛所藏弹词目录》、《中国文学年表》。其中的《卷头语》、《研究中国文学的新途径》大力倡导俗文学的研究。② 1933 年,《文学》的《中国文学研究专号》出版,郑振铎撰文指出学术界有些人"总缘所见太小太少,故易于'少所见多所怪见骆驼以为马肿背'",呼吁:"向新的题材和向新的方法里去,求得一条新路出来,这便是我们要走的路。"认为:"了几千年来,许多的文人学士们只是把文学当作了宫廷的供奉之具,当作了个人的泄发牢

---

① 郑振铎:《中国文学研究》,第 3 页,北京:人民文学出版社,2000 年。
② 郑振铎:《中国文学研究》,北京:人民文学出版社,2000 年。

骚表弄丑态的东西,于是文学便被个人主义与实用主义压迫得透不过气来。""我们要放大了眼光,在实用主义与个人主义以外的作品里去拣。我们不需要供奉文学,也不需要纯以个人的富贵功名为中心的牢骚文学,我们所需要的是更伟大的具有永久生命力的作品,而这些伟大的作品,在我们的文学遗产里,却并不少。"①1948年,《文艺复兴》出版《中国文学研究号》,郑振铎在《题辞》中指出:"在二十多年前,《小说月报》刊出了一个《中国文学研究专号》。在十多年前,《文学》也刊出了一个同名的专号。现在,《文艺复兴》又刊行第三次的《中国文学研究专号》了。""第一个《中国文学研究专号》成就相当地好。最重要的是,把小说、戏曲、弹词、宝卷(民歌)等那些向来被视为不登大雅之堂的民间文学,抬出来和周秦诸子、两汉文章、唐诗、宋词,同样的作为研究的对象。那时,唐代的讲唱文学,称为变文的,也开始受到我们的注意。许地山先生在那个专号里,开始讨论着中国文学特别是戏剧所受到的印度文学的影响。""这第一个《中国文学研究专号》,至少做到了两点:第一,把中国文学所包罗的范围放大了,特别是关于讲唱文学的研究的一部分,完全是一个新地;第二,不把中国文学作为孤立的研究,而知道把她放在世界文学的大家族里,开始讨论她所受到的外来影响。""第二个《中国文学研究专号》,则已经脱离了前一个专号的启蒙时代的事业,而做着比较精湛而切实的工作。"并进一步指出:"关于梵文学和中国文学的血脉相通之处,新近的研究呈现了空前的辉煌。"②

---

① 分见《中国文学研究者向哪里去》、《中国文学的遗产问题》两文。郑振铎:《中国文学研究》下册,第 299、302、306 页,北京:人民文学出版社,2000 年。

② 郑振铎:《中国文学研究》下册,第 312～313 页,北京:人民文学出版社,2000 年。

郑振铎喜欢在文学史论著中开列参考书目,从书目中也可以看到他的文学史是建立在翔实的材料搜集和坚实的个案研究基础上的。请看《插图本中国文学史》中俗文学部分的参考资料:第 31 章,《中国文学史(中世卷第三编上册)》第一章,商务印书馆。第 33 章,《中国文学史(中世卷第三编上册)》第一章,商务印书馆;《佛曲叙录》,《小说月报》号外《中国文学研究》。第 38 章,《宋金元诸宫调考》,燕京大学《文学年报》第 1 期。第 39 章,《明清二代平话集》,《小说月报》第 21 卷第 7、8 月号。第 46 章,《孤本元明杂剧》,商务印书馆;《元明杂剧辑逸》,近刊。第 47 章,《宋元戏文辑逸》,郑振铎编,近刊。第 48 章,《中国文学论集》,开明书店。第 60 章,《中国文学论集》。以上资料和论著都是郑振铎为文学史写作所做的资料准备和个案研究。当然,郑振铎并不拒绝吸收当代的研究成果,参考书目中列有大量学术界的最新成果。《中国俗文学史》开列的部分参考书目:第三章,《插图本中国文学史》第一册第六章及第八章,北平朴社出版。第四章,《插图本中国文学史》第一册第十六章。第五章,《插图本中国文学史》第二册;郑振铎《中国文学史》中世卷,商务印书馆,已绝版;《敦煌俗文学参考资料》,郑振铎编,燕京大学、暨南大学油印本;罗振玉编《敦煌零拾》,自印本;《敦煌掇琐》第三辑,刘复编,中央研究院;《世界文库》第 1 卷第 6 册,郑振铎编,生活书店。第六章,A. Stein, Serindia, Pilliot《敦煌钞本目录》,法文本;《敦煌零拾》,罗振玉编,罗氏铅印本;《敦煌遗书》第一集,伯希和、羽田亨合编,上海出版;《敦煌掇琐》;《敦煌劫余录》,陈垣编,北平图书馆出版;《变文及宝卷选》,郑振铎编,商务印书馆;向达《敦煌丛钞》,北平图书馆刊;《中国文学史·中世卷》。第七章,郑振铎《行院考》。第八章,《插图本中国文学史》;《宋金元诸宫调考》(本章关于诸宫调一部分,多节用本文)。第九章,《插图本中国文学史》。第十一章,《中国文学论集》,郑振铎著,开明书店;《变文与宝卷选》,《中国文选》之一,商务印书馆(在印刷中);《西谛藏书目录》第三册,为讲唱文学的目录(在编印刷中);《1933 年的古籍发现》,《文学》第 2 卷第 6 号;《三十年来中国文学新资料的发现史略》,《文学》第 2 卷第 6 号。(另外,特意指出:刊印宝卷最多者为上海翼化堂及谢文堂,都是专售善书的。)第十二章,《西谛所藏弹词目录》,见《中国文学论集》;《巴黎国家图书馆中之中国小说与戏曲》,见《中国文学论集》;《1933 年的古籍发现》;《三十年来中国文学新资料的发现史略》。第十三章,《中国俗曲总目稿》,刘复等编,中央研究院出版;《北平俗曲略》,李家瑞,中央研究院出版;《世界文库》第四册,选罗松窗、韩小窗之作十余种;《1933 年的古籍发现》;《三十年来中国文学新资料的发现史略》;(另外,还指出,刊行鼓词最多者,为北平二酉堂民众的书坊。初为小型的木版本,最近多改为石印本。木版本几已绝迹市上。又乾嘉以下的抄本也不时的可以遇到。)《西谛藏书目录》第三册,第一册全载讲唱文学,自《变文》以下的诸门类的目录,间附说明。第十四章,郑振铎《白雪遗音选》,郑振铎编,开明书店出版。开列这个参考书目,是想强调,郑振铎的文学史撰述的确实现了他自己的理论主张,从而改变了文学史撰写的风貌,影响深远。

(黑龙江大学　吴光正)

参考文献

世纪初近代古典文学研究的开辟之功

舒芜、陈迩冬、周绍良、王利器:《中国近代文论选》,北京:人民文学出版社,1981年。

中国社会科学院文学研究所近代文学研究组:《中国近代文学论文集·戏剧、民间文学卷》,北京:中国社会科学出版社,1982年。

丁文江、赵丰田编:《梁启超年谱长编》,上海:上海人民出版社,1983年。

钱仲联:《梦苕庵清代文学论集》,济南:齐鲁书社,1983年。

刘寅生、袁英光:《王国维全集·书信》,北京:中华书局,1984年。

王国维:《王国维全集》,北京:中华书局,1984年。

黄霖、韩同文:《中国历代小说论著选》,南昌:江西人民出版社,1985年。

山东大学文史哲研究所:《中国历代著名文学家评传》第六卷,济南:山东教育出版社,1985年。

陈平原、夏晓虹:《二十世纪中国小说理论资料》,北京:北京大学出版社,1989年。

孙敦恒:《王国维年谱新编》,北京:中国文史出版社,1991年。

隗芾、吴毓华:《古典戏曲美学资料集》,北京:文化艺术出版社,1992年。

徐中玉:《中国近代文学大系》,上海:上海书店,1995年。

袁英光、刘寅生:《王国维年谱长编》,天津:天津人民出版社,1996年。

沈大德、吴廷嘉:《梁启超评传》,南昌:百花洲文艺出版社,1996年。

胡从经:《中国小说史学史长编》,上海:上海文艺出版社,1998年。

陈鹏鸣:《梁启超学术思想评传》,北京:北京图书馆出版社,1999年。

叶嘉莹:《王国维及其文学评论》,石家庄:河北教育出版社,2000年。

梁启超:《饮冰室文集》,吴松、卢云昆等点校,昆明:云南教育教育社,2001年。

剑平:《一代学人王国维》,上海:上海人民出版社,2002年。

李帆:《刘师培与中西学术》,北京:北京师范大学出版社,2003年。

万仕国:《刘师培年谱》,扬州:广陵书社,2003年。

俞晓红:《王国维〈红楼梦评论〉笺说》,北京:中华书局,2004年。

梁启超:《梁启超选集》,北京:人民文学出版社,2004年。

梁启超:《清代学术概论》,天津:天津古籍出版社,2004年。

吴其昌:《梁启超传》,天津:百花文艺出版社,2004年。

刘师培:《中国中古文学史讲义》,北京:中国人民大学出版社,2004年。

龚敏:《黄人及其小说小话之研究》,济南:齐鲁书社,2006年。

世纪初近代小说研究之发轫

严复、夏曾佑：《〈国闻报〉附印说部缘起》，天津：《国闻报》，1897 年。

夏曾佑：《小说原理》，上海：《绣像小说》第 3 期，1903 年。

狄平子（楚卿）：《论文学上小说之位置》，上海：《新小说》第 1 卷第 7 期，1903 年。

侠人：《小说丛话》（关于红楼梦），上海：《新小说》，1904 年 7 号、12 号。

金松岑：《论写情小说与新社会之关系》，上海：《新小说》第 2 卷第 5 期，1905 年。

吴沃尧：《月月小说叙》，上海：《月月小说》，1906 年。

陆亮成：《月月小说发刊词》，上海：《月月小说》，1906 年。

黄人（黄摩西）：《小说林发刊词》，上海：《小说林》，1907 年。

徐念慈（东海觉我）：《小说林缘起》，上海：《小说林》，1907 年。

王无生：《论小说与改良社会之关系》，上海：《月月小说》第 9 号，1907 年。

陶曾佑：《论小说之势力及其影响》，杭州：《游戏世界》第 3 期（10），1907 年。

觉我：《余之小说观》，上海：《小说林》9 期、10 期，1908 年。

王无生（天僇生）：《中国历代小说史论》，上海：《月月小说》第 1 卷第 11 期 ，1907 年。

吴沃尧、周桂笙：《说小说》，上海：《月月小说》，1906 年。

梁启超、狄平子、吴沃尧、侠人、定一等：《小说丛话》，上海：《新小说》，1907 年。

黄摩西：《小说小话》，上海：《小说林》第 1 卷，1907 年。

觚庵：《觚庵漫笔》，上海：《小说林》第 1 卷，1907 年。

王无生 ：《中国三大小说家论赞》，上海：《月月小说》第 14 号，1908 年。

眷秋：《小说杂评》，上海：《雅言》第 1 期，1912 年。

成之：《评〈红楼梦〉》，上海：《中华小说界》1914 年 3～8 期。

王梦阮：《〈红楼梦〉索引提要》，上海：《中华小说界》，1914 年第 1 卷 6～7 期。

季新：《红楼梦新评》，上海：《小说海》，1915 年第 1、2 号。

《近代文论选》（上、下），北京：人民文学出版社，1959 年。

阿英：《晚清文学丛钞》，北京：中华书局，1960 年。

时萌：《中国近代文学论稿》，上海：上海古籍出版社，1986 年。

梁启超：《小说与群治之关系》，《饮冰室文集》，北京：中华书局，1989 年。

梁启超：《饮冰室文集》，北京：中华书局，1989 年。

黄霖、韩同文：《中国历代小说论著选》，南昌：江西人民出版社，2000 年。

黄霖：《20 世纪中国古代文学研究史·小说卷》，上海：东方出版中心，2006 年。

世纪初中国文学史的滥觞

王文濡：《谢无量〈中国大文学史〉》，北京：中华书局，1924 年。

胡怀琛：《中国文学史略》，上海：上海梁溪图书馆，1926 年。

郑振铎：《郑振铎古典文学论文集》，上海：上海古籍出版社，1984 年。

陈玉堂：《中国文学史书目提要》，合肥：黄山出版社，1986

年。

璩鑫圭、唐良炎：《中国近代教育史资料汇编》，上海：上海教育出版社，1991年。

汤志钧、陈祖恩：《中国近代教育史资料汇编·戊戌时期教育》，上海：上海教育出版社，1993年。

黄霖：《中国文学批评通史·近代卷》，上海：上海古籍出版社，1996年。

董乃斌：《中国古典文学学术史研究》，乌鲁木齐：新疆人民出版社，1997年。

陈平原：《文学史的形成与建构》，南宁：广西教育出版社，1999年。

魏崇新、王同坤：《20世纪中国文学史观——观念的演进》，北京：西苑出版社，2000年。

王永健：《"苏州奇人"黄摩西评传》，苏州：苏州大学出版社，2000年。

《京师大学堂档案选编》，北京：北京大学出版社，2001年。

江庆柏：《黄人集》，上海：上海文化出版社，2001年。

戴燕：《文学史的权力》，北京：北京大学出版社，2002年。

董乃斌：《中国文学史学史》，石家庄：河北人民出版社，2003年。

陈国球：《文学史书写形态与文化政治》，北京：北京大学出版社，2004年。

敏泽：《中国文学思想史》，长沙：湖南教育出版社，2004年。

郑振铎：《插图本中国文学史》，上海：上海人民出版社，2005年。

陈平原：《早期北大文学史讲义三种》，北京：北京大学出版社，2005年。

周兴陆：《20世纪中国古代文学研究史·总论卷》，上海：东方出版中心，2006年。

世纪初近代词曲研究之发轫

胡适：《词的起源》，北京：《清华学报》，1924 年第 1 卷第 2 期。

吴文祺：《文学革命的先驱者——王静安先生》，北京：《小说月报》17 卷号外，1927 年。

徐中舒：《王静安先生传》，上海：《东方杂志》，1927 年第 24 卷第 13 期。

《国学论丛王静安先生纪念专号》，北京：《国学论丛》第 1 卷第 3 号，1928 年。

任二北：《研究词乐的意见》，广州：《语历所周刊》，1928 年第 4 卷第 39 期。

任二北：《与张大东论清词书》，北京：《清华周刊》，1929 年第 31 卷第 2 期。

任二北：《词曲合并研究概论》，北京：《清华周刊》，1929 年第 32 卷第 8 期。

梁启超：《饮冰室诗话》，北京：人民文学出版社，1982 年。

唐圭璋：《词话丛编》，北京：中华书局，1986 年。

邱世友：《词论史论稿》，北京：人民文学出版社，2002 年。

夏承焘：《夏承焘全集》，杭州：浙江古籍出版社，浙江教育出版社，1997 年。

刘锋杰、章池集评：《人间词话百年解评》，合肥：黄山书社，2002 年。

黄霖：《20 世纪中国古代文学研究史·词学卷》，上海：东方出版中心，2006 年。

叶嘉莹：《王国维及其文学批评》，广州：广东人民出版社，1982 年。

胡适：《文学进化观念与戏剧改良》，北京：《新青年》，1918年5卷4号。

傅斯年：《戏剧改良各面观》，北京：《新青年》，1918年5期。

吴梅：《南北戏曲概言》，北京：《国学丛刊》，1923年1卷3期。

胡适：《读王国维先生的〈曲录〉》，《胡适文存二集》卷4，上海：上海亚东图书馆印行，1924年。

贺昌群：《王国维先生整理中国戏曲的成绩——及其文艺批评》，上海：《文学周报》第5卷合订本，1928年。

姚华：《曲海一勺》，《庸言杂志》，选自任讷编《新曲苑》，上海：中华书局，1940年。

刘师培：《原戏》，上海：《国粹学报》，1907年第3卷第9期。

许志豪、凌善清：《新编戏学汇考》，上海：上海大东书局，1926年。

余上沅：《戏剧论集》，北京：北新书局，1927年。

余上沅：《国剧运动》（《中国戏剧社丛书》），上海：上海新月书店，1927年。

恒诗峰：《明清以来戏剧变迁说略》，上海：《国剧运动》，上海新月书店，1927年。

冯叔鸾：《浸虹轩剧谈二卷》，上海：上海中华图书馆，1914年。

王国维：《宋元戏曲史》（文艺丛刻甲集），上海，商务印书馆，1915年。

宗天风：《若梦庐剧谈》，上海：泰东图书局，1915年。

吴梅：《顾曲麈谈》，上海：商务印书馆，1916年。

齐宗康：《编剧浅说》，北京：北京通俗教育研究会，1917年。

谢无量：《中国大文学史》，北京：中华书局，1918年。

〔日〕辻武雄：《中国剧》，北京：北京顺天时报社，1920年。

谢无量：《平民文学之两大文豪》，北京：商务印书馆，1923年。

曹聚仁：《元人曲论》（《文艺丛书》之二），上海：上海大中书局，1925年。

〔日〕波多野乾一著，鹿原学人译：《京剧二百年历史》，上海：上海启智印务公司，1926年。

佟赋敏：《新旧戏曲之研究》，北京：商务印书馆，1926年。

吴梅：《中国戏曲概论》，上海：上海大东书局，1926年。

董康：《曲海总目提要四十六卷》，上海：大东书局，1928年。

齐如山：《戏剧角色名词考》（《齐如山剧学丛书》之三），北京：国剧学会，1928年。

〔日〕青木正儿著，江侠庵译：《南北戏曲源流考》（《国学小丛书》），上海：商务印书馆，1928年。

齐如山：《中国剧之组织》（《齐如山剧学丛书》之一），北京：北华印刷所，1928年。

吴梅：《元剧研究 ABC》上册，上海：上海世界书局，1929年。

张次溪：《燕京梨园史》，天津：天津民报社，1929年。

阿英：《晚清文学丛钞·小说戏曲研究卷》，北京：中华书局，1960年。

黄霖：《20世纪中国古代文学研究史·戏曲卷》，上海：东方出版中心，2006年。

李瑞腾：《晚清文学思想论》，台北：汉光文化事业股份有限公司，1992年。

〔日〕盐谷温著，陈彬龢译：《中国文学概论》，北京：朴社，1926年。

陈炳堃：《最近三十年中国文学史》，上海：上海太平洋书店，1929年。

谭正璧：《中国文学进化史》，上海：上海光明书局，1929年。

郑振铎:《文学大纲》,上海:商务印书馆,1927 年。

郑振铎:《中国文学研究》,上海:商务印书馆,1927 年。

赵景深:《中国文学小史》,上海:上海光华书局,1928 年。

陈子展:《中国近代文学之变迁》,北京:中华书局,1929 年。

世纪初的文论研究:以章太炎为考察中心

陈钟凡:《中国文学批评史》,上海:中华书局,1927 年。

郭绍虞:《中国文学批评史》,上海:商务印书馆,1934 年。

《章太炎全集》,上海:上海人民出版社,1982 年。

程千帆等编:《量守庐学记》,北京:三联书店,1985 年。

周勋初:《论黄侃〈文心雕龙札记〉的学术渊源》,北京:《文学遗产》,1987 年第 1 期。

中国人民大学古代文论资料编选组编:《中国古代文论研究论文集(1919—1949)》,上海:上海古籍出版社,1989 年。

姚奠中、董国炎:《章太炎学术年谱》,太原:山西古籍出版社,1996 年。

陈平原、杜玲玲编:《追忆章太炎》,北京:中国广播电视出版社,1997 年。

刘师培:《中古文学论著三种》,沈阳:辽宁教育出版社,1997 年。

章太炎演讲,曹聚仁整理:《国学概论》,上海:上海古籍出版社,1997 年。

陈平原:《中国现代学术之建立——以章太炎、胡适之为中心》,北京:北京大学出版社,1998 年。

罗根泽:《中国文学批评史》,上海:上海书店出版社,2003 年。

万仕国:《刘师培年谱》,扬州:广陵书社,2003 年。

马勇编:《章太炎书信集》,石家庄:河北人民出版社,2003年。

许寿裳:《章太炎传》,天津:百花文艺出版社,2004年。

王玉华:《多元视野与传统的合理化——章太炎思想阐释》,北京:中国社会科学出版社,2004年。

蒋述卓、刘绍瑾、程国赋等:《二十世纪中国古代文论学术研究史》,北京:北京大学出版社,2005年。

司马朝军、王文晖:《黄侃年谱》,武汉:湖北人民出版社,2005年。

章太炎:《国故论衡》,上海:上海古籍出版社,2006年。

黄侃著,黄延祖重辑:《文选平点》,北京:中华书局,2006年。

黄侃著,黄延祖重辑:《文心雕龙札记》,北京:中华书局,2006年。

世纪初传统式古典文学研究的成绩与缺欠

吴泽:《王国维学术研究论集》第1辑,上海:华东师范大学出版社,1983年。

陈平原、夏晓虹:《二十世纪中国小说理论资料(1897—1916)》第1卷,北京:北京大学出版社,1989年。

方正耀:《中国小说批评史略》,北京:中国社会科学出版社,1990年。

黄霖:《中国文学批评通史·近代卷》,上海:上海古籍出版社,1996年。

《文学遗产》编辑部:《世纪之交的对话——古典文学研究的回顾与展望》,上海:上海古籍出版社,2000年。

王运熙、顾易生:《中国文学批评史新编》,上海:复旦大学出版社,2001年。

程华平:《中国小说戏曲理论的近代转型》,上海:华东师范大学出版社,2001年。

王卫民:《吴梅评传》,石家庄:河北教育出版社,2002年。

王卫民:《吴梅和他的世界》,石家庄:河北教育出版社,2002年。

黄霖:《中国小说研究史》,杭州:浙江古籍出版社,2002年。

谢桃坊:《中国词学史》,成都:巴蜀书社,2002年。

孙克强:《清代词学》,北京:中国社会科学出版社,2004年。

陈伯海:《唐诗学史稿》,石家庄:河北人民出版社,2004年。

蒋寅:《清诗话考》,北京:中华书局,2005年。

陈洪:《中国小说理论史》(修订本),天津:天津教育出版社,2005年。

朱崇才:《词话史》,北京:中华书局,2006年。

钱基博:《现代中国文学史》,上海:上海世纪出版集团,2007年。

世纪初的旧红学

阿英:《晚清文学丛钞·小说戏曲研究卷》,北京:中华书局,1960年。

孔另境:《中国小说史料》,上海:上海古籍出版社,1982年。

陈平原、夏晓虹:《二十世纪中国小说理论资料(1897—1916)》第1卷,北京:北京大学出版社,1989年。

王国维:《静安文集》,沈阳:辽宁教育出版社,1997年。

叶嘉莹:《王国维及其文学批评》,石家庄:河北教育出版社,1997年。

中国蔡元培研究会:《蔡元培全集》,杭州:浙江教育出版社,

1998 年。

孟森:《心史丛刊》,沈阳:辽宁教育出版社,1998 年。

"五四"以前文化环境的近代化对古典文学学科的影响

夏曾佑等:《京师图书馆善本目录》,北京:京师图书馆,1916年。

《国立北平图书馆善本书目乙编》,北京:北平图书馆,1935年。

赵孝孟:《北京图书馆善本书目》,北京:中华书局,1959 年。

容闳:《西学东渐记》,长沙:湖南人民出版社,1981 年。

舒新城:《中国近代教育史资料》,北京:人民教育出版社,1981 年。

王韬:《漫游随录 扶桑游记》,长沙:湖南人民出版社,1982年。

陈学恂:《中国近代教育文选》,北京:人民教育出版社,1983年。

刘国钧:《刘国钧图书馆学论文选集》,北京:书目文献出版社,1983 年。

文艺美学丛书编辑委员会:《蔡元培美学文选》,北京:北京大学出版社,1983 年。

朱有瓛:《中国近代学制史料》,上海:华东师范大学出版社,1983—1992 年。

陈玉堂:《中国文学史书目提要》,合肥:黄山书社,1986 年。

高平叔:《蔡元培全集》,北京:中华书局,1988 年。

璩鑫圭、唐良炎:《中国近代教育史资料选编》,上海:上海教育出版社,1991 年。

郑登云:《中国高等教育史》,上海:华东师范大学出版社,

1994 年。

袁英光、刘寅生:《王国维年谱长编》,天津:天津人民出版社,1996 年。

鲁迅:《小说旧闻钞》,济南:齐鲁书社,1997 年。

陈平原:《文学史的形成与建构》,南宁:广西教育出版社,1999 年。

周葱秀、涂明:《中国近现代文化期刊史》,太原:山西教育出版社,1999 年。

范希曾:《书目答问补正》,南京:江苏古籍出版社,2000 年。

来新夏等:《中国近代图书事业史》,上海:上海人民出版社,2000 年。

戴仁:《上海商务印书馆(1897—1949)》,北京:商务印书馆,2000 年。

钱炳寰:《中华书局大事纪要(1912—1954)》,北京:中华书局,2002 年。

陈国球:《文学史书写形态与文化政治》,北京:北京大学出版社,2004 年。

陈源蒸、张树华、毕事栋:《中国图书馆百年纪事(1840—2000)》,北京:北京图书馆出版社,2004 年。

陈平原:《早期北大文学史讲义三种》,北京:北京大学出版社,2005 年。

进化论、性心理学等学说的传入与古典文学学科的发展

闻一多:《闻一多全集》第 3 册,武汉:湖北人民出版社,1993 年。

〔英〕霭理士著,潘光旦译注:《性心理学》,北京:商务印书馆,1997 年。

赵敏俐、扬树增：《20世纪中国古典文学研究史》,西安：陕西人民教育出版社,1997年。

潘乃谷、潘乃和选编：《潘光旦选集》,北京：光明日报出版社,1999年。

魏崇新、王同坤：《20世纪中国文学史观观念的演进》,北京：学苑出版社,2000年。

周兴陆：《20世纪中国古代文学研究史·总论卷》,上海：东方出版中心,2006年。

"纯文学"观的树立与古典文学学科性质的转变

凌独见：《新著国语文学史》,上海：上海商务印书馆,1923年。

胡怀琛：《中国文学史略》,上海：上海梁溪图书馆,1926年。

曾毅：《订正中国文学史》,上海：上海泰东图书局,1929年。

刘麟生：《中国文学史》,上海：上海世界书局,1932年。

刘大白：《中国文学史》,上海：上海开明书店,1933年。

容肇祖：《中国文学史大纲》,北京：朴社,1935年。

谭正璧：《中国文学史大纲》,上海：上海光明书局,1935年。

周启明：《鲁迅的青年时代》,北京：中国青年出版社,1957年。

舒新城：《中国近代教育史资料》,北京：人民教育出版社,1981年。

顾颉刚：《古史辨》,上海：上海古籍出版社,1982年。

陈寅恪：《王国维遗书》,上海：上海古籍书店印行,1983年。

水如：《陈独秀书信集》,北京：新华出版社,1987年。

胡适：《胡适古典文学研究论集》,上海：上海古籍出版社,1988年。

陈鸿祥:《王国维与文学》,西安:陕西人民出版社,1988年。

谢无量:《中国大文学史》,郑州:中州古籍出版社,1992年。

梁启超:《梁启超文选》,北京:中国广播电视出版社,1992年。

姜义华:《章太炎语萃》,北京:华夏出版社,1993年。

姜义华:《胡适学术文集》,北京:中华书局,1993年。

任建树:《陈独秀著作选》,上海:上海人民出版社,1993年。

胡适:《胡适学术文集》,北京:中华书局,1993年。

黄霖:《中国文学批评通史·近代卷》,上海:上海古籍出版社,1996年。

朱自清:《朱自清全集》,南京:江苏教育出版社,1996年。

袁进:《中国文学观念的近代变革》,上海:上海社会科学院出版社,1996年。

刘经庵:《中国纯文学史纲》,北京:东方出版社,1996年。

陈平原:《二十世纪中国小说理论资料》,北京:北京大学出版社,1997年。

郑振铎:《郑振铎全集》,石家庄:花山文艺出版社,1998年。

魏崇新、王同坤:《20世纪中国文学史观》,北京:西苑出版社,2000年。

江庆柏:《黄人集》,上海:上海文化出版社,2001年。

姜东赋:《千古文心——王国维文选》,天津:百花文艺出版社,2002年。

戴燕:《文学史的权力》,北京:北京大学出版社,2002年。

洪治纲:《王国维经典文存》,上海:上海大学出版社,2003年。

孙作云:《孙作云文集》,开封:河南大学出版社,2003年。

董乃斌:《中国文学史学史》,石家庄:河北人民出版社,2003年版。

胡云翼:《新著中国文学史》,上海:华东师范大学出版社,2004 年。

陈国球:《文学史书写形态与文化政治》,北京:北京大学出版社,2004 年。

王齐洲:《中国文学观念论稿》,武汉:湖北教育出版社,2004 年。

敏泽:《中国文学思想史》,长沙:湖南教育出版社,2004 年。

《鲁迅选集》,北京:中国文史出版社,2005 年。

陈平原:《早期北大文学史讲义三种》,北京:北京大学出版社,2005 年。

赵敏俐:《文学研究方法论讲义》,北京:学苑出版社,2005 年。

夏晓虹:《〈饮冰室合集〉集外文》上,北京:北京大学出版社,2005 年。

郑振铎:《插图本中国文学史》,上海:上海人民出版社,2005 年。

郭沫若:《历史人物》,北京:中国人民大学出版社,2005 年。

胡适:《白话文学史》,北京:团结出版社,2006 年。

周兴陆:《20 世纪中国古代文学研究史·总论卷》,上海:东方出版中心,2006 年。

"人的文学"、"平民文学"观念与古典文学研究

郁达夫:《中国新文学大系·散文二集》,上海:良友图书公司,1935 年。

赵家璧:《中国新文学大系·建设理论集》,上海:良友图书公司,1935 年。

李泽厚:《中国现代思想史论》,北京,东方出版社,1987 年。

钱理群:《周作人论》,上海:上海人民出版社,1991年。

周作人:《周作人散文》,北京:中国广播电视出版社,1992年。

赵敏俐、杨树增:《20世纪中国古典文学研究史》,西安:陕西人民教育出版社,1997年。

马以鑫:《中国现代文学接受史》,上海:华东师范大学出版社,1998年。

胡适:《白话文学史》,上海:上海古籍出版社,1999年。

胡适:《胡适日记全编》,合肥:安徽教育出版社,2001年。

黄修己:《20世纪中国文学史》,广州:中山大学出版社,2004年。

钱理群:《周作人研究二十一讲》,北京:中华书局,2004年。

童庆炳等:《中国现代文学理论价值观的演变》,北京:北京大学出版社,2005年。

黄曼君:《新文学传统与经典阐释》,武汉:湖北教育出版社,2005年。

郑振铎:《插图本中国文学史》,上海:上海世纪出版集团,2005年。

郑振铎:《中国俗文学史》,北京:商务印书馆,2005年。

尹康庄:《20世纪中国文学主流话语研究》,北京:中国社会科学出版社,2006年。

黄霖:《20世纪中国古代文学研究史》,上海:东方出版中心,2006年。

岳凯华:《五四激进主义的缘起与中国新文学的发生》,长沙:岳麓书社,2006年。

关峰:《周作人文学思想研究》,北京:民族出版社,2006年。

胡适:《中国章回小说考证》,合肥:安徽教育出版社,2006年。

胡适:《国语文学史》,合肥:安徽教育出版社,2006年。

"整理国故"对于古典文学学科在观念与方法上的意义

中国社会科学院近代史研究所中华民国史组:《胡适往来书信选》,北京:中华书局,1979年。

郑振铎编:《中国文学研究》(《小说月报》号外),上海:上海书店,1981年影印本。

汪原放:《回忆亚东图书馆》,北京:学林出版社,1983年。

耿云志:《胡适论稿》,成都:四川人民出版社,1985年。

胡适:《胡适古典文学研究论文集》(上、下册),上海:上海古籍出版社,1988年

郑振铎:《郑振铎文集》(第4~6卷),北京:人民文学出版社,1988年。

朱有瓛:《中国近代学制史料》,武汉:华中师范大学出版社1992年。

黄恩祝:《应用索引学》,上海:上海书店,1993年。

耿云志等:《现代学术史上的胡适》,北京:三联书店,1993年。

郭英德等:《中国文学研究史》,北京:中华书局,1995年。

章太炎:《国学讲演录》,上海:华东师范大学出版社,1995年。

章清:《胡适评传》,南昌:百花洲文艺出版社,1996年。

吴锐:《钱玄同评传》,南昌:百花洲文艺出版社,1996年。

顾潮:《顾颉刚评传》,南昌:百花洲文艺出版社,1996年。

陈平原:《中国现代学术之建立——以章太炎、胡适之为中心》,北京:北京大学出版社,1998年。

胡适:《胡适文集》,北京:北京大学出版社,1998年。

顾颉刚：《古史辨自序》，石家庄：河北教育出版社，2000年。

桑兵：《晚清民国的国学研究》，上海：上海古籍出版社，2001年。

陈平原：《中国文学研究现代化进程二编》，北京：北京大学出版社，2002年。

罗志田：《裂变中的传承——20世纪前期的中国文化与学术》，北京：中华书局，2003年。

徐雁平：《胡适与整理国故考论——以中国文学史为中心》，合肥：安徽教育出版社，2003年。

王济民：《晚清民初的科学思潮和文学的科学批评》，北京：中国社会科学出版社，2004年。

胡明：《胡适思想与中国文化》，桂林：广西师范大学出版社，2005年。

陈泳超：《中国民间文学的现代轨辙》，北京：北京大学出版社，2005年。

新红学的兴起及其成就

简夷之等：《中国近代文论选》，北京：人民文学出版社，1959年。

蒋祖怡：《小说纂要》，台北：正中书局，1979年。

魏绍昌：《红楼梦版本小考》，北京：中国社会科学出版社，1982年。

陈独秀：《独秀文存》，合肥：安徽人民出版社，1987年。

胡适：《胡适红楼梦研究论述全编》，上海：上海古籍出版社，1988年。

俞平伯：《俞平伯论红楼梦》，上海：上海古籍出版社，1988年。

高平叔:《蔡元培全集》,北京:中华书局,1988 年。

冯其庸、李希凡:《红楼梦大辞典》,北京:文化艺术出版社,
1990 年。

沈寂:《胡适学术文集·新文学运动》,北京:中华书局,1993
年。

唐德刚:《胡适口述自传》,上海:华东师范大学出版社,1993
年。

周策纵:《弃园文粹》,上海:上海文艺出版社,1997 年。

王国维:《静庵文集》,沈阳:辽宁教育出版社,1997 年。

中国蔡元培研究会:《蔡元培全集》,杭州:浙江教育出版社,
1998 年。

杨扬:《周作人批评文集》,珠海:珠海出版社,1998 年。

沈至宝:《钱玄同五四时期言论集》,上海:东方出版中心,
1998 年。

杜春和等:《胡适论学往来书信选》,石家庄:河北教育出版
社,1998 年。

高勤丽:《疑古先生》,上海:东方出版中心,1999 年。

吕启祥、林东海:《红楼梦研究稀见资料汇编》,北京:人民文
学出版社,2001 年。

曹伯言:《胡适日记全编》,合肥:安徽教育出版社,2001 年。

"五四"新文化运动对古典文学的批判

林纾:《林琴南文集》,上海:商务印书馆,1916 年。

张若英:《中国新文学运动史资料》,上海:光明书局,1934
年。

胡适:《中国新文学大系·建设理论集》,上海:良友图书公
司,1935 年。

郑振铎:《中国新文学大系·文学论争集》,上海:良友图书公司,1935年。

北京大学、北京师范大学、北京师范学院中文系中国现代文学教研室:《文学运动史资料选》第1册,上海:上海教育出版社,1979年。

薛绥之、张俊才:《林纾研究资料》,福州:福建人民出版社,1983年。

陈独秀:《独秀文存》,合肥:安徽教育出版社,1986年。

陈独秀:《新青年》第1卷至第5卷,上海:上海书店,1988年影印本。

胡适:《胡适自传》,南京:江苏文艺出版社,1995年。

刘师培:《刘师培全集》,北京:中共中央党校出版社,1997年。

郑远汉:《黄侃学术研究》,武汉:武汉大学出版社,1997年。

吴宓、梅光迪、汤用彤:《学衡》(全16册),南京:江苏古籍出版社,1997年。

吴宓:《吴宓日记》,北京:中共中央党校出版社,1998年。

胡适:《白话文学史》,合肥:安徽教育出版社,1999年。

章含之、白吉庵:《章士钊全集》,上海:文汇出版社,2000年。

陈子展:《中国近代文学之变迁最近三十年中国文学史》,上海:上海古籍出版社,2000年。

罗岗、陈春艳:《梅光迪文录》,沈阳:辽宁教育出版社,2001年。

高恒文:《东南大学与学衡派》,桂林:广西师范大学出版社,2002年。

司马朝军、王文晖:《黄侃年谱》,武汉:湖北人民出版社,2005年。

沈卫威:《"学衡派"谱系:历史与叙事》,南昌:江西教育出版社,2007年。

黄侃著,黄延祖重辑:《黄侃日记》,北京:中华书局,2007年。

胡适:《胡适全集》,合肥:安徽教育出版社,2007年。

"五四"时期的旧典新释(上)

闻一多:《诗经的性欲观》,北京:《时代新报·学灯》,1927年12月。

胡适:《白话文学史》,上海:新月书店,1929年。

刘大白:《白屋说诗》,上海:大江书铺,1929年。

陆侃如、冯沅君:《中国诗史》,上海:大江书铺,1931年。

朱东润:《国风出于民间论质疑》,武汉:《武大文哲季刊》,第5卷第1号,1935年。

余冠英:《关于致"诗"问题——讨论诗经文字是否经过修改的一封信》,北京:《文学评论》,1963年第1期。

郭沫若:《卷耳集》,北京:人民文学出版社,1981年。

《古史辨》第3册,上海:上海古籍出版社,1982年。

夏传才:《闻一多对诗经研究的贡献》,济南:《齐鲁学刊》,1983年第3期。

叶舒宪:《诗经的文化阐释》,武汉:湖北人民出版社,1994年。

夏传才:《思无邪斋诗经论稿》,北京:学苑出版社,2000年。

费振刚:《20世纪中国文学研究:先秦两汉文学研究》,北京:北京出版社,2001年。

洪湛侯:《诗经学史》下册,北京:中华书局,2002年。

赵沛霖:《现代学术文化思潮与诗经研究——二十世纪诗经

研究史》，北京：学苑出版社，2006 年。

王以宪：《论顾颉刚诗经研究的方法与贡献》，《诗经研究丛刊》第 5 辑，北京：学苑出版社，2003 年。

羊列荣：《20 世纪中国古代文学研究史·诗歌卷》，上海：东方出版中心，2006 年。

周兴陆：《20 世纪中国古代文学研究史·总论卷》，上海：东方出版中心，2006 年。

檀作文、唐建、孙华娟：《中国古代诗歌研究论辩》，天津：百花文艺出版社，2006 年。

夏传才：《诗经研究史概要》（增注本），北京：清华大学出版社，2007 年。

朱东润：《诗三百篇探故》，昆明：云南人民出版社，2007 年。

"五四"时期的旧典新释（中）

游国恩：《楚辞论文集》，上海：古典文学出版社，1957 年。

北京大学中文系等：《陶渊明资料汇编》，北京：中华书局，1962 年。

姜亮夫：《楚辞今绎讲录》，北京：北京出版社，1981 年。

钟优民：《陶渊明论集》，长沙：湖南人民出版社，1981 年。

洪湛侯：《楚辞要籍解题》，武汉：湖北人民出版社，1984 年。

杨金鼎等：《楚辞研究集成·楚辞研究论文选》，武汉：湖北人民出版社，1985 年。

陆侃如：《陆侃如古典文学论文集》，上海：上海古籍出版社，1987 年。

梁启超：《饮冰室合集》，北京：中华书局，1989 年。

黄中模：《现代楚辞批评史》，武汉：湖北教育出版社，1990 年。

周建忠：《当代楚辞研究论纲》，武汉：湖北教育出版社，1992年。

李中华：《楚辞学史》，武汉：武汉出版社，1996年。

吴云：《陶学一百年》，九江：《九江师专学报》，1998年增刊。

李华：《20世纪陶渊明享年争辩得失平议》，南昌：《江西社会科学》，1998年第7期。

徐声扬：《评陶渊明享年五说》，九江：《九江师专学报》，1998年第2期。

黄中模：《楚辞研究成功之路：海内外楚辞专家自述》，重庆：重庆出版社，2000年。

褚斌杰：《20世纪中国学术文库·屈原研究》，武汉：湖北教育出版社，2003年。

"五四"时期的旧典新释（下）

胡适：《胡适文存一集》，上海：上海亚东图书馆，1921年。

胡适：《胡适文存二集》，上海：上海亚东图书馆，1924年。

谢无量：《中国六大文豪》，上海：中华书局，1924年。

郑振铎：《文学大纲》，上海：商务印书馆，1927年。

谢无量：《罗贯中与马致远》，上海：商务印书馆，1930年。

胡适：《胡适文存三集》，上海：上海亚东图书馆，1930年。

潘力山：《力山遗集》，上海：上海法学院出版部，1932年。

胡适：《胡适论学近著第一集》，上海：商务印书馆，1935年。

鲁迅：《鲁迅全集》，北京：人民文学出版社，1981年。

郑振铎：《中国文学研究》（上、下），上海：上海书店，1981年据1927年商务印书馆本影印。

郑振铎：《郑振铎文集》，北京：人民文学出版社，1988年。

鲁迅：《中国小说史略》，上海：上海古籍出版社，1998年。

陈平原：《中国现代学术之建立》，北京：北京大学出版社，1998 年。

胡适：《胡适文集》，北京：北京大学出版社，1998 年。

胡适：《中国章回小说考证》，合肥：安徽教育出版社，1999 年。

马廉：《马隅卿小说戏曲论集》，北京：中华书局，2006 年。

胡适：《胡适全集》，合肥：安徽教育出版社，2006 年。

"五四"后古典文学学科中的女性视角

谢无量：《中国妇女文学史》，北京：中华书局，1916 年。

挹芬女史：《名闺奇媛集》，上海：上海交通图书馆，1917 年。

王蕴章：《然脂余韵》，北京：商务印书馆，1918 年。

费善庆、薛凤唱：《松陵女子诗征》，吴江费氏花萼堂，1918 年。

红梅阁主人：《清代闺秀诗抄》，上海：上海中华新教育社，1922 年。

徐珂：《历代女子白话诗选》，北京：商务印书馆，1923 年。

梁乙真：《清代妇女文学史》，北京：中华书局，1927 年。

潘光旦：《小青之分析》，上海：新月书店，1927 年。

张寿林：《雪压轩集词》，北京：北平文化社，1927 年。

辉群：《女性与文学》，上海：启智书局，1928 年。

胡云翼：《女性词选》，上海：亚细亚书局，1928 年。

谭正璧：《中国女性的文学生活》，上海：光明书店，1930 年。

谢晋青：《诗经之女性的研究》，北京：商务印书馆，1930 年。

梁乙真：《中国妇女文学史纲》，上海：开明书店，1932 年。

陶秋英：《中国妇女与文学》，上海：北新书局，1933 年。

陆晶清：《唐代女诗人》，上海：神州国光出版社，1933 年。

曾效乃:《中国女词人》,上海:女子书店,1935年。

中国全国妇女联合会妇女运动历史研究室:《五四时期妇女问题文选》,北京:三联书店,1981年。

郑振铎:《郑振铎古典文学论文集》,上海:上海古籍出版社,1984年。

顾颉刚:《孟姜女故事研究集》,上海:上海古籍出版社,1984年。

茅盾:《茅盾古典文学论文集》,上海:上海古籍出版社,1986年。

施淑仪:《清代闺阁词人征略》,上海:上海书店,1987年。

胡适:《胡适古典文学研究论集》,上海:上海古籍出版社,1988年。

郑振铎:《郑振铎文集》,北京:人民文学出版社,1988年。

徐珂:《仲可随笔》,李云编选、校点,北京:中共中央党校出版社,1998年。

董乃斌、陈伯海、刘扬忠:《中国文学史学史》,石家庄:河北人民出版社,2001年。

林语堂:《吾国与吾民》,西安:陕西师范大学出版社,2002年。

黄曼君:《中国20世纪文学理论批评史》,北京:中国文联出版社,2002年。

张宏生、张雁:《古代女诗人研究》,武汉:湖北教育出版社,2002年。

陈平原:《中国文学研究现代化进程二编》,北京:北京大学出版社,2002年。

中国艺术研究院红楼梦研究所、人民文学出版社编辑部:《红楼梦研究稀见资料汇编》,北京:人民文学出版社,2001年。

张莲波:《中国近代妇女解放思想历程》,开封:河南大学出版社,2006年。

"五四"前后的俗文学研究

顾颉刚:《古史辨》第 1 册,北京:朴社,民国十五年(1926)6月。

顾颉刚:《古史辨》第 2 册,北京:朴社,中华民国十九年(1930)8 月。

顾颉刚:《古史辨》第 3 册,北京:朴社,中华民国二十年(1931)11 月。

罗根泽:《古史辨》第 4 册,北京:朴社,民国二十二年(1933)3 月。

陈汝衡:《说书小史》,北京:中华书局,民国二十五年(1936)2 月。

胡适:《中国新文学大系·建设理论集》,上海:良友图书公司,1935 年。

中国民间文艺研究会研究部:《民间文艺参考资料》第 3 编(仅供内部参考),1962 年 10 月。

刘复、李家瑞等:《中国俗曲总目稿》,台北:文海出版社,1973 年。

顾颉刚编著:《孟姜女故事研究集》,上海:上海古籍出版社,1984 年。

〔马来西亚〕郑良树:《顾颉刚学术年谱简编》,北京:中国友谊出版公司,1987 年。

〔美〕洪长泰著,董晓萍译:《到民间去:1918—1937 年的中国知识分子与民间文学运动》,上海:上海文艺出版社,1993 年。

顾潮:《顾颉刚年谱》,北京:中国社会科学出版社,1993 年。

顾潮、顾洪:《顾颉刚评传》,南昌:百花洲文艺出版社,1995 年。

高有鹏:《中国现代民间文学史论》,成都:巴蜀书社,1995年。

顾潮:《历劫终教志不灰——我的父亲顾颉刚》,上海:华东师范大学出版社,1997年。

赵世瑜:《眼光向下的革命:中国现代民俗学思想史论》,北京:北京师范大学出版社,1999年。

苑利:《二十世纪中国民俗学经典》,北京:社会科学文献出版社,2002年。

顾潮:《顾颉刚学记》,北京:三联书店,2002年。

叶春生主编:《典藏民俗学丛书(1928—1930)》,哈尔滨:黑龙江人民出版社,2003年。

王文宝:《中国民俗研究史》,哈尔滨:黑龙江人民出版社,2003年。

陈平原主编:《现代学术史上的俗文学》,武汉:湖北教育出版社,2004年。

陈泳超:《中国民间文学研究的现代轨辙》,北京:北京大学出版社,2005年。

徐新建《民歌与国学——民国早期"歌谣运动"的回顾与思考》,成都:巴蜀书社,2006年。

王文参:《五四新文学的民族民间文学资源》,北京:民族出版社,2006年。

图书在版编目(CIP)数据

20世纪中国古典文学学科通志. 第1卷 / 刘敬圻主编.
—济南：山东教育出版社，2012
ISBN 978-7-5328-6299-3

Ⅰ.①2… Ⅱ.①刘… Ⅲ.①中国文学—古典文学研究—概况—20世纪 Ⅳ.①I206.2

中国版本图书馆 CIP 数据核字(2012)第 092469 号

20世纪中国古典文学学科通志
第一卷
主编　刘敬圻

主　管：山东出版传媒股份有限公司
出版者：山东教育出版社
　　　　（济南市纬一路 321 号　邮编：250001）
电　话：(0531)82092663　传　真：(0531)82092663
网　址：http://www.sjs.com.cn
发行者：山东新华书店集团有限公司
印　刷：山东临沂新华印刷物流集团有限责任公司
版　次：2012 年 7 月第 1 版第 1 次印刷
规　格：880mm×1230mm　32 开本
印　张：22.375 印张
字　数：530 千字
书　号：ISBN 978-7-5328-6299-3
定　价：65.00 元

（如印装质量有问题，请与印刷厂联系调换）
印厂电话：0539—2925888